天までのぼれ

中脇初枝

ポプラ社

硝子戸は開け放されていた。

十一月だというのに、広い旧開成館の議場は、人々の熱気に蒸し暑い。

傍聴人席に座る喜多《きた》は、苛立ちをこらえながら聞いていた。

おなごは喜多ひとりだった。羽織袴にせよ洋服にせよ、黒ずくめの男たちの中で、牡丹《ぼたん》色の手絡《てがら》を丸髷《まるまげ》に掛けて、紫の鮫小紋に身を包む喜多だけが色を点じている。

明治十一年、全国に府県会ができるのに先立って、高知県においては土佐州会が開かれた。御一新を経て十年、ようやく議会というものが開かれるようになったのだ。議員は高知全県の各大区から選挙され、前参議《さんぎ》の板垣退助《いたがきたいすけ》まで加わって、議事は白熱していた。

婦女に議員資格を与えるかどうか。

「すでに、伊藤博文《いとうひろぶみ》議長による、第二回地方官会議での議論の結果、婦女は脳漿《のうしょう》乏しく、嫁《か》して夫に従うもので、公《おおやけ》の権利はないという結論に至っております」

喜多は唇をかんだ。あまりの言いようにこみあげる怒りを抑えられず、膝に置いた手をきりきりと握りしめる。

「吾輩《わがはい》はこれに賛同するものであります。なんとなれば、婦女はまさに脳漿乏しく、権利を与えれば増長し、手に負えぬ振る舞いに及ぶからです。議長」

そう述べた議員は、傍聴人席の喜多を指した。

「ここに、婦女の選挙の権なるものを求めて、地租及び民費《みんぴ》を滞納して憚《はばか》らんおなごが来ちょります。区長も戸長《こちょう》も生温《なまぬる》うて、すっかり増長してしもうて、おなごながら議員気取りじゃ。ええ機会ですき、その言い分をぜひ、聞かしてもらいましょう」

議長は狼狽《ろうばい》し、板垣退助を窺った。

退助は議長に、そして喜多に頷いてみせた。

かつて二度も政府で参議を務め、今はこの州会の主導者たる退助の意を察し、議場中の男の目が、あらためて喜多にそそがれる。

これは、またとない機会や。

議長に促され、喜多は立ちあがった。

目を閉じ、息を継いで、ゆっくりと口を開く。

「土佐国第八大区二小区唐人町《とうじんまち》二番地居住、士族戸主の楠瀬《くすのせ》喜多と申します」

開いた目に映るのは、男ばかり。仕立てのいいものを身につけた男たちの訝《いぶか》しげな目が注がれる。

静まりかえった議場に、かつてない、おなごの声が響く。

それは、わたしの声。

喜多は議場にひとり立って、腹に力をこめ、これまでの思いを滔々《とうとう》と述べた。喜多が話すにつれ、男たちの眼差しが徐々に変わってきた。中には頷く者もいる。

話し終えると、喜多は丸髷の頭をちょこんと下げ、着席した。

入れかわるように退助が立ちあがり、手を叩いた。

勇み打っていた胸の音が、退助の大きな手から出る音に合わせ、少しずつ鎮まっていく。窓の下を流れる鏡川《かがみがわ》を渡ってきた風も、上気した頬を冷やしてくれる。
拍手は議場に広がった。
喜多は、手を叩きながらも顔を見合わせ、ざわめく議員たちから目をそらした。
開かれた硝子戸のむこうを見る。
男たちの後ろを、鳶《とんび》が川を越えて飛んでいった。

目次

天までのぼれ

装画　satou

装幀　岡本歌織（next door design）

第一部

天を仰ぐ

水たまりには、雨上がりの青い空が映っていた。

自分を呼ぶ声に、喜多はつと顔を上げた。

その喜多を追いこして、後ろから鳶が飛んでいく。

地べたに蹲《つくば》う喜多をわらうように、ぴいひょろぴいひょろと啼《な》きながら、水たまりだらけの路地にかぶさる板屋根も、郭中《かちゆう》に連なる瓦屋根も越えていく。

やがて、空にそびえる、大高坂山《おおたかさやま》のてっぺんの城の本丸よりも、高く高くのぼっていった。

「喜多さまー」

乳母のふくが声を嗄《か》らして駆けてくる。

鳶を追う喜多を抱きあげ、たっぷりした胸に抱《かか》える。汗と、甘い乳の匂いに包まれる。でも、もう喜多は、この匂いの中だけで満足できるほど、ねんねではなかった。

「こんなところまでおひとりでいらしてしもうて。ふくがどればあ心配したか」

言いながら、もう草履《ぞうり》の音高く引きかえしていく。水たまりのはね返りさえ気にしないふくは、喜多が身をよじっていることにも頓着《とんじやく》しない。

「おひとりで外へ出たらいきませんと、ふくがいつも申しておりますのに。大旦那さまに知られたら終《しま》いですよ」

ふくがくだくだ言う間に、もう見慣れた路地まで戻っている。喜多は城下を出るほど遠くまで来たと思っていたので、がっかりした。大人の足ではわずか一町の距離に過ぎず、町内から出てもいなかったのだ。

喜多はふくの肩越しに空を見上げた。鳶はもう見えない。

とんび　とんび　まいまいせ

喜多は唄いだした。

あしたの　市《いち》にゃ
塩買《こ》うて　ねぶらしょ

喜多に口移しで唄を教えたふくも、抱いた喜多の背をとんとんと叩きながら、合わせて唄う。唄を聞きつけたのか、手分けして喜多を捜していた小僧の吉之丞《きちのじょう》も、息せき切って駆けてきた。

「喜多さまいうたら、ようよう歩けるようになられた思うたら、これですきに」

そう言う吉之丞に喜多を渡すと、ふくはやれやれと額の汗を拭いながら、つぶやいた。

「おおの、重とうなったこと」

口とは裏腹に、ふくの顔には、満足そうな笑みが浮かんでいた。喜多が、足早に歩く吉之丞の腕の中で身をよじると、吉之丞は気づいて喜多を下ろした。

それでやっと喜多は地べたに立つことができたが、そこはもう店の前だった。

「ようこそおもどり」

暖簾《のれん》をまくり上げて、飛びだしてきた女衆《おなごし》と男衆《おとこし》が、喜多に頭を下げる。店先に積まれた米俵のむこうの帳場から、もとが立て膝になって身をのり出す。

「どこまで行ちょったかえ」

「弘岡町《ひろおかまち》の外れまで行かれちょりました。雑喉場《ざこば》の渡しの手前で捕まえましたけんど、喜多さまはべっぴんさんやき、こわいこと、さらわれるところでした」

「まあ、ようこそみつけてくれたねえ」

ふくや女衆が目を離していたことを咎《とが》めだてもせず、もとはふくと吉之丞をねぎらう。

「この前は猫を追うて唐人町まで行ちょったけんど、今日は何を追うて行ちょったが」

もとはおかしそうに喜多を見下ろして問うた。

「雨」

喜多の一言に、儀平《ぎへい》が帳場で吹きだした。脇に控えていた番頭も儀平に和してわらう。

「この前は猫で、今度は雨か」

夜通し降った雨で、表は水たまりだらけになり、道の端には雨水の流れができて、東に向かっていた。朝、表へ出たとき、喜多はふくに、この雨はどこまで行くのか訊《たず》ねた。ふくは、何の気なしに海まで行くがですよと答えた。

「まさか、海まで行くおつもりやったがですか」

「けんど、海にはくじらが泳ぎゆうがやろ」

儀平はまだわらっている。

「旦那さまがわらいよったらいきません。喜多さまはまだねんねながですき、おひとりで行ったらいきません」

「もうねんねやないもん」

ふくの言葉に喜多はむくれた。

「ようよう歩いたと思うたら、ねんねやないやと」

「ひとりで戻《い》ねるもん」

喜多は、わらう大人たちを見上げ、なおも言った。

「ほいたら、どうやっておひとりで戻《い》ぬるおつもりやったがですか」

ふくもおかしそうに喜多に訊いた。

「雨を辿《たど》って戻《い》ぬる」

「まあ」

儀平もふくも吉之丞も、わらうのをやめた。

米俵に隠れてしまうほどに小さいわが子を、もとはまじまじと見た。

喜多は米俵のとなりで、歩けるようになったばかりの足で、地べたを踏んで立っていた。


人よりずいぶん遅くはあったものの、歩けるようになってからは、喜多はそれまでの分を取り戻すかのように歩きまわっていた。それでもなかなか背がのびず、本来なら三つで行うはずの背《せ》合《あわせ》着初《ぎぞ》めは、一年遅れで祝われた。

「まあめずらしい。嬢《いと》さんはねんねやいうに白髪がありますねえ」

呼ばれてきた髪結《かみゆい》は、喜多の髪を梳《す》きながら言った。

「抜きますか」

喜多が怪訝《けげん》そうに見上げると、もとはわらった。

「福白髪《ふくしらが》やき、抜くに及《よ》ばん」

「縁起がええ。この子は百まで生きるろうのう」

儀平と、隠居した大旦那の熊次《くまじ》も請けあった。喜多はほっとし、髪結に胸を張ってみせた。

「喜多はねんねやないもん」

正月から伸ばしていた髪を油で固めて結い上げられ、その上に花を飾られ、喜多は初めて背縫いのある三《み》つ身《み》の晴れ着を着せられた。長い袂《たもと》と裾《すそ》には、四君子《しくんし》の梅や菊がいっぱいに描かれている。

儀平は熊次に挨拶をすると、いつになく背筋を伸ばして立ちあがった。帳場に喜多を立たせて自分は土間に下り、喜多を右肩にのせる。いつもはおんぶをしてくれるのに、と戸惑うと、もとがたしなめる。

「喜多、ようにととさまの頭につかまっちょくがぞね。三つ身の着物を着るようになったら、もう裾をはだけたらいかんきに」

「大旦那さま、旦那さま、おかみさま、ほんまにおめでとうございます」

番頭が勿体《もったい》ぶって大声を出すと、手代《てだい》以下、勢揃いした男衆《おとこし》と女衆《おなごし》が、一斉に頭を下げた。

「おめでとうございます」

熊次の前に立って頷く儀平よりも、目を細めて自分を見上げてほほえむもとよりも、喜多は高いところにいた。

儀平の肩で運ばれて鏡川べりを歩くと、すれ違う町方の旦那やおかみが、祝いの言葉を掛けてくれる。裾いっぱいに大輪の花が咲く華やかな晴れ着と肩車での宮参りは、西村屋の跡取り娘のお披露目だった。

鏡川にかかる天神橋《てんじんばし》は、潮江《うしおえ》天満宮《てんまんぐう》に初宮参《はつみやまい》りや背合着初め、袴着《はかまぎ》祝《いわ》いでお参りに向かう子とその親たちでごった返していたが、吉之丞が儀平の前に立って先導してくれる。

天神橋の上から、しかも肩車で見下ろす鏡川は、いつにも増して輝いていた。紺碧の川面《かわも》に白い光がきらきらとまばゆい。喜多は目を細めた。

「まっことええお日和《ひより》でございます。まるで、喜多さまが生まれた朝のような」

吉之丞の言葉に、喜多はつと、空を見上げた。

喜多の上には、川面の青に負けないくらいに、真っ青な空が広がっていた。その空のてっぺんを鳶が飛んでいる。ぴいひょろぴいひょろといういつもの啼き声が聞こえないのは、天神橋の雑踏のせいだろうか。

喜多は一度に二つのことはできない質《たち》だった。空を見上げたとき、儀平の頭に置いていた手が離れた。

喜多の両足は、儀平の手をすり抜ける。

裾に描かれていた菊の大輪の花が喜多の目に映った。菊、竹、梅に蘭。そのむこうに空と鳶。

「あぶない」

その声は鋭かった。

仰向《あおむ》けざまに頭から落ちた喜多を抱きとめたのは、後ろに付き従っていたはずの番頭ではなかった。

「これは、ご無礼を」

「お許しくださいませ」

もとや儀平たちは口々に言うと、雑踏の中で膝をついた。

喜多は驚いて、自分を抱く人を見上げた。

前髪のある、まだ若者だった。町方ではない。袴を着けている。若党《わかとう》だ。

若党も、腕の中の喜多を見た。

何事が起こったかと人々が足をとめ、わいわい言いながらこっちを見ている。

若党は喜多から目をそらし、そそくさと喜多を儀平に渡そうとしたが、まだ儀平は膝をつき、平伏している。

「もうよい。早《はよ》う立て」

若党の後ろにいた、角力《すもう》取りのように恰幅《かっぷく》のよい士《さむらい》が言った。若党だけでなく、草履《ぞうり》取りも槍持ちも従えている。そして、士の足許には、まだ小さな男の子が驚いた顔で喜多を見上げていた。袴をちゃんと着け、腰にも一本ながら差している。どうやら、士も若君の袴着祝いに来たらしい。

二本差しに遠慮して場所を空け、橋の上には物見高い人たちの輪ができていた。

「往来の邪魔じゃ。早《はよ》う立て」

士の許しを得て、儀平たちはおそるおそる立ちあがり、儀平が若党から喜多を抱きとった。

やっと儀平の腕に戻った喜多を、その体軀《たいく》の陰にして通りすぎながら、士は前髪の若党に言った。

「人助けしたな」

若党は深く頭を下げると、ちらりと喜多をふりかえり、それから、こちらを見て動かない若君の肩にそっと手を添えた。

「こちらへ。参りましょう」

若君は若党に促《うなが》され、やっと歩きだした。

士たちが雑踏に紛れて見えなくなると、喜多を肩に抱えあげ、儀平はもとに言った。

「榧《かや》に十文字の御紋《ごもん》やったな。あれは馬廻《うままわり》の乾《いぬい》さまや。二代続けて痴《し》れ者《もの》と専《もっぱ》らの噂やに、そうも見えんかったな」

「ほんまに。立派なお武家さまでございました」

「あの若党には救われた」

「喜多、ようにとどさまにつかまっちょくがですよ」

それからは、儀平の後ろには番頭と吉之丞ともとがついた。すっかりくたびれた喜多は、お参りをすますと眠ってしまい、結局、儀平の背中におんぶで家路についたのだった。


物領《そうりょう》娘《むすめ》であれば、読み書きも算術もできるにこしたことはないからと、六つになった喜多は、吉之丞も一緒に、手習いの師匠にあいさつに上がることになった。

その朝、手習いに行ける嬉しさに、いつも寝坊の喜多はめずらしく夜明け前に起きた。朝餉《あさげ》もそこそこに、髪結が呼ばれ、髪を結ってもらう。

「こますぎるいうて、入れてもらえんかったらいかんきね」

もとの言葉に、喜多は神妙に頷く。

「桃割《ももわれ》に結うたら、ちっとは娘らしゅうに見えるろう」

「かもじを入れてやっとですけんど」

宮参りに結ったときは花飾りがあったからよかったが、今回は剝きだしでごまかせない。髪結は汗だくになって、まだ長さの足りない喜多の前髪を鬢付《びんつ》け油の力でやっとこさ上げ、かもじで膨らませた髷を赤い鹿《か》の子《こ》で結んだ。いくら痛くても、喜多は黙って耐えた。手習いに行けるなら、これくらいの辛抱など苦でもない。

手習い塾は同じ町内にあった。小山興人《こやまおきひと》という漢学者が開いており、町人ばかりか、下級の軽格《けいかく》とはいえ士の子も通っていると評判の塾だった。商人の多い土地柄か、漢学者の塾にしてはめずらしく、算術も教えるし、女子も学んでいるという。

「この子たちをお願いいたします」

もとは興人の前に喜多と吉之丞を並べて頭を下げた。興人は頭をなでながら、皺だらけの顔で二人を見た。髷は短くて細く、かろうじて頭に引っかかっている。

「喜多と申します」

喜多も頭を下げた。

吉之丞は、喜多よりも少し斜めに下がって名のると、頭を下げた。興人は、奉公人として分《ぶ》をわきまえたその所作を見逃さず、吉之丞に問うた。

「吉之丞さんはおいくつになられますか」

「十三にございます」

興人は吉之丞に向かって満足げに頷いた後、なおも頭をなでながら、喜多をじっと見た。

「吉之丞さんは読み書き算盤《そろばん》は一通りできるとのこと、入門に問題はありません。しかし、こちらの嬢《いと》さんは困りましたな。ずいぶんとまたお小さい。うちは八つから入門と決まっております。喜多さんはおいくつになられますか」

もとは口ごもった。

そうと決まっていれば、まだ六つの喜多は入門できない。

「八つにございます」

座敷に響いた喜多の声に、もとも吉之丞も目をみはった。口にした言葉を担保するように、喜多は自分の倍もある輿人を見上げ、その鋭い目から自分の小さな目を離さない。

「八つ。八つにしては随分とお小さいですな」

離れからは往来物《おうらいもの》を読みあげる手習い子の声が聞こえてきた。

わたしなら、今聞こえてくる言葉をみんな仮名で書ける。

乳母のふくがいたころ、喜多は毎晩昔話を聞かせてもらっていた。特に七夕の話がすきで、ふくが宿下《やどさが》りしてから買ってもらった桃太郎や舌切雀の絵草紙《えぞうし》も気に入って、何度も吉之丞に読んでもらううちに字をおぼえた。背は遊び仲間の中でもとりわけ低いが、伊呂波《いろは》がそらで書けるのは喜多だけだった。

自分には、あの声の中に交じる資格がある。

喜多は思って、背筋をぴんと伸ばした。

「あての乳の出が悪かったもんですきに」

とっさにもとは、喜多の言葉に話を合わせた。吉之丞もしきりと頷いて助太刀する。

「何年生まれでございますか」

それでも疑っているらしく、輿人はなお訊ねた。

「天保《てんぽう》五年生まれにございます」

間髪を容れず、喜多は答えた。

もとはほうっと胸をなでおろす。吉之丞が幾度も頷く。本当は天保七年生まれだが、八つの子なら、五年生まれになる。

ところが興人はなおも訊いた。

「何年《なにどし》でございますか」

「申年《さるどし》にございます」

あわてて答えた喜多があっと思ったときには遅かった。興人は厳しい声で咎めた。

「天保五年は申年ではありませんよ」

喜多は顔を赤くした。こうなっては仕方がない。興人の目の前で、八つにしてはどう見ても短い指を折って、子《ね》、丑《うし》、寅《とら》と干支《えと》を数えはじめた。

万事休す。もとは口許をおさえ、吉之丞は帯に手をやり、天井を仰いだ。

喜多は赤い顔を上げると、興人をまっすぐに見て、答えた。

「天保五年は午年《うまどし》にございます」

やぶれかぶれだった。どうせ入門を許してもらえないなら、せめて正しい答えを言ってから帰りたい。

興人はふっとわらった。

「喜多さんは干支もおぼえておいでのようですし、算術もおできになるようですね」

興人は手を膝に下ろし、もとと吉之丞を見た。

「まちがいのう、八つでもいらっしゃるようです。入門を許可します。七夕からおいでください」

「ありがとうございます」

もとと吉之丞は頭を下げた。喜多は信じられない思いで興人をみつめた。

「そのうえ度胸もなかなかのもんですな」

興人は顎を上げて高笑いした。

その日から、喜多は天保五年生まれとなった。


七夕の朝、軒々《のきのき》の笹の下をくぐって、喜多は吉之丞を供に、手習い塾へ向かった。

この日は一粒でも雨の降るものという言い習わしにたがわず、朝まで続いた雨に地べたは水たまりだらけだったが、喜多は気にもしなかった。

喜多と吉之丞の手習いの机は、前日のうちに男衆《おとこし》が運びこんでおり、喜多は筆箱を入れた風呂敷包みひとつだけを抱えていた。一方の吉之丞は、入門の束脩《そくしゅう》となる銀十匁《もんめ》を懐《ふところ》に入れ、酒一樽《たる》を提げ、鯛一対を入れた魚籠《さかなかご》に砂糖一包みまで抱えていた。

「喜多さま、前を歩いてつかあさい」

笹に結ばれた短冊に見入っていた喜多に、吉之丞が声を掛ける。主従で歩くときは、主《あるじ》が前を行き、供をする者がその後をついていくのが決まりだが、喜多はいつも、脇見をして遅れたり、並んで話しかけたりしては、西村屋《にしむらや》の看板に関わると吉之丞に叱られていた。

急《せ》かされながら、小山興人の塾の門を潜ろうとしたとき、ふと、喜多は自分と同じ桃割の鹿の子《かのこ》が、塀の角に見えた気がした。七夕の日は縁起がよいとして、手習いや稽古事を始める子が多い。

「吉之丞はここにおって」

吉之丞の足をとどめて、喜多がそっと塀をめぐると、路地でこちらに背を向けてしゃがんでいる桃割の娘がいた。

「何しゆうが」

具合でも悪いのかと掛けた喜多の声に、娘はひっと悲鳴を上げた。その途端、娘の足許に、白い粉がばっと散った。

砂糖だった。

ふりかえった娘と喜多は、泥だらけの路地に散った砂糖を間に向かいあって、立ちすくんだ。その間にも、白い砂糖は茶色い泥の中にどんどん沈んでいく。娘は小脇に風呂敷包みを抱え、片手には、もうほとんど空っぽの砂糖の袋が握られていた。

娘は喜多をにらんだが、すぐに空いた片手で顔を覆《おお》って泣きだした。

「どうしよう。束脩やったがやに。先生に差しあげんといかんがやったがやに」

「束脩って、あんたも小山興人先生の塾に入門するが」

娘は顔を覆ったまま頷いた。

「女衆《おなごし》は。女衆に言うて、家に取りに帰ってもろうたらええわ」

喜多が慰めを言うと、娘はぱっと顔を上げた。

見たことがないくらい色の白い娘だった。頬はふくふくとして、かんだ唇は紅《べに》を差しているのかと思うくらいにぽったりと赤い。雛人形のようだと喜多はうっとりした。

「取りに帰ったち、家に砂糖なんか、あるわけがないろう」

かんだ唇が開かれたとき、その端には、白い砂糖がついていた。身にまとう上品な紫の鱗《うろこ》紋の着物は、何度も仕立て直され、洗い張りされて、色褪《いろあ》せたものだった。

「喜多さま」

角樽《つのだる》を提げたまま、吉之丞が駆けてきた。喜多の後ろに吉之丞を見、喜多の、木綿ながら秋草の花が一杯に描かれた下ろし立ての着物を見、娘はもう一度喜多をにらんだ。

「それに、取りに帰ってくれるような女衆らあて、おるわけもないろう」

ぶつけられた刺々《とげとげ》しい言葉に、喜多は頷くこともできなかった。娘は、口から出してはしまったものの、すぐに後悔したのか、うつむいた。

「あんたのせいじゃないに」

風呂敷包みを小脇に抱えたまま、器用に砂糖の袋を折り直すと、娘は喜多の横をすり抜けて行こうとした。

「待って。一緒に行こうよう」

喜多の言葉に娘はふりかえった。

「わたしは帰るがよ。束脩も持たんで入門できるわけがないろう」

喜多は吉之丞の抱えた砂糖包みを引きだした。

「ほいたら、先生にはこれを差しあげて」

「これはあんたの束脩やろう」

「わたしが声を掛けたがが悪かったき。それに」

喜多は砂糖包みを娘の胸に押しつけた。

「わたしはあんたと一緒に入門したいき」

喜多のひたむきな目を、娘はじっと見返した。

「どうぞ、お願いします」

状況を察した吉之丞も、喜多の後ろから頭を下げる。

娘はしばらく二人をみつめていたが、やがて喜多の手から砂糖包みを受けとった。

「わたしはあやめ」

名乗りながら、あやめは一歩下がった。

「山内家家臣徒士《やまうちけかちのし》、池添吉右衛門《いけぞえきちえもん》の娘です。このこと、恩に着ます」

あやめは、砂糖包みを胸に抱えて、自分より頭ひとつ背の低い喜多に、深々と頭を下げた。


あくる日から、喜多の一日は手習いを中心に回るようになった。朝から弁当持ちで吉之丞と手習いに行き、あやめと机を並べて墨を摩《す》る。

興人の塾はほとんどが町方の男子で、女子は喜多たちのほかにあと三人、年嵩《としかさ》の娘がいるだけだった。あやめはさすがに武家の娘らしく、既に伊呂波は終わっていた。喜多とあやめは一緒に行書《ぎょうしょ》から習いはじめた。

「喜多ももう伊呂波をおぼえちゅうがやね」

あやめには、とりわけ小さい喜多が伊呂波を知っているのが意外だったらしい。

吉之丞は喜多の後ろに机をおいて、商売往来《しょうばいおうらい》から習いはじめた。算術になると、喜多は九九《くく》から、吉之丞は八算《はっさん》からとはいえ、一緒に習った。帳場に入り浸って算盤《そろばん》で遊んでいた喜多は算術がすきだったが、算術まで学ぶおなごは喜多ひとりだった。あやめは手本を写す手を止めて、二人が取り組む算術をふしぎそうに眺めていた。

「どういてあやめは算術せんが」

「算術は銭勘定やろ。商人のすることで、武家のすることじゃないき。賤《いや》しいき、母上さまにいけませんん言われちゅう」

あやめがつんと澄ましても、きれいな顔に見とれて、喜多は腹も立たなかった。

手習いは八《や》ツ前には終わった。吉之丞は帳場へ戻る。喜多は、家のとなりの庚申堂《こうしんどう》で待ち合わせてあやめと遊んだ。

あやめはいつも一人だった。あやめの家には付き従う女衆《おなごし》も男衆《おとこし》も本当にいないらしく、自分で三絃《さんげん》を抱えて庚申堂へ走ってきた。

「お師匠さんのとこに行くまでね」

近所の遊び仲間も一緒になって遊ぶ。鬼ごっこで鬼になると、あやめは誰彼なくぱっぱと捕まえて、あっと言う間に遊びが終わってしまう。

「あやめちゃんは素早《さど》いきに、つまらん」

喜多が鬼になると、今度は、足が遅くていつまでやっても一人も捕まえられない。

「喜多ちゃんはとろいきに、つまらん」

前の子の肩に手を置いて一列になり、先頭の子が一番後ろの子を捕まえる、のえくりで先頭になったら、いつまでも後ろの子を捕まえられない。一番後ろになったら、すぐに先頭に捕まえられる。それでも喜多は、みんなでひとつの列になって遊ぶのえくりがすきだった。

「喜多ちゃんとあやめちゃんを組にしたらえい」

油屋の娘が言いだし、喜多とあやめは手を繋いで、二人一組で遊ぶようになった。

鬼ごっこものえくりもあやめに助けられたが、かくれんぼとなると、喜多は誰にも負けなかった。

あやめは防火用水桶の後ろに隠れようとしたが、喜多はその手を引っぱった。

「そんなすぐにわかるようなところに隠れたらいかん」

魚屋の壁に立てかけられた簾《す》の後ろに誘い、二人でしゃがみこむ。

「きれいなねえ」

そのとき、あやめがそっとささやいた。その息がかかるのがくすぐったい。あやめは、ふくとももとともちがう、いい匂いがした。

「喜多は、黒い髪の中に、白い髪がまじっちゅうがやね」

あやめは喜多の髪の毛を見ていた。喜多が口を開く前に、あやめは続ける。

「雨みたいなねえ。雨が降りゆうみたい」

喜多は耳を疑った。これまで、福白髪と言われたことはあったが、そんな風に言われたのは初めてだった。あやめにそう言われると、この髪がひときわ特別なもののように思えた。

「わたし、雨がすき。喜多の髪はいっつも雨降りで、ええねえ」

そのとき、八ツの鐘が鳴った。あやめは弾かれたように飛びあがって、簾を倒し、魚屋に叱られた。それでも、謝るのもそこそこに庚申堂の段に凭《もた》せておいた三絃を摑《つか》み、駆けていく。

漆を塗ったようにつややかな黒髪が跳ねて、紅を差したような頰にかかるのを、喜多はうっとりと見送った。贅を尽くした大柄の着物を着た自分や油屋の娘よりも、渋い縞の着物をまとったあやめのほうが人の目に立つ。

「士の子は大変やね」

「お箏と踊りも習いゆうがと。ええところにお輿入《こしい》れするがやって」

喜多はあやめを自分の手柄のように誇った。


潮江天満宮の祭礼も終わると、朝晩はめっきり寒くなる。

冷たい雨の降りしきる朝、いつも遅れる喜多が塾に上がるころには、手習い子はもう座敷に入っていた。ただ、あやめひとりが縁に立って、軒《のき》から筋になって垂れる雨をみつめていた。

「雨が降ったら、この世の色が、いっぺんにみんな変わるがよね」

そう言うと、喜多をふりかえり、わらった。あやめはよく、喜多の気づかないものに気づき、みつめている。

興人が入ってくると、手習い子たちはそれぞれの席に背筋を伸ばして座りなおし、頭を下げた。あいさつをすませると、どの子もそれぞれ手本をもらって、てんでに前日の続きを始める。庭訓往来《ていきんおうらい》を写す子もいれば、算盤を置く子もいる。興人は机をまわり、字を直してやったり、読み方を教えてやったりする。

興人がそばまでやってきたとき、あやめは伊呂波を書いた半紙の隅に、桔梗《ききょう》の花を描いていた。

あやめはいつも絵を描いている。

喜多が気づいて袖を引き、あやめがはっとしたときには、もう遅かった。

「すみません」

桔梗を手で隠し、頭を下げたあやめに、興人は鋭い目を向けた。

「ちっくと待ちよりなさい」

興人は立って出ていったが、すぐに戻ってきて、叱られるかとうつむいて待っていたあやめの前に見慣れない道具を並べた。

「あやめさんも喜多さんも吉之丞さんも、よう学びゆう。暮れには初勘定《はつかんじょう》いうて、今年習《なろ》うた字をおさらいに浄書して出してもらうがが決まりやが、それはおいおいやるとして」

興人が言いながら、並べた箱の蓋を取ると、白い皿に鮮やかな色絵の具が入れられていた。あやめが息をのむ。

「あやめさんは、初勘定の絵に、これで色を付けたらえい」

興人は、あやめの描いた桔梗に、そっと色をのせた。

「きれいな」

喜多は声を上げたが、あやめは物も言わず、見たことのない鮮やかな色に目を奪われていた。

「あやめさんもやってみなさい」

手習いを終えると、あやめは庭を見て言った。

「絵の具があったら、なんでも描けるね」

庭では寒椿が見頃だった。

「あの椿の花も、葉っぱも、空やって」

あやめが見上げた空を、喜多も見上げた。朝の雨は上がり、日が差してまぶしかった。朝に夕に見上げるいつもの空で、喜多はそんなことを考えたこともなかった。

初勘定には、あやめも喜多も行書で伊呂波を書くように言われたが、あやめは興人から絵の具を借りて、伊呂波の下に寒椿を描いた。

貼りだされた勘定は、暮れに親たちが見にやってくる。我が子の上達ぶりをたしかめ、よその子の出来栄えとくらべるのだが、あやめの初勘定は、我が子自慢の親の目さえ引いた。行書のたどたどしさが別人の手かと疑われるほどに見事な寒椿だった。

年が明け、年賀のあいさつに塾に上がると、興人が言った。

「あやめさん。あの寒椿は、島本蘭渓《しまもとらんけい》先生にお見せした」

蘭渓は城下でその名を知らぬ者はないほどの画人《がじん》だった。興人の言葉に、手習い子たちの歓声が上がる。

「八つのおなごの子の初勘定とは思えんと、えらくお褒めになっておられた。今年も励むように」

興人は上機嫌であやめに寒椿の半紙を返した。

「わしも鼻が高かったわ」

喜多の行書は誰の目にもとまらなかった。


「喜多はもう、国尽くしも文字尽くしもすんだそうやね」

喜多が手習いを始めて二年が経ったころ、夕餉《ゆうげ》の席でもとに訊かれ、喜多は胸を張って答えた。

「童子教《どうじきょう》も。今は百人一首をやりゆう。八算もすんだし」

「この前の暮れの勘定では、喜多はなかなか逞《たくま》しい字を書きよったな」

儀平はわらった。

「先生が漢学者やきにね、おなごの先生のほうがよかったかもしれん」

もともわらった。

「そろそろ手習いはよして、正月からは、あやめさまみたいにお箏《こと》や三絃を習《なろ》うたらどうやろう」

「習《なろ》うちょったら、ええところにお嫁に行けるろうしねや」

「冨三郎《とみさぶろう》も無事に初誕生を迎えたことやし、喜多はもう跡取りやないきね、すきなことをしてええがよ」

昨年、喜多の下に冨三郎が生まれたときは、産婆だけでなく山伏も呼ばれ、お腹の子がおなごであっても、男に変わって生まれてくるという変成男子《へんじょうなんし》の祈禱《きとう》まで行われ、大騒ぎだった。初めは冨太郎《とみたろう》と名付けられたが、やっと授かった大事《だいじ》な跡取りやきにこそ、そんないかにも跡取りらしい名はつけたらいかんという大叔父の勧めで、初宮参りを前に、冨三郎と改めていた。

息災に冬を越した冨三郎の初正月の祝いも盛大だった。まだ歩けもしない冨三郎のために、町内の若衆《わかいし》が集まり、初凧として十二畳もある大凧が揚げられた。喜多は、びゅうびゅうと風を切る音をたてて空に舞いあがり、ごま粒のように小さくなった凧を見上げ、天まで届いたのではないかと思ったものだった。

「吉之丞も店が忙しいきに、もう手習いはやめさせることにしたがよ。喜多もあやめさまと一緒にお箏と三絃を習《なろ》うたら」

もとの言葉に儀平が頷く。

暮れの勘定の後、喜多は、吉之丞と一緒に、興人にあいさつに上がった。

「お二人とも、よう手が上がったところやに、残念やのう」

興人は禿げあがった頭をなでなで、つぶやいた。

帰り道、横丁に入ったところで、文机《ふづくえ》を二つ抱えていた吉之丞が足を止めた。

「喜多さまは、ええがですか。あんなに字を書くがおすきでしたのに」

「もう跡取りじゃのうなったきにね」

冨三郎の初誕生以来、何かにつけて言われてきたことを、自分で口にしたのは初めてだった。

初誕生のとき、一升餅を背負って歩いた冨三郎を、儀平は押して転ばせた。初誕生で歩くのは健やかな成長の証で喜ばしいことだが、一升餅を背負ってまで歩くのは成長のし過ぎで、かえって縁起がわるいので転ばせるのだという。

出る杭は打たれる、いうきね、商売やっていくがには人並みが一番やき、と儀平は言った。それでも冨三郎は泣きもせず、すぐに起きあがって、占いに並べられた筆だの銭だのの中から、迷わず算盤を取った。これは立派な跡取りになりそうな、と祝い客が口を揃えて手を叩いた。自分の初誕生のときには、まだ立つこともできず、ふくに抱かれて占いをし、小さな腕を広げて算盤も筆も総取りにして、祝い客にわらわれたと聞いていた。

喜多は、ぱちぱちと音高く算盤を弾き、帳場で働く儀平たちの姿に憧れていた。自分があそこに座ることはもうないのだと思うと、胸がすうと冷たくなった。

一方で、三絃を抱えて歩くあやめの姿にも憧れていた。一緒に箏や三絃を習えるのは楽しみだった。あやめも一緒に稽古に行けることを喜んでくれている。

ほどなく、もとと、冨三郎の子守りに雇われてきた稲《いね》につきそわれ、喜多は三絃の師匠と箏の師匠にあいさつに回った。

手習いをやめてきたと言うと、三絃の師匠はほがらかに言った。

「結構ですこと。おなごが手習いなぞしよったら、縁が遠なる言いますきにね。西村屋の嬢《いと》さんが縁遠うなったら終《しま》いですろう」

師匠はわらった。

「土佐は質実剛健を旨とするがが藩是《はんぜ》やいうて、天保のご改革いうてまわって、歌舞音曲《かぶおんぎょく》を目の敵みたいにしよりますけんど、江戸では御殿奉公に上がるがにも、できんかったら始まらんいうて、娘という娘は猫も杓子も習いよります。さすがに西村屋さんは先見の明がおありです」

お追従《ついしょう》上手な師匠はそう言うと、またわらった。

箏の師匠は年齢の割に小さい喜多をいぶかしげに迎えたが、あやめの話をすると頬を緩めた。

「あやめさんの朋輩《ほうばい》ながですね。それは楽しみな」

あくる日から喜多は通いはじめた。三絃の師匠の家も箏の師匠の家も、同じ下町《しもまち》とはいえ播磨屋《はりまや》橋《ばし》を渡った先で、喜多の足にはかなり遠かった。城下では他に習うところがないらしく、城のむこうの上町《かみまち》や城下の村々から習いに通う娘までいた。

あやめは箏も三絃も見事に弾いた。弾いている最中には喜多に向かって、にっとわらってみせた。あまりに淀みない弾きぶりなのでたやすく思えたが、いざやってみるとenでもなく難しい。箏は付け爪で弦を弾くが、まず音が出ない。

「もっと力を入れて」

「指先だけに力を入れてもいきません。体全体で押して」

言われた通り、今度は思いっきり力を込めて弦を押したら、ばあんとけたたましい音を立てて箏柱《ことじ》が倒れた。

「お箏が壊れます」

師匠は白い顔を青くした。

箏の糸は十三本もあって、なかなかおぼえられない。三絃は三絃で、左手で押すところが何箇所もあって、まちがえると妙な音が出る。しかもその音が妙だということが、喜多にだけはちっともわからない。最初のうちは大目に見てもらえたが、三月《みつき》も経つと、さすがに師匠の声も険しくなってくる。

「喜多さん、そうやないでしょう」

音のまちがいだけでなく、拍子も外れているらしい。

「喜多さん、今、ずれたがわかりましたか。拍子をように聞いてください」

箏の師匠は喜多が弾くときだけ、手を叩いた。その手の音に合わせて、同じ拍子で弾くことができない。いつまで経っても弾けるようにならないので、初めに教えられた曲を延々と習い続け、後から入ってきた子にどんどん追いこされていく。

あやめが難しそうな曲を弾いているのを、何が違うのかと考えこみながら、じっと座ってみつめていると、後ろから耳許にささやかれた。

「拍子をように聞いてください」

驚いてふりかえると、喜多の後ろに陣取った娘たちが、くすくすと声を抑えてわらいあっている。

「拍子をように聞いてください」

娘たちは、喜多と目が合わないようによそを向いてくりかえし、また顔を見合わせてわらいあう。

「拍子をように」

「うるさいきに」

鋭い声が響き、娘たちの笑いがぴたりと止まった。習いに来る誰よりも背が高く、いつもひとりで隅に座っている娘だった。

師匠までこちらを見たので、喜多をからかった娘たちは一様にうつむいて口をつぐんだ。

「とめさま、先ほどはおおきにありがとうございました」

お稽古の後で、喜多の手を引いて、あやめが頭を下げてくれた。上町の郷士《ごうし》の娘だというとめは、徒士《かち》の娘のあやめよりも家格が上になる。町方の娘の喜多からは、とめに声を掛けられない。

「礼らあていらん」

とめは足を止めもせず、あやめと喜多の前を通りすぎた。あやめとそう歳は変わらないはずだが、見上げるほど大きい。背だけでなく、幅もある。

「けんど、あんたは向いてないと思うよ」

とめの一歩は歩幅が大きい。訊きかえす間もなく、門を出ていった。とめの供の女衆《おなごし》があわてて後を追う。

あやめと喜多は目を見合わせた。喜多に向けた一言だとはわかっていた。

「言われたね。とめさまはお上手やきにね」

あやめが肩をすくめた。

「郷士やいうて偉そうに、どうせ才谷屋《さいたにや》の金で買《こ》うた身分のくせに」

さっき喜多をからかった娘のひとりが、聞こえよがしに言いながら門を出ていった。

とめの家の本家は才谷屋なのだという。上町の才谷屋といえば、川崎《かわさき》金持ち浅井《あさい》地《ち》持ち才谷屋道具持ちと唄われる、城下で三本の指に入る大商家だ。西村屋など足許にも及ばない。道理で、贅沢な呉絽《ごろ》覆綸《ふくりん》の帯を締められるはずだ。

「あの子ん家《ち》は用人《ようにん》格やと」

あやめは喜多の耳にささやいた。

「とめさまの家より下で、うちより上」

「えらい細こうに分かれちゅうがやね」

喜多はあきれて言った。

「それでもみんな軽格《けいかく》やきにね。上級の士格《しかく》になったら、また全然別ながで。お堀の中の、郭中《かちゅう》に住めるし」

「わたし、町方でよかった」

「郭中に住みとうないが」

「堅苦しそうなきに。みんなと遊べんなるし」

「大丈夫。郭中の士格は誰も喜多をお嫁にはせんきに」

あやめがおかしそうにわらう。

「あやめは郭中にお嫁にいきたいが」

「あたりまえやん。やきにこそこんなに手習いもお稽古もしゅうがやんか」

あやめはそう言うと、裾をひらめかせながら駆けていった。


初めてのおさらいのためにと、もとは白梅の小紋を作って喜多に着せた。

喜多は、それまでに習ったたったひとつの曲を、見に来た親たちの前で懸命に弾いた。三絃も箏も名前すらついていない練習曲だった。後ろに控えた三絃の師匠も箏の師匠も眉をひそめてうつむいた。

おさらいとあっては、拍子を合わせるために手を叩くこともできない。箏の師匠など、喜多が弾いている間中、白い顔を真っ赤にして身を縮め、穴があったら入りたいといわんばかりだった。

「喜多は最後までよう弾いたね」

それでも、もとも儀平も、弾き終えた喜多にわらいかけた。

「大したもんじゃ。途中で止まらんと、よう弾いた」

あやめの母親が見にきていたので近づいて話をすることもできなかったが、あやめは人垣越しに喜多に向かって顔をしかめ、首を振った。

「お箏のお稽古と三絃のお稽古はもうやめらしてつかあさい」

おさらいの日の晩、喜多は儀平ともとに頼んだ。

「まだ始めたばっかりやに」

儀平ももとも驚くが、喜多の心は決まっていた。

「おさらいが上手《うも》ういかんかったきにいうて」

儀平のその言葉に、やはり自分はうまく弾けていなかったと知らされる。

「おさらいだけやのうて、いっつもどればあがんばってもできんがやき。向いてないいうて、あやめにもとめさまにも言われたし」

「とめさまいうて」

「上町の郷士の坂本とめさまいう、えらい大きい方で、お箏が一番上手ながやそうで」

「ああ、坂本のお仁王様《におうさま》やね」

もとが言うのに、儀平が続けた。

「評判は聞いちょったが、たしかにあの方はうまかった。大きゅうて怖いような顔をされちゅうが、見た目に似合わん、なんとも繊細なええ音を出される」

「ええ方ながやけんど、向いてないいうて言われて。自分でも向いてないとわかっちゅうきに」

「けんど、あやめさまも坂本さまも何年も前から習われよったがでしょう。喜多も続けたら上手《うも》うになるきに」

もとの励ましに、喜多は首を振った。

「みんなが弾く速さで、喜多には弾けん。音は弾いた端からどんどん消えていくきに、自分が弾いた音が合《お》うちょったがかどうながか、たしかめることもできん。後から入った子もみんな喜多を追いこして弾きゆう。みんなができることが、喜多にはできん」

喜多はお膳からちょっと下がって、指をついて頭を下げた。

「また、手習いに行かしてつかあさい」

もとも儀平も、わがままいっぱいに育った喜多が、神妙に指をついたことに驚いたようだった。

「手習いやったら、お手本も自分の書いた字も消えんきに、ように見て、なんぼでもたしかめることができる。喜多は手習いがすきやきに」

もとと儀平は顔を見合わせた。

「手習いをせんなって、喜多は手習いがすきやったことがようにわかりました。また手習いに行かしてつかあさい」

喜多はもう一度指をついた。

「年明けからまた行たらえい。それにしても」

儀平は、頰を赤くして喜ぶ喜多をふっとわらった。

「喜多は、自分がすきかどうか気づくがも遅いがやねや」

もともわらいながら頷いた。


喜多がやめていた一年の間に、あやめの手習いはすすんでいた。

「百人一首はとっくに終わった。女大學《おんなだいがく》も。今は女式目《おんなしきもく》を習いゆう」

言いながら、あやめは何度も重ねて書いて真っ黒になった半紙の隅に、梅の花を一輪描いた。

「きれいなね」

覗きこんで、今自分が着ている小紋の柄と同じだと気づく。

風が吹けば香りが立ちそうな、まだ固い花弁の白梅だった。

喜多は思わず嘆息した。あやめは絵、とめは音曲と、二人の才がうらやましかった。

自分には何もない。

やっとすきだとわかった手習いも、やめている間にみんなに置いていかれてしまった。

そのとき、ふっと梅の香りがした。

驚いて二人が顔を上げると、いつの間にか開いていた障子の間から風が吹きこんで、庭の紅梅の香りを運んできていた。

あやめと喜多が顔を見合わせ、思わず声を立ててわらいだしたところへ、見たことのない男子が入ってきた。入門の子にしては、ひょろりと背が高い。背丈はあやめと同じくらいはありそうだ。

まだ固そうな唐桟縞《とうざんじま》を着ている。町方の子だ。

喜多とあやめの笑い声に細面を向け、癇《かん》の強そうな目で、きろりとにらむ。

そのすぐ後ろから、男衆《おとこし》らしい若者が入ってきた。伏し目がちに結城縞《ゆうきじま》の膝をつき、音もなく障子を閉《た》てる。

真面目にお手本を真似していた子も、算盤を置いていた子も、いたずら書きをしていた子も手を止め、どしどしと大股で畳を踏む男子をみつめる。大人の輿人よりもずっと華奢《きやしや》な体のどこから出てくるのか、異様にも思えるくらいの勢いだ。

床間《とこのま》の前に座った輿人のとなりに、並んでどんと腰を下ろすなり、手習い子たちを挑むように見た。入門の子は大抵、一度に大勢の手習い子に見られて、面映《おもは》ゆそうにうつむくものなのに。

「今日から入門した猪之助《いのすけ》さんじゃ。江ノ口《えのくち》から来てくれた」

輿人の言葉を受けても、猪之助は口を真一文字に閉じたままで、一言も発しない。頭さえ下げることなく、うつむくどころか、柳の葉のように細い、切れ長の吊り目で、座敷いっぱいの手習い子をにらみつけている。

「ほいたら、そのへんへ」

興人はそれを咎めるでもなく、障子のそばに控えていた男衆に手で促した。こちらは足音も立てずに、興人が指示した一角に文机を運ぶ。それが、数少ない武家の子たちの占める場所のそばだったので、その子たちは一様に猪之助を険しい目で見上げた。

雑喉場や米蔵《こめぐら》にほど近く、商家が多い弘岡町にある興人の塾では、手習い子のほとんどが商家の男子だ。場所柄、算術も教えるということで武家には敬遠される。それでも、束脩《ひっぱく》の多寡で分け隔《へだ》てされることなく、半紙や墨の準備も最小限で許されることが評判で、経済的に逼迫している小身《しょうしん》軽格の武家の子が五人ばかり通っている。あやめもそんな軽格の武家の子のひとりだった。

男衆が筆も硯も机に並べる。供に来る男衆や女衆《おなごし》は門のところで一旦帰り、すんだころにまた迎えに来るのが普通なので、手習い子たちはみんな驚いて、猪之助と男衆から目が離せない。

一通り並べ終わると、墨まで男衆が摩りはじめた。猪之助はと見ると、柱にもたれてあぐらをかいている。着ている縞は目が詰まり、嵩も高く、真新しくて体に馴染んでないのが見て取れる。入門で新調してもらえるということは、かなり裕福な商家の子なのだろう。

墨を摩りおわった男衆は廊下に出、きちんと膝に手を置いて控えた。そこへ回ってきた興人に促され、猪之助はやっと机の前に座った。

さあ、この子は何から習うのか、背の高さから判断して、伊呂波は終わっているだろうから、国尽くしか、それとも往来物まで進んでいるのか。手習い子たちが次の一言に耳を澄ましたとき、興人はあっさり言った。

「ほいたら、おさらいをいたしましょう。まずは伊呂波から」

ところが、猪之助は膝に手を置いたままだ。

「猪之助さん」

興人は筆を取るよう促すが、猪之助はぴくりとも動かない。

「ほいたら、まずは筆の運びからまいりますかな」

興人は動じず、猪之助の横に並び、筆を取ってたっぷり墨を含ませると、猪之助の手に持たせようとした。

「伊呂波らあ、やれるかっ」

その叫びと同時に、喜多の視界を黒いものがよぎり、胸に何かが当たったような気がした。きゃあっという悲鳴が上がる。そちらを見ると、あやめが喜多の胸を指さしている。見下ろすと、胸に黒い染みができていた。墨を散らしながら転がったらしい筆が、畳の上に落ちている。猪之助が興人の腕を払った拍子に、筆が飛んだのだ。

「猪之助さまっ」

廊下から男衆が駆けこんでくる。猪之助は立ちあがり、興人をにらみつけている。

「これはたまげましたな」

興人は膝を崩さず、猪之助を見上げ、はっきりと言った。

「伊呂波を侮《あなど》られてはなりませぬ。伊呂波は学問の礎《いしずえ》でございます」

「申し訳《わけ》ありませぬ」

仁王立ちのままの猪之助の足許で、男衆が手をついて、まず興人に、次いで喜多に向かって頭を下げる。

「猪之助さまも、お謝りください」

男衆の促しも猪之助ははねのけた。

「おなごにらあ、謝れるかっ」

男衆は猪之助に構わず立ちあがり、喜多のそばに座ると、もう一度頭を下げた。

「おおきに、申し訳ありませぬ」

男衆はつと懐から手拭《てぬぐ》いを出し、喜多の着物に散った墨を拭おうと手を伸ばしかけたが、はっとその手を引っこめた。

「失礼」

それから、手拭いを喜多に差しだした。

「どうぞ、こちらをお使いください」

喜多が受けとったものかどうか迷っていると、あやめが脇からぱっとその手拭いを取った。

「早《はよ》うせんと、墨は落ちんで」

真っ白だった梅の花びらは、黒く染まっていた。あやめは男衆の手拭いに墨を染みこませるように、喜多の胸にそっとあてる。

「おおきに、申し訳ありませぬ。着物は弁償させていただきますきに」

男衆はまた深々と頭を下げ、喜多の膝先に落ちていた筆を拾った。

言いざま、猪之助はどしどしと廊下へ出ていった。

「實《みのる》、帰るぞっ」

「大変失礼をいたしました。ひとまずこれにて。またあらためてまいります」

男衆は、喜多にとも興人にともつかず、そう言いながら後ずさると、猪之助の後を追っていった。

「なんぞあれ」

手習い子たちはあきれて見送った。


また手習いができるようになって喜んだ喜多だったが、与えられた女大學は嫁《か》してからのおなごの心得を学ぶものだった。教えられた通りに暗誦し、書き写すが、忍従《し》を強いる話ばかりで、喜多には別の世のこととしか思えず、おもしろくもなんともない。

新しく入門してきた猪之助は、士の子たちと毎朝登塾一番乗りを競いながらも、いっこうに筆を取ろうとはしない。それでも興人に手渡された小學はすらすらと読みあげていた。喜多には、女大學よりそちらのほうがずっとおもしろそうに思えた。

鏡川べりの柳の色も濃くなると、喜多とあやめは連れだってえびをすくいにいった。川は泳ぐもの、えびをすくうもの、釣り舟を出してはぜを釣るもので、すっかり賑《にぎ》わしくなっていた。

「今日は節句の尻はぐりっ」

目指す川原に着くと、あやめは叫ぶなり、喜多の着物の裾を、後ろからばっとめくった。

「何するがよ」

「お尻の用心、御用心」

ふりかえって怒る喜多に構わず、あやめは喜多の着物の前もめくろうとする。喜多も負けじとあやめの着物の裾に手をのばした。

「今日は節句の尻はぐりっ」

あやめと喜多はきゃあきゃあとわらいながら、お互いの着物の裾をめくりあい、そのまますき掛けになって川原石を踏み、川にざんざんと入っていく。

前に誘ったときは、えびをすくうなど賤しいと言っていたくせに、今日は競ってえび玉《たま》をふりまわすあやめを、喜多はからかった。

「けんど、母上さまが喜んだきに。えびがお好きやって」

「母上さまはわたしと一緒でも構《かま》んなったが」

あやめは笑いを残した顔で首を振った。

「とめさまと一緒いうて言いゆう。とめさまやったら格も上やし、お屋敷は上町やきに、うっかり会《お》うてばれることもないきに」

町方の自分は、あやめが嘘をつかなくては、こうして会うことすら憚《はばか》られる身だった。

そのとき、川上で大きな水しぶきが上がった。けたたましい音にふりかえると、褌《ふんどし》ひとつの男子だった。

「なんなら」

「おまんこそなんなら」

二人の男子が叫びながら取っ組みあい、浅瀬で上になったり下になったりしている。

やがて、勝負がついたのかつかないのか、ひとりの男子は川原に駆けあがり、堤《つつみ》の草を掻《か》きわけている。前髪から雫《しずく》を滴《したた》らせているその横顔には見おぼえがあった。

「猪之助やない」

あやめが喜多より先に言った。

「あほたれやと思うたら、あのあほたれやわ」

猪之助はまた草の中から飛びだしてきて、川の中のもうひとりに向かって手にしていたものを投げつけた。男子の背に当たって、足許に落ちたものは、川原石にうねって這った。

「ひいい」

それは大して太くもない尋常の蛇だった。しかし、声にならないわめき声を上げながら、男子は逃げだし、堤を上って姿を消した。巣穴からひっぱりだされた蛇も、後を追うように草むらに消えた。

「ざまあみろ」

叫んだ猪之助は、川の流れで手を洗おうとして、初めて喜多とあやめに気づいた。

「おまんら」

「いのすー」

堤の上に、さっきの男子が現れた。あいかわらず、褌ひとつだ。

「やすか。まだやるか」

猪之助は、やすと呼ばれた男子に向かって川原を駆けだした。やすも堤を駆けおりてくるが早いか、猪之助に何か投げつけた。

馬糞だった。ひゃあっと間の抜けた悲鳴を上げて、逃げだしたのは猪之助だった。

「おまん、卑怯《ひきょう》ぞ」

「卑怯もくそもあるか」

手もなく、猪之助は追われる一方になった。喜多とあやめは川の中から声を上げてわらった。

「猪之助さまあ」

聞き慣れた声がした。

見上げると、堤の上には、いつも猪之助についている男衆《おとこし》がいた。

「保弥太《やすやた》さまも。お母上さまががいにお怒りですよ」

「實、来《く》なっ」

猪之助は男衆に向かって叫んだ。そして、喜多とあやめをふりかえる。

「今行くきに」

男衆は堤から下りかけたが、猪之助の視線の先に気づいて、足をとめた。喜多とあやめに軽く会釈するなり、そそくさと堤のむこうに消える。猪之助とやすも脱いでいた着物を抱えて堤のむこうに消えた。

途端に蟬《せみ》の啼き声が耳に響いた。


七夕の前日、塾では短冊がひとりひとりに配られた。

「今日は風が強いきに、飛ばさんように気ぃつけえよ」

興人は手習い子たちにそう言うと、母屋《おもや》に戻っていった。まだ歌までは書けない子も、見よう見まねで天乃川《あまのがわ》と書く。あやめはすっかり手が上がり、みずみずしい女文字で七夕の歌を書いている。

喜多はあやめの短冊を手本に借りて真似たが、わらわれた。

「間違《まちご》うちゅうわけやないけど、喜多の字はおなごらしゅうないね。男が書いたみたいな」

小間物《こまもの》屋の娘も覗きこんでわらう。

「まっことやねえ。喜多ちゃんの字は、短冊が破けんががふしぎなくらいや」

半紙よりもずっと薄くてむこうが見えるような短冊を、喜多の書いた文字は破りそうな勢いだった。

喜多も一緒になってわらいながら、ふと気づく。斜め後ろの机の猪之助は、配られた短冊を机に置いたまま、じっと座っている。男衆《おとこし》はその後ろからかぶさるようにして書かせようと促しているが、猪之助は筆を取ろうともしない。その横顔は、七夕などくだらないと思っているようだった。

喜多は、猪之助の字をまともに見たことがなかった。もう小學を習っているくらいなのだから、御家流《おいえりゅう》の字くらいは書くのだろうと手許をみつめたが、猪之助は余程に書きたくないらしい。ぷいと立って、出ていってしまった。男衆があわてて後を追う。

「どうぞ。見てみい。えいろうが」

座敷の一角では、麴屋《こうじ》の太兵衛《たへえ》が短冊を見せびらかしてわらっている。興人がいないとみんなやりたい放題だ。子分同様の樽屋《たる》の新吉《しんきち》が覗きこみ、吹きだす。

短冊は豆腐屋の弥助《やすけ》に回る。次から次へとその短冊が回され、みんな覗きこんでは、吹きだしてわらう。

「あてにも見せて」

小間物屋の娘が取って、喜多とあやめと三人で覗きこむ。

そこには仮名で、くっきりと、天乃川ヨリナガナガシマゲホシヤと書いてあった。

見るなり、髪が薄く、かろうじて髷《まげ》を載せている格好の興人をからかっての句だとわかる。つけ髷ではないかという噂もしきりに飛びかっていたのだ。

三人はうち揃ってわらいころげた。その拍子に小間物屋の娘の手から離れた短冊は、七夕の風にひらひらと飛んで、ちょうど戻ってきて敷居を越えたところだった猪之助の足許に落ちた。

拾いあげた猪之助の手許を後ろから覗きこんだ男衆はぷっと吹きだしたが、わらいだすのはさすがにこらえた。ところが、猪之助は手にした短冊をにらみつけたまま、くすりともわらわない。

ほかの男子たちも、猪之助から短冊を受けとってわらいくずれる。床間の前の輪もどっと沸く。喜多もまだ、口許に笑いを残したままだったが、猪之助からは目が離せなかった。今や、座敷中でわらっていないのは猪之助だけだったのだ。

興人が戻ってくる姿が見え、手習い子たちはあたふたと自分の机に帰った。

「何を見よった。出しなさい」

興人の険しい声に、士の子の銀七《ぎんしち》は後ろ手に隠していた短冊をおずおずと出した。興人は一読するなり、銀七をにらみつけた。

「銀七さん、これはおまんが書いたがかね」

銀七はぶんぶんと首を振った。

その答えに興人は太兵衛に目を移した。

「太兵衛が書いたがです」

「太兵衛さん」

興人の鋭い声に観念したのか、太兵衛は頭を垂れて返事をした。

「へえ」

ところが興人は言った。

「なかなかように書けちゅう」

太兵衛は驚いて顔を上げた。

「ええ句じゃ」

興人はにやりとわらって、自分の頭をなでた。太兵衛はもちろん、手習い子たちはみな、ほっとしてわらいだした。

「もう月代《さかやき》も剃らんぐらいやきにのう、ほんまに長い髷が欲しいわ」

言いながら、興人も、はっはっはっとわらいだす。

「けんどわしの髷はまだつけ髷やないき。それだけはように言うておくぞ」

離れが揺れるくらいの笑い声の中で、喜多はそっとうかがったが、やはり猪之助だけはにこりともしていない。後ろに控えた男衆までわらっているのに。

「さあ、書けたかね。紙縒《こよ》りはここにある。穴を開けちゃるきに、書けたもんから持ってきなさい」

手習い子たちは自分の書いた短冊を興人に見てもらい、わいわい騒ぎながら、紙縒りで笹に結びつける。その賑わしさの中で、喜多は猪之助の机の上に置かれたままの短冊をぱっと取った。

咎められる前に、喜多は、その短冊に、七夕のとわたる舟のかぢの葉にいく秋かきつつゆの玉づさと楷書で書いた。さっき書いたばかりの七夕の歌だ。書きあげると、猪之助の机の上に戻して立ちあがる。

「おまん」

「早《はよ》う出してきたらえい」

喜多はそれ以上の追及を逃れるように、自分の短冊を持っていった。穴を開けてもらい、紙縒りを受けとると、笹の葉に結びつける。

猪之助も観念したのか、喜多が書いた短冊を興人に渡した。

「ほう、猪之助さんは、さすがに立派な字を書く。なかなかに力強い」

興人は手放しに褒めた。

手習い子の短冊がみな結びつけられると、座敷に横倒しにされていた二本の笹が庭に立てられた。

塾だけあって、軒に届こうという立派な笹だった。手習い子たちの歓声が上がる。

五色の短冊で飾られた二本の笹の間にしめ縄を張り、ほおずきやなす、きゅうりにふろ豆を七夕さまに供える。大きな西瓜は、明日、みんなで食べることになっている。

笹と五色の短冊が風に揺れて、さらさらと音を立てた。

目を細めて見上げる猪之助の横顔を、喜多はそっとうかがった。

その喜多の目は、猪之助の襟許《えりもと》にとまった。紫色のあざがある。いくら襟を高く合わせていても、隠しきれていない。

猪之助がふとこちらを見たので、喜多ははっと目をそらした。


「今、よろしいですろうか」

手習いが終わってからも残って、家で祝う笹の短冊を書いていた喜多に、猪之助の男衆《おとこし》が声を掛けた。

はっとして見回すと、座敷にはもう猪之助と男衆しかいなくなっていた。家で笹を祝わないあやめは先に帰っていた。あやめの家にとっては、七夕売りの商《あきな》う笹の小枝さえ贅沢品らしい。

男衆の後ろから、猪之助がぬっと出てきた。むっとした顔で喜多を見下ろし、にこりともせずに言った。

「さっきは助かった。礼を言う」

喜多は猪之助を見、それから控えている男衆を見た。

「おおきにありがとうございました」

「人が叱られるがは見とうないきに」

喜多はあわてて言った。もうこれ以上、この男衆に頭を下げさせたくない。

「おれは猪之助。猪之助でえい」

「知っちゅうよ。猪之助」

喜多はためらいなく、名前をそのまま口にした。

「こいつは實じゃ」

猪之助は男衆を指して言った。

「實でえい。庭育ちじゃ」

前髪もない、よその家の男衆を呼び捨てにするのは抵抗があった。喜多はためらったが、實は頷く。

「實」

喜多はおそるおそる呼んだ。

「はい」

實は返事をして、喜多ににっこりとわらいかけた。喜多もほっとしてわらいかえした。

「さあ、猪之助さま」

實がその背中を押して促したとたん、猪之助は喜多をにらむようにして口を曲げた。この子は、お礼は言えても、謝ることはできないらしい。

あのとき、墨に汚された白梅の着物は、悉皆代《しっかい》が届けられ、縹色《はなだ》に染め直されて戻ってきた。塾では汚れていない畳までみな青畳に取り替えられて、座敷は建て直したかのように明るくなった。耳ざとい町方の子たちから聞いた、猪之助は堺町《さかいまち》の呉服屋十市屋《とおちや》の親戚だという噂も納得できる。

「もうえいよ」

喜多は言ってから、声をひそめて訊いた。

「猪之助。ひょっとして、あんた、字が読めんがやない」

猪之助は喜多をきんとにらんだ。

「何をおっしゃるがです」

驚いたのは、實だけだった。

「けんど、さっき読めんかったぜね。太兵衛が書いた短冊を」

喜多は、にらむ猪之助に頓着なく続けた。

「ほんまは、猪之助は字が読めんがやろう」

「猪之助さまは小學も論語《ろんご》もしゃんとお読みになれます。ただ、学問に身が入らんだけですき」

實は小學の薄っぺらい本を出すと、冒頭の太字で書かれた一文を指さして言った。

「猪之助さま、ここ。ここから、お読みになってつかあさい」

猪之助は懐手《ふところで》をして、喜多をじっとにらんでいる。實は猪之助の袖を引く。

「いにしえのしょうがく、ひとをおしうるに」

實に揺すられながら、猪之助は實の指の指すところをちらりと見ると、唸《うな》るようにつぶやいた。

「さいそう、おうたい、しんたいのせつ、しんをあいし、ちょうをけいし」

そこまでつぶやくと、猪之助は顔を上げ、また喜多をにらんだ。ほらごらんなさいとでも言いたげに、實も胸を張って喜多を見る。

「ほいたら、これはなんて読む」

喜多は、今書いたばかりの短冊を猪之助の目の前に突きだした。天の川とわたる舟のかぢの葉に思ふことをも書きつくるかなと、女跡《おんなで》で書かれた短冊を、猪之助は一瞥《いちべつ》するなり目をそらした。

「猪之助さま。お読みになってつかあさい。仮名ばかりではありませんか」

實が脇から急かす。

猪之助は喜多の短冊をひったくった。覗きこむと、自棄《やけ》のように声を張りあげる。

「てん、てん、てん、の」

猪之助の読みぶりに驚愕して、實は書かれた文字と猪之助の横顔を交互にたしかめる。

「いや、あまの。かわ。と、と、と、と、わ」

「ほら、読めんやいか」

喜多は實の顔を見た。實はごくりと音を立てて唾を飲んだ。

「仮名ばっかりやに。猪之助さまは小學も論語もすらすらと読まれるに、どういてこんなし易《よ》い歌が」

「猪之助は、読むがは苦手やけんど、おぼえちゅうがやない」

喜多は、乳母のふくを思いだしていた。目に一丁字《いっていじ》もないふくは、しょっちゅう唄を唄い、絵草紙のようなおもしろい話をいくつもしてくれた。その中には七夕の長い話もあったが、喜多がせがむたび、ふくは何度でも、よどみなく語ってくれた。

「小學も論語も、猪之助はおぼえちゅうがやろ」

「どういてわかった」

猪之助はうつむいたまま、言った。

「道理で。どこへ行ても何をしても、猪之助さまが学問に身が入らんはずです」

「どういておまんは」

猪之助は顔を上げて喜多をにらんだ。

「できんことって、誰にでもあるき」

喜多は暮れのおさらいで、箏と三弦の師匠に恥をかかせたことを思いだしていた。

「申し訳ござりませぬ。實がついておりながら、気づきませず」

實は手をついて頭を下げた。

「實のせいやない」

猪之助の声は太かった。

「喜多」

猪之助が初めて喜多の名を呼んだ。猪之助が自分の名前を知っていたことに、喜多は驚いた。

「おまん、誰っちゃあに言うなよ」

「隠さんちえいやんか。誰やちできんことはある」

「猪之助さまはもう何人もお師匠さまをしくじっておられるがです。お父上さまも大変なご立腹で、ここを破門になったらもう」

「先生は破門にらあせんと思うよ」

ほかの塾だったら、猪之助などとっくに机を背負わされて破門になっていただろうが、興人は温厚な師匠だった。喜多の知る限り、これまで破門にされた手習い子はいない。それでも實の顔は晴れない。

「猪之助は、これまで先生が読んでくれたがを聞いて、ほんでおぼえたいうことやろ。こんな難しい漢籍を、読めんでもみんなおぼえちゅういうことは、猪之助は利口《りこ》いいうことや。ようにおぼえたら、字やちもっと読めるようになるがやない」

「うるさい」

猪之助が吠えるように遮《さえぎ》る。

「おれがあほじゃきに読めんがじゃ。そればあじゃ。そんなにし易《よ》いもんやったら、もうとっくに読めるようになっちゅうわ」

塾のそばの、堀端《ほりばた》の恵比寿《えびす》を祀った社の境内では、大きな桜の木が喜多と猪之助と實の頭に陰を作って、まだまだ強い日差しを遮ってくれた。

「伊呂波を書いてみろうか」

二人をここまで連れだしてきた喜多が促すと、猪之助は驚いた。

「ここでか」

喜多は長い袖を帯に挟むと、地べたにしゃがみ、右手の人差し指で、砂の上に、いと書いた。このところの日差しに灼《や》かれた地べたは白く乾いていて、喜多の指先がなぞったところだけ、茶色い文字となる。

「これはなんて読む」

「いじゃ。読めるわ。これくらい。ばかにすな」

「ほいたら真似してみて」

實にも促され、猪之助は喜多と並んでしゃがんだ。

「そうそう。次はろ」

喜多が書いた字を真似して、猪之助も砂に字を書く。

喜多は次に、はを書く。猪之助も真似るが、最後の回すところを逆に回してしまった。

「こうちや」

喜多はかぶさるようにして、猪之助の右手に右手を重ね、はを書いた。

「よう女衆《おなごし》にもこうやって教えちゃるがよ」

もともと冨三郎の子守りに雇われてきた稲は、喜多の乳母だったふくの娘で、乳姉妹《ちきょうだい》でもあった。喜多より半年年長なだけのはずなのに、すらりと背が高く、落ちついた眼差しをしていた。それでも字が読めず、簡単な足し算もできなかったので、喜多は時々教えてやっていた。

「これやったら、半紙も筆もいらんきに」

猪之助は喜多の字を見ながら、はを何度も書くが、どうしても二度に一度は逆に回してしまう。

「おれがあほじゃきにじゃ」

「あほは小學をおぼえれんろう」

喜多は小學を習っていなかったが、士の子たちが素読《そどく》をするのをずっと聞いていた。何も知らない喜多にも、猪之助の読み方は、士の子たちの素読よりもよどみないことはわかった。

「ほんでも、だいぶまちがえんなったやいか。読み書きできんと、お店の跡は継げんきにね」

励ましながら、喜多はふと、気づいた。

「猪之助は算術はせんでええが」

「算術らあ」

言いかけた猪之助に重ねて、實が言う。

「まだ入ったばかりですきに」

「跡継ぎになるがやったら、算術こそせんといかんもんね」

猪之助は三回続けてまちがえずに、はを書けた。

城下の祭礼も果てて木枯らしが吹くようになると、塾の障子は閉《た》てきられる。

いつものように、興人に小學の冒頭を渡され、十遍《じっぺん》書くように言われた猪之助は、ぐるぐると渦巻きを書いて一旦半紙を黒くした後、手本を真似た。これなら拙《つたな》い字しか書けないと気づかれることはない。その書きようは遅々としていて、喜多が十遍、あやめなら二十遍も書くところを、猪之助はやっと二遍も書ければいいほうだった。

一日の終わりに、猪之助がやっと一枚の浄書を出すと、興人はため息をつく。

「猪之助さん。もうちっとでえいきに、性《しょう》を入れて書いてくれんろうか」

興人には、猪之助がふざけて、真面目にやっていないとしか思えないのだ。喜多は猪之助が気の毒でならなかった。

暮れの勘定は近かった。この一年間に習ったことの総仕上げで、与えられた課題を復習浄書する。特に猪之助にとっては初勘定になるので、周りの目も集中する。おそらく興人は小學を猪之助に書かせるだろう。しかも勘定なので、手本は与えられない。

気を揉んでいるところへ、實のほうから喜多に声を掛けてきた。

「猪之助さまに、字を教えてやってもらえんですろうか」

塾の廻り縁で、實は頭を下げる。喜多が驚くのもかまわず、實は続けた。

「喜多さまに教えていただいてから、しょっちゅう、地べたに字を書いておられます。喜多さまの言うことやったら、猪之助さまもお聞きになられるようです」

喜多もやぶさかではなかったが、いつも女衆《おなごし》がつく身では、こっそり教えるのは難しい。あやめや他の手習い子たちの目もある。

「ほいたら、塾が終わってからうちに来たらええ」

喜多はふと思いついて、言った。

「半紙を山ばあ持ってきて。その代わり、猪之助はほんまの歳を言うたらいかんがで」

喜多は家に帰ると、もとと儀平に、今年の勘定が難しくて往生しているので塾の朋輩に教えに来てもらっていいかと訊いた。てっきりあやめだと合点《がてん》したもとと儀平に、猪之助に来てもらうのだと伝える。案の定、反対されたが、喜多は押し切った。また筝と三絃のおさらいのときのような無残なことになっていいのかと脅したのが功を奏した。

店の格子《こうし》の前に立った猪之助の後ろから、實が頭を下げた。

「このたびは、おおきに、お邪魔をいたします」

實の言葉と同時に、猪之助も頭を下げた。猪之助がそんなに素直だと気味がわるい。

「今日は、まあ、喜多のためにわざわざ、おおきに、ありがとうございます」

もとも手をついて頭を下げる。

「猪之助さんは算術がようできるそうで、どこまで上がっちゅうがですか」

もとの問いに猪之助と實は目を合わせる。

「猪之助はえらいがで。もう継子立《ままこだ》てもすんで、ねずみ算をやりゆう」

喜多はとっさに、塵劫記《じんこうき》のおもしろそうなところを出してごまかした。もちろん、喜多はまだやったことがない。

「それは大したもんじゃ」

算術もすきなもとが笑顔になる。喜多は猪之助がぼろを出さないよう、腕をひっぱって、奥の茶の間に連れていった。

稲がお茶を運んできて下がったところで、喜多は寒いからと襖《ふすま》を閉《た》てた。稲や奥の女衆《おなごし》の目を遮って、半紙を広げる。

　恋しかろうが　あの奥山で
　鳴いて　殿《との》呼ぶ　鹿の声

店の奥では、米搗《こめつ》きが始まった。男衆《おとこし》が高い声で唄いながら、売り米を唄に合わせて交互にどんどんと杵《きね》で搗く。

喜多が早速に猪之助に書かせてみると、ゆっくりと順番になら伊呂波が書けた。ただ、はとな、ねとれなどは、一度とまって、思いだしてからでないと書けない。ずいぶんと時間がかかる。

　大坂《おおさか》　天王寺《てんのうじ》へ　飛ぶからす
　お金持たずに　買お買おと

筆を持ったまま、ぷっと猪之助が吹きだした。喜多は、猪之助がわらうのを初めて見た。

「おもしろい唄やねや。いつも喜多の家はこんなにうるさいがか」

猪之助の問いに喜多は頷く。

「ちょうどえいろう。何話しよっても聞こえんきに」

　鳴いて　殿呼ぶ　鹿の声

よりも　聞きたい　主《ぬし》の声

「うまいもんですねえ」

實が真面目くさった顔で、恋の唄に感心する。喜多と猪之助はそれを見て、一どきにわらった。

その日は、伊呂波を一度書いただけで終わった。それでも、伊呂波を一度に初めから終《しま》いまで書いたのは、猪之助にとってはこれまでにないことだった。

それから三日にあげず、猪之助は喜多の家に来て伊呂波を習い、同時に小學を書き写すことも始めた。猪之助は見て写すのにも時間がかかる。喜多なら手本を見て二、三文字続けて書くところを、猪之助は一文字ずつしか書けない。しかも、漢字は偏《へん》と旁《つくり》を大抵逆に書いてしまう。

小學は漢字ばかりで、初めは喜多にも読めなかったが、實が読み方だけでなく、文章の意味も教えてくれた。難しい字は半紙に手本を書いてくれる。初めて見た實の字は端正でありながら、おおらかで、喜多は實らしい字だと思った。

小學は、故事を挙げて人の道を説いていた。やはり、喜多には女大學よりおもしろく思えた。


稽古の甲斐あって猪之助の初勘定は無事にすんで、弘化三年の正月を迎え、喜多は表向きは十三になった。十三といえばもう娘として遇せられる年だ。手習いも十三でやめる娘が多かったが、喜多は今年も続けるつもりでいた。

年賀回礼《かいれい》には、五つになった冨三郎を初めて連れていくことになった。自慢の跡取り息子をお披露目しようという儀平の肚《はら》だったが、肝心の冨三郎は寒いからと嫌がり、なだめすかして連れだしたら、喜多が手を引かないと一足も歩かないほどの甘えぶりだ。

ぴゅうっと通りを北風が吹き抜ける。空はどんよりと曇って、今にも雪が降りだしそうな冷えこみだった。早足で播磨屋橋筋《はりまやばしすじ》へ出て、播磨屋橋の手前で曲がって堺町を通っていくが、顔見知りの旦那に会うたびに、儀平は冨三郎に頭を下げさせて惣領自慢だ。

冨三郎はくたびれ、駄々をこねてしょうがない。道々、物売りを見かけるたびに風車《かざぐるま》や椎《しい》の実、願い事が叶うという山おこぜを欲しがっては泣く。結局、言うままに買ってやり、ほとんどは吉之丞が抱き、横から喜多が風車を吹いてあやすことになった。

「重たいろ」

喜多が気遣う。誰に似たのか冨三郎は赤子《あかご》のころからよく肥えて、同い年の子たちの中では図抜けて大きかった。

「どうつうことはありませんき」

吉之丞がわらう。やせ我慢ではなく、朝に晩に俵を担ぎ、米搗きで鍛えた体には、五つのこどもなど屁でもないようだった。

一行は堀詰橋《ほりづめばし》を渡って、郭中に入った。郭中を東西に貫く本町筋《ほんまちすじ》の堀詰には御用《ごよう》商人の町屋があるが、あとは士屋敷ばかりだ。門前には瓦屋根まで届く松が立てられ、注連縄《しめなわ》が張られている。回礼の士も行き交うが、下級の軽格の士は、若党小者《こものよこめ》横目まで連れた上級の士格が来ると、あわてて道を避けて腰をかがめ、頭を垂れる。

「おお、西村屋さん」

郭中の酒屋の前で、儀平に気づいた酒屋の主人が頭を下げた。

「寒いと思うたら、雪ですな。どうぞ遊んでいってつかあさい」

とうとう降りはじめた雪は、ぼったりと大きい。ひらひらと舞いながら落ちてくる。

「西村屋さんではご立派な跡取りができて、まっこと羨ましいことで」

「いやいや、こちらにはええ嬢《いと》さんがこじゃんとおるきに、なんの心配もないですろうに」

儀平は世辞に世辞で返しながら、店に入った。喜多も富三郎の手をひいて、橙《だいだい》とゆずり葉の下をくぐった。余程に景気がいいのか、松飾りには海老まで祝ってある。

酒屋の四人の娘たちと大きな火鉢のそばに陣取り、富三郎を囲んで絵双六《えすごろく》をした。女衆《おなごし》があんもちを運んできたときだった。

「いやあ、こんなところに入られん」

見ると、勝手口から、煮しめたような手拭いをかぶったおなごが顔を出している。

「ほいとが入ったらいかん。早《はよ》う出ていて」

女衆が言うそばから、男衆《おとこし》が縄を持って走ってきた。おなごは菰《こも》をまとい、赤子を抱いていたが、赤子の母とは思えないほどに垢じみた皺が深く、老いて見えた。

「どうぞ、お余りでも頂かして」

庭で頭を下げるおなごの言葉を、男衆が一喝する。

「出ていかんか。正月早々に穢《けが》れる」

男衆は二人がかりで縄を張り、庭からおなごを追いだした。

「早《はよ》う行け」

菰をまとった背中が雪とともに裏戸に消えた。

喜多は膝の前に出されたあんもちを二つつかんで懐紙《かいし》に包むと、そこに出されていた草履を突っかけて飛びだした。

喜多が酒屋の裏戸を出ると、びゅうっと冷たい風が雪をのせて本町筋を吹きぬけた。

おなごは背中を丸めたまま歩いていく。喜多はあんもちを手に、その背中を追いかけた。女《おなご》衆用の草履は、喜多の足には大きくて、何度もつまずきそうになる。

おなごの抱く赤子が、ひいひいと泣きだした。おなごは赤子の細い泣き声とともに士屋敷の石垣を曲がった。道の両側は喜多の背よりもはるかに高い石垣が築かれ、白壁がずっと続く。そこは本町筋から外れた、郭中の中でも、普段、町方の娘が足を踏みいれることのないところだった。

しばらく行くと、おなごは左手にある屋敷の裏戸に入っていったが、追い払われたらしい。出てきた背後で、戸がぴしゃりと閉ざされた。

喜多は小走りに駆け、おなごのそばまで行ったが、どう声を掛ければよいかわからない。逡巡しているうちに、おなごは北風に押されるように、追い払われた屋敷の石垣に沿って曲がった。

そこはひときわ立派な士屋敷の表門だった。両開きの扉には、いかめしく黒い鋲《びょう》がいっぱいに打ってある。

正月で回礼が多いらしく、門は開かれていた。その中から、士格の子らしい、袴を着けた男子が飛びだしてきた。

「待て」

男子はおなごを呼びとめた。その声に聞きおぼえがある。

喜多は見まちがいかと目をこすったが、どう見ても猪之助だった。腰には刀も差している。

喜多はとっさに石垣の陰に身をひそめた。

「これを持て」

雪の中に、猪之助の声が響いた。喜多が石垣の陰から覗くと、猪之助は浅黄色《あさぎいろ》の着物をおなごに突きだしていた。

「早《はよ》う取れ」

まちがいない。いつもの癇性《かんしょう》な猪之助の声だ。

「早《はよ》う」

猪之助は門の内をふりかえりながら、おなごを急かす。おなごはおそるおそる手をのばすと、その着物を取った。そして、丸めて胸に抱えると、ぺこぺこと頭を下げた。

「いいから行け」

猪之助はまた門の内をふりかえる。

おなごはこちらにひきかえしてきた。喜多はあわてて石垣の陰に隠れた。

おなごが抱えた着物は木綿ものではなかった。町方の者が、ましてほいとが持つことなどあり得ない、遠目にもきらめいて見える絹の打掛《うちかけ》だった。

「猪之助っ」

鋭いおなごの声が響き、喜多はびくりとした。石垣から声のしたほうをそっとたしかめると、猪之助を見下ろして、ひとりの娘が立っていた。

「なんちゅうことをしてくれたがぞ」

門からは袴を着けた若党も出てきて、猪之助の後ろに控えた。その見慣れた所作は、實にちがいなかった。

「あれはわたしの打掛ぞ。早《はよ》う取りかえしてこい」

「おかつさま、どうぞお許しくださいませ」

聞き慣れた實の声だった。猪之助と實がこちらに背を向けていたのは幸いだった。

「雪も強うなってまいりましたき。わたくしが参りますきに、どうぞ、猪之助さまはお許しくださいませ」

實の言葉を遮るように、猪之助がわめいた。

「たかが打掛の一枚やないか。あのおなごは赤子を抱いて、この寒空《さむぞら》に震いよったがぞ」

「猪之助」

門の中から、別のおなごの厳しい声がした。猪之助は黙った。

娘は門をふりかえり、ほっとした声を出す。

「母上さまも叱ってやってくださいませ。選《よ》りに選《よ》って、このお正月に作っていただいたばかりの打掛を、衣桁《えこう》に掛けちょったあの打掛を、猪之助がほいとにやってしもうたがです」

「猪之助の言う通りじゃ。實が行くこともない」

門の中の声はきっぱりと続けた。

「猪之助。お前のやったことは間違《まちご》うてない。打掛の一枚、ほいとに恵《めぐ》んでやったとて何が惜しいものか」

娘は言葉を失っていた。

「この乾家の名を高めるがは、案外、猪之助。お前ながかも知れんねえ」

「母上さまっ」

「おかつ。それ以上騒ぐと、父上さまがまたお加減をわるくされます。打掛ならなんぼでも作ってやるきに、もうおあきらめなさい」

「けんど母上さま」

「人間、あきらめが一《ひと》つです《お》」

娘は母親の声を追うように、門の内に入った。

實に促されて猪之助も入ると、門はどおんと音を立てて閉ざされた。

雪は強くなっていた。もう回礼の客もないのだろう。

喜多はそびえ立つ屋敷門を見上げて、もう一度目をこすった。

見まちがいかと思ったが、まちがいない。

猪之助と實は、この門の内に入った。

そして、猪之助も實も髷の形を変え、袴を着けて、腰に刀を差していた。


三日後は新年最初の塾の日だった。

塾が終わると、喜多は迎えに来た女衆《おなごし》とあやめを先に帰らせ、喜多の家でのおさらいも今日はできないと猪之助を断って先に帰してから、猪之助と實の後をそっとつけた。

猪之助と實はふりかえることはなく、尋常に歩いていった。意外にも、郭中に渡る堀詰橋へは向かわない。ふたりは堺町への道を辿る。

そして、堺町の一軒の店の裏口へ、ためらうことなく入っていった。

「ようこそ、おかえり」

ふたりが入ると同時に閉じられた板戸の中から、奉公人らしき声がする。喜多はそっと表へ回ってみた。まごうことなき呉服屋で、看板には十市屋とある。

「まいどどうも。どうぞご覧《ろう》じてつかあさい」

功《こう》を経た口ぶりで、年配の男が常連客をもてなしている声が聞こえてくる。

「さすがお目が高い。これは大坂から着いたばっかりで。この色目といい、縞目といい、嬢《いと》さんにぼっちりですすき」

番頭だろうか、それともご主人だろうか。猪之助の親類かもしれないと暖簾《のれん》越しに耳をすます。猪之助に似ているかどうかはわからない。いつか猪之助があんなお愛想を言えるようになる日が来るとは思えず、喜多は吹きだしそうになる。

どう見てもあたりまえの呉服屋だった。それでも、なんとなく諦めきれず、風呂敷包みを抱えたままで表をうろうろした後は、また裏口に戻ってみた。

すると、板戸の中でまた声がした。

「どうぞお気をつけて」

喜多はとっさに、となりの紺屋《こうや》の樽の陰にしゃがんだ。

「また頼む」

實の声だった。板戸が閉まる音もする。

喜多がそっと樽の脇から覗くと、ちょうどこちらを向いていた猪之助と目が合った。

驚く猪之助と實は、三日前の士屋敷の門前同様に、袴を着け、腰に刀を差していた。

「喜多さま、こちらへ」

實の動きは素早かった。左右を見回すと、喜多の手を摑む。喜多は樽の陰からひっぱりだされたような格好で、實に肩を抱かれ、板戸の中に連れこまれた。猪之助も後から入ってくる。

板戸の中にいた前垂れ掛けの奉公人が驚く。

「こちらは、どこの嬢《いと》さんで」

「猪之助さまのご朋輩じゃ」

實が別人のような口の利《き》き方をした。

「すまんが部屋を借りるぞ」

奉公人の案内で、離れに通される。

「そこは閉《た》てておけ。こちらから呼ぶまで近づくな。よいか」

奉公人は頭を下げて、襖を閉《た》てていった。その足音が遠ざかり、消えたとたん、床《とこ》の前の喜多に、實は深々と頭を下げた。

「大変ご無礼をいたしました」

あまりのめまぐるしさに、喜多は言葉がまとまらない。

「人の目がありましたもので、とっさとはいえ、喜多さまには大変なご無礼をいたしまして、申し訳ありませぬ」

「猪之助と實はお士さんやったがですね」

實が頭を下げた。

「これまで、喜多さまを偽ってまいりましたこと、どうぞお許しください。これには深い訳がございまして」

猪之助の父は乾栄六《えいろく》といい、士格である馬廻の家の九代目当主で家禄は二百七十石。猪之助はその乾家の惣領で、ゆくゆくは十代目を継ぐ身だという。

「というても、八代目も九代目も痴《し》れ者《もの》じゃ」

猪之助が混ぜかえす。

「罰があたったがか跡取りの息子もなかなか授からん。もともと乾家の家禄は千石。乾家初代に息子がなかった故に減らされたがじゃ。九代目はこのまま跡取りができんかったらお家は断絶とあせって、妻を取っかえ引っかえして、おれの母上さまの林氏《はやし》で三人目。生まれてもおなごばっかりで、やっと生まれた十代目がおれ。まあそれがあほじゃいかんわけじゃ。けんどおれはあほやったわけじゃ」

「猪之助はあほやないちや」

喜多が猪之助をにらむ。

猪之助の母は勉学に身が入らない息子を案じ、士の子ばかりの郭中では憚りがあると出入りの十市屋に世話を頼んだそうで、猪之助はこの店で着替えてから塾に上がっているのだという。

「父上さまが痴れ者いうて、大事ないが」

「お父上さまはこのごろは大分落ちつかれまして。猪之助さまがお生まれになって、ご安心されたようです」

「けんど、おれがあほじゃとわかったときは大変じゃった」

わらいながら、猪之助は襟許に手をやった。以前見たあざは、いつの間にか消えていた。

「まあ、實のおかげでおれはなんとか生きておりゆうが、おれの家はお家断絶になるかならんかの瀬戸際《せとぎわ》じゃ」

「昨年には弟御《おとうとご》の九馬《きゆうま》さまもお生まれになりました」

「おれよりかようできた弟じゃ。けんどえらい病弱ながじゃ。しょっちゅう熱を出して、そのたびに父上さまの具合も悪うなる。まあけんど、おれのことはえい。喜多はどういてここに来たがぞ」

猪之助が話を切りあげてせっかちに訊く。喜多は三日前のことを初めから話した。

「わたし、猪之助を見直した。猪之助はほんまは優しいがやね」

「うるさい」

猪之助はそっぽを向くが、喜多は構わず、その横顔に続ける。

「わたしは、できざった」

ふっと、きちんと揃えた自分の膝に目を落とす。

「わたしは、あのおなごの人に、あんもちを上げろうと思うて追うて出たがやに、上げれざった。なんか怖かった」

喜多はあの夜、持ち帰って布団の中でこっそり食べたあんもちの味を思いだしていた。高価な砂糖のたっぷり入った小豆のこしあんが、ざらざらと喉を逆立て、のみこめないほどに苦く感じた。

「どういて怖あなるがじゃ。自分のえいと思うままにすればえいだけじゃ」

「そういうところが、猪之助はえらいと思うがよ」

實はほほえみながら頷いた。


あちこちの庭で、梅が盛りと咲いた。塀のむこうは見えなくても、塾へ行く道の途中途中で、梅の匂いがふわりとする。塾の庭の梅も満開だった。

喜多は先に来ていた猪之助に目をやった。梅の香りに猪之助が初めて来た日を思いだし、もう一年たつのだと思う。きっと今日も一番乗りをしたのだろう。目が合うと、猪之助はにらみかえしてきたが、實はほほえんで、わずかに頭を下げてくれた。

喜多も頭を下げてから、周りを見回す。自分以外の誰も、猪之助が士の子なのを知らないと思うと、なんだか愉快だった。二人とも十市屋にいたときと違って袴を着けず、着流しなのもおかしい。

興人が回ってくると、昨日までに書いた女大學の一章を、おさらいで読むように言われた。

「婦人は別に主君なし。夫を主人と思い、敬《うやま》い慎《つつし》みて事《つか》うべし。軽《かろ》しめ侮《あなど》るべからず。惣《そう》じて婦人の道は、人に従うにあり」

喜多が一文読むたびに、興人は目を瞑《つむ》ったまま頷く。

「よろしい」

興人は満足そうに言うと、目を開いた。

「ほいたら、今日は続けて」

「あの、先生」

喜多は興人の言葉を遮った。

「わたしは、いつ小學を習えるがでしょうか」

興人は細い目を丸くした。

「小學いうがは」

「猪之助さんがやりゆう本です。銀七さんらあもやりゆう」

「あれは男子が学ぶもんやき、おなごの喜多さんはやらんでええがじゃ」

興人はやっと合点《がてん》がいったという顔をした。

喜多はしばらく考えた後、重ねて問うた。

「どういておなごはやらんでええがでしょう」

「小學は、古《いにしえ》の聖人君子《せいじんくんし》の教えを朱子《しゅし》が年少の者にわかりやすうにまとめた朱子学の初学書じゃ。男子でも普通は、町方のもんは往来物までしかやらんもんじゃ。まして喜多さんはおなご。朱子学は天下国家のための学問。天下国家に関わらんおなごに、朱子学は不要じゃ」

興人はそこまで言うと、喜多にわらいかけた。

「喜多さんは、ように出来るけんど、まだ女大學も終わってない。女の道をように心得ておられんと、嫁いでから喜多さんが苦労することになる。それは喜多さんおひとりの恥やのうて、喜多さんの父上さま母上さま、ひいてはお家の恥にもなるがじゃ」

喜多は納得できない思いで興人を見るが、見返す興人の目には慈愛がこもっていた。

「一度嫁入りしては、其家《そのいえ》を出《いで》ざるを、女の道とすること、いにしえ聖人の訓《おしえ》なり。若《も》し女の道にそむき、去らるる時は、一生の恥なり」

興人は女大學の一節を誦《そらん》じた。

「わしは、ここに学びにきたおなごの子が皆、そうならんように教えゆうがじゃ。喜多さんももう十三。筆取《ふでと》りの歳で、嫁入りはじきじゃ。嫁いでから西村屋の看板を汚《けが》さんように、よそ見をせんとように学びなさい」

そう言うと興人は手本を書いた。

「おおきに、ありがとうございます」

喜多はいつもと同じように手本を受けとると、頭を下げた。興人が次の席に移ってから、書かれたばかりの手本を、釈然としないままに口の中で読んだ。

「女は夫をもって天《てん》とす。返《かえ》す返《がえ》すも夫に逆《さから》いて、天の罰を受《う》くべからず」


「喜多は小學がやりたいがか」

喜多の家で伊呂波の書き取りをしていた猪之助に訊かれ、喜多は頷いた。

「小學も論語も。わたしのほうが猪之助よりか、ように読めるし書けるに、教えてもらえんがやね」

「わるかったな」

入塾のときに、年齢を偽った自分をわらって見逃してくれた、興人の顔を思いだす。小學を教えてくれないのも、興人が自分を思いやってのことだとわかっていた。

「先生のおっしゃるがもわかるけんど、天下国家には男だけやのうて、おなごもおるのにと思うた」

うつむく喜多の顔に實が声を掛けた。

「おっしゃる通りです。おなごじゃち、学問をしたらいかんいうことはありません」

驚いて顔を上げた喜多に、實は続けた。

「わたしはちっと教えたばあですに、喜多さまはほんまによう読まれる。猪之助さまに教えられるがもお上手ですし」

「喜多は算盤もできるし塵劫記も上がっちゅうしのう」

手放しに褒められ、喜多は頰を赤らめた。

「読みたいがやったら、小學はおれのがを読んだらえい」

猪之助の言う後を、實も頷く。

「論語もお持ちしましょう」

「ほいたら、實が論語も教えてくれる」

「喜多さまならもうおひとりでお読みになれます」

實が請《う》けあってくれたのが嬉しく、喜多は体に力がみなぎるような気がした。

その年もおしつまり、勘定も近づいたころ、手習いから帰ってきた喜多を迎えたもとは、めずらしく厳しい顔をしていた。

「喜多。奥へ来なさい」

喜多がおそるおそる奥の襖を開けると、もとと儀平が床《とこ》の前に座っていた。

「今戻りました」

神妙に両手をついた喜多に、もとが切りだした。

「猪之助さんのことやけど、お士の子ぉいうがはまっことかえ」

はっとしたが、二人の顔は真剣だった。吉之丞が襖越しに耳にしたのだという。ごまかせるとは思えなかった。

「それも、馬廻の乾さまのご惣領様いうて」

「御目見《おめみえ》じゃ。藩主山内一豊公に御奉公して掛川《かけがわ》から御入国された御一門《ごいちもん》じゃ。次男三男ならまだしも。どういうおつもりやろう」

儀平はもとを見る。

「三代続けて痴《し》れ者《もの》じゃいう評判じゃが、そうは見えんかったのう」

もとが喜多に向きなおる。

「喜多。ほんまは十一いうても、おまんは世間様には十三。そろそろ筆取りもせんならん歳です。手習いの朋輩いうことではもう済まんがですよ。噂が立ったら嫁入りも難しゅうになります」

「喜多ひとりの話やない。冨三郎の嫁取りにも差し障る」

「ついまだ、ねんねや思うてしもうちょったあてらもわるいけんど」

喜多は二人の言葉を遮った。

「猪之助とは、ただ、一緒に手習いをしよっただけですき。嫁入りじゃ嫁取りじゃらあて、そんな話とはちがいます」

「いくらちがううても、世間様はそうは思わんがよ」

「男女七歳にして席を同じゅうせずいうがは喜多やち知っちゅうろう」

「とにかく、もう猪之助さんに来てもらうわけにはいきません。先生にもよう頼んでおきました。これから、喜多は供を連れんと外へは出んように」

とりつくしまのないもとの言葉で話は終わった。

あくる日、塾に猪之助の姿はなかった。

いつも一番乗りの猪之助がいないと、銀七たち士の子たちも肩すかしを食らったようで、落ちつきがない。喜多は塾に上がるのが遅いので見たことはないが、このごろは塾が始まるまでに太兵衛たちと角力を取っていたらしく、町方の子たちもつまらなそうだ。

興人が座敷に入ってくるのを待ちかねて、太兵衛が訊いた。

「先生、猪之助は」

「猪之助さんは、江ノ口のおうちに帰られたきに」

興人は言った。猪之助の机も文庫もなくなっていた。

「急で残念なことじゃった」

手習いが始まると、喜多は興人に呼ばれた。母屋の一室で向かいあって座ると、興人は切りだした。

「猪之助さまのこと、知っちゅうがじゃろう。くれぐれも他言はせんように」

「あい。けんど、どういて急に」

「なにしろご大身《たいしん》のご身分。まあもともと身分違いじゃきに、ここにもそう長《なご》うはおれんとは思いよった。あればあ目立つ子じゃきに、そうそう隠してはおれんかったがやろう」

「うちから何か言われたがですろうか」

「昨日、吉之丞さんが来てのう。もともと、素性《すじょう》がばれんようにと乾家からはように頼まれちょったきに、使いを出したらあの若党が飛んできて、机も文庫も皆引きあげていてしもうたわ。おうちの皆さんには、くれぐれも他言はせんように、喜多さんからもように念を押しちょいてくれるように」

喜多は頷くしかなかった。

「そうじゃ。喜多さんは次はこれをやりなさい」

興人は傍らにあった薄い本を差しだした。

「喜多さんがおなごとはいえ四書五経《ししょごきょう》まで学びたいいうがはわからんこともない。これはそのひとつで、前漢《ぜんかん》の劉向《りゅうきょう》がまとめたもの」

表紙には劉向列女傳《れつじょでん》とある。

「唐土《もろこし》の烈女を記した本じゃ。おなごが女の道を守ることが、聖人君子に伍《ご》する道じゃということがようにわかるろう。漢語で書かれちゅうきに、喜多さんにはまだ読めんはずじゃ。けんどこれから追い追い、読み方を教えてあげよう」

「ありがとうございます」

喜多は頭を下げ、列女傳を持って離れに戻った。

漢語が楷書で書かれているが、ところどころに、いかにも唐土らしい風情《ふぜい》の挿し絵も入っている。どの絵にもおなごが描かれているようだが、喜多は一枚の絵に目をとめた。

屋敷が炎に包まれているのに、ひとりのおなごが泰然と楼閣《ろうかく》に座っている。伯姫《はくき》という身分の高いおなごの話だった。返り点と送り仮名がふられているので、なんとか読める。

夜、伯姫の家が火事になってみんな逃げだした。それなのに、伯姫は、婦人の道として、守り役の傅母《ふぼ》が来なければ夜は外に出てはならないと言う。道を外れて生きるより、道を守って死んだほうがいいと言って、ついに火に巻かれて死んだ。

読みまちがいかと驚いて二度読んだが、読みまちがいではなかった。読みすすむと、火事ばかりか、洪水でも婦人の道を守って逃げずに溺れ死んだおなごや、夫の死後、王に再嫁《さいか》するよう望まれ、鼻を削《そ》いで貞節を守った妻のことが書かれている。

わたしは、否応なくこれを読まされる。

これがおなごの手本となる婦人の道というが、喜多は道のために死にたくないと思った。もとも儀平も、火事のときに、喜多にそんなことを望むとも思えない。

喜多は列女傳を閉じ、實が貸してくれた論語を開いた。孔子《こうし》という人が弟子に教えを説いている。とても平易な漢語で、一文も短い。士の子たちが大きな声を上げて素読していたので、文章のいずれも喜多の耳に残っていた。君子としてどう生きるべきかということが書かれている。

おなごのわたしにだって、おもしろく読める。

女大學に書かれていることとのあまりの違いに驚く。同じ漢語で書かれているのに、こんなにも違っている。

どうしてこれが男だけの話になるのか、喜多にはわからなかった。それでも、興人が座敷に入ってくると、喜多は論語を隠し、これみよがしに列女傳を開いた。

これから猪之助の手習いはどうなるのだろう。破門になったと思われて、父親に折檻《せっかん》されたりしないだろうか。

伊呂波を懸命に写していた猪之助の横顔を思いだす。その向こう側でいつも穏やかにほほえんでいた、實の顔も。

猪之助が塾から去って一年が過ぎた。その間、喜多は一度もその姿を見ていなかった。

端午の節句の塾の休みに、喜多とあやめは連れだって鏡川の堤に上がった。冨三郎の節句祝いに人手が足らず、喜多は仕合わせにも、久しぶりに供なしで外に出られた。堤の上から町を見下ろすと、あちこちの家で節句の幟《のぼり》がひらひらとはためいている。

えびすくいが口実で、魚籠《びく》もえび玉も持ってはいたが、喜多の本当の目的は別のところにあった。喜多は懐に、實に借りたままの論語を挟んでいた。

袴を着けて、たすき掛けになり、紅白の鉢巻をした士の子たちが、川原いっぱいに入り乱れ、走りまわっている。川原の上手に高く竹が立てられて赤旗が、下手には白旗がひらめく。

旗奪《はたうば》いだ。先に相手の陣の旗を奪ったほうが勝ちだが、赤い鉢巻をしている組のほうが明らかに数が少なく、白鉢巻の組に圧倒され、赤旗の竿は傾《かし》いでいた。もう勝負はついたかと思ったとき、赤鉢巻の背の高い子がひとり、竿を支える子の背中を軽く踏んで、油断して隙だらけだった白鉢巻の組の竹竿に飛びつき、曲芸のような身軽さで白旗を奪った。

猪之助だった。無事でいたことに安堵して、喜多は息をついた。

「一年たったいうに、あのあほたれはなんちゃあ変わらん」

あやめがわらう。口は悪いが、あやめもほっとしているようだった。

「けんどあのあほたれがまさか馬廻二百七十石とはねえ。うちは二人扶持《ににんぶち》七石いうに」

「そんなに違うが」

「御目見やもん。太守《たいしゅ》様にお目にかかれるお家柄やきね」

喜多はあやめにだけ、猪之助が塾を去った理由を伝えていた。

「同じ武家じゃ士じゃいうても、あっちは士格でお士で、こっちは軽格中の軽格。ほんまやったら口も利《き》けんし、目も合わせれん。もし前から来たら背中を向けて道を譲って、屈《かが》んで頭を下げんといかん」

喜多は頷いたが、猪之助とそれほどの身分の差があることに実感がわかなかった。

そのうち、こどもたちは下手の土俵に向かって、一斉に走りだした。角力好きのお国柄《くにがら》で、川原にはいつも土俵が築かれている。大水が出るたびに流されるが、水が引くとすぐにまた築かれる。

「またあのあほたれが一番乗りや」

あきれながらも、あやめは猪之助を見守っている。

「今日は節句の尻はぐりっ」

ほっとした喜多がわらいながら、あやめの着物の裾をまくった。

すぐにやりかえされると着物の裾を股に挟んで構えるが、あやめは黙って、喜多にまくられた裾を直しただけだった。

「今日は尻はぐりせんで」

尻はぐりは、喜多よりも、素早《さど》いあやめの大好きな遊びだった。節句でなくても、喜多がぼんやりしているとすぐに着物の裾をまくってくる。そのあやめに断られて、喜多はぽかんとあやめの顔を見た。

「はなびが咲いたが」

戸惑う喜多に、あやめは続けた。

「昨日、お赤飯を炊いて祝《いお》うてもろうた」

はなびが何かは知っていた。月のものとも言うし、小間物屋の娘はお客とも呼んでいた。月に一度、お客が来ている間、小間物屋の娘ははばかりによく行くし、塾を休むときもあった。

「はなびってどんな」

「すごいね、きれいなが」

あやめは堤を下りながらぽつりと言った。

「最初は黒うて全然血みたいやなかったけんど、だんだん、ほんまに血みたいに赤《あこ》うなってね。あんなに赤いものを見たことがない。つやつやして、光りよって」

士の子たちは土俵に上がり、角力を始めている。角力となると、通りがかった大人たちも黙っていられない。堤の上から盛んに声を掛けている。こどもたちの中でひときわ背が高い猪之助は、一方の組の大将のようで、土俵そばに控えている。

あやめは五月の日差しに晒された石に腰掛けると、土俵ではなく、そのむこうのきらきらと光る川面を見ながらつぶやいた。

「あんなにきれいなもんが、わたしの体から出てくるらあて、信じれん」

「えいねえ」

喜多はあやめの横顔に見惚《みと》れた。

「喜多ももうすぐやろう」

あやめは喜多に目を移した。

「着物を汚さんようにお馬もあてないかんし、だらしいし、ならんほうがええかもしれんよ」

「ほいたら、今日は、あやめの分もわたしがすくうちゃる」

喜多はひとりですくったえびを、あやめと自分の二つの魚籠に半々に入れた。


川原の土俵には、士の子たちが代わる代わるに上がる。そのうち、猪之助もやすと呼ばれていた保弥太も肌ぬぎになって、角力を取るようになった。保弥太は、ひょろりとした猪之助とは対照的に、見違えるほどに肥えてたくましくなっていた。見ていると、大きい相手が土俵に上がると保弥太が、小さい相手だと猪之助が出ていくことにしているようだった。

「あのあほたれ、ずるいな」

「いつやち一番乗りで、負けるがきらいやもんね」

「そもそもやらんかったら負けんいうこと」

ふたりで笑い声を上げたとき、後ろから声を掛けられた。

「喜多さま」

袴を着け、腰に二本を差した實だった。喜多は思わず立ちあがった。

「喜多さまとあやめさまにおかれましては、あいかわらず、息災でいらっしゃるようで」

實はほほえんだ。格好が変わっても、實の穏やかさは変わらない。

「これ、おおきに、ありがとう」

喜多は懐から論語を出した。實が驚いた。

「ずっと持っておられよったがですか」

「今日、会えるような気がしたきに」

實は論語を受けとった。手習いに通っていた間は町方の髷《まげ》をしていた實と猪之助が、今日は士らしく太い髷になっている。

「吉之丞が、すまざったね。今は、猪之助の手習いはどうしゆうが」

「京町《きょうまち》の小笠原《おがさわら》いう塾に通いよります」

「そうかえ。よかったねえ」

「けんど、猪之助さまは、ただ通いゆうだけですき。角力と闘鶏《とうけい》と闘犬《とうけん》をしに行きゆうようなもんです」

喜多もあやめもわらった。

「喜多さまは、四書五経をやらしてもらえるようになりましたか」

「列女傳いう漢籍はやらしてもらいゆうけんど、おなご向けで、女大學と変わらん。今年は筆取りやき、手習いも秋にはやめんといかん」

「この論語はお読みになれたがですか」

喜多は頷いて口をとがらせた。

「どうせもう塾では四書五経はやらしてもらえんき、論語だけでも読ませてもらえてよかった」

「ほいたら喜多さま、どうかまた、猪之助さまに手習いを教えてくださいませんでしょうか」

實は頭を下げた。

「あれから、猪之助さまは学問に身が入られんで、ほんまにお屋敷でも困っておりゆうがです。助けると思うて、どうかお願いいたします」

「教えるらあて、わたしやってまだ論語しか読んでないに」

「読み方はわたしが。喜多さまのおすきな四書五経を、猪之助さまと一緒に読んでくださるだけでええですき」

「それに、今はわたしはお供がつかんでは出れんきに」

「稲を連れて出ればえいやんか」

あやめが口を挟む。

「實さんがこんなに言うてくれゆうに。喜多やって、ほんまはもっと学問をしたいがやろ」

喜多は詰まった。

「今、猪之助さまは十八史略《じゅうはっしりゃく》を学んでおられます。おいおい、他の漢籍にも進んでいかれることでしょう。猪之助さまの進みに合わせていただくことにはなりますが」

うつむきかけた喜多の顔をすくいあげるように、實は喜多をまっすぐに見た。背の高い實のその目を見返して、喜多の顔も上がる。

「喜多さまには学問を続けていただきとうございます」

實の目に、自分が映っていた。

「偉い先生方が誰ひとりお気づきになれなかったことを、喜多さまは見抜かれました。読み方のみならず教え方も見事で、感服いたしております。喜多さまには、学問の才がございます」

自分には、何もないと思っていた。

でも、實の目には、ちがう自分が見えている。

なんと言っていいか、喜多にはわからなかった。ただ、深く頭を下げた。

「おおきに、ありがとう」

喜多は實と、月に一遍、十日に要法寺《ようほうじ》で手習いをする約束をした。


筆取りや袴着などの祝い事は霜月に行われる。喜多の筆取りのすんだあくる朝は、指先がかじかむほどに冷えこんだ。

綿入れを重ね着して、吉之丞を供に輿人の塾にあいさつに行き、喜多は手習いをやめた。あやめも筆取りをすませ、母親と一緒にあいさつに来ていた。

手習いをやめたら、これまでのようにあやめに会うことはできなくなる。嫁入りを控えたあやめはお稽古事のほかではもう、外には出られない。

喜多とあやめは、会いたくなったら、よく遊んだ庚申堂の賽銭箱《さいせんばこ》の下に文《ふみ》を入れておくことにした。賽銭箱の下の縁板《えんいた》は、四枚のうち左から二枚目だけわずかに低く嵌《は》まっており、幼いころにはよく、ふたりで落ち葉や書き損じの半紙を押しこんで遊んだものだった。指は入らないが、押しこめば向こう側に抜けるので、取りだすのも容易だ。庚申堂なら、あやめがお稽古に向かう道すがらに立ち寄ることができる。

喜多は手習いをやめたあくる日にはもう、あやめに会いたくなり、文を書いて庚申堂に行ってみた。胸を高鳴らせながら縁板の隙間に文を押しこむと、別の文が向こう側に押しだされて出てきた。驚いて引き抜くと、表書《おもてが》きには喜多殿とある。あやめの字だ。

あやめも同じ思いだったらしい。

喜多はすぐに返事を書いた。次に要法寺に行く日に会えないかを訊ねる文に、あくる日にはあやめからの返事の文が入れられていた。

師走の昼下がり、交《か》わした文の約束通りにあやめが出てきてくれた。供の稲も一緒に白く息をつきながら、連れだって要法寺へ向かう。

要法寺は筆山《ひつざん》のふもとにあって、土佐藩山内家の菩提寺《ぼだいじ》のひとつだった。

猪之助は、経堂《きょうどう》の前に實を従え、長い馬鞭《まぶち》を持ち、袴を着け、一刀《いっとう》をたばさんで立っていた。二人が並ぶのを見ると、この一年の間に、猪之助はあやめよりも背が高くなっていた。

あやめは武家の作法通りに、猪之助からさっと目をそらして頭を下げた。

「なんぞ、あやめは」

いきなり猪之助が一喝《いっかつ》した。

「頭ら下げるな」

驚いてあやめが顔を上げる。猪之助はにこりともせずに言った。

「おれらは朋輩やないか」

あやめはほっとしたようにわらった。

経堂を通りこし、實について玉砂利《たまじゃり》を踏んで、書院の奥座敷に上がる。

「おめでとうございます」

座敷で出迎えた實は、喜多とあやめに深々と頭を下げた。

「何がめでたいがじゃ」

猪之助は気づかない。

「筆取りをされたがです」

實が目を細める。

「筆取りたあなんぞ」

「鉄漿《かね》付《つ》け祝いともいいまして、一人前《いちにんまえ》のおなごになられたお祝いをされたがです。元服《げんぷく》と同じです。もう肩揚《かたあ》げをされておられんでしょう」

「ほんまや」

猪之助は喜多の着物をまじまじと見た。

「島田《しまだ》にも結うて。いつ縁談が来られてもおかしいないですね」

「縁談。喜多がか」

「あやめさまもです」

「おれはいつだ」

「猪之助さまは明けたら十二になられますきに、あと三年で元服ですね」

あやめも喜多も身内の祝い事が重ならないよう十四の年でやったが、本来、おなごの筆取りは十三、男の元服は十五と決まっていた。

猪之助は仮名の読み書きはできるようになったが、あいかわらず漢字には苦労している。十八史略を喜多が読む端から誦《そらん》じていくのに、字はなかなかおぼえられない。まちがえるたびに唇を嚙み、半紙に向かう猪之助を見て、とうとう喜多は言った。

「読書だけでもできれば、なんとかなるがやない」

「そんな無責任なことを」

實があわてる。

「ように教えてくださらんと」

「それより、猪之助のようできることをやったほうがええと思う。こんなにようおぼえれる人、見たことないもん。字を十おぼえるより先に、十八史略をおぼえてしもうたやいか」

「ほいたら、書かんといかんときにはどうなさるがですか」

實が食い下がる。

「實が書いちゃったらええ。太守様には御祐筆《ごゆうひつ》がついちゅうがやろ。實が祐筆になったらええ」

實は嘆息するが、猪之助はほっとしたように喜多を見た。

「おまんらはどうしゆうがぞ」

「塾もやめて、縫物のお師匠さんに通いゆう」

喜多は縫物の道具を広げてみせた。

「嫁入ったら、縫物できんと終《しま》いやいうていわれた」

あやめは、縫いかけの足袋《たび》を持ちあげた。

「まあ、ように縫えちゅう。器用ながやね」

喜多も、裁縫を習いにいって初めて、自分は裁縫に向いていることを知った。最初の雑巾《ぞうきん》はじきに上がり、もう足袋の底を刺していた。裁縫は同じ針運びをくりかえすだけでいいし、人と合わせる必要も決まりもなく、急かされることもない。自分なりの歩みでゆっくり進められる。学問と同じだ。

「あやめは縫物はせんが」

「わたしは、縫物らあてせんでえいところにお嫁にいくもん」

あやめはわらった。

「もうお決まりながですか」

實の問いにあやめは首を振った。

「母上さまと父上さまがえいようにしてくれよります」

「その簪《かんざし》、きれいなね」

あやめは髷の後ろから、銀の簪を挿《さ》していた。先端に耳かきがついているのは喜多の玉簪と同じだが、玉の代わりに銀の丸板《まるいた》が光っている。

「これ、平打《ひらうち》いうてね」

言いながら、あやめは簪を抜いて、喜多に渡した。

「脚が二本ながよ。筆取りをしたきに、母上さまにいただいた」

「きれいなね」

「母上さまも同じもんをしちゅう。もし襲われたときは、これを抜いて敵の両目を突くようにいうて」

喜多はぎょっとして、あやめに簪を返した。受けとったあやめはなんということもなく、簪を挿しなおした。

「武家のおなごの嗜《たしな》みじゃいうてね」

「猪之助さまも、年が明けたら盛《さか》ん組《ぐみ》に入られることになりました」

實が言うと、猪之助は吐き捨てるように言った。

「幾馬《いくま》がしつこいきに、仕方んないがじゃ」

「あの、乱暴ばっかりしゆう」

喜多も盛ん組のことは噂に聞いていた。郭中の士格の子たちが徒党《ととう》を組んでは、角力場や暮れの市で騒ぎをおこしてまわっていると評判になっていた。

「藩校《はんこう》へは行かんが」

「あんなとこ行けるか。ごまかしがきかんろうが」

「今はどこぞの盛ん組に入ってないと、幅がききませんき。猪之助さまは下邉《しもへん》盛ん組に入られることになりました」

「あの、やすいう子も一緒」

「一緒じゃ。保弥太やろ、幾馬やろ、幾馬の兄の友保《ともやす》やろ、直馬《なおま》やろ、おれやろ、三右衛門《さんえもん》やろ。みんな馬に乗るきに、それが楽しみじゃ」

「猪之助は馬に乗れるが」

「乾家はこれでも御馬廻でございますき」

實の言葉に、あやめも稲もわらう。

「六つのときから、馬に乗らん日はないぞ」

近ごろいつも持っている馬鞭は、伊達《だて》にふりまわしていたわけではなかったことを、喜多は初めて知った。

その日は、新たに孫子《そんし》を読みはじめた。あやめは文机をひとりじめし、半紙の隅々まで使って絵を描いている。

「孫子曰《い》わく、兵とは国の大事なり」

兵とは戦のことで、戦をするのは国にとって大変なことだから、五つのことをよく考えないといけないということが書かれている。

「一に曰わく道、二に曰わく天、三に曰わく地、四に曰わく将、五に曰わく法なり。道とは、民《たみ》をして上と意を同じくせしむる者なり。故《ゆえ》にこれと死すべくこれと生《い》くべくして、危《うたが》わざるなり」

「ほう、それが一つ目か」

猪之助は唸った。

喜多も意外に思った。戦をするのに一番大事なことが民との関係とは。

猪之助は、これまでになく夢中になった。

孫子が気に入ったのは、猪之助だけではなかった。簡潔な対句《ついく》のくりかえしで表現される啓示には、戦場だけにおさまらない深みがあり、喜多の心をも捕えた。

「兵とは詭道《きどう》なり。故に、能《のう》なるもこれに不能を示し、用なるもこれに不用を示し」

猪之助は計篇第一をずっとつぶやいている。

この一節はわたしと猪之助のようだと喜多は思った。

わたしはできてもできない振り。猪之助はできなくてもできる振り。この寺を一歩出たら、猪之助は本当の自分を見せない。まるでいつも兵事《へいじ》にあるかのようだった。


月に一遍の手習いが進み、二年が過ぎた。

師走の朝はことさら冷えこんで、一面真っ白に霜が降りる。音高く霜柱を踏んで要法寺に向かう。後から来た猪之助は、座敷に上がるなり、あいさつもなしに、ぶっきらぼうに言った。

「喜多。孫子を読んでくれ。虚実篇第六を頼む」

いつもならその無作法をたしなめる實が、なぜか何も言わず、近ごろは實に迫るほど背がのびた猪之助の後ろから喜多に頭を下げる。喜多は察して、實に頷き返すと、ずいぶん前に読み終えた孫子を開いて、読みはじめた。

「攻めて必ず取る者は、其《そ》の守らざる所を攻むればなり。守りて必ず固き者は、其の攻めざる所を守ればなり」

喜多がそこで切ると、猪之助はせっかちに言った。

「続きを読んでくれ」

猪之助は喜多を見なかった。實がまた喜多に頭を下げる。喜多は致し方なく、続きを読んだ。

「故に善《よ》く攻むる者には、敵、其の守る所を知らず。善く守る者には、敵、其の攻むる所を知らず。微《び》なるかな微なるかな、無形《むけい》に至る」

「無形」

猪之助が小さくつぶやく。無形とは、最も高い境地においては、なんの形もないということだと、かつて實が教えてくれた。

「神《しん》なるかな神なるかな、無声《むせい》に至る。故に能《よ》く敵の司命《しめい》を為す」

その境地においては、なんの声もなく、敵の生殺与奪《せいさつよだつ》の権すら握れるということだと教えてくれた實の声を思いだしながら、喜多は続けた。

「微《び》なるかな微なるかな、無形に至る。神《しん》なるかな神なるかな、無声に至る」

猪之助はくりかえして、喜多を見た。

「九馬が逝《み》てた」

戸惑う喜多に、猪之助は続けた。

「麻疹《ましん》やった。熱が三日出て、助からんかった」

弘岡町でも何人かのこどもがかかっていた。

「新しい母上さまが、九馬留守と書いて、門に貼りよった。くだらんことをする。効きゃあせざった」

「けんど、ええお母上さまです」

實がしんみりと言う。

喜多が一度だけ声を聞いたことのある実の母の林氏を、猪之助は昨年亡くしたばかりだった。後へやってきた新しい母の近藤《こんどう》氏は幸いにも優しい方で、猪之助の嘆きもいくらか慰められていたところだった。

「父上さまは寝込んだきりじゃ。九馬はまだ五つやったに、仮名を読みよったに。九馬いうて、自分の名も書けよったに」

猪之助は喜多の手の孫子をひったくるように取った。

「微なるかな微なるかな、無形に至る」

猪之助は右手の人差し指で、文字の羅列《られつ》をゆっくりと辿《たど》った。口にしている言葉を表す文字を、左右に広がる文字の羅列の中から探す。

「微なるかな微なるかな、無形に至る」

口にしているのに、その文字が、猪之助には読めない。喜多は、その指が、無形の文字の上を通り過ぎていくのを見た。

喜多はただただ、その震える指を追った。

文字の羅列が終わっても、猪之助の指先は、無形の二文字をみつけることができなかった。

年明け初めの要法寺の手習いを終え、猪之助と實が先に帰ると、経堂の不断経《ふだんきょう》が大きく響いた。庫裏《くり》の番僧《ばんそう》に礼を言い、喜多も稲と寺を出た。人目を避け、要法寺の出入りは猪之助たちと一緒にならないように気をつけていた。

要法寺の門をくぐり、天神橋へ続く通りに出て、天満宮の鳥居《とりい》に近づいたとき、鳥居から長刀《ちょうとう》を手にした若士《わかざむらい》が二人、飛びだしてきた。一人は額を押さえ、逃げるように橋へ向かう。

驚いて若士たちが飛びだしてきた参道を見ると、何人かの若士が集まっている。その中心に猪之助が、その前に立ちはだかるように實が、鞘《さや》に収めたままの刀を構えて立っていた。

「まだやるおつもりなら、手加減はいたしませんき」

いつもの實とは思えない、凄みのある声だった。

「奉公人風情《ふぜい》に何をしゆう」

柄の大きな一人が飛びだし、四尺はゆうにある長刀を振りあげて、實の額めがけ、振りおろした。

稲ははっとし、自分の体で守るように喜多の前に出ると、喜多を鳥居の陰に隠した。

實は身をかわし、刀で長刀を払った。はねとばされた長刀は参道に転がった。

「こいつ、眞影流《しんかげりゅう》の道場で見たぞ」

浮き足立った若士たちは後ずさりしながら言う。

「こいつには敵《かな》わん」

「行くぞ」

長刀を拾った若士が叫び、駆けだすと、残りの若士も後を追った。

猪之助が鳥居の陰にいた喜多と稲に気づく。

「見よったがか」

「實は強いがやね」

「つまらんものをお目にかけました」

實は刀を腰に差しながら頭を下げた。

その後ろに、石灯籠《いしどうろう》にもたれるように足を投げだして腰をついた若士がいた。白い顔はおなごと見紛《みまご》うほどに美しいものの、真っ黒な前髪は額にはりつき、髷も着物も乱れている。胸許ははだけ、袴は土まみれになってはいるが、それでも右手は士らしく、柄《つか》を握ったままだ。喜多と稲をちらりと見ると、目をそらした。

「おまん、上邉《かみへん》盛ん組の福岡藤次《ふくおかとうじ》やろう」

猪之助は若士を見下ろして言った。若士の唇は震えている。

「おれは下邉盛ん組の乾猪之助。えらい目に遭《お》うたな。立てるか」

若士はこくりと頷いたが、動かない。

「盛ん組でおまんの名を知らんやつはおらん。おまんみたい奴がひとりでふらふら歩くがは命知らずいうもんじゃ」

「供も連れんで、こんなところで何をしておられたがです」

「それは」

藤次は言いかけたが、うつむいた。

「言えん」

猪之助は若士たちが逃げたほうに目をやって言った。

「言わんでええが、しばらくはひとりで歩くがはやめちょけよ。あれは小高坂《こだかさ》組《ぐみ》の奴らじゃ。無法《むほう》者《もの》で通っちゅう。おまんが弱いいうがはもう城下で知らん者はおらんがやき」

「おまん、思いだした」

藤次は猪之助をにらんだ。

「暮れのすりあいで、僕を狙《ねろ》うて打ちこんできた奴じゃ」

「今ごろ思いだしたか」

猪之助はわらった。

「おまんの腕を見たかったがじゃ」

城下の雑踏でたびたび起こる盛ん組の者同士の喧嘩はすりあいと呼ばれ、町方にとっては迷惑千万《せんばん》の騒ぎだった。またそんなことをしていたのかと、喜多は咎めるように實を見た。實は苦笑いで返す。

「おまん、すりあいらあ向いてないぞ。とんとはおとなしゅうにしちょったほうがええ。上邉の足手まといじゃ」

とんとというのは年上の士に世話を受ける年若の士のことという。たしかにこれほど美しければ、とんととして年上の士と契《ちぎ》りを交わしていてもおかしくない。

「僕はとんとやない」

藤次はかみついた。

「わかったわかった。まあええきに、行くぞ。小高坂のやつ、人数集めてまた来るかもしれんき」

猪之助が藤次に手を差しのべたが、藤次はそっぽを向き、わらいだした。

「立てるわけがないじゃいか。腰が抜けちゅうがやに」

あっけにとられる四人を前に、藤次は、ひとりわらって、わらって、わらった挙句に、ぽろりと涙をこぼした。

「僕は祟《たた》られちゅうがじゃ」

藤次はつぶやくように言った。

「僕のたったひとりの兄は二十歳になるが、生まれつき背骨が曲がっちょって歩くことができん。父は僕が誕生を迎える前に江戸で逝《み》てた。家を継げんで、馬廻の伯父の養子に入ったけんど、十のときに養父も逝《み》てた。一族に僕しかご奉公ができる者はおらんがやに、よりによって僕は武芸がからきしで」

涙を袖で拭うと、藤次は続けた。

「得手《えて》ながは習字学問とあんなやつらの目を惹《ひ》くことだけじゃ」

「なんの祟りながぞ」

猪之助が訊く。

「なんの祟りかわからん。けんど祟りとしか思えん」

藤次はもう一度涙を袖で拭った。

「祈禱師《きとうし》に言われた。天満宮に百度参《ひやくどまい》りをせよと」

實が得心《とくしん》したというように頷いた。

「けんど、福岡藤次さまはそもそも家老福岡宮内《くない》さまの御一門。そのお兄さまいうたら、福岡精馬《せいま》さまですろう。学問のおぼえめでたくわずか十四で升形《ますがた》に塾を開かれて、塾生百人と評判ではないですか。それが祟りとは」

「歩《あゆ》みもできんで、ご奉公もできんがぞ」

藤次は實を見上げる。その白い頬に涙の跡が残る。

「祟りやろうが。父も伯父も逝《み》てて、僕はこの有様《ありさま》じゃ」

投げだした足を覆う袴は、力ずくでひっぱられたらしい。縞に沿って破れていた。

猪之助は藤次の右腕をひっぱりあげながら實を見た。

「實、手伝え」

猪之助は刀を腰から外して實に渡すと、藤次の右腕を前に回して自分の体を押しこみ、實にも手伝わせ、藤次を背中に担ぎあげた。

「何をする」

「暴れるな。送っていくきに」

藤次を背負ったまま、猪之助は鳥居を出た。喜多と稲は少し離れて続いた。猪之助は天神橋の袂の楠《くすのき》を指さす。

「あの下に、このごろ流行《はや》る薬師《やくし》の祠《ほこら》がある」

目の病によく効くと評判の祠だった。お礼に穴の開いたものを奉納するとかで、祠の周りには穴の開いた石だの貝だの板だのが散らばっていた。

猪之助は、そっと藤次を地べたにおろした。藤次はふらついて、再び座りこんだ。

「目がわるい者は穴の開いたもんを一つここから貰《もろ》うて帰って、もし目が良《よ》うなったら二つにして返すことになっちゅう」

猪之助は祠を指さして言った。

「必ず良《よ》うなるいうて評判やけんど、御神体《ごしんたい》を見たら目が潰れると言われちゅう」

藤次はつまらなそうに口を開いた。

「それが何ぞ。僕も兄も、目が悪いわけやない」

「よう見よれよ」

猪之助は祠の前にしゃがみこむと、いきなり、観音開きの扉に手を掛けた。

藤次も實も狼狽して止める。喜多と稲も息をのんだ。

「えいきに、見よれよ」

猪之助の言葉とともに祠の扉は開いた。猪之助は迷わず手をつっこんで、両手におさまるくらいの丸石を取りだした。

それは、目の前を流れる鏡川の川原に転がっている石と変わらなかった。

これが御神体なのかと信じられず、思わず喜多は身を乗りだした。

「おまんは何をしゆうがじゃ。目が潰れるぞ」

「潰れてないぞ」

猪之助は丸石を片手に言うと、にっとわらった。

「御神体を暴いたけんど、おれの目は潰れてない。崇りらあてないがじゃ」

藤次は食い入るように猪之助をみつめていた。

「おまんも、おまんの兄も、崇られちゅうわけやない」

猪之助は丸石を祠に戻すと、藤次に手を差しだした。

「下邉盛ん組が助力する。小高坂の奴らに、目にもの見せちゃろうぜ」

藤次はその手につかまって、立ちあがった。

その背丈は意外にも、猪之助と変わらないほどに高かった。


年に二度も米が穫《と》れる南国土佐とはいえ、一冬《ひと》に一度は雪が降る。

朝からちらついていた雪は、本降りになって、夕刻には下駄《げた》でも歩けないほどに積もった。士格でない者の下駄履《ば》きは禁じられており、行きかう人もいない。暮れも近いというのに、表は静まりかえっていた。

あくる朝、實がひとり、馬に乗って訪ねてきた。ちょうど格子を拭いていた稲に文を託して、すぐに去ったという。朝寝坊の喜多は、届けられた文を床《とこ》の中で開いた。文をもらうのは初めてだったので、変事が起きたことは予想できた。

そこには、昨夜、猪之助の新たな母となった近藤氏がお産の上で亡くなったこと、赤子も生まれてくることなく亡くなったこと、そのために父の病状が重くなったこと、当分は要法寺に行けないことが書かれていた。

いつも書いてくれていた手本で見慣れた實の達筆だった。けれども、その文面は、ぶっきらぼうともいえるほどに簡潔な、猪之助らしい物言いだった。末尾には、猪之助と署名があった。

えらいお方で、前のお母上さまが座敷牢《ざしきろう》を使わんかったきにと言うて、お父上さまの具合がわるうなって暴れても、自らご看病されますと、實が手放しに褒めていた人だった。いつも手習いに菓子を持たせてくれるだけでなく、猪之助にも優しく、気難しい叔母にもよく仕えていると聞いて、喜多は安堵していたというのに。

それから便りはなく、嘉永三年は、猪之助とも實とも会わないまま暮れた。

やっと要法寺に来るようにという文が届いたのは、もう暑くなって、水木《みずき》の白い花が降りしきるころだった。

「もう菓子はないぞ」

なんと声を掛けていいか迷っていた喜多に、さらに背がのび、たくましくなった猪之助は、要法寺の座敷の上からわらいかけると、堰《せき》を切ったようにしゃべりはじめた。

「母上さまはまた逝《み》てた。赤子は逆子《さかご》で生まれざった。身二つにしちゃらんといかんと叔母上さまが言うて、棺桶に入れる前に腹を割《さ》いたら、出てきたがは男児やった」

喜多は息をのんだ。

「九馬と並んで埋めちゃった。以来、父上さまは具合が悪いままじゃ。ほんでも、跡取りがいるいうて後妻を貰うときかん。四十九日を待ちかねてまた新しい妻を貰《もろ》うたら、後妻は辛抱できんで、父上さまが暴れるきに里へ戻ると騒ぐ。しよんないきに離れに座敷牢を作って、父上さまをそこへ入れた。雨のがいに降る晩やった。危ないきに手を縛《しば》っちゅうき、父上さまは傘をさせん。實が傘をさしかけるけんど、けんど濡れるがじゃ」

「猪之助」

「憐れじゃった。それでも後妻は出ていった。今も父上さまは離れの囲《かこ》いの中におる。おれの元服もできそうにない」

猪之助は両手で頭を抱えた。

「おれのせいや。おれがあほうやきや。おれは、文の一本も書けざった」

喜多は、その顔を見上げながら、あの広大なお屋敷の一室で、實に教えられながら、巻紙に字を書いては、思うように書けずに破っている猪之助の姿を思った。

「文を貰《もろ》うて、嬉しかったよ」

喜多は言いながら、要法寺に来るようにと書かれた文を胸から出した。これも、實の筆跡だった。

「猪之助が文をくれたがが嬉しかった。實が書いたち、猪之助が書いたち、どっちやちええやいか」

「ええことはない」

猪之助は文机の上の孫子を手に取ると、高く振りあげた。

「こんなもん、なんぼおぼえたち無駄じゃ」

投げるかと思ったが、そこでとどまった。猪之助は孫子を實に渡すと、座敷を飛びだしていった。

それきり、要法寺に集まることはなくなった。


その年の暑い盛りに、城下では妙な噂が流れた。小高坂《こだかさ》の常通寺《じょうつうじ》の仁王像が、日が暮れると唸《うな》り声を出すというのだ。どうやら近ごろ魂が入って、夜には門番をやめて歩きまわり、鏡川で泳いだり、小高坂山《こだかさやま》に登ったりしているという。

昨夜は本町筋を歩いていたとか、雲衝《くもつ》くような真っ赤な仁王に行き当たって、升形の番所《ばんしょ》の番人が腰を抜かして立てなくなったとか、上町《かみまち》でも下町《しもまち》でももっぱらの噂だ。見にいったどこぞの漢学塾の先生が、あれは仁王像の膝に開いた穴から蝙蝠《こうもり》が出入りして巣をかけて、その羽音が唸っているように聞こえるのだと看破したらしいが、二月《ふたつき》たっても噂は一向に収まらず、ある朝、仁王像は本当にいなくなってしまった。夜が明けても戻らず、門は空っぽになっているという。

「仁王像はどうなりましつろう」

儀平はそれよと手を打った。

「小高坂山の大榎《おおえのき》に縛りつけておったらしい。大榎の皮を剝《は》いで、やっぱり盛《さかん》と書いてあったと」

この前の桃の節句が明けた朝にも、天神橋の真ん中に番所が立って、大騒ぎになったことがあった。前の晩の差し入れの酒に番人が寝潰れている間に、番人ごと、番小屋が担ぎだされたのだ。要《よう》法寺町橋《ほうじまちばし》の袂の番小屋で、戸には盛の文字が大書《たいしょ》されていた。

盛は三つある郭中盛ん組の中でも、下邉盛ん組の印だ。

「よう練った大仰《おおぎょう》な仕掛けじゃ。こんな大茶番は、土佐藩始まって以来じゃと大評判じゃ」

儀平は自分の手柄のように相好《そうごう》を崩した。

「こんなてんぽうなことは土佐でしかできん」

「まっことやねえ」

喜多も自分のことのようにわらった。

あくる日、喜多は稲を供に小高坂へ向かった。

辻番所を通り、土橋《どばし》を渡って、郭中に入る。油照《あぶらで》りの本町筋をまっすぐ抜けて、升形へ。番所を抜けて上町に入ってからは、よく道がわからない。郭中から下《しも》は、喜多の住む弘岡町も蓮池町《はすいけまち》もみんなひっくるめて下町といい、米蔵や魚市場があるので、肩肘《かたひじ》はらないにぎやかな雰囲気だが、もともと郭中の士の奉公人たちが集まってできたと言われる郭中から上《かみ》の上町は違っていた。大店《おおだな》がずらりと並び、中でも才谷屋の看板を掲《かか》げる店は大きく、ちょっと入ることも憚られた。

水を打つ男衆《おとこし》に稲が道を訊いてくれて、道を後戻りして教えられた角を曲がると、すぐに常通寺の見事な伽藍《がらん》が見えた。人通りも繁《しげ》くなって、誰も彼も出奔《しゅっぽん》した仁王像の話をしている。評判を聞いて、村や浦から足を運んだ人も少なくないようだ。

下邉盛ん組の名が聞こえるたびに、喜多は自分のことのように誇らしくなった。福岡藤次に助力し、上邉盛ん組と組んで小高坂組を制したのを皮切りに、数ある盛ん組を圧倒し、その上でこんな大茶番を打ってみせる。今や、猪之助率いる下邉盛ん組の名は城下に轟いていた。

ただ、一方で、要法寺で最後に見た猪之助の顔を思いだすと、それも猪之助が無念さや悲しさを紛らわせるために無茶をしているのではと、喜多には案じられてならなかった。

常通寺橋《じようつうじばし》を渡るとすぐに、人だかりの上に、真っ赤な仁王像が見えた。

「こんな大きいものを、よう運ばれましたね」

稲はわらう。

「猪之助さまらしいです」

喜多と稲は人混みを抜けて、仁王門をくぐった。両方に控える仁王像のうち、口を閉じているほうの仁王像が担ぎだされたらしい。壊された柵《さく》が、まだそのままになっている。

お参りをしてまた仁王門をくぐったときに、周りのおなごより頭ひとつ大きな島田髷が見えた。

「あのお仁王様が逃げだしたが」

「そうよ」

あどけない娘に答えるその顔には見おぼえがあった。

「とめさま」

思わず、声を掛けていた。

喜多をふりかえったとめの顔を見て、士の娘のとめに、町方の自分は声を掛けてはいけなかったのだと思いだした。

「失礼をいたしました。あんまりお懐《なつ》かしゅうて、つい」

目をそらし、頭を下げながら立ち去ろうとしたが、とめは一歩前に出た。

「ほんまに懐かしいね。池添さんのご朋輩やったろう。おぼえちゅうよ。息災でおりゆう」

思いがけない返事をもらい、喜多は足をとめて、もう一度頭を下げた。

「弘岡町西村屋の喜多です。息災でおります。とめさまもお変わりなさそうで」

喜多の言葉にとめはふんとわらった。

「まったくお変わりのうてねえ。もうとっくに嫁にいく歳やに」

とめは繋いだ手の先の娘を見下ろした。

「この子に先を越されそうな」

「妹御さまですか」

とめは首を振った。

「これは姪やき。わたしには弟しかおらん」

さっき道を訊いた才谷屋が本家だけあって、あいかわらず贅沢な装いだった。今日も木綿地ながら、中型に染め抜いた朝顔の柄はくっきりと美しい。簪の玉も桃色珊瑚《さんご》だ。

「あんたも島田に結うて、もう嫁入りの口もあるがやろう」

「まさか」

「わたしは嫁ぎ先が無《の》うて、箏や三絃ばっかり弾いておらんで、裁縫もせんならんいうて、やいやい言われゆう」

「わたしも裁縫のお師匠さんに通いよります」

「どこの」

「京町のお師匠さんです」

「池添さんもあんたも可愛らしいき、じきに嫁にいくがやろうねえ」

とめは細い目をなお細くした。

「とめおばちゃん、お仁王様はひとっちゃあ動かんねえ。立ったなりで寝ゆうがじゃろうか」

娘がとめを見上げ、舌足らずな声で訴えた。

「そうかもしれんねえ、春猪《はるい》」

そのやりとりを潮《しお》に、喜多はもう一度頭を下げた。

「ほいたら、これで。とめさま、お会いできて、懐かしゅうございました」

「わたしこそ懐かしかったよ。あんたは下町やったろう。気をつけて去《い》んだよ」

「あい。おおきに、ありがとうございます」

喜多は作法通り目をそらし、とめに体を背《そむ》けて深く頭を下げてから、常通寺を離れた。

嘉永五年明けの御馭初《おのりぞめ》は、太守豊信《とよしげ》公の妹が亡くなって、十四日にさしのばされた。それでも中止にならないのは、外国船がしばしば姿を見せるようになって、三方を海に囲まれた土佐藩ならではの緊迫感が高まり、藩庁が、本来は出陣前の騎馬揃《きばぞろ》えであるこの行事を重んじるようになったからだと言われた。

御馭初の朝、喜多はもとと儀平とともに本町筋に出かけた。堀詰橋の袂には、庚申堂に挟んだ文で交わした約束通り、あやめが立っていた。あやめと会うのは久しぶりだった。

十九になるあやめの美しさはまぶしいほどで、喜多が歩みよるのをためらわせるほどに、通りかかる人たちの目を奪っていた。

堀詰橋を渡ると、広い本町筋は、もう両脇にいっぱいの人だった。下横目《したよこめ》が二《ふた》つ鱗《うろこ》の紋をひけらかしながら、人払《ひとばら》いに余念がない。

「今年も落馬する士が出るろうのう」

本町筋に集まった町方も、岡目《おかめ》の気楽さで口さがない。

「以前には落馬した者は腹を切ったらしいが、今の士にそんな度胸はないろう」

「釣りだの芸事だのにうつつを抜かして馬を繋ぐがにも窮して、平気で貸し馬に跨《また》がってくる者ばっかりや」

炭屋の前に立って待つが、なかなか最初の一騎がやってこない。

日も高くなった四ツ過ぎ、やっと一騎の騎馬が駆けてきた。定法《じょうほう》通りの一騎目が本町筋を駆け抜けた後は、次から次へと駆けてくる。総駆《そうがけ》になったので、郷士など軽格の士も士格に交じって駆けてくる。堀詰で引きかえすときに、馬上からあやめに声を掛ける士もいた。

「あやめ殿、ご覧になってくださいましたか」

あやめは作法通り頭を下げて顔を隠し、返事をしない。

総駆とはいっても、騎馬さえ許されていない徒士以下の軽格は見ているだけだ。そんな軽格の若士も、雑踏の中にあやめをみつけてはあいさつに来る。あやめはやはり返事をせず、頭を下げて慇《いん》懃《ぎん》にやり過ごすが、自分の家より家格の低い士たちは歯牙《しが》にも掛けない。

「一昨日《おととい》来いゆう感じやね」

立ち去った士の後ろ姿につぶやき、白い顔を上げ、簪を挿しなおす。くたびれた地味な江戸小紋が、あやめの美しさをより鮮やかに引き立てている。

「それで、猪之助とはあれきり会わんづく」

あやめに訊かれ、喜多は頷いた。城下の噂を聞くにつけ、猪之助が案じられてならなかったが、息災ではいるらしい。

升形のほうから、笑い声が上がった。

見ると、誰も乗っていない馬が駆けてくる。途中で乗っていた士を振りおとしてきたらしい。

「堀詰で引きかえすぞ」

「馬のほうがようわかっちゅう」

遅れて、馬の後を追って自分の足で駆けてきた士に、どっと哄笑が起きる。貸し馬らしく、自分が乗せていた士をおぼえていないのか、士が手綱《たづな》を押さえる前に、馬は士を置いて、升形に向かって駆けていった。その馬の後を、丸く膨らんだ母衣《ほろ》を背にした士が走って追いかける。ますます大きな笑い声が上がる。

「これで夷狄《いてき》が来たらどうすりゃあ」

「酷《ひど》いもんやのう」

わらいながら次はと見ると、升形のほうからおおっという歓声が上がった。そのさざめきが波のようにこちらに近づいてくる。

軽快な蹄《ひづめ》の音とともに駆けてきたのは立派な栗毛の馬だった。その鞍《くら》に、まだ若い士が直立している。

「なんと」

「立って来おった」

正月の乾いた地べたに、誰よりも大きな砂ぼこりを巻きあげ、駆けてくる馬の背には、長い馬鞭を持って、屹立《きつりつ》する猪之助がいた。黒い前髪と白絹の襦袢《じゆばん》が、風をはらんで翻《ひるがえ》ると、そこへ、どうした弾みか、飛びだした犬がいた。狆《ちん》だ。どこかのお大尽《だいじん》が抱いてきたに違いない。

戸惑いをして立ちどまった狆が、馬の蹄にかかると誰もが息をのんだそのときだった。いつの間にか鐙《あぶみ》に足を掛け、馬の腹の下に逆《さか》さに身を乗りだした猪之助は、片手で狆をすくいあげた。

そして、袴を翻して鞍に跨ると、長い馬鞭を振るって、埒《らち》もない本町筋をそのまままっすぐに駆けぬけていった。

一瞬のことだった。

「下邉盛ん組の大将じゃ」

「乾さまじゃ」

喝采《かっさい》がその後を追って、怒濤《どとう》のように打ち寄せる。

蹄の音は地鳴りのような歓声にかき消された。

「猪之助やったねえ。すごかったねえ」

あやめが頰を上気させる。今見た光景が信じられず、喜多は目をみはるばかりだ。

堀詰まで駆けていき、引きかえしてきた騎馬は、まちがいなく猪之助だった。幾度も頭を下げる飼い主に手綱を渡し、わらいながらこちらにやってくる。

呆気《あっけ》にとられた儀平に、吉之丞が後ろから耳打ちする。

「以前、うちに来ておられたでしょう、乾さまのご惣領の」

「こりゃあたまげた」

儀平は目をこする。もとも開いた口が塞がらない。

「喜多」

猪之助ははるか高いところで、長い馬鞭を手にわらっていた。

「見たか」

変わらない猪之助に安堵し、喜多もわらいかえした。

「早過ぎて、よう見えざった」

猪之助は呵呵《かか》とわらった。

「父上の名代《みょうだい》じゃ」

さらに口を開きかけた喜多の袖を、もとがぐんと引っぱった。そのまま儀平ももとも無言で深々と頭を下げる。控える吉之丞も稲もそろって、あやめも喜多と並んで、深く首を垂れていた。

猪之助はふりかえりながらも行ってしまった。その背には、榧之内十文字《かやのうちじゅうもんじ》の紋がくっきりと印されていた。


その晩は粥釣《かいつ》りだった。粥釣りには、思い思いの格好をして訪れるこどもたちに、餅や菓子を配る。粥釣りと七夕の晩、娘たちは集まって遊ぶのが常だった。とはいえ、筆取りのすんだ娘は出歩くわけにはいかなくなる。もう町内の娘はみんな嫁ぐか婿取りをしてしまって、喜多の家に来てくれる娘はいなくなっていたが、今年は最後になるかもしれないとあやめが泊まりに来てくれることになっていた。上町のとめの家に行くということで許してもらえたという。

「最後いうて、今年は嫁入りするが」

「さすがに十九やきにね。嫁きおくれになったら、後妻か妾《めかけ》の口しか無《の》うなるきにね。喜多はまだはなびは咲かんの」

あやめの耳打ちに、喜多は頷いた。

もとが、山芋だの牛蒡《ごぼう》だの生姜《しょうが》だの体に良いと言われているものを、それとなく食べさせてくれているが、いっこうにその兆《きざ》しはない。おなごならだれでも咲くはずのはなびが自分だけに咲かないなんてことはあるはずがないと思いながらも、苦手な牛蒡をこれだけ食べても変わらないということは、本当にそういうことなのかもしれないとも思う。

かといって、これぱかりは自分ではどうしようもない。牛蒡がお膳にならぶたび、じりじりと逃げ場のないところに追い詰められていくようで、いたたまれなくなる。

あやめは喜多の背を叩いてわらった。

「喜多は何するがも遅いきにね、しかたないわ」

もとも儀平も同じことを言ってわらってくれるのが救いだった。

「あやめ殿」

後ろから声を掛けられ、喜多とあやめは足をとめてふりかえった。

「お帰りですか。お家までお送りいたしましょう」

長刀を提げた、まだ若い士が立っていた。どうやらあやめが帰るのを待っていたらしい。

「近藤さま」

あやめはすっと目を伏せた。

「結構です。連れがおりますき」

あやめは士に背を向け、歩きだした。喜多と稲が後を追う。

「あれは郷士やけんど成り上がりよ。もとはお百姓やもん。郷士株を買《こ》うた家との縁組らあてとんでもないいうて、母上さまが」

あやめは決してふりかえらず、すたすたと歩きながら言った。

喜多の家に来るなり、あやめは半紙に絵を描いた。家では許されず、ずっと描いていないと言う。さらさらと描かれた馬は、たてがみを翻してそのまま半紙を駆けぬけていきそうだ。

「生きちゅうみたい」

喜多が感嘆の声を上げると、あやめは自分の描いた馬をみつめながらつぶやいた。

「武藤西蘭《むとうせいらん》は、たった二本の線で富士山を描いたし、松田翠玉《まつだすいぎょく》が十二で描いた梅は、花は可憐やに枝はきっぱりと固かった」

いずれも城下で絵の評判を取ったおなごたちだった。

あやめはまた筆を取って、今度は娘の横顔を描いた。おでこと切れ長の目が印象的な、きれいな娘だ。島田はたっぷりと重たそうで、肩はやっと支えられるほどに細い。

「喜多よ」

あやめの言葉にはっとする。

「わたし、こんな顔しちゅうろうか」

「そっくりです」

稲が請けあった。

「この世にあるもんは、なんでも絵に描ける」

あやめは喜多にわらいかけた。

「きれいなもんも、醜いもんも」

喜多もあやめを見返した。


日が傾くと、外からはかわいい声が聞こえてくる。

びっつり　粥釣り　きーまいた
おーもち　ひーとつ　くーれんか

「さあどうぞ」

あやめと喜多は、もとが用意してくれた餅と飴を、店にやってきたこどもたちに手渡す。こどもたちは面《めん》をかぶったり頰かむりをしたり、思い思いの変装をしている。

「西村屋は餅も菓子もくれるのう」

「米の値えが上がったきに、ようけ儲けちゅうがじゃ」

こどもたちがさも物知りげにそう言いあいながら出ていくのを見送って、あやめと喜多は顔を見合わせてわらった。いつの間にか、餅や菓子をもらう身から、あげる身になっていた。

日が暮れ、丸い月がのぼると、近所の若者たちが頰かむりしてやってきた。

面をつけたり、白塗りになったり、どこで用意したのか虚無僧《こむそう》の天蓋《てんがい》をかぶった者や、損料屋《そんりょうや》で借りてきた流行《はや》りの長刀を差して士の格好をする者までいる。あやめと喜多は帳場の後ろに引っこんで、もう出てはいかない。

「あれは弥助さんやない」

「ほんまや。あの赤鬼はお面かと思うたら、顔が真っ赤ながや」

襖の隙間から覗いてわらいあう。

こういう手合いには餅や菓子ではなく、手代や吉之丞が酒を振るまう。すっかり出来上がっている者もいる。

外から、また別の唄声が響いた。

びっつり　粥釣り　きーまいた
おーもち　ひーとつ　くーれんか

唄いながら入ってきたのは、面をつけたり頬かむりをしたりしてはいるものの、おおっぴらに長刀を差し、袴を着けた若者たちだった。

「ごめん」

士の仮装をした若者たちかと思ったが、この町内では見たことがない顔ばかりだ。

「士や」

「本物《ほんもん》じゃ」

町内の若者たちは土間の隅へよけ、入ってきた若者たちに場所を譲る。損料屋の長刀を差した新吉はまごついて後ろに隠した。帯刀御免《たいとうごめん》でない町方が刀を持つと、きついお咎めを受ける。

「池添あやめ殿はこちらか」

吉之丞に訊いたのは、昼間の郷士だった。それまで座敷でわらっていた儀平が、本物の士が来たとあわてふためいて立ちあがり、襖を開けて店に出ていった。

「近藤さまや。たまげた。後をつけてきたがやろうか。いかん、とめさまの弟も来ちゅう」

「とめさまの。どの人」

「あの、一番後ろにおるろう。ひょろっとした人が。縮れ髪のところがとめさまにそっくりやろ」

あやめの言葉に、たしかにと頷く。

町内の若者たちは士たちに憚って、頭を下げながらばらばらと帰っていく。

異状を聞きつけ、奥から男衆《おとこし》もそろって出てきた。米搗きで鍛えた体は若士たちよりもよほどにたくましいが、なにしろ士とあっては手が出せない。

「池添あやめ殿にお目にかかりたい。絵の話など致したい」

近藤は後ろにひかえる郷士たちに力を得て、なおもくりかえす。近藤の言葉に合わせて、郷士たちは一斉に頷く。言葉こそ丁寧だが、絵の話で済むかどうかわからない。

「喜多の家に迷惑はかけられん。とりあえず、わたしが出るきに」

あやめはそう言うと、立ちあがろうとした。

茶の間から出てきたもとが、あやめの袖をつかんでひきとめる。

「あやめさまはここにおらんと。このごろは嫁担《よめかた》ぎも横行しゆうとかで、万が一にもあやめさまにそのようなことがあったら終《しま》いですき」

町内では聞いたことがないが、近隣の村では、うんと言わない娘を若者たちで無理矢理さらって、嫁にしてしまうということがあるという。

「隠すと為《ため》にならんぞ」

近藤は引かない。その声音《こわね》に、もとの話もあり得ないことではないと思えてくる。

「まあまずはどうぞ」

儀平は酒でごまかそうとするが、吉之丞が差しだした盃を、近藤ははじきとばした。

盃は土間に飛んで、粉々に砕けた。

「町方風情が、士を愚弄《ぐろう》するか」

そのとたん、あやめは袖を振りきって、襖をからりと開けた。

「わたしはここにおります」

喜多も後を追って飛びだす。

「あやめ殿」

近藤が目尻を下げる。

「きれいどころがふたありも」

郷士たちはあやめと喜多を見て、手を打って喜ぶ。

あやめは帳場に立って郷士たちを見下ろしたが、その白い手には銀の平打簪が握られていた。

その覚悟に喜多は息をのむが、酔っぱらっているのか、郷士たちは顔を見合わせ、にやにやとうすらわらうばかりだ。

「ええのう。いずれあやめかかきつばたじゃ」

「まっことじゃ」

吉之丞を始め、男衆は郷士たちを囲んでにらみつけるが、無礼討《ぶれいう》ちを恐れて手が出せない。


そのときだった。

表から、聞き慣れた唄が聞こえてきた。

一《ひと》つ　人と生まれば忠孝に　義勇をかねて節《せつ》に死ね

盛ん組の若士がよく唄っている盛《さか》ん節《ぶし》だった。唄はだんだん近づいてくる。

二《ふた》つ　二心《ふたごころ》なき武夫《もののふ》の　一番槍にしおで首《くび》

「どういて下町に盛ん組が」

郷士たちは狼狽《ろうばい》して、きょろきょろと落ちつかない。一番後ろにいたとめの弟が、表を窺って叫んだ。

「こっちへ来るぞ」

言うなり、土間の隅に身を引っこめる。

三つ《みっ》　三度諫《いさ》めて聞かざれば　腹に窓開け死出《しで》の旅

「喜多」

唄とともに店の前に現れたのは、深編笠《ふかあみがさ》をかぶった袴姿の若者たちだった。

先頭に立つ若者が、笠の下から喜多の名を呼んだ。手には長い馬鞭を持っている。

「粥釣りの餅をもらいに来たぞ」

言いながら笠を取ったその顔は、猪之助だった。

「乾さまや」

猪之助の周りを囲む若者たちも、一斉に深編笠を取る。

「下邉盛ん組や」

郷士たちが一斉に土間の端によけた。作法通り、猪之助たちに背を向けてしゃがみ、土間に手をついて頭を下げる。

面食らってしゃがんで長刀がつっかえ、土間にひっくり返るものもいる。男衆《おとこし》たちが吹きだす。

あやめも喜多も頬をゆるめた。

「なんぞお前《まん》らは」

猪之助は、わらいながらも一喝した。

「目障りじゃ。去《い》ね」

近藤ら郷士たちは泡を食って立ちあがり、我先に店を飛びだして、這々《ほうほう》の体《てい》で逃げていった。

「さあさあ、どうぞ。見苦しいところですけんど、奥へ入ってつかあさい」

儀平は相好を崩して、猪之助と若士たちを促した。

「馳走《ちそう》には及《よ》ばん」

「いえいえ、そうはまいりません。どうぞ」

奥の座敷に招き入れられる若士たちのしんがりに實がいた。

「御駆初が上手《うま》いったもんですき、えらいご機嫌で。ご同輩までご一緒ではご迷惑やとお止めしたがですが、どうしても、粥釣りに行きたいと聞かんもんですき」

いつものように猪之助に代わってすまなそうに話す實の顔を見て初めて、喜多は、体から力が抜けていくのを感じた。

「来てくれてよかった」

「ぼっちりええところに来たようですね」

喜多はこくこくと頷いた。あやめは簪を挿しなおした。

「それにしても、町方ならいざ知らず、郷士連中まで喜多さまの家に押しかけられるとは」

「あれはあやめ目当てよ」

喜多はようやく笑みを浮かべることができた。

「今日の御駆初はすごかったねえ。鞍の上に立つらあて、初めて見た」

「調息流《ちょうそくりゅう》という要馬術《ようばじゅつ》です。馬上で飛んだり跳ねたりされるき、長い馬鞭を持たれます。お父上さまも叔母上さまも大層なお喜びで、元服前にあれだけ駆けた者はないと郭中でも評判になっておりまして」

実は我がことのように顔をほころばせる。

「暮れに北邉《きたへん》と揉めたいうて案じよったけんど、大事なかったが」

暮れのすりあいでは、待ち構えて瓦礫《がれき》を投げつけた北邉の若士たちに、どうしたわけか町方の若者たちが応戦し、下邉の若士が逃げるのを助けたという。町方が士のすりあいに関わるなどこれまでになかったことで、下邉は町方まで味方につけたと評判になっていた。

「大事ないことはありませんでした。けんど、塾でご一緒やったご朋輩の太兵衛さんや新吉さんが、猪之助さまを助けようと、龍吐水《りゅうどすい》で湯をかけたりしてくださいまして」

「太兵衛さんと新吉さんが」

「ありがたいことでございました」

実は目を細めた。

「要法寺では大変なご無礼をいたしまして、申し訳ありませんでした」

実は喜多に頭を下げた。

「たて続けにお母上さま、弟御さまを亡くされて、動転しておられました。幸いにも、お父上さまの具合が良うなってまいりまして、昨年のうちに囲いもいらんなりました。ほんで、今年こそ、元服をなされることと相成《あいな》りました」

「喜多」

猪之助が座敷から大声で呼ぶ。

「ちっくと来い。皆に紹介する」

座敷に出ていった喜多とあやめに、猪之助が喜ぶ。頭を下げる喜多の後ろにぴたりとついて、吉之丞も頭を下げる。

「これが喜多じゃ。こっちはあやめじゃ。あやめは徒士の池添吉右衛門の娘じゃ」

喜多を紹介する猪之助の後ろに實が控える。

「喜多。これが片岡健吉《かたおかけんきち》じゃ。こっちが二川元助《ふたがわもとすけ》じゃ」

まだ幼いと言っていいほどに、ひときわ若い士二人が、慇懃に頭を下げる。

「こいつらには組に入《い》れえいうて追いかけまわされて往生《おうじよう》したけんど、入れてよかった。健吉は誰よりも利口《りこ》いし、元助の度胸のよさは郭中一じゃ」

健吉と紹介された若士は組の中でも小さかった。白い顔はまだ下膨《しもぶく》れていて、どんぐりのような黒目でじっと喜多を見た。喜多も見返すと、照れたのか頬を染めた。

「これが森《もり》幾馬と宍戸《ししど》直馬」

盛ん組にはめずらしく、おっとりした風情の直馬は、幾馬に遅れて頷いた。

「こっちは小高坂の谷守部《たにもりべ》と山地忠七《やまじちゆうしち》」

いずれも若年ながらたくましく、ひとりは片方の目が閉じている。

「山地は独眼竜《どくがんりゆう》ながら、馬に乗るがも槍を振るうがも郭中一じゃ。それから、そっちが升形の福岡藤次」

以前、天満宮で会ったことのある若士だった。藤次は美しい顔をこちらに向けることすらしない。あやめが恐れ入って深く辞儀をし、喜多にささやいた。

「ご家老福岡家のご一門で」

「それから寺村左膳《てらむらさぜん》。二人とも上邉じゃ」

あやめがまた深く辞儀をする。どうやら左膳も家老の一門らしい。二人とも、折目《おりめ》の整った袴で、隙なく端座《たんざ》している。

「どっちが猪之助の相手ながぞ」

左膳の後ろの、年長らしい大柄の士がわらいながら、喜多とあやめを見くらべ、無遠慮に訊いた。

吉之丞がにらみつけるのを、鼻でわらう。

「徒士の池添吉右衛門の娘いうたら、郭中でも美人じゃいうて有名じゃが、噂にたがわんのう。たまげた」

「唯八《ただはち》さん、どうかお控えください」

藤次と並んでいた寺村左膳が止めた。

「左膳、よう言うてくれた。こちらは江ノ口の小笠原《おがさわら》唯八さんじゃ。口はわるいが肚《はら》はきれいじゃ。唯八さん、この喜多はただの町娘やない。おなごじゃが四書五経も読む。このあやめも、別嬪《べっぴん》で評判じゃがそればあじゃない。絵を描かせたら郭中一じゃ」

それまで喜多とあやめに目もくれなかった藤次が、初めて眉を上げてこちらを見た。

「喜多、この左膳は見ての通り、くそ真面目でのう、家老の一門にしては、ええ奴じゃ」

「猪之助さんは、ほんまに分け隔《へだ》てをされん」

健吉が言った。

「この前のすりあいでは町方に助けられるし、おなごとまで気軽につきあわれる」

「おなごやない、喜多じゃ」

「これは失礼。喜多さん」

健吉は喜多と目を合わせるとまた頬を染めた。

「喜多です。今日はおおきに、ありがとうございました」

喜多は両手をついて、一同に頭を下げた。

「そんな堅苦しいがはいらん」

猪之助はわらい、奥から冨三郎が顔を覗かせているのに気づくと手招きした。

「冨三郎か。また大きいになったのう。角力はやりゆうか」

照れくさそうに出てきた冨三郎を、猪之助は両手を広げて迎え、肩や腕をたたく。

「なかなかええ体をしちゅう。まだまだ大きゅうになりそうなにゃあ。どうぞ、やす」

猪之助は傍らの保弥太に尋ねる。保弥太はまた一回り大きくなったようだ。

「ふん。まあまあじゃの。町方にしては」

女衆《おなごし》が茶とあんもちを出す。

「酒はないがか」

小笠原が言うのを、猪之助が遮る。

「もう遅い。飲んだら去《い》ぬるぞ」

「まことに愛想のないことで」

めずらしく奥から出てきた熊次が頭を下げると、並んで儀平も頭を下げた。

「いやいや、馳走になった」

猪之助は茶碗を取りあげ、一気に飲みほした。

「去《い》ぬるぞ」

茶碗を置くと同時に立ちあがる。あわてて他の士も後を追う。土間で男衆から深編笠を受けとり、そろってかぶる。

見送りに出た儀平ともとと熊次に猪之助は頭を下げた。恐れいる儀平たちに、猪之助は重ねた。

「お父上もお母上も、それからおじいさまも、どうぞ息災で」

去《さ》り際《ぎわ》に、猪之助が笠の内から三人に掛けた言葉には、実《じつ》がこもっていた。


久しぶりに要法寺に来るように文が来たのは、その年の夏の盛りだった。油照りの往来を歩き、稲を供に寺に着くと、猪之助は紅潮した顔を上げ、喜多を急かした。

「やっと来たか。早《はよ》う上がれ、えいもんを持ってきたぞ」

猪之助は、喜多が汗を拭いながら座敷に上がるのが待ちきれず、続ける。

「漂流民が帰国したがは知っちゅうか」

漂流して異国まで行ったという土佐の浦人《うらびと》三人が帰国したとき、本町筋は一目見たさに集まった人で埋めつくされた。

「あの漂流民の一人が幡多《はた》の者で、万次郎《まんじろう》いうがやが、なんでも、アメリカまで行って、アメリカで暮らしよったらしい」

喜多は人垣の間からちらりと見た漂流民を思いだした。漂流民の三人は、あっけにとられるほどに尋常の格好をしていた。髷は結っているし、藍木綿《あいもめん》の長着《ながぎ》は身につけている。下横目に人払いをされ、深編笠をかぶった立付袴《たつつけばかま》の士に前後を囲まれていなかったら、雑喉場や米蔵で見かける、ただの浦人や村人としか思えなかったろう。夷狄は髷を結わんらしいという噂を聞いて、文月の残暑の中仕事を休んで駆けつけた者たちがっかりしていたほどだ。あの、あまりに尋常な浦人たちが異国まで行ったとは、とても信じられない。

「やすが伯父の吉田東洋《よしだとうよう》のところで、万次郎と会《お》うてきたがじゃ。佐々木高行《ささきたかゆき》ら、北邉のやつらも一緒やったいうて。ほんで、ええもんをもろうてきてのう」

猪之助は言いながら、懐に手を入れた。切れ者で、太守様に気に入られて大出世したと評判の吉田東洋が、保弥太の伯父だとは知らなかった。

「喜多に見せとうてのう、やすが嫌がるがを、無理に借りてきたがじゃ」

猪之助は懐から出した絵図をばさばさと音を立てながら広げた。

「世界絵図じゃ」

これが世界かと驚いて覗きこむ喜多に、猪之助は頷く。

「ほんでこれが日本じゃ」

猪之助が指さした先は、絵図の右の端だった。一番大きな大陸の脇に追いやられた格好の、いびつな形状の島々を、猪之助は指先でなぞって示した。

「まさか。日本がこんなにこまいわけがないろう」

「おれもそう言うた」

猪之助はわらった。

「ほんでこっちが、万次郎のおったアメリカじゃ」

「太いねえ。日本よりか太い国ばっかりやいか」

日本は大きな絵図の中で、豆粒のようだった。

「アメリカは太いばあじゃないそうじゃ。ここは藩公も天子様もおらんで、共和政治をやりゆう」

「共和政治」

「吉田東洋が万次郎に何遍《なんべん》も訊きよったそうじゃ。なんでも、王といえるものがおらんで、民が札《ふだ》入《い》れをして、自分らの上に立つものを決めるらしい。ほんで、その、自分らが選んだ人らに、政治をまかせるがじゃ」

「けんど、民というても、士ながじゃろう。ほしたら、日本とそれほど変わらん」

「士もじゃけんど、士ばあじゃないらしい。民はみな、札入れができるという。町方も百姓も、字を書ける者なら誰でも、札入れができるらしい。しかも、人品卑《じんぴんいや》しからぬ者なら、百姓でも札入れで選ばれる」

「ほしたら、百姓が政《まつりごと》をするが」

「そうじゃ。万次郎もただの幡多の漁民やに、学校にも行かせてもろうて、アメリカではえらい出世をしたらしい。土佐で手習いに行ったことも字を書いたこともない漁民が、アメリカの文字を読み書きできるがぞ」

「ほいたら、漁民でも百姓でも、士にやちなれるいうこと」

「そうじゃ。士どころやない。藩公にやちなれるいうことじゃ。逆に言うたら、藩公の子に生まれても、漁民になるかもしれんいうことやがの」

猪之助はさも楽しげに続けた。

「ほんじゃきに、お家《いえ》は大事やないがじゃ。ほんで、自分のなりたい者になる。士の家に生まれても、士にならんでええ。実力次第いうことじゃ、門地《もんち》やのうて。土佐藩家老二十三家の跡取りに碌《ろく》な者がおらんことは、喜多も知っちゅうろうが。札入れがあれば、たとえ百姓からやち、能のある者を集めれる」

喜多は株仲間の寄合《よりあい》に出ている儀平から、札入れのことは聞いたことがあった。札入れなら、みなの意向で物事を決められる。

「もともと、ヨーロッパというこっちの大陸に住みよった者が、船でアメリカに渡って国ができたがやと。けんど、アメリカにも、もともと住みよった者がおった。そいつらを征服して、国を作ったらしいて。アフリカというこっちの大陸からは、奴隷を連れてきて働かせゆうし、こっちのメキシコいう国とは戦争をして、国をぶんどって大きゅうにしたらしい」

猪之助が熱心に話すのを、實は頷きながら聞いている。

「この絵図を見たら、アメリカはとっと遠い国と思うろうけんど、ほんまはここところはつながっちゅうがやき」

猪之助は絵図の右端と左端を指さす。

「実は日本と一番近い国ながじゃと。しかも、ここが土佐じゃきに」

猪之助は日本だという島々のうちでも、一番下に描かれている、小さな島を指した。

「土佐の海のむこうにある国ながじゃ。土佐から一番近《ちこ》うて、一番大きゅうて、一番強うて、一番こわい国じゃ。いつ攻めてきてもおかしゅうない。しかも、西洋人はみなえらい太いらしい。おなごでもみな万次郎よりか背もあって、ようこども扱いされたいうて」

本町筋で見た万次郎は、尋常な体つきをしていた。それをこども扱いするとは、西洋人はどれだけ大きいのだろう。

「それに、西洋人のおなごは鉄漿《かね》をつけんそうじゃ。ええ年をしたおなごでも歯が真っ白で、もともと口が太いに、みんな大口を開けてわらう言いよった」

喜多は驚いた。おなごが鉄漿《おはぐろ》をつけない国があるとは思ってもみなかった。

「ほんで、西洋の馬はえらい太《ふと》うて強い、それにくらべたら日本の馬は細《こも》うて弱いいうて言うて。ほしたら、佐々木高行が怒って、万次郎は西洋人に助けられて西洋におったもんやき、西洋を褒めて日本を貶《おとし》めゆうがじゃと言うたと。ひがみっぽい佐々木らしいて笑《わろ》うた」

猪之助と一緒に、喜多はまだ白い歯でわらった。

その夜、茶の間でもととふたりで糸を紡《つむ》いでいると、儀平が入ってきた。

「喜多。おまえ、今日はどこへ行ちょった」

「あやめと天満宮へお参りに」

喜多は手を止めずに答えた。儀平はもとと並んで腰を下ろすと、なお訊いた。

「天満宮やのうて、要法寺じゃろう。ほんで、乾さまと一緒やったろう」

もとが驚いて喜多を見る。

「要法寺で堀詰の炭屋の手代が見たいうて、知らしてくれた」

「ごめんなさい」

喜多は悪びれずに篠巻《しのまき》を置き、ふたりに頭を下げた。

「ほんまのことを言うたら、止められる思うたき」

「要法寺で何をしよったがぞ」

「幡多の漂流民の話を教えてもらいよりました。世界の絵図を見せてもろうて」

「喜多はなんにでも興味があるきに」

もとはため息をついた。

「まったく、乾さまはどういうおつもりやろう」

儀平は腹立たしそうに言った。

「もうとっくに筆取りもすんじゅうきに、前のように朋輩ですむことやない。町方やきにいうて、喜多を愚弄しゆうがか」

「乾さまは、まだ元服もしちょらんこどもやき」

もとはとりなす。

「そんなつもりやのうて、ただ、喜多をお気に召しちゅうばあやろう。粥釣りのときには助けていただいたし」

「それはそうじゃが」

儀平がぐっと詰まる。

「あのとき来てくださらんかったら、どうなっちょったか。やっぱり、ご縁があるがやろう」

もとはほほえんだ。

「けんど、相手は御目見の御物領。喜多は妾にしかなれん。妾に上がらすわけにはいかん。御馭初でも馬上からお声を掛けられたき、噂になってしもうちゅう。これでは縁組に差し障る」

儀平は引かない。

「大事ながは喜多の気持ちじゃ」

もとは喜多を見た。

「喜多は乾さまのことをどう思うちゅうが」

喜多はうつむいた。

猪之助はすきだった。でも、猪之助に嫁《とつ》ぐことなど考えられない。

猪之助は猪之助だ。

喜多はうつむいたまま、黙りこんだ。

ただ、ときおりでもいいから、ともに手習いを続けたいだけだった。

こういうとき、もとはいつも急かさない。喜多の答えをじっと待ってくれる。そんなもとにはきちんと答えたかった。

嘘はつけない。

「仕方がないねえ」

黙りこんだ喜多を前に、もとはため息をついた。

喜多は、もう猪之助に会わないと約束するしかなかった。


とんりゅうとんりゅうの囃子《はやし》が城下に響く。

天神橋の欄干《らんかん》にもたれて待っていると、巨大な花台《はなだい》が、青空にそびえる天守を隠しながら、ゆらゆらと近づいてくる。

毎年長月《ながつき》の天満宮の祭礼には、城下南町《みなみまち》の十あまりの町が競って花台を繰りだす。花台には、浄瑠璃や歌舞伎の舞台を楼閣に再現して何層にも重ね、赤い紙で作った梅の花で飾りたてる。

喜多の住む弘岡町の今年の花台は、絵本玉藻前《たまものまえ》だった。天辺《てっぺん》には黒雲が湧きおこり、天狗が顔を出している。橋掛かりの楼閣では、抜刀している鳥羽《とば》法皇らしき人形に、黒雲に立つ玉藻前の人形が火を噴きかけている。橋の下には、玉藻前が九尾《きゅうび》の狐と見抜いた陰陽《おんみよう》師《じ》らしき人形が、髪を振り乱して立っている。

赤い着物を着たふたりの囃し手は、鳥羽法皇と玉藻前が対峙する楼閣の真ん中に座っている。ちょうど玉藻前の噴いた火の下で、鉦《かね》と太鼓を叩いているところがおかしくて、あやめはわらいながら見上げる。

「あの火も人形も、ほんまに生きちゅうみたいな」

喜多もわらう。

「どういてあんなところでお囃子することにしたがやろうね」

「まっことねえ」

あやめは花台の楼閣を見上げたまま言った。

「これを喜多と一緒に見るがも最後やね」

「最後いうて」

「わたし、嫁ぎ先が決まったきに」

そこまで言われてやっと気がつく喜多だった。

「御用人《ごようにん》の山崎《やまざき》さまいうてね、ご惣領の厳太郎《げんたろう》さまに嫁ぐことになった」

あやめは一息に言うと、喜多を見てほほえんだ。

「上町やきに、もうさいさいは会えんなるね」

「郭中やないが」

「郭中からも話はあったみたいなけんど、結局妾の口ばっかりやったみたい。軽格やきに、仕方ないね。あーあ」

あやめは両手を組んで嘆息した。

あやめと喜多はともに嫁き遅《い》れといえるほどに年を重ねていただけに、喜多は自分だけ、急に置いてけぼりにされたように思った。とうとうあやめも、とさみしさに襲われる喜多をよそに、あやめはつぶやく。

「橋を渡って、郭中にお嫁にいきたかったなあ」

何十人もの舁《か》き手《て》に担がれて、次にやってきたのは、仙台萩高尾下斬《せんだいはぎたかおさげぎ》りの場の花台だった。大きな船の上で、仙台藩主が高尾太夫《たかおだゆう》を斬ろうとしている。仙台公は高尾太夫の長い黒髪を左手に、右手に刀を振りあげて、高尾太夫は白い顔に苦悶を浮かべ、それでも覚悟を決めているようだ。

その真《しん》に迫った再現ぶりに、どよめきが起こる。

高尾太夫は想い人があったために、裲襠《しかけ》を着たままの姿の目方《めかた》と同じ重さの金で買われても、買った仙台公の思うままにはならず、隅田川で殺された。

嫁入り前のあやめが見るものではないと思い、花台を見上げるあやめの横顔をうかがったが、あやめはそんなことは気にもとめていないようで、後ろから髪をつかまれ、今にも斬られそうな高尾太夫の人形に見とれていた。

嫁入り婿取りは暮れから正月にかけて行われるのが普通だったが、あやめの嫁入りは霜月に入ってすぐだった。

一刻も早くもらいたいという婚家の強い要望だという。その美貌が郭中でも評判のあやめの嫁入りに横槍が入ったり、横行する嫁担《よめかた》ぎをされたりしてはたまらないと恐れているらしい。また、嫁入りを急かす婚家の、なんの支度もいらない、風呂敷包みひとつで来てもらえれば結構というのは、あやめの親がその家を嫁ぎ先と選んだ理由のひとつだった。

喜多はその日、稲と一緒にあやめの家の前の通りで待った。

日が落ちかけたころ、あやめは綿帽子に打掛姿で現れた。提灯《ちょうちん》の灯りに浮かびあがるその顔は、いつも以上に白く、輝く月のようで、その美しさに集まった人たちは言葉を失い、ただ、ほうとため息をもらすばかりだった。

あやめは提灯で照らされながら、作法通りその顔を一度も上げることなく、待っていた駕籠《かご》に乗った。

喜多はあやめに声を掛けたかったが、あやめの母上さまも父上さまも、嫁ぎ先の人たちまでいるところで、町娘の自分が声を掛けるわけにはいかなかった。

喜多は庚申堂に挟まれていたあやめからの文を握りしめた。嫁入りの日を伝える文の終わりは、もう文は書かないと括《くく》られていた。

駕籠が担ぎあげられ、ゆっくりと西へ向かった。

郭中のむこうの、上町へ。

喜多は通りに立って見送った。

提灯の灯りも、やがて見えなくなった。


同じ霜月の十五日は、袴着だの筆取りだの祝い事で町は賑わう。自分の家で何もなくても、どこかしらで祝い事があり、客に呼ばれて回るのに忙しい。

朝から儀平ももとも冨三郎も、近所や寄合《よりあい》仲間の祝い事に呼ばれて出かけた。今年は家にいると言った喜多に、もとも儀平も何も言わなかった。

十九歳。もう町内で一度も嫁いだことがなく、婿取りもしていない娘は、喜多だけになっていた。どこへ行っても、喜多がいれば、嫁入りはまだかまだかと、訊きたくて仕方のなかった人たちに訊かれるのはまちがいなく、その煩わしさから逃れたいのは、もとも儀平も同じだった。

昼下がり、喜多は奥の座敷に出て、縫いかけだった冨三郎の袷《あわせ》を縫った。

店は休みで米搗きもないので、家の中は静まりかえっている。喜多は、庭で鳥が啼くたびに、そちらを見て手をとめた。

駕籠に乗るあやめの姿を思いだす。

あのとき、あやめに声を掛けるのをとどまったのは、身分違いだからだけではなかったと思いなおす。

あのとき、うつむいたままで駕籠に乗った、そのつつましい姿を見て、思った。

もうあやめは、これまでのあやめではない。

節句の尻はぐりをしたり、脛《はぎ》をあらわにしてえび取りをしたりしたあやめは、もうどこにもいない。猪之助をあほたれと呼んで憚らないあやめも、あやめの美貌に群がる士たちを歯牙にもかけず、小馬鹿にしてあしらうあやめも。

嫁入りという言葉の厳粛さに、今さらに打ちのめされる。自分にはその覚悟はとてもなかった。いつかその覚悟ができるとも思えない。そもそも、傍目には娘らしく見える姿に育っても、はなびのない自分には嫁ぐ資格すらないということは、もう十二分に思い知っていた。

針はちっともすすまない。今日はもうやめようかと思いかけたとき、表で馬の蹄の音がした。

「猪之助さま」

稲の声に耳を疑う。喜多は店に続く襖を開けた。

土間に立っていたのは、月代も青々とした、裃《かみしも》姿の士だった。

「元服したぞ」

猪之助は言うなり、つかつかと歩み寄って、喜多の前に立った。

「嫁に来てくれ」

あまりに唐突なその言葉に、喜多は猪之助を見返すことしかできなかった。

實が表に馬を繋いで店に入ってくる。

「何言いゆうが。身分違いやろ」

「大事ない。父上さまにも、叔母上さまにも許してもろうた」

前髪のない猪之助の顔は真剣だった。

「妾やったらえいいうて、やっと許してもろうた」

「妾らあていやよう」

喜多は言うと、わらいだした。

「わたしはどこにもいかんよ」

わらうしかなかった。

「子が生めんが。石女《うまずめ》やと思う。はなびが咲かんきに」

一息に言った。

ずっと、そうではないことを願っていた。勢いで口に出してしまって、とうとう、自分でそうだと認めてしまった。

實が息をのむ。稲も凍りつく。

それでも、後悔はなかった。喜多はその場に立つ全員を見返した。

ところが、猪之助は訊いた。

「はなびいうたらなんぞ」

思わず、喜多も稲も吹きだした。

「まったく」

喜多はわらいながら言った。

「ねんねのくせに、ええかげんにしいや」

「ほんまに、ご無礼をいたしました」

實が頭を下げ、猪之助の肩を抱く。

「猪之助さま。まずは帰りましょう。これから宴席です。みなさまも待っておられますき」

なおも何か言いたげな猪之助を後ろから追いたてるようにして、實は店を出た。喜多には、それが、思いきって打ちあけた喜多への、實の気遣いだとわかった。

實は猪之助を馬に乗せ、後について出た喜多に頭を下げる。

喜多も頭を下げた。

「猪之助。元服、おおきにおめでとう」

馬上から猪之助は喜多を見下ろした。

夕日を浴びる猪之助の、高い鼻も尖った顎も、きれいに影になっている。

「おれはあきらめてないき」

言うなり、馬の腹を蹴った。

實がその後について歩く。

喜多は稲と並んで、その後ろ姿を見送った。

「あやめとの別れにひたっておりよったに、台無しやわ」

喜多は肩をすくめて、なんでもないことのように、案じる稲にわらってみせた。

日が短くなった城下は紅《くれない》に染まりつつあった。主従の背中は心なしか丸まっているように見えた。

幾日もしないうちに、猪之助からの文が届いた。

表書きのない文を、稲が憚りながら茶の間に持ってきてくれる。喜多は文を懐に挟み、縫いかけの袷を持って離れに渡った。筆取り以来、離れの六畳を与えられていた喜多は、それでも日中はほとんど店か茶の間にいたが、さすがに茶の間で文を読むわけにはいかなかった。

一翰呈上《いっかんていじょう》致候《いたしそうろう》から始まるのは、これまでの文と変わらない。この前の非礼をまず詫びた上で、仰《おお》せ出《い》で難《がた》き事乍《なが》ら仰せ出でらるること誠に忝《かたじけな》く存じ奉《たてまつ》り候と、流れるような御家流で書かれている。

これは猪之助が實に書かせたことやない、と、一読して喜多は思った。實が、猪之助には断らずに書き入れた一文に違いない。

言い難《ぬく》いことを言うてくださいまして、ありがとうございましたと、實ならきっと言ってくれる。實のゆったりとして優しげな字を見て、喜多には、その声が聞こえたように思えた。

猪之助の思いはその後に書かれていた。まだ祝言《しゅうげん》を挙げることをあきらめてはいないから、時節《じせつ》を待つようにと書かれている。

時節ってなによ。

喜多は思わず吹きだした。

まるでわたしも嫁入りを待ちゆうみたいやない。

離れに声を掛けてきたのは、もとだった。喜多はとっさに猪之助からの文を隠した。

「あやめさまからで」

もとは文を差しだした。

「おおきに」

あやめから文が届くとは思ってもいなかった。猪之助の文とは打って変わって、仮名ばかりが書かれているのは庚申堂で交わした文と変わらないが、これまでよりはいくらか丁寧に見える。最後に梅の絵が描かれていて、思わず庭を見た。喜多の庭の梅のつぼみは、まだ固い。

「ええねえ」

喜多に身を寄せて目を細めたもとは、起きなおりながら言った。

「あやめさま、なんて」

「慣れんことばかりで大変みたいな。よう御同輩の方が来られるらしいて、そのお世話とか」

「あやめさまがきれいなきに、御同輩の衆がからかいに来られるがやろうね」

もとはわらった。

「けんど、梅を描いて寄越すくらいながやき、余裕があるがやろう」

喜多はわらえなかった。

短く、そっけない内容はいかにもあやめらしかったが、文とはいえ、弱音を吐くのはあやめらしくなかった。嫁入り前には、もう文は書かないと書いていたのに、こんなに早く出してきたことも。

墨一色で描かれた梅の花の凜《りん》とした姿も、ごつごつとした枝も、折れないよう、散らないよう、精一杯の虚勢を張っているあやめの姿を表しているようにも思えた。

「さっきの文は、乾さまからやろ」

どきりとする。稲は隠してくれていたのに、気づいていたらしい。

「こないだもおいでになっちょったらしいけんど、乾さまの思いは変わらんがやね」

もとは喜多にほほえみかけながら言った。

「喜多が望むがやったら、あては、どこへでも嫁《い》かせちゃりたいと思いゆうけんど」

もとはその先を言わなかった。はなびがない以上、喜多はどこにも嫁けないのだ。


石女は子ができないだけでなく、縁起がわるいと忌《い》まれる。城下では女衆《おなごし》に雇ってももらえないし、村や浦では、作物の実がつかなくなるとか漁がなくなると言って、つきあいすら避けられるという。

幼いころ、歩きはじめるのが遅かったと聞いてはいるが、ほかにとりたててわるいところもないのに、なぜ自分がと喜多はやるせなく思う。


「まあ急がんでもええよ」

「けんど、いつまでも、ここにおるわけにはいかん。厄介《やっかい》伯母になってしまうきに」

喜多の口にした不安を、もとはわらいとばした。

「冨三郎は今年十一。元服までまだ四年もあります。嫁取りはまだその先。喜多が厄介伯母になるがはとっと先です。だいたい、冨三郎はあんなやし、喜多が厄介伯母らあてことはないき」

冨三郎はあいかわらず、手習いよりも角力に打ちこんでいた。

「喜多は店にとっても、うちにとっても、無《の》うては回らん娘ながやき。とはいうても、世間様はそうは思うてくれんきにねえ」

もとはちらりと店のほうをふりかえった。

「明けたら喜多も二十歳いうことになる。なんぼ嫁いでないいうても、いつまでも白い歯で島田を結うておるわけにもいかんし。そろそろ鉄漿《かね》をつけて、丸髷に結うたらどうやろう。そうやって文もくるし」

もとは喜多が文を隠した膝先に目をやった。

「乾さまがうちに出入りしゆうことも知られちゅうきにねえ。乾さまの手がついたいうて、評判になっちゅう。いっそその噂にまかせるがはどうやろう」

その言葉の意味をとりかね、戸惑う喜多に、もとは重ねた。

「世間様に嫁ぐがも近いいうて思わせちょいたら、喜多がなんぼ家におっても商売の差し障りにはならん」

もとは立ちあがった。

「味噌を仕込みゆうがやけんど、手伝《てつど》うてくれるかえ。今日あては手無《てな》しやきに」

文を文机の上に置くと、喜多も立ちあがった。前掛《まえかけ》をして台所に出ると、もとの指図で味噌を桶に仕込む。西村屋では奉公人が多いので、三月《みつき》ごとに仕込まないと間に合わない。

はなびのときは手無しといって、もとは味噌や漬物に手を触れない。味噌も漬物もうまくできなくなるという。女衆ははなびでも寺からひよけのお守りをもらってきて働くが、もとは慎まんといかんきにと、このごろは喜多にやらせる。

はなびがない喜多を気遣って、喜多なりの役割を与えてくれようとしているもとの思いを、喜多は痛いほどわかっていた。

けれども、べったりとした味噌の塊を桶に詰めるたび、おなごならだれしも持つはずの慎みや憚りのある日が自分にはないことを思い知り、ありがたさとともに息苦しさをおぼえるのだった。

明けて嘉永六年の正月、もとのすすめに従って、喜多は鉄漿《おはぐろ》をつけ、丸髷に結いあげた。


その夏の盛り、黒船が相州浦賀に来たと騒ぎになった。

儀平は土佐の浦戸と聞き違え、早速に見に行こうとし、店中が大笑いとなった。江戸では今にも戦《いくさ》が始まるかもしれないと、武具や馬具が飛ぶように売れているという。

メリケンの船だと評判だが、どうやら、猪之助に見せてもらった絵図に描かれていたアメリカのことらしく、幡多の漂流民の万次郎が公方様《くぼうさま》のお召しで江戸に上るという。鯨のように大きな、真っ黒な船が描かれた瓦版《かわらばん》も売られるようになった。そんな騒ぎの中で、将軍家慶《いえよし》公が薨御《こうぎょ》した。

裁縫の師匠が訪ねてきたのはそんなときだった。

「うちの裁縫のお稽古の手伝いに来てくれませんろうか」

町方の娘はみな裁縫の稽古に通うものだったが、一通り習って縫えるようになると、嫁入りの支度ができたとやめていく。喜多も近所の娘たちがやめるときに、一緒にやめていた。

「上町の郷士の家の嬢《いと》さんが通うてきてくれることになったがですけんど、喜多さんがおると思うて来られたようで。かなりお年嵩《としかさ》でもいらしてねえ、うちは、ご存じの通り、おぼこい子が多いきに、ちょっと通うがに通いにくいとお察しするがですよ」

常通寺の門前で会った、とめを思いだす。

「それは坂本さまですろうか」

「ええ、ええ。坂本とめさまとおっしゃって」

師匠はほっとしたように頷いた。

「坂本さまが気を悪うにされんように、喜多さんもお稽古されゆうということにしてもろうて、一緒にお稽古してもろうたら、坂本さまも通いよいと思うがです。もちろん束脩《そくしゆう》はいりませんき。喜多さんはおうちで縫うもんを持ってきてもろうて、うちで針仕事をすると思うてもらえたら」

才谷屋につながるとめの、おそらくは過分な束脩が目当てなのだろう。抜け目ない師匠らしかった。喜多は店や家の切り盛りで暇はなかったが、すぐに承知した。早速翌日から、縫いかけの肌着を持って通いはじめた。

座敷は十三、四の、唐人髷《とうじんまげ》やら銀杏返《いちょうがえ》しやらの娘たちでいっぱいだった。通っていたのはほんの数年前のことなのに、自分もこの中に交じっていたとは信じられない。

その部屋の隅に、ひときわ大きな体を屈《かが》めて、小さな丸髷を結ったとめが何やら懸命に縫っている。その丸髷の後ろには、あやめと同じ、平打の銀の簪を挿している。目があまりよくないのか、縫物にくっつくほどに顔を寄せている。

「すっかりご無沙汰しております。お変わりありませんか」

喜多はとめの正面を避けて斜めに座ると、深々と頭を下げた。

「おおきにありがとう。わたしはなんも変わらんよ。池添さんもとうとう嫁入ってねえ。山崎家は同じ上町やき会えるか思うて楽しみにしちょったけんど、固いお家でねえ。ちっとも見かけん」

とめは初めに縫わされる雑巾を刺していた。雑巾を刺しているのはとめだけだ。気の毒に思ったが、その針目を見て納得した。どうやったらこんなに大きく、ちぐはぐに縫えるのだろうかとふしぎに思うくらいの針目だった。

「わたしはほんまに、裁縫が苦手でねえ」

とめは縫いかけの雑巾を持ちあげ、大きなため息をついた。

「けんど、裁縫やちできるようにならんと、こんな歳になって嫁ぐ先もないきに」

ひと針ごとに、小さな丸髷が大きく揺れる。

箏や三弦が向いていないと喜多にはっきりと言ってくれたのはとめだった。でも、そのとめでも、おなごと生まれた以上、向いていないからと裁縫をしないわけにはいかない。

「とめさま、肩に力が入っておられます。肘《ひじ》の力も抜いてつかあさい」

喜多は自分の縫いかけの肌着を脇に置いて、とめの波縫いを励ました。


とめの裁縫の腕は、いつまでたっても上がらなかった。

その針を持つ指は、果たして十三絃の上を自在に飛びまわる指と同じ指なのかと疑うほどの不器用さだった。お稽古の終わりに針をしまうと、その太くて硬い指は、針の形に赤く腫れあがっていた。雑巾の次に課される足袋の底は厚いとはいえ、力の加減がわからないのだろうと気の毒になる。

「ご苦労さまでございました」

「おおきに。あいかわらず、喜多は早いねえ」

「とめさまも早《はよ》うなりました」

「慰めはえいよ」

とめはにこりともせず、懐から文を出した。

「弟が半年前から江戸へ剣術修行に出ちゅうがやけんど、再々、わたしに文をくれてねえ」

受けとって開くと、驚くほどにくだけた文だった。時候の挨拶もなく、いきなり異国船が来たことが書かれている。

「父上さまや兄上さまには漢文やけんど、わたしにはぎっちり仮名で書いてくれるがやき」

文は戦が近いことはまちがいないと続き、そのときは異国人の首を打ち取り帰国すると、仮名交じりで軽妙に書かれている。

喜多は、去年の粥釣りに来たとめの弟の姿を思いだした。猪之助が下邉盛ん組を率いてきたとき、真っ先に逃げだしたのは、入り口で見張っていたとめの弟だった。戦が始まっても真っ先に逃げだしそうに思って、喜多は思わずくっとわらった。

「おもしろい弟でねえ。ほんまか嘘かわからん、とっぴょうしもないことばっかり言うてまわる子で。けんど、どうも臨時雇いで品川砲台《しながわほうだい》に行って、黒船警護をしよったがはほんまらしい」

とめもわらっていた。喜多は、とめがわらうのを初めて見た。

「まっことおもしろい文です」

喜多は文を返した。

「土佐を出てからは、どこへでも下駄履きで歩いていけるいうて、喜んじょった」

とめの家は郷士とはいえ、士の中では軽格に過ぎない。留守居役《るすいやく》以上の士格の士でなければ、郷士であっても、土佐にいる限り、町方同様に下駄履きは許されない。

「土佐におったときは腰が定まらんで、おなごをからこうたり、ふらふらしてまわりよったけんど、江戸へ出てからは、さすがに剣術にも身を入れて天下のことを考えるようになってねえ」

喜多は、とめの弟があやめ目当ての郷士たちとうちに来たことは黙っていた。

「剣術の腕も上がって藩に重宝《ちょうほう》されゆう。江戸のことを知らしてくれて、わたしも世間が広うなる」

とめは言いながら文を丁寧に畳み、大事そうに懐に挟んだ。

稽古をすませて二人で門を出ると、迎えに来ていた稲の後ろに猪之助と實が立っていた。稲が申し訳なさそうに身をすくめている。

「おお、見違えたのう」

その言葉に、猪之助が自分の丸髷を初めて見たことに気づく。猪之助の後ろで、實も目を細めている。

駆けよろうとする猪之助に、喜多は礼儀正しく頭を下げた。

「なんぞ、他人行儀な」

猪之助は面食らったように、足をとめた。

「どういて文を書いてくれんがぞ」

「もう文は書きません」

喜多は顔を上げると言った。

「所詮《しょせん》はわたしは嫁にはいけん身ですき。もう文は寄越さんとってつかあさい」

喜多は頭を下げると、猪之助と實の横を行きすぎようとした。

猪之助が追おうとしたところへ、とめが立ち塞《ふさ》がった。

「なんぞおまんは」

「下邉盛ん組領袖《りょうしゅう》にして御馬廻乾栄六さま御惣領猪之助さまとお見受けいたします」

とめは、にらむ猪之助とぴたりと目線を合わせた。

「上町郷士坂本権平《ごんぺい》の妹とめと申します。いつも愚弟《ぐてい》がお世話になっております」

「おう、坂本龍《りょうま》馬直陰《なおかげ》の姉上か」

漢字一字をおぼえるのにも苦労する猪之助が、ずいぶん格下となる郷士の弟の名までおぼえていたのは意外だった。

「上町のお仁王様じゃいうて評判の」

「お見知り置きくださいまして、おおきに、ありがとうございます」

とめは深く頭を下げ、上げると、また猪之助に目線を定《さだ》めた。

「憚《はばか》りながら申しあげます。乾さまともあろうお方が、このような賤《いや》しき町娘風情《ふぜい》に声を掛けられるのは、おためにならぬ所業にございます。どうぞお慎しみくださいますようお願い申しあげます」

とめが口上《こうじょう》を述べてくれている間に、喜多は深く頭を下げると、稲と走って逃れた。

あやめからはあれきり文のひとつもなく、返事を待ちかねた喜多は何度か庚申堂へ行ったが、押しだされるのは自分があやめに書いた文ばかりだった。あやめに娘が生まれたという知らせも、とめから聞かされた。今度の十五日に初宮参りに行くという。

喜多はその日、稲を供に、朝から潮江天満宮であやめを待った。菅原道真《すがわらみちざね》公没後九百五十年祭を記念して建立《こんりゅう》されたばかりの楼門《ろうもん》のそばに立つ。

「おおの、冷えること」

稲がつぶやく。からりと晴れてはいたが、さすがに師走の風は冷たかった。

「これ以上待っても無駄ですろう」

昼九ツ《ここの》の鐘に稲が言ったが、喜多は動かなかった。

「もうちっと」

同じやりとりを幾度かくりかえした後、ようやくあやめがやってきた。

姑《しゅうとめ》らしき年配のおなごがややを抱き、あやめはその後から、うつむきがちに歩いていた。子を生《な》したおなごらしく眉を落とし、急に十も老けたように見えた。

あやめは姑や舅《しゅうと》に続きながら、楼門をくぐる。くぐりながら天井を見上げるが、そこで足が止まり、その唇が開く。

そのまま身じろぎもせず、天井をみつめていたあやめは、供からも遅れた。

名を呼ばれてようやく、小走りに駆けだす。

楼門を抜けたところで、あやめはやっと、喜多に気づいた。はっとして、その歩みが止まる。

「あやめさま」

供が再びあやめを呼ぶ。あやめの夫も姑も舅も参道で足を止め、あやめが追いつくのを待ってい
た。

いくら声を掛けたくても、掛けられない。

あやめからも喜多からも、掛けられない。

楼門の前で、通り過ぎるあやめと喜多は、目だけ交わしあった。

あやめはそのまま、連れを追ってお宮へ駆けていった。

子を生《な》してなお、鬼ごっこをして遊んだころと変わらない、軽やかな足取りだった。

あやめが見えなくなると、喜多は稲と参道を引きかえし、楼門をくぐった。あやめは何を見てい
たのだろうと天井を見上げると、そこには蟠竜《ばんりゅう》の天井画があった。

墨ただ一色で描かれた、飛翔を控えてとぐろを巻く竜。目だけが爛爛《らんらん》と輝き、口を開けて見上げ
る喜多をじっと見下ろしている。

楼門の天井画を、藩の御用絵師《ごようえし》の前村洞泉《まえむらどうせん》が依頼されながら描くことができず、蓮池町の絵師河《かわ》
田小龍《だしょうりょう》がわずか一日で一気呵成《いっきかせい》に描きあげたことは、城下の評判になっていた。

まだ天に昇ることなく、わだかまる竜。

あやめが見惚《みと》れていた天井画を見上げて、喜多はほっとした。

あやめは、変わっていない。

けれども、それが子を生したあやめにとっていいことなのかどうか、喜多にはわからなかった。


二年近く、届くのは猪之助からの文ばかりで、喜多が庚申堂に足を向けることもなくなった。

霜月の冷え込みを和らげるほどに、雲もなく晴れわたった日だった。

昼下がり、冨三郎は手習いから戻るとすぐに、上町川原で角力があると男衆《おとこし》を供に飛びだしていった。仕様のないやつやと儀平は番頭にこぼす。厳しかった大旦那の熊次が亡くなってからは押さえが利かなくなり、冨三郎は帳場に近寄りもしなくなっていた。

七ツを過ぎ、女衆《おなごし》たちが夕餉《ゆうげ》の支度を始めるころになっても、喜多はいつものように店で算盤を弾いていた。裏では男衆が米を搗いている。

鳴いて　殿呼ぶ　鹿の声
よりも　聞きたい　主の声

米搗き唄を聞くたびに、恋の唄を大真面目に褒めていた實の顔を思いだす。

喜多は算盤の手をとめた。

「これ」

士への貸付《かしつけ》代わりの半切紙《はんきりがみ》の束を手に、後ろの吉之丞をふりかえる。

「違《ちご》うちゅうがやない」

勘定の誤りを伝えようとしたとたん、喜多の座っていた床が大きく揺れた。

何が起こったのかわからなかった。

地震、と喜多が気づく前に、吉之丞が喜多に覆いかぶさった。

ぐわらぐわらとこれまで聞いたこともないような凄《すさ》まじい音が響きわたった。地が裂けたのかと思うほどの揺りだった。

「潰《つ》えるぞ」

ちょうど金穀《きんこく》の融通《ゆうずう》に来ていた蓮池町の武家の奉公人が、そう叫んで表へ飛びだそうとしたが、あまりの揺りに進むことはおろか、立っていることもできず、間口際《まぐちぎわ》で転がった。土間にいた手代も男衆も倒れる。

喜多は吉之丞に覆いかぶさられながら、帳場の床に頬をつけ、その光景を見ていた。

土間に倒れた人々の体越しに、むかいの油屋が見える。油屋のお婆さんが店の柱に抱きついて、かあかあと叫んでいる。その姿をかき消すように、西村屋の屋根瓦が、往来にどどどと落ちていく。続いて、油屋の藍の暖簾が、庇《ひさし》ごとどんと落ちる。もうもうと土煙《つちけむり》が上がり、表は何も見えなくなった。

喜多は横たわったまま、それでも大地に振りまわされながら、夢やないかと自分の目を疑っていた。

かあかあという叫びにかわって、悲鳴や泣き叫ぶ声が聞こえてきたのは、しばらくたってからだった。

「喜多、大事《だいじ》ないか」

儀平の声に我に返る。揺りはやっとおさまったようだった。

吉之丞に助けられ、身を起こす。弛んだ髷の根を直す。

「吉之丞、よう庇《かぼ》うてくれた」

礼を言う儀平のそばには、番頭がついていた。埃《ほこり》なのか木屑《きくず》なのか、天井から落ちた粉に、儀平の髷も番頭の髷も、白髪と見紛《みまご》うほどに白くなっていた。

「みな、けがはないか」

儀平は見回す。あちこちで天井板が落ち、板戸も襖も外れている。帳場の衝立《ついたて》も簞笥《たんす》も倒れ、帳面も半切紙も散乱している。店頭の盛《も》り米《ごめ》も散らばり、土間は雪が降ったようだ。

「宝永《ほうえい》以来の大地震じゃ。早《はよ》う逃げんと、津波が来るぞ」

髷に米粒をいっぱいつけたままの武家奉公人はそう言い捨てると、瓦の山を跨いで、店を出ていった。

儀平と手代は帳面や証文をまとめて荷造りを始めていた。米を搗いていた男衆たちも出てきて、簞笥に縄を掛けている。

喜多は帳場を出て離れへ向かった。離れの瓦も落ちていて、腰障子は外れて縁や庭に落ちていた。鏡台はひっくりかえり、抽斗《ひきだし》も飛びだしている。

「火の始末はしたきに、早《はよ》う逃げんといかん」

もとの声が店で響いた。

「荷を造りよったら間に合わん。すぐに逃げんと」

抽斗にしまっていた文の束だけでも持って逃げようと思ったが、その声を聞いて、何も持たずに離れを出た。それでも風呂敷になけなしの着物などを包もうとする女衆や男衆を、もとは大声で急かす。

「裏の家はみんな潰《つ》えちゅう。この家も潰えるかもしれん。すぐに逃げんと」

儀平がもとに問う。

「筆山か」

「鏡川は大川《おおかわ》やき津波が来る。北へ逃げんといかん。小高坂山がええ」

「小高坂は遠いぞ」

「ほんでも津波が来たら、城下は海んなる」

他国者《たこくもの》の儀平は、百五十年も前に土佐を襲った宝永の大地震を知らない。未曽有《みぞう》の大地震に遭遇した人はもう誰ひとり生きてはいないが、城下で生まれ育った人間なら、幼いころからその凄まじさを伝え聞いていた。

はじけ飛んだ算盤の玉を踏まないよう気をつけながら喜多は帳場を抜け、女衆が持ってきてくれた草履を履《は》いた。土間に散らばる米は避けようがなく、踏んで表へ出るしかなかった。ちりりと胸の痛みを感じながら、おそるおそる米の粒を踏んで進む。

「喜多さま、お急ぎください」

吉之丞がそばで急かす。


表へ出ると、町の景色は一変していた。裏通りの家はみな崩れ、空が広く見えた。鳶も戸惑いをしているのか、上がったり下がったり、いつになくばたばたと羽音高く飛んでいる。

風呂敷包みを背負った人や、年寄りを背負い、幼子の手を引く人で通りはいっぱいだった。屋根瓦が四方に落ち、潰れた家が道を塞《ふさ》ぎ、どの人の行く手も阻《はば》む。

「こりゃあ太い通りに逃げんと進めん。播磨屋橋を渡るで」

泣き声や叫び声の響く中、もとの声が先を行く。喜多は儀平と吉之丞に庇《かば》われながら、もとの声を追った。逃げる間にも、瓦がざらざらと通りに落ちてくる。

「危ないぞ。真ん中を歩け。真ん中を」

誰かの声が響く。

「井戸の水が引いたぞ。津波が来るぞ」

「川の水も引いたぞ」

その声に、諦めて荷を捨てていく人もいる。播磨屋橋筋に出るまでの間にも、布団や、縄を掛けた簞笥や長持《ながもち》が、道端に打ち捨てられていた。道に裂け目も走り、そのたびに、儀平と吉之丞が左右から喜多の腕を引き、肩を寄せて、足を取られないよう注意を促す。

途中には、棺《ひつぎ》が舁《か》き棒《ぼう》ごと放りだされていた。忌中《きちゅう》笠《がさ》や杖も散らばっている。棺に屋根があるところを見ると、町方ではなく、士の葬式だ。野辺送《のべおく》りの途中で地震に遭って、参列者も家族も、棺を放りだして逃げたらしい。

「世も末じゃ」

喜多の脇をすり抜けて、逃げていく人の呟きが耳許で聞こえた。声の主を追うと、頭から流れる血を手拭いで押さえながら先へ行くのが見えた。

やっと出た播磨屋橋へ続く通りも、逃げる人でごった返していた。どうやら、南町中《みなみまちじゅう》の人が逃げ道を求めて押し寄せたようだ。北の播磨屋橋のほうへ逃げる者だけでなく、なぜか南の鏡川のほうへ逃げる者もいる。北へ南へ、思い思いに向かう人波に揉まれて、進もうにも進めず、戻ろうにも戻れなくなった。

「火事や」

誰かの叫ぶ声にはっとする。まだ火の手は見えないが、何かが焼ける匂いがしている。気づいてみれば、ずっとこの匂いはしていたようにも思う。いつからしていたんだろう。

「津波よりか火事が怖いぞ」

儀平の声だと思ってふりかえったが、そこに儀平はいなかった。

「ととさま」

儀平の返事はなかった。

「かかさま」

喜多は呼んだが、儀平よりも背が高いもとの姿も見えない。返事もない。

背の低い喜多は、人と荷物に埋もれて、その流れに押されるように進むしかなかった。どんなに見上げても、目に映るのは人と荷物だけ。自分がどっちへ向かっているのかもわからない。焦げくさい匂いだけがどんどん強くなる。

「喜多さま」

不意に肩を抱かれて見上げると、吉之丞の顔があった。

「わたしがついちょりますき」

吉之丞は喜多の肩をしっかりと抱いたまま、人波をかきわけて進みはじめた。

「火事ぞ火事ぞ」

「朝倉町《あさくらまち》から火が出たぞ」

周りの声にどきどきと胸が鳴るが、背の低い喜多には火事は見えない。ただ、大汗をかいていることに気づく。霜月とは思えないほどに暑い。人混みの熱気なのか火事のせいなのかはわからない。

息苦しくて見上げると、赤いものがひらひらするのが見えた。まるで腰巻《こしまき》のような、と思ったが、本当におなごの腰巻だった。二階屋《にかいや》の屋根にのぼって、町方の男が懸命に、おなごの真っ赤な腰巻を振っている。腰紐が風になびいて、空に二本の線を引く。

その男の上に、赤い火の粉が散っている。

赤い雪のようだと喜多が見上げていると、ばちばちという凄まじい音が聞こえてきた。

「これはいかん」

吉之丞の声と同時だった。誰かの叫びが響いた。

「北町《きたまち》も燃えゆう」

「播磨屋橋も落ちたぞ」

そのとたん、前からどっと人が押し寄せてきた。

「焼け死ぬぞ」

「逃げろ逃げろ」

口々に叫ぶ声とともに、人波が逆巻《さかま》いて、肩を抱いていた吉之丞の腕が離れた。

「吉之丞」

答える声はない。喜多の呼ぶ声も、人波の勢いにかき消された。

喜多の体は、人の流れの中で、ただ、運ばれるままに運ばれていくしかなかった。流れは、播磨屋橋筋を、鏡川に向かって南に下っていく。このままやといかんと、喜多は人波で身をよじろうとしたが、身動《みじろ》ぎできないばかりか、小柄な自分より大きな人たちの体に四方八方から圧《お》され、息をすることさえ苦しくなってきた。とにかくこの人波から逃れなくてはと、流れに身をまかせながらも、じりじりと中心を外れ、流れの端を目指す。

どれくらい揉まれていただろう。やっと人波を逃れ、息をつくことができたときには、とっくに通り過ぎたはずの朝倉町の角にいた。

火の手は見えるほどに近かった。それでもまだ半町は離れているというのに、見上げる喜多の頬は、焦げるくらい熱い。炎が身をよじって天を突く。

もうそんな刻限なのか、あたりはいつの間にか薄暗くなっていた。火の粉なのか灰なのか、黒いものがはらはらと喜多の肩に降りかかる。それが何かたしかめる余裕もなく、あわててばたばたと手で払う。目の前の人波に戻ろうとしたとき、自分を呼ぶ声が聞こえた気がした。

咄嗟《とっさ》に吉之丞だと人の流れを捜したが、その波の中にいたのは實だった。

實は人波から飛びだすと、瓦の山を踏み越え、まっすぐに駆けてきた。

火の粉の中を、喜多に向かって、まっすぐに。

喜多は思わず手をのばした。

そうしようと思ったわけではなかった。そんなことを考えていたわけでもなかった。

それなのに、喜多は、両腕を広げて、駆けてきた實の体を抱きとめていた。

その広い胸に顔をうずめてから、喜多は自分が實を抱きしめていることに気づいた。

實も自分を抱きしめてくれていることに気づいたのは、さらにその後だった。

「喜多さま」

耳許に實の声が聞こえた。

喜多はその腕の中で、不意に、抽斗《ひきだし》に重ねたまま、捨てられなかった文の束を思った。

あの文は、猪之助からの文やない。

あの文はみんな、實が書いたもんやった。

「實」

自分の思いに、喜多はやっと気づいた。

喜多と實の後ろで、がらがらと音をたてて屋根瓦が落ちた。火の粉と灰とともに、土煙が舞う。

先に腕を離したのは喜多だった。

「早《はよ》う逃げんと」

「こちらへ」

實に手を引かれながら、喜多は走った。

「そっちは津波が」

實は播磨屋橋筋を南に走った。

「他の山は遠い。ここからやったら、もう筆山に逃げるしかありませんき」

東唐人町《ひがしとうじんまち》の堤に上がると、意外にも川の様子は変わっていなかった。流れは淀みながら、尋常に流れている。ただ、川原のあちこちに、長持や簞笥や夜具《やぐ》が散らばっている。火事で燃えることをおそれて、川沿いの家の人たちが、家財道具を川原に出したのだろう。

鏡川に沿って西へ、東唐人町から西唐人町《にしとうじんまち》へと、堤の上の道を駆ける。

天神橋は人でごった返していたが、實が左腕で喜多の肩を抱き、右肩で人波を分けて歩いてくれたおかげで、今度はなんとか前に進むことができた。

この混乱に、誰もが自分のことに精一杯だった。ふたりを気にとめる者はない。

雑踏の中にありながら、喜多は、自分を抱く實とこの世にふたりきりのように思った。

「實」

橋の半ばで、喜多は呼ぶともなく、その名をささやいた。前だけを見ていた實は、それでも気づいて、腕の中の喜多を見た。

喜多は實を見上げて思わずほほえんだ。實もつられてわらいかけたが、喜多の頭のむこうを見て、その顔はこわばった。

喜多が實の視線を追ってふりかえると、川のむこうが真っ赤になっているのが見えた。

「下町が燃えゆう」

「ここで津波が来たら、ひとたまりもありませんき。筆山に上がりましょう。宝永の大変のときには、潮江《うしおえ》は海になったといいます」

やっと辿りついた筆山は、城下から逃げてきた人で埋まっていた。喜多と實が手に手を取って中腹まで登り、いくらか開けた場所まで辿りついたときだった。

「津波が来たぞ」

叫び声にふりかえると、潮江の田の先に、鏡川を遡《さかのぼ》る大波が見えた。

どうという音を響かせ、波は川原を舐め、天神橋をくぐって遡上《そじょう》していく。川原に出されていた長持も簞笥も、片端から波にのまれていく。

山の斜面で、人々は声もなく、その波が潮江天神の森に隠れていくのをみつめた。幸いにも天神橋は落ちなかったようだが、津波のむこうの下町は真っ赤に燃えている。火の勢いは大きくなるばかりで、収まる気配はなかった。炎は天を灼き、煙は黒雲となって天を覆い、あたりをますます暗くする。

「喜多」

どこからか、自分を呼ぶ太い声がした。

その声に、實は、握っていた喜多の手をぱっと放した。

人込みから飛びだしてきたのは猪之助だった。健吉と元助もいる。一緒に逃げてきた實は、いつの間にか喜多の足許に膝をついていた。

「無事やったか」

「實、ようやってくれた」

猪之助が、深く頭を下げた實を、その頭の上からねぎらう。その言葉に、喜多は、實が自分のところに来たわけを察した。實は頭を下げたまま、動かない。

「喜多、久しぶりじゃのう。息災じゃったか」

嬉しそうに破顔する猪之助に口だけは返事をしながら、實を見るが、實は頑《かたく》ななまでに頭を上げなかった。

まだ、さっきまで握られていた右手には、實のぬくもりが残っているのに。

「家の者はどうした。喜多ひとりか」

「逃げゆううちに、はぐれてしもうて」

「喜多はとろいき、家の者に置いていかれたがやろう」

猪之助はわらう。健吉と元助はわらうにわらえぬ様子で、お互いに顔を見合わせた。

「ほら、實。おれが言うた通りやったろう。喜多のことやき、まごまごしゆう思うたがじゃ」

猪之助の誘い笑いにも實はつられず、ただ頷く。

「どこにおったが」

「上《かみ》の川原で角力をねや。ええ一番の真っ最中やったがやが」

「冨三郎も行ちょったがよ。見かけんかったかえ」

「見んかったが、まさか川原にずっとおることはあるまいき、無事じゃろう。角力場は桟敷《さじき》も落ちんで、けが人はなかったはずじゃきに」

「お家の方は」

「この上じゃ。皆避難しちゅう。叔母上が有象無象《うぞうむぞう》と一緒に野宿とはけしからんと憤《いきどお》っておられるが」

「あねさま」

そこへ冨三郎を先頭に、もとと稲が駆けてきた。

「喜多さま、おひとりですか。吉之丞さんは」

稲が問うのに、もとも重ねる。

「吉之丞があんたを捜しに戻《も》んていたがよ。下町は燃えゆういうに。途中で会わざったかえ」

「会わざった。吉之丞とははぐれてしもうて、實さんが助けてくれて」

喜多は實をふりかえったが、實はやはりうつむいたままだった。

「喜多をおおきに、ありがとうございます」

もとは實と猪之助に深く頭を下げた。冨三郎と稲も、もとの後ろから頭を下げる。

「この子の命を救うていただいたがは、これで二度目です」

「二度目」

猪之助が訝《いぶか》しげにくりかえしたとき、稲が声を上げた。

「吉之丞さんが」

人込みをかき分けるように、すすだらけの吉之丞が姿を現した。

「喜多さま、ご無事でしたか」

「吉之丞からも礼を言うて。實さまが喜多をここまで連れて逃げてくれて」

もとが言った。吉之丞はすすだらけの月代を實に向かって下げた。

「おまんは、主《あるじ》ひとり守れんで、何が奉公人ぞ」

猪之助が脇から怒鳴った。

吉之丞は顔を上げ、猪之助をにらんだが、すぐにまた頭を下げた。

「以後気をつけよ」

「はっ」

吉之丞は神妙に返事をすると、より深く頭を下げた。

猪之助は頷くと、喜多ともとを見た。

「喜多もお母上も息災で。行くぞ」

猪之助は踵《きびす》を返した。

もとがもう一度深々と頭を下げる。健吉と元助が、そして實が猪之助の後を追う。山道をずんずん登っていく猪之助の後ろから、健吉と元助がこちらにちらりと目をくれた。

喜多は二人の眼差しに会釈を返したが、とうとう實は、一度も自分を見てくれなかった。


日暮れると、下町を焼く炎は橙色に光った。

帰ろうにも帰れず、筆山で夜を明かすしかなかった。ふもとの要法寺の炊き出しをいただき、なるだけ下草《したくさ》の柔らかいところを探し、木の根を枕に横になる。

大地はまだ揺り足りないのか、日暮れてからも何度も揺れた。筆山に逃れた人たちは、そのたびに悲鳴を上げ、杉の木に抱きついてかあかあと叫ぶ者もいた。地震の呪《まじな》いで、烏《からす》の啼き真似をすれば揺りが収まるらしい。

屋根の上で赤い腰巻を振っていた男を思いだす。あれは火事の呪いだった。火の神ははなびを忌《い》むので、火事のときにはなびのついた腰巻を立てれば、燃えうつってこなくなると言われていた。でも、下町一帯を焼く対岸の炎は、夜が更けてもなお、夜空を照らしている。

喜多は楠の根を枕にしながら、凍えるような地面の冷たさよりもむしろ、ともに逃げてくれた實のことを思いだしてなかなか寝つけなかった。それでも、いつの間にか眠っていたらしい。揺りではっと目覚めたときには、もうあたりは明るかった。

猪之助たち士は要法寺に宿を借りているらしく、炊き出しをいただくときにちらりと見かけた。父親の乾さまらしく、抜きんでて立派な士が猪之助とともにいた。話に聞いていたのとは異なり、ごく尋常な様子で、とても血迷って刀を振りまわすような方には見えない。猪之助の姉の婚儀のときに、嫁ぎ先から風呂敷包みで来てもらえれば結構と言われ、本当に花嫁の駕籠から嫁入り道具に至るまで一切を、大風呂敷に包んで嫁入りさせたという話も評判になっていたが、そんな剽《ひょう》げたことをしそうにもなかった。

津波が何度も打ち寄せ、川原に並べられていた荷物は跡形もなくなっていたが、唐人町の大堤は破れず、堤の廻《めぐ》らされた郭中も無事のようだ。鏡川の南岸に堤がないのは、ひとたび氾濫したときには南側にあふれさせ、郭中に水が入らないようにするためだといわれてきた通り、潮江村の田は波を浴びている。堤のない北町や新町《しんまち》の家々も水に沈み、一面の海となっているという。比島《ひじま》や葛《かずら》島《しま》はまさに島となり、二百五十年も前の山内の殿様御入国の昔を思わせるような有様らしい。それでも、郭中の瓦屋根の上の天守は、変わりなく空にそびえている。

弘岡町の喜多の家は、瓦こそ落ちたものの、店も蔵もそのままあった。となりの庚申堂も大藤も無事だった。

下町すべてが焼けたとばかり思っていたが、火はとなり町の朝倉町から北に向かったようで、北町は丸焼けとなったが、南町は弘岡町も唐人町も焼けなかった。

今度の寅《とら》の大変は、百五十年前の宝永の大変ほどではなかったといわれたが、それでも死者は三百七十二人、城下で流された家、潰れた家は一万七千軒に及んだという。大変の常らしいが、死者の多くがおなごで、七割を越したと聞くと、やりきれない思いに胸が塞ぐ。自分だって、實が来てくれなければどうなっていたかわからない。

米の流失も激しく、二万石近い米が損なわれた。津波に浸かった濡れ米さえ競売《けいばい》にかけられて売られ、米の値ははねあがった。

町方会所《かいしょ》と藩の御米蔵《おこめぐら》は焼け残り、お救い米が出されて辻では粥が炊かれた。西村屋でも米屋株の仲間で米を割り当て、施行米《せこうまい》を出して窮民《きゅうみん》にふるまった。

商売は地震前よりも忙しくなった。地震で商売ができなくなった店が多いせいで、俸禄を抵当に金《かね》を融通する仕送《しおく》りが滞り、日々の生活にも行き詰まった士たちが、焼け残った西村屋に駆けこんでくるようになったのだ。これまで、仕送屋の仕事はあくまで米穀商の余技《よぎ》に過ぎなかったが、武家の窮状に押される格好で、弘岡町や唐人町、掛川町《かけがわまち》などの軽格の士たちの仕送りを一手に引き受けるようになった。

その中には、あやめの里の池添家もあった。あれだけ誇り高いあやめの親が西村屋を頼るというのは意外で、池添家の窮状がそれほどひどいことが察せられた。それでも、池添家の奉公人からは、あやめが無事だったことが伝えられ、喜多は安堵した。嫁ぎ先の上町は高台にある上に地盤が強固らしく、火事も出なければ人家の被害もほとんどなかったという。

師走二十八日の風は冷たかった。

雑喉場の渡しで稲と二人で待っていると、寒風に逆らうように勇ましい盛ん節が聞こえてきた。

四《よ》つ　夜明《よあけ》の騒ぎ知らぬ武士　ねずみ取る道知らぬ猫
五《いつ》つ　戒《いまし》め慎め若者よ　血気《けつき》の勇《ゆう》に速《はや》るなよ

盛ん組の若士たちに囲まれて、猪之助と實がやってきた。下邉盛ん組だけでなく、手にする旗印を見るに、上邉盛ん組や小高坂邉盛ん組、江ノ口邉盛ん組の面々までいる。旅姿なのは、初めて江戸勤番《きんばん》の命を受け、江戸へ向かう猪之助と、供の實の二人だけだ。

会うのは地震以来だった。

「喜多」

猪之助が駆けよってきた。若士たちは唄うのをやめ、眉をひそめてこちらを見ている。見慣れた顔の中には、はっきりとにらんでくる藤次や、独眼竜の忠七、今日も頬が赤い健吉もいる。

彼らの信奉する猪之助が町方の娘にだらしない姿を見せるのが、若士たちには我慢できないのは当然のことだった。おなごを蔑視するあまり、おなごとのつきあいは柔弱《にゆうじやく》の至りと忌避され、士同士で契りを交わす衆道《しゆどう》が盛んな高知城下の士たちの間では、初めての出府《しゆつぷ》におなごと別れを惜しむなどありえなかった。型破りな猪之助だからこそ許されることだった。

「よう来てくれた」

人目を憚って喜多は神妙に頷き、猪之助から一歩下がって、頭を下げた。

「江戸詰《づめ》は一年、長《なご》うて二年と決まっちゅう」

猪之助は言う。

「出世するためには通らんといかん道じゃ。じきやきに、待ちよってくれ。文を書くき」

頭を上げると、満面の笑みを浮かべる猪之助の後ろに、うつむいて控える實の顔があった。

「喜多も書け。ただ、名は書くなよ、騒ぎになるき。喜多の字じゃったら、男の字にしか見えんきに安心じゃ。のう、實」

實は黙って頷いた。

「鍛冶橋《かじばし》土佐藩邸乾猪之助と書けば着くそうじゃ。待ちゆうき」

「わたしも文を待ちゆうき」

喜多は、實をみつめて言ったが、實はやはり顔を上げない。江戸へ発《た》つから見送りに来てほしいという文は、たしかに實の字で書かれていたのに。

「息災でおれよ」

猪之助は踵を返すと、自分を待つ若士たちに向かって、深編笠を持つ右手を振りあげた。

それを合図に、盛ん組の若士たちが足を踏みならし、おおうと声を上げる。

二人の荷物が渡し舟に積まれ、盛ん節はひときわ大きくなった。

七《なな》つ　何を云《い》うても武夫《もののふ》の　進むはあれど退《しりぞ》かず

江戸へ行く船は浦戸湾に入れない。猪之助が先に、続いて實が渡し舟に乗った。

二人が乗った舟は、少しずつ小さくなっていった。

切れ間なく続く、野太い盛ん節が、二人を送る。

喜多は、舟が見えなくなるまで、盛ん節が終わるまで、師走の風に吹かれながら、渡し場に立ちつくしていた。

第二部

天に唄う

寅の大変から五年近く経った安政六年四月、庚申堂の大藤が今年も薄紫の花を咲かせた。

土佐での大変の後、一年も経たずに江戸でも大地震があった。江戸の土佐藩邸では泡を食って飛びだした者が、飛ぶ瓦、落ちる壁でやられたが、江戸にいた猪之助は揺れても闇雲《やみくも》に飛びださず、狼狽は禍《わざわい》を招くだけだ、地震には火事がつきものだから防火に努めよと藩吏《はんり》を促し、指揮にあたってその名を揚げたという。八百八町《はっぴゃくやちょう》が燃えたというのに、おかげで鍛冶橋の藩邸は難を逃れた。

ところが、江戸勤番を終えた猪之助は、帰国早々に城下四ヶ村禁足《よんかそんきんそく》という重い罪を得て、神田村《こうだむら》に謫居《たっきょ》となっていた。なんでも、北邉盛ん組の領袖の屋敷に、盛ん組だけでなく軽格の士の次男三男とも一緒になって、棺桶を担ぎこんだのだという。北邉盛ん組は保守派家老の子息が多く、軽格の士や町方への傍若な振る舞いが目に余るものだったらしい。

猪之助からは、たびたび實の字で文が来たが、喜多は返事を出さないでいた。神田村では、近所の百姓の倅を集めて角力を取ったり、犬を連れて猟に出たりと安気《あんき》に過ごしているらしいが、同じく罪を得て鶴田に謫居していた元参政《さんせい》の吉田東洋が、自らの塾で学ぶよう、わざわざ足を運んで猪之助を誘いに来たという。以前から見込んでいたというのだが、猪之助は断ったらしい。

昨年の夏の終わりに突然始まったトンコロリという病の流行は、城下上町下町を合わせて一日に百人もの死者が出た日もあったが、冬の訪れとともに収まった。かかったら米のとぎ汁のような下痢を起こし、手足が干からびて、二日もたたないうちにころりと頓死するといわれておそれられ、酢はよいが生野菜と生魚はいけないなどと、ずいぶん騒いだものだった。

喜多の家では幸い誰もかからなかったものの、もとは春先から離れに床を取って寝たり起きたりになっていた。歳のせいじゃ、血の道じゃと医者を呼ぶのをいやがるので、儀平も喜多も案じながらも、もとの望むようにするしかなかった。

使いに出た女衆《おなごし》が、藤の花が盛りだと言うので、喜多がつきそって、久しぶりにもとは藤の花を見に外に出た。

大藤は見事に満開だった。枝いっぱいに咲いた花は、まるで薄紫の雨のように垂れさがるが、二人の他に見る人もない。

もとが花をみつめながら口を切った。

「あては七夕のときに、儀平さんに付《つ》け文《ぶみ》をしたときに、儀平さんと結ばれた」

驚く喜多を、もとはふふっとわらって見返した。

「別の婿が来ることになったもんじゃきに、思いきって付け文をした。お祖父《じい》さまが知って、それやったら、儀平を婿にしちゃろう言うてくれて。儀平さんは出入りの駄賃《だちん》引きやったき、普通やったら西村屋の婿にらあてなれるもんじゃなかったがやけんど、あては儀平さんがよかった」

もとは藤の花を見上げた。

「あては仕合わせやと思う。ほんじゃきに、喜多にも、同じばあ仕合わせになってほしい」

喜多は自分も藤の花を見上げて気づいた。喜多よりもすらりと背の高いもとは、藤の梢《こずえ》よりももっと上を見ていた。

「けんど、仕合わせになるには、自分でえらばんといかん」

澄みきった空だった。大高坂山の天守も一際輝いている。

かつて錦絵《にしきえ》から抜け出てきたようなと評判だった西村屋の跡取り娘のもとが、よりによって色男でもなんでもない儀平と祝言を挙げたときは城下が騒ぎになったという話を、喜多は女衆から聞いたことがあった。

もとはまた、ふふふとわらった。

「あてが儀平さんをえらんだみたいにね。乾さまからさいさい文が来ゆうに、喜多は返事もしてないろう」

もとは空を見上げたまま続ける。

「西村屋のことは気にせんでかまん。冨三郎がおるきに、どうとでもなる。あても儀平さんもおるし、吉之丞もおるし。喜多の仕合わせは、喜多がえらぶことじゃ」

もとは喜多の返事を急かさず、戻ろうかと踵を返した。その足がはっとするほどに細くなっている。もっと滋養のあるものを食べさせないとと思いながら、喜多も藤の花に背を向けたとき、通りに實が立っているのに気づいた。

「これはこれは。ちょうど今が満開ですき、ゆっくり見ていてつかさいませ」

もとは實に深く頭を下げると、裏戸から家に入っていった。ひきとめる間もなく、喜多は實の前においていかれた。

「こんな見事な藤の大木があったとは存じませんでした」

實が一歩近づき、喜多が背にする藤の花を見上げて言った。

こどもの時分からのつきあいのはずなのに、思い返してみると、この花を實と一緒に見るのは初めてだった。

「文のお返事をいただけないので、猪之助さまがどうしても訪ねて文を渡してこいとおっしゃいまして。文にも書いてありますが、もうじき、猪之助さまはご赦免《しゃめん》となられます」

「切紙《きりがみ》でも来たが」

「いえ、ただ、吉田東洋さまが再び参政となって采配を振るいよるがはご存じでしょう」

飛ぶ鳥も落とす勢いの大老井伊直弼《いいなおすけ》さまに嫌われたとかで藩主豊信公が隠居させられ、豊範《とよのり》公が十六代藩主となったばかりだった。元服したばかりの年若い豊範公は、罪を許されて参政に戻った吉田東洋に頼りきりだという。豊信公は容堂《ようどう》公と号して隠居したものの、その吉田東洋とともにお藩政を握っているらしい。

「吉田さまの塾に通いよった人らが、これから吉田さまのご推挙でどんどんご出世されます。現に、保弥太さまは幡多郡《はたごおりぶ》奉行《ぎょう》となられました」

角力ばかりしていたあの保弥太が奉行とは、喜多には信じられなかった。

「ご赦免となられましたら、吉田さまが目をかけてくださっている猪之助さまもご出世されるでしょう。猪之助さまももう二十三。お父上さまはこのごろお加減が良うのうて、一刻も早く御祝言をと強うお望みです。その場合はご家中のふさわしい方が嫁いでこられると存じます。それは致し方もありませんが、そちらに跡取りがお生まれになれば、猪之助さまは天下晴れて、喜多さまをお迎えできます」

喜多はあきれて相槌《あいづち》すら打てなかった。

「そうなったらもう、喜多さまにお子ができんでも、支障はありません。どうしても喜多さまをと騒がれますので、叔母上さまにご説得されまして。ただ、喜多さまを、長《なご》うお待たせすることになってしまいます」

「猪之助がそれでええと言うたが」

「はい。猪之助さまこそ、跡取りができざったらどうなるかはようにわかっておられますき。弟の九馬さまもご夭逝《ようせい》され、もし猪之助さまがご成長あそばされなければ、お家断絶は必定《ひつじょう》でした」

「ほんでも、嫁いでこられる方にしたらそんながはいややろう。猪之助らしゅうもない」

「猪之助さまは、そればあ喜多さまをお迎えされたいがです。なにしろ、一途《いちず》な方ですきに」

まぶしい光の下で、實が続ける。

「それに、士格の祝言いうたら、そういうもんでございます。お世継ぎを挙げられるがお家の大事ですき。猪之助さまのお父上さまは五人の奥方さまをお迎えになりました。お手をつけられたお方は数も知れません。それでも男子は猪之助さましかご成人されませんでした。お嫁さまも士格の娘。百もご承知の上で嫁がれてこられます。廿代橋《にじゅうだいばし》を渡って郭中《かちゅう》乾家二百七十石にお輿入《こしい》れされることは、先方《さきがた》にとっての名誉でもあります」

あやめのことを思いだす。

橋を渡って郭中に嫁ぐことを夢見ていたあやめ。

傾いた日の光のもと、喜多は實の陰に入っていた。

實はなお一歩近づいて文を差しだした。自分の名が、流れるような御家流で書かれている。

「どうぞ、猪之助さまからです」

猪之助の文には、いつも同じことが書かれていた。近況報告と、文の終わりに時節を待ってくれるようにという一文。實の字で書かれているのに、その一文は、實の思いではなくて、猪之助の思いだった。

「猪之助の文らあていらん」

喜多は思わず言っていた。

「わたしがほしいがは、實の文じゃ」

口にした途端、喜多の気持ちは定まった。抽斗《ひきだし》からあふれるほどの文。その中に一通でも、實からの文があれば。

「あのとき」

それだけ言って、言葉に詰まった。大変のときとは言えなかった。

實はぱっと頭を下げた。

「お忘れください」

實は頭を下げたまま、続けた。

「拾うてもろうたがです。まっすぐに差しだされた奥さまの手を、今もおぼえております。猪之助さまのお母上さまがわたしを生かしてくれました。猪之助さまを裏切るわけには参りません」

「けんど、實の一生は實のものやき」

實は強く首を振った。

「わたしの一生は猪之助さまのものです」

喜多はその肩に手をそえた。

實は頭を下げたまま動かなかった。それでも、自分の肩に触れた喜多の手を払わなかった。

「お許しください」

實は叫ぶように言うと、身を翻し、駆けだした。後をも見ず、昼下がりの通りを行く人にぶつかり、ぶつかりしながら、弘岡町を駆けていった。

それからも届くのは、實の字で書かれた、猪之助からの文だけだった。實と見上げた藤の花はとっくに散って、朝から蟬がかしましく鳴く。

まだ日の高い八ツ時だというのに、喜多は稲を連れ、涼みに出た。

堤に上がると、鏡川からの風が汗ばんだ額に涼しい。楠の陰に入り、息をつく。

見下ろす下町のあちこちで、五月の節句に立てるはず鍾馗《しょうき》の幟《のぼり》がはためいている。暑くなってまた流行りだしたコロリを、魔除けの幟が防いでくれるというのだ。

「また猪之助さまから文がありましたね」

稲は羨ましげに続けた。

「ご赦免になるがが待ち遠しいですね」

「ご赦免にはもうなったらしい。城下四ヶ村禁足を解かれたいうて書いてあった」

「まあよかったこと。いよいよ祝言ですねえ」

喜ぶ稲に喜多は言った。

「断るよ」

「ええ」

稲は頓狂な声を出した。

行き過ぎる魚屋がふりかえる。その髷には真っ赤な唐辛子を挟んでいた。これもコロリ除けになるというのだが、去年は八つ手の葉を挟む人をよく見かけたものだった。

「今日は猪之助から要法寺へ来るよう文が来たき、会わんですむように出てきたがよ。猪之助のことやき、家におったら迎えにくるに決まっちゅう」

「もったいない。あれほど思われちゅうに。しかも玉の輿やないですか」

「ほいたら稲は、吉之丞やない人と祝言を挙げたいかえ」

喜多の言葉に、稲が真っ赤になって口ごもった。

「どういておわかりになったがですか」

「乳姉妹やいか」

稲は両頰を押さえてうつむいた。

「稲こそ早《はよ》うに嫁《とつ》がしてやらんといかんかったに、わたしが嫁入りできんもんやき、いつまでも勤めさせて、申し訳ないと思いゆうよ」

「いいえ、あては喜多さまが嫁がれるまで、喜多さまにお仕えいたします」

「そんな忠義立てはいらんよ。里のふくも心配しゆう」

「ええがです。あてがそうしたいがですき」

「しようがないねえ」

「喜多」

聞き慣れた声は、猪之助だった。實を後ろに、こちらへ駆けてくる。

「迎えにきた。通りは暑いきに川沿いをのう。ぼっちりじゃった」

店を離れたのが裏目に出た。喜多の後ろで、稲がぷっと吹きだした。

「猪之助」

「もう猪之助やない」

猪之助は言った。

「退助正躬《まさみ》という名前をいただいた。退くと書いて退助」

退助は晴れやかにわらった。

「これまで猪突で来たが、これからは退くところを知らんといかんと、父上さまがつけてくれた。論語の巻第四述《じゅつ》而《じ》第七、躬行君子《きゅうこうくんし》からじゃ」

孔子でさえ、君子としての実践はまだまだだと自戒するくだりだった。

「正しい自分自身となるようにと。まあ、ええかげんに行いを慎めいうことじゃろうの」

「ぼっちりやね。けんど、孔子はきらいやったがやなかった」

「今もだいきらいじゃ」

喜多と退助はわらいあった。一緒に論語を読んだとき、退助は、女子と小人《しょうじん》は養《やしな》い難《がた》しの一節に、おれよりおなごの喜多のほうがえっころようできるに、孔子は物知らずじゃと憤っていた。

「けんど、おれが謫居になっちゅう間、ずっと考えてくださっておったらしい。あの父上さまが、今はもう弱ってしまわれて、足も立たん」

實が退助の後ろで頷く。

「祝言を挙げたがじゃ」

喜多は息をのんだ。

「これも喜多を迎えるためじゃ」

退助はめずらしくうつむいた。

「父上さまが、おれに頼まれた。父上さまのたっての願いじゃ。この道しかないがじゃ」

喜多は話を遮ろうとしたが、退助は顔を上げた。

「父上さまは、むごい行いをされた。けんどそれも、乾家二百七十石のため思うてのことじゃ。父親を早《はよ》うに江戸で亡くされ、わずか八歳で跡目《あとめ》を相続された。太守様の駕籠の前に飛びだして以来、具合が悪うなられたというがも、跡取りができず、お家断絶となるがを思いつめられたあまりじゃ。母上さまも、その犠牲となられた。その前の母上も、その後の母上も」

退助が母上さまを亡くしたときを思いだす。その後に嫁いできた新しい母上さまも、退助は失った。思えば、退助の母となった人は、一人も乾家に残ることはなかったのだ。

「昨日嫁いできた林氏も含め、誰も彼も納得ずくじゃ。それもこれも掛川からの入国以来、九代続く乾家を存続させるため。万が一断絶したら、家だけですまん。奉公人もみな路頭に迷うことになる。それやに十代目はよりによっておれじゃ。おれは間違《まちご》うてこんなところに生まれてきてしもうた」

だいきらいな孔子も、だいすきな孫子も、退助にはすらすらと読むことができない。それでも要法寺で喜多が読んだ孔子も孫子も、退助は忘れることなく、ずっとおぼえている。

「おれができるがは、跡取りを残すことだけじゃ。まともな跡取りをのう。それだけがおれの務めじゃ。いっそ、こんな身分なんぞ無《の》うなってしもうたらえいがじゃ。きれいさっぱり無《の》うなってしまえばええ」

「猪之助」

「退助じゃ」

退助は真顔で言った。

「そうやった。退助さん」

「呼び捨てでかまん」

「そういうわけにはいかんろう。もうこどもやないがやき」

「おれには呼び捨てでええ。喜多にそんな呼び方されたら、気色がわるい」

退助は手をのばし、喜多の手を取った。退助の後ろにいた實が、さっと離れて控える。

「おまんが石女《うまずめ》でよかった。おまんだけは、お産で亡《の》うなるということがない。おまんがその軛《くびき》から外れてくれちゅうことがありがたい。喜多はただ、待ちよってくれればええ。跡取りさえできたら、迎えに来るき」

「ごめん、猪之助」

喜多はやっと言った。

「退助になったち、わたしには猪之助は猪之助としか思えん。祝言とかとてもそんなこと思えん」

喜多は一息に言った。

「だって、猪之助は猪之助やきに」

「かまん」

退助はわらった。

「喜多は何をするがもとろいき、思えんままでかまん」

退助の手は温かかった。

「このたびご赦免となったのは、吉田東洋の計《はか》らいじゃ。藤次は高岡郡《たかおかこおりぶ》奉行《ぎょう》、保弥太は幡多郡奉行。おれにもじきに役が回ってくるろう。無事乾家第十代となれて跡取りができたときには」

「そうやのうて」

喜多は手をひっこめた。

「わたしは」

喜多は、退助の後ろに控える實を見た。實はずっと、頑なに頭を上げない。

「退助さあん」

そのとき、堤の上手から、若士たちがばさばさと袴を翻して走ってきた。

「捜しましたよ」

健吉と元助が一番に駆け寄ってきた。二人とも見違えるほど背がのび、前髪を上げていた。下邉盛ん組の見慣れた顔が目につくが、見たことのない顔もある。

「祝言の後じゃというに、退助さんはまた町方のおなごなどと」

「まっことじゃ。昨日の今日じゃいうに」

「黙れ、何じゃ」

退助は若士たちを制し、自分を囲んだ人垣を見回した。

「見慣れんやつもおるな。なんぞおまんは」

退助がひとりの若士を見とがめる。

「えらいでかい顔じゃのう」

ずんぐりとした体だけでなく、顔まで盆のように丸く、ひときわ大きかった。上邉盛ん組の若士たちがどっとわらう。年長のひとりがその若士の肩を抱きながら言った。

「そうじゃろう。こいつは上邉盛ん組の弾よけじゃ。弾よけじゃが馬廻五百八十石」

「弾よけいう名はない」

退助はにこりともせず、いくらわらわれても面のように表情を変えない若士に訊いた。

「おまん、名は」

「山田《やまだ》八蔵《はちぞう》静粛《せいしゅく》　惣領山田喜久馬《きくま》にございます」

「山田喜久馬。よろしゅうに頼む。ほんで、何があったがじゃ」

「雑喉場の渡しで、不免俗組《ふめんぞくぐみ》のやつらが」

「また不免俗組か」

軽格の若士が盛ん組に対抗して組を作り、城下を騒がすようになっていた。軽格ながら文武《ぶんぶ》に優れると評判の、武市半平太《たけちはんぺいた》という者が開いた菜園場《さえんば》の道場はそのたまり場となっていると、親戚筋のとめが自慢げに話していた。

喜多も正月の南川原《みなみがわら》で、供連れの士格の頭の上で凧を揚げ、からかっていたのを見たことがある。凧の長い尻尾を士の頭に引っかけようとしていた。縁起を担ぐべき凧には墨一色で不と殴り書きされていた。

雑喉場の渡しはすぐそこだった。繁った榎が渡し場にこんもりと陰を作っている。退助はいつものように健吉と元助を両脇に、堤を下手へ向かって駆けだした。喜久馬がしんがりをつとめる。

喜多も稲とともに後を追うと、大榎の腹の皮が剝がれており、墨も黒々と、みせてやりたい士格のやつに大和刀《やまとがたな》の切れ味を、と大書されていた。

「不免俗組じゃろう。下手くそな字じゃ」

「まっことじゃ。学がない字じゃ」

若士たちはどっとわらった。

「わらいゆう場合か」

退助が一喝した。

「そうじゃ。おれら士格を愚弄する落首《らくしゅ》ぞ。捨ておくわけにはいかん」

「これは、退助さんが城下に戻られたあてつけに彫ったがやないですろうか」

健吉が賢《さか》しげに言う。

「そうじゃ。ほんで盛ん組への牽制《けんせい》にかあらん」

「削れ削れ」

若士たちは、わあっと叫びながら、脇差《わきざし》で榎の腹を削り落とした。


その秋、上町の軽格の家の幟が見事だと評判になった。

城下中にはためく、コロリ除けの季節外れの鍾馗《しょうき》の幟《のぼり》だが、通りいっぺんの鍾馗ではないらしい。仕送りの算段に来た唐人町の軽格の家の奉公人が、相手する吉之丞と話すのを、喜多は格子の内から聞くともなく聞いていた。

「えらい滑稽な鍾馗で、しかもお多福が一緒におってねや、わらわんではおれんぞ」

「えらい評判ですねや。そりゃあ見に行かんといかん」

「絵金《えきん》じゃいう話じゃったが、どうもそうやないらしい」

贋作騒ぎで御用絵師の任を解かれた絵師金蔵は、このごろ血まみれの絵で評判となり、絵金と呼ばれて人気が高かった。

「ほんまはおなごが、それも、その軽格の家の奥方が描いたらしい。なんでも、八つで島本蘭渓に認められるばあの腕らしいて、しかもざまな別嬪じゃいうて、騒ぎになっちゅう」

吉之丞がはっと喜多をふりかえる。鍾馗を描いたのは、あやめに違いない。

「上町からも下町からも物見高い連中が集まって、鍾馗を見るが半分、別嬪の奥方を見たいがが半分で、門前は市《いち》をなしちゅうらしい。しかも、その家の鍾馗の凧にあたったら、コロリにかかってもじきに治るらしいの」

「ちっくと出てきます」

店を出た喜多を、吉之丞が追ってきた。涼しい風が吹き抜けるようになった通りを、喜多と吉之丞は駆けるように上町へ向かった。

郭中を抜け、上町のあやめの嫁ぎ先まで行ったが、鍾馗の幟は立っていなかった。門扉は固く閉ざされている。

あやめの嫁ぎ先は士とはいえ軽格なので、町家《まちや》の中にある小さな屋敷だった。それでも、町方の喜多が扉を叩くわけにはいかない。

むかいの悉皆屋《しっかいや》の小僧に訊ねると、わらって肩をすくめた。

「ほんまに剽《ひょう》げた鍾馗でしたが、あんまりの人出にたまげて、早々に仕舞《しも》うてしまわれました。なにしろ近所でも評判の、もの堅い家ですき。あてらなんぞ、旦那さまにさえ、町方いうて、鼻にも掛けません」

「奥方はご息災で」

「あの、えらいきれいな奥方でしょう。物惜しみして外へは出されんがです。なんぼ見たち、減るもんじゃないでしょうに」

小僧はませた口を利いた。店で上の者がそう言って愚痴っているのだろう。

「あてもいっぺんか二へん、ちらっと拝んだだけですけんど、ご息災のようですよ。家に嬢《いと》さんしかおらんきコロリ避けの幟が無《の》うて奥方が描いたらしいけんど、下の嬢《いと》さんがねんねで、鍾馗がこわいいうて泣くき、お多福も一緒に描いたらしいて」

あやめの上の娘はもう七つになっているはずだった。

「絵を買いたいいうて来た人もおりましたけんど、まして絵を金に換えるなど士の沽券《こけん》に関わる、賤《いや》しいこと極まりないいうて断ってしまわれたそうで。士のやることはようわからん。わずかばかりの幟の金高《かねだか》を惜しんで妻女に絵を描かせたがは士としてあるまじきことじゃったとか。幟は裂いて絵の具も捨てたそうですよ」

喜多は物音ひとつしない門扉と、隙なく刈り込まれた見越しの松を見上げると、諦めて下町へ帰った。

あくる万延元年の初鰹は大漁で、トンコロリが二年続いたせいもあるのか、値も安かった。家で一番鰹がすきなもとも、いつ流行るかわからないコロリをおそれて、鰹を買わなかった。

嘉永から安政に替わっても地震は止《や》まなかったのと同様に、万延に替わったからといって世情が治まるわけもなく、大老井伊直弼が斬られて亡くなった。水戸藩と薩摩《さつま》藩の浪士たちによるものだったが、斬奸趣意書《ざんかんしゅいしょ》には、国賊《こくぞく》を天誅《てんちゅう》し国体《こくたい》を守ると、ものものしく書かれていたという。

病に臥せっていたという退助の父も、とうとう亡くなった。

喜多と冨三郎は山田町《やまだまち》まで葬列の見送りに出た。山田橋の袂はいっぱいの人だった。乾家の仕送屋をしていた川崎家の当主もいた。近ごろ南川原の角力場で不免俗組と騒動を起こして謹慎となった退助はおらず、身から出た錆《さび》とはいえ不憫《ふびん》だった。

退助の父親は角力取りと変わらぬ体軀《たいく》と評判だったが、脚気《かっけ》で、最後は見る影もなくやせ衰えていたという。

やせ衰えたという話が妙に気になって、頑なに医者を拒んでいたもとを説き伏せ、医者を呼んだところ、やはり見立ては血の道ではなく、脚気だった。

「難しい病で、薬はあまり効かんで、日《ひ》にち薬《ぐすり》に頼るしか」

医者は薬を出しながらも、日を追ってだんだんによくなることを待つしかないという。五体にむくみが出て、力も入らなくなっているので、よく揉んで、栄養を取るようにといい、コロリが流行ってから、なぜか脚気も増えているとかで、息切れや動悸がするようになったら危ないという。

退助の父の命を取った病というだけに、不吉に思えてならなかった。

夏になるとまたコロリにかかる者が増えはじめた。三年たてばどんな流行り病も収まるからと、暑い盛りに門松を立て、雑煮を食べて、半年も早く年を越そうとする家もある。

朝に夕に、儀平は他の者にはまかせず、もとのむくんだ手足をひたむきに揉むが、もとは弱っていく一方だった。もとの願いで冨三郎の嫁を探すと、西村屋の惣領というだけでなく、角力では弘岡町の三役の冨三郎には、縁談の口は降るほどにあった。親よりも娘が乗り気の家も少なくないようで、持ち込まれる話はいずれも結構なものばかりだった。

「帳場ができる嫁さまやとええねえ」

冨三郎は七夕角力が近いと稽古に出て、今日も帳場を留守にしている。

ところが、字の読み書きができる娘はいても算術までとなると難しく、方々手を尽くして探した挙句、西村屋と同じ商家で、名も同じ冨《とみ》という娘に決まった。帳場はできないが、早くに母親を亡くしたそうで、奥向きに長《た》けているという。

父の死にさぞかし気落ちしているだろうと案じていた退助からは文が届いた。妻の林氏が子を生んだが、おなごで、兵《へい》と名付けたというだけの、そっけないものだった。實の字で書かれた、おなごでなくてもめずらしいその名前に見入る。

何度もともに読んだ孫子の、冒頭にあった兵。

「ええ名や」

思わず喜多はつぶやいていた。


しなね祭りも終わり、蟬の声もやんで、朝夕はすっかり涼しくなった。

よく晴れた日だった。

昼下がり、うとうとしているもとの枕許で、喜多が糸くりをしていると、吉之丞が離れに来て言った。

「乾さまが来られました」

「こっちへ、通して」

目を開き、きっぱりと言ったのは、横たわったままのもとだった。

戸惑いながらも、喜多は糸くりの道具を片寄せ、退助と實を通すよう伝えた。儀平と富三郎も帳場からやってくる。

吉之丞に案内されて、離れに入ってきた退助は、裃姿だった。慶《よろこ》びごとがあったらしい。

その晴れやかな顔が一瞬で曇った。離れに敷かれた床《とこ》に横たわるもとの、あまりの変わりぶりに息をのむのがわかる。

「永らくご心配をかけたが、このたび、免奉行《めんぶぎょう》加役《かやく》のお役目を頂戴した」

退助はもとの床の前に腰を下ろすと、もとと枕許に控える儀平に向かって言った。後ろで實が頭を下げる。もとの病状に触れないのが退助なりの気遣いなのだろう。

「おめでとうございます」

儀平が深く頭を下げた。並んで座る喜多と冨三郎も頭を下げる。

「初めてのお役目がご奉行職《ぶぎょうしょく》とは。しかも、免奉行いうたら、年貢を扱う大事なお役目。さすが乾さま。大したものですのう」

儀平が退助を祝うのを、もとは聞いていなかった。

「實さま」

もとが、目の前の退助ではなく、實の名を呼んだ。

「はい」

驚いて、主《あるじ》の前をもわきまえず、實は返事をした。

「ここへ」

もとは肩で息をしながら、起きあがろうとした。戸惑いながらも、儀平と喜多が二人がかりでその薄い背中を支える。

「實。お母上がお呼びじゃ」

さすがに主の前をはばかって動かない實を、退助が促す。

「早《はよ》う来い」

それでも退助の前には出ず、實は退助と並んで座った。

もとは實に手をのばした。

退助が頷き、實は、退助に頭を下げてから、その手をのばした。もとは實の手を、骨のように白い細い指で握った。

「實さま」

もとは實を見上げて言った。

「あのときには、まだ、前髪が、ありましたね」

何のことか、喜多にはわからなかった。實にもわからないらしく、返事に困っている。

「ああ、そうやったねや」

もとを支える儀平だけが、懐かしそうに顔をほころばせた。

「背合着の祝いのときに」

その言葉にもとの足許にいた吉之丞がはっと驚く。もとは絶え絶えに続ける。

「まっこと、ご立派に、なられました」

實も何か思いだしたらしい。顔を上げ、もとの後ろの喜多を見た。一方の退助は、戸惑いを抑えるように顎に手をやり、眉をひそめて考えこんでいる。

「この子は」

もとは浅い息をくりかえした。

「この子は、まっこと、さみしがりでしょうがないがです」

力ないもとの体を間に、喜多と實は目を見合わせた。

「雨の日は、ぎっちり、あてのそばにおりました」

實は、今にも布団に落ちそうなもとの手を、両手で包みこむように握った。

「どうぞどうぞ、そばにおってやってつかあさい」

絶えいりそうな声で、もとはやっと言った。

「どうぞ」

實はもとの手を握ったまま、ただ頷いた。

喜多はあふれる涙で、もう何も見られなかった。

もとの薄い肩が息遣いに合わせて幾度となく上下するのを支えながら、とめどなく涙が流れた。

その夜遅く、もとは眠るように息を引きとった。


花を咲かせていたことなど忘れたように、藤の枝の緑が茂り、もとの一周忌が近づくころ、めずらしくあやめから、文と一枚の絵が店に届いた。

文には、せめてもの思いを込めて描いた絵を、お母上の供養代わりに受けとってほしいと書かれている。

喜多は離れで広げて仰天《ぎょうてん》した。

ほとんど墨一色で描かれていたのは、子育て幽霊だった。

絵師が好んで描く題材だが、喜多はこんな子育て幽霊を、これまで一度も見たことがなかった。

髪は乱れ、頬はこけ、この世の哀しみをみなその身に引き受けたかのように侘《わび》しげに描かれるのが常《つね》の母の霊が、この絵の中では、ふっくらとした頬に慈愛に満ちた微笑みをたたえ、足許にわらう赤子をみつめている。その顔は在りし日のもとにそっくりだった。

「かかさまや」

喜多は涙を流しながら絵をみつめた。

口許からわずかに滴《したた》る血だけが、墨の濃淡だけで描かれた絵の中で色を放っていた。その血がまた、これまでに見たことのない色だった。

厚みを帯びて、ぽったりと重たく、鈍《にぶ》く輝く。

天満宮の花台や横幟《よこのぼり》や芝居絵の、けばけばしく毒々しい、いかにも血だと言わんばかりの赤色とは、一線を画《かく》す色だった。

それがあふれ、飛び散ることで、人の死を表す血ではなかった。

そこには、人の命を支える血の本来の力がみなぎっているように見えた。

「これはたまげた」

儀平は目を潤ませて感嘆した。

急いで軸にするよう表具屋に頼み、法事客に見せることになった。


西村屋の家つき娘だったもとの一周忌とあって、法事客は絶えず、帰りがけに子育て幽霊の絵を見た客はみな、その絵の見事さに驚き、褒めそやさない者はなかった。

縁起でもないと騒ぎそうな大叔父でさえ、もとにそっくりやと、愛姪《あいてつ》を思って涙を流した。

法事がすんで、客もあらかた帰ったところへ、人目を避けるように退助と實が来た。

「早いもんですのう。お寂《さみ》しゅうになりましたでしょう」

實のいたわりの言葉に喜多は頷く。

「日にち薬が効いてねえ」

もとの病には効かなかった日にち薬が、もとの死の悲しさには効いてくれた。藤を見ても、雨を見ても、初鰹を見ても、もとを思いだすのは変わらなかったが。

「退助も変わらんね」

「いや、変わったぞ。免奉行ぞ」

これも吉田東洋の引き立てなのだろう。わずか二月《ふたつき》足らずで、退助は免奉行加役から本役に出世していた。

「お役目ご苦労様です」

こどもっぽく胸を張る退助に、喜多はわらいながら頭を下げた。

「山分《さんぶん》を回ったいうが、どうやった」

「酷いもんじゃった」

退助の顔は曇った。

「村々を回ったが、行く先々で民は群れをなして憐れみを乞うてくるがじゃ。木の実を食い、蕎麦や葛の粉を口にはねこんで命をつなぎゆう言うて、おれの馬の下に土下座して、減免《げんめん》を求めてきた」

「山分の村は米もろくに取れんろうし、大変ながやろうね」

しんみりとつぶやく喜多の言葉など聞かず、退助は決めつけた。

「卑屈極まりない」

喜多は呆気にとられ、まじまじと退助の顔を見た。

「おれなんぞにすがってまわって。あいつらは、生きるか死ぬかの大事を、おれなんぞに委《ゆだ》ねて恥じるところもない」

あまりの無茶な言い分に驚く喜多に、實が退助の意を補う。

「退助さまは、退助さまの馬の下にひれ伏す民を一喝されまして。おまんらは憐れみを乞うだけでえいがか、憐れみを乞うて生きるが分《ぶん》かと。おれがおまんらを無礼やきに斬ると言うたらどうするつもりぞとおっしゃって。おれは、おまんらがこの村に生きておることを、今の今まで知らざったと。こんな、おまんらのことなんぞ、なんちゃあ考えてないもんに、おまんらの一生を決めさせるなと」

「あいつらは、何代も何代も、憐れみを乞うて生きてきたがじゃ。それがあたりまえやと思いこんで、その道しかないと思いこんで、おれみたいなあほうにすがってまわって」

退助は吐き捨てるように言った。

「おまんらのことはおまんらで決めえと言うたばあじゃ」

「そんなこと、考えたこともなかった」

言いながら、喜多は、退助の言葉を反芻《はんすう》した。

喜多には、その場では理解できず、わかるまでくりかえしては考えることがよくあった。退助のこの言葉も、わかるには時間がかかりそうだった。

もしかしたら、何年も。

「實はよう誦《そらん》じたのう」

退助は喜多から目をそらし、茶化してわらった。

「あんなたまげるようなお言葉を、忘れられるわけがありません」

實は真顔で答える。

民を一喝するのも、雪の正月にほいとに着物を恵むのも、退助の同じ心立ての表れだった。喜多はそう思って伝えたが、退助は首を振った。

「今思うたら、おれが着物を恵んだおなごは、あの後、持っちゅうはずがない絹の打掛なんぞ持っちょってお咎めに遭《お》うたかもしれん。いっときは温もりを得られてもの。おれは軽率じゃった。憐れみにすがってもいっときのことじゃ。根本からなんとかせんといかんがじゃ」

これまでの免奉行の誰が、民の来《こ》し方《かた》を思い、行《ゆ》く末《すえ》を憂えただろう。

「お役目に就いても、退助は変わらんがやね」

「変わらんことはない。ほかの奉行らと土免状《どめんじょう》を出さんといかんきのう。署名は上手《うも》うなったぞ。のう、實」

「けんど結局、わたしや良馬《りょうま》に書かせるがですき」

實は苦笑した。聞き慣れない名に首を傾げる喜多に、退助が言った。

「實の後に雇《やと》うたがじゃ。別役《べっちゃく》良馬いうて医者の息子でのう。若いが能書《のうしょ》じゃ。實は喜多にやるがじゃき、後釜を用意せんとどうもならんろうが」

退助は庭に目をやりながら言った。喜多はまじまじと退助を見た。

「今年はやらん。けんど来年には實を喜多にやる。實」

退助は床《とこ》の前に立ちあがった。實は呆然としばらく退助を見上げていたが、名前を呼ばれてあわてて平伏した。

「供はいらん。おれはひとりで去《い》ぬる。おまんは好きにしてえい」

退助はそう言うと、どしどしと床を踏みならして出ていった。實は平伏したままだった。

喜多は思わず立ちあがって後を追った。退助が表で馬の口を取って手間取ったおかげで、喜多はなんとか追いついた。

喜多はなんと言っていいかわからなかった。ただ、馬の背に手を置いた退助を見上げた。

退助は馬の背をなでながら言った。

「兵の母の林氏はおなごを生んだき女腹じゃいうことになって、去《い》んでもろうた。ほんで、姉君が男児を生んだいう中山《なかやま》氏を迎えたけんど、おれが中山氏とも睦《むつ》まじゅうにせんもんやき、叔母上さまは九反田《くたんだ》からえらいきれいな娘を女衆《おなごし》に雇うてきた。十七で、喜多よりかえっころきれいな娘じゃ」

退助は喜多をにらんだ。

「喜多よりか、えっころきれいな娘じゃ。くらべもんにならん」

喜多は戸惑いながらも、頷くしかなかった。

「けんど、おれは喜多がえいがじゃ」

退助は喜多をにらんだまま言った。

「けんど、喜多には仕合わせになってほしいがじゃ」

退助はひらりと馬に乗った。

馬上から、暮れた郭中のほうに目をやって言う。

「實にもじゃ。實がおらざったら、おれはこの歳まで生きてない。實には親以上の恩がある」

十五日の月明かりに高知城の天守が浮かびあがる。

退助は馬の腹を蹴り、弘岡町の通りを遠ざかっていった。

その後間もなく、喜多と實の祝言の日取りを決めた後、江戸詰を命じられた退助は實を連れ、再び土佐を発っていった。


あやめがもとの供養にと寄越した子育て幽霊の絵は、法事客があちこちでしゃべったらしく、見たいと望む者が訪ねてくるようになった。

それももとの供養になると、望みに応じて見せていたが、中には本職の絵師も交じっていたらしい。これまでにない慈愛に満ちた子育て幽霊で、特に、滴る血は真に迫り、なんの絵の具で描いたか皆目わからないほどだと、城下の評判になってしまった。

近所からその評判を聞かされ、あわててしまいこんだときにはもう遅かった。あやめが描いたとは伏せておいたにもかかわらず、蛇《じゃ》の道は蛇《へび》の喩《たと》え通り、筆遣いから察したのか、先年鍾馗とお多福を描いた士の奥方が描いたに違いないと看破され、ますます騒ぎが大きくなってしまった。

すぐにあやめの里の奉公人が駆けこんできた。いつも仕送りで切紙を持ってくる顔なじみだが、いつになく険しい顔をしている。主人の命《めい》で、何としても子育て幽霊の絵を戻してほしいと言うのだ。

「家を守るべき家内が出過ぎた真似をして、そちらではそのような教えをして育てたがかと、先《さき》さまではもう、大変なお怒りながじゃ。とにかく絵を取り返してこざったら、あやめさまには去《い》んでもらうとまでおっしゃりよって」

「それは大ごとで」

「ただでさえ、ご惣領ができんで、おなごしか授からんで、あやめさまは肩身の狭い思いをしゆういうに」

「申し訳がありませぬ。まさかこんな騒ぎになるとは、思いもしませんで」

儀平の後から、喜多も頭を下げた。軸装した絵は、奉公人に渡すしかなかった。文も書いたが、この期に及んで町方からの文など言語道断と預かってももらえなかった。

気落ちしているところへ久方ぶりに訪ねてきたとめは、喜多を見るなりわらった。

「あんたはまだ嫁《い》かんでおるがやね」

喜多もわらいながら頷いた。とめに会うのは、とめがなんとか袷《あわせ》まで縫いあげて稽古を終え、裁縫の師匠の家で別れて以来だった。

「えい歳をして。恥ずかしゅうないの」

「嫁《い》かず後家いうて、盛大《せいだい》言われます」

とめは、坂本家のはす向かいの岡上《おかのうえ》という医師の家に、後添いとして嫁いだという。もう四つになるという一人息子の赦太郎《しやたろう》を、女衆《おなごし》の富貴《ふき》に抱かせて連れてきていた。

「けんど、来年、祝言を挙げます」

その相手を伝えると、とめはひどく驚いた。

「あの奉公人か。剣客らしいの。弟も言いよった。乾退助は角力と軽業《かるわざ》しかせんけんど、ついちゅう若党は剣が立ついうて。けんど、よう乾さまがお許しになったね」

奉公人の實は、退助の許しがなければ、生涯、祝言など挙げられようもない身だった。

「一昨年の南川原の角力場では、盛大騒いで、えらい勢いやったいうじゃいか。弟がたまげちょった。桟敷から飛び降りるとは、命も何も惜しゅうない奴にしかできんことじゃ、ああいうあほうが一番手に負えんいうて。あのご気性では、手討ちにされても仕様がないに」

「皆にそう思われちょりますが、乾さまはそんな人物ではないがです」

退助は、誰よりも、人の痛みを知っている人だった。

とめはしばらく黙ったまま、喜多を見ていた。

「けんど、好き合《お》うて一緒になるが一番えいろうね」

「なかなか、うんとは言うてくれませんでしたけんど」

「けんど、終《しま》いにはうんと言うたがやろ」

「わたしが無理強いしたがです」

「やっぱり、あんたは違うね」

とめは喜多をつくづくと見た後、庭に目をやった。庭では、赦太郎が稲と富貴と一列になり、のえくりをして遊んでいた。同じ年頃の女衆の二人は、すっかり打ちとけたようだ。

とめは襟許から文を出した。てっきりとめの弟の龍馬からの文かと思いながら受けとった喜多に、とめは言った。

「池添さんからじゃ」

驚いて見上げると、とめはわらった。

「わたしがあんたらの文使《ふみづか》いをするとは思わざった」

「おおきに、ありがとうございます」

勢いこんで開くと、流れるような仮名文字は謝罪から始まっていた。お母上の供養に描いた絵やったに、戻してもらうなどという無礼な結果になってしまって申し訳ないと謝り、謝罪すらできんで申し訳ないと重ねて謝る。

あの誇り高いあやめが、文とはいえ、町方のわたしなんぞに謝るとはと、喜多はやりきれない思いになった。

勤王に尽くすという大事なお役目がある夫をないがしろにし、家内無事の務めさえ果たせなかったことは申し訳が立たず、もう二度と筆は取らず、お家大事を専一に努めるから、喜多もう気にかけてくれるなと書かれていた。文末のかしこは二度くりかえされ、短い文は終わっていた。

「あやめは無事でしょうか」

「ちっとやつれておったようには見えたけんど、変わらんづくきれいなかったよ。まだ三人目の子は乳がいるきにね」

最後にあやめに会ったのは、初めの子の初宮参りだった。あれきり会えないまま、もうあやめには三人の子がいるのだ。三人目の娘は、ちょうど、退助の娘の兵と同じくらいになる。

「上町でも有名な固いお家ながじゃ。この騒ぎに軽格の同輩らが散々に決めつけたらしい。尊王《そんのう》攘夷《じょうい》という天下の大事を前にして、おまんは家内を治めることさえできんがかと。ほんで夫も舅も池添さんに、おまんはおなごの身で鶏唱《けいしょう》してお家を潰すつもりかとえらい立腹らしいて」

「絵はどうしたがでしょう」

「えらい評判やき、わたしも見たかったがやけんど、どうやら、焼いたらしいね」

喜多は言葉を失った。

「お母上の供養やったそうやにね。残念やったね」

「すばらしい絵やったがです。けんど、もう筆は取らんそうです」

「それがえいろう。軽格とはいえあくまで武家。波風立てんがが一番じゃ。さて、邪魔したねえ」

とめは立ちあがった。

「そうそう」

敷居際まで歩いたとめが、ふとふりかえった。

「池添さんから、あんたに伝えるように頼まれちょったがやった。その、評判になっちゅう子育て幽霊の血やけんど」

とめは苦笑しながら続けた。

「あれははなびで描いたがと」

喜多は耳を疑った。

「鍾馗で騒ぎになったとき絵の具はみな捨てられた言いよったき、仕様《しょ》んなかったがやろうね。それにしても思い切ったことをする。天下の絵師の誰ひとりとしてわからんはずじゃ」

とめはいつになく愉快そうに、高笑いした。

まだ手習いに上がっていたころ、はなびのないわたしに、始まったばかりのはなびがきれいだと教えてくれたのは、あやめだった。今もなお、はなびが咲かず、はなびを見たことのないわたしに、その美しさを見せてくれたのだと、喜多は思った。

焼かれてこの世から失われてもなお、喜多の記憶には残っていた。

ぷっくりと盛りあがった血の滴りは、光を浴びてきらめいていた。

火事場で火の神が怖《お》じるほどに穢れたものには、とても思えなかった。


退助に具《ぐ》して江戸にいる實からの文を待ちながら西村屋の帳場を務め、二年近く経ったころ、将軍家茂《いえもち》公が二百三十年ぶりに上洛したと騒がれた。孝明《こうめい》天皇に供奉《ぐぶ》して、上賀茂《かみがも》神社で攘夷祈願が行われたという。もちろん藩主豊範公もこの列に加わったというので、退助も實も共にあるのだろう。

いよいよ戦だと騒がしい中、喜多は稲ひとりを供に、雑喉場の新居に引越した。儀平は、かねて、富三郎に嫁が来たときにはと、もとと決めていたそうで、喜多のための家を構えていた。

喜多の祝言が決まって、それまでいくら儀平に勧められても頑として受けつけなかった吉之丞も、やっと暖簾分けを承諾した。吉之丞の暖簾分けは、稲との祝言が前提となっていた。

儀平は喜多の新居、吉之丞と稲の暖簾分けと、準備に忙《せわ》しないながらも張りきっていた。

久しぶりにとめが訪ねてきてくれたが、供は見慣れない女衆《おなごし》だった。とめは自分だけ座敷に上がり、女衆は控えに待たせた。

「まあ、えい普請じゃこと。さすが西村屋やねえ」

床《とこ》を背に座ったとめが真顔で追従を言った。

「天下の才谷屋のとめさまが何をおっしゃいますやら」

喜多はわらった。

「普請はえいけんど、肝心の祝言はどうなったが」

昨年秋に挙げるはずだった實との祝言は、さしのべになっていた。實の後継の別役良馬がはしかで亡くなり、實の帰国が成らなくなったのだ。はしかは参勤中の藩主豊範公もかかり、一行の九割が寝込んだほどの蔓延ぶりだったという。

「實さんがお帰りにならんもんですき」

「どうせ退助さまがあんたを思い切れんで、實さんを放さんがじゃろう」

喜多は話を変えた。

「龍馬さまはご出奔されたそうで」

龍馬の名を出しても、今日のとめはにこりともしなかった。

「ぼっちり、吉田東洋が殺される前やった」

吉田東洋が暗殺されたのは、一年ほど前の雨の降りしきる晩だった。首は持ち去られたが、あくる日、雁切川《がんきりがわ》堤の梟首場《きようしゆじよう》に、罰文《ばつぶん》とともに越中褌《えつちゆうふんどし》に包まれてみつかった。これだけ派手な暗殺ながら下手人はみつからず、このごろ騒がしい勤王派《きんのうは》の軽格の士らの仕業かと噂された。

城下では寄ると触ると東洋の噂ばかりで、生前の政も、罪を得た者でも才智あればよいとばかり配所から呼び戻して登用し、性急な藩政改革を断行したと、こきおろされていた。

喜多はこれまで東洋の話を聞いていただけに、納得できかねる思いでいた。才ある者を重用するのは藩政にとって必要であるはずだし、これからの世に備えて藩政改革をするのも急務のはずだった。質素倹約のお題目を唱えるだけしか能のない門閥派《もんばつは》の重臣たちよりよほどにましだ。

「あの子はやっぱり仕合わせのえい子ながじゃねえ。ぐずぐずしよったら、吉田殺しの嫌疑がかかるとこじゃった」

「お咎めはなかったがですか」

「兄さまが刀の紛失と龍馬の失踪を別々に届けてごまかしてねえ。ほんでも家事取締不行届の至りじゃいうて、ほんまやったら厳しいお咎めがあるところながやけんど、それこそ才谷屋じゃきね。なにしろ、兄さまの支配頭の家老福岡宮内さまの仕送屋をしゆうがじゃ。正月には宮内さまじきじきに才谷屋にあいさつに来られる。才谷屋の財に頭が上がらんもんじゃき、藩庁もごまかしてくれたがやろう。お咎めなしですんだわ」

仕送屋の暗然たる力の大きさに喜多は驚いた。

「開国でなんでも値えが上がってねえ。あんたんとこもそうやろうけど、才谷屋の儲けもえらいことになっちゅう。米で暮らす士格らはひいひい言いゆうが、こっちは弟の仕送りにも事欠かん」

「町方も盛大苦労しよります」

一食一飯を買って食うしかない町方も、この値上がりに悲鳴を上げていた。

「攘夷が流行るはずじゃ。ほんでも吉田についてはせいせいしたわ。こわいこと、吉田が中老になるとこじゃった。武市さまのせっかくの進言も聞かんきに天誅の憂き目に遭うがじゃ」

吉田東洋を斬ったのは、東洋の藩政改革を快く思わない門閥派と組んだ勤王派の軽格らだというのは誰もが知るところとなっていたが、東洋の一派の面々が排斥された今、藩庁でそれを追及する動きはなかった。

「あれから武市さまもえらいご出世で、公方様に拝謁したばかりか、容堂公からは勅使の江戸下向の働きに報《むく》いて手ずから酌をしてもろうて菓子折までもろうたとか」

軽格としては一番上の格式ではあるものの、白札《しらふだ》に過ぎない武市半平太が、御隠居の容堂公や公方様に会うとは、にわかには信じがたい話だった。勤王を叫んで天子様につながることで、これまでの身分から抜けだすことができるらしい。だからこそ、武市もその一党の軽格らも、思いきった行動に出るのだろう。

「弟はあいかわらず文をくれてねえ。江戸の風に総髪をなびかせて下駄を鳴らして歩きゆういうて。父や兄のように藩公の墓守をして一生を終わるがはまっぴらじゃとも書いてあった。兄さまに見られたら終《しま》いごとやき焼こうかとも思うたけんど」

とめはそこまで言うとふっとわらった。

「焼く手間が省けたわ。文はみな、樹庵《じゅあん》が捨てたきに」

岡上樹庵というのはとめの夫だと聞いていたが、とめがその名を口にするのは初めてだった。

「弟の文なぞを後生《ごしょう》大事に取っておくがはおかしいいうてのう、邪推してまわって。これまでの文もみな、ひとつ残らず焼き捨てられた。文を取っておいたがは、弟恋しの私心だけやない。あの子は太いことをする子じゃ、土佐一国で納まる子やない」

とめは淡々と続けた。

「樹庵の無理無体はずっと堪えてきたけんど、こればかりは堪えれんかった。赦太郎も着物も、何もかも置いて出た。今は坂本の、弟の使いよった離れにおる」

喜多は驚いたが、無理もないと思った。樹庵は癇癪持ちで、普段からとめへの仕打ちがあまりに酷いことを、女衆同士で親しくなった富貴の話として稲から伝え聞いていた。

「あてはどこで間違《まちご》うたがやろう」

とめはつぶやいた。

「あても、池添さんも」

とめに文使いをしてもらって以来、あやめからの便りはなかった。

仕合わせになるには自分でえらばんといかん。

もとの言葉を思いだす。

とめもあやめも、自分でえらぶことができなかった。

「富貴さんはどうしゆうがですか」

「あの子は戻《い》ぬるとこがないきに、樹庵のもとに残って赦太郎の面倒を見てくれゆう。まっこと忠義な子じゃ」

とめは午後の日差しに輝く川面に目をやった。

「ここはえい風じゃねえ」

とめは川風に目を細めた。鏡川に面した新居は、川面をなめてきた風がよく通る。

「川風だけがご馳走で」

喜多ととめは川の流れる先をみつめた。


四月の半ば、容堂公のあわただしい帰国に、城下は騒然となった。将軍家茂公とともに御所に参内し、松平春獄《まつだいらしゆんがく》や薩摩の島津久光《しまづひさみつ》とともに無理な攘夷論を抑えていたはずの容堂公が、土佐の海防強化のために戻ってきたというのだ。いよいよ戦が始まるらしい。

一気に米が動き、西村屋も忙しくなった。喜多も帳場に座りっぱなしで、むくんだ足を引きずって帰り、茶漬けでもと用意していたところへ、表から声が掛かった。

「許せよ」

喜多は目を疑った。懐かしい顔がそこにあった。喜多をみつめる實の眼差しは変わらず優しい。やっと實と退助が帰ってきた。ほっとして喜多はわらいかけた。

「お二人とも、ようご無事で」

京では容堂公の意に沿わずに、攘夷の日が決められたという。

「裏で動きゆうがが勤王派いうがが気に入らんがのう、とにもかくにも、いよいよ攘夷じゃ」

退助は意気込む。

「攘夷らあてまっことできるがやろうか」

世界絵図を思うと、喜多には半信半疑だった。

「ぐずぐずしよったら、札入れしゆう国にやられる。容堂公は公武合体らあて言うが、生ぬるい。それでは札入れで政をするらあて夢のまた夢じゃ。いつまでも世は変わらん。ほら」

言いながら、退助は實を前に押しだした。

「遅うなったが、實を返すぞ」

見ると、實は、真新しい袴をつけていた。

「小倉縞《こくらじま》じゃ。岡山で求めた。祝言の祝いじゃ」

退助は真顔で言った。

「風呂敷包みで婿入りさせるわけにはいかんきのう。攘夷が成る前に、早《はよ》う祝言を挙げたらええ」

實は深く頭を下げていた。変わらない實に、喜多はどこか安堵していた。

日を置かず、喜多と實の祝言が挙げられることになった。嫁入りは盛大に駕籠に乗って嫁ぐものだが、里も身寄りもない實には嫁の嫁ぐ先もなかった。實は嫁の家に入るということで、婿入り同様に、夕暮れを待ち、退助の屋敷から来るという。武家奉公人にはめずらしくない婿入りだが、身寄りがまったくないというのは聞いたことがなかった。

喜多は用意の白い打掛に、綿帽子を頂いた。儀平が目を細める。

「もとさんに見せちゃりたかったのう」

喜多ももとを思い、仏壇を見上げた。

日暮れてから、初めて見る裃上下でやってきた實は端然として、辺りを払うほどに美しかった。

吉之丞が提灯でその足許を照らす。

實を連れてきた退助は、従者《じゅうしゃ》に書物の山を運ばせていた。

「これは喜多にやる」

退助はむっつりと言った。

「おれにはいらんもんじゃき」

山のてっぺんには孫子が載っている。四書五経だった。

「實と一緒に、盛大《せいだい》書物を読んだらええ」

喜多には何よりの祝いだった。

退助は、實のただひとりの親族として祝言に出た。

金屛風の前で、喜多はそっと實を見た。

祝いの盃をいくら重ねても、實の横顔は変わらない。實と並んで座っていることをたしかめるように、喜多は何度も實を見た。そのたびに、實は気づいてほほえみ返してくれた。

宴が果てて夜が更けた。

喜多と二人きりになった實は、床の前に端座したまま言った。

「どればあお母上は喜多さまを案じられよったでしょう。お母上に喜多さまの今日のお姿をお見せしとうございました」

「ととさまとおんなじことを言いゆう。けんど、喜多さまやのうて、喜多さんじゃろう。實さんと喜多さんじゃろう」

いくら喜多と呼ぶよう頼んでも固辞する實と、そう呼びあうことを約束していたのだった。

喜多はわらって、まだ開けておいた障子を閉《た》てに立ち、そこから夜空を見上げた。月が、畳に影を作るほどに明るかった。

「かかさまもきっと、見ておくれやろう」

實も立って、喜多の後ろに寄り添った。

「喜多さんはいつでも上を見ておられる」

實は、空を仰ぐ喜多をみつめていた。

「背が低いきね」

喜多は實をふりかえってわらった。

「實さんは背が高いき、實さんと居《お》ったらいつでも見上げちょかんといかん」

實もふっとわらった。

「そのこんまい体でよう学ばれて、商いもされて。江戸にも、喜多さんのようなおなごはおりませんでした」

「教えてくれたがは實さんやけんどね」

わたしにもわたしなりの才があると気づいてくれたのは實だった。

「實さんこそ、ようこそわたしと祝言を挙げてくれた」

石女とは口にできず、喜多はうつむいた。

「跡取りが望めんいうに」

「跡取りなぞえいがです。わたしのようなものは、跡取りなぞ望んでおりません」

實はきっぱりと言った。

「父も母も亡くし、ほいと同様やったがです。それやに、男児を授からんでおった退助さまのお母上さまからは、身に余る厚遇をいただきました。まして跡取りなぞ」

見上げる喜多に、また實はわらいかけた。

「初めてお会いしたときも、何を見よったがか、お父上の肩で、天を仰いでおられた」

「天神橋で助けてくれたいうて、あれは實さんやったがとね。吉之丞が教えてくれた。わたしはおぼえてのうて」

「どこの嬢《いと》さんかと思うておりました。わたしらはとっと前からお会いしておったがです」

「前髪があったいうて」

「はい。まだ前髪立ちで」

「ああ、無念や」

喜多は嘆息し、両手で顔を覆った。

「おぼえてない」

前髪があったころの實の顔。

「どういておぼえてないがやろう。助けてもろうたがはおぼえちゅうけんど、實さんの顔まではおぼえてない」

「わたしがようにおぼえちょりますき」

實はほほえみながら、喜多の手を取った。

「昔も今もちっとも変わらん、喜多さんのお顔を」

そのまま、喜多の顔を覗きこんで言った。

「喜多さんは、わたしの手の中に、天から降ってきたがです」

實は空いた左の手を伸ばし、喜多の後ろの障子を閉《た》てた。

「喜多さん」

一筋こぼれた喜多の髪を、長い指でそっとかきあげる。

「ほんまは隠しておきたいがです。喜多さんを」

月の明かりは障子に遮られた。

「怖れおおいことですが、退助さまにも見せんで、わたしひとりのものにしておきたいがです」

實は喜多を抱きしめた。


鏡川べりの小さな家で、喜多と實はともに暮らしはじめた。

待ちかねて祝言を挙げ、分家した吉之丞とともに稲も喜多のもとを去ったので、長く西村屋に勤めていた女衆《おなごし》の末《すえ》に来てもらうことになった。貧しい育ちで、あけすけな口を利くおなごだったが、喜多はきらいではなかった。

朝の膳ひとつ済ますにも、喜多と實はおっかなびっくりだった。實は、末が当然と上座に置いた箱膳《はこぜん》の前に座ることをかたくなに拒んだ。

箱膳は上座を避け、向かいあって置かれた。二人きりで食事をするのも初めてだった。お互いに照れて、まともに相手の顔を見られない。

「ままごとしゆうおつもりですか。早《はよ》う召しあがってください。お汁も何も冷めてしまいます」

給仕をする末に叱られながら、二人は初めて二人で取る膳を済ませ、二人で家を出て、實は退助の屋敷へ、喜多は西村屋へ上がった。

實は退助のもとで勤めを終えると、西村屋に寄り、喜多とともに短い家路についた。往来ということもあり、二人とも黙りがちだったが、案じていた退助の消息は、喜多が訊ねる前に實が口にした。

「退助さまはお変わりのうお過ごしでした。祝言では、めずらしくご酒《しゅ》を過ごしておられたき、案じておりましたが、いつにもましてご健勝で。容堂公が帰国以来、攘夷派を退けるがに憤っておられました。近々のうちにご建議されるようです」

青二才の退助がいくら不躾《ぶしつけ》な建議をしても、退けられないのが不思議だった。亡くなった吉田東洋といい、容堂公といい、退助はよほどに買われているのだろうと喜多は思った。

實は声を低めて続けた。

「直《じか》には聞いておりませんが、政野《まさの》いう女衆にお手をお掛けになったようです」

喜多は思わず足を止めた。

江戸詰になった際に、子を授からなかった二人目の妻の中山氏を里に帰したということは聞いていた。

「叔母上さまが嫁を嫌う退助さまを案じて探して、雇うておった女衆です。女衆いうても、最初からそういう心づもりで奉公に上がっておられますき。えらいおとなしい方で、退助さまの癇性にもなんちゃあ言わんと従《したご》うておられました」

退助がえらいきれいな娘じゃと強がっていた姿を思いだす。

「これまでは目にも掛けられんでおったがですが」

實は、見上げる喜多の目をみつめた。

「わたしが、何としても喜多さんを仕合わせにしますき。喜多さんを仕合わせにできんかったら、退助さまに申し訳が立ちません」

「それは案じるに及《よ》ばんよ」

喜多はその目を見返しながら言った。

「わたしは自分で仕合わせになるき」

呆気にとられた實を、喜多はわらった。一瞬置いて、實もわらいだした。

二人の笑い声は、星が瞬きだしたばかりの空に響いた。


九月、吉田東洋暗殺の疑いで、武市半平太とその一派である五人が投獄されたその日のことだった。免奉行に次いで任じられた御側用役《おそばようやく》を解任されていた退助は、再び御隠居様御側用役を命じられた。

「喜多さんの言う通りやったいうて、退助さまがえらいお喜びじゃった」

最近やっとくだけた口調で話せるようになった實が帰るなり破顔した。御側用役《おそばようやく》を解かれたとき、同輩のみなが役付きだというのに、自分だけただの馬廻にされたとむくれていた退助を、そのころ捕えられた勤王派の三士の処分に関わらせず、退助が勤王派の恨みを買わないようにという御隠居様の計らいだろうといって、喜多は励ましていたのだ。

勤王派への追及はその後も続き、夜毎《よごと》に士が四、五人ずつ提灯を灯し、代わる代わる廻っている。剣術の流行も一向に衰えず、僧まで集まって薙刀《なぎなた》を振りまわしている。

その後、退助はまた御側用役を解任されたが、今度は家老深尾丹波《ふかおたんば》組の馬廻組頭《くみがしら》となった。退助より歳下でおとなしい深尾丹波は、この時勢にあって退助を頼みとしての抜擢らしい。とはいえ軍事役なので御側用役ほどの激務はなく、實はよく家にいるようになった。

それを知った福岡藤次から、實の剣術と学問の才を見込んで、上邉盛ん組の少年の面倒を見てほしいと頼まれた。腕白で学問を顧みず、十三歳になるというのに、近ごろやっと伊呂波の手習いを始めたばかりという馬廻二百石の次男だという。兄とともに美貌の持ち主ゆえ、とんとに望む者が多く、藤次としては、学問を軽視して軽々《けいけい》にとんととなることを怖れ、なんとしても兄の轍《てつ》を踏ませたくないのだという。

藤次に連れられてやってきたのは、評判通りの大変な美少年だった。藤次と遜色ない美しさで、これでは郭中の士たちが騒ぐはずだ。

「おまんにまかせちょったら安心や。どうぞように面倒をみちゃってくれ」

藤次は實に向かってわらった。

「あの乱暴者の乾でさえ手懐《てなず》けたがやき」

「もったいないことでございます」

「馬場《ばば》辰猪《たつい》と申す」

癇走《かんばし》った顔を上げたまま、身分上は實より上の辰猪は、作法通りの口上を述べた。實と喜多には、猪之助だったときの退助を思わせた。

辰猪はすぐに實に懐《なつ》いた。實も辰猪がかわいくて仕方がないようで、手を取って筆の持ち方から熱心に教える。毎日通って伊呂波をおぼえると、これまで学問をしたことがないとは信じられないほど、まるで綿が水を吸うように学んでいった。剣術の腕も上がり、筆も持てなかった馬場の次男が別人のようになったという評判を聞きつけた親たちから、我が子も教えてほしいと望まれた。まもなく二階屋ひとつでは手狭になり、敷地に離れを一棟建てた。折《おり》からの剣術流行《ばや》りもあって、喜多の家は道場兼手習い塾のようなありさまとなった。

辰猪はその中でも抜きんでてよく学んだ。兄の源八郎《げんぱちろう》の朋輩に、おまんを世話しようかと、とんとにのぞまれたとき、おまんは太守様から人の子を世話するために扶持を受けているのか、僕には親も兄もある、他人の世話にはならぬと言下《げんか》に断ったという話を後で聞いたが、さもありなん、辰猪なら若年でもそれくらいの啖呵《たんか》は切るだろうと實と喜多にはうべなえた。

「まるで親子みたいなこと」

縁側から實と辰猪の剣の稽古を眺めていた喜多に、末が声を掛けた。

「まっことやねえ」

喜多は目を細めて二人をみつめながらも、自分が實の子を生めないことを思い、とっくにあきらめたはずの望みの、やはり叶わぬ無念さと悲しさに、いたたまれなくなるのだった。

慶応二年、幕府軍は二度目の長州征討に向かった。すぐに決着するかと思いのほか、幕府軍は劣勢で、なかなか戦が終わらない。

退助も世を変えるにはもう戦しかないと思いきって、すべての役職を辞し、實を連れて江戸に発ったきり、一向に帰ってこない。

藩は軍備強化のためと囲い米を行い、加えてこの夏の大雨出水もあり、米価がはねあがった。

米屋仲間の寄合から戻った冨三郎が、値を書き替えさせる。尋常ではない値上げに、喜多は思わず訊いた。

「一分も上げるらあて、正気か」

「ほんでも、寄合で決まったきに」

胸板の厚さと裏腹に、気弱な口ぶりで冨三郎は言った。

「なんぼ寄合で決まったことじゃいうても、決める場におまんもおったがじゃろう。唯々《いい》諾々《だくだく》と聞いてきてたまるか。明日の朝には騒ぎになるぞ」

米を買って食うしかない町方は困窮し、空豆だの大根だのを糧《かて》に飯を炊いてしのぐようになっていた。日暮れに炊いた鍋を質屋に持っていって米を借り、翌朝利息だけ持ってまた鍋を取りに来る者もいるという。娘があれば、食《く》い扶持《ぶち》を減らすために奉公に出す。米の穫《と》れない浦分《うらぶん》の村では餓死者も出ているらしい。

「宇佐《うさ》では米屋が荒らされたいうぞ。このままやったら、このお城下やちそうなる。大店《おおだな》の旦那方には貧しい者《もん》らの苦労がわからんがじゃろう。おまんももう二十五。どこに出しても恥ずかしゅうない、西村屋の立派な旦那じゃ。ように旦那方に言うて、値を下げるように話をつけてきてつかあさい。たとえ下げれんとしても、くれぐれも米値を上げるらあていうことのないように」

喜多が念を押して次の寄合に送りだした冨三郎は、日暮れて戻ると、頭を下げた。

「寄合で言うてみたけんど、聞いてもらえんかった」

それだけ言うと、冨三郎は奥に引っこんでしまった。値札を書き替える番頭に訊くと、寄合で冨三郎は、たしかに値下げ、もしくは米価据置《すえおき》を申し出たが、旦那方にはまともに聞いてもらえなかったという。番頭は言いにくそうに続けた。

「西村屋さんには嫁《か》してもがんばりゆう女丈夫《じょじょうぶ》がおるきに、目先の値上げに振りまわされて、大局《たいきょく》が見えんなっちゅうがでしょうと言われておりました。仕送屋をされゆう店も多いですき、藩庁のお士はわしらに頭が上がらんき、懸念《けねん》には及《よ》ばんということで落着《らくちゃく》しまして。後で、ご町内の旦那から、姉さんが商売にまで口を挟まんよう、ようにしつけんといかんとも小言を言われておったようです。悔しそうに歯嚙みしておられました」

儀平が憤る。

「失礼な。喜多がこの西村屋を支えてくれゆうがやに。冨三郎もふがいないやつじゃ。こればあ喜多の世話になっておりながら」

それでも、言われるだけ言われたことを胸に留めて、何も言わず、事を荒立てないのが冨三郎の優しさだった。

喜多は書き替えられた値札にため息をついた。

退助と読んだ孫子を思いだす。兵とは詭道なり。できなくてもできる振りをする退助と、できてもできない振りをする自分。自分は塵劫記も上がり、四書五経も読み、帳場にもずっと座っている。退助らと時局を語り、刻々と変わる江戸や上方の状況をも實から伝えてもらって知っているのに、おなごだからと寄合にも出られず、黙っていないといけない。

「大局が見えんがはどっちですろうか。このままやったら、えらいことになります。五月には上方で一揆が起こりました。兵庫でも大坂でも米屋が焼かれたり壊されたりしたいうて。土佐も早晩そうなるろうに」

「けんど土佐はまた事情が違う。しかもここはお城下じゃ。なんというてもわしらは仕送屋をしゆうき、案ずるに及《よ》ばんいうがは、皆さんの言う通りじゃ。これがあるきにわしらは無理をしても仕送屋を続けんといかんがじゃ」

喜多の不安を、儀平は米屋の旦那方同様の論で一蹴する。

「その仕送屋が立ちゆかんなったらどうするがですか。長州征討では幕府軍が敗北して、公方様も亡くなられた。仕送屋そのものが立ちゆかんなる世が来《こ》んとも限りません。そうしたら、西村屋に残るがは、肩代わりした士の借財《しゃくざい》だけです」

喜多がなんと言っても、儀平は頷かなかった。

喜多は仕送屋をやめさせることは諦めた。代わりに、儀平に頼んで少しずつ城下の家や土地を買い求め、世のうつりかわりに備えることにした。


喜多は、こげくさい匂いに目を覚ました。

火事かとはねおきて、見回すと、そこは西村屋の座敷だった。昨晩は客があって遅くなり、そのまま泊まったことを思いだす。

寝巻きのまま寝床を出ると、富三郎や儀平はもちろん、女衆《おなごし》も男衆《おとこし》も店に集まっていた。

「打ちこわしじゃ」

一晩に五分《ごぶ》も米の値が上がったのは昨日のことだった。

表では徒党を組んだ者たちが火を焚き、店をいぶしている。大勢が集まっているらしいのに、案外に静かで、闇夜にその姿がよく見えないだけに、気味がわるかった。

「實さまがおってくれたらのう」

儀平がつぶやく。實は退助に具《ぐ》して江戸に出たきりで、助けを頼むこともできない。

「下横目を呼びにやったが、まだ来ん」

儀平も冨三郎も待ちかねてじりじりしている。

いきなり、下ろしていた上がり戸をどんどんと叩く音が響いた。女衆がひいっと悲鳴を上げる。

「西村屋、米を囲《かこ》うちゅうろうが。米を出せ」

「ここを開けえ」

「天保八年をおぼえちゅうか」

聞き慣れない太い声がわめく。天保八年は宇佐で打ちこわしがあった年で、それはこれ以上ない脅し文句だった。

「ととさまとあねさまは下がっちょってつかあさい」

冨三郎はじめ、腕におぼえのある男衆たちがずいと前に出た。肌脱ぎになって、米搗きで鍛えた五体をさらし、向こう鉢巻と杵で意気を上げる。

「ここを通すな」

冨三郎は男衆に命じる。

「早《はよ》う開けえ。火をかけるぞ」

表の声は険しくなった。ぱちぱちという音とともに、煙が店の中に広がる。

喜多は浴衣の袖で鼻を押さえながら富三郎の前に立ちふさがった。

「逆ろうても無駄じゃ。開けなさい。逆ろうたらかえって逆上する。表の人らは米が買えんで、切羽詰まっちゅうがじゃ。この米の高値では無理もない」

「あねさま、けんど」

「えいきに、開けなさい」

喜多は言うと、男衆に格子を開けさせ、上がり戸を外させた。

「みなさま、夜分、おおきにご苦労さまでございます」

喜多は声を張りあげた。

まさかおなごが出てくるとは思ってもいなかったのだろう。喜多の口上に勢いを削がれ、頰かむりをして表に集まった者たちは顔を見合わせた。

「西村屋は米を囲うてはおりませんぞ。どうぞ入って、たしかめてつかあさい」

どっと入ってきた男たちは、若者ばかりだった。町方なのだろう。この暑さに手拭いを巻いて、髷も顔も隠している。

喜多は、男たちの望むまま、帳簿や米蔵を見せ、それぞれに幾らかの米を持たせて帰らせた。吉之丞の店や仲間の米屋にも人をやり、手向かいをしないように伝えさせたので、南町で荒らされたり火をかけられたりしたところはなかった。

頼みにしていた下横目がやってきたのは、男たちが去った後だった。

さすがに懲りたらしく、米屋の寄合ではようやく米値を下げた。

「あねさまの言う通りになったと、誇らしゅうてなりませんでした」

寄合から戻った富三郎は頰を染めてわらった。

慶応三年も半ばを過ぎて、やっと實が土佐に戻った。喜多は喜びを隠せなかったが、實は文と同じく、退助のことばかりを話す。

「退助さまは、世を改めるためには倒幕挙兵しかないと、江戸も京もなく東奔西走されてのう、水戸浪士を匿《かくも》うたり、薩摩藩の西郷吉之助《さいごうきちのすけ》さまと密かに約定《やくじょう》を交わされたりされたばかりか、このままでは、ゆくゆく容堂公も薩長の陣門に馬を繋いで従うことになるとまで言うて容堂公に命懸《いのちが》けの進言をされたが、容堂公はまたしても倒幕に踏み切られんかった。志半ばで帰ることとなって、悔しがっておられる」

退助らしいと喜多は苦笑した。

「けんど退助さまはあきらめておられん。西郷吉之助さまにひきあわせてくださった中岡慎太郎《なかおかしんたろう》さまは残り、不免俗組でほたえて回りよった坂本龍馬さまも、土佐を出られた後藤象二郎《ごとうしょうじろう》さまと組んで飛ぶ鳥を落とす勢いじゃ」

とめからも龍馬の話はよく聞いていたが、後藤象二郎の名も今や天下に響いているそうで、保弥太と呼ばれたころの悪童ぶりを知るのは自分くらいだと實はわらった。

「退助さまは土佐でご自分にできることをされるおつもりじゃ」

實の言葉通り、大目付で仕置格《しおきかく》となり、軍備用兼帯《ぐんびようけんたい》を命じられた退助は、土佐の兵制《へいせい》を一新すると豊範公を動かし、士格をすべて西洋式の銃隊にするという、これまでにない指令を出させた。

「関ヶ原以来、鉄砲を足軽の用具と蔑《さげす》んじょった士格はみな仰天して、こぞって反対されたがのう、見事、押し通された」

一旦は下がった米の値も、不穏な世情にじわじわと上がり続け、借銭《しやくせん》が滞《とどこお》って、この盆を越すのが難しい家が多かった。ところが奇妙なことに、南川原には、夕暮れに涼みと言って城下近在の人たちが遊びに集まるようになった。

日に日にやってくる人は増え、七ツを過ぎるころから、日傘を差した人たちが、川原べりの喜多の家の前を、ひっきりなしに行き過ぎる。城下では盆踊りすら固い禁制で、郷士でも日傘は禁じられていたのに、誰もとどめる者がいない。土佐も終わりだ、いよいよ公方様の世も終わりだと噂され、世変わりを望む者たちが評判を聞きつけて、また川原に集まる。

喜多も賑わいに誘われて、實と出てみると、川には無数の舟が浮かび、川原もいっぱいの人で、その人出を見込んでの夜店が並ぶ。

「天晴《てんせい》ぞ天晴ぞ。安うにするぞ」

餅売りが、誰彼なしに声を掛けていた。

「天晴ぞ。もっと安うにせんか」

餅の値を聞いた尻ばしょりの鳶《とび》の若者が、餅売りに掛けあう。

慶応が天晴に改まったという噂は、どこからともなく広がっていた。

昨年は公方様と天子様が相次いで亡くなり、わずか十五のお世継ぎの天子様が即位されたというので、もっともらしい噂ではあった。これまで改元のたびにあった藩庁からの達しはなく、浦分や山分ではともかく、城下ではすぐに流言飛語だとされたが、天晴の名が持つ明るさは、この不穏な世相にあって好ましく響いた。

「えらい騒ぎや。天晴らあて、改元らしてないいうに」

このごろでは、改元はなかったと知りながら、あえて天晴を口にする者が多い。餅売りや値切りを求める客の声には、今にも新しい世がやってくるかのような期待があった。

公方様だろうが天子様だろうがどうでもよかった。庶民は世変わりを求めていた。

それも、天晴の響きに象徴されるような世に世変わりを望む者たちは、あえて石灯籠や絵馬に天晴を刻みこみ、書きつけて、奉納した。

無数の行灯桃灯《あんどんとうとう》の光は、川面と川原を埋めつくし、天の川さながらだ。

町方には禁制だったはずの豪奢《ごうしゃ》な呉絽覆綸の帯を締め、大の大人たちが京踊《きょうおど》りと称してそれぞれ前の者の肩に手を置き、何人も何人も連なって列をつくり、のめのめと川原をのたくって踊っている。幼いころに路地で遊んだ、のえくりと変わらない。

「どういて藩庁はこれを止めんろう」

「これだけ集まっては止めようもない。それに、藩庁はもう、それどころやないき」

實はわらった。

「だいたい、軍備を任せられちゅう退助さまに止める気がないがやき。退助さまは、民のこの騒ぎを世変わりの前触れじゃと喜びゆう」

實はそう言うと、節をつけて低く唄った。

とっさん　かっさん　薩摩さん　一ツ橋《ひとつばし》では飯《まま》食えぬ

「なあに、その唄」

「京で流行りよった戯《ざ》れ唄《うた》じゃ。一ツ橋ではいかん。土佐、加賀、薩摩が頼みじゃ言いゆう。倒幕を期待する声が高まっちゅう証拠じゃ。退助さまの望む世変わりは近い」

京から戻ったばかりの實の言が、喜多にはうらやましかった。

「實さんはええねえ。京じゃ江戸じゃいうてあちこち行けて」

「退助さまの志が通って、世が変わったら、みなどこへでも行けるようになる。そのときは案内しちゃるきに」

實はそう言うと、喜多の手を握った。

夜の闇に、見とがめるものは誰もいない。

川原では天晴じゃという声に交じって、世直りじゃという声も聞こえる。のえくり餅だの世直り餅だのが飛ぶように売れている。

あくる日の商売も勤めもさておき、借銭も身すすぎの苦労も忘れ、踊り興じる人たちの姿は、たしかに、世が変わりつつあることの表れとしか思えなかった。


「すまんが、しばらく留守にする」

十月も半ばを過ぎた冷たい雨がしょぼ降る中、汗をかいて帰ってきた實はそう言うと、荷物をまとめはじめた。

大政が朝廷に奉還されたばかりだった。後藤象二郎らが出した建白書《けんぱくしょ》が、幕府に格別の恩義のある容堂公の建白として慶喜公に容《い》れられ、とうとう戦なしに世変わりが成ったと大騒ぎになっていた。そしてすぐに、退助の役職はすべて取りあげられた。挙兵による討幕を目指していた退助は、藩政から追放されたのだ。

「退助さまが土佐藩邸に匿《かくま》っちょった水戸藩士へ送った文が暴かれた。暴いたがは藩政をまかせられた寺村左膳さまじゃ。退助さまのお立場がいよいよ危《あや》ううなった」

實は喜多に背を向けたまま、早口で言った。竹馬《ちくば》の友であった後藤象二郎に建白書を出されて討幕挙兵を阻まれたばかりか、今また寺村左膳にまで裏切られたのだ。喜多は實の広い背中をみつめながら、退助の無念さを思った。

「いつ武市さまと同じ仕儀になるかわからん」

實は身の回りのものだけ持つと、退助の屋敷に馳せ参じ、それきり、何日たっても戻ってこない。便りのひとつもなく、喜多は気を揉むばかりだった。

しかし、霜月十五日の夜になって、實は一月《ひとつき》ぶりにふらりと帰ってきた。

「もう大事ない」

昨日、守旧派の士格が大挙して出頭し、三十八人の連署を携えて藩主豊範公と容堂公に拝謁《はいえつ》させるよう迫ったらしいが、それは、江戸で水戸浪士を匿った退助の弾劾を求めるものだった。連署組と呼ばれるようになったこの三十八人は、退助に切腹を命じるよう藩庁に迫り、さらには兵を起こすらしいと大騒動になった。

在藩の乾組の面々が駆けつけ、退助の屋敷を警護した。乾組の同志や中岡慎太郎からはその命を危ぶまれ、藩を出奔することも勧められたが、退助は、すでに西郷吉之助と命を懸けて約束しているので、我が身の安全のために土佐を去ることはできないと断ったという。

連署組には、手習いに通っていたときからの同輩森復吉郎《もりまたよしろう》も名を連ねていて、その裏切りに實は気の毒がったが、退助は、あいつはおれに勘定で負けたもんじゃき、根に持っちゅうがじゃとわらっていたという。名こそ連ねていないが、裏では寺村左膳が関わっているらしい。

あと少し増やせば赤穂浪士《あこうろうし》と同じ数になったに惜しかったのうと、退助は、夜通し番をする仲間たちをわらわせていたという。小笠原唯八兄弟は槍を手にしてやってきたほどだったが、その夜は何事もなく過ぎた。

今朝になって、このままではおさまらぬと見た容堂公は、藩士一同を三の丸に召し、藩主豊範公とともに諭して聞かせ、これにより、ようやく連署組は鎮まったという。

「退助さまは容堂公に救われたがじゃ。乾は過激だが、国家のため、また主君のためにやっていることだから既に許してある、ゆえに構うなとおっしゃって」

左膳といい、復吉郎といい、幼いときからの朋輩に裏切られて窮地に陥らされ、さぞかし落ちこんでいるだろうと喜多は案じたが、實はわらって首を振った。

「退助さまは案外けろりとして、左膳は真面目一徹じゃきのう、黙っておれんかったがやろう、それぞれの志のためには致し方のないことじゃいうて笑《わろ》うておられた」

土佐で退助が命拾いしたこの日、京では坂本龍馬と中岡慎太郎が襲われ、龍馬は殺された。知らせが届いたときには、深傷《ふかで》を負ってなお二日生きていた中岡からの遺言も伝えられた。退助にあてたもので、腰抜けと侮《あなど》られる幕府の者にも、このように思いきったことをやる者が出る時勢、しかとご覚悟あれと言い、早くやらぬとこのようにやられる、実に無念だと嘆いて息絶えたという。

「龍馬さまはお亡くなりになる前に、土佐にお戻りになっておられたとか」

喜多は訪ねてきたとめに弔意を伝えると問うた。

その際の退助との会談では、龍馬はかつての南川原の角力場での一件を挙げて、躊躇なく事をなす退助の潔さを讃え、倒幕を芝居に喩《たと》えてこの大芝居で最肝要の役は乾頭取《とうどり》とおだて、乾頭取の出番が遅れては、この天下の大芝居は成りませぬとその覚悟をたしかめてきたという。

もとよりそのつもりの退助は、馬廻二百石が不免俗組にええように使われゆうと口では嘆いていたが、まんざらでもなかったらしい。一方で龍馬のことをあいかわらず袴のひだも無《の》うて、墨も鼻汁《はなじる》も袴でなすくるき、汚《きたの》うて往生したと弱りきっていた。

「龍馬はわずか二晩うちに泊まったばあじゃった」

「せめて、最後にお会いできてよかったですね」

正式に出奔を許され、五年半ぶりに帰宅。しかも藩政に加わるどころか、日本国家をも動かすほどに立派になった弟を、さぞかし喜んで再会を祝ったことだろうと思ったが、とめは首を振ると唐突に言った。

「富貴が樹庵の子を生んでのう、菊栄《きくえ》いうて名付けられた」

稲とも親しかった女衆《おなごし》だ。祝いを述べていいのか迷う喜多に構わず、とめは続ける。

「正式な離縁が成ってなかったきに、菊栄は表向きはわたしの子になった。富貴はあくまで、この子はとめさまの子じゃと言い張ってのう、我が子を菊栄さまと呼びゆう」

実直《じっちょく》そのものの富貴らしかった。

「それやに龍馬は、わたしにおなごの道を守って、樹庵のもとに戻れと言うた。りょうに仮名で書かせた列女傳を読んでないがかとも言うき、わたしは業腹《ごうはら》にあんなものは焼いたと言うちゃった」

角《かく》な字が読めないとめのために、龍馬が妻のりょうにわざわざ女文字で書き写させて届けてきた列女傳を、とめに見せてもらったのはずいぶん前のことだった。見事な女跡《おんなで》で書かれていたことを思いだす。

「おまんはおなごの道を守れいうが、守った挙句がこれじゃ、わたしはもう、その道は行かんいうて、啖呵を切っちゃった。せいせいしたわ」

とめの離縁を止めるものはもういない。菊栄の初宮参りを終えると、とめは正式に離縁となった。

独《どく》と名乗り、戻る主のなくなった龍馬の離れに寝起きしていると、喜多に告げた。

「これからは独と呼んでくれるか」

「独さま」

改名はめずらしいことではなかったが、おなごはあまりしないものだった。

「わたしは、とめいう名が嫌いでのう」

とめや末という名は、子だくさんの家が、もうこれ以上子が生まれぬようにと願ってつける名だった。坂本家では兄の後に男子が生まれず、三人続いておなごが生まれていた。三人目のおなごの子であった独に、もうこれ以上おなごが生まれぬようにと願ってつけられた名がとめだった。

そしてその後に生まれたのが、龍馬だったのだ。

「龍馬は自分が生まれたがはわたしのおかげやと言うてくれて、わたしが自分の名を嫌うがもわかってくれてのう、龍馬だけはずっと、わたしのことをとめと呼ばんで、乙女《おとめ》と呼んでくれた」

「そうやったがですね」

「乙女と呼んでくれ言うたち、兄さまらは笑《わろ》うて取り合《お》うてはくれんかったけんど、龍馬だけはの」

独は涙ぐんだ。喜多は独が泣くのを初めて見た。

「優しい子じゃった。もうわたしを乙女と呼んでくれる人はおらんなった。ほんじゃき改めた」

喜多はそっと独の手を取り、何度も頷いた。

退助が訪ねてきた。

駆けてきたのだろう。この寒空に汗をかいていた。

人目をしのび、日暮れを待ったと言いながら、床《とこ》の前にどかりと腰を下ろした。

「實を借りたい」

喜多と實が座りもしないうちに、退助は切りだした。

「京で、事が成りそうじゃ。實に一働きしてもらいたい」

「戦《いくさ》があるいうことかえ」

喜多の問いに、退助は頷く。

「このたび、大政が奉還されたがに続いて、王政が復古するという大号令も下された。いよいよ天子様が政権を握られる。そうなれば、天子様のもとで新しい世が拓《ひら》ける。徳川に恩義がある容堂公は、ひとり将軍慶喜をかばわれたが、かばいきれんかったらしい。岩倉具視《いわくらともみ》と西郷吉之助はようやってくれた。将軍慶喜は官を辞し、領地をすべてお返しすることになった」

「ほいたら、徳川の世は終わりや。戦が起きるわけがないやいか」

「いや、徳川は侮れん。大坂城には慶喜と幕府軍が構え、京に入ろうと窺いゆう。会津《あいづ》藩も桑名《くわな》藩も従う。徹底的に潰しておかんとまた徳川の世に逆戻りじゃ。現に、坂本と中岡はやられた。火種を残したままでは、新しい世は拓けん」

喜多は、茶を持ってきた末に目で合図した。末は敷居際に盆ごと置いて、下がった。

「ほんじゃきに、戦を起こす」

退助は、立ちあがって盆から自ら茶碗を取り、そのままごくごくと飲んだ。

「これまでおれが面倒を見てきた浪士らが、薩摩藩邸を根城《ねじろ》にして、うまいこと江戸で騒ぎを起こし、煽《あお》りに煽ってくれてのう。堪忍袋《かんにんぶくろ》の緒が切れた幕府側の庄内《しょうない》藩と支藩の松山《まつやま》藩が、薩摩藩邸を焼き討ちした。京には薩摩藩、長州《ちょうしゅう》藩が構えちゅう。こっちでも最早《さいそう》、江戸に呼応して戦が起きるはずじゃ。新しい世のことを考えれば、土佐藩はここに加わっておかんといかん。そこで、實に京に行ってもらいたい」

　退助は座りなおすと、實と喜多を見据えた。

「京にはすでに土佐藩兵がおる。この日のために兵制改革で押しこんでおいた山田喜久馬が」

　喜多は山田の大きな顔を思いだした。退助の言うことなら、なんでも聞くだろう。

「それに、二川元助、山地忠七、北村長兵衛《きたむらちょうべえ》、吉松速之助《よしまつはやのすけ》」

「乾組のお歴々ですね」

「容堂公は徳川に歯向かうようなことはせん。あくまで薩長と会津桑名の私闘《しとう》に過ぎぬと戦が始まっても藩兵を動かさんはずじゃ。そこで實に行ってもらいたい。行って、山田らに、戦に加わるよう仕向けてくれ。いや、もし戦が始まらんかったら、いっそ、戦を仕掛けてほしい」

「容堂公の命《めい》を破るいうことかえ」

「そうじゃ。おれの命じゃと言うて。實が行けば、どんな文を送るより、おれの命じゃとあいつらにわかる。實のおれへの忠義を知らんもんはおらんきに」

　退助は實と喜多に頭を下げた。

「頼む。おまんしかおらんがじゃ」

　もったいないと實がまごつく。

「退助さまの願いでしたら、どのようなことでも。のう。喜多さん」

實はいつも、退助さまの恩義に報いたいと言っていた。喜多と一緒になることを許してくれた恩を、まだまだ返せていないと言う。今がそのときに違いなかった。

「喜多はあやめに会えんでおるそうじゃの」

實が喜多にかわって頷く。

「あやめが嫁いでからずっとか」

最後にあやめを見たのは、初子《ういご》の初宮参りのとき。あれからもう、何年たつのだろう。

「ふらふら出歩けんがやろう。あやめもまだ、跡取りに恵まれんでおるらしいし」

「文のやりとりもできんままです」

實が言い添えた。

「あんなに仲がよかったにのう」

退助は喜多をみつめて言った。

「跡取りもいらんで、喜多が会いたいときに、いつでもあやめに会えるような世にしちゃる」

退助は真顔で続けた。

「おれがこの世を変える」

喜多も退助をみつめた。

「手をこまねいて、世変わりを待っておれるか。徳川の世やち、戦で世変わりして始まったがじゃ。戦で打ち立てられた世じゃったら、戦で転覆もできるが道理じゃ。人が始めた世ながやき、同じ人であるおれが変えれんことはないろう」

退助は頭を下げた。

「實を貸してくれ」

喜多は首を縦に振ると言った。

「けんど、文はやっぱり書いたほうがええと思うよ」

ちがいないと退助と實はわらった。

退助の命を自ら文にしたため、旅装を整えると、夜が明ける前に、實はひとり旅立っていった。


慶応四年の年明けとともに、京の鳥羽伏見《とばふしみ》において、旧幕府軍と薩長土肥《さっちょうどひ》の軍が戦を始めたと、城下は大騒ぎになった。

「山田らがようやってくれた」

退助は片岡健吉を伴ってやってきた。實は京に上ったまま、まだ戻ってこない。

「實のおかげじゃ」

退助は相好を崩す。

「容堂公が決して加わるなと厳命してあったのを、實のおかげで、山田も吉松も小隊を率いて参戦してくれた。御所を警護しよった二川も山地も加わってくれたし、北村も砲兵を動かしてくれた。これからおれらも迅衝隊《じんしょうたい》いう隊を組み、容堂公も折れたきにのう、晴れて土佐藩挙げての出陣となる」

「乾さまが率いるいうて評判じゃ」

「京の容堂公の周りは幕府大事の佐幕派《さばくは》ばっかりでのう、ほんまは、乾だけは絶対に京に上らせるなと使いの谷守部に命じたらしいが、知るものか」

「まさか谷さんが退助さんのお味方とは思いもしてないがでしょう」

健吉と退助はわらった。

「総督は組頭の深尾丹波さまじゃ。あいかわらず、おれに頼りきりじゃきに、おれは迅衝隊大隊《じんしょうたいだいたい》司令《しれい》をまかされた」

退助が胸を張る横で健吉が苦笑する。

「まかされたというよりは、退助さんはご自分でなられたがです」

「おれが行かざったら、佐幕派は山田らを容堂公の命に背いたと切腹させるろう。なんとしても、あいつらが切腹させられんうちに、おれが上京せんといかんがじゃ」

仲間思いの退助らしかった。

「どうせじきに容堂公もおれに感謝する。おれのおかげで、容堂公は薩長の陣門に馬を繋がんですんだわけじゃきにのう」

退助は呵呵とわらった。

「谷守部は小軍監《しょうぐんかん》にしたし、健吉は右半大隊司令《みぎはんだいたいしれい》にした。盛大働いてもらう」

健吉は頭を下げた。

退助の一の子分と見做されて、これまで逼塞《ひっそく》させられていた健吉にとっては大出世だった。

「福岡藤次さまや、後藤象二郎さまも一緒かえ」

退助は首を振った。

「あいつらは朝廷で大出世じゃ。人にはそれぞれ分《ぶ》がある。薩長を結んだ藤次も象二郎も戦よりか文《ぶん》で立つべきじゃ。特に藤次はかつて吉田東洋の許で海南政典《かいなんせいてん》を作ったやつじゃ。世変わりともなれば、新しい政典もどんどん作らんならん。おれにできんことを朝廷でやってくれるはずじゃ」

「實さんは戻《も》んてくるが」

「それが頼みながじゃ」

退助は座りなおした。

「實は今、京におる。實をもうちっと貸してほしい。あの剣の腕は頼みになるし、知恵も借りたい。おれも司令ともなれば、いろいろと、のう、せんといかん」

退助は言葉を濁した。退助が無筆《むひつ》であることを知らない健吉を憚ってのことだと喜多は察した。

喜多はうつむいた。士の家に生まれていたなら、健吉の妻のように名誉と喜んで送りだすところなのだろう。でも、喜多は町方の娘だった。

「武家奉公人でありながら、主君の出陣に加わらんとは」

即答しない喜多を、健吉が見かねて口を挟んだ。

「ええ、黙っちょれ」

退助は健吉を制すると、頭を下げた。

「頼む、喜多」

驚く健吉の前で、退助は重ねた。

「この徳川の世を終わらせる。生まれで何もかもが定められちゅうこの世を変える。そのために避けて通れん道じゃ。必ず返すとは約束できん。今度ばかりは返せんかもしれん。地下浪人《ぢげろうにん》の子に生まれたせいで、おれなんぞに仕えんといかんなった實にも、その命を懸けてもらいたい」

地下浪人ということは、もとは士で、なんらかの事情でその身分を失って地下《ぢげ》で暮らしていたということだ。

「退助さまに仕えれて、實さんは仕合わせじゃと思うよ」

思わず喜多は言った。

わたしのような町方のおなごにも、こうして頭を下げてくれる退助。きっと、退助なら、この世を変えられる。

「わたしも懸けます。退助さまに」

「おれも命を懸ける。政野は二人目の子を身籠《みごも》っちゅうが、またおなごが生まれるかもしれんきに養子を取った」

喜多が言うより先に、健吉が祝いを述べた。

「おれより七つも下のくせに、おまんとこはもう長男が生まれたきのう。けんどこれで、もし、おれが死んでも、その養子が兵と一緒になって、乾家を残してくれる」

生まれで定められ、家の軛《くびき》から逃れられないのは、退助自身だった。

「實は果報者《かほうもの》じゃ」

喜多から目をそらしたまま、退助はわらった。

間もなく、迅衝隊出陣を迎えた。致道館《ちどうかん》に集まった迅衝隊は、家老深尾丹波を総督に頂き、本町筋を進んできた。まずは旧幕府に与《くみ》したままの高松城《たかまつじょう》攻めだという。

退助の率いる迅衝隊は士だけの隊ではなかった。六百人を超える隊士の服装はまちまちで、筒袖こそは着ているものの、上には常着《つねぎ》の者も、ぶっ裂《さ》き羽織《ばおり》の者もいる。下も隊服らしい洋装の者もいれば、袴の裾や羽織の袖を切っただけの格好の者もいた。それでもみな、鉄砲だけは背負っている。槍《やり》は一本も見えない。

普段は田畑を耕す郷士や地下浪人も共に隊士となって出陣すると評判だった。その顔はいずれも意気揚々と誇らしげだったが、これからの戦の苛烈《かれつ》さが予想されてか、顔色は妙に青白かった。

喜多は人夫《にんぷ》が多いのに驚いた。町内からも加わり、隊士と変わらないほどに多くの人夫が荷を運んでいる。参戦する民兵《みんぺい》として山分や浦分から加わった者たちも少なくなかった。軍功を挙げれば、二本差しで馬に乗り、禄《ろく》を食《は》む身となれるのだ。

見送りの人は多かった。

「士やろうと無名の者やろうと区別なく、一人前につき三両二分も下されたらしいぞ」

周りの人たちは口々に噂する。

「浅井は一万三千両も献金したらしいぞ」

「要法寺は三百両いうて」

莫大となる御軍用金《ごぐんようきん》の不足を補うためにと、極小貧窮《ごくしょうひんきゅう》にかかわらず、城下のすべての家に五匁《もんめ》の調達銀《ちょうたつぎん》が課されていた。喜多の家ではそのうえに十両を出していた。

「割付銀《わりつけぎん》が出せんかったら田地召し上げじゃいうき、貯えちょった米を売って銀を構えたきに」

「けんど、それで世が変わるなら、惜《お》しゅうはない」

「まっことじゃ」

退助はいかめしい洋服を着て、馬に乗ってやってきた。後ろには右半大隊司令をまかされた片岡健吉、小軍監の谷守部が控えている。

「乾さまじゃ」

「乾組の天下となったのう」

「百姓まで取り立てるがは乾さまの差配らしいの」

「門閥派には思いもつかんろうのう」

「戻《も》んてきたら、わしの子やち士じゃ。ありがたいのう」

喜多は周りの声を聞きながら、しみじみと思っていた。

誰がそんなことを思いつくだろう。町方にまで銀を出させ、民兵や郷士にまで鉄砲を持たせ、参戦するとは。

尋常ではない道を選ぶのが退助らしかった。

五匁を用立て、夫を、父を、息子を、孫を征《い》かせ、世変わりを望む人たちは、退助を一心にみつめ、その背中を見送った。


迅衝隊が発ってほどなく、公方様からではなく、天子様からの初めてのお触れが出た。

喜多はさっそく、末を供に山田町の高札場《こうさつば》へ出かけた。

風雨にさらされて黒ずんでいたこれまでの高札はすべて引き抜かれ、白木の真新しい高札が立っていた。太政官《だじょうかん》という見慣れない名が黒々と目立つ。これから幕府の代わりに政をする朝廷の人たちのことらしい。

退助と實が命を懸けた天子様は、一体どんなお触れを出したのかと期待して見上げると、人たるもの五倫《ごりん》の道を正しくすることをすすめ、人殺しや放火、泥棒を戒めたりと、至極《しごく》あたりまえのことが書かれていた。切支丹禁制《きりしたんきんせい》も従来通りだ。

「天子様の御世《みよ》も、徳川の世とあんまり変わらんいうことですかねえ」

末の言葉はもっともだった。朝廷にいるという福岡藤次も後藤象二郎も、一体何をしているのだろう。

高札のある広小路《ひろこうじ》を戻りかけると、独がカキノテの路地をやってくるのが見えた。

「独さま」

思わず声を掛けたが、独は見慣れないおなごを連れていた。堅い身なりながら、日傘を差し、なんとも垢抜《あかぬ》けたおなごだ。

独は供の男衆《おとこし》に合図し、おなごと先に行かせた。喜多が頭を下げると、おなごはちょっと顎をしゃくっただけで行き過ぎた。武家のおなごらしい。

「お連れさまがありましたのに、大変失礼をいたしました」

「かまんかまん。あれは、龍馬の妻でのう、りょういうて」

「あの、京の」

「変わったおなごでのう、人斬《ひとき》り以蔵《いぞう》のおった獄舎《ごくしゃ》が見たいいうきに、連れてきた」

結局、吉田東洋暗殺の下手人はわからないままで、武市半平太は腹を切らされ、武市の勤王派に加わって世を騒がせた岡田以蔵だけは打ち首になり、雁切橋にさらされた。岡田がしゃべったせいで五人も捕まり、人斬りと騒がれた割には見かけ倒しで、武市にも日本一の泣き虫だと呆れられたそうで、岡田の評判は地に落ちた。

一方で、長い獄舎暮らしで弱っていたにもかかわらず、見事三段に腹をかき切った武市と、牢に入れて最後の対面をさせようとした牢番の計らいを断った武市の妻は、それぞれ武士の鑑《かがみ》、妻女の鑑として、あっぱれとその名を轟かせたものだった。

「勤王派の者らが龍馬の妻がおるいうて訪ねてきて、騒がしゅうてならん。兄さまがうるさがって折り合いがわるいきに、わたしが連れだしちゃるがじゃ」

独は、その格好のいい後ろ姿に目をやりながら言った。

「身寄りが無《の》うてのう、龍馬の命の親やきに、兄《あに》さまも義姉《あね》さまも喜うで引き取ったがやけんど、二言目には龍馬、龍馬言うてのう。兄さまにしたら、龍馬を笠に着るような物言いが気に入らんがじゃ」

りょうの日傘は堀川べりの獄舎に向かって遠ざかる。

「わたしも、わたしが龍馬にほしい言うていくらねだってもくれざった短銃を、りょうが持っちゅうがを見たときは、心中穏やかではおれざった。けんど、あの娘《こ》は龍馬の妻いうことで京にはおれんで長崎におったばあ、命の危険があったがやなあと思うて。今やち、幕府側からしたら龍馬も龍馬の妻も気に入らんろう。目立つ娘やきに、高知やなしに、在所《ざいしょ》にやったほうがええかもしれん。鉄砲は肌身離さず持っちょれ言うてある」

独は真顔で続けた。

「そもそも、わたしはお仁王様やきに、鉄砲はいらんかったがじゃ」

末は吹きだしそうになって口を押さえた。喜多がわらうべきかどうか迷っているうちに、話は進む。

「なかなかおもしろい娘でのう、あの高札も思案橋《しあんばし》で見て、龍馬はこんなことに命を懸けたがやない言うてのう。龍馬が読みよった万国公法《ばんこくこうほう》も見せてくれた。さすが龍馬の妻だけある。なかなかさばけた娘じゃ」

独は目を細めた。下に弟しかいない独には、りょうが妹のように思えるのだろう。独が姪の春猪を可愛がって、始終連れていたのを思いだす。その春猪はもう、二人の子の母親だという。

「けんど、兄さまは坂本家をどうするか悩み抜いてのう、りょうに当たるがじゃ。春猪の子は二人ながらおなごやし、兄さまがなんぼ後添《のちぞ》いをもろうても子はできんし」

「それは、りょうさまも居づらいでしょうね」

「これで男児でも授かっちょったら話が違《ちご》うたろうけんど」

独は嘆息した。

「弟ながら、わるいがは龍馬じゃ。命の危険があるがやったら、妻なぞ持つべきやない。それでも得手《えて》勝手《かって》で妻を持ついうがなら、自分が死んだ先の道を構えちゃらんといかんかったがじゃ」

独はよほどに腹に据えかねているらしい。

「かわいそうに、あんなにきれいな娘じゃに、龍馬の妻じゃいうたら貞節を守れいわれて、再嫁《さいか》することもできん。武市さまの妻も子がなかったが貞節を守りゆういうて引き合いに出されるが、里があるがじゃ。わたしじゃち里がなかったら、出戻る先がなかった。いつまであの娘を庇《かば》うてやれるかもわからん」

獄舎を見て気がすんだのか、りょうが男衆を連れ、引きかえしてきた。土佐に似合わぬ白い顔は、日傘の下で輝いていた。

「里も身寄りもないおなごがどうやって生きていったらえいがじゃ」

独はぽつりと言った。

「貞節で飯は食えん」


人夫として従軍した町内の若者が、砲火《ほうか》に片手を失って帰国した。荷役《にやく》を担《にな》うだけで戦うわけではないからと送りだした親兄弟の嘆きは大きかった。砲火は藩兵も民兵も人夫も区別しない。手足を失っても帰国できた者はまだ仕合わせで、亡くなった者は戦地で埋められ、土佐に戻ることはないという。

實と退助の身を案じる喜多に、進軍の様子は噂で伝えられた。

出陣した一月のうちには、天子様から錦《にしき》の御旗《みはた》が下賜《かし》されたことで迅衝隊は官軍《かんぐん》となり、高松城は一戦交えることもなく無血開城されたという。決断しかねていた容堂公も、鳥羽伏見で戦が始まってからは、二百年来の徳川への恩は報いつくしたと断じて、ようやく肚《はら》を括《くく》ったらしい。

その翌月には関東への進軍が決定し、退助は諸藩の兵を指揮し、迅衝隊は東山道を行く先鋒となった。

三月になると、迅衝隊は、信玄《しんげん》公以来の忠臣が待つ甲府をまずおさえるべしと甲府城を目指した。そして甲州《こうしゅう》勝沼《かつぬま》での合戦で大久保《おおくぼ》剛《つよし》の率いる甲陽鎮撫隊《こうようちんぶたい》を下し、見事戊辰の東征の役の最初の勝利を挙げたと伝えられた。敗走した大久保剛は実のところ新撰組《しんせんぐみ》隊長近藤勇《こんどういさみ》で、捕えられ、梟首となったという。

喜多はひとり、噂だけを頼みに夏を越した。りょうの行く末を案じる独の思いは、人ごとではなかった。自分も實を失って、いつ独り身となるかわからない。西村屋がなければ、頼りない身の上であることは同じだった。

昨夏はあれほど賑わった鏡川の川原も、閑散としたままだった。涼しい風の吹きはじめた夕暮れ、留守を守って隊に加わらなかった宍戸直馬が訪ねてきた。政野がやっと、退助の惣領を生んだという。

「退助さんは大変なお喜びで、鉾太郎《ほこたろう》という名をつけられました。實さんも無事でおるとのことで、お伝えに参った次第です」

「おおきに、ありがとうございます。何より安堵しました」

ほっとしながら、喜多はわらった。西村屋でも、冨が初めての子を身籠り、出産を控えていた。

「退助さまは今はどちらに」

「日光《にっこう》を占領された後、いよいよ奥州《おうしゅう》に入られました。甲府では、乾家の先祖が信玄公の宿将《しゅくしょう》武田二十四将の一人、板垣駿河守信形《いたがきするがのかみのぶかた》ということに因《ちな》み、板垣と姓を改めて甲府の人心を摑まれて。お味方に加わりたいという者があまりに多いので、断金隊《だんきんたい》という新たな隊までできたほどで」

その評判は喜多も聞いていた。

「日光では徳川家の墓所《ぼしょ》とはいえ神廟《しんびょう》であるからと戦場にすることを避けられ、評判を高めたそうです。棚倉《たなぐら》、二本松《にほんまつ》と落とされて、三春《みはる》城は降伏開城させたとのこと。なんでも、三春ではお味方となる者が、それも町方らが中心になって上を説得し、戦いを免れたとのことで、多数が断金隊に加わったと聞きます」

兵とは詭道なり。まさに退助がそらでおぼえた孫子の兵法通りの進軍ぶりだった。

直馬は懐から書を二冊出して、喜多に差しだした。表紙には太政官日誌とある。高札場で見た名だ。

「京ではすでに天子様の御世が始まっておりまして、このような書が出されております」

一冊を開くと、冒頭に山田町の高札場にあった触れが書かれていた。

「それは二冊目ですき。庶民向けの高札です。こっちを先に」

もう一冊を差しだした直馬に促され、めくり読みする。天子様の許での政について、日を追って書かれている。二月の項には、参与として後藤象二郎、福岡藤次の名が挙げられていた。

驚きながらめくっていくと、御誓文《ごせいもん》の御写《おうつし》として、庶民という文字が飛びこんできた。

「ひろく会議を興し、万機公論《ばんきこうろん》に決すべし。上下心を一つにして、さかんに経綸《けいりん》を行うべし。官武《かんぶ》一途《いっと》庶民《しょみん》に至るまで、おのおのその志《こころざし》を遂《と》げ、人心をして倦《う》まざらしめんことを要す」

読みあげる声が震えた。

会議でなんでも話しあって決める。身分の上下にかかわらず、心を一つにして、豊かに暮らす。役人も武士も庶民も、それぞれが自分の望むように生きられるようにする。

天子様が天地神明に誓うという体裁を取ってはいるが、案を考えた者がいるはずだ。喜多の脳裏にふと美しい横顔が浮かんだ。ここにも名の挙げられている福岡藤次は朝廷にいると聞いていた。退助と思いを同じくする藤次も関わったのではないだろうか。

「天子様の御世は、公方様の世とは違うがですね」

直馬は大きく頷いた。

「ほんじゃきにこそ、退助さんが命を懸けておられるがです。藤次さんも象二郎さんも。それぞれの場で力を尽くしておりよります」

そして、實も。

「佐幕派の連署組は一掃されました。首魁《しゅかい》の野中太内《のなかたない》は幕府への忠義を貫き、従軍を拒んで容堂公に自刃《じじん》を命じられ、切腹しました」

昨年の暮れ、退助が御役御免《おやくごめん》となっていたときには誰が想像しただろう。切腹していたのは、退助かもしれなかったのだ。

「また、すでに寺村左膳らそのほかの連署組の面々は、退助さまのご上京と入れ替わりに帰国を命じられ、役を免じられて、重い処分を受けております」

寺村左膳は、そのやり方こそ異なったが、盛ん組からの仲間で、目指すところは退助と同じであるはずだった。直馬の声に喜びはなかった。

「これで退助さんが戻られたら、土佐は乾組の天下です」

「もう乾やないですけんど」

喜多の言葉に直馬が苦笑した。

「たしかに。あの方はほんまに、ご自分の姓名にすら拘《こだわ》られん。こっちは乾さんやと思うて従いゆうに今度は板垣さんやいうて。やっと望みを得られたかと思えば、もうその先を行かれる」

「退助さまのことやき、土佐に戻《も》んてこんかもしれませんね」

「それは困ります」

わらいあいながら、本当にそうなるかもしれないと喜多は思った。退助の志は、土佐一国でおさまるようなちっぽけなものではない。

「ただ、これからが正念場となります。徳川についた奥羽越列藩《おううえつれつぱん》は同盟を組んで、官軍の進軍を阻《はば》むでしょう。なかでも会津藩主は忠臣で名高い松平容保《まつだいらかたもり》。容堂公同様に幕府に恩義のある身。易々《やすやす》とは通さんでしょう」

直馬を見送った後の空を、烏が啼きながら飛んでいく。

生きてさえいてくれればいい。

實さんと退助が、この空につながる空の下で、生きてさえいてくれればいい。

烏の啼き交わす声が、鏡川に長く響く。

そして、新しい世でともに生きられたら。

喜多は願った。

その日は朝から雨が降っていた。

頼んだ産婆は、産屋《うぶや》とした納戸《なんど》に入ったきり、出てこない。冨にとっては初めてのお産だ。棺桶に片足をつっこんで生むといわれているだけに案じられてならず、何かできることはないかと喜多は奥へ入り、納戸の戸を開けた。

その途端、産婆が鋭い声を上げた。

「入らんでつかあさい」

喜多がびくりとして敷居際に立ちすくむと、産婆は続けた。

「石女《うまずめ》が産屋に入ったら、産《さん》をせんようになる。出ていてつかあさい」

喜多はとっさに戸を閉め、納戸を離れた。

嫁《い》き遅れた上に婚礼を挙げて五年、子に恵まれない喜多は、それでもこれまで面と向かって石女と言われたことはなかった。

わたしも冨三郎も生まれた納戸なのに。

とはいえ、妄言《もうげん》だと断《だん》じて押し入るほどに、喜多は思い切れない。気づいてみれば、もう、帳場以外に喜多の居場所はない生家だった。

「えらい長《なご》うかかるけんど、どうながぞ」

「まだかかるみたいな」

帳場に戻ると、不安げな儀平に問われ、喜多は何事もないような顔で答えた。今の今、産婆に言われたことを、どう受けとめていいかわからなかった。

帳場に腰を落ちつけてしばらくすると、赤子の泣き声が響いた。

男子だった。

学問に疎《うと》い儀平と冨三郎から、跡取りの名付けは喜多に託された。

新しい政《まつりごと》が始まると宣《の》べられた年に生まれた子に、ますますこの政がひろまることを願って、喜多は宣政と名付けた。

両親や喜多の名に因まなくていいのかと儀平には問われたが、富も喜びも、よい政あってのことだ。

雨は夜になっても降りやまなかった。


朝から晴れて、雪と見紛うほどに霜が降りた日だった。

炬燵から離れられないでいた喜多の耳に、末の頓狂な声が響いた。

「おおの、たまげた」

やっと取次《とりつぎ》に出ると、霜月の風とともに見慣れぬ二人が玄関に入ってくるところだった。

「異人かと思いました」

迎えた末が言う。喜多も、あまりに驚いて言葉が出なかった。

實と退助だった。面《おも》やつれした二人は洋装で、しかも髷を切っていた。九月に奥州会津城を落とし、奥羽越列藩も帰順《きじゅん》して江戸へ引き上げ、江戸から蒸気船での帰国だという。

「約束通り、實を返すぞ」

さっぱりした頭で、退助はわらった。

「實を無事で帰さんと喜多にどつかれるきのう」

「ようご無事で」

喜多は万感を込めて實を見上げた。度重なる戦を勝ち抜いてきたことは、尋常のことではなかったはずだ。

「また手柄話《てがらばなし》をしに来る。盛大、再会を喜べ」

退助は言い捨て、帰っていった。

格子を閉《た》て、末が湯の準備に下がると、實はやっと口を開いた。

「喜多さん、文も無《の》う長いことひとりにして、すまんかった」

「無事に戻《も》んてきたきに、許しちゃる」

生きてさえいてくれればいいと思っていた。もう会えないかもしれないと、東征の噂を聞くたび、幾度思ったことだろう。

喜多は髷をなくした實の頭に手をやった。短い髪の毛は喜多の指の間からさらさらとあふれる。

「もう慣れたけんど、初めは妙に頭が軽うて、もの足りんような気がしたもんじゃった」

わらいながら洋服を脱ぎはじめた實の左肩には、紫色に膨れあがったひどい傷痕があった。

「これは、刀傷かえ。えらい怪我をしちゅうやいか」

喜多がそこに触れる前に、實ははっと身をそらせ、右手で傷を隠した。

「弾がかすめただけじゃ。大事ないき」

医師も従軍していたというが、戦場《いくさば》で碌な手当も受けられなかったのだろう。實の大きな手でも覆いきれていない傷は、よくぞ腕が動くことと思うほどに痛々しく、触れることも憚られた。

「大事ないことはないき。早《はよ》うに診《み》てもらわんと」

「もう刀も持てるき、案じるに及《よ》ばん」

戦場を知らない喜多は、初めて戦場での生々しい傷を見て、うろたえずにはいられなかった。實の体に刻みつけられた傷痕は、戦とはこういうものだと喜多に訴えていた。頭ではわかったような気になっていたものの、自分は何もわかっていなかったと気づかされる。

刀がひらめき、弾の飛び交う戦場を、辛くも生きのびて、よくぞ生きて帰ってきてくれた。

「よう戻《も》んてきてくれた」

喜多はその傷ごと、實を抱きしめた。


江戸は東京となり、年号が明治に改まったと廻文が回った。

孝明天皇が亡くなって天子様が代替わりしてから二年、やっと世が改まった。昨年あれほど騒がれた天晴をいう者はなかったが、あの騒動は世の改まりを求めた庶民の示威《じい》であったことはまちがいなかった。天晴に押されてようやく、世は明治と改まったのだと喜多は思った。

致道館では、豊範公が戊辰の役から凱旋した兵二千五百人ばかりを残らず迎えた。戦死した土佐の将兵は百人を越え、併せて慰霊が行われた。その後は無礼講ということで、飲み次第、食い次第、そして暴れ次第となり、酔《よ》うたんぼが火の見に上がり、鐘を打ち鳴らす騒ぎもあった。

「えらいにぎやかに騒ぎゆうことじゃ」

二人で要法寺を訪ね、戊辰の役の戦死者を弔《とむら》って手を合わせ、鏡川べりを戻りながら、實は人ごとのように言った。退助の従者の一人も戦死していた。實は言わないが、身を挺《てい》して退助を救ったことも一度や二度ではないだろう。鳥羽伏見の戦から参加し、会津の戦まで退助に仕え、あれだけのけがもした實こそ、あの宴席に連なるべきはずなのに、あくまで隠密として働いた實は参加しなかった。

日も暮れて、表を行く荷車の音も途絶えたころ、退助がひとりやってきた。

「許せよ」

「これは、乾さま」

末が口にする名をわらって訂正する。

「板垣じゃ」

「今宵は致道館でご祝宴のはずでは」

「おまんらと祝いとうて、抜けてきた」

言いながら、飲みもしない酒瓶《さかびん》を掲《かか》げ、にっと破顔する。

「おまんは一《いち》の家来じゃきのう」

感激のあまり言葉の出ない實に代わって、喜多が礼を言った。

「よう来てくれた」

「おう。甲斐の信玄公の宿将板垣信形の子孫板垣退助正形《まさかた》陸軍総督がまいったぞ」

退助は町方の小家《しょうか》の三和土《たたき》に立って、大仰《おおぎょう》な名乗りを上げる。喜多は吹きだした。

「えらい名になったもんじゃねえ」

「家老格じゃ。役領 知《やくりょうち》は七百八十石を賜《たまわ》り、家禄《かろく》二百二十石と合わせて千石じゃ」

「おめでとうございます」

實は目尻を拭って頭を下げた。跡取りがなかったために減らされた乾家千石の家禄を、十代目の退助が取り戻したのだ。喜多も手をついて頭を下げる。

「板垣信形の子孫じゃいうて」

「ほんまは知らん。昔から子孫じゃって言い伝えられゆうばあじゃ。そんなこと、誰にもたしかめられるわけがない。士と名がつけば、源平藤橘《げんぺいとうきつ》の四家にみな繋がる。ご隠居様じゃって郷士じゃってそうじゃいうが、そんな訳がない」

　不敵なことを言うなり、退助は高笑いした。

「たとえほんまやったとしてもうちは二代目が養子じゃき、おれは板垣信形と血は繋がっちょらん」

　言いながら退助は上がって、奥の座敷に腰を下ろした。

「甲斐では信玄公の人気は高いきにのう。信玄公からの偽の系譜も、盛大《せいだい》出回るお国柄じゃ。甲府攻めの前には一揆もあって人心は今の藩から離れておった。信玄公を慕う者が多うてのう」

「ほんじゃきにいうて、土佐ご入国から十代続いた乾の姓を変えるとは、誰が思いつくでしょう」

　手放しで褒める實に退助は言った。

「士は皆、忠義じゃの面目じゃのを重んじて身動《みじろ》ぎができんなるが、大事の前にはそんなものはこまいことじゃ。仕える主人一人に忠義を守って大事を失い、国を危うくするより、大事のためには、名じゃの忠義じゃのを捨てることも肝要じゃ。君公《くんこう》に仕えるより、天下に仕えよとでもいうかのう」

「太いことを言うのう。ほんで革名《かくめい》をしたがか」

「その上に、實が檄文《げきぶん》を書いてくれたきのう。あれで感激して、年を偽ってまで隊に加わらせてくれいう者が後を絶《た》たざった」

「退助さまのお人柄です。日光は焼き討ちを免れ、名将の誉《ほまれ》が高くなりましたし、三春でもお味方した者らが城主を説得してくれました」

「商人の子らがのう。河野《こうの》とかいうたか。あいつらのおかげで、三春では戦をせんですんだ。けんど、会津攻めはひどかった。おれがもういっぺん、名を変えれたらよかったがやが」

軽口にわらいかけると、退助はうつむいた。

「最初の合戦で唯八は死んだ」

退助は盃を置いた。小笠原唯八は盛ん節を唄って、先陣を切って死んだという。

「あいつは死地を求めておった。播磨屋橋のすりあいで助太刀してくれたときからおまんを見込んでおった言うて、野根山《のねやま》の事件では容堂公の命のままおれに代わって勤王派を断罪してくれた。おまんは世を変えるやつじゃき、おれが身代わりになって勤王派の恨みを買うちゃうと言うて《こ》」

退助に先んじて大目付に、そして大監察に抜擢された小笠原唯八は、退助が江戸へ出ることをむしろ勧め、送りだしてくれたのだという。その挙句の死で、唯八の弟も同じ日に戦死した。

「ほんまにむごい合戦でした。城主松平容保は最後まで、五層の屋根が波打つほど城がぼろぼろになっても戦《たたこ》うて。玉が尽きても撃ちこまれた玉を鋳溶《いと》かして撃ち返してこられて。まだ前髪立ちの若士やおなごまで隊を組んで戦《たたこ》うて」

「おなごまで」

「むごかったのう。幕府に義理立てしてあれだけの兵を死なして。けんど民はみな逃げだして、ひとりとしてともに城を守る者はおらざった。藩主を菩提寺に押しこんだときに、殿様にというて芋を持ってきた民がおっただけじゃ」

「二川さまがえらい褒められて。みなさまが民の忠心に感服しておられました」

「なにが忠心じゃ。殿様を守ったわけやない。戦が始まったら一目散に逃げて、戦が終わったきに芋を持ってきたがじゃ。一国におるがは士だけじゃない。もし会津の民が士とともに戦《たたこ》うたなら、会津城もむざむざやられることはなかったろう。こっちは士だけやのうて民兵も加えた隊じゃ。数も少なかった」

實は大きく頷いた。

「あのときは、おまんのおかげで命を拾うた」

實が左肩を撃たれたのも、会津での合戦で、退助をかばってだという。

「けんど、實には隠密として動いてもろうたきに、隊士としては褒賞を出せん。代わりに士族籍をやることにした」

「何をおっしゃいます」

驚く實に退助は続ける。

「これまでのおまんの忠義への礼じゃ」

「とんでもないことにございます。わたしは地下浪人の子とはいいながら、氏素性《うじすじょう》の知れぬ身。まして譜代《ふだい》の奉公人でもありません」

「實、おまんのためやない、喜多のために受けてくれ」

退助は實に頭を下げた。喜多は言葉を失った。

「士と生まれ、士という身分を仇《かたき》とも思う自分には、士という身分がどれだけ恨めしく、ほんでもどれだけ一身の助けとなるかを知っている」

退助は頭を上げると、實をひたと見た。

「おれに預けてくれちょったおまんの一生をおまんに返す。これが最後の奉公じゃ。これからはおまんの一生はおまんのものじゃ」

「退助さま」

實は涙をにじませた。

「けんど、ほいたら、これからは誰が祐筆をするがです」

實がいなくては、一日もお役目を務められないはずの退助だった。

「申田《さるた》に頼むことにする」

戊辰の役で退助の従者を務めた申田寅治《とらじ》という者にまかせるという。幡多の中村《なかむら》から出てきた若者で、兄が塾をしているだけあって能書《のうしょ》なのだという。

「ようそこまで、思いきってくださって」

實は声を詰まらせた。

「母上さまもおまんのことを案じておった。これでやっと後生《ごしょう》の父上さまも母上さまも安堵させられる。いただいた実名《じつみょう》も論語にちなんだ正躬やのうて正形に変えた」

退助は喜多に目を移すと、続けた。

「おれは孔子やのうて孫子でいく。板垣退助正形。退の字は同じでも、退《しりぞ》くがやのうて退《しりぞ》ける。父上さまが願《ねご》うたがとは逆じゃが、むしろ引かんで攻める。おれはいつか、正形をも越えて、無形となる」

微なるかな微なるかな、無形に至る。

「退助さまの望みの大きさにはたまげます」

實がわらった。退助もわらった。

「退助、あんたやったらなれる」

喜多はわらわなかった。

天子様は東京へ移った。退助は版籍《はんせき》を天子様に返す準備のため、年始の祝いもそこそこに上京していった。これから私塾を手伝ってもらおうと期待していた馬場辰猪も、慶應義塾《けいおうぎじゅく》の福澤諭吉《ふくざわゆきち》に教師にと請われて東京へ行ってしまった。

間もなく、薩長土肥四藩揃って版籍が奉還され、土佐藩は高知藩となり、藩主豊範公は藩知事となった。藩知事令は矢継ぎ早に出され、城下郭中でも士族でなくても駕籠に乗ることが許され、下駄履きや日傘の使用も正式に許された。

そして、廃仏《はいぶつ》の嵐が吹き荒れた。

御一新で、これまで混然一体《こんぜんいったい》だった神仏を分けよと触れが出て、仏教よりも軽んじられていた神《しん》道《とう》が隆盛した。天子様さえご先祖の供養を神式で行うようになったという。

土佐でも、寺は不要と打ち壊され、路傍の石仏《せきぶつ》の首まで打ち落とされた。

そもそもは、戊辰の役の前、戦に備えて梵鐘《ぼんしょう》を供出せよという触れから、廃仏は始まっていた。その後も折に触れて出された供出命令に、要法寺だけは従わず、現在の住職である日曇聖人《にちまんしょうにん》は、来た官吏《かんり》を追い払って九十日の日延《ひの》べをさせ、今度も結局逃れたと評判になっていた。

「廃寺《はいじ》にするなら、まずはこの日曇を斬ってからにせよと啖呵《たんか》を切ったらしいのう」

夕膳を前に、實が言った。その話は喜多も耳にしていた。

「えらい評判になっちゅう聖人さまやそうで」

町娘の喜多が通うのを許して学問を励ましてくれた聖人はもう亡くなっていた。

「とはいえ、梵鐘の供出は逃れたものの、結局、永代不断経《えいたいふだんきょう》が差しやめになったとか」

實と退助と過ごしていたとき、あの寺ではいつも経が響いていた。

「南学《なんがく》狂いの者らが廃寺をすすめゆうがじゃ。雪蹊寺《せっけいじ》も酷《ひど》うやられて、運慶《うんけい》と快慶《かいけい》の彫った仏像まで放りだされて雨ざらしになっちゅうらしい」

あやめの夫の山崎も、打ち壊しの官吏の手先になっているという。勤王派だったこともあって一時は逼塞《ひっそく》していたが、御一新で息を吹き返し、今は肩で風を切って歩いているらしい。

それならあやめも少しは出歩けるようになったかと期待したが、夫はますます石頭になって、女衆《おなご》を雇《し》い、あやめを囲い込んだままという。あやめからは文の一本も届くことはなかった。


庭の白梅が可憐な花を咲かせた。風に吹かれてくるその香りを楽しみに、喜多は寒さに耐えて障子を開けたままにしていた。

「息災じゃったか」

實とともに、縁側から上がってきたのは退助だった。喜多は思わずわらった。権大参事《ごんのだいさんじ》の福岡藤次はじめ後藤象二郎、守部から名を変えた谷干城《たてき》とともに、東京にあって高知藩大参事として藩政を握っているはずなのに、退助は変わらない。

供の者も退助の後をついて上がってきた。

「まあ、喜久馬さま」

喜多は思わず声を掛けた。盛ん組からの顔なじみの山田喜久馬の頭には、髷がなくなっていた。戊辰の役でも後生大事に守り抜き、決して落とさなかった髷が。

「遠州灘《えんしゅうなだ》で二日も足どめされまして、退助さんが断髪をすすめるもんですき」

喜久馬は恥ずかしそうにざんぎりの頭をなでた。広い額を髪が隠しても、なお堂々たる顔だった。

「ええ折じゃき、みな断髪してのう」

「退助さんがやれやれいうもんですき」

年配の男も一緒だった。

「これは奥宮慥斎《おくのみやぞうさい》じゃ」

高知で知らぬ者はない学者だった。奥宮もまた、船中で髷を落としたひとりらしく、しきりに頭をなでつけている。

「ちょんまげくらいでびいびい言いよってたまるか。世は変わるがじゃ。おまんらもどしどし変わっていかんといかん。士族等級制は政府から拒まれたき、かわりに人民平均《じんみんへいきん》の理《り》を出したぞ」

床にどっかりと座りながら、訝《いぶか》しむ喜多に、退助はわらって言った。

「おれは家柄やのうて、戊辰の役での功労者に報いとうて士族等級制を出したが、旧幕時代と変わらんいうことになってのう。人民平均いうがは、身分は無《の》うなって、みんな一緒いうことじゃ。これで、誰も、旧藩以来の家柄に囚われんでえぇなる。士族も平民も平等じゃ。ほんで誰でも札入れができて、参政の道が開ける」

「まだどの藩もここまで思い切ったことはやれてない」

「高知藩が率先して先鞭《せんべん》をつけたがです。追い追い、他藩も続くでしょう」

喜多は驚いて言葉もなかった。そんなことはこれまで聞いたこともない。

「起草したがは藤次と、この奥宮慥斎じゃ。二人がおれの意を汲んで、えいように書いてくれた」

「人民平均」

初めて聞いたその言葉を口の中で反芻《はんすう》する喜多を見て、退助はわらった。

「大久保《おおくぼ》と木戸《きど》と西郷らがおれに会いたいいうて来ちょったが、あいつらもたまげちょった」

大久保利通《としみち》、木戸孝允《たかよし》らに朝廷に迎えられた西郷隆盛《たかもり》が、命懸けで倒幕挙兵を誓いあい、ともに幕府を倒した退助もぜひ朝廷に加わってほしいと、わざわざ薩摩から誘いに来たのだそうだ。旧開成館で密談が行われ、諸藩を統制するため、兵力のない朝廷に、薩長土の三藩から御親兵《ごしんぺい》を出すことが決まったという。

「席上で、人民平均の理について問われてのう、ようあんな思い切った論を出せたもんじゃと、皆がたまげてのう。政府にも反対された階級制度からいきなり人民平均とは、たしかになかなか理解はされんろう」

戊辰の役をともに戦った谷干城でさえ、極端から極端に走る奴じゃ、血迷うて思考が決壊して洪水を起こす奴じゃと退助を批判しているという。

しかし、退助は、藩政を預かってすぐ、困窮する者を収容する貧院《ひんいん》を建てることを急務として寄付を募るほどに、人民を思っていることを喜多は知っていた。御一新で米の値は上がり続け、城下では困窮する者が多い。旧幕時代になかったことだが、士族も町人も賛同し、寄付は十七万両にも及んだ。能力に応じて職を与える授産院《じゅさんいん》と、貧家《ひんか》の子に読み書きを教える救護院《きゅうごいん》をも併《あわ》せ持つという話で、西村屋も寄付に加わっていた。

「ほいたら、あの藤次がのう、兄上の話をした。わたしの兄は歩みができませんいうて」

退助は藤次が言ったことを話した。

「けんど幼いころは兄の足が動かんことなぞ知りもせんかったらしい。兄が書見《しょけん》をしよる膝の中に入っては遊んだり、字を教わったりしよったらしいが、歩けん兄の足は温かかったそうじゃ」

喜多は、潮江天満宮で藤次と会ったときのことを思いだした。

「藤次はおれに賛同して人民平均の理を出してくれたが、それで、あの温もりをくれた兄にやっと報いることが出来申したいうて、改めて福岡孝弟《たかちか》と名乗ってのう。孝行な弟と書きますきいうて。

大久保らには、えらいゆっくりな元服ですのう言われてわらわれよったけんど、藤次はわらわれても動じんで、やっと一人前になり申したいうて」

藤次改め福岡孝弟もまた、家の軛《くびき》から逃れようとするひとりだった。

「坂本龍馬が襲われたあの日、坂本は福岡のところを訪ねてきておったらしい。それが、福岡が留守にしちょったもんじゃき、坂本は宿に戻《もど》んたそうじゃ。福岡は、自分さえ藩邸におったら、あの日、坂本が命を取られることはなかったろうにと悔やんでおったわ」

「何を話すつもりじゃったがやろう」

「当時は王政復古の先のことを話しよったそうじゃ。新官制擬定書《しんかんせいぎていしょ》を作りよったそうで、士も庶民も参議にするいうがは、もうそのころから決まっておったことらしいて、それが五箇条の御誓文に結実したがやろう。ほんで、坂本は自身も参議として、後藤と由利公正《ゆりきみまさ》の間に名を書いておったそうじゃ」

郷士身分で、幕藩体制のもとでは政治に参加できなかった龍馬らしい振る舞いだった。

そして、その志は、望みもしないのに家老一門の家に生を享《う》けた福岡孝弟も、長く家の期待に応《こた》えられなかった退助も同じだった。

宣政の後に生まれたのは、おなごだった。冨と冨三郎は、西村屋の繁盛を願い、米《よね》と名付けた。

それから一年して、冨はまた身籠った。米はまだ母恋しく、冨以外の者が抱くと泣く。冨は米の面倒にも追われ、加えてお産が続くせいか、床《とこ》に臥《ふ》せがちとなった。

呼ばれてきた産婆は冨の腹の子の様子をたしかめると、茶の間に戻ってきて、待ちかねていた冨三郎と儀平、そして喜多に言った。

「お腹《なか》のお子はよう育っておられますが、おなごの子に違いありません」

誰も何も言わなかったが、冨三郎の顔に落胆の色が浮かんだのを、喜多は見逃さなかった。

「どういて腹の子がおなごとわかるが。まだ生まれてもないに」

「そりゃあ長いことあても産婆をしよりますきに、わかるがです。まあ絶対とはいえませんけんど、おかみさまの顔つきといい、腹の形といい、お召し上がりもののお好みといい、十中八九、おなごやと思います」

産婦の腹の形や顔つきでわかるというのは驚きだった。

「こちらさんではもうおなごは二人目ですし、おかみさまは上の子らの世話で大変ですし」

産婆は喜多に構わず続けた。

「わるい年回りで未《ひつじ》の年ですしねえ、未のおなごは門にも立たすな、いうて、嫁に入れるがを嫌いますし。どうしますかねえ。お返ししますかねえ」

産婆は口許に皺を寄せながら、みなを窺うように、ゆっくりと問うた。

儀平は腕組みしたままだった。

「けんど、せっかく身籠った子じゃ。冨も生まれてくるがを楽しみにしちゅう」

冨三郎は言った。

「それに、生まれてみんと、おなごかどうかはわからん」

「ええ、ええ、生まれてからお返しすることもできますきに」

産婆はそう言うと、何もせずに帰った。

唐人町の家に帰って喜多が話すと、末はあっけらかんと言った。

「おなごやったら、ようあることですよ。そのときは情が移るきいうて、一声も泣かさんうちに仏様にお返しするいいます。ほんで、墓は作らんと床下《ゆかした》に埋めて石を置いておきます。うちの床下には石がずらっとあるがを、兄嫁のお産のときに見たことがあります」

末は在所から奉公に来ていた。

「あてはまだ、末という名をつけてもろうただけ、仕合わせでした。ほんじゃきにこそ土佐は鬼国《きこく》と呼ばれゆうがでしょう。ただ、それはひとり土佐一国だけのことやないと思いますけんどね、どこの国でもおなごのほうが男よりも数が少ないいいますき」

やがて、月満ちて生まれてきたのは、産婆が言った通り、おなごの子だった。

納戸からは力強い泣き声が響いた。喜多はほっとした。

おなごは、おなごというだけで、ときには、この世に生まれてくることすらできない。

納戸から響く力強い泣き声を、喜多は心から祝った。

ようこそ、この世に生まれてきた。

冨と冨三郎は、生まれてきたおなごの子に、たくましく育つよう、丑《うし》と名付けた。


東京で正式に妻を迎えた退助から文が届いた。

いつもの申田の字ではない、拙い仮名文字に驚いて開くと、いつもの一翰呈上致候はかけらもなく、いきなり本題から片仮名で書いてある。

いよいよ廃藩が成り、同日に参議となったと伝える文らしいが、廃藩も参議も片仮名だ。脱字もあって読みにくいが、この文は新橋《しんばし》のせいが書いてくれた、妻にしたいと思うたができぬ、無念至極であると続く。どうやら妻ではなく、芸妓《げいぎ》のおなごが退助に代わって書いた文らしい。

「これは、喜多さんを安心させろうと思うて書かせたがやろう」

實が言った。

「かえって心配するわ。奥さまを娶《めと》られたばかりいうに」

四月、欧米視察に出る前の片岡健吉から、親戚の小谷鈴《こたにすず》をめあわせられ、あのおなごはしっかりしちゅうき、娶うてくれたら僕も安心して欧州へ旅立てますと頼みこまれてのことだとは、申田の字で届いた文で知っていた。政野は、退助にとって二人目の娘となる軍《ぐん》と長男の鉾太郎を生んだとはいえ、ゆくゆくは参議になる者の妻が女衆《おなごし》上がりでは体面が悪すぎると懸念しての健吉の計《はか》らいだった。

せめて鈴と仲睦まじくしてくれたらええがと、喜多と實が話していた矢先に届いた文だった。

「けんど、こんなことはこれまでになかった」

實はたどたどしい文字を追った。

「あの退助さまが、ご自身が字をよう書かんことを打ち明けたいうことやろう。このせいには」

「たしかにそうや」

「えっころ心を開いておられるいうことじゃ。そんな方がおできになるとは思いもせんかった。ほんまによかったのう」

金釘流《かなくぎりゅう》にすらなっていない、やぶれかぶれのような字だったが、そこには一字一字を彫りこむように書く誠実さが見て取れた。

廃藩により、律令《りつりょう》時代から千年ぶりに太政官に政治権力が集中した。太政大臣らと参議の正院を最高機関とし、左院《さいん》右院《ういん》が置かれて、明治政府の体制が定まった。土佐には高知県が置かれ、県下は二百三十小区に分けられた。

御親兵のおかげか怖れていた諸藩の抵抗はなく、退助は東京で参議となった。龍馬が切望しながら、なれずに終わった参議だった。

退助が佐幕派に追いつめられ、詰腹《つめばら》を切らされかねなかったあの夜、龍馬は京都で暗殺された。退助が生きのびたのは運に過ぎなかった。思えば、あの幕末には、どれだけ多くの者たちが、無為に命を捨てただろう。

生きのびた者だけが、この世を改めることができる。

拙い仮名文字は、いよいよこの世を変えると退助の勇ましい決意を告げていた。


「まあ、たまげた。あんたはもうやめたの」

訪ねてきた独は、喜多の顔を見るなり、あいさつを返すこともなく驚きの声をあげた。

「眉も落とさんと」

喜多は白い歯を見せてわらった。

「もともと鉄漿《かね》ののりが悪《わる》うて、しょっちゅう塗り直さんといかんかったもんですき」

もと譲りで歯が白い喜多は、いつもきれいに真っ黒にしておくことが大変だった。

「えらい楽になりました」

鉄漿《おはぐろ》をやめ、眉も戻してみると、こんな難儀なことをよくもやっていたことと自分に呆れるほどだった。

「思い切ったのう。實さんは何も言わんがか」

「若返ったいうて、喜んでおりよります」

独は離れを見た。

「今日はえらい静かじゃのう。實さんは稽古も読書もしよらんがか」

「手習い塾はやめたがです」

「まあ、知らざった。いつ」

「もう二月《ふたつき》になります。寂《さみ》しゅうになりました」

「学制《がくせい》が出たきにかえ」

喜多は頷いた。

「手習い塾も士族がしゆうとこが多かったき、ほんまに士族には大変な世になったわ」

士族だけでなく、平民の負担も増すばかりだった。大久保利通や木戸孝允ら主だった参議は欧州視察に出ており、留守を守る退助や西郷隆盛らが改革を進めていた。退助ら留守政府が推し進めている政策は、生まれによって何もかもが決められていた世をはっきりと否定するものだ。学制が男女に関わらないことも喜多には嬉しかった。

「あやめの家も難儀をしゆうようで」

「そうそう、廃仏がすっかり収まったきのう。池添さんとこは役を失《うしの》うてしもうて」

あれほど土佐を席巻した廃仏毀釈の嵐は、廃藩後はやんで、悪い夢から醒めたかのように、荒れ放題の寺社に少しずつ僧侶が戻りはじめていた。

あやめは夫婦で元結《もとゆい》をなって暮らすようになり、喜多は里を通じてひそかに元結を買い、あやめの暮らしを陰ながら支えていた。断髪令《だんぱつれい》が出て以来、髪を結う者は日を追って少なくなっており、あやめの夫ら旧勤王派の者だけは髷を落とさないので、結髪党《けっぱつとう》と呼ばれるほどだった。そのうち、おなごだって髪を結わなくなるだろう。元結など、いつまで求められるものかわからないと案じられるにつけ、どれだけ時勢が読めないのかと、あやめの夫の頑迷《がんめい》さが腹立たしくなる。

「年が明けたら太陽暦《たいようれき》じゃいうて、世はどんどん変わっていくのう。この前の押出《おしだ》しもえらい騒ぎやったし」

新政府の改革によって、誰もが車輪のように突き動かされている。しかしその車輪は旧幕時代からのものであって、新しく作ったものではない。改革に合わせて走らされるが、無理がある。人々の怨訴《えんそ》、押出しともいわれる一揆の多発は、その軋《きし》みだった。

「それでも、板垣さまは、世を変えるためには、まずは制度から変えていかんといかんと言いよります」

始まったばかりの制度は不備が多く、学制は小学校建設の負担を、徴兵令《ちょうへいれい》は農家や貧家には働き手を差しださせるという難儀を、民に強《し》いるものではあった。とはいえ、退助は絵に描《か》いた餅という留守政府への批判を、たとえ絵に描いた餅でも、みんなが餅を食えるようにするためには、まずは絵に描かんといかんがじゃという。

絵にさえ描かんで、手をこまねいておるだけでは、いつまでも何も変わらん。

喜多は、丑が生まれてから、育院《いくいん》に通うようになっていた。そこで育つ子に、全くの孤児は少なかった。それまでであれば育てられず、仏のもとにお返ししていたであろう子を、親が育院に連れてきて預けていくのだ。その育院ももともとは退助と後藤象二郎が藩の参事になって始めた事業だった。

「あの乾さまが今や板垣いうて参議やきのう」

せいは退助にとって三人目の娘を生み、退助は猿《えん》と名をつけた。独は、申年とはいえ、あんまりな名じゃとあきれたが、喜多はかばった。

「娼妓《しょうぎ》の子ですき、姉らに嫌われんようにあえてそんな名をつけたがでしょう」

「えらい肩を持つじゃぁいか。妻妾《さいしょう》同居《どうきょ》いうて、申し開きのしようもないと思うがのう」

「お家の存続が大事じゃきでしょう」

鉾太郎は弱い子だと聞いていた。跡継ぎとなる男児がまだ必要なのだろう。独はふんと鼻でわらった。

「なにしろ参議様じゃきの。うちですら、新政府から龍馬の後継をと言われて、姉の千鶴《ちづる》の息子が跡を取ることになったわ。龍馬のおかげでえらい出世したもんや。士族いうてもたかが土佐の郷士。本家は商人やに。そうそう、あんたとこは山一《やまいち》商会に入った」

喜多は首を振った。山一商会は、旧藩主山内家が困窮している士族のため、士族授産《しぞくじゅさん》を目的に立ちあげた商会だった。独の家の本家、才谷屋がかんでおり、茶園経営など広く事業を行うと評判だった。それほどに士族の困窮は甚《はなは》だしかった。

「士族に関わっておったら、ろくなことにならんと思うておりまして」

「まあ。あんたとこやち今や士族やないか」

しかし喜多は、どんどん削られていく秩禄《ちつろく》に頼らなくてすむよう、田畑や城下の家屋敷を買い、人に貸してその加治子《かぢし》と地代《ちだい》で暮らしていた。

「うちはええがですが、里の西村屋のことは案じておりまして。仕送屋の商売がやっていけんなってしもうて、結局、店を同じ町内の酒屋に買《こ》うて貰《もろ》うて、なんとかなりまして」

「うちもせいぜい蓄財《ちくざい》することにせんと。いうても、もう赦太郎もおらんき、あてひとりやったらどうなったちええがじゃけんど」

「お寂《さみ》しゅうになられましたでしょう」

疫痢《えきり》で赦太郎をわずか十三で亡くした独は、後生を願って寺参りするにも廃仏で寺がなくなり、遠くまで足を運んでいた。

「よう遊びに来《き》よったきのう。あての蚊帳《かや》が破れちゅうがを見て、樹庵に、母上さまに蚊帳を買《こ》うてやってつかあさいいうて頼んでくれてのう。あてが繕《つくろ》うがいやで、細引《ほそびき》で括《くく》っておったもんじゃきに。優しい子じゃった」

喜多は、独の気を引き立たせようと明るく問うた。

「菊栄さまはもう大《おお》きゅうになられましたでしょう」

たったひとりの我が子を亡くしても、富貴が独の子として生んだ菊栄が、独のそばにはいた。

「もう六つになる」

「かわいい盛りでございましょう。学問もようできるいうて」

「それが、樹庵も亡《の》うなり、富貴が樹庵の母の面倒を見ておったが、秩禄処分でもうやっていけんようになって、家も売って、在所の樹庵の兄を頼ってのう。菊栄も連れていてしもうた」

うつむいた独を、喜多はどう慰めていいかわからなかった。

「りょうもねえ、京へ戻《も》んてしもうて」

独は顔をくもらせた。

「やっぱりうちには居《お》れんでのう、言葉も違う土佐で、女ひとりで生きていくがは大抵やない。世話になりよった寺田屋《てらだや》の登勢《とせ》さんいう人を頼っていくいうてのう。龍馬龍馬いうて言うてくれよった者も、妻には冷たいがじゃ。お上《かみ》の思《おぼ》し召《め》しがあるいうて知っちょったら、まだ我慢もできたかもしれんけんど」

独は嘆息した。

「兄さまを憚りゆうがやろう、文も寄越してこん。お上も、出ていた妻の面倒まではみてくれんろう。かわいそうに、今ごろ、あの子はどこで何をしゆうろう」

白い顔で、日傘をくるくる回していた姿を思いだす。

「うちに来たとき、乙女ねえさまと呼んでくれてのう」

独は目を細めた。

「龍馬が亡《な》いなって、もうあてを乙女と呼んでくれる者はおらんなった思いよったに、乙女ねえさま、お会いしとうございましたいうて、言うてくれて。けんど守っちゃれんかった」

「独さまは、なんとお声を掛けられたがですか」

「そうそう、列女傳をありがとういうて言うてね。けんど焼いたぜいうて言うた」

喜多はわらった。独もわらった。

「ほしたら、りょうも笑《わろ》うてのう、わたしもあの本はきらいです、いうて」

独と喜多は吹きだしてわらった。

独とりょうは似ていると思ったが、口にはしなかった。人の世話を受けても追従《ついしょう》でわらったりできない不器用なふたりが、喜多には好もしかった。


太守様がお住まいになっていた、大高坂山の城は公園となった。博覧会が開かれ、すべての民に城内への出入りが許された。

實は喜多を城へ案内した。朝に夕に見上げていた城に上がるのは、初めてのことだった。

おろしたての白足袋を履いてはきたが、喜多は磨きこまれた床に上がるとき、思わず傍らの實を見上げた。これまで町方のおなごが足を踏み入れることなどありえない場所だった。

その喜多の後ろから、肩揚げに兵児帯《へこおび》のこどもたちが駆けあがる。憚られる場と知らぬ子にとって、城内は鬼ごっこにうってつけの広間に過ぎない。喜多と實はほほえみあった。

實は喜多と並んで座敷ほどに広い廊下を歩いた。

「ここが太守様の接見《せっけん》の間《ま》じゃ」

ひときわ広い座敷まで来ると、實は懐かしそうに目を細めた。

「猪之助さまはえらい聞かん子やったき、御目見《おめみえ》を遅らせて、ひとつ下の保弥太さまとご一緒してもろうたことやった。ええ子にしてあいさつができましたら、菓子を差しあげますきいうて、お二人を言い含めて」

その二人が今や揃って参議だ。

「猪之助さまには、保弥太さまがやったこととおんなじことをしてくださいと言うて。ほいたら、十三代を襲封《しゅうほう》されたばかりの豊熙《とよてる》公が菓子をくださって。けんど猪之助さまはきれい好きなもんじゃき、お手を洗われんでは召しあがれんで、手水場《ちょうずば》を探して回って」

そのころの退助が目に見えるようだった。喜多と實は磨きこまれた廊下で声をあげてわらった。

實はそれから、食が細くなり、寝付くようになった。

片岡健吉が二年の欧米視察を終えて帰国した。

健吉は短髪に洋装で現れた。首には黒い布を蝶結びに結んでいる。

「退助さんが、喜多さんにも欧米の話をしに行ちゃれというもんじゃき、参りました」

「なんぞおもしろいことでもありましたか」

退助も本来なら行っていたはずの欧米視察だった。高知で藩政を担っていた谷干城が揉めごとを起こし、そのごたごたのために欧州派遣は辞退せざるをえず、代わりに林有造《はやしゆうぞう》が渡欧していた。縦の字が読めんおれが横の字の国に行くぞと喜んでいた退助は、ずいぶん気落ちしていた。以来、退助と谷干城は仲違《なかたが》いしたままだ。

「ええ。欧米のおなごは誰ひとりとして鉄漿《かね》をつけず、眉を落としておらんとお教えしよう思いよりましたが、喜多さんはもう欧米風になられちゅうがですね。うちの妻《さい》ですら、いくらすすめても、まだ思いきれんでおりますのに。いや、たまげました」

健吉はわらって言うと、横文字の手帖を出して開いた。

「欧米はえらいもんで、サンフランシスコでは女学校を視察しましたが、十六、七歳までのおなごが何百人も入っておって、地理じゃの天文じゃのいうて、男でも難しい学問を学びよりました」

「馬場辰猪さんはお役に立てましたか」

「ええ、馬場君はめっそうよう英語ができますき。けんど、留学生じゃいうに、イギリスで本を出すいうて、そっちにかかりきりになってしもうて」

健吉はちょっと顔をしかめ、話を変えた。

「ヒラデルヒアでは、川を蒸気船で遡《さかのぼ》ったがですが、途中で乗り込んできた男とおなごが幾人かで、声を揃えて歌を唄《うと》うたがです。日本ではありえんことですき、たまげました。ほんで、恥ずかしげものう連れ立って歩くがです。愉快極まりないことでした」

公園となった高知城を、喜多は實と並んで歩いたが、ふりかえってこちらを見る者もいたことを思いだす。夫と歩くときは、妻は下がってついていくものだった。吉之丞は最後まで、頑として喜多の後ろを歩くことを譲らなかった。二人がともに歩くとき、前を歩く者が相手を従える者、後ろにつく者が相手に従う者と決まっていた。

喜多は實と並んでともに歩き、ともに話したかった。


「今日は、實さんは」

「それが、あんまり加減が良うのうて、離れで寝よります」

案じた健吉がしきりに勧めるので、西洋医のいる興起《こうき》病院へ連れていくと、洋服を着た日本人の医師から肺結核と告げられた。聞き慣れない病名を聞き返すと、労咳《ろうがい》のことだという。それほど咳は出ていなかったのでまさかと耳を疑いながらも、藁にもすがる思いで薬を頼む。

「これという薬はないですねえ。この病ばかりは手に負えないというのは、西洋でも同じです。精のつくものを食べさせて、休ませるくらいしか」

さすがに西洋医は日にち薬とはいわなかったが、薬がないのは町医者と同じだった。

雨に降られ風に吹かれ、碌なものも食べられなかったであろう戦場《いくさば》へ送りださなければよかったのか、帰ってきた實にもっと精のつくものを食べさせておけばよかったのか、喜多は答えのない問いをくりかえして自分を責めた。

「喜多さんには迷惑ばかりかけるのう」

家に戻り、床《とこ》に横たわった實のつぶやきに、喜多ははっとした。今は、もう取り返しのつかないことにかかずりあっているときではなかった。

「實さんはずっとわたしのそばにおらんかったけんねえ。これでやっと、わたしがひとりじめさしてもらえるわ」

それは事実に違いなかった。喜多は、弱った實のそばで、つとめてわらうことにした。

東京で海軍中佐となった健吉が伝えたらしく、退助から案じる文が届いた。中田の字だった。

その文が届いて間もなく、退助が参議を辞職したという噂が飛びこんできた。

日本政府に無礼を働いたという朝鮮《ちようせん》を征伐に行くかどうかで、欧州視察から帰国した使節団組の参議たちと揉め、結局、留守政府の閣議で決定していた西郷隆盛の朝鮮遣使《けんし》は、無期延期となった。議論に敗退した留守組の退助はじめ、後藤象二郎、西郷隆盛、江藤新平《えとうしんぺい》らが参議を辞職したという。呼応して、土佐や薩摩の出身者も、こぞって政府や軍隊を辞しているらしい。

退助からは労咳に効くという薬が届いたが、實に心配させないためか、文にはこちらを案じる文《もん》言《ごん》ばかりで、自分のことは何も書かせていなかった。

實は退助の身を案じてばかりいた。大恩《たいおん》を受けながら、こんなときに駆けつけられない自分を責める。そうやって気落ちすることが一番病によくないと喜多が實の体を案じていると、新聞というものがあると独に教えられた。

東京や大阪のことが書いてあって、それを読めば土佐にいながらにして、日本中で起きている出来事がわかるのだという。独の甥の南海男《なみお》は春猪の娘鶴井《つるい》の婿として養子に来ており、新聞が読める縦覧所《じゆうらんじよ》に足繁《あししげ》く通っているそうだ。独は話を聞かせてもらうのを日々の楽しみにしているらしい。

喜多は育院の帰りに寄ってみた。西洋の帽子をかぶった男たちが出入りしているので、すぐにわかった。扉を開けて入っていく男の後について入ろうとすると、中にいた男に咎められた。

「こらこら、ここは新聞縦覧所ぞ」

「わかっちゅう」

それほど広くない部屋の中には、台がいくつかあり、その上に書物や紙が広げられている。喜多は入り口の男を無視して、ひとつの台に近づいた。懐手《ふところで》をした男たちが、ひとりの男がびっしりと字の書かれた紙を読みあげるのを、じっと立ったまま聞いている。

「こんにち、てんかを、するのみち、みちただ、たみ、たみを、たて、てんかの」

「なんぞ、ようわからん」

「しっかり読め」

「そう言うがやったら、おまんが読め。おまんやち読めんろうが」

言い合いになっている。どうやら漢字が読めない者が多いらしい。

「どこのおなごぞ。角《かく》な字が読めん者《もん》が来るところじゃないぞ」

入り口の男が喜多の後ろに来た。

「さあ、帰った帰った」

伸ばされた手を払いのけ、喜多は広げられた紙の、男がたどたどしく読んでいたところを、声に出して読んだ。

「今日《こんにち》、天下ヲ維持振起《いじしんき》スルノ道、唯《ただ》、民選議院《みんせんぎいん》ヲ立テ」

朗々と響くおなごの声に驚いて、周りの台の新聞を読んでいた者も、顔を上げて喜多を見た。

「而《しこう》シテ、天下ノ公議《こうぎ》ヲ張ルニアル」

新聞縦覧所が静まりかえる。喜多が見回すと、男のひとりがぽつりと言った。

「それから」

入り口の男は黙って引き下がった。男たちから続きを読むようせがまれ、喜多は立ったまま読みあげた。男たちは懐手《ふところで》をして、じっと喜多の読む声に耳を傾けた。

喜多が初めて読んだ新聞には、征韓論《せいかんろん》で敗れた退助が、左院に対し、この国に民選議院を立てるよう求める建白を行ったことが書かれていた。


喜多は育院に行くときは必ず、帰りに新聞縦覧所に寄るようになった。

「西村屋さんが来たぞ」

「これを読んでくれ」

喜多が新聞縦覧所に入ると、待ちかねていた男たちが喜多を手招《てまね》いて読みあげさせる。帽子をかぶって、ハイカラないでたちをしていても、新聞が読めない者は多いらしい。

「退助さまの消息が、寝よってもわかるとは、ありがたいのう」

帰宅して内容を話してやると、このところ床《とこ》に臥《ふ》せったままの實は目を細めて喜んだ。

喜多は、新聞に加えて、洋学と呼ばれるようになった西洋の本の翻訳や啓蒙書も読むようになった。四書五経を飽きたらなく思うようになっていた喜多は、『自由之理《じゆうのり》』や福澤諭吉の『西洋事情』をくりかえし読み、夢中になった。一方で、誰もがその一節を誦じるほどの評判を取った、同じ福澤諭吉の『學問のすゝめ』や、『西国立志編《さいごくりつしへん》』にはなぜか納得しがたいものを感じていた。しかし、その違いがどこから来るのか、喜多にはわからなかった。

ある日、新聞縦覧所に行くと、聞き慣れない声が響いていた。

まだ幼いといってもいいほどに若い男が、新聞を読みあげている。淀みない読みぶりに、年齢に似合わず、ずいぶん学があることがわかる。ひとつの記事を読み終わっても、今度はこっちを読んでくれ、次はこっちをと次々に頼まれ、喜多がいる間、若い男はずっと新聞を読まされていた。

その若い男が育院にもやってきた。小高坂の士族の倅《せがれ》で植木《うえき》と名乗り、何か手伝うことがあればやると言ったそうで、こどもたちに字を教えたり、遊び相手になったりしていた。むっつりとした顔ながら、こどもたちには人気で、いつも周りでこどもたちの笑い声がしている。

それからも、新聞縦覧所で植木とは再々会った。頼まれてはずっと新聞を読まされている。

退助が出した民選議院設立の建白に対し、今、議院を立てるのは天下の愚を集めるに過ぎないと反駁《はんばく》する論が出たことを知ったのも、植木の声でだった。


春めいてきた陽気の昼下がりの育院に、勇《いさ》み肌《はだ》の鳶の者が、作事場《さくじば》に捨てられていたと赤子を抱いてきた。

たくましい腕に抱かれていたのは、よく託される生まれたばかりの赤子ではなかった。首が据わっていて、三月《みつき》はたっているだろう。乳をもらっていないのか、凍えたのか、泣く力もないらしく、ただ、体を震わせている。

そして、その目は開いていなかった。目蓋《まぶた》が重くかぶさっていて、生まれつき目が見えないようだった。

目が見えなかったり、耳が聞こえなかったり、手足に難儀があったりする子が、よく育院に託される。託されたり捨てられたりする子はまだ仕合わせで、誰にも知られずに命をなくしている子も少なくないはずだった。

赤子は、布団にくるまれ、重湯《おもゆ》をもらった。植木は赤子の顔をのぞきこみ、ずっとそばにいた。

「ようこそ、おかえり」

唐人町の家に帰った喜多が襖を開けると、實は身を起こしながら言った。

「寝よったらええ」

喜多は實の体を支え、寝かせようとした。

實は、その喜多の体を、細くなった腕で抱きしめた。

「わたしはもう、長《なご》うないような気がする」

驚く喜多の耳許で、實は言った。その声は震えていた。

實はその夜、血を吐いた。

喜多が血で染まった寝巻きを洗っていると、末がそっと言った。

「実は、旦那さまは、奥さまがお出かけになったすぐ後にも血を吐かれて。黙っておれと言われたがですが」

喜多は何事もないような顔をして實の枕許に戻った。

「わたしが物心ついたときには、父の目は見えんかった」

實は天井の羽目《はめ》をみつめたまま言った。

「母はおらんかった。わたしは、盲目《もうもく》の父の手を引いて、遍路《へんろ》をしよった。父は弘岡下ノ村《ひろおかしものむら》で亡《の》うなった。村の人がわたしのために扶持米《ふちまい》を貰《もろ》うて、養《やしの》うてくれた。わたしは村の仕事を手伝《てつど》うて、生かしてもろうた。それから、角力を見に来た、退助さまのお母上さまに拾うてもろうた。わたしは、生まれてきた退助さまのためにやったら、命も惜しゅうなかった。それやに、何の恩返しもできんままで」

實の目から涙が流れた。

「退助さまを助けるつもりが、助けられちょった。いつもずっと。退助さまにはかなわん」

「實さんはもう十二分に、恩を返しちゅう」

喜多は實の手を取った。

「あとは、實さんが仕合わせに長生きするがが恩返しじゃ。そうやないと、退助もわたしも、仕合わせになれん」

喜多の言葉に、實は頷いた。


「許せよ」

あくる日、取次も待たず、襖を開けて座敷に入ってきたのは、退助だった。続いて敷居をまたいだ申田が頭を下げる。

「寝よれ寝よれ」

あわてて起きあがろうとする實を、退助がとどめ、枕許に腰を下ろす。

「ようお戻りになりました」

實が横になったまま丁寧に挨拶をする。その目には涙が浮かぶ。喜多はその涙が頰にこぼれる前に、そっと手拭いで押さえた。このごろ、實が妙に涙もろくなったことに喜多は気づいていた。

「思い切ったことをしたのう。参議を辞職するとは」

「あそこにおっても、なんちゃあできん。陛下を抱きこんで、公家《くげ》と長州がやりたい放題じゃ。せっかく世界で一番進んじゅうイギリスを手本に改革をすすめよったに、使節団組は民選議院じゃち何じゃち時期尚早《じきしょうそう》じゃというてきかん」

退助は不満をぶちまけた。控える中田も頷く。

「井上馨《いのうえかおる》が大蔵大輔《おおくらたいふ》らあて、泥棒に財布を預けたようなもんじゃ。政府の金を使い込むだけやのうて、尾去沢《おさりざわ》鉱山を私物化しおって、三井《みつい》の番頭いうて西郷が嫌うがも当然じゃ。陸軍大輔の山縣有朋《やまがたありとも》も、陸軍省の公金を私物化した。金に汚い奴らは大嫌いじゃ」

疑獄の渦中にあった二人はともに長州藩出身だった。

「それやに、大久保も木戸も帰国早々にごまかしてしもうて。朝鮮問題については会議でもう決まったことを、年若い陛下が従順ながをええことに、帰国したばっかりの岩倉具視がいきなり太政大臣になって、ひっくり返すとは何事ぞ」

「けんど、征韓いうがは。そんながせんといかんことやろうか」

喜多は言った。きっかけは、たかが倭館《わかん》に書かれた落書《らくしょ》ひとつに過ぎない。

「そうじゃ。言いがかりのようなもんじゃ。日本が朝鮮を狙いゆうことは、朝鮮が一番ようわかっちゅう。それに、あいつら使節団組じゃち、おれらと考えは変わらん。実際、一緒に下野《げや》した江藤新平が佐賀《さが》の乱を起こした二月にはもう、台湾征討《たいわんせいとう》を閣議決定しちゅう。ほんまに内政優先いうなら、そんな決定をするわけがない。使節団組は、ここで政府の主導権を取らんと、もう取り返せんと焦っちょった。ほんじゃきに、おれら留守番組が決めたことを一旦ひっくり返したがじゃ。見よれ。じきに政府は、朝鮮にも台湾にも兵を送るぞ。そのときは、どうせ岩崎弥太郎《いわさきやたろう》あたりが船を用意するろう」

地下浪人でありながら許されて吉田東洋の塾に通っていた岩崎弥太郎は、藩船の払い下げを受けて政商となり、三菱商会《みつびししょうかい》を経営していた。

「ほんまの内政優先派はどっちか、これではっきりするがじゃ」

退助は勇ましかった。下野の悲壮さは微塵《みじん》もない。

「気の毒に、共に下野した江藤新平は佐賀で乱を起こした後、高知まで頼ってきてくれたけんど、助けちゃれんかった。新政府に入れた者はええが、入れんかった士族は食い詰めて乱を起こすしかない。江藤は義理堅い、真面目なやつじゃきのう、同郷の士族を思うたら、立つしかなかったがやろう。人望が篤《あつ》いだけに、使節団組は早《はよ》うに罪を着せて、なかったことにしてしまいたかったがやろう。ろくな裁判もせんと梟首《きょうしゅ》にした」

「また梟首に」

明治の世だというのに、首を切って晒《さら》したというのか。

為政者の見せしめ梟首と幕末の暗殺梟首と、一体何が違うのか、喜多にはわからなかった。かたや罪に問われ暗殺者の扱いを受けるのに、かたや為政者のしたことなら許される。

「さぞかし大久保は、その晩は枕を高《たこ》うにして寝れたことやろう。井上馨ものう。江藤は司法卿《しほうきょう》やったき、井上らの疑獄を追及しよったがじゃ」

その顚末《てんまつ》は、新聞で書かれていたこととずいぶんちがう。喜多はやっと腑に落ちた。

「民撰議院設立建白書がえらい評判じゃ」

「おお、そうじゃそうじゃ。愛国公党いう政党を作って建白したがじゃ。喜多はなんでも知っちゅうのう。おれが手柄話をしょうと思うて来たに、みな先に言うてしまいゆう」

「喜多さんは新聞縦覧所に通いゆうがです。店も見んとならん、育院にも行かんといかん、わたしの看病もせんといかんいうて、寝る間もないくらいやに」

「喜多らしいのう」

退助はわらった。

「あんなところへ通うおなごは、喜多の他におらんろう」

「退助さまが心配でならんいうて言いまして」

「日新真事誌《にっしんしんじし》に載っちょった」

「そうながじゃ。新聞いうがはえらいもんじゃのう。全文を掲載してくれたおかげで、全国で民選議院が必要じゃいう声が高まってのう。ブラックいう西洋人が東京で出しゆう新聞じゃが、そこに寺村左膳がおったがじゃ」

「寺村さまいうたら、盛ん組からのお仲間の」

「政府に黙殺された建白書を、左膳が載せてくれたがじゃ。戊辰の役のときに役職を解かれて、あれだけの学識がありながら新政府では役職に就《つ》けんかった。どうしゆうろうと思いよったが、そこにおったがじゃ。連署組では復吉郎と一緒におれを裏切ったと思うておりよったが、あいつはあいつなりの志《こころざし》がある。今回はおれを助けてくれた」

「寺村さまらしい、なさりようです」

退助のまっすぐな志には、心ある者は味方せずにはいられない。

「健吉らと立志社《りっししゃ》いうもんをつくったぞ。志を共にして民選議院、つまりは天下の民会《みんかい》設立を目指す政治結社じゃ。あわせて立志学舎《りっしがくしゃ》いう学校も作った。開校したがは江藤が梟首になった次の日じゃった」

共に征韓論に敗れたと揶揄され下野した参議が、一年もたたず、かたや梟首となり、かたや政治結社を作り、学校を作る。

退助は布団の上の實を見た。

「實が元気やったら、教師となってもらうにのう」

「もったいないことを」

また實が涙ぐむ。喜多は手拭いをこけた頰にあて、額にかかる一筋の髪をかき上げてやった。退助はその様子をじっと見ていた。

「喜多、看病ばっかりじゃ気が塞《ふさ》ぐろう」

言いながら、退助は立ちあがった。

「今度、立志社で演説《えんぜつ》をする。気晴らしに来い」

喜多が返事をする前に、退助は背を向けた。中田があわてて襖を開ける。

「中田に迎えに来させる。二人とも息災でおれよ」

「退助さまも」

實がその背に掛けた言葉は届いたのだろうか。開いた襖を抜けて、退助はあっという間にいなくなった。


五月の暑い日だった。

實の看病を末にまかせ、喜多は迎えに来た中田とともに、帯屋町《おびやまち》の旧陣営に行った。講堂は開け放され、たくさんの男たちが集まっていた。いずれも袴を着《つ》けていたり、帽子をかぶっていたりと、士族らしい。

中田は裏に回って、人気《ひとけ》のない勝手口から喜多を案内した。四畳ばかりの部屋に通されて待っていると、退助が音高く戸を開け、若者の肩を抱くようにして入ってきた。

「おう、喜多も来《き》ちょったか」

喜多を見た若者の顔は見おぼえがあった。険《けん》の強い、釣り上がった目、後ろに流し、うなじになでつけた長い髪。お互いをまじまじと見合っていると、退助が不審がった。

「おまんら、知り合いか」

訊かれても、植木はすっと目をそらしただけだった。植木は、自分からは話さない質《たち》らしい。

「新聞縦覧所で会《お》うたことがある」

仕方がないので、喜多が答えた。退助はわらった。

「枝盛《えもり》君、縦覧所に妙なおなごがおると思いよったろう。これは士族の妻で袈裟丸《けさまる》喜多いうて、めっそに変わったおなごじゃ。四書五経も読むし、新聞も読む」

枝盛と呼ばれた若者は、白い能面のような顔のまま、わずかに頷いた。

「植木枝盛君じゃ。藩随一の俊英で、東京の海南学校《かいなんがっこう》へ留学しちょった。秀才揃いの海南学校で飽き足らんで帰国しちょったがを紹介されてのう、今日は聞きに来て貰《もろ》うた。もっと上かと思いよったが、まだ十八じゃそうじゃ」

退助のその驚きは、喜多のものでもあった。十八とはとても思えない落ちつきぶりだ。

「いえ、海南学校は、軍人養成《ようせい》いうがが、ようせいで退学したがです」

ぼつりとつぶやいた枝盛の言は、謙遜なのか駄洒落なのかわからず、喜多と退助は目を見合わせた。

「退助さま、そろそろ」

「ほいたら、まあ、ここからでは聞きにくいろうけんど、ちっくと辛抱しよってくれ」

そう言うと、退助は申田とともに行ってしまった。枝盛はぴっちりと膝を合わせ、両の拳《こぶし》をちゃんと置いている。袴の襞《ひだ》もしっかりと整い、いかにも、退助が好みそうな折目正しさだ。

そのとき、講堂から片岡健吉の声がした。聴衆にあいさつをし、退助の紹介をする。

「健吉さまや」

思わず喜多はつぶやいた。

「偉《えろ》うなられたこと」

それから拍手が鳴り響き、収まると、退助の太い声がした。

「諸君もご存じの通り、吾輩《わがはい》は参議として新政府において国政に従事しておったが、有司専制《ゆうしせんせい》政府に見切りをつけ、このたび高知に戻ってきた。一旦閣議で決定した朝鮮への使節派遣が、一部の有司によって覆《くつがえ》されたためである」

退助が息を継ぐと、その一言半句《いちごんはんく》も聞き逃すまいと、聴衆は静まりかえった。

「現在、政権を動かしているのは、天皇陛下でも人民でもない。ただ、有司によってである。ここでいう有司とは役人、すなわち長州藩閥と公卿《くぎょう》である。これで露呈したことは、皆が血を流し、同胞《ともがら》の屍《しかばね》を乗り越え、戊辰の役を戦って勝ち取った明治の維新は、徳川から長州と公卿へという支配者の交代に過ぎなかった、ということである」

最初の拍手よりも大きな拍手が沸いた。戊辰の役に参加した者も多いのだろう。

「そもそも、我が国三千余万の人民はみな、まったく平等の人として生まれ、その貴賤尊卑《きせんそんぴ》を問わず、天から均《ひと》しく通義権理《つうぎけんり》を賜っている」

聞き慣れない言葉に戸惑うが、この通義権理によって、人は生命を保ち、自主自由を保ち、志を立て、職業を勧め、幸福を追求するのだという。しかも、この通義権理は、人みなに生まれながらにして備わっているもので、他人がこれを奪うことも、金で買うこともできない。

「しかしながら、世が開ける前は、人民はこの通義権理を保つことができなかった。維新となり文配者が有司と交代しても、なお四民平等は成らず、有司は人民の声を聞かずに専制政治を続けており、人民を奴隷となす悪弊がいまだ続いている」

退助の声はよく通る。戦場《いくさば》ではさぞかし見事な指揮をしただろうと喜多は思った。

「諸君の不満も、苦しみも、我が国の現在の諸問題はすべてここに発しているのであり、かつまた、これでは我が国の発展は到底望めない」

むかいに座っていた枝盛が、立ちあがって扉を少し開け、扉に向かって座りなおした。

「吾輩が同志とともに民撰議院設立建白書を左院《さいん》に提出したのは、このためである。有司専制政治の弊害を払い、人民の安全幸福を保ち、我が国を発展させるためには、人民によって選ばれた人民の代言者によって政治がすすめられる民選議院を設立し、政府となさねばならない」

そもそも政府なるものは、人民の通義権理を保全するために設立されたもので、人民のためにあり、国の根本は役人ではなく人民なのだと退助は続ける。そのため、西欧では政府の役人を公共の僕《しもべ》と呼ぶという。

「であるから、国の根本である人民ひとりひとりが元気にならなくては、国が元気になることなど不可能である。そして、人民の元気のためには、民選議院、平たく言えば民会を開くことによって、人民の通義権理を伸長《しんちょう》させるしかない。しかし、これはひとりではできない。同じ志を持つ者の力を合わせて初めて成しえることである」

退助の声はまた一段と高く響いた。

「諸君、吾輩の志はすなわち、人民の通義権理を伸長し、人民ひとりひとりの元気によって、天下の元気を奮い起こすことである。そして、天下の民会を設立し、天下国家に定まった法律を立てることである。この志を同じくする諸君、この立志社のもとに、吾輩とともに力を合わせ、この志を達しようではないか」

万雷《ばんらい》の拍手に、講堂が揺れた。

しかし喜多は、手を打つどころか身動《みじろ》ぎさえできなかった。

世間でもてはやされている『學問のすゝめ』や『西国立志編』になぜ納得できないでいたのか、退助の演説を聞いて、わかった気がした。

これまでの書物では、学ぶことによって、もしくは志を立てて自《みずか》らで自らを助けて、とにかくそれぞれが出世することが世のため人のためになると書かれていたが、生まれによっては、最初から学ぶ機会すら奪われた者もいる。貧家に生まれたり、おなごであったりすれば、尋常ならそもそも学ぶことができない。また、退助のように、いくら学んでも、書物一冊読むことにすら難儀する者だっている。そのような、多くの恵まれなかった者を排除しての強者《きょうしゃ》の理《り》に、自分は納得できなかったのだと初めて喜多は気づいた。

誰でも努力すれば成功できると夢を見させる、耳には心地よいが不完全な理にくらべ、退助の、この国にすべての人民が参加する民選議院を設立し、法律を立てて、すべての人民の通義権理を認め、自主自由を保ち、幸福を追求することが天下のためになるという理には、目をさまされる思いだった。

ここには、恵まれた強者だけでなく、この国のすべての人が救われる道がある。

鳴りやまぬ拍手の中で、となりの枝盛に目をやると、枝盛は端座したまま、戸のむこうをにらみつけるようにみつめていた。

「こうやって喜多さんをお送りするがも、これが最後になるかもしれません」

唐人町への道を、喜多の背を守って歩きながら、申田が言った。

「今度、幡多へ去《い》ぬることになりました。長く私塾を開いておりました兄が臥せっておりまして、戻《も》んて跡を継ぐことになりました。兄は学制で塾を閉めましたが、教師になっておりまして。わたしも教師となって教育に携わることになります」

「それはええねえ。申田さんやったらええ教師になれる。けんど、退助さまは困るろう」

「ええ。この前も、ご先祖の武将、板垣信形さまの肖像が甲斐から送られてきまして、なんでも武田信玄公の三百年忌とのことで、信玄公をお守りした二十四将の末裔みなにその肖像をもって供物とするよう、書を書けとのことで」

「それは困ったろう」

「ええ。後世に残るもんじゃき、これは奥宮慥斎に書かせよいうて言いまして、わたしが慥斎さまのところに信形さまの肖像をお持ちしまして、詩と署名を書いていただきました」

「よう書いてもらえたこと」

「自分で書きゃあええに、いうて、文句を言いよりました。まさかうまいこと字が書けんとは言えませんきに、慥斎さまをおだてにおだてまして、書いてもらうがに盛大苦労いたしました」

「申田さんがおらんなったら退助さまが困るのう。なんとか去《い》なんでもらえんもんかのう」

申田はほほえんだ。

「今日、喜多さんとご一緒した植木いう若者、あれを退助さまは、わたしの後釜《あとがま》に据えるおつもりです」

「あの人は何者かえ。育院にも再々《さいさい》来てくれる」

「大変な切れ者ですが、誰も知らん男でした。さすが退助さまです」

「けんど、十八じゃいうて」

「ええ、とてもそうは見えん落ちつきぶりです。わたしが戊辰の役で初めてお仕えしたときは二十四でした。それがもう三十の関を越えました」

「そうかえ。早いもんやのう」

「ええ、ほんまに。あっと言う間でしたが、喜多さんとお近づきになれて、光栄でございました。おなごとはとても思えん書きぶりに、いつも感服しておりました」

「褒めすぎやろう」

「いいえ、最初は、妾でもない喜多さんと退助さまが文を交わすわけがわかりませんでしたが、お跡《て》を拝見して、じきにわかりました。そういえば、あの枝盛も、退助さまに、喜多さんのことを、あれはお手掛《てか》けさまかと訊いておりました」

喜多はふっとわらった。

「退助さまはなんと」

「同志じゃと言うておられました」

喜多は思わず足をとめた。

同志。

おなごのわたしに。

それを恥ずかしげもなく言えてしまうところが退助らしかった。

そして、それ以上の褒め言葉はないように思った。

「植木もきっとじきに喜多さんのお跡《て》にたまげて、自分の不明を恥じることでしょう」

申田は小気味よさそうにわらった。

「おなごも教育次第でこれだけの字が書けるということ、これだけの学を持てるということ、肝に銘じます。幡多の中村はこまい町ではありますが、おなごにも男と変わらん学問を授けたいと思います」

申田はそう言うと、喜多に向かって深く頭を下げた。


實の病状は一向によくならなかった。

日にち薬は効かず、暖かくなればよくなるかと期待しながら冬を越し、涼しくなればよくなるかと願いながら夏を越したが、弱っていく一方だった。

それでも、實がその命をかろうじて保てていることに感謝しながら、喜多は日々を過ごすようになっていた。西村屋や育院に出かけるたび、その間にどうにかなっていたらと心配で、家路を辿る足は次第に速くなる。

「ようこそ、おかえり」

實はいつも、穏やかな笑みを浮かべて喜多を迎えた。帰るたび、その頬が容赦なくこけていくことに泣きだしてしまいそうになる自分を抑え、喜多も明るく育院の話をした。

「今日は、目の見えん子が字を書いてねぇ」

この前鳶《とび》が連れてきてくれた子はまだ幼いが、もうひとりの盲目の子は、目さえ見えていれば、小学校に通える年だ。教科書を読んでやると喜び、おぼえて諳《そら》じる。

「字いうもんを知りたがるき、指で手に書いちゃりよったがよ。片仮名をね。ほいたら、伊呂波をみなおぼえてねえ、今日、地べたに片仮名で、自分の名を書いて」

「目が見えん子が」

「みな喜んでねえ。目が見えん子は、字の読み書きらあてできるわけがない思われちょったけんど、そんなことはないがじゃ。耳の聞こえん子は、教えたらよう字の読み書きをするき、目が見えん子だけにできんはずはないと思いよった」

「さすが喜多さんじゃのう。よう気づいたもんじゃ。そういえば、退助さまもこんまかった時分、病でしゃべれんなったご親類の方のために、必要なことを半紙に絵に描いて、指でしめせばええようにされて」

「さすがやねえ。それは字が読めん子にええねえ。育院でも試してみろう」

機知に富んだ退助らしい話だった。

「明日からは、算盤も教えてみろういうことになってねえ」

「それはすごいのう」

實は士族奉公人らしく、今も算盤を使えない。

「手習い塾には、目の見えん子も耳の聞こえん子もおらんかった。けんど、世の中にはそういう子がおるがあたりまえじゃ。今も、目の見えん子は字も読めんもん思われて、小学校には上がれんことになっちゅうが、字が彫ってあって手で触れる教科書があったら、きっと、あの子らあも学校に行けるがじゃ」

喜多は縁越しに、まだ明るい空を見上げた。

「また喜多さんは天を見上げゆう」

實は、喜多の顔を見上げて言った。

鳶《とんび》が啼きながら飛ぶ。

「向かい風のほうが、鳶は高く飛ぶいう」

言いながら、實は鳶を目で追った。鳶は高く舞いあがった。すぐに軒先がじゃまして、横たわる實には見えなくなった。

鳶の啼き声だけが響く。

そのとき、鏡川に浮かんだ舟の釣り人が、釣った魚を放りあげた。鳶が舞い降りてきて、その魚を見事にくわえ、飛んでいく。

喜多と實は目を見合わせてわらった。


立志社で退助の演説を聞いてから、枝盛が串田に代わってやってくるようになった。

「最近、育院でお見かけしませんのう」

實の臥せる横で、喜多があいさつに言うと、枝盛は頷いた。

「育院でひとりひとりの世話をしよっても埒《らち》があきません。人民が抱える、そもそもの根本の問題をなんとかせんといかんがです」

枝盛はいつも通り、どこを見ているのかわからない、寄りがちの目で淡々と言った。

「先生の演説を聞いてそう思うようになりました。演説の二日後には政府は台湾へ兵を送りました。征韓はいかんに、征台はええらあて筋が通らん。こんなざっとした政府に任《まか》せよっちゃいけません。やっぱり民会はないといかんがです」

枝盛は退助を先生と呼ぶようになっていた。

「ほんで、僕はすぐに国会論という文章を作って各戸に配りまして、小高坂の民会《みんかい》を興《おこ》したがです。

みんな、見《み》んかい、いうて」

表情ひとつ変えず、淡々とした口ぶりのまま、また駄洒落ともつかぬことを言う。喜多はそれには触れずに言った。

「小高坂で民会。おもしろい思いつきですのう。一国の前に、住みゆうところで民会を開くとは」

「先生にもっと話をしてもらいたいと思いよりましたに、妾が危篤じゃいうて、東京へ戻ってしまわれまして」

「妾の誰が」

「誰がいうて」

妾の名前を訊かれるとは思っていなかったらしい。枝盛は喜多を見た。

「ええと、若いほうの妾です。芸妓上がりの、まだ十九とかで」

「せいさまや」

「そうでした。せいとかいう妾です。先生は、一緒に政府を離れた海南義社《かいなんぎしゃ》の面々と、国家危急存亡のとき以外は東京には戻らんという盟約がありましたのに、妾の危篤ぐらいで軽々《けいけい》と戻ってしまいまして」

枝盛はせいの身を案じることなく続けた。妾とさえ言えば、政野でもせいでも同じらしい。

「二川さんも山地さんも、たかがおなご一人のことで、天下国家を思う我ら男子との固い約定を破るとは何事ぞとえらいお怒りで。無理もありません。ほしたら、先生は、天下国家も大事やが家族やって大事じゃと放言されまして。結局喧嘩別れになってしまいました。それを谷干城がうまいこと誘《さそ》うて、お二人は先生のもとを去って、陸軍に復帰してしまいました」

洟《はな》を垂らしていたころの二川元助は、片岡健吉と一緒に盛ん組に入れてくれと、いつも退助を追い回していたし、独眼竜の山地忠七もまた、盛ん組を異にしながらも退助の信奉者で、ともに戊辰の役を戦ったが、そういう二人であるだけに我慢ならなかったのだろう。

「ほんで、せいさまは」

「逝《み》てました。今日はそれをお伝えにまいりました。九月二十一日やったそうです」

喜多は言葉を失った。

退助もやっと、思う人とめぐり会えたと思っていたのに。

「退助さまは悲しみゆうでしょう」

「三日三晩、布団をかぶって泣いておられたそうで。思いだしては泣かれゆうらしゅうて、立志社の総裁とはとても思えん振る舞いでいらっしゃいます」

枝盛の顔に苛立ちが浮かんだ。

「失望いたしました」

「さすが退助さまですのう」

喜多は声を高めて言うと、何度も頷いた。

「やっぱり、退助さまにしか天下国家は語れん」

喜多は枝盛を見据えた。

「妾いうてもひとりの人。退助さまが大事に思う家族や。立志社建白では天下の人はみな均しく通義権理を持った人やというじゃいか。ひとりの人をそれだけ思う情がなくて、どうして天下国家の人民を愛せますろう。ひとりのおなごをそれだけ思うことができる退助さまこそ、天下国家を語るにふさわしい」

實に目を移した喜多に、實も請けあった。

「まっことです。さすが退助さまでです」

喜多は枝盛に目をやった。

「思う人ひとりを思いきれんで、天下国家の何がわかるいうがでしょう」

枝盛は黙って、湯呑を見下ろしていた。


その日は朝からよく晴れていた。

實の枕許には、儀平と喜多、それに富三郎がいた。實と血のつながる者は、誰ひとりいない。身寄りのない實の一生を顕《あらわ》しているようだった。

医者に今夜が峠だと言われて、なんとか越した朝だった。

眠りつづけるその顔を、喜多は片時も離れずにみつめていた。目を開けた實にほっとして、涙があふれる。

「おおの、よかったこと。目がさめたねえ」

喜多を認めた實は、わずかに頷いた。

「喜多さま」

實はまた、昔の呼び方で喜多を呼んだ。その声はかすれていた。

「やめてや、喜多さまらあて」

これまで夫婦として過ごした日々を忘れたかのような、他人行儀な物言いにうろたえる。喜多はその手を両手ですくいあげて握った。

「わたしは、先に逝《い》きます」

喜多は幾度も首を振った。涙が布団に散ることもいとわない。

「喜多さまやったら」

實の声は小さかった。喜多は耳を近づけた。

「飛べます」

實はひゅうっと息を吸った。

「高《たこ》う、飛べます」

喜多は實の手を強く握りしめたが、その手は冷たく、力がなかった。そこから命がこぼれ落ちていくのを繋ぎとめるように、喜多はその手を強く、強く握った。

「逝《い》ったらいかん。いつまでも、わたしのそばにおるいうて、約束したに」

喜多の声は届いていないようだった。それでも、實は喜多を見上げていた。その目には喜多が映っている。

「き、た」

声にならない声とともに、目が閉じた。

「實さん」

喜多がいくら叫んでも、その体にすがっても、もう二度と、その目が開くことはなかった。


葬式には退助が来た。せいを東京で弔《とむら》ってから船に乗って駆けつけてくれたのだった。そのうえ、盛ん組の組員たちを引き連れてきたので、喜多の親戚はみな驚いた。

喜多以外にひとりの係累もない實は、かつての盛ん組の面々に盛大に送られた。また、實が剣術や四書五経を教授した教え子たちも集まってくれた。
筆山に向かう野辺送りの列は、涙ながらに勇ましく、盛ん節を唄った。

第三部

天までのぼれ

二度目の留学を終え、イギリスから帰国するなり訪ねてきた馬場辰猪は、襟の高い洋服を着こなし、鼻の下には濃い髭《ひげ》を蓄えていた。

「えらい立派になったこと。實さんが見たら喜んだろうねえ」

「先生に見ていただきたかった」

辰猪は流れる涙を拭うことなく、線香を上げ、手を合わせた。それからようやく涙を白絹《しらぎぬ》で拭き、洋服の胸ポケットにしまうと、一冊の薄い本を出した。

「これもお見せしたかった」

「西洋の言葉やねえ」

「これはイギリス語です。僕が書いた、日本語の文法書です。英字で日本語の文法を紹介したものとしては、世界で初めてのものとなるでしょう」

「うちに来たときには字ひとつ書けんかったあんたが」

辰猪は苦笑した。その目はまだ赤かった。

「この本を書いたがは、イギリス人に日本語を知ってもらいたかったというのもありますが、不平等条約撤廃のために日本人に日本語をやめて英語を使わせるらあて、とんでもないことを言いだす政府に対しての、僕なりの反論としてながです」

喜多は本を手に取って開いた。

「逆《さか》さです」

辰猪が言うと、末がぷっと吹きだした。

「上下が反対です。そうそう、片岡健吉さんも手帖を逆さで使いよった。英字が読めんかったもんやき」

「健吉さまはようできるか思いよったが」

「まあまあでしょう。片岡さんはナポレオンとワットやったらナポレオンが英傑じゃらあて言うて憚らん人です。戦しか能がないナポレオンより、電気を発明して人民の生活を豊かにしたワットのほうが偉いに決まっちゅうに」

「あんたは蒸気機関を学びにいったがやったもんねぇ」

「蒸気機関の研究はやめました。時代は変わります。これからは言論の時代です。片岡さんには、官費を使って留学しゆうに官吏にならんがは官金を私《わたくし》するもんじゃないかいうて責められましたが、僕は言い返しました」

「何いうて」

「官の金やち、もとは人民の財布から絞った税金に過ぎません。僕は人民の金で、人民のためになる学問を学びゆうがですと」

喜多は辰猪の言葉に驚いて、頷くことも忘れた。それは、よく考えるべきことのように思った。

「健吉さまは、アメリカのおなごは男でも難しい学問をやりゆう言いよったが」

「イギリスはもっと進んじょります。イギリス一の学校、ケンブリッジ大学には女子のカレッジができましたし、フォーセット夫人いう妻女が、政治経済学の本を出したりもして」

「それはすごいのう。フォーセットさんいうがかえ。ほいたら、おなごも札入れができるがやろうか」

「それは無理ですよ」

辰猪はわらった。

「けんど学校はあるがやろう」

「そりゃあ学校はあります。それも、フォーセット夫人が作るがに関わったいうことです。けんどそもそも、フォーセット夫人はケンブリッジ大学の経済学者の妻女ですき。妻女としては賢女でしょうが、あくまで夫あってのことです。男とおなごは別々の役をもって生まれちょります。おなごにはおなごの分《ぶん》がありますき」

喜多は頷けなかった。

「だいたい、今はもう札入れらあて言いません。選挙いうて言います。これという者を選んで挙げる。札を入れることは票を投じると書いて投票」

「選挙、投票」

喜多はくりかえした。

「それは、イギリスでも男だけ」

「はい。ミルいう人が訴えて、十年ばあ前に、財産のない者も投票できるようになりましたが、都会の町民だけです。農民はまだですが、そのうちこれもできるようになるでしょう。五百年も前に議会ができたイギリスでさえ、こんなもんですき」

「ミルの『自由之理』は良かったが」

「なんと、奥さんは『自由之理』を読んだがですか」

驚く辰猪に、喜多は頷くと、問うた。

「ほいたら、おなごは財産があっても投票できんいうことかえ」

「そうです」

考えこむ喜多に構わず、辰猪は続けた。

「帰国してから、僕は共存同衆《きょうぞんどうしゅう》いう結社に入りました。ほんでおなごの地位を上げろういうて、おなごにも参加を認めましたが、推薦人がおらんことには。奥さんはともかく、普通のおなごに投票はまだ無理でしょう」

喜多はやはり頷けなかった。

「共存同衆は、僕がイギリスで作った日本学生会の流れを汲むものです。留学生はいまだに、出身藩で分かれて競ったりしておって、情けのうて。西洋に伍する近代国家となるには、日本人としてまとまらんといかんし、一方で、言論を盛んにするために個人の名誉も守られんといかん。共存同衆では、個人の名誉を保護する法律を作るように建言しました」

「あんたは日本におさまる器やのうなってきたねえ」

「ええ、これからまたイギリスにまいります。今度は法律を学ぼうと思いまして」

辰猪はまた胸を張る。

「万民が天から与えられた通義権理を守るには、法律が必要です」

末から受け取った外套《がいとう》を颯爽と羽織り、辰猪は線香の匂いをまとったまま、帰っていった。

数日前に、枝盛も暇乞《いとまご》いしに来ていた。退助の上京の先払いということで、とうとう、きょうか明日かという時勢になってきましたきに、とうきょうに行てまいりますと駄洒落で締めながらも、福澤諭吉らの明六社《めいろくしゃ》の評判が気になるらしかった。

天神橋から見上げる空は高かった。筆山は色を変え、ふもとの妙国寺《みょうこくじ》までの道は、落ちはじめた葉でとりどりの色に染められている。

喜多が末を供に妙国寺の本堂に着いたときには、冨三郎ら親族も西村屋の奉公人もみな集まっていた。まだがんぜない年頃の姪たちも今日ばかりはおとなしく、實の一周忌法要はしめやかに始まった。

喜多は實の士族籍を相続し、父方の袈裟丸の姓を変え、士族戸主楠瀬喜多となっていた。名こそ変わったものの、日々の暮らしはさして変わらなかった。

いつもの妙国寺の住職だけでなく、見慣れない僧が赤地に白紋の袈裟《けさ》を着て現れ、経を上げてくれた。

法要を終え、親族らを先に返してから尋ねると、要法寺の住職の日曇聖人さまだという。妙国寺は要法寺の末寺《まつじ》で、妙国寺の住職が出世して要法寺の住職となるのが慣例だった。

「聖人さまのお噂はかねがね聞いちょります。廃仏毀釈のおり、要法寺を廃寺から守られたそうで。ほんまやったら楠瀬の菩提寺は雪蹊寺。けんど廃仏で廃寺になってしまいましたきに、こちらでお世話になることになりました」

「これもご縁ですろう」

日曇は穏やかにほほえんだ。とても、役人に啖呵を切り、命懸けで寺を守った人とは思えない。

「聖人さまは、廃寺だけやのうて、われわれ弟子の僧たちを家に帰せという指令も、梵鐘を差し出せという指令も、みなはねつけられまして」

妙国寺の住職の言葉に、傍らの日曇は頷いた。

「鐘は、寅の大変のとき、海辺の村ではその音を聞いて大波が寄せることを知った者も多かったそうですき、単なる鉄だの銅だのというものではありません。その声を聞かしめることで衆生《しゆじよう》の苦を救うがが、鐘というものの本分でございます」

喜多は頷いた。あの大変後の混乱の中、要法寺の鐘が刻限になるたびに鳴ったことで、どれだけ救われただろう。

「あの折は、炊き出しをしてくださいまして、筆山で夜明かしもさせていただきました」

「それでも、永代不断経の読誦《どくじゆ》は、わたしの代で途絶えてしまいました。力及ばず残念な限りです」

喜多は要法寺の離れで實や退助と過ごした日々を思いだした。

「いつおじゃましても、清々《すがすが》しい経が響いておりました。懐かしいです」

「拙寺《せつじ》に通うてこられよったがですか」

「まだ娘のときですき、聖人さまはおられませんでした」

「そうでしたか。ご縁があったがですね。ご葬儀のときは、乾家の、いや板垣家の御当主もご同道されておられましたが、ご夫君はさぞかしご武勲をお立てになったがでしょう。板垣家と拙寺は縁が深いもんですき、今日は僭越ながら拙僧が御供養の経を上げました」

喜多は深く頭を下げた。

「雪蹊寺では湛慶《たんけい》の彫った仏像まで壊されたとのことですき、御先祖の御位牌もなくなってしまわれたがでしょう。奥さまのお里はどちらながですか」

「弘岡町で米屋を営んでおります西村屋です。里の菩提寺もこちらで。母が亡《の》うなったときもお世話になりました」

「ああ、西村屋さんの嬢《いと》さんでしたか。ご立派な跡取りもおられて、ご安泰ですな」

安泰ではなかった。士族の証文は紙切れ同様となり、仕送屋は廃業して、たくさんあった貸家の多くも手放した。今は自らが貸家で本業の米穀商をなんとか続けている。

「無念ながら、わたしは、子を生《な》すことができませんでした」

日曼の穏やかな顔に、喜多は思わず言っていた。

「おなごと生まれながら子を生さんままで、一生を頼む夫もなくして、これから生きていかんといきません。失礼ながら、妻帯を許されん聖人さまと一緒です。どういうお心で、聖人さまは日々をお過ごしになっておられるがでしょう」

日曼は淀みなく答えた。

「実子はおらんでも子同様の弟子があり、救いを求めてこられる信徒があります。今の人の役に立ち、のちの人の役に立つことが、わたしの毎日であり、わたしにとっての救いとなっております」

その穏やかな言葉は、しかし、男だからこそ出るものだと喜多は思った。

「けんど石女《うまずめ》は地獄に落ちるといいます。また、石女じゃのうても、おなごは血の池地獄に落ちるといいます」

「血盆経《けつぼんきょう》ですな。あれは偽経《ぎきょう》ですき」

日曼はきっぱりと言った。

「仏様のお言葉ではありません。そもそもこの世に生きる者はみな、母というおなごの胎内から生まれております。拙僧もです。であってみれば、おなごの穢《けが》れなどもありえぬこと。拙寺ではひよけの守りを出しておりません」

妙国寺の住職も同意する。

「拙寺は山内家入国とともに掛川から勧請《かんじょう》されて始まり、旧藩時代は藩公一族の菩提と土佐国の繁栄のみを祈願したものですが、御一新とともに庶民にも開かれ、末寺には旧藩時代から尼僧《にそう》も多い。そもそも、この国で最初にご出家されたがはおなごです。仏様は男女で差別されません」

喜多は驚いた。

「その、最初に出家したおなごというのは」

「善信尼《ぜんしんに》といいます。百済《くだら》に渡って戒律を得て、大和《やまと》桜井寺の庵主となりました。敏達《びだつ》天皇のころ、仏教を嫌う物部守屋《もののべのもりや》によって鞭打ちにもされましたが、後には十一人もの尼が続きました」

遣隋使よりも前に朝鮮に渡った尼僧が、この国初の男の僧も生んだという。

「御先代、いえ、御先々代になられるがでしょうか。要法寺のご住職にはとても良《よ》うしてもらいました。離れで手習いをさせてもらいましたが、おなごのわたしも励ましてくださいました。あのころから、ご住職さまのお志は変わっておられんがですね」

「これも仏縁《ぶつえん》でしょう。どうぞこれからも足をお運びください」

日曼と妙国寺の住職に見送られ、喜多は寺を後にした。

年が明けて間もなく、片岡健吉と、喜久馬改め山田平左衛門《へいざえもん》が二人して、見慣れない洋服姿の男を連れて訪ねてきた。健吉も平左衛門も同じく洋服を着ていた。平左衛門の洋服姿を見たのは初めてだった。

「こちらは慶應義塾から来てくださった深間内基《ふかまうちもとい》君です」

健吉や平左衛門と同じ年頃の深間内は、その陰影の濃い造作《ぞうさく》といい、物腰の優雅さといい、まるで日本人ではないように見えたが、名前からするとやはり日本人らしい。

「このたび、立志学舎の英学教授として高知にお呼びしたがです」

「遠いところを、ようこそ来られました。お国はどちらで」

喜多は丁寧にあいさつをしたが、深間内はそっけなく答えた。

「三春です」

「慶應義塾いうたら、馬場辰猪いう者がお世話になりよったはずです」

深間内はまじまじと喜多を見た。喜多の口から辰猪の名が出るとは思わなかったのだろう。

「ええ、存じております。よく教えてもらいました。英国に留学された」

新聞に書かれた文章のように話す深間内の言葉には、しかし、よその土地の訛りがあった。

「辰猪さんはここに通いよりました。この前も亡き夫の仏壇に線香をあげに来てくれました」

「今日お伺いしたがは、この深間内基君のお世話をお願いしたかったきにです」

「ここは立志学舎にも立志社にも近い。渡し場も目の前です。喜多さんがお寂《さみ》しゅうになられたがやないかと退助さんがご案じされよりまして」

實の一周忌がすんだことを知らせたら、寂しくなっただろうから、下宿人でも置けばどうだ、養子になりそうな下宿人を世話してやるという返事が東京から届いていた。その字は見慣れた枝盛のものではなく、枝盛はどうしているかと案じられた。

「もちろん、喜んでお世話させていただきます」

「それは、かたじけない」

深間内は両膝に両手を置いて、旧藩時代のような礼をした。

「それにしても、退助さまは、人の世話どころやないでしょうに」

退助は、大久保利通、伊藤博文らに乞《こ》われ、大審院《だいしんいん》と元老院《げんろういん》の設置と地方官会議《ちほうかんかいぎ》の開設を条件に、木戸孝允とともに参議に復帰していたが、半年余りでまたしても辞職していた。

「健吉さまは、退助さまがどうされても、変わらんとおそばにおられるがですね」

健吉は苦笑して頭をかいた。

「今は立志社社長をしよります。おっつけ退助さんも戻ってこられるはずです」

「健吉さまは、ほんまに退助さまがお好きですね」

喜多はほほえんだ後、平左衛門に目を移した。

「平左衛門さまも」

平左衛門は深く頷いた。

「退助さんはすごいです。参議に復帰されていたわずか半年の間に、えらい働きをなさいました」

退助は、大審院の設置で司法を独立させ裁判を近代化し、元老院の設置で法律を作る機関を太政官から分離して民選議院開設に一歩近づけた。そして、地方官会議で、都府県の民意を政治に反映できる形を作った。

「それに、なんというても、漸次《ぜんじ》立憲政体《りつけんせいたい》を立てることになりました。漸次ではありますが、これで、憲法を作り、民選議院を開くという目処が立ちました」

「半年とはいえ、退助さんが参議に復帰したきにこそ、太政官への権力の集中を止めて、立法、行政、司法の独立がすすめられる道が開けたがです」

「江藤新平があんなざっとした裁判で梟首になるようなことも、もうないわけじゃ」

「東京では、今日か明日かと待つようだねえ、民選議院という戯《ざ》れ歌が流行っております」

深間内も口を挟んだ。

「せかれるねえ、民選議院とも。そんな戯れ歌も、先生あってのことでしょう」

「ほんまに。退助さんは形だけやのうて、実《じつ》のある、太政官の権力の分離をすすめようとされよったに、またしても公卿と長州閥に阻まれ辞職のやむなきに至りましたが、それでも、世間に民選議院という夢を生みました」

もう少し退助が参議としてがんばってくれればとも思ったが、せっかちな退助らしい選択でもあった。漸次ではなくただちに立憲政体の樹立をという退助の一本気な熱さは、たしかに全国に伝わった。

「今、立志社はえらい勢いです。こんな、深間内君のような優秀な先生が、わざわざ高知まで来てくださるぐらいです」

「いえいえ、こちらが高知に学びに来たのです。今、高知は民権自由を目指す者の聖地です。僕の後にも、全国から人材が押し寄せるでしょう」

深間内の言葉に、健吉も平左衛門も何度も頷いた。

「あの方と一緒やったら、なんでもできる気がするがです」

健吉が言うのを、平左衛門が大きく頷いて、続けた。

「あの方は、夢を見させてくれるがです。僕らにも世を変えられるがやないかという、夢を」

深間内は離れの二階で寝起きするようになった。

朝、母屋で食事を取ると、立志学舎に弁当持ちで出勤する。鏡川の堤防沿いに行けば、立志学舎も立志社もすぐそこだった。

退助からは、深間内の世話を始めたことへの礼状とともに、鎖鎌《くさりがま》が送られてきた。

手紙には、おなごだけの世帯は物騒ゆえ下宿人を世話したが、他の男も来るようになったら万が一ということもあるかもしれないから、この鎖鎌を目立つところに置いておけとあった。退助の母から贈られた品で、自分は鎖鎌の名人だと言えという。

「国家の大事のときいうに、わたしなんかの心配をして」

喜多は、鎖鎌の前で、ひとりつぶやいた。

退助さまは、喜多さんが心配でしょうがないがや。

實なら、そう言うに違いなかった。霜月には三回忌だったが、喜多はまだ、實がこの家にいるように感じていた。

ふくにせがんでは、よく聞かせてもらった七夕の昔話を思いだす。ふくに抱かれて聞いていたときは、夫婦がひきさかれ、天の川に隔てられて、年に一度の七夕にしか会えなくなる、不仕合わせな話だと思っていた。

けれども、實を失った今になって、思いあう夫婦がたとえ年に一度でも会うことができる、仕合わせな話だったのだと気づいた。

そんなある日の夕暮れ、喜多が西村屋で帳場を勤めて戻ってくると、門の中から若者たちの笑い声が響いていた。それからは連日のように、立志学舎の生徒や立志社の社員が、深間内に教えを請《こ》いにやってくるようになり、離れの一階はすっかり賑やかになった。

「昔を思いだしますねえ」

若者たちをもてなして食事だの酒だのと大変になったはずの末が、實が道場を開いていたころを懐かしむ。賑やかさは変わらなくとも、背の高い若者たちが集まると、かつて幼い辰猪らが走り回っていたとは信じられないほど、離れが狭く感じた。時勢を云々し、志を語り合う若者たちの熱気に煽られ、喜多もうちまじって夜更けまで談笑することもあった。

そんな夜は、實を失ったさみしさも忘れられる。退助の心遣いに感謝しながら、退助もまた、一生をともにするはずの相手を失ったのだと気づく。

「楠瀬さんのところには、板垣先生の御母堂《ごぼどう》の鎖鎌があるそうで、ちっくと見せてもらえたら」

やがて、深間内を訪ねてきた立志社の社員に頼まれるようになった。どうやら、退助がそんな噂を流しているらしい。母屋の、川に面した床《とこ》に置いた鎖鎌は、紫の房《ふさ》こそ新しいものの、よほどに使い込まれたのか、鈍《にぶ》く妖《あや》しく光っていた。

「ううむ、なかなかの品ですのう。楠瀬さんはえらい使い手じゃそうで」

社員たちは唸った。

「楠瀬さんがそんな使い手だったとは。存じませんで、おみそれいたしました」

深間内も感心した。

喜多はわらうだけで何も言わなかった。


退助が帰国しないまま、春は過ぎ、高知で民会が開かれることになった。

枝盛が小高坂で開いたような一町だけのものではなく、高知の各小区でそれぞれ行われるとのことで、小区ごとに、まずは第一選挙人が第二選挙人を選び、第二選挙人が小区会議員を選ぶという。

「やっと民選の民会ができる」

「間接選挙いうものですね。アメリカで大統領を決めるときと同じです。なかなかいいやり方ですね。さすが高知です」

深間内も驚いていた。

およそ十戸から一人の第二選挙人を選ぶ第一選挙人は戸主に限られるとのことで、早速、喜多は儀平にも弘岡町の選挙場に行かせ、自分も実印を持って東唐人町の選挙場に足を運んだ。

東唐人町は鏡川に沿って東西に長い。川辺を遡《さかのぼ》って歩くと、風が額をなぶった。

寄合に行けなかったわたしが、やっと民会に関われる。

喜多は自分の名を書こうと決めていた。

議員になって、育院経営を助けたい。自分が議員になれなくても、育院経営を助けてくれるような人に議員になってほしい。

天神橋のむこうに筆山がそびえる。

實さんは、亡くなることで、わたしを戸主にしてくれた。

實にはこの日が来ることがわかっていたように、喜多には思えた。

ところが、喜多が選挙場となっていた家の門をくぐったところで、戸長《こちょう》に呼びとめられた。

「あんたはどこのおかみさんかね。選挙は亭主に来させなさい」

喜多はむっとして言い返した。

「士族戸主の楠瀬喜多じゃ。実印も持ってきちゅう」

「あんたはおなごじゃないか」

戸長は引かない。奥から他の男たちも出てきた。

「おなごが来ちゅう」

「弁当でも持ってきたがか」

「おなごでも、戸主なら選挙できるはずやろう」

喜多は怯《ひる》まずに言ったが、男たちはどっとわらった。

「おなごはいかん。ここに書いてある」

「どこに」

「これじゃ。高知県、高知県、県民会」

薄い冊子を出してきた中年の男は、つっかえながら題字を読んだ。

「高知県民会議事章程《ぎじしょうてい》」

喜多は横から淀みなく読みあげた。取り巻いた男たちがまたわらう。

「おなごのほうがよう読める」

「おなごに負けてたまるか。おまんは小学校からやり直しじゃのう」

揶揄された男は顔を赤くして言った。

「戸主でも資格のない者があると書いてある」

「どこに」

「ええと、御一新前のことを、いやここやない、農工商の三民に至ってはいかほど、いやここでもない、人民一様相対の権利」

男たちはまたあざけりわらう。とはいえ、代わって読んでやるという者はいない。

笑い声を無視し、欠格者の記載を探す男の脇から民会議事章程を覗きこんだ喜多は、目を疑った。

第一選挙人は以下に係《かかわ》る人員を除いて総《すべ》ての戸主とあり、除かれる者として二十年未満の者、精神失常の者、破産者と並んで、婦女と記されていた。

「ああ、あったあった、婦女。婦女は除くとある」

やっとその文言をみつけて喜んだ男の手から、喜多は民会議事章程をひったくった。

「これは貰《もろ》うていく」

投票に来た男たちが、民会議事章程を片手に門から出てきた喜多に驚いて、ふりかえる。

「誰ぞあれは」

「私塾をしよった士の後家じゃ。楠瀬とかいう」

「後家か。ちっとは学があるらしいが、おなごに選挙じゃって、正気とは思えんのう」

「戸主を笠に着て思いあがってまわって。後家はおとなしゅうにしちょったらええがじゃ」

男たちの哄笑する声が後ろから響いた。

喜多は筆山に見下ろされながら川べりで民会議事章程を開き、風にめくられないよう、押さえながら読んだ。

その中には、たしかに婦女の二字があった。

喜多が筆山に背を向けてくだる帰りの道は、追い風だった。


失意の喜多を慰めたのは深間内だった。

「イギリスでもまだない婦人の選挙の権を、いくら高知県が先進的とはいっても、認めるなどということがあるのだろうかと、内心、驚いておりました」

「盛大、わらわれて戻《も》んてきました」

結局、選挙場に入ることも、入札用紙を受け取ることもできなかった。

「しかし、アメリカではワイオミング準州《じゅんしゅう》で、すでに婦人が選挙の権を得ています」

深間内は穏やかに言った。

「これはイギリスから届いた本です」

深間内は鞄《かばん》から横文字の本を出した。

「婦人の隷従《れいじゅう》という意味の本です。ミルという哲学者が、今は婦人の隷従が慣習になってはいるが、慣習となっているからといって、それが正しいことだとはいえないと書いています。だから婦人といえども自主の権を亨《う》けないということはない、社会上も政治上も男女は同一の権を持つと」

喜多は、以前読んだミルの『自由之理』を思いだした。

「それでも、僕はこの本の論には賛同できませんでした。婦人が自主の権を持つなど、ありえないと思っていました。明六雑誌でも男女同権の論は出ておりましたが、僕は冷ややかに見ておりました。婦人、高知ではおなごですね」

喜多は頷いた。

「僕は、おなごには自分一個の考えなぞないと思っておりましたから、ここへお世話になるとき、片岡社長と山田さんが二人して、わざわざこちらへのあいさつに同道されたことに驚きました。たかが後家の下宿屋ごときに。いや、失礼」

深間内は口を押さえて頭を下げた。喜多は苦笑いした。

「でも本心ではそう思っていたのです。それが、楠瀬さんにお世話になるようになって、片岡社長とも山田さんとも他の立志社員とも対等にお話しされるお姿を拝見し、考えを改めました。おなごにも一個の考えがある。僕が勝手におなごにはないと思いこんでいただけで、本当はどのおなごにもおなごなりの考えがあり、ミルの考えは正しいのではないかと」

深間内は本の題字をなぞった。

「今日、実印を持って、いそいそと出ていかれた楠瀬さんの後ろ姿を見て、確信いたしました。こんな小さな体にも、自主自由の意気がみなぎっている。おなごも、男と変わらない自主の権を亨けているのですね。今はそれが妨げられているだけなのだとわかりました」

深間内は喜多に向かって穏やかにほほえんだ。

「この本の論は正しい。今は世界でもアメリカの一州が認められているに過ぎませんが、いずれはアメリカ全土で、いや、イギリスでも日本でも、世界中で婦人が投票できるようになるでしょう。僕は、この本を翻訳することを決めました」

深間内は喜多を見た。喜多はその涼やかな目を見返した。

「翻訳してくれたら、わたしも読めるねえ」

深間内は頷いた。

「そのときは、一番に楠瀬さんに読んでいただきます」

喜多はふふっとわらった。


十月になって、見慣れた字の手紙が退助から届いた。枝盛の字だった。

そこには、無筆の自分に愛想を尽かして出ていった枝盛が、また戻ってきてくれて、この手紙を自分に代わって書いてくれているということや、實の三回忌には間に合わないかもしれないが、政府の弾圧で高知が大変なことになっているから、近々《ちかぢか》帰ろうと思っていることが書かれていた。

政府は、特に高知に対してあからさまな介入を始めていた。これまで一度も一つになったことのない阿波と土佐の二国を合併し高知県として混乱させたり、立志社を庇護する県令を罷免し、東京から県令を送りこんで立志社に関わる職員を辞職させたりした。立志社の本拠地の九反田の旧開成館も明け渡すよう命じられ、移転するしかなくなった。立志社は京町へ移ることができたが、立志学舎は行き場がない。そこで退助は立志学舎に屋敷を譲り、家を鏡川の向こう側の潮江新田《うしおえしんた》に移したという。

そんなときなのに、下宿で何か困ってはいないか、何をするにも遅い喜多には至難の業《わざ》だろうが鎖鎌の名人としてしっかり振る舞っているか心配でたまらぬと、退助はこちらを気遣ってくれる。

任期を終えた深間内が高知を去ってからも、立志学舎に雇われた教師が入れ替わり立ち替わり、喜多の家の離れに下宿するようになっていた。板垣先生の御母堂から贈られたという織りこみと合わせ、喜多の鎖鎌の名人としての名はすっかり高くなっていた。退助の読みは当たっていた。

西村屋でも、客からは鎖鎌のおかみさんとして記憶され、角力三役《さんやく》の冨三郎とともににらみをきかしていた。おかげで、士族への貸金のいくらかが戻ってきて、やっと西村屋は一息つくことができた。

「それでもまだまだやなあ」

最近は商売にも身を入れ始めた冨三郎は、貸金の整理をしながらつぶやいた。士族への俸禄の支給を取りやめる秩禄処分が行われたため、士族の貧困はいよいよ差し迫ったものになっており、育院にも士族が赤子を預けにくることがあるほどだった。それでも料理屋を始めたり代言人《だいげんにん》に鞍替えしたりして、それなりに儲けている家もあった。貧窮している家からの取り立てはさておき、まずは返してもらえそうな家からあたってみることにしようと、喜多も番頭も一緒に帳面を調べ直した。

店に出ずっぱりだったその冨三郎が、久しぶりに川原角力に出て、小手投げでかろうじて三役の座を守ったものの、投げた相手と一緒に肩から倒れ、ひどく擦《す》りむいて帰ってきた。

いつものことだと膏薬《こうやく》を塗っただけですましていたが、五日たってけがもあらかた治ったころ、突然口がこわばって笑い顔になったまま、戻らなくなった。汗もひどく、すぐに医師を呼んだところ、けがのせいで破傷風にかかったらしいという。この病気は西洋医のいる病院でしか治せないということで、すぐに實がかかった病院に入院させたが、けいれんが起きて、あっという間に亡くなってしまった。

冨もこども三人も、冨三郎を看取《みと》ることさえできなかった。通夜の晩、まだがんぜない丑は、布団に寝かされた父の体を揺すって話しかけた。

「ととさま、起きて。お客さんがいっぱい来《き》ちゅうよ」

それまで涙ひとつこぼさなかった儀平が、丑の小さな体を抱いておいおい泣いた。

「冨三郎」

本来の名は冨太郎だった。大叔父に咎められ、冨太郎とつけた名を、魔を除《よ》けるためにずっと、冨三郎と呼び替えてきた。

やっと授かった大事な跡取りを失わないように、そうしたはずだった。


霜月半ばの急に冷えこんだ夜明け、店の女衆《おなごし》が駆けこんできた。

「大旦那さまが倒れられました」

冨三郎の急死で、店も残された家族たちも混乱していた。喜多は店に通いつめ、隠居同様だった儀平も毎日店に出るようになっていた。

喜多が駆けつけると、儀平は布団に寝かされ、呼びかけにも全く応じなくなっていた。医師は卒中だといい、病院に担ぎこまれた。

幸い一命は取りとめたが、中風になって、これまでのようにしゃべったり歩いたりすることができなくなった。先月は息子が、今月は父親が担ぎこまれた病院では、跡取り息子を失った衝撃のせいだろうと言われた。冨がその看病に追われているうちに、今度はこどもたちが順繰りに麻疹にかかり、宣政も丑も軽くてすんだが、最後にかかった米が高熱で亡くなってしまった。

嘆き悲しんで寝込んだ冨に代わって葬式をすませると、喜多は店だけでなく、こどもたちの世話にも追われた。宣政は小学校から帰っても近所の子と遊んだり、本を読んだりして手がかからないが、優しかった姉の米を急に亡くした丑は、寂しさからか喜多に懐《なつ》いて、小さな足でとことこと喜多の後ばかりついて歩く。

「おばちゃん、帳面と算盤はここに置いたらええ」

帳場にいる喜多に舌足らずに話しかけてきて、帳面と算盤を離れた台の上に置かせると、丑はちゃっかり喜多の膝に上がってきた。頼みとする母も祖父も寝込んでいる丑があわれで、喜多は丑を膝に乗せ、西村屋の帳簿の整理をした。

宣政はまだ九歳。一人前になるまで、西村屋を保《も》たせることは難しかった。士族から返してもらえないままの借財もあり、冨三郎や米の葬儀や法要、儀平の治療費も嵩《かさ》んでいた。借金を重ねてなんとかやりくりしていたが、こうなってはもう、西村屋を畳むしかない。

とはいえ、米搗きの男衆《おとこし》や内を見てくれていた女衆を里に帰すにあたっては、これまでの給金で済ませるというわけにもいかない。しかし、そんな金は西村屋のどこにもなく、新たに借金をして凌《しの》ぐしかなかった。

儀平にまとまった金を借りさせることにしたが、跡取りを亡くし、当主の儀平も中風だと知っている銀行は、保証人がないと貸せないと突っぱねる。それならと、喜多は儀平の借金の証文に、保証人として名を連ねた。戸主楠瀬喜多と書き込み、実印を押して、実家の役に立てることが誇らしかった。

ところが、銀行は借金を断ってきた。番頭の話では、おなごは保証人として認められないというらしい。喜多が銀行に出向き、窓口で問い詰めていると、支配人が出てきた。

「なんぼ戸主じゃち士族じゃち、おなごが保証人にはなれませんき」

洋服を着た支配人は言うと、胸ポケットから白絹を出して鼻をかんだ。

「どこにそんなことが書いてあるがぞ。男同様、実印を持った戸主じゃ。おなごでも変わりはない」

喜多は語気を強めた。

「ほんでも、おなごの保証など、保証になりませんき」

けんもほろろのあいさつだった。白絹を胸にしまうと、今度は洋文字が書かれた手帖を出し、鉛筆で何かしら書き込む。一度も喜多を見ようとしない。

「その手帖、上下が逆じゃ」

喜多は銀行中に響くほどの声で教えた。以前、馬場辰猪にはわらわれたが、今や喜多も、深間内や立志学舎の教師たちとの付き合いで、さすがに洋文字の上下くらいは心得ていた。

行員や客がにやにやしながらこちらを見る。支配人は顔を赤くし、あたふたと手帖をひっくり返した。

時間をかけてこの西洋かぶれを論破する余裕はない。この急場をなんとか凌《しの》がなくてはいけなかった。

喜多は保証人となることを諦め、西村屋の窮状を知って申し出てくれた酒屋の野村嘉六《のむらかろく》に保証人を頼んで、儀平の名義で借金をし、それを餞《はなむけ》としてこれまで勤めてくれた者たちに報い、西村屋を去ってもらった。

六月になっていよいよ、立志社の政談《せいだん》演説会が開かれた。もと士だけでなく、広く大衆に民権思想を広めようというのがその狙いだった。初めての公開演説ということで、会場となった蓮池町の西森《にしもり》という家は、押すな押すなの大混雑だったという。

片岡健吉が京都行在所《あんざいしょ》に提出した国会開設を求める立志社建白はわずか三日で却下されたにもかかわらず、国会開設を求める声は一向に収まらなかった。一方で西南《せいなん》の役《えき》も続き、誰もが時勢の成り行きを知りたがっていた。

はじめは蓮池町だの帯屋町だのの篤志《とくしか》家の邸宅がその会場となっていたが、評判が評判を呼んで押し寄せた聴衆が入りきらなくなったとのことで、とうとう、演説会規則を作り、稲荷新地《いなりしんち》劇場を借り切って演説会を開くことになった。

退助から使いが来て、喜多は初めて稲荷新地に行った。御一新で城下に初めてできた遊里《ゆうり》で、これまでの喜多には縁がなく、足を踏み入れたこともなかったが、演説会場となる劇場への道はじきにわかった。羽織姿や洋服姿の男たちが列をなして、劇場へ向かっていたのだ。とにもかくにも帽子の後をついていきさえすれば、右も左もわからぬ喜多でも、迷うことはなかった。

入り口で、喜多は係員の男に咎められた。

「おなごじゃないか。おなごが何をしに来た」

「演説を聞きに来た」

喜多はそっけなく答えた。

「おなごが演説じゃと。とんでもない」

男はわらった。

「おなごはいかん。帰りなさい」

「おなごはいかんいうて、そんなことは演説会規則にはないはずじゃ」

演説会規則を作ったのは枝盛だと聞いていた。

演説会場にめずらしいおなごの声に、周りの男たちが喜多を取り巻いた。劇場の中からも騒ぎを聞きつけて人が出てくる。出てくる者も入ってくる者も、ことごとく男だった。黒や鼠、灰に染まった男たちの波の中で、ただ、喜多だけが色を持っていた。

「規則に無《の》うても、おなごの来るところじゃない。おなごはおとなしゅうに、家におったらええがじゃ」

「けんど、女大學に書いてある」

喜多は言い返した。

「女大學に。まさか」

「宮、寺など、すべて人の多く集まるところへ、四十歳より内は、余りに行くべからず」

喜多は女大學の一節を誦じた。

「ほんじゃきに四十を越したら、人の集まるところへ行ったち、どこへ行ったちかまんいうことやろ」

喜多は男たちを見上げて言った。係員は返事に窮し、周りの男たちもむんと唸った。

「理屈じゃ」

「そのおなごを通しちゃれ」

黒い波の中から、口々に声が上がった。係員は喜多をにらむと、手を振って通した。

劇場に入った喜多を、拍手が迎えた。

「さすが喜多じゃのう」

手を叩く退助と枝盛が立っていた。

「助けちゃろうと思うたに、おれの手など要《い》らざったのう」

喜多はわらって頷いた。

「女大學はめっそに嫌じゃったけんど、今回ばかりは役に立ったわ」

退助は満足そうに頷くと、驚いてこちらを見る係員を一喝した。

「おなごが演説会に来たらいかんという規則はない。これからおなごが来たら通すように」

係員は縮みあがって頭を下げると、おそるおそる退助に訊いた。

「奥さまでいらっしゃいましたか」

「あほう」

退助が否定する前に、係員の後ろから、その問いを叱責する別の声がした。

「おまんは奥さまの顔も知らんがか。お手掛けさまに決まっておるろうが」

ささやいたつもりだろうが、みんな聞こえている。

「どっちでもない。同志じゃ。黙れ」

退助が怒鳴るのと、枝盛が喜多に頭を下げるのは同時だった。

「失礼をいたしました」

男というものは、おなごといえば、妻か妾かどっちかだと思っている。

でも、退助は、こんなにたくさんの男たちの前で、ためらいなくわたしを同志だと言ってくれる。

「こちらは立志社に関わりのある方です。くれぐれも粗相《そそう》のないように」

枝盛は係員に注意した。

「今日は枝盛が演説するぞ。二階に案内しちゃれ」

退助が嬉しそうに言い、枝盛は頷いて、喜多を促した。

「退助さまのところにずっと居《お》ったがかと思いよりましたが、あちこち移られておったがですね」

先に立つ枝盛は、高知を離れている間に背が伸びたようだった。まだ背が伸びるほどに若いのだと改めて気づく。

「僕も先生の厄介になるつもりでおったがですが、まさか無筆とは知りませんで。しかもぼくの嫌いな英学を、嬢《いと》さんらに教えよなどと無理を言います。英学がなんぼできても、ほんまの意味で西洋思想を理解したものは、僕のほかにおりません。英学ができるものの翻訳で学べば十分ですき」

自負心にあふれた枝盛らしい言葉だった。

「期待しちょった明六社も、弾圧に負けて近ごろでは妙に政府にへつらうような論ばかりになって、おもしろうありません。僕は東京で演説もよう聞きに行きましたが、ミルのせっかくの論も、あいつらの手にかかると、政府への人民の絶対服従を強いるもんになりさがってしまうがです。ミルが泣きよります。なんぼ留学したち、なんぼ英学《えいがく》を学んだち、あれでは何にもなりませんき。ちっともえい学者《がく》やない」

枝盛はまた誰もわらえない駄洒落を挟みこんだ。

「明六社の面々に愛想を尽かしてみれば、無筆でもええ演説をして、現状におもねって理想を失ったりせん先生のほうが、えっころ立派じゃと思いまして」

「ほんで退助さまの許へ戻ったがですか」

「はい。先生とは一晩語り明かしました。この日本で、御一新の理想を今もなお保ち続けておられるがは、先生ただひとりじゃと確信しました。先生の理想と僕の天才が一緒になれば、天下を変えられるでしょう」

枝盛はいくらでも大風呂敷を広げられる質《たち》らしい。けれどもそれはあながち誇大妄想とも喜多には思えなかった。

「それに、先生の無筆は僕の英学とおんなじで、読み書きにえらい時間がかかるだけです。新聞やら西洋の本やらをよう読みあげてさしあげますが、深《ふこ》うに理解されて、本質を突いた鋭い質問をされますき、たまげてしまいます」

要法寺で大の字になって目を瞑《つむ》り、じっと孫子を聞いていた退助の姿を思いだす。

「もしかしてやけんど、こないだの新聞に、鮮血で自由を買うとか、天下は天下の天下にして政府は人民の政府らあて書いたがは、枝盛さんやない」

枝盛ははっと驚いて喜多を見た。

「ようわかりましたね。署名を変えましたき、誰も気づかんと思いよりましたが」

枝盛は東京にいたとき、新聞に書いた記事が新聞紙条例違反とされ、二月《ふたつき》も獄に繋がれていた。

「けんど、なんぼ署名を変えたいうても、あんな激烈な文を書いて。また捕まるかもしれんに」

枝盛は、心配する喜多の言葉を受け流し、喜多を二階席に案内すると去った。


演説会場となった劇場の升席《ますせき》も二階も、羽織姿と洋服姿の男たちで埋めつくされていた。まるで、この世には男しかいないかのようだった。

やがて、大喝采とともに、片岡健吉が舞台に現れた。いつものおっとりした声で、帰高した板垣退助君を迎え、立志社としてこのように盛大な演説会を開くことになったのも、それだけ国会開設が急務であるからであるとあいさつする。

それから退助が演説を始めた。よく通る太い声に喜多は聴き入った。旧陣営で聞いたときよりも淀みなく、簡潔に語る。言葉遣いもずいぶん変わり、自主自由は自由に、通義権理は権利に、民選議院は国会にというように、それぞれ端的に言い換えられていた。

続いて演壇に立った若者は吉田正春《まさはる》といい、吉田東洋の遺児だという。退助と實から聞いてはいたが、会ったことはない東洋の面影を、喜多はその顔に探った。

その後に立った若者は坂本南海男だった。独の甥の南海男を、喜多は初めて見た。横文字をくりかえしているところを見ると英学が得意なのだろう。ミルやスペンサーの名を挙げては論を進める。

次々と登壇して論を述べる若者たちの演説に、拍手は鳴りやまなかった。

そして喜多は、その日、植木枝盛の演説を初めて聞いた。駄洒落も挟まず、滔々と論じるその姿は別人のようだった。まだ二十歳そこそことはとても思えない。満場の人たちは一心に枝盛をみつめる。

「戊辰の如きは改革というが、あくまで政府の変換にして、政体の変革にあらず。御一新は支配者の交代に過ぎない。虐《しいた》げられていた人々は未だ解放されていない。今こそ、政府の独裁を廃し、人民をして政権を掌《と》らせるべきである。それは憲法の制定と立憲政体の樹立によってしか成しえない。ここに我は、明治第二の改革を求める」

ヒヤヒヤという歓声で、枝盛の声はかき消されるほどだった。ヒヤヒヤというのは近ごろ演説会でよく聞かれるようになったが、イギリス議会で使われる賛同の掛け声なのだという。反対のときにはノウノウという声が上がる。

枝盛はなおも、人民のためであるならば、政府は転覆してもよいと叫び、会場を沸かせた。

この日の聴衆は四千人を数えたという。

退助と枝盛が配慮してくれ、次の演説会から、劇場の二階に女席が用意されるようになった。

「おなごが行くところやないろう」

喜多が誘っても、はじめはそう言って二の足を踏んでいた独だったが、甥を見たさに演説会に通うようになった。

「芝居みたいでおもしろいで」

喜多は育院を手伝うおなごたちにも声をかけた。躊躇していたおなごたちも、一度行くと、芝居よりおもしろいと通いはじめる。

独は士族の妻女たちを伴ってくるようになった。片岡健吉の妻の美遊《みゆ》にも演説会場で会った。開け広げな性格らしく、独が紹介するなり、町方上がりの喜多に、のっけから親しげに語りかけてきた。

「旦那さまからお話を伺《うかご》うちょります。お会いしとうございました」

美遊さまは健吉さまと結ばれとうて初めの嫁ぎ先から戻《も》んてきたほどの人じゃきにという独の話通り、美遊は健吉の演説見たさに足繁く通ってきた。

喜多の下宿には、県外や郡部の若者たちが、板垣先生の紹介でと言ってはやってきた。いずれも西郷に呼応して西南の役に加わることを退助に勧めに来た者ばかりだった。福井から来たという杉《すぎ》田定一《たていいち》もそのひとりだったが、枝盛と退助の思想に触れて考えを変え、演説会に加わるうちに、自らも演壇に立つようになった。

三重から来た栗原亮一《くりはらりよういち》は、やせぎすながら精悍な顔立ちをしており、年も近い枝盛と風貌が似ていた。

「まだ若いですが、草莽雑誌《そうもうざつし》を出して藩閥政府を糾弾して発禁処分になったやつです」

すっかり意気統合したらしい杉田が肩を抱いて紹介してくれた。やることも枝盛と似ているし、初対面の喜多に黙って頭を下げるだけで無愛想なところもそっくりだった。

演説を盛んにする坂本南海男と吉田正春はもちろん、他県出身の杉田や栗原も加わり、喜多の下宿で話し合うこともあった。議論が白熱すると、暑い暑いと肌脱ぎになって、どぼんどぼんと鏡川に飛びこむ。末が呆れてわらった。

「みなさん天下の秀才でしょうに、やることはこどもと変わりませんねえ」

八月も半ばになると、西郷隆盛が軍に解散を命じたとかで、西南の役が終わった。それでも、西郷はなお鹿児島を目指しているとのことで、それを救おうという声も止まなかった。

しかし、演説で、退助は挙兵益《えき》なしとくりかえした。士族がいくら兵を起こしても、民がついてこなければ勝ち目はないと言って、動かない。

ところが、片岡健吉以下、山田平左衛門ら立志社の主だった者たちが一斉に捕縛され、取り調べのために東京へ護送された。薩摩に呼応して武装蜂起を企てたかどだというが、他の過激な者たちはともかく、健吉だけはそのようなことをするわけがないと誰もが知っていた。

「逮捕のあくる日、武力をもって片岡さんを取り返そうと、社員一同はいきり立っておりまして。今にも立志社員総出で飛びだしかねん勢いでした」

訪ねてきた枝盛は、杉田や栗原とともに迎えた喜多に言った。

「それを先生が、いや、そんなことをしたら、かえって片岡に不利になるとおっしゃって」

猪之助だったころの退助だったら、真っ先に自分が飛びだすところだ。

「我々はまず、我々の志す民権を、一町《いっちょう》より一区《いっく》に及ぼし、一区より一県《いっけん》に及ぼし、一県より各県全国に及ぼし、民とともに力を合わせる。そして民とともに言論で、選挙で政府を取り替える。我らが目指すところは、民権自由ただひとつじゃとおっしゃって」

「さすがは板垣先生と思いました」

もともと蜂起を求めて来高したはずの杉田は、何度も頷いた。

「色めきたっておった者たちも、その通りじゃと納得して、衆議《しゆうぎ》一決《いつけつ》、無事に収まりました」

「これからはもう、武力の世ではありません。言論の世になるがは道理です」

無口な栗原も言う。枝盛は懐から一枚の紙を出して広げた。

「立志社で海南新誌《かいなんしんし》という雑誌を出します。藩閥政治に対抗するには民権自由の輪を広げるしかありません。これが草稿です。わたしから渡《わた》したがを、栗原君が書いてくれました」

その字は、駄洒落を挟まないではいられない枝盛の、端正な字ではなかった。

「ええ字を書かれますね」

その線は細いが、のびのびと豊かに書かれており、喜多に實の書跡を思いださせた。

「民権大いに興り、自主ここに長じ、天下の人称して自由は土佐の山間《さんかん》より発したりということあるに至れば、わが雑誌も始めて」

喜多がそこまで読むと、杉田が褒めちぎった。

「なんとなんと。なんとよい冒頭言《ぼうとうげん》ではありませんか」

「昔は土佐といえば、樟脳《しようのう》と鰹節やったが、これからは民権自由を輸出するがです」

枝盛が薄い胸を張った。

「よいですなあ。土佐の天下になりますなあ」

杉田がしきりに褒める。枝盛は照れるでもなく、賛美を正面から受ける。

「民権自由をすすめることこそが、明治第二の改革ですね」

喜多の言葉に、栗原と杉田が驚いて顔を見合わせる。枝盛はただ笑みを浮かべていた。

雨風《あめかぜ》に悩まされた夏が過ぎ、再び選挙が行われた。前の選挙では、片岡健吉が区会議員になっていた。喜多はまた、実印を持って選挙場に足を運んだ。

「また楠瀬の後家が来た」

選挙場は前回と同じ家だった。見おぼえのある男が喜多を見るなり眉を寄せた。

「あの後家は、立志社の演説にも毎回来《き》ゆう」

「唐人町の野村望東尼《のむらぼうとうに》じゃ」

係の男や投票に来た男たちが、幕末の志士を助けた女丈夫《じょじょうぶ》の名を挙げ、喜多を指さして聞こえよがしに言う。いつの間にか、ずいぶんと喜多の名が知られるようになっていた。

「また投票させえと言うがじゃろう」

「おなごはできん。野村望東尼やって投票はしてない」

「野村望東尼になりたいわけやない。手弱女《たおやめ》であっても益荒男《ますらお》とおんなじことがしたいだけじゃ」

喜多は野村望東尼の遺した言葉を引いて言い返した。

「おなごはできんがじゃ」

やがて戸長が呼ばれて出てきた。

「楠瀬の後家さんにも困ったもんじゃ。何べん来てもおんなじじゃ。選挙の邪魔になる。頼むきに去《い》んでくれ」

気の弱い戸長らしい。言葉こそそっけないが、喜多を拝むように手を合わせて頭を下げた。

喜多は下げた戸長の頭の後ろに、前にも置かれていた高知県民会議事章程があるのに気づいた。選挙人資格のところが開かれて置いてあり、欠格者の婦女の文字が、喜多の目に大きく映った。

一町より一区、一区より一県。

そして民権は、一県より全国に及ぶと演説していた退助の言葉が蘇る。

けんどわたしは、一町の選挙にも加わることができん。

「わかった、もう戻《い》ぬる」

喜多の返事にほっとして、戸長は頭を上げた。

「けんど、もう税金は払わん」

上げたばかりの戸長の頭にそう言い捨てると、喜多は踵《きびす》を返し、下駄の音高く門を出た。


植木枝盛は喜多が拒まれた小区民会の選挙で、八大区五小区民会の議員に選ばれ、議長となった。

喜多は戸長への宣言通り、民費も地租も払うのをやめた。

西郷隆盛はとうとう自刃して、西南の役は終わった。それでも、民権自由を求める者たちは引きも切らず高知を訪れた。

退助は、もと福島三春藩の河野広中《こうのひろなか》を連れてきた。

「喜多に紹介しとうてのう。話したろう。戊辰の役は、この河野君と兄君のおかげで、三春城では、一滴の血も流さんですんだがじゃ」

退助は手放しの喜びようだった。

「奥羽越列藩同盟の中にあって五万石がせいぜいの小藩が、よう最初に決断したものと思う。あれで多くの人命が救われた。それも河野君兄弟が藩の重臣らを説き伏せてくれたきじゃ」

「間者《かんじゃ》とまちがえられて捕えられたときにはこれまでかと思いましたが、山田平左衛門殿は信じてくださいまして」

「山田は人を見る目のある奴じゃ」

「板垣先生も信じてくださいました。小さくとも三春は奥羽越列藩同盟の要ともいえる要衝でしたから、三春藩が裏切れば、ただではすまなかったでしょう」

「おれが得手《えて》ながは人を信じることだけじゃ。山田が言うがじゃき、まちがいはないと思いよった」

裏切られても、裏切られても、人を信じないではいられない退助だった。

「三春城入城の折には旗を振って迎えてくれたおんしを見て、信じるに足るやつじゃと思うた。仲間を連れて断金隊にも加わってくれたのう。あのころは髭《ひげ》の一筋もない、まだ若造じゃったが、えらい立派になったもんじゃ」

話に聞いていた河野は、立派な髭を蓄えていた。

「板垣先生は、あのころと変わりませんな。ご立派なままです」

「おんしみたいな立派な髭はないがのう」

二人は顔を見合わせてわらった。

「この河野は、福島で民会を興してのう。石陽社《せきようしゃ》いう政社も作って、東北地方での民権自由の先駆けとなっちゅうがじゃ」

「いやいや、ただ高知の後追いをしているだけです。福島だけじゃありません。今や全国の政社が、この高知を、板垣先生を注視しています」

「戊辰の役では有為な者たちが大勢亡《の》うなった。ともに維新を成し遂げた木戸も西郷も亡うなった」

木戸は今年の五月に病で亡くなっていた。退助は虫のすだく庭をみつめた。

「あいつらが命懸けで望んだがは、断じてこんな政府やない。残されたおれは、なんとしても、あいつらの志を叶えんといかん」

「おっしゃる通りです」

ともに東北の戦場《いくさば》にあった河野は、深く頷くと、喜多を見た。

「楠瀬さんは残念なことでございましたが、奥さんにお会いできて光栄です」

初めて会う河野が、戦場での實を知ることがふしぎに思えた。

「しかも、奥さんは、演説会に来られておりましたな」

「ようおぼえちょったの」

「ずいぶん目立っておりましたので」

河野は細い目をますます細めた。

「婦人が演説会に来るとは、福島では考えられません」

「この喜多がのう、大したおなごながじゃ。最初は喜多ひとりやったに、あれよあれよいう間におなごが増えて。女席もこれからもっと太うにすることになっちゅう」

河野は驚いた。

「それが時勢なのでしょうが、いや、それにしても高知は違う」

遊びに来ていた宣政があいさつに出てきた。

「わたしの甥で、宣政といいます」

退助は相好を崩した。

「おまんが宣政か。おまんのお父上の冨三郎は、角力が強うてのう、象二郎もおれも投げ飛ばされたことがある。けんどおまんは角力はせんらしいのう」

「はい」

「それなら、何が好きかな」

河野が親しげに訊く。

「詩が好きです」

「ほう、その年で漢詩を書くといったら、大したものだ。うちにも同じくらいの子がおりますが、とても漢詩までは。たしかに利発そうなよい目をしている」

宣政は照れくさそうにわらった。

「何か書いたものでもあったら拝見したいですねえ」

「もう遅いき」

退助は不意に立ちあがった。

「河野君、雑喉場の渡しで舟が待ちゆう。今晩は潮江の我が家に泊まってもらわんと」

漢詩が出てきたらお手上げだからだろう。切りあげようとする退助に、喜多は調子を合わせた。

「風も強うなってまいりました。土佐の、太平洋からの風はなかなかえろうになりますき」

「それでは、これで。宣政くん、漢詩はまたいつか見せてください」

河野は宣政に丁寧に言うと、立ちあがった。

「楠瀬さん、お会いできて光栄でした」

「こちらこそ」

先に立つ河野の背中で、喜多と退助はほほえみあった。

土曜日ごとに開かれるようになった立志社の演説会の帰りだった。弘岡町の通りに、おなごの悲鳴が響いた。

「あれは、土居《どい》さんとこやわ」

連れだって歩いていた弘岡町の酒屋の妻が眉をひそめる。父親の酒癖が悪く、よく騒いでいるのだという。いつものことだと酒屋の妻はそのまま行こうとするが、喜多は音のするほうへ足を向けた。物好きだとあきれられながら行ってみると、横丁で桃割の娘に男が馬乗りになっていた。

「ええかげんにせんか」

近所の男たちが止めようと間に入る。馬乗りになっていた男は真っ赤な顔で、苦しそうに地べたに倒れた。息子らしい若い男が、娘にかまわず、父親の介抱を始める。

「大丈夫かえ」

喜多は娘に手を貸し、助け起こした。すらりと背が高く面高《おもだか》な娘は、喜多を見下ろして頭を下げた。髷は根から緩んで、右の肩に落ちかかり、襟許も乱れて裂けている。

「お要《よう》ちゃん、あんたがしっかりせんと」

酒屋の妻は、娘にきつい口調で言った。

「あんな酔うたんぼは、酒さえ用意しちゃったら、おとなしゅうにするがじゃき。あんたが我《が》を張ったらいかん。なんでもはいはい言いよったらええがじゃき」

喜多は耳を疑った。こんな、通りで娘に馬乗りになるような父親に従っていたら、命がいくつあっても足りないだろう。

「けんどおばちゃん。ととさんはあてにお手掛けに行け言うがじゃき」

お要が涙ながらに訴える。その姿は、お手掛けという言葉が似合わないほどにあどけない。体にはまだおなごらしい膨らみもなく、まるですんなり伸びた若木のようだ。

「お手掛けじゃってええじゃいか。こんな酔うたんぼの面倒を見んですむし、きれいな着物を着て、にこにこわらいよったらええがじゃき」

にこにこわらっているだけで妾が務まるはずがない。また、こんな父親が妾となって行けという先に、また酔うたんぼがいないとは限らない。

「あんたはなまじ学問もできるきに、そうやって我を張るがじゃ。黙って行《い》たらええ。あんたが我を張らんかったら、相手も優しゅうにしてくれる。あんたの心持ち次第じゃ」

「けんど、けんど、お手掛けはいやじゃ」

「新地に売られるがとどっちがええぞ。新地に売られたら何百人も相手にせんといかん。一人《ひとおり》ですむお手掛けのほうがまだましじゃいか」

「お要。いつまで油を売りゆうぞ」

目を覚ました父親が、周りの男たちに肩を借りて運ばれながらも、お要を叱りつける。年の離れた兄らしい若者も怒鳴りつけた。

「いつまでもぐだぐだ言いよったら、新地に売り飛ばすぞ」

「ほらほら、売り飛ばされたら終《しま》いじゃいか。早《はよ》う戻《も》んて、ととさんとにいさんの機嫌を取らんと」

喜多は思わず、父親と若者のそばに駆け寄った。

「こんなこまい子をお手掛けにやるいうて、おまんらは正気か」

突然現れたおなごに詰め寄られ、若者が驚く。

「なんぞ、おまんは」

「楠瀬の後家さんじゃ」

周りの男が気づいて言う。

「士族の後家じゃ。鎖鎌の名人の。戸長も頭が上がらんやつじゃ」

「何が士族じゃ。うちじゃちもとは士族じゃったぞ。士族じゃいうていばるな」

若者は父親から手を離し、喜多に向かいあった。御一新後、早々に士族籍を返還して一時金をもらった口らしい。一時金を使い果たして逼迫《ひっぱく》して、いよいよ娘を売ることにしたのだろう。

「妹をどうしようがうちの勝手じゃ。士族じゃきにいうて、えらそうに口を挟むな」

「おなごを置いちょいてもなんの役にも立たん。ここまで太らしたがじゃき、親の恩に報《むく》うがが娘の務めじゃろう」

「大層なことを言うて、どうせ借金で首が回らんがじゃろう」

喜多は怯《ひる》まなかった。

「なんぼでこの子を売る気ぞ」

「そんなことはおまんの知ったことか」

喜多と土居の父と兄とのやりとりをおもしろがって、どんどん人が集まってくる。横丁はいっぱいの人になった。

「あの子はべっぴんじゃき、高《たこ》うに売れたろう」

集まった者たちは口々に言いあう。

「おれやち金さえあれば、かみさんを叩きだして」

「三百円じゃ」

男のひとりが声をあげ、お要の兄を指さす。

「こいつが自慢しよった。三百円入るいうて」

「そうじゃ、売れたらみんなに飲ましちゃる言いよった」

「吹っかけたもんじゃのう」

「あの子じゃったらそればあはするろう」

喜多は兄と親父をにらみすえた。

「ほいたら、わたしが三百円でこの子を買う」

喜多は言うと、周りを取り巻く者たちを見回した。

「文句はないろう。この町内のみなさんが証人じゃ」

横丁がどよめいた。

「この子は貰《もろ》うていく。三百円は構《かま》えちょく。明日、唐人町の楠瀬まで取りに来たらええ」

横丁いっぱいに、拍手と歓声が上がる。

喜多は泣きはらしたお要の手を引いて、下駄音高く立ち去った。酒屋の妻が後を追う。その下駄音さえ、横丁のどよめきにかき消されるほどだった。


お要は十五歳だった。

聞くと、父と年の離れた兄と三人暮らしで、小学校へは三年だけ通わせてもらったという。母が亡くなってかばってくれる者もなく、同じ町内の佐野屋《さのや》の隠居のところへ妾にやられることになり、拒んだために騒ぎになったらしい。隠居だけあって年は父親よりも上で、五十五だという。

読み書き算盤は一通りできるし、家内を取り仕切っていただけに裁縫も勝手向《かってむ》きもできる。三百円もの大金を払わせたことを気に病んでか、自分から学問をしたいとは言わないが、宣政に教えはじめると、そばへ来て熱心に聞いている。書かせてみると、字もなかなかうまく、漢詩も、宣政とともにすぐに読めるようになった。

とはいえ、小学校から先の学問ができる学校は男しか入れない。喜多は、お要を家に住まわせて家事をさせながら、漢籍の手ほどきをしてやった。

年が明けて間もなく、東京から小包が届いた。差出人は深間内基だった。包みを開けると、本が出てきた。表紙には、男女同権論と書いてあった。

離れに下宿していたとき、深間内が翻訳していたミルの本だった。

深間内は約束を守ったのだ。

「どこの娘を拾うてきたがですか」

茶を置いて出ていったお要を見て、訪ねてきた枝盛は訊いた。

「ええ娘でしょう。妾に売られそうになっちょったき、三百円で身請《みう》けしたがです」

「身請けじゃいうて、大胆な」

枝盛は呆れた。

「また思い切ったことをして。喜多さんのやることには、まっこと、たまげます」

「なかなか賢うて、漢籍を読みゆう。学校にも行かしちゃりたい思いよります」

「それやったら、今度、高知で初めての女子の師範《しはん》学校ができますよ。もうすぐ開校じゃという話で、生徒を集めておりよります」

師範学校を出て教師になったら、酔うたんぼの父親や無慈悲な兄に頼らずに生きていける。

喜多は頷くと、深間内から贈られた本を見せた。枝盛は唸った。

「ミルですね。深間内さんは男女同権には反対じゃと言いよったはずですが、こんな本を翻訳されるとは」

「ここへ来て、お考えを改めたようですよ」

喜多はいたずらっぽくわらった。枝盛は本をめくりながら頷いた。

「無理もない。喜多さんは男を変えるおなごです。いや」

枝盛はお要が去った後の襖に目をやって言い直した。

「人を変えるおなごです」

そこへ来客があって、喜多は玄関へ出た。

「今日こそは滞納した分をみな、払《はろ》うてもらうぞ」

勇ましく訪ねてきたのは、気の弱い戸長だった。恰幅のいい年配の男を連れている。

「今日は区長さんにも来てもろうた」

「あんたんとこも、加治子米《かぢしまい》が入ったはずじゃ」

たしかに、あちこちの小作人から耕作料としての米が運ばれてきたところだった。加治子と貸家の地代が、喜多の暮らしを支えていた。

「頼むきに、民費だけでも払《はろ》うてくれんろうか」

戸長は三和土《たたき》に立ち、そこからはいつも通り、両手を合わせて喜多を拝んだ。年が明けても、喜多は民費も地租も滞納したままだった。

式台に座って迎えた喜多は、戸長と区長を見上げて、にべもなく突っぱねた。

「なんべん来られても、払えんものは払えんき」

「今年の分はまあええ。去年までの分だけでも。楠瀬さんとこだけ払《はろ》うてないいうがは町の人らも納得せん」

「金がないきに払えんと言いゆうがじゃないがじゃ。わたしは戸主じゃにおなごいうことで、男戸主ならみななれる選挙人になれざった」

座敷にいる枝盛は、大区会議員にも選ばれ、年が明けてからというもの、大区会にも小区会にも通っている。わたしは選挙人にすらなれなかったというのに。

「ほんじゃきに民費も地租も払わんがじゃ。民費やって民会で決めたがじゃろう。その民会に関われんがやき、払う必要もない」

「そりゃあそうじゃが、あんたはおなごながじゃき」

見ていられなかったのだろう。区長が口を挟む。

「あんたらあは二言目《ふたことめ》にはおなごおなご言うが、おなごで何か不都合があるか」

「そりゃあある。あんたがなんぼ言うたち、おなごは男と同じにはならん。兵役《へいえき》にも就《つ》けん」

そこまで区長が言ったところで、戸長がはっとして勢いこんだ。

「そうじゃ、兵役じゃ。おなごは兵役に就《つ》けんがじゃき、おなごは男と同じ働きができてない。ほんじゃきに選挙人にもなれんがじゃ」

鬼の首でも取ったように決めつけた戸長を、喜多は鼻でわらった。

「それもおかしい」

「なにがおかしい」

戸長も区長もいきり立つ。

「男は兵役に就《つ》くいうが、そもそも戸主と長男は兵役に就《つ》かんでええことになっちゅう。男戸主はおなごと同じで、誰も兵役に就《つ》いてない。おなごと男戸主は兵役に行かんがは一緒やに、男戸主は選挙人になれちゅうじゃいか」

戸長の顔は真っ赤になった。区長と顔を見合わせ、何か気の利いたことを返そうとするが、二人とも何も思いつかないらしい。

「また来るき」

それだけ言うと、逃げるように出ていった。

座敷に戻ると、枝盛が手を叩いた。

「ええ芝居を見せてもらいました。南海水滸伝番外、楠瀬喜多税金不払いの段とでもいいましょうか」

「なんとでも言うてください」

喜多はわらった。


西村屋の貸金の取り立ては難航した。

平民のくせに士族から取り立てる気かと開き直り、廃刀になったはずの刀をちらつかせて威嚇する者もいれば、この通りの困窮で、あとは娘を新地に売るしかないと泣きつく者もいた。

娘や妻を新地へ売ることは横行していた。そもそも旧幕時代の土佐には遊郭もなかったのに、近ごろでは平民だけでなく、士族の妻女も多いという話だった。娘を売ると泣かれてしまうと、父親に馬乗りになられていたお要や、あやめのやつれた姿が浮かび、喜多にはどうしても強く迫ることはできなかった。

それでも、西村屋の暖簾を下ろすためには、貸金の始末をなんとしてもつけねばならない。長く支えてくれた番頭にも報いたいし、なにかと助けになってくれる酒屋の野村からの借財も返してしまいたい。また、貸金の名義はすべて儀平なので、もし儀平が亡くなると、より面倒なことになるのは目に見えていた。儀平はこのごろでは寝たきりとなって、すっかり弱ってしまい、いつ何があっても不思議ではなかった。

「苦労をかけるのう」

毎日店に通ってくる喜多に、儀平は回らぬ口で言った。

「わしはもう、もとさんのお迎えを待つばかりじゃき」

父と母の睦まじさは、片方が先立っても変わらない。自分と實のようだと思ったが、喜多は今はまだお迎えを待つ心境にはなれなかった。

わたしにはまだ、やることがある。

「西村屋は喜多にまかせた。喜多がええと思うことをしたらええ」

いつもそうやって娘を信じてくれた父だった。喜多はなんとしても、儀平に報いたかった。

喜多は裁判に持ち込むことにした。こんな裁判制度も、旧幕時代にはなかったものだ。

寝たきりの儀平の代理で喜多が奔走し、代言人を立て、高知裁判所に貸金返還を訴える裁判を起こした。裁判資金は限られていたので、妙に頼りない、ただ人だけは好さそうな新米《しんまい》の代言人を雇った。

それでも裁判はあっさり勝った。娘を売ると騒いでいた士族の家が相手だった。貸金もやがて戻ってきた。気が咎《とが》めて人づてにたしかめると、もともと返すだけの財産があったらしく、娘も売っていないという。

喜多は他の貸金についても裁判を起こしたが、いずれの裁判にも勝つことができた。

「こんなに勝つとは思いませんでした」

代言人が一番驚いていた。

「不備な証文もあったに」

喜多は苦笑した。

「そんなこと言うて。これもみんな、あんたのおかげじゃ」

「いや、僕はまだ慣れてのうて」

謙遜とは思えない真顔で代言人は言った。

「楠瀬さんは、判事補とお知り合いながですか」

いずれの裁判も、萩原節愛《はぎわらせつあい》という、東京で遊学してきたという触れ込みの、若い判事補が担当していた。

喜多は首を振った。裁判所で遠目に見ただけだ。

「判決が出てから、楠瀬さんによろしゅうに言うてくれと言いよりまして」

「そうかえ」

喜多に心当たりはなかったが、退助の計らいかと思った。以前も、伝えていなかったのに、退助は冨三郎の死を知っていた。

祝言かと見紛うほど豪華な振袖を着た娘たちにうち交じって、年に似合わぬ地味な紫紺の小紋をまとったお要は、これから学べる喜びに、頬を晴れやかに赤く染めていた。

新しくできた女子師範学校の入学の式典だった。試験に難なく通ったお要のほかに、十人ばかりの娘が集まっていた。土佐で初めておなごに高等教育を施す学校ということで、教師になるつもりのない裕福な家の娘も来ているらしい。

お要は娘盛りというのに、着たきりの木綿地の着物一枚しか持っておらず、それも父に襟を裂かれて繕《つくろ》ったものだった。喜多は、自分の着物を借りて式に臨むしかなかったお要が不憫でならなかったが、お要はそんなことは気にもならないようだ。

師範学校といっても、男のそれとはずいぶん異なり、県庁舎に間借りしての授業だった。式典には小池国武《こいけくにたけ》県令も参加し、祝辞を述べた。

式が終わり、喜多が先に帰ろうとしたところに、小池が声を掛けてきた。

「あんたが評判の楠瀬喜多か」

喜多は頷くと、その顔を見上げ、小池の言葉を使って返した。

「あんたが評判の小池国武県令か」

大久保利通の息のかかった小池は、立志社を目の敵としていた。

「無礼な」

「おなごのくせに」

取り巻きの役人たちが驚いて色めきたったが、さすがに小池はびくともせず、鼻でわらった。

「噂に違《たが》わぬ女だな。土佐の望東尼と大した評判だ。税金を滞納して憚らぬだけじゃなくて、妾に売られた娘を助けて師範学校に入れたとか」

「妾に売られてはない。売られる前じゃった。やましいことは何もない」

喜多は声を太めた。幸い、お要たちはもう教室に行ってこの場にいなかったが、どこで誰が聞いているかわからない。せっかくこれから学ぼうという矢先のお要に、妙な評判は立てたくなかった。

「あんたは税金を納めてないらしいな。娘を買う金も立志社員の面倒を見る金もあって、税金を滞納するとは呆れた女じゃ」

「金がないきに納めてないがじゃない。男戸主にある選挙人を選ぶ権利を、おなご戸主には許さんきに、戸主の義務である税納をせんと言いゆうだけじゃ。おなごにも選挙人を選ぶ権利を与えてくれたら、ただちに税納の義務を果たす」

喜多は続けた。

「おなごにも男同様、選挙人を選ぶ権利を寄越せばええだけじゃ」

「そんなことは、まだ西洋にもないから駄目じゃ」

小池の言葉に喜多は開き直る。

「西洋にもないからとは何事じゃ。西洋にもないことでええことやったら、なおのこと、ええことやないか」

やりこめられて初めて、小池は自分が余計なことを言ったと気づいたようで、しばらく考えこんだ挙句に言った。

「女は男にくらべて小さいし、力もない。男の権利と女の権利は自ずから違うのはあたりまえじゃ」

「それはおかしい。力の強さ弱さ、体の大きさ小ささで男女の権利に差をつけるいうがじゃったら、大男のほうが権利が大で、小男の権利が小となり、同じ男でも権利に差がつくがが道理となるが、それについてはどう考えるがぞ」

小池は唸った。周りの男たちも顔を見合わせる。

「たしかにその通りや」

うっかり賛同した取り巻きの男を小池がにらみ、男はあわてて口を押さえた。

「戸主は男と決まっている。あんたのような後家の他は、みな男じゃ。商売でもなんでも、男がやっている。男が税金を払っているんだから、男に選挙の権利を与えるのは当然だ」

小池の反論を、喜多は腕組みをし、まともに受けて返す。

「男だけでこの世を動かしているような口ぶりじゃねえ。天下の通用金には男用もおなご用もないぞ。わたしは後家で税金を納めよったし、そもそも、この世で働きゆうがは男ばかりじゃない。商売でもお屋敷でも田畑《でんぱた》でも、おなごじゃち働きゆう。金はおなごを、あんたらみたいに、おなごやきにと差別はせん」

小池が返答に困るのを、喜多は畳みかけた。

「おなごの稼いだ金も男の稼いだ金も税金として納められちゅう。それやに、おなごにだけ選挙の権利がないというがはおかしいじゃいか」

「女も選挙などと」

言い返す種が尽きたのか、小池は憎々しげに言った。

「あんたは、そのうち女も議員になどと言いだすつもりだろう」

「もちろんじゃ」

喜多は近ごろ流行る言葉を使った。

「それの何がおかしいがじゃ」

背筋をぴんと伸ばした喜多は、自分を囲む男たちを見返した。

「だいたい、今日は、うちの娘が学校に入った晴れの日じゃ。文句を言う前に、めでたいぐらい言うがが人の道というもんじゃろう」

小池がぐっと詰まる。

「県令ともあろう者が、人の道に外れた振る舞いをするとはおそれいる」

「本日は」

小池は苦しげに頭を下げた。

「ご息女のご入学、まことにおめでとうございます」

「おおきに、ありがとうございます」

喜多は丸髷をぴょこんと下げ、小池に背を向けると、県庁舎の長い廊下を、ぴたぴたと草履の音をたてながら歩いていった。


県庁を出ると、その日は立志社が祭主の招魂祭が開かれるとのことで、城下は大騒ぎとなっていた。空は見事に晴れ渡り、道を行く人たちの顔も明るい。

西村屋に寄り、丑と宣政を連れ、喜多も川原に出た。

空には軽気球がいくつも浮かび、国民万歳、民権自由だのが大書された大幟《おおのぼり》が林のように立ち並ぶ。屋台が出て、着飾った人たちが川原を埋めつくしている。

維新の際に無念にも斃《たお》れた者たちを悼《いた》むという触れ書きだったが、それを利用しての立志社の宣伝だった。誰が思いついたのか、それは大成功だった。

立志社こそが維新の気概を保っていると、維新の正統な継承者は政府ではなく立志社、民権自由の思想こそが維新の思想を継ぐものだと、集まったすべての人にはっきりさせた。

すれ違う若者たちは、一様に白い鉢巻をしていた。鉢巻にはそれぞれ、自由棲処是我郷里だの、享自由不然死耳だのと、ものものしい言葉が書かれている。

「あれはねや、自由が棲《す》むところはこれ、我がふるさとじゃと書いてある」

宣政が鉢巻を指さして、賢《さか》しげに丑に教えている。

「ほいたら、あれはなんて」

「あれはねえ、自由を、然らずんば死を」

宣政はすっかり大きくなって、もうすぐ喜多の背を越しそうだ。

「小学校でも習うがかえ」

「小学校では教えてもらえん。教科書の通りに先生が話すがを聞くばあじゃき」

既に漢詩を作っている宣政には、小学校の授業が物足りないらしい。

小学校に上がったばかりの丑もぼやく。

「先生が話が長《なご》うて、難しいて、眠うてたまらん」

こちらは授業についていけていないらしい。ふしぎに思って聞くと、小学校では、教室の前に先生がひとり立って話すのを、みんな座って聞くのだそうだ。こどものひとりひとり、それぞれ出来も興味も違うのに、そんな教え方がありえるのだろうかと喜多は驚いた。

鉢巻をした若者たちは三々五々集まっては大声で唄う。

よしや　お前が通さぬ気でも　開けゆく世に関はない　よし　よーし　よーし　よし
よしや　憂き目にアラビヤ海も　わたしゃ自由を希望峰《きぼうほう》　よし　よーし　よーし　よし

去年の暮れに立志社の安岡道太郎《やすおかみちたろう》が作って売り出したよしや節だった。吉田東洋暗殺の下手人たちは御一新後に明らかになり、うちひとりは既に京都で死罪となっていた安岡嘉助《かすけ》だった。その弟の安岡道太郎と、吉田東洋の遺児である吉田正春は、怨讐《おんしゅう》を越え、ともに同じ志のもと民権自由をすすめる活動に身を投じ、弁士《べんし》として、また論客として活躍していた。

節《ふし》は幕末に流行った純信《じゅんしん》お馬《うま》の坊さんかんざしの唄なので、誰でも唄える。宣政もすっかりおぼえていて、白鉢巻の若者たちに和して唄う。丑も真似て、意味もわからず舌足らずな声で唄う。

よしや　お前の仰《おお》せじゃとても　権利ない身に義務はない　よし　よーし　よーし　よし

喜多もこどもたちに和して唄った。

学校がすんだお要も後から来て、宣政と丑と手を繋いで歩く。

日が暮れると、花火が上がった。川面には無数の舟が浮かび、拍手と歓声が上がる。

喜多は天を見上げながら、亡き弟富三郎の初凧祝を思いだした。西村屋の跡取り息子の誕生を祝って揚げられた大凧を見に、うち揃ってこの川原に出た。おなごと生まれた自分にはなかった祝いだった。あの日、十二畳もある大凧が天までのぼったとばかり思っていた。

でも、あの凧は、町内の若衆《わかいし》が握る糸に繋がっていた。

わたしは凧になりたいがやない。

喜多は思った。

お城の上を飛んでいった、鳶になりたい。

次々と花火が上がる中、どうした仕掛けか、自由という文字が夜空に浮かび上がった。

「自由できたり」

川原中に歓声が響く。

「自由できたり」

どよめきに、大地も震え、天も落ちるかと思うほどだった。


お要が風呂敷包みを抱え、毎朝意気揚々と師範学校に通うようになると、喜多の評判は町内に響くようになった。

雑喉場の女丈夫だの鎖鎌の後家だのと喧《やかま》しい。けれども喜多は意に介さず、税金は滞納を決めこんだ。

招魂祭以来、立志社の人気は凄《すさ》まじいものがあった。よしや節だけでなく、民権数え歌という歌も流行るようになった。

一《ひと》つとせ　人の上には人はなき
権利に変わりがないからは　この人じゃもの
二《ふた》つとせ　二つとはない我が命
捨てても自由がないからは　この惜《お》しみゃせぬ
「えらい評判になっちょりますね」

これから若手の立志社員たちで全国に遊説《ゆうぜい》の旅に出るとのことで、暇乞《いとまご》いに来てくれた枝盛が言った。

表から数え歌を唄いながら遊ぶ、こどもたちの声が響く。

三《みっ》つとせ　民権自由の世の中に
まだ目のさめない人がある　このあわれさよ

「懐かしゅうてなりません。盛ん節と同じ節で」

喜多の言葉に枝盛はわらった。

「盛ん組の盛ん節は僕もよう唄《うと》うたもんです。先生が居《お》られた頃はえらい勢いやったそうで」

「ええ。悪《わ》りことしばっかりが集まって」

馬鞭を振りまわしていた退助を思いだす。

「あの民権数え歌は僕が作ったがです。盛ん節の節を借りて」

驚く喜多に、枝盛はこともなげに言った。

「少しでも民権思想を広げろうと思うて。通りで遊ぶこどもらあに唄《うと》うてもらうがが、一番の宣伝になりますき」

六《むっ》つとせ　昔思えばあめりかの
独立なしたるむしろ旗《ばた》　このいさましや

駄洒落好きの枝盛の本領発揮というところなのだろう。

「いや、評判いうがは民権数え歌やのうて、喜多さんのことです。えらいものものしい通り名をつけられて。さぞご迷惑でございますろう」

「褒められゆうと思いよります」

「今も税金を滞納したままじゃいうて民会でもえらい評判です。県令ともやり合《お》うたいうて」

「やり合うつもりはなかったがですけんど」

喜多はわらった。

「この権利いう言葉ながですけんど、前は通義権理いうて言いよりましたね」

喜多は前々から気になっていたことを訊いた。枝盛は頷く。

「短《みじこ》うてええとは思うがですけんど、権理の理がいつの間にか違う字になってしもうちゅう。この権いうものは、人にはみな生まれながらにして備わっちゅうものながでしょう」

枝盛は重ねて頷く。

「それやったら、利益の利やのうて、理があるときに使う、道理の理を使《つこ》うたほうがええがじゃないですか」

「おっしゃる通りです。元は日本にない言葉ですき。英語のライツを翻訳したもので、これは福澤諭吉も困ったようです。通義権理いうて翻訳したけんど、なかなか定着せんで、そのうち権理とか権義とか言われるようになりました」

「権義でもええと思います。正義の義ですね」

「けんど、義務いう言葉が出来ましたきに。せんといかんことという意味で。それとごっちゃになるき、権義とは言われんなりました。今は権義いうたら、権利と義務のことになっちょります」

「前のままやったらよかったに、どういて字の違う権利になったがでしょう。途中から利益の利の字が出てきて、最近ではこっちの権利の一点張りになっちゅう」

枝盛は唸《うな》った。

「どういてか訊かれても、考えたこともありませんでした」

「今よう見る権利になると、意味が違うように思えるがです」

喜多は自分の考えをまとめながら、ぽつりぽつりと話した。

「妙に誰かの得になるような。私利私欲いいますし、勝手気ままとか得手勝手とかに通じるような」

「そもそも、権利いうものが、自由同様、今でも得手勝手じゃとかわがままじゃとかと考えて認めん者も多いですき」

「そうながです。ほんまの権利いうものは、そういうことじゃのうて、人がその人らしゅうに生きることができる、いうことでしょう」

「ええ」

「それやったら、理《ことわり》を使《つこ》うた、権理のほうがえいと思うがです。そもそも権やち、偉ぶることを言いますね。権力じゃとか、権高《けんだか》じゃとか」

喜多は続けた。

「自由やちそうです。前は自由自在とも言いよった。わたしは自在のほうがよかったと思うがです。自由いうがは昔からあった言葉で、漢籍にも出てきよりました。それこそ勝手気ままとかわがままとかに使われよった言葉ですき、あんまりええ印象はありません」

枝盛は腕を組んで黙った。喜多は枝盛の返事を待って黙った。

外からは民権数え歌が聞こえてくる。

「おっしゃる通りです。僕はそこまで、考えが及ばんかった」

枝盛はやっと言った。

「どういて利益の利の字の権利になったがか。今訊かれて初めて考えてみました。もしかしたら、政府があえて、人民の権利いうものを制限しようと、印象の悪い字を使《つこ》うて広めたがかとも思いました。実際、先生始め土佐の動向を密偵を使《つこ》うて探らせゆう佐々木高行は、ずっと権利と書きよりました。政府寄りの者で権利が使われることが始まったようにも思います」

かつては退助の盟友だった佐々木高行は、岩倉使節団に加わって以来、ますます石頭になって退助を批判し、大久保利通と組んで、民権派の弾圧に躍起だ。

「けんど、言葉いうものは、作った者が作った通りにできるもんじゃありません。使う者が居《お》って、初めて成り立つがが言葉です。あの、僕が作った民権数え歌も」

唄声のほうを枝盛は見た。

「僕が作った二十の歌のうち、唄《うと》うてもらえるがは何番でしょうか。唄《うと》うてもらえた歌だけが、歌として残るでしょう。一番でも残ってくれたらええと思いよります。ほんで、そのときには、残った一番が、僕の歌のうちでもっともわかりやすうて、唄いやすい歌やったということになります。ほんじゃきに、たとえ元は誰かの悪意ある作為があったとしても、それが言葉として定着したということは、こっちの権利のほうが民にはわかりやすかった、使いやすかったいうことやと思います」

「まっことそうかもしれんねえ」

「もともとこの国にはなかったもんですき、そもそも難しかった。それを受け入れるためには、これまであった、権力と利益というものを組み合わせた言葉にして、この国なりの理解をせんといかんかったがでしょう。ほんまに誰もが生まれながらにして持つ、あたりまえのもんという概念が、この国では受け入れられざったがに違いありません」

枝盛の言ったことを、喜多はゆっくりとくりかえした。

「この国では受け入れられざった。それが残念でならんがですけんど」

喜多は顔を上げ、外を見た。西日を浴びて、木々の影が庭に長く線を引く。

「けんど、いつまでもそうとは限りませんき」

枝盛は決然と言った。外から聞こえてくる数え歌は、三番が幾度かくりかえされている。

「三番が残りそうですね」

喜多はほほえんだ。


かしましい蟬の声が降りそそぐ中、はやる胸をおさえながら、喜多は濃い葉陰を踏んで歩いた。土佐州会と名付けられた、土佐一国の民会がいよいよ開かれるのだ。

これまで土佐では大区小区の民会である大区会と小区会は開かれてきたが、人民の選挙によって選ばれた議員による、県会としての民会が開かれるのは初めてのことだった。今日の開会に先立って行われた選挙で、各大区二千戸に一名の割合で土佐州会議員が選出されていた。

そして、援用されることになった高知県民会議事章程第二十六条には、議事は何人に限らず傍聴を許すべしと書いてあった。喜多にとっては恨みの議事章程で、今回もこのために選挙を拒まれたが、いいことも書いてある。

これまでの演説会とは違って、州会は新地などの遊楽地ではなく、追手筋《おうてすじ》小学校の講堂で開かれることとなっていた。油照りの暑さをものともせず、喜多は足を速める。

喜多にはどうしても議事を見届けたいわけがあった。

辿りついた議場はものものしく、傍聴人席はわずか数十席しか用意されておらず、男しかいない。

喜多は空いていた一番前の席に座った。

「どこのおなごぞ、あれは」

「知らんがか、県令とやり合《お》うたやつじゃ」

後ろから、議員なのか傍聴人なのか、こそこそ話す声が聞こえてくる。

「意外じゃのう。わしは、てっきり、角力取りみたいなおなごかと思いよった」

「まっことじゃ」

何がおかしいのか、男たちは笑い声を上げた。

後から議場に入ってきた議員たちも、みな一様に、まず傍聴人席の喜多を見た。

喜多のまとう薄絹の藤色も、丸髷に掛けた手絡《てがら》の牡丹《ぼたん》色も決して派手なものではなかったが、洋服にしろ紋付にしろ黒くくすんだ男たちの中にあって、唯一《ゆいいつ》色をもっていた。

意気揚々と議場に入ってきた退助は、第九大区議員だった。喜多を見て、ふっとわらって頷く。

第八大区議員として現れた枝盛は喜多を見もしなかった。

どの大区からも戸数に応じて四、五人の議員が選出され、議場には総勢五十六人の男たちが集まっていた。

「ただ今より、土佐州会を開場いたします」

議長の声が響きわたる。この州会を周旋した退助の顔は晴れやかだった。

「去る二十日に役員選出があり、その後、規則取調《とりしらべ》委員のご尽力により、本州会規則案が作成されました。この規則案を元に各議員からのご質問ご意見をいただきながら、本州会の規則を確定します。規則取調委員の植木枝盛君、本規則案について、説明を願います」

議長に促され、枝盛は立ちあがった。

「規則をどうするかということは、この土佐州会をどう形づくっていくかの議論に他なりません。この州会とはそもそも何かということを明確に打ち出さんといけません」

枝盛は、議場の面々に向かって語りだした。

「まず、この、土佐州会は、土佐国全州の、各大区より出づるところの、代議人をもって成立します。つまり、我々州会代議人は、それぞれの大区人民の総代でありまして、土佐国全州の代表でもあるわけです。すなわち、大区人民の同意するところと同じくするもので、この州会での決定は土佐国全州人民の承諾するところのものとなるわけです」

「ヒヤヒヤ」

演説会さながらの弁舌に、同意の掛け声が上がる。続いて、州会で取り上げる議事の内容、本会議の回数や議員の任期などを決めていく。

連日、朝八時から日没まで続いた議事は、途中で会場を喜多の家近くの南街《みなみまち》小学校に変えて行われた。

かんかん照りの毎日に、議場は人いきれで蒸し風呂のようだった。洋服の議員たちはひっきりなしに汗を拭う。絶え間なく煽《あお》がれる扇子が、窓から差す西日を映し、かえって暑苦しい。

傍聴人の多くは出たり入ったり、来たり来なかったりしたが、喜多だけは一日の休みもなく、常に傍聴人席の一番前に席を占め、議事の一言半句をも聞きもらさぬよう、弁当持ちで通った。

やがて、喜多が待っていた議題が取り上げられる日が来た。喜多が関わることができなかった、州会議員選挙についてだ。

「議員選挙につきましては、この土佐州会が、小区民会、大区民会のうえに立つ性質を有していることを鑑《かんが》みまして、これまでの高知県民会議事章程に則《のっと》っての選挙により選出された各大区議員の投票によって、州会議員を選出するということで、よろしいでしょうか」

「異議なし」

「ご異議なしということで、本議題については、これで決定いたします」

枝盛は眉ひとつ動かすことなく発言し、議場からも一切の反対の声は起こらず、議長が議決を宣言し、あっという間に州会議員を選ぶことのできる選挙人の資格が定まってしまった。

婦女を省《はぶ》く、あの民会議事章程に則って選ばれた大区会議員によっての投票なら、そもそも最初の選挙人にすらなれないおなごは、一切関わることはできない。予想していたこととはいえ、あまりにあっけない幕引きに、喜多は傍聴人席から思わず、枝盛をにらみ、退助をにらんだ。

それでも、傍聴を求める根拠とした民会議事章程第二十六条には、傍聴人には議事の条につき意見をのべるなどすべて発言するを許さずとあり、喜多は黙っているしかなかった。

「では、次に、州会議員たる資格についてです。これにつきましては、民会議事章程にも記載がありませんので、ここで定めておく必要があります」

枝盛は喜多などいないかのように、淡々と議事をすすめる。

「これにつきましては規則案には記載しておりません。とはいえ、他の重要議案も待つ中で、細かい項目を丁々とするのはどうかと思いまして、卒爾《そつじ》ながら、案を用意しました。まずはお聞きいただいてもよろしいでしょうか」

「よろしい。述べなさい」

議長が答える。

「これから述べる箇条に係る者は議員となるをえず。ひとつ、官吏区戸長《くこちょう》 巡査神官僧侶教導職《きょうどうしょく》、ひとつ、廃篤疾等《はいとくしつとう》すべて議員の任に耐えざる者、ひとつ、二十歳未満の者」

枝盛は滔々と読みあげる。

「ひとつ、すべて一己《いっこ》の権なき者、ひとつ、身代限《しんだいかぎ》りをなし、債主に弁償《べんしょう》 未済《みさい》の者、ひとつ、付《ふ》籍人《せきにん》」

欠格事項は多かった。喜多は聞き洩らさないよう、枝盛の声に耳をすました。

「ひとつ、州内に入って一年未満の者、並びに、その大区の籍に入って一年未満の者、以上です」

植木は着席し、喜多は驚いた。

枝盛の述べた、議員の欠格事項、つまり議員になれない者の中に、婦女がなかったのだ。

信じられない思いで喜多が枝盛の発言を反芻していると、別の議員が立った。

「ただいまの植木枝盛君の案は大変に行き届いたもので、感服いたします。ただ、ひとつ伺いたい。欠格事項に、税の納付額の条件がなかった。戸主の条件もだ。これは、納税をしていない者、戸主ではない者にも議員資格を与えるという解釈でよろしいか」

議長に促され、枝盛が立って答える。

「ご質問をありがとうございます。それこそが本州会議員の要《かなめ》となる部分であります。そもそも、戸主か否か、富者か貧者か、それにより峻別《しゅんべつ》し、戸主でない者、富を持たざる者を排除する現状の選挙制には大きな問題があります」

その後も、なぜ二十歳なのか、なぜ一年以上居住していないといけないのかなど、質問は相次いだ。枝盛はひとつひとつに回答し、その欠格事項を定めた理由を述べた。

喜多は、欠格事項に婦女がないことに異議を唱える意見が出るに違いないと思っていたが、気づかないのか、婦女に議員資格がないのは当然だからわざわざ欠格事項に入れる必要もないと思っているのか、欠格事項に婦女があってもなくても婦女が議員になるはずがないと思っているのか、それとも、あえて入れず、婦女にも議員資格を与えようとしているのか、いずれかはわからなかったが、誰もそのことについては意見を述べなかった。

他の事項については議論がすすみ、条件が付加された事項もあったが、ほぼ枝盛の案のまま、採決が取られ、州会議員資格が定められた。

枝盛は立って、礼をした。

そのとき、この議決の真の意味に気づいているらしい幾人かの議員が喜多を見た。枝盛の脇に座る退助は、喜多に頷いてみせた。

婦女も州会議員になれることが決まった瞬間だった。


第一回の土佐州会は、閉業式の三日後、大阪日報で大きく報じられた。

他県に先立って開かれた、政府主導の、いわば上からの天下《あまくだ》り的議会ではなく、住民の選挙による、いわば下からの議会の成功が、全国の注目を集めているからこその記事だった。

「高知県下においては、客日《かくじつ》二十日より州会議なるものを開き」

喜多は新聞縦覧所で、いつものように声に出して読み上げた。

「前参議板垣退助氏を始め、林包明《はやしかねあき》、植木枝盛、坂本則美《さかもとのりみ》諸氏のごときは堂々たる雄弁をふるい、論議せらるるよし」

そこまで読んで、喜多は黙った。

「どうしました」

「続きを」

縦覧所に集まっていた人たちに急かされ、喜多は仕方なく続きを読んだ。

「最も奇《き》とすべきは、傍聴人の内に一婦人あり。こは某氏の細君にて、最も民権に熱心なる人なるが、一日怠《おこた》りなく弁当を携《たずさ》えて傍聴に出かけるよし」

「これ、楠瀬さんのことやないか」

「楠瀬さん、州会に通いよったろう」

喜多はわらいながらも、首をひねった。

「誰が書いたろう」

九月になって、また大阪日報に続報が出た。

土佐州会の内容について紹介する長い投書に並び、喜多について、前の記事に州会を傍聴していたのは細君と書いたが、実は某豪士《ぼうごうし》の後家で、歳《とし》は四十ばかり、民権に熱心し、区長とは税法を討論し、県令にも建議している一箇《いっこ》の女丈夫であったと書かれていた。

喜多は四十五歳。後家という呼び名はすきではないが、剣術に長《た》け、道場も開いていた實の妻でもあった。報道はたしかで、区長とのやりとりはよく知られたことながら、県令との対決まで知っているとは、余程に自分について調べているらしい。

記事は、なおその詳しい行状は探偵の上に報じるという怪しげな惹句《じゃっく》で締めくくられていた。

「まあ、気味がわるい」

話を聞いたお要は美しい眉をひそめた。

「一体誰が奥さんのことを調べゆうがでしょう」

「ほんまやねえ」

大阪日報の記事は、多くの地方在住の記者によって書かれているはずだった。高知に住む誰かが、喜多のことを調べて書き送ったのだろう。

「これからは戸締《とじま》りを気をつけんといきませんね」

誰かが、わたしの動向をうかがっている。

もしかしたら、今、このときにも。

「これはええ潮《しお》やわ」

喜多はつぶやいた。

あいかわらず、喜多は民費も地租も滞納を続けており、戸長も区長も喜多の顔を見るたびに催促を続け、折々は家までやってきては督促をくりかえした。

気の弱い戸長も意地を見せ、これ以上滞納すれば、おなご相手にも容赦せん、督促状を出すと脅しをかけてきていた。二年越しの滞納で、差し押さえが始まるのはもう、時間の問題だった。

喜多は、文箱《ふばこ》の蓋を開けた。一番上にある薄い冊子を出す。その下には、深間内が送ってくれたミルの男女同権論の本があった。もう何度も読んで、内容はほとんどおぼえている。

喜多は文箱の蓋を閉めると、取りだした冊子を広げた。

「なんです」

お要が覗きこむ。

「高知県庁が出した高知県民会議事章程じゃ」

初めての選挙を拒まれた日、持ち帰ってきたものだった。
そこには、人の世には権利といってそれぞれが一分を立てる道理があり、また、義務といってそれぞれの分に応じて国家の用をなすことが求められると書かれており、世がすすんで誰もが権利を持ち、その権利が伸長するにしたがって、義務を尽くすことはもちろんのことであると書かれていた。その喩《たと》えとして、旧幕時代には、士同様の権利がなかった者たちは国家の義務を果たす必要もなかったが、誰もが権利を持つようになった今は、兵となって国家の義務を果たさなければならないことを挙げる。
喜多はその文言を利用し、税納《ぜいのう》ノ儀《ぎ》ニ付《つき》御《ご》指《し》令願《れいねがい》ノ事《こと》と題すると、一気呵成に反論を綴った。

わたしは婦女でありながら戸主として務めを果たしてきたにもかかわらず、区会議員を選ぶ権利もなければ、保証人になることもできない。権利と義務は両立すべき道理であれば、男子の戸主とくらべて権利をないがしろにされているというのに、税を納める義務だけは男子戸主並みに求められるのは、公平な沙汰とはとてもいえない。

一字一字、抑えてきた憤りを刻みこむように書きつらねる。

そこで、区務所で訳を述べたが、男子は兵役の義務があるが婦女はその義務がないため、男女の権利は異なると区戸長から聞かされた。しかし、男子といえども、戸主は徴兵の義務を免れており、到底納得できるものではない。
やむをえず、このたび税納の儀についてのご指令願いを提出するので、速やかに答えてほしい。

喜多はそこで筆を止め、静かに息をついた。

　おなごに男子並みの権利がないのであれば、男子並みに税を納める義務もなく、おなごに男子並みの権利があるのなら、男子並みに税を納める義務がある。

　男女に権利の違いがあるのかないのか、公平なご指令を望む。

　最後に、明治十一年九月十六日と今日の日付を書き、土佐国第八大区二小区唐人町二番地居住士族楠瀬喜多と記した。

　書きあげた御指令願ノ事を、喜多は県庁に持っていった。受けとった役人は一読するなり仰天し、上長に指示を仰いだ。奥から何人もの役人が出てきて、喜多の書いた御指令願ノ事を覗きこむ。

「これは男の字やないか。おまんが書いたがじゃないろう」

「おなごにこんなもんが書けるわけがない」

「書いたやつを連れてこい」

　おなごらしくない字だとわらわれた幼いころを思いだす。けれども、この字を身につけ、この字で多くの人々と文のやりとりをし、西村屋の看板も支えてきた。

「書いたがはまちがいのう、わたし、楠瀬喜多じゃ」

　この字こそが、わたしの思いを正しく伝えてくれる。

「提出にあたっての不備はないはずじゃ。県庁のご指令を待ちゆうき」

　喜多は、まだ騒いでいる役人らに背を向け、県庁を去った。

わずか五日後、県庁は、納税の儀は国法で定められており、一般人民の義務であって、権利の軽重によって増減するものではないから、これまで未納の地租と民費を速やかに納めるようにという朱書きの指令を寄越してきた。

喜多の想定どおりの回答だった。

「やっぱり税金を払わんといかんいうて言いよりますねえ」

お要が無念そうに言う。

「そりゃそうよ」

喜多はわらった。

「税金は払わんといかん」

喜多の言葉にお要が驚く。

「払うおつもりながですか。ほいたら、どういてこんなことを」

喜多は、声をあげてわらった。


十一月五日に、二回目の土佐州会が開会した。

議場は九反田の旧開成館で、喜多は前回同様、弁当持ちで駆けつけた。大阪日報の記事を知らぬ者はおらず、もう喜多を止める者は誰もいなかった。

議場に集まっていた男たちは、喜多の姿を見て、喜多に道を譲った。

「あのおなごじゃ」

「大阪日報の」

あの後、大阪日報では、板垣退助の土佐州会開業祝詞も大きく報道されていた。つまり、喜多は、おなごの身でありながら、前参議板垣退助と並び、天下の大阪日報に、二度にわたって載ったのだ。

喜多は男たちの黒い波を切り分けるように、まっすぐ傍聴人席に向かって歩いた。喜多の進む先に道が拓かれ、喜多の後ろで閉じていく。

喜多は傍聴人席の一番前の席に座った。

傍聴人席からも、議員席からも、喜多を指さし、ささやく声が聞こえる。

「県庁に納税督促への反論もしたらしいぞ」

「おなごにも選挙の権を寄越せいうて」

「新地に売られそうになった娘を養女にしたいうじゃいか」

男たちの囁き声にも喜多は怯まず、むしろ最前列で胸を張って顔を上げ、議事に集中した。

第一回の州会では手探りで、まずはその形を成すことに集中していた議事が、今回はより突っこんだものとなり、数ヶ月前に布告された府県会規則を改正し、天皇へ上願するという方針も定まった。

そして、満場一致で、枝盛が府県会規則改正の願望文起稿委員に選出された。また、第一回州会に引き続いて、枝盛が郡区会章程取調も兼務することになり、枝盛の意見が求められた。

「政府が作った府県会規則は欠陥だらけで、もうどこから手をつけてえいやら、わかりません」

注目を浴びながら立ちあがった枝盛の一言に、議場はどっと沸いた。

「まあそれでも、誰が見てもすぐわかる一番の問題は、府県会の議案のすべては府知事と県令が出して、議員には議案を出すことが一切許されんことと、府知事と県令と内務卿が、いつでも府県会を閉会して解散させれることですかね。これでは、府県会の存在意義がないでしょう」

「そうじゃ」

「まっことじゃ」

「それから、選挙についてです。選挙資格も問題ありですが、議員資格が二十五歳以上で地租十円以上納める者というがでは、まず僕は議員にはなれんいうことです。僕は二十二歳ですき」

議場がざわめく。改めて、枝盛はそんなに若かったかと喜多も思う。

「土地持ち以外は選挙もできんし、議員にもなれん。婦女も省かれちゅう。この欠格事項が果たして正当なものであるかいうことです」

そのとき、今回議席を増やしたため新たに議員となった増選《ぞうせん》議員のひとりが立って質問した。

「それでは、植木君は、婦女も欠格事項から外せと要望されるがですか。そもそも、この、本州会規則ですが、議員資格の欠格事項に婦女が含まれていない。これは、婦女にも議員資格を与えるいうことに他なりませんが、それは議員皆さんの同意あってのことながでしょうか」

「ほんまじゃ」

「婦女が抜けちゅう」

前回の議決のときにその意味に気づいていなかった何人かの議員が驚く。やはり、気づかないまま賛成した議員もいたらしい。ただ、意外にも、その数は決して多数ではなかった。議事の行方を見守る喜多に、議場の多くの目が注がれた。

「もちろんです。本州会では議員資格に婦女を含みます。これは前回の州会本会議で決議されたことです。選挙資格については、高知県民会議事章程を準用しております関係上、婦女が省かれておりますが、これについても、後々は議題に上げ、論ずる必要が出てくるでしょう。ただ、まずさしあたっては、府県会規則の改正要望を取りまとめることが急務でしょう。年が明けたら、県会が開かれることは確実ながですき」

「吾輩は、州会規則から婦女の欠格事項を外したことにも、府県会規則の婦女を欠格事項から外す要望を出すことにも反対です」

増選議員はくりかえした。

「すでに、伊藤博文議長による、第二回地方官会議で結論は出ちょります。たしかに、戸主であれば婦女にも議員及び選挙人たる権を認めるべしという意見も出ましたが、議論の結果、婦女は脳漿乏しく、嫁《か》して夫に従うもので、公の権利はないという結論に至っております。吾輩はこれに賛同するものであります。なんとなれば、婦女はまさに脳漿乏しく、権利を与えれば増長し、手に負えぬ振る舞いに及ぶからです。議長」

増選議員は議長に呼びかけ、傍聴人席の喜多を指した。

「ここに、婦女の選挙の権なるものを求めて、地租及び民費を滞納して憚《はばか》らんおなごが来ちょります。区長も戸長も生温《なまぬる》うて、すっかり増長してしもうて、おなごながら議員気取りじゃ。ええ機会ですき、その言い分をぜひ、聞かしてもらいましょう」

区戸長から泣きつかれでもしたのだろうか。増選議員は最初から喜多を攻撃することを狙っていたようだった。

「議長、反対です」

すぐさま、枝盛が議長に向かって声を上げた。

「州会において、院外議員でもない、傍聴人の意見を聞くなど」

その枝盛の腕を、となりに座る退助が握った。そして、退助を窺う議長に合図をした。

「よろしい。述べなさい」

議長の声に、喜多はすっと立ちあがった。

開いた目に映るのは、男ばかり。

息を継ぎ、自分をみつめる男たちを見返しながら、ゆっくりと口を開く。

「まっことええ機会ですき、言い分を聞いていただきましょう」

議場にかつてなかった、おなごの声が響いた。


「土佐国第八大区二小区唐人町二番地居住、士族戸主の楠瀬喜多と申します。税納がいかに大事かということは、おなごの身ながらようにわかっちょります。橋の架け替えひとつ、わたしにはできませんが、わたしの納めるわずかな税でも、皆の税と合わされば、どんな大橋でも架け替えができるわけです。税いうもんはえらいもんです」

広い議場にひとり立った喜多は、議長に向かってしゃべった。誰も止めるものはない。

「その大事の税を納める義務を、これまでおなごながら果たしてまいりました。にもかかわらず、おなごには、区会議員をさえ選ぶ権利がありません。権利と義務は両立するのが道理なれば、権利のないおなごであるわたしが、義務を果たす必要もなく、よって、やむをえず、税の滞納を続けているわけです。ですから、選挙の権利を与えてくだされば、税納の義務を果たし、直ちに滞納している税をお支払いします」

議場中の目が、喜多に集まっていた。喜多は怯まず、むしろ小さな体を一杯にのばして、発言を続けた。

「そもそも、戊辰の役を経た御一新で、万民が公平な議論をすることが国是《こくぜ》となりました。その御誓文には、万民は男ともおなごとも書いておりません。にもかかわらず、公論からおなごを省くということを、いつの間にか、おなご抜きに決めてしまわれた。増選議員の先生は、ただ今、おなごは脳漿が乏しいと言われましたが、それはどうやって調べたがでしょうか。嫁しては夫に従うものと言われましたが、わたしのように夫に先立たれたおなごはどうなるがでしょうか」

喜多はちらりと増選議員を見たが、返事を待たず、そのまま続けた。

「この世に生まれるとき、わたしたちはおなごに生まれるか男に生まれるか自ら選んで生まれてきたわけではありません。いつの間にかわたしはおなごに、議員の先生方は男に生まれてきた、それだけです。ほんで、議員の先生方もご存じの通り、この世の人間の半分はおなごです。同じ人間でありながら、その半分が残り半分よりも脳漿が乏しいということがありえるがでしょうか」

おなごであるというだけで、生まれたその日に奪われた命もあった。それも男しか跡取りになれない世であるからだった。

「立憲政体じゃ民権自由じゃいいますが、いずれもこの世の人間の半分が関わらんでものごとを決めるがは、いかがなものでしょうか。議員の先生方は、一町より一区、一区より一県と、民権をすすめておられ、二回目の土佐州会を開かれておりよります。これは、板垣退助先生もその祝詞で述べられた通り、いずれこの国にもできるはずの、日本一国の議会と、規模こそ違え、全く同じものでしょう。現在の日本の政府は、議会もなく、憲法もなく、もちろん選挙そのものもないまま成立し、我々人民の意見には耳を貸しません」

喜多は続けた。

「国のすべてのことは税金で賄《まかな》われちょります。政治とは、その税金の使い道を決めることに他なりません。税金を納めている者は、政治に参加する権利があるはずやに、税金を納めながら、一国の政治に関わることが許されず、税金の使い道を決めることもできません。誰かに一円を貸したら誰でもずっとおぼえちゅうはず。それやに、税金は払いっぱなしになっちゅうがです。自分の国の政治に関われんがは、両手両足を縛られたも同様。自分の国のことを自分たちで決めれて初めて、国を思う気持ちも生まれるというものです。今は自分らで決めれんきに、不満が一揆じゃの、乱じゃのになって、あたら若い命を捨てる者が出る。漸次立憲政体樹立の詔も出ましたが、あくまでも漸次、そのうちいうことです。まだ早い、時期尚早と拒まれたきに、板垣退助先生は参議を辞職され、ここにおられる議員の先生方は、それに対してこの土佐州会を開かれたわけです」

退助が幾度も頷く。

「おなごやち議員の先生方と同じ思いです。明治の世ができるとき、槍働《やりばたら》きもできんおなごは引っこんでおれと言われました。今は武力ではなく、言論の時代です。それやに男に与えられる選挙の権が、同じ納税をしゆうおなごには与えられんで引っこんでおらんといかん。それならわたしらおなごは、いつまで引っこんでおらんといかんがでしょうか」

増選議員をはじめ、返事をする者はいない。議場は静まりかえっていた。

「男じゃというだけで、この国の半分の人間は、戸主にも、借金の保証人にも、中学生にも、選挙人にもなることができます。旧幕時代、士じゃないもんは士みたいに袴を着《つ》け、二刀たばさむことに憧れ、軽格の士は士格のお士みたいに城下で下駄を履いて闊歩することに憧れちょりました。けんど、わたしらおなごは、袴を着けたいがやありません。下駄を履きたいがやありません」

喜多は議場の議員たちを見回した。

「男のみなさんと同じ地べたに立って、同じもんが見たいがです。わたしらおなごも暮らすこの国のことを、わたしら抜きで決めんでください」

喜多は議長に向かって礼をすると、着席した。

入れかわるように立ちあがった退助が、手を叩いた。

その大きな手から出る、ぱんぱんという音が議場に響く。遅れて、枝盛も手を叩いた。議員たちは顔を見合わせ、一部の議員たちに、拍手は少しずつ広がっていった。

「脳漿の乏しいおなごが、これだけの演説をしたいうことは、どう考えればえいがでしょうか」

退助に並んで立ちあがった枝盛は、増選議員を見た。

「州会規則の議員資格はこのままでよろしいですね」

枝盛の念押しにまた拍手が起きた。

州会規則に、婦女の議員資格は残された。


その日の州会が終わったとき、傍聴人のひとりが声を掛けてきた。

「楠瀬さん、ちっくとええですか」

洋服を着た、妙に垢抜けた男だった。

「森田《もりた》、まさか今日のことを書くつもりじゃないろうの」

増選議員は、重ねて、吐き捨てるように男に言う。

「おなごが州会で演説したらあて、土佐の恥じゃ」

「書きませんよ」

森田と呼ばれた男はわらって肩をすくめた。

「書いたら終《しま》いぞ。おれは口だけやないきに」

「わかってますよ」

増選議員は森田をにらみつけると、議場を出ていった。喜多には目をやることさえ汚《けが》らわしいという素振りだった。

「僕は大阪日報の通信員です。小高坂の森田時之《ときの》助《すけ》と言います。坂本の奥さまにはえらいお世話になりよります」

独のことだった。構えていた喜多の肩の力が抜ける。

「今日のことは書きません。けんどそれは、さっきの議員に脅されたきにじゃありませんよ」

森田はにやっとわらった。

「どうせこの州会が長続きせんことはわかっちょります。来年県会ができたらいらんなるもんですし、政府が布告した府県会規則に改正要望を出すらあて、もういつ解散させられてもおかしゅうない。そんな州会で楠瀬さんがおなごながらに演説して議員の先生方を圧倒したいうことより、楠瀬さんが県庁にお出しになったという、その」

「税納ノ儀ニ付御指令願ノ事ですか」

「それ、それの控えをお持ちやないですか」

森田は前のめりになった。

「それのほうが、えっころ意味があると思うがです。お貸しいただけんでしょうか」

「ええですよ」

喜多は即答した。森田のあけっぴろげな態度は好感が持てた。

「それを記事に書かしてもらいます」

喜多は頷いた。

それこそ、喜多の望むところだった。

そのころには冨の病状は重くなる一方で、もう枕から頭を上げることも難しくなっていた。

「この子らを置いていかんといかんがが無念です」

師走も近づいた寒い朝、冨は喜多の手を握ってそう言うと、息を引きとった。

宣政は十一歳、丑はわずか八歳で、両親を失ったのだ。

喜多は、残された甥と姪を家に預かったが、母を恋しがって、丑はなかなか寝付けなかった。

「ほしたら兄さんがええ歌を唄《うと》うちゃるき」

並んで横になった宣政はそう言うと、丑が眠るまで民権数え歌を唄ってやった。しかし、そんな宣政も、冨の臥せっていた離れでひとり泣いていることがあるのを、喜多は知っていた。

そうして明治十一年の年を越して間もなく、とうとう喜多の税納ノ儀ニ付御指令願ノ事の一件が、大阪日報で報じられた。

一面の大きな記事で、喜多が新聞縦覧所に入るなり、待ち構えていた男たちがどっと沸いた。

「楠瀬さんのことが書かれちゅうで」

「人髯《ひげ》あるが故に貴《とおと》からず才智《さいち》あるを以《もっ》て貴しとせん」

喜多に代わって一人の男が記事を読みあげる。

高知の立志社で土曜日毎に開かれる演説会では民権自由について語られ、傍聴人は男子ばかりだが、才智優れる婦人が暑さ寒さも厭《いと》わず一日も欠かさず傍聴しており、先立って人々を奮《ふる》いたたせ、あたかも弁財天《べんざいてん》が男の神々の中に一人在《いま》すがごとくの高知唐人町在住の士族楠瀬きた氏は、ときたところで、人々の歓声が上がった。

「おお」

「名前入りじゃ」

喜多の御指令願ノ事は全文がそっくり掲載されており、ご丁寧に喜多の住所も氏名も書かれていた。記者の名はもちろん森田だ。

県庁から出された、納税しろという御指令も掲載されており、この御指令には納得できないと楠瀬氏はなお内務省へも訴えると書かれ、なかなか大した婦人ではないかと括られていた。

記事は注目を集め、すぐに東京日日新聞《とうきょうにちにちしんぶん》、朝野新聞《ちょうやしんぶん》にも転載された。新聞縦覧所では、掲載のたびに騒がれた。

「楠瀬さんの名は、もう日本中に轟《とどろ》いちゅう」

「えらいもんじゃのう」

「今度は内務省をぎゅうと言わしちゃれ」

喜多はわらって答えなかった。朝野新聞の記事を読んだ後、喜多は区務所に足を運んだ。

「来ると思うちょったぞ」

区長は、やってきた喜多に身構えた。

「今度は内務省に御指令を願う気じゃろう」

区務所の所員たちは固唾《かたず》を飲んで喜多をみつめた。

「税納に来たがじゃ」

喜多は言うと、紙包みを区長に差しだした。

「これまでの滞納分も合わせてじゃ」

半信半疑で受けとった区長は、紙包みを開き、所員を呼んだ。

「これ、楠瀬さんの未納分じゃ。すぐに計算してくれ」

喜多に取り返されるのをおそれたのか、区長はせっかちに言いつけた。

「どういた風の吹き回しじゃ。あんたが税納するらあて」

喜多は答えず区務所を後にした。


夏の始まりとともに、コレラが流行りはじめた。弱った儀平が心配で、喜多はせっせと西村屋に通っていた。

「今は、コロリともトンコロリとも言わんと、コレラ言うがですよ」

戻った喜多に水を差しだしながら、お要が賢しげに言う。

「御一新で、病の名も変わったがじゃねえ」

「許せよ」

玄関で、聞きおぼえのある太い声が響いた。退助だ。

「息災でやりゆうか」

喜多は式台で迎えた。顔を見るのは州会以来だが、森田の言った通り、州会は内務省によって、あの後すぐに解散させられていた。退助はひとりではなく、見知らぬ男を連れていた。

「中江《なかえ》兆民《ちょうみん》君じゃ。フランスに留学して、東京で仏学塾を開いておりゆう。土佐におったころには奥宮慥斎に師事しちょった」

こざっぱりした身なりながら、大きな目で喜多を無遠慮に見る。

「変わった男じゃが、フランス語はたしかじゃ。ルソーについて教えてもらいゆう。喜多に会いたい言うきに連れてきた。まずは便所を貸しちゃってくれ」

中江は頭を下げた。

「御一新で立小便ができんなったがには閉口します」

お要が中江を便所に案内し、喜多は退助を奥に通した。

「これからは、立志社挙げて勢力増大に専心するぞ。枝盛も健吉も大阪に出て、がんばってくれたき、今度の大会では、十八県から二十一の政社の代表らが八十人も集まって盛会やった。けんど、それでもまだ西日本だけやき、これからもっと遊説に努めんといかん」

退助は日本全国を見ていた。

「それにしても、州会では見事じゃったの」

破顔する退助に、喜多もつられて笑顔になる。

「新聞にも載ったのう。枝盛もたまげちょったぞ。九州の宿で雑煮を食いよるときに、喜多が新聞記事になっちょったいうて。ほんであいつも、男女同権ニ就《つ》キテノ事を出しおった」

退助の言葉に喜多は頷いた。喜多も新聞で読み、さすが枝盛だと思っていた。『民権自由論』という初めての本も出し、すべての人は金銀珊瑚《きんぎんさんご》ダイヤモンドよりも尊い、自由の権という宝を持っていると謳《うた》っていた。

「あいつは、あいつなりに喜多を援護する気ながじゃろう」

西村屋の裁判を勝訴に導いてくれた萩原節愛判事補が、枝盛の友人だということは最近知った。かつて東京にあって退助の許を去った枝盛は、萩原の下宿に転がりこんでいたという。

お要に案内されて座敷に入ってきた中江は、丁寧に喜多に問う。

「こちらの奥さんはえらいことをされたいうて、新聞で読みました。一目お目にかかりたいと思うておりました。あの御指令願ノ事は、高知県民会議事章程を元にしちゅうがですか」

「その通りです。あれのせいでわたしは投票を拒まれたきに、あれに反駁《はんばく》して、御指令願ノ事を書きました。選挙の権と併せて保証人になれんかったことも訴えましたが、そっちはすぐに認めてもろうて、あれからは実家の借金の保証人にもなれるようになりました」

「えらい名文でした。それにしても、おなごやいうに、思い切ったことをしたもんです」

「中江君、それはおれの茶碗じゃ」

退助が中江に言った。退助の茶を中江が飲んでいた。

「ああ、そうでしたか。失礼しました」

迷わず中江は自分が手にした茶碗を退助に差しだす。

「もういらんき」

退助が拒む。潔症の退助が、他人が口をつけたものを飲むなどあり得なかった。中江はそのまま、手にした退助の茶を飲み干すと、自分の茶碗を退助に差しだした。

「ほいたら、こちらをどうぞ」

退助が呵呵とわらった。

「これじゃきに、この男には敵《かな》わん。この前は同じやり方で煙管《きせる》を取られたわ。今日こそまだきれいななりをしちゅうが、いつも髭も髪もぼうぼうでのう、襞《ひだ》もない袴を着けておって」

喜多はふっと笑みを浮かべた。退助は旧幕時代にも、龍馬に同じことを言って閉口していた。

「だいたい、便所で手を洗《あろ》うたがか。えらい早《はよ》うに戻《も》んてきたが」

「小用《しょうよう》で手らあ洗うもんがおりますか。ヨーロッパでも洗うもんはおりません」

「これじゃきにこいつは」

退助は大仰に中江から身を離し、距離を取った。喜多はとりなした。

「中江さんはええなりをしておられますが」

「今日だけじゃ。祝言があるきに」

「どなたの」

「こいつのじゃ。学問ばっかりして、妻もおらんまま三十にもなって」

「留学生はそういう方が多いがじゃないでしょうか」

馬場辰猪のことを思いだす。中江と同年代の辰猪も結婚どころではなかった。

「喜多がやり合《お》うた県令は辞めたのう」

退助は話を戻した。小池県令は、県会議員選挙の後、辞任していた。

「後任は熊本県大書記官じゃった北垣国道《きたがきくにみち》じゃ。北垣は地方官会議でおなごの選挙の権に反対したやつじゃきに、一筋縄ではいかんろうのう。あの後、伺い書は内務省には出したがか」

「出さんかったよ。滞納しちょった税ももう納めた」

退助も中江も驚く。

「どういてまた」

「新聞に載りたかったがです」

喜多はあっさり言った。

「アメリカではもう、おなごが選挙に行けるところがあるいいます。日本ではまだ、戸主とか地租を納めゆう男子しか選挙に行けんけんど、イギリスではもう、財産がない男も選挙に行けるようになりゆう。いずれ、西洋で男がみんな選挙に行けるようになったら、日本もそうなるろう。おなごが選挙に行けるようになるがはその後やろうけんど、いつかは必ず、日本でも、おなごも選挙に行けるようになるはずじゃ」

「そりゃあわかるが、新聞は関係ないろう」

喜多は首を振った。

「新聞に載ったき、選挙の権を求めたおなごがおるいうことが、これで日本中に知れわたった。初めての選挙があったときに、日本でも選挙に加われんかったおなごが文句を言うたということは、これできっと、読んだ誰かがおぼえておってくれる。男しかおらん地方官会議で、おなごは脳漿が乏しいいわれて、府県会議員選挙にも行けんかった。それをおなごがみな、黙って認めたと思われとうないがじゃ」

それは、退助のしていることと同じだった。退助は報われなくても、あきらめない。一度は失望して参議を辞めても、今度こそ望みを果たそうと、恥も外聞もかなぐり捨てて、もう一度参議になった。突き返されることがわかっていても、民撰議院設立建白書を出し、立志社建白を出し、府県会規則改正の願望書を出す。

民選議院のないこの国で、政府に意見を述べる道は、たしかに建白書しかなかった。

「けんど、政治いうたら、この国で暮らすすべての人に関わりがあることやろう。どうやって生きていくかいうことやろう。ほんじゃき、おなごが政治に関われんいうことは、つまり、おなごは生き方を決めれんいうことじゃ」

離れの縁側では、丑が、宣政に教えられた民権数え歌を唄いながら、近所の女の子たちとまりつきをして遊んでいる。

「黙っちょったら、認めたことになる。わたしは、あの子らあに、あの子らあの娘や孫娘らあに、どういてあのとき文句を言うてくれんかったがって思われとうない」

喜多につられ、退助も中江も、わらい興じる丑たちをみつめた。

「権利と義務は両立するものとも、ほんまは思うてない」

喜多の言葉に退助も中江も驚いた。

「あれは、高知県民会議事章程の論を逆手に取って攻めただけで、ほんまは、権利と義務は組になったものじゃないと思いゆう」

「どういうことぞ」

「権利は天から与えられたもので、あらゆる人間に備わったものながじゃろ。そうしたら、税を納めゆう者でも税を納めよらん者でも、誰にでも同じ権利があるはずじゃろ。わたしは、税納の義務やら兵役の義務やらを果たしゆうきいうて、その人だけに権利があるがじゃのうて、誰にじゃち権利はあると思う」

これまで出会ってきた人たちを思いだす。士族でなくても、男でなくても、戸主でなくても、みなひとりの人であることは変わらなかった。

「あの子らあが娘になるころには、おなごも選挙ができるようになってほしい思いゆう。けんど、それだけやのうて、おなごも男も、納税の多寡にかかわらず、誰でも選挙に行けるようになったら、その先は」

退助も中江も喜多をじっとみつめていた。

「もう選挙やのうて、くじ引きで選ぶようになったらええと思いゆう」

呆気にとられた退助は、一瞬置いて、わらいだした。

「喜多には敵《かな》わん」

「たまげましたな」

中江は真顔でしきりに顎をさすった。いつもならそこに無精髭《ぶしょうひげ》があるのだろう。

「そんな論は、フランスにも西洋にもない。聞いたこともない」

「けんど、政《まつりごと》はその国で人がどう生きるかいうことやろ。その国の人みんなを、ほんまの意味で代表するがは、えらい人でも賢い人でも金持ちでも論が立つ人でものうて、たまたま選ばれた人のはずじゃいか」

退助は合点《がてん》して頷くが、中江は顎をさするだけだ。

「貧しい人も、目が見えん人も、おなごも、みな、誰でも政に関わるべきじゃ。この国に生きる者やったら、みな。だって、この国の政ながじゃきに」

「やっぱり喜多には敵わん」

退助はわらった。

「けんど、そうなるかどうかは、退助にかかっちゅう」

喜多はわらわなかった。

「おなごのわたしには今はできん。けんど、退助やったら、そんな世にできる」

「えらい宿題をもらいましたな」

中江が頭に手をやり、息をついた。

「わたしは信じちゅう」

喜多は退助をみつめた。

「信じちゅうき」

退助はその目をそらさなかった。

暑い夏の終わりに、独が亡くなった。

まだ花冷えのころ、喜多は独に、縞模様の木綿着を織って、あやめに渡してくれるよう頼んでいた。その折、独がずいぶんやせたことには気づいていた。

帯の上にのっていた胸が薄くなり、めまいもすると、しきりにこめかみをおさえていた。それでも、コレラを怖れ、食べ物に気をつけるよう、むしろこちらの身を案じてくれていた。

線香を上げに行かせてもらうと、甥の南海男が出てきて、頭を下げてくれた。

「どうぞ、叔母が喜びます」

壊血病《かいけつびょう》で、あっと言う間に亡くなったということだった。コレラが流行ると、壊血病だの脚気だのが増えるのだという。

城下だけでも、コレラで亡くなった人は百人を越したらしい。こんなにコレラが流行るのは、御一新のときの廃仏毀釈の仏罰《ぶつばち》ではないかといわれていた。檀家《だんか》が今更になって怖がり、仏罰を被《こうむ》らないように、あちこちの寺が再興していた。長浜《ながはま》の雪蹊寺も再興し、廃仏のときに捨てられた湛慶の仏像は檀家が隠していたものが、そのまま戻ってきたという。ばれたら村八分《むらはちぶ》になったろうに、奇特《きとく》な檀家もいたものだと評判になっていた。

「うちの母も、そういえば、コレラが流行った年に脚気で亡くなりました」

もともコレラを怖れ、魚も野菜も食べなくなっていたことを思いだす。

「悪い病気が流行ったものです。丈夫な人でしたに」

南海男は続けた。

「叔母は大したおなごでした。天下の坂本龍馬の姉上だけある。度量の大きい人で、僕のこともえらいかわいがってくれました。最初のうちは、板垣先生を嫌《きろ》うておりましたが、そのうち、龍馬の思想を受け継ぐがは板垣先生じゃと言うようになって」

士格でない者は城下で下駄も履けず、笠もかぶれなかった世を、龍馬亡き後に変えていったのは、たしかに退助だ。

「立志学舎でえい成績を取ったら、いっつもこじゃんと喜んでくれました。十七でこの家に来た僕にとっては、母も同様で」

「よう独さまは、南海男さんのご自慢をされよりました」

龍馬が亡くなり、赦太郎が亡くなってからは、独の自慢の種は南海男になった。わずか四つの鶴井の婿に来た南海男を可愛がった。

「演説もぎっちり聞きに来てくれよりました。近在《きんざい》のおなごを集めてきてくれて。えいことを言ういうて、いっつも褒めてくれました。叔母が喜びよった民権自由の精神を、これからは全国に広げていくがです」

独の思いはたしかに伝わっていた。喜多は頭を下げた。

「独さまには、ほんまにようしていただきました」

それなのに、わたしは独さまに何をしてあげられただろう。あまりにもあっけない旅立ちに、こうして手を合わせ、ただ後生《ごしょう》を祈ることしかできなかった。

喜多は独の家を辞すると、同じ上町のあやめの家を訪ね、塀を巡ってぐるりと回った。

木綿着は受けとってくれたと独から聞いていたが、もちろんあやめからの音沙汰はなかった。礼など望んではいなかったが、ただ一目でいいから、あやめに会いたかった。そして、独の、とめの思い出話ができたら、どんなにいいだろう。

あやめの家は、まるで誰も住んでいないかのように、しんと静まり返っていた。


西村屋の最後の裁判も勝訴に終わり、ようやく貸金の大概《たいがい》が戻ってきた。すべてではないが、返してもらえるあてのある貸金はもうない。あとは自分たちの不明とあきらめるしかなかった。

戻ってきた貸金を、最後まで残ってくれた番頭に分けて暖簾《のれんわ》分けさせ、酒屋の野村からの借財も清算し、店と屋敷も買い戻した。

それを待つかのように、儀平は世を去った。

筆山に眠るもとの墓のとなりに葬った。

去年は富を、今年は儀平を見送った。筆山の墓地には、真新しい墓石が並んだ。

四十九日を終えると、喜多は西村屋の暖簾を下ろし、家督は宣政に継がせた。

宣政はわずか十二歳にして、亡き祖母であるもとの生家宮崎《みやざき》家の戸主となった。


霜月の寒さをものともせず、立志社の演説会場には多くの聴衆が押し寄せていた。

評判の植木枝盛が県会の議論について演説するということで、女席までとりどりの着物をまとったおなごたちでいっぱいになっている。

「楠瀬さんや」

「楠瀬さんは前へ」

喜多が入っていくと、前の席に座っていたおなごたちが気づいて喜多に席を譲り、女席の一番前に座らせてくれた。臨場《りんじょう》する警察官も普段の演説に倍する数だ。

前座の演説が終わると、いよいよ枝盛の登場だった。今日の弁士の中でひときわ若い枝盛が出てくると、その日一番大きな拍手喝采が起きる。枝盛の滔々たる演説に、誰もが聴き入り、同じ人でありながら、納める地租が高いものだけに県会議員の選挙の権を与え、多くの県民を政治の場から排除するのは言語道断《ごんごどうだん》と述べ、かつ、同じ人でありながら、男子のみに選挙の権を与え、この世の半分であるおなごを排除するのはもってのほかと断じた。これは政府がいかに一般県民とおなごを恐れているかの証左《しょうさ》であると叫ぶと、会場は割れんばかりの大喝采となった。女席のおなごたちも、みんな立ちあがって手を叩いた。

枝盛が先を続ける前に、壇上のコップを手に取り、水を飲もうとしたちょうどそのとき、臨場していた警察官が叫んだ。

「弁士中止」

分かれて会場にいた警察官たちが、その声を合図に、枝盛を捕まえようと聴衆をかきわけて演台に向かう。

「中止だ中止だ」

警察官たちが叫ぶ。

「何が中止だ」

「ひっこめ」

「政府の犬め」

その警察官を止めようとあちこちで揉みあいが始まる。思わず、喜多は声を限りに叫んだ。

「これは異《い》なことを。この天下で、水ひとつ飲むのにも、警察官の許可が要《い》りますろうか」

演説会場にはありえないおなごの声に、会場中の目が喜多に集まった。

喜多は女席のおなごたちを背に、堂々と続けた。

「水を飲むにも箸を取るにも、いちいち政府の許可をもらわんといかんような世では、とても生きてはいけますまい。諸君、そうやないですろうか」

喜多は、自分をみつめる枝盛と会場の男たちを見回した。

「えいぞ」

「そうじゃそうじゃ」

万雷の拍手喝采に、もう何も聞こえなくなった。下駄や座布団、たばこ入れまでが飛びかい、会場中で聴衆が警察官を止めようと大変な騒ぎになったが、結局、サーベルを振るった警察官によって演説会は中止となって解散させられ、枝盛は高知警察署に連行され、今より演説禁止、そして出県禁止とされてしまった。


得意の演説を封じられても怯むことなく、枝盛は国会開設の必要性を広く訴える国会開設ノ願望致スニ付《つき》四方ノ衆人ニ告《つ》クルノ書を起草した。大阪に集結した退助と志を共にする政治結社はこれを採択し、全国に遊説委員を送ることになった。

お要は高知県女子師範学校を卒業した。南街《みなみまち》小学校に勤めはじめて間もなく、父親が亡くなり、いったん実家に帰ったが、葬儀が終わっても一向に戻ってこない。

喜多が弘岡町の家を訪ねると、お要は兄に納戸に押しこめられて泣いていた。

「これから戸主はおれじゃき、妹の嫁ぎ先はこっちで決めさせてもらう」

兄とは思えない無慈悲な口ぶりだった。聞くと、妻子のある代言人の妾にしようとしていた。

「兄とはいえ、嫌がる者に、そんな非道があるものか。どうせまた、三百円をせしめるつもりながやろう」

「もう三百円は取れん。師範学校ら行って、薹《とう》が立ってしもうたきにのう。二百円がええとこじゃ」

頭に来た喜多は言い争った末にお要を連れ帰ったが、お要は、兄にはこれまで育ててもらった恩があるから申し訳ないという。義理堅いお要は、兄の口八丁に丸めこまれて、いつまた妾に売られるかわからなかった。なるだけ家にいるように言い、下宿人たちにもお要に気をつけてくれるよう頼んだ。

東京では三回目の地方官会議が開催されて、やっと高知県から阿波国が分離され、土佐国だけの高知県に戻った。

国会開設を求める四度目の大会には全国から政治結社の代表が集まった。新たに国会期成同盟を結成してこれまでになく多くの平民も取りこみ、枝盛らがまとめた国会開設を求める請願書には、二府二十二県八万七千人の請願人が名を連ねた。

国会開設を求める請願の空前の盛り上がりを恐れた政府は、急遽集会条例を制定して、あらゆる政治結社も集会も届出制にして干渉し、取り潰しを図った。

立志社はこの集会条例のために大きな打撃を受けたが、退助らは怯まなかった。国会開設を求める請願書は、関東を代表する河野広中と、関西を代表する片岡健吉の二人によって太政官に提出され、受理を拒まれると元老院に提出したが却下され、再び太政官に出すがまたしても拒まれた。

退助ら立志社の話を聞こうと、高知には相変わらず全国から若者がやってくる。喜多の家にもいつも誰かしら下宿人がいたが、春になって、九州からやってきた頭山満《とうやまみつる》という若者を泊めるようになった。いつものように退助に頼まれたのだが、枝盛も九州で世話になったという。立志社に倣《なら》って政治結社を結成、九州に民権自由をすすめている中心人物だった。

「奥さんが評判の、県令とやりあった女丈夫ですか」

頭山はごつごつした体を屈《かが》めて頭を下げた。

「後家じゃきに、楠瀬でかまいません」

喜多が言うと、頭山は高笑いした。

「見かけによらぬのは、郷里の高場乱《たかばおさむ》先生と同じですな」

聞くと、郷里の博多には人参畑《にんじんばたけ》塾という私塾を開く男装の儒学者がいて、喜多と雰囲気が似ているのだという。

「握ったら砕けそうなくらい華奢なくせに、肚《はら》が据わっている。楠瀬さんと話していると、高場先生を思いだしてなりません」

そう言っていた頭山は、たまに来る客と談笑するほかは、丑と遊び、民権数え歌を唄っているばかりだった。

「頭山くん。あんたは何しに高知くんだりまで来たがぞね」

喜多が訊くと、丑と縁側でまりをついて遊んでいた頭山は、わらった。

「民権数え歌をおぼえに来ました。僕の先生は丑ちゃんですから」

そんな日々を過ごしていたが、庚申堂の藤の花が咲くころ、頭山は荷造りを始めた。

「国会を作るために皆が力を尽くしておりますので、いったん福岡に帰りたいと思います。もう民権数え歌もおぼえましたので」

頭山はわらいながら言った。

「つきましては、旅費をお貸しいただけないでしょうか」

帰りにそう頼む下宿人は多かった。

「貸すのは嫌です。返してくれる者はおらんきに」

「僕は返しますよ」

「皆そう言うて借りていきます。ほんでそれきりになります。なんぼいるがですか」

「三十円お貸しくださいませんか」

「三十円。十円で十分でしょう」

「それが、他にも金がなくて、国に帰れぬ者がいるんです」

「自分も金がないに、人の分の面倒まで見たい言うがですか」

「そうです」

「ほいたら、これは頭山くんへの餞《はなむけ》にやるきに」

三十円を渡すと頭山は頭を下げた。

「ありがとうございます。でも、必ず返します」

頭山は三十円を包むと、鏡川を見た。

「それにしても、板垣先生は本当に清廉な方ですね」

対岸は退助の住む潮江新田だ。

「十円をちょっと拝借したいと言って頼むと、板垣先生はいつも、訳《わけ》も聞かずに承知してくださいますが、その場では出せないんです。後で届けさせますと言って、後から使いの人が持ってくる」

喜多は知っていた。立志社にも立志学舎にも、中島町の屋敷を始め、退助は持てるものすべてを惜しみなく差しだしていた。

「後家の楠瀬さんがすぐに出せる十円を、天下の板垣先生は出せんわけです。僕は最初、この日本国を転覆させる奴じゃと思うて、ことによったら成敗するつもりでここへ来たがですが、無私無欲の板垣先生に会《お》うて、すっかり惚れこんでしまいました」

中岡慎太郎も同じようなことを言って退助の同志となったと聞いたことがあった。退助のひたむきさを知った者たちは、退助とともに世を変えようと志さずにはいられなくなる。

「いつか東京に行かれるがなら、河野広中さんに会《お》うたらええ」

喜多はそう言って頭山の厚い背中を見送った。

間もなく頭山からは三十円が送られてきた。手紙には、これから東上することや河野広中を訪ねることが書かれていた。

集会条例による弾圧に、民権家たちの腹の虫はおさまらなかった。

これまでのように演説会というと集会条例に引っかかるので、あくまで演説会ではなく、会費を取る懇親会という名目で演説をする。そしてあえて屋外で行い、会費を払わなくても誰でも聞くことができるようにする。こうしてこれまで通り、男女を問わず多くの人に民権の思想を伝えた。

各町の町会も盛んに開かれ、六月には、上町町会で二十歳以上の戸主すべてに選挙の権を与える規則が制定された。

とうとう、男だけでなく、おなごも、町会議員を選ぶ選挙に加われるようになったのだ。

ところが、この前代未聞の規則に、民権派を弾圧してきた天下り県令の北垣国道がかみついた。上町の町会議員たちは、負けじと意見書を出して、規則を修正しろという県の指令に反駁し、四ヶ月に亘って執拗なやりとりを続けた。

そのやりとりは、七月に創刊されたばかりの高知新聞に掲載された。やっと高知でも発行されるようになったこの新聞を、字が読める者も読めない者もこぞって買い、上町町会と県との丁々発止を堪能した。

その結果、県が折れ、欠格条項に婦女を入れないことによって、戸主のおなごに選挙人の権が、二十歳以上のすべてのおなごに被選人の権が認められることになった。

土佐州会規則において、おなごの議員資格が残されたときと同じやり方だった。

「やりましたなあ」

下宿人が相好を崩す。

「これでおなごも選挙に行けるがですよ」

立志社の社員たちも、三々五々、喜多に知らせようと集まってきた。

「上町には坂本南海男がおりますき」

「あの坂本龍馬の甥ながですとね。さすが、えらいものですなあ」

喜多は社員たちに酒を振る舞いながら苦笑いした。龍馬なら、おなごに選挙の権など決して認めなかっただろう。独への文で、小高坂の娘が勤王だの国家だのと騒ぎゆうが、これは百文で寝る女《じょ》郎《ろう》同様の振る舞いで、おなごの道を外れちゅうとまで書いていたのを読ませてもらったことがある。けれども独は、若くして養子に入ってきた南海男をそんな男には育てなかった。独が独の道を行きながら、種を蒔いておいてくれていたからこそ迎えた、今日の日だった。

「植木枝盛がおるき、となりの小高坂村会も追随するらしいですな」

「北垣国道もたまらんろう。ざまあみろじゃ」

社員たちは愉快そうに高笑いした。北垣国道は喜多が県庁に御指令願を提出する半年ばかり前の地方官会議に出て、女子でも五円の地租を納めるものは選挙人として認めようという主張に対して、強硬に反対した一人だった。


「楠瀬さんの望まれた通りになりよりますなあ」

「上町か小高坂に引越したらどうですろう。ほいたら楠瀬さんも選挙に行けますよ」

「わたしはここでええです」

喜多はわらって首を振った。

「あんたさんらあの面倒を見んといきませんし」

ここには、實との思い出がつまっている。

「これからは上町と小高坂だけやのうて、日本のどこに住みよっても、おなごも選挙できるようになるでしょうき」

「さすが楠瀬さんじゃ」

社員たちは手を打ってわらった。

「ほんまにそうならんといきません」

喜多はにこりともせずに言った。


實の七回忌を、喜多は、妙国寺の僧に経を上げてもらうだけで、末とともに静かに過ごした。

七回忌を迎えても、喜多が折に触れて實のことを思いだすのは、変わらなかった。

算盤を弾いていると、その手つきに驚いて、何かの呪術のようですねと目を丸くしてくれた。剣術を教えてくれと頼んで、袴を着《つ》けて教えてもらっていて、蹲踞《そんきょ》しようとして後ろにひっくり返ったら、涙を流してわらっていた。

高知城が開放されたときは、並んで歩いてくれた。おなごが男と並んで歩くとはと眉を顰《ひそ》める人がいても、實は意に介さず、穏やかにほほえんでいた。

初めて会ったときから、實さんはわたしと同じ地べたに立って、わたしが見上げるものを一緒に見てくれた。

それから一月《ひとつき》ほどして、長浜の雪蹊寺から使いが来た。喜多の名で織女像《しょくじょぞう》が寄進《きしん》されたことの礼だった。

喜多には心当たりがなく、改めて雪蹊寺を訪ねると、見たこともない陶製の織女像が納められていた。

中国の織女らしいおなごが雲に乗り、長い袖を翻して、機《はた》を織っている。裏には、所願成就《しょがんじょうじゅ》と願文《がんもん》が彫られ、楠瀬喜多の名がくっきりと刻まれていた。

そのなんとなくおかしげな織女の顔は、手習いをしていたころに見た、おかめの面の絵を彷彿《ほうふつ》とさせる。願文の字にもおぼえがある。

そして、作陶者として、池添一菖《いけぞえいっしょう》という名が彫りこまれていた。

「堅い身なりの若いおなごの方でした。評判の楠瀬さんのご夫君《ふくん》の七回忌やとおっしゃいまして、てっきり代理の方が来られたとばかり思いよりました」

喜多は雪蹊寺を辞すと、その足であやめの家に走った。

あやめの家はいつにも増して静まり返っている。喜多は迷わず、門扉《もんぴ》を叩いた。

何度も何度も。

けれども、門の中からは、なんの返事もなかった。

「山崎さんなら、もう引き払われましたよ」

音を聞きつけたむかいの家から、女衆《おなごし》が出てきた。

「奥さまが亡くなられて。ご葬儀がすんですぐに引き払われていかれましたよ」

喜多は耳を疑った。

「どちらへ」

「どちらでしょう。えらい困窮されておられよりましたき、大阪かどちらかへ流れていかれたがじゃないですろうか。最近はそういう士族の方は多いですき」

「娘さんがおったはずですが、ご一緒ですろうか」

「どうされたか。まだ嫁《とつ》いでない娘さんらがおったはずですけんどねえ」

「売られたがじゃろう」

奥から出てきた男衆《おとこし》が決めつけた。

「奥さまに似《に》いて、えらいきれいな娘さんらやったきに」

喜多ははっとして、庚申堂へ行ってみた。

まさかとは思うが、冬晴れの日々に乾ききった藤の葉を拾い、賽銭箱の下に押しこむ。

かつて、あやめと決めた文の隠し場所。賽銭箱の下の四枚の縁板の、左から二枚目。

果たして、賽銭箱の向こう側から、畳まれた紙が押しだされて出てきた。

表書きはない。

震える手で開くと、そこには、懐かしいあやめの女跡《おんなで》で、いついかなるときも、喜多は決してひとりではないから安心しろと書いてあった。わたしは喜多の味方で、表に出られないわたしのようなおなごが喜多の味方だと重ねる。それを決して忘れてくれるなと。

喜多は織女像に刻まれた、所願成就という字を思いだした。

長くはない命と知ったあやめの思いが、その願文に込められていた。それは、喜多の所願を成就するよう願う思いだった。

喜多は、葉を落とした藤の木の下で崩れるように膝をつき、次から次へとあふれる涙をそのままに、文を胸にかき抱《いだ》いた。

東京で出版され、大評判となった『民権家列伝』という本に、喜多はおなごでただひとり、全国の錚錚《そうそう》たる民権家たちの間に名を連ねた。

健吉が筆頭で、枝盛も林有造も載っていた。喜多については、夫に先立たれたことや演説会に通ったこと、そして男女戸主の権利の異同について県令に伺い書を出したことが書かれてはいるが、奇女都督《きじょとと》だの一世《いっせい》の奇女だのと、褒めているのか貶《けな》しているのかわからない。それでも末尾には喜多の書いた税納ノ儀ニ付御指令願ノ事の全文が紹介されている。

「おなごで民権家列伝に載ったのは、喜多だけじゃ」

東北遊説に出ると暇乞いにきた退助は、嬉しそうに続ける。

「上町と小高坂村でおなごが選挙に行けるようになったがも、喜多あってのことじゃ。坂本の姉上は亡《の》うなったいうて残念なことじゃが、あやめは喜びゆうろう。まあ戸主やないといかんきに、選挙に行くいうわけにはいかんろうが」

退助は機嫌よく話していたが、喜多がうつむいたままで黙っていることに気づいた。

「嬉しゅうないがか」

退助に問われ、喜多は頷いた。

「間に合わんかった」

喜多は顔を上げた。

「あやめは亡《の》うなった」

退助は息をのんだ。

「どういてまた」

「乳癌《にゅうがん》やったそうじゃ。男の医師に乳房を見せるがを恥じて、手遅れになったいう。上町では妻女の鑑《かがみ》やと評判になっちょった。娘らがおったはずじゃが、葬式代にも事欠《ことか》いたらしく、家屋敷も売り払《はろ》うてしもうて、行方知れずじゃ」

喜多は持っていき場のない怒りを、退助にぶつけるように言った。

「間に合わんかったよ。あやめと会えるようにならんままで、あやめは先に逝《い》ってしもうた」

「無念じゃ」

退助は歯がみした。

「等しく天から与えられた権利を奪われて生きんといかんがは、いっつも弱い立場の人間じゃ。おなごもそうじゃし、その子らもそうじゃ。あやめらのためにこそ、国会が必要ながじゃ。今や国会開設を請願する全国十三万人もの署名が集まっちゅう。国会開設の準備は進んじゅうが、まだ道半ばじゃ。おれの力が足らんかった」

退助と喜多が望んだ世は、とうとう、あやめが生きているうちには訪れなかった。

「無理もない。これだけ政府の弾圧が厳しゅうては」

喜多はとりなした。国民から要望するには建白しか手立てがないのに、いくら建白しても受理すら拒まれ、片端《かたはし》から捕えられる。

それでも、北海道開拓使官有物の政商への払い下げが明るみに出て、政府への批判が沸騰し、民権自由を求める動きへの追い風が吹いていた。退助は東北を皮切りに、これから全国を遊説する予定だという。

「じきに三回目の国会期成同盟の大会が開かれる。もう政府が国会を開くがを待ってはおれん。国民が国会を打ち立てる。それにはまずは憲法じゃ。ほんじゃきにまず、全国からそれぞれで考えた憲法草案を持ち寄って話し合う。立志社の憲法草案は枝盛が起草することになっちゅう。あいつやったら、誰もが平等じゃいう憲法を、うまいこと書いてくれるろう」

退助は鏡川に目をやった。

「こんながも長《なご》うは続かん。放っちょっても、世の流れには抗《あらが》えん。黙っちょっても、いずれは日本にも憲法ができて国会は開設されるろう。男もおなごも平等な世も来るじゃろう。けんど、あやめはその日を待たんで死んだ。変わるがを待っておれるか。おれが変える」

戊辰の役のときにも聞いた言葉だった。

「こっちが憲法と国会を作ったら、もう政府も無視できん。国会ができたら政党政治じゃ。藩閥やのうて、日本国民の支持を得て、政党自由党を打ち立てる」

退助は力強く続けた。

「民権自由を旗頭にし、全国の民権家を束ねる政党じゃ。自由党でこの国を変える」

植木枝盛や河野広中らが中心になり、準備をすすめているという。

「自由党には、おなごも入れるようにするつもりじゃ」

喜多は頷いた。退助は決してあきらめない。

「入れんでも入れても、わたしは退助の味方じゃ」

喜多には懸念があった。このごろ、退助は演説で、我に自由を与えよ、しからずんば死をと訴えることがあった。聴衆は喜ぶが、喜多には危なかしく思えてしかたがなかった。

「退助はこまいときからひとっつも変わらん。生き急がんでくれ」

喜多は頼んだ。

「死んだら承知せんきに」

退助はまぶしそうに喜多を見返した。

「喜多も変わらん」

喜多はその言葉に重ねるように言った。

「わたしは退助の同志ながじゃき」


追いつめられた政府が、とうとう、十年後の国会開設と欽定憲法制定を宣言した。

「まあよかったですこと。ようよう日本にも国会ができるがですねぇ」

お要は手放しに喜んだ。

「退助らのおかげじゃ。全国の民権家を東京に集めて、三回目の国会期成同盟の大会で憲法を作ろうとしよったきにの。先に作られたらかなわんと、政府も動かんわけにはいかんなったがやろう」

そう言う喜多の顔を、お要はふしぎそうに見た。

「その割には、浮かん顔をされちょりますね」

「官有物払い下げ事件でも政府は批判を浴びちょったきの、実のところは世論を懐柔《かいじゅう》しようとしゅうだけの時間稼ぎに過ぎん。これで国会開設は十年も先になってしもうたいうことやろ。憲法も、政府が勝手に自分らの都合のええもんを作る気じゃ」

せっかく各地の民権家らがそれぞれで作成したというのに、その憲法草案を披露することもなくなってしまった。それでも、全国から集まった民権家たちはそのまま一政党を結党することを決議、退助を総理に、中島信行を副総理に挙げて、自由党を結党した。

自由党総理となった退助の人気は高く、退助の赴くところ、雷雨が来たと連日新聞に書かれるほどに無数の人々が雲集し、その演説に心酔しているという。これほどの人気を政府が放っておくわけがなかった。佐々木高行が常に密偵を潜《ひそ》ませていることも知られていた。密偵を潜ませられるということは、いつでも命を狙えるということでもある。案じている喜多に、退助から長い文が届いたのはそのすぐ後だった。遊説先から送られたその文の字は、栗原亮一の跡《て》になるもので、喜多の心配をよそに、まったく別のことが書かれていた。

「枝盛さんが、二百二十条にも及ぶ憲法草案を書いたそうじゃ」

喜多は文を持ってきたお要に言った。

「まあ、ほいたら退助さまは無事ではおられるがですね」

「こっちの気も知らんでのう」

それも退助らしかった。

「言論の自由はもちろん、日本国人民に対するあらゆる自由が保障された憲法やと。しかも婦女の文字が無《の》うて、日本の人民は法律上に於《お》いて平等となすの一文があるきに、男女はまったくの同権いうことじゃと」

「さすが枝盛さんですねえ」

「けんど、日本国国憲按《にほんこくこっけんあん》いうて、案に過ぎん。欽定憲法が制定されることになった今となっては日の目を見ることさえ無《の》うなってしもうた。退助も無念がりゆうが、自由党の働きで、欽定とはいえ、この国憲按のような、人民の自由を保障する憲法となるよう尽力すると」

「ほんまに、そうなってくれたらええですねえ」

お要は膝に両手を揃えてつぶやいた。その手の甲には、兄に納戸に押しこめられたときに爪を立てられた傷痕が二本、くっきりと線となって残っていた。


育院にやってきたおなごは、誰もがはっとするほどに美しかった。

宮中女官《きゅうちゅうにょかん》をしていた岸田俊子《きしだとしこ》という京都のおなごが、高知を代表する漢詩人坂崎紫瀾《さかざきしらん》と宮崎夢柳《みやざきむりゅう》と漢詩の応酬をしたということは、城下で大評判となっていたものの、そんなことなどつゆ知らぬこどもたちも、あたりを払うほどの俊子の美貌に吸い寄せられるように集まってくる。

「ようこそ来てくださいました」

昨日のこと、喜多の家を母親とともに訪ねてきてくれた俊子は、おなごの身で板垣退助と四国中を遊説した喜多の話を聞きたがった。喜多は、そんな噂が出回っているらしいが、実際には遊説をしたことはないこと、それよりも男女同権を求めて税納を拒否したり、育院を手伝ったりしていることをありのままに話したが、まさか、昨日の今日で育院に足を運んでくれるとは思ってもいなかった。

「この方は岸田俊子さんいうてねえ、漢詩が詠めて、えらい学問のできる、賢い方ながで」

喜多は俊子の周りを囲んで見上げるこどもたちに、俊子を紹介した。俊子も、関心を引きたがって袖をひっぱるこどもたちをとがめることなく、柳眉を弧にしてほほえんでいる。わずか十九とはとても思えない落ちつきと賢《さか》しさに頼むところを感じ、喜多は身体に難儀のあるこどもたちを俊子に抱かせた。

「この子らは役に立たん子やと言われます。生まれてすぐ、あの世へ戻される子も少のうありません。けんど、退助さまらの話では、この子らにも等しく人としての権利があるいうことです。この子らはこの子らなりに大きゅうなるし、この子らなりの仕合せもあります。勝手に奪《うば》うてええ命はありません」

喜多は耳の聞こえない女の子には、手に俊子の名前を書いて紹介した。女の子は俊子の手に自分の名を片仮名で書いて返す。俊子がその手にその名を書くと、女の子は嬉しそうに、声を立ててわらった。

「それに、この子らがおることで、この子らがおる分、世の中は動くがです。この子らがたとえ家にこもって働くこともできんでも、この子らが食べる分、着る分、この子らが生きておりゆう分、まちがいのう世の中に動きが生まれるがです」

「おっしゃる通りです。このような事業はほかで聞いたことがありません。喜多さまのご評判は京都でも高くて、高知に参りました際は、ぜひ一度お目にかかりたいと思っておりましたが、来てよかったと思います」

おなごであるために高等教育を受けられず、やむなく女子師範学校に上がった俊子だったが、望む学問を学べずに病気を理由に退学したという。そしてその溢れる才と美貌を買われて宮中に招かれ皇后に仕えたが、そこでも俊子は満足することはできなかった。一年余りでやはり病気と偽って宮中を辞し、かねて憧れていた民権自由の聖地土佐を目指したのだという。

　師走の寒さにもかかわらず、俊子の頰は上気していた。そのひたむきさに、喜多は励まされる思いだった。

　年が明けると、民権自由を求める人々への弾圧は苛烈さを増した。

　立志社の演説会で、昨年東北を回った人物に天皇と退助がいるが、人民から熱烈な歓迎を受けたのは退助のほうだったと話した森田《もりた》馬太郎《うまたろう》は不敬罪に問われ、重禁錮《じゅうきんこ》四ヶ年罰金百円という、途方もない刑が科された。これが日本の不敬罪第一号となり、民権家たちは震えあがった。続いて高知新聞編集長となっていた坂崎紫瀾まで不敬罪とされ、勾引《こういん》された。これは、どんなに高名な民権家であっても手加減はしないという政府の強硬な姿勢の表れだった。

「喜多さまのように、わたくしも立とうと思います」

　明日には高知を発《た》つという日、あいさつに訪れた俊子は、喜多に言った。

「民権自由の聖地高知まで来ても思い知りました。民権家が望んでいるのは、男の権利を拡張することばかり。ほとんどの民権家は女を同じ人として見ていないのです。京都に戻ったら、男女同権を説く演説をしたいと存じます」

　喜多は頷き、深々と頭を下げた。

「土佐の地から応援しよります」

　三枚重ねの白衿もまぶしい俊子は、芙蓉の花が開くように、美しくほほえんだ。

　俊子に魅了されていたお要は、望んでその弟子となり、ともに高知を発っていった。今も妹で一儲けしようとたくらむ兄がいる高知にいるよりはと、喜多も喜んで見送った。お要の聡明さは、これからその柳腰で男たちと伍《ご》していかなくてはいけない俊子にとって、助けになるはずだった。

俊子が大阪の政談演説会で婦女の道と題して演説をしたのは、その三月《みつき》後だった。中島信行が総理となって打ちたてた、自由党の別働隊である立憲政党の演説会だった。

その名声は日本中に轟き、俊子の写真や絵まで売られる大評判となった。


「板垣先生が刺されたそうです」

駆けこんできた下宿人が叫んだ。

機《はた》を織っていた喜多は、杼《ひ》を落とした。体中の血がさあっと冷たくなった後、一気に胸の鼓動が高まり、早鐘のように打った。動悸は収まらず、下宿人の姿も遠のく。

「まさか、退助が」

やっとのことで機から立ちあがった喜多の耳に、下宿人の声が響いた。

「遊説中の岐阜で、刺客《しかく》に襲われたそうで」

立志社から駆けてきたのだろう。式台から見上げる下宿人は汗だくだった。

「ほんで」

案じてはいたが、とうとうこの日が来てしまった。

死んだのかとは怖ろしくて訊けなかった。

「胸を刺されたとのことですが、容態はわからんそうです」

板垣遭難の報を受け、息子の鉾太郎を筆頭に高知の民権家たちは岐阜に向かうという。その勢いは戦が始まったかのようだと下宿人は言った。

喜多は新聞縦覧所に走った。少しでも詳しいことが書かれていないかと東京や大阪の新聞を読んだが、まだ何も書かれていない。

それでも、遊説中の退助が岐阜で刺されたという噂は駆けめぐり、城下は大騒ぎとなっていた。退助に限って、まさか、と浮かんでやまない予感を振り払い、振り払いしながら歩く足取りはもつれた。見慣れた通りは歪んで見え、話しかけてくる人たちの顔も定かではない。

「板垣さまは胸を刺されて、助からんらしい」

「政府が送った刺客じゃって。国賊いうて、民権自由がえっころ気に入らんもんと見える」

「なにが国賊じゃ。板垣さまはわしらのために世直ししてくれゆうゆうに」

唐人町の通りでも、商いもそっちのけで騒ぎたてる人たちの、かまびすしい声が響いていた。

「おう、楠瀬さん」

喜多に気づいたおなごが駆けよってきた。

喜多が話の輪に加わろうとしたとき、ぎゃあぎゃあとけたたましい啼き声が響いた。見上げると、烏が群れになって、鏡川の上で騒いでいた。立ち話をしていた人たちも空を見上げる。

縄張りにでも入ったのか、烏たちは、一羽の大きな鳶を執拗に追っていた。

「板垣さまの世直しはどうなるろうのう」

喜多のとなりにいた男がつぶやく。

烏たちから逃れ、鳶は高く飛びあがった。


やっとの思いで帰宅したところに使いが来た。

「さっき届いた電報によると、板垣先生は、なんとか一命はとりとめたとのことです」

使いに礼を言って見送ると、喜多は安堵して三和土《たたき》に座りこみ、しばらくは動けなかった。

高知新聞で板垣遭難事件が報じられたのは、幾日か経ってからだった。退助は自由党懇親会での演説を終えたところを襲われた。胸や顔など七箇所も刺され、お付きの者が帯を包帯にしたほどだったというが、幸い、いずれも致命傷ではなかったという。刺したのは、愛知県の小学校の教員の相原尚褧《あいはらなおふみ》という若い男で、単独犯らしい。

「国賊」と叫んで短刀で刺した相原に対し、退助は逃げずに立ち向かい、「板垣死すとも自由は死せず」と一喝したとかで、文字通り自由に命を懸けた退助の評判は、全国に轟いた。

退助の命を狙う政府の差金《さしがね》だという噂は高く、なりふりかまわぬ卑怯千万《ひきょうせんばん》なやり方に憤慨して、高知はもちろん全国から板垣さまを守れと駆けつけた民権家らで、岐阜は騒然となったらしい。政府はその噂を収めようとてか、退助を案じる天皇の使いを派遣し、それによって、真相究明を求める声はうやむやになり、民権家らの勢いは削《そ》がれてしまった。

一方で退助人気はすさまじく、写真や事件を描いた絵は飛ぶように売れ、伝記や絵本が続々と出版され、天気の話よりも退助の一挙手一投足《いっきょしゅいっとうそく》が、あいさつ代わりの話題となった。

退助は東京に帰って養生《ようじょう》に努めているという。見舞いの文を送り、大事ないと返事をもらったものの、いてもたってもいられなかった。喜多は新聞だけでなく退助の伝記や絵本まで求めて読んだ。賊どころか天狗までやっつけたという武勇伝が書かれた伝記には、手習いで机を並べていたころの退助の姿は書かれていない。癇性で、ぼたもちさえ箸で食べるとか、はばかりの後は水をざあざあ流しながら手を洗わないと気がすまないとか、そんな姿を知っているのは自分だけだと思うと、喜多はなんだか愉快だった。

自由党人気も鰻登りで、高知でも、百人もの県内七郡総代が要法寺に集い、片岡健吉が常備委員となって海南自由党が結成された。上町には、おなごだけの女子自由党も生まれた。

人々は何をするにも自由の二字を戴かなくては収まらなくなり、懇親会は自由懇親会と呼びかえられ、温泉は自由温泉、薬は自由丸や自由散、酒は自由の誉《ほまれ》、菓子は自由糖で化粧は自由白粉に自由水、それから自由手拭、自由帽子と、自由は大流行りとなった。こどもたちの遊ぶ泥めんこにも、自由や板垣と刻まれている。

下宿人も、退助の写真と自由石鹼を買ってきた。

「大変な評判で、偽物も出回ってるらしいですよ」

遠目にしか退助を見ていない下宿人は、ためつすがめつ見入っている。

「どれ」

喜多はわらいながら、手をのばした。

「これは本物やき、案じるに及《よ》ばんきに」

写真を手に取ると、名声を得ても変わらない、痩走った細面を懐かしくみつめた。


七月の昼下がりの茹《う》だるような暑さの中、会葬者は定式通りに羽織を着て、男は忌中笠《きちゆうがさ》を、おなごは白い手拭いをかぶって集まった。

喜多は宣政と丑を連れ、手拭いを日除《ひよ》けに、播磨屋橋の袂で待っていた。ずいぶん昔にも、山田橋の袂《たもと》でこうして立って、退助の父親の棺を待っていたのを思いだす。

「おう、楠瀬さん」

顔見知りの立志社員だった。人混みにもまれてついた洋服の皺を伸ばしながらわらう。

「えらい人ですなあ。丸山台《まるやまだい》ではお見かけせんかったですが、今日はご参列ですか」

先だって、鏡川の河口の丸山台に、千人もの民権家たちが集まり、本人が療養で不在のまま、その無事を祈って板垣退助平癒祝宴を開いていた。

「まっこと世も末ですき。集会条例のせいで何を言うても弁士中止では、民権自由の思想を伝えるどころか、政府の横暴を知らせることもできません」

若い立志社員は嘆いた。政談演説会は事前許可制となり、立ち会う警察官に中止と解散命令権が与えられていた。もはや不敬罪が持ちだされなくとも、警察官の胸三寸で弁士は勾引される。

「しかも、政治結社が支社を置くことも他社と連絡を取り合うことも禁止とは。手足をもぎ取られたようなもんです」

そのとき、葬式にふさわしからぬ、わあっという歓声が上がった。

長い葬列がやってきた。

忌中笠をかぶった高知新聞社員が、高知《こうち》新聞紙《しんぶんし》之《の》霊《れい》と書いた旗を翻し、編集長は新聞紙を貼った位牌を持っている。棺は新聞配達人が沈痛な面持ちで担ぐ。

自由党と退助の人気を警戒する政府の姿勢はますます強硬になり、民権自由の思想を広める最先鋒となっていた高知新聞は幾度も発行停止の処分を受けていた。そのたびに題字だけ入れ替えて身代わり新聞を発行し、停止処分が終わるまで凌《しの》いできた。各地では夜毎に民権自由の思想を学ぶ夜《や》学会《がくかい》が開かれるようになっており、新聞はその教科書となっているのだという。

ところが、今月になって、欽定憲法の不善なるを論ずの論説を理由に、内務卿は高知新聞を発行禁止とした。禁止となると、もう発行そのものができない。新聞の命を絶たれたも同様だった。身代わり新聞の高知自由新聞には、昨日、高知新聞絶命の広告が掲載された。なんと高知新聞の葬式を挙げるのだという。喜多は、これは出向かねばと思った。

同じように考えた者は多かったようで、城下はおろか県内各地から、政府の横暴に憤激した人々が集まり、会葬者の列は果てしなく続いた。稲荷新地を通って青柳橋《あおやぎばし》を渡り、五台山《ごだいさん》まで粛々《しゆくしゆく》と、高知新聞の棺について歩く。道々で葬列に加わる者は引きも切らず、忌中笠が飛ぶように売れ、値は普段の三倍にもはねあがっていた。

御一新後の高知始まって以来の盛大な葬式であることはまちがいなかった。坂崎紫瀾の祭辞に会葬者は慟哭し、遺体である高知新聞を荼毘《だび》に付《ふ》した。

「あんたがあの楠瀬喜多さんかい」

五台山の斎場で、年配のおなごに呼びとめられた。

「あんたの講談、えらいおもしろかったで」

驚いて立ちどまった喜多に、周りの参列者たちも寄ってくる。

「楠瀬さんの講談ができて、えらい評判ながですよ」

「民権自由立役者《たてやくしや》、板垣先生もろともに、演説をして東奔西走、サーベル振るう警察官に、弁士中止と制せられても」

新地で聞いてきたというおなごがさっそく語る。

松の木の下に人の輪ができ、手拍子が始まる。丑も喜んで手を打った。

喜多のあることないことをおもしろおかしく語るものだった。それでも喜多は否定せず、参列者とともに拍子を取りながら聞いた。

政府の弾圧への憂さ晴らしに、自分のようなおなごの演説を求める人たちの思いが講談になったのだと喜多は思った。

高知新聞あっぱれという声は全国に轟いた。会葬者は五千人にもなったという。

育院の庭で、米俵をずんと喜多の前に置くなり、男衆《おとこし》が口をとがらして言った。

「聞きましたか。板垣さまが世直しを放りだして洋行するいうて」

新聞の葬式から間もなかった。退助遭難以来、民権自由を求める声がこれまでにない高潮《こうちょう》を見せた最中《さなか》に、やっと傷が癒えたかどうかの退助が洋行するということを、米屋の男衆まで知っていた。

「しかも、その金は政府が出すらしいやないですか。我々庶民の味方やった板垣さまも、いよいよ政府につくがですねぇ」

「そんなはずはないき」

喜多は即座に打ち消した。

「けんど、洋行を勧めたがは、後藤象二郎さまと福岡孝弟さまやいうことやないですか。あの後藤さまですよ」

「よう知っちゅうこと。旦那さまが言いよったかえ」

暖簾分けした吉之丞の店の男衆だった。喜多の助言を受けて仕送りに手を出さなかった吉之丞の店は、御一新後も変わらず商売繁盛で下町に二店を構え、育院に寄付も惜しまないでいてくれる。

「いえ、旦那さまやのうて、奥さまが」

稲は喜多との手習いのおかげで帳場ができ、店を守《も》りたてていた。子だくさんで、もう孫が二人もいるという。忙しいはずなのに、演説会にも熱心に通っているだけあって、耳ざとい。

これほどに民権自由を求める声が高まっているときに、核となる退助が日本を離れるなどとんでもないと、自由党幹部たちは揃って反対した。しかし、かつて欧州派遣を命じられながら、果たせなかった退助は、すっかり乗り気だという。

最初にその話を聞いたとき、退助にそんな金はないはずと、まず喜多は思った。頭山満に頼まれた十円の金さえ、後家の喜多には出せるその十円さえ、常にはない退助なのだ。恩賞などまとまった金が入ってきたとしても、入った端から人のために使ってしまう。民権自由のため、退助を頼ってくる者のために、中島町の家屋敷はもちろん、あらゆる私財を惜しみなく投げだしてきた退助に、そんな莫大な金があるはずもなかった。

東京高輪《たかなわ》に四万坪もの豪邸を建て、事業に手を出しては失敗している後藤象二郎の評判は、郷里とはいえさすがに土佐でもかんばしくなかった。福岡孝弟は文部《もんぶ》卿《きょう》となっているし、かつての盟友でも、今は立場も異なる彼らが勧めているのは裏があるからではないかと思うのはあたりまえだった。その資金の出所を怪しむ声も高かった。政府が退助を陥れ、自由党の弱体化を図るため、裏で糸を引いているのではないか。また、後藤が伊藤博文と井上馨と謀《はか》り、欧州ですでに憲法の視察に外遊している伊藤博文とともに退助を丸めこんで手懐けようとしているのではないかと疑わぬ者はなかった。中江兆民が、後藤は板垣の竹馬《ちくば》の友だからと新聞に書いて火消しに努めているが、その肝心の竹馬の友があやしいのだ。

東京では民権自由の思想を伝える全国紙、自由新聞が創刊され、その社説掛となっていた馬場辰猪は、これは罠だと退助を引きとめた。あげくに、自由党本部の会合で板垣と呼び捨て、実に君は馬鹿と言わざるを得ないとまで言って責めたという。

しかし、退助は聞かなかった。この三月から伊藤博文は既に外遊しており、自由党の存続と議会政治での活躍のためには、自由党総裁である自分が今のうちに外国に学ぶ必要があると譲らない。わずか半年ばかりの自分の不在で、まさか自由党が揺らぐことはないとわらい飛ばして皆を激励し、既に新聞で報道され、怪しまれている資金の出所についても、なんら恥じるところはなく、もし自分に罪があれば割腹《かつぷく》して詫びようと言い残し、十一月に後藤象二郎とともに旅立ってしまった。

「楠瀬さんやったら、止められるかもしれませんき」

喜多は、片岡健吉や二代目の立志社社長となった山田平左衛門からはもちろん、辰猪からも退助を止めてくれるよう懇願する文を受けとったが、動かなかった。

喜多には、退助がこれほどまでに洋行を望む気持がわかるような気がしていた。後藤象二郎に借りて、世界絵図を見せてくれたときの顔を思いだす。あのとき、誰よりも世界に憧れていた退助を置いて、既に片岡健吉や馬場辰猪はもちろん、西洋嫌いの佐々木高行まで洋行していた。

議会政治が始まって後、世界を見ていないことで引け目を感じ、舌鋒も鈍るのではないかと恐れる退助の気持ちを思うと、いくら頼まれても、喜多にはどうしても、退助をひきとめることはできなかった。

「板垣さまは、こどもの時分から、よその国を見たがっちょったき」

退助の洋行を裏切りだと憤る米屋の男衆に、喜多はとりなした。

これだけの騒ぎになっても、馬場辰猪に遅れて自由新聞社に入社した植木枝盛は沈黙している。一度は失望しながらも、その人となりを知って改めて信奉者となった枝盛には、退助の思いがわかるのだろうと喜多は思った。

鏡川の流れこむ海の上に浮かぶ船上に立って、朗らかにわらっている退助の顔が、喜多には見えるようだった。

桜の散る中、若いおなごが喜多を訪ねてきた。

座敷の襖を開けると、末の通したおなごは深々と頭を下げた。髷の大仰さ、衣紋《えもん》の抜き方で、芸妓だとはすぐにわかった。

「松鶴楼《しょうかくろう》の、愛吉《あいきち》と申します」

新地で評判の芸妓だった。その名を、遊里とは縁のない喜多でさえ聞いたことがある。

上げたその顔に、喜多は息をのんだ。

「母を知る者にはよう似ちゅうと盛大言われます。おわかりになりますでしょうか」

「わからんわけがない」

喜多にぴたりと定めた涼やかな目、白い肌、そして、ふくふくとした頰。娘だったころ、いくら願っても、自分には備わらなかった憧れ。

「あんたのかかさまは池添あやめかえ」

愛吉はにっこりとわらうと、もう一度頭を下げた。

「あやめの三女です。お初にお目にかかります」

「こんなに大きいなって」

こどもに掛けるような言葉を口にした喜多を、愛吉はまたわらった。

「おかげさまで、今では松鶴楼の愛吉と名乗って、自らの芸を頼りに生きていけるほどになりました」

あやめ譲りはその美貌だけではなかった。しかし、そのあやめ譲りの美貌と芸ゆえに、芸妓とならざるを得なかったことは容易に想像ができた。

「ととさまと、妹さんらは」

「父も逝《み》てました。御一新のときには盛大働いたそうで、廃仏の祟りじゃと言いもって。姉らは嫁いじょりましたので、あては身分を伏せ、阿波の商家生まれと偽って稲荷新地で勤めて、妹らも嫁がせました」

売られたとは、愛吉は言わなかった。

「苦労したがやね」

「憐れまんとってください」

愛吉は喜多の同情をぴしゃりとはねつけた。

「わたしは芸妓ですき。好きでやりゆうことです」

歌舞音曲《かぶおんぎょく》を売る芸妓には、身を売る娼妓とは違うという自負がある。

そして、その誇り高さはあやめを思わせた。

「母から、喜多さまの話はよう聞きました。母は家にこもりきりでしたが、わたしらに喜多さまの話をしてくれました。いつかお目にかかれたらと願《ねご》うておりましたところ、新聞の葬式で、折よくお姿を拝見することができまして」

愛吉もまた、あの参列者のひとりだった。

「今日は、喜多さまの教えを請いたいと思うて参りました。芸妓の身は浮雲《うきぐも》。わたしが新地に入ったころは、芸妓の鑑札《かんさつ》を受けておる者にも娼妓同様の勤めをさせろうとする者がありました。姐さんらが訴えでてくれて、今もわたしら芸妓は芸一本でやっていけてはおりますが、この先どうなるかはわかりません。しかも、わたしらは勤めの身でありながら、芸妓営業税も払わんといきません。

それもわたしらの知らんところでいつの間にか決められて、言うなりに払わんといかんがです」

娼妓と芸妓に分かれている鑑札を両方もたせて二枚鑑札にすれば、一人のおなごで二倍稼げるわけで、新地の遊郭経営者の切望するところだった。芸妓営業税というのも、新地の隆盛に税収を見込んだ県と、儲けながらも税負担は逃れたい経営者との思惑が一致したものだろう。

「吹けば飛ぶ、塵芥《ちりあくた》のような我が身ではありますが、塵芥にも魂はございます。籠《かご》から出れんがは母と同じ。けんどわたしは籠から出たいと申しておるがではありません。家にこもりきりで逝《み》てた母のためにも、自分の魂のためにも、籠の中でも魂を失わんように生きたいがです」

喜多は何度も頷いた。

「喜多さまが税を滞納して訴えたことは知らん者はありません。おかげで今、上町と小高坂のおなごは選挙ができます。わたしらやち、税の滞納ならできますき」

「それはわたしやきにやったことじゃ。あんたらにはもっとええ手があるがやないか。芸妓営業税を審議するがは県会やろう。県会を傍聴したらええ」

勧めながら、土佐州会に弁当持ちで通っていたころを思いだす。その州会が禁じられ、代わりにできたのが県会だった。

「議員が議案も出せんで、県令と内務卿の胸三寸でいつでも解散させられるような、ざっとした県会やき、わたしは行っちょらんけんど、要は注目されて、たくさんの人に知ってもらうことじゃ。なんぼ新地で訴えたち、聞いてくれる者がなかったら終《しま》いじゃ」

「実は、それをせんかと言うてきた者があるがです。土陽新聞の記者ですが、妙に気が進まんがです。新聞では、わたしら芸妓も娼妓もごっちゃにして、猫じゃの狸《たぬき》じゃのと人間扱いをしてくれません。そんな人らに担がれて県会傍聴に行っても、民権家に利用されるだけやないでしょうか」

愛吉の思慮深い慎重さは好ましかった。

「あんたの言うがはもっともじゃ」

新しくやってきた芸妓や娼妓を、新猫買入《しんねこかいいれ》と書く記事さえあった。

「けんどええ機会じゃ。これを利用せん手はない。あんたらの人気と美貌を当てこんで利用しようとしゆう民権家らを、逆に利用しちゃったらええがじゃ。県会に乗りこんで、盛大騒いじゃったらええ」

愛吉は目を輝かせた。

「ほいたら、朋輩らとともに参ります」

喜多は頷いた。自分はひとりだったことを思うと、愛吉に共に立つ朋輩がいることは頼もしかった。

「母も魂を失うことはありませんでした。筆を折られ、絵を焼かれましても、母は地べたに絵を描いてわたしらを喜ばせてくれました。近くで普請があったときには、粘土をもろうてきて遊んでくれました。鳶だの、鼠だの、舟だの、粘土でなんでも作ってくれました。わたしらの姿も、そっくりに」

愛吉は懐かしげに目を細めた。喜多の知らないあやめの姿だった。

「雪蹊寺の、織女像はご覧になりましたか」

喜多は、はっとした。

「もしかして、あの文はあんたが」

「文使いをさせてもらいました」

愛吉はわらって頭を下げた。

「母から、自分が逝《み》てたら頼むと言われまして。父が手を下した廃仏の祟りいうがはずっと気になっておったようです。雪蹊寺が再興したいうて聞いて、供養にと、母は亡《の》うなる前に織女像を作りました。ご近所の、坂本の独さまのお知り合いの方が、窯《かま》で焼いてくれて」

そういえば、織女像は能茶山焼《のうさやまやき》だった。自由党の宴会で配る自由万歳の盃を焼く窯だ。独が亡くなる前に、あやめのことを思って手配してくれていたのだろう。

「わたしのために、所願成就いうて、刻んでくれて」

喜多は感謝を込めて言った。

ところが、愛吉は言った。

「あれは、喜多さまおひとりを思うてのことやないと思います」

呆気にとられた喜多に、愛吉は続けた。

「母も、この世に生まれて、この世に何かを残したかったがやと思います」

喜多ははっとした。

松田翠玉が残した梅や、武藤西蘭の富士のように。

あやめの言葉を思いだす。しかし、実家でも婚家でも、それは望めなかった。

「いつまでも残るように、織女像を焼いて奉納したがやと思います。病にやつれ、えらい痛みに苦しんでおりましたけんど、父に隠れて像に向こうておる間だけは、苦しさを忘れておれたようでした」

焼く前に粘土に刻んだ池添一菖という名に、あやめが込めた思い。所願成就は、喜多ひとりの所願ではなかった。

喜多はわらった。

「あやめらしい」

いつも一緒にいたころのあやめと、あやめは何も変わっていなかった。

喜多と愛吉はころころとわらいあった。

「わたしも、喜多さまのように生きたいと思うようになったがは、母もそう思いよりよったからです」

愛吉はそう言い残し、道に降った桜の花びらを蹴りながら、川下の稲荷新地へ帰っていった。


愛吉の足許を彩った花びらが道から消え、木々の緑が鮮やかになったころ、喜多はかねて心に決めていたことを行うことにした。

要法寺で髪を下ろし、日曼聖人のもとで出家《しゅっけ》する。

いただいた戒名は、本實院《ほんじついん》妙貞《みょうてい》日義《にちぎ》法尼《ほうに》。實と、父儀平の名を入れてもらった。これでもう、いつお迎えが来てもかまわない。

あくる日の土陽新聞には、喜多を唐人町の母夜叉《ははやしゃ》と呼び、いかなることかこのごろ我慢の角《つの》をポッキと折り円頭黒衣《えんとうこくい》にさまを替え殊勝気《しゅしょうげ》に念珠《ねんじゅ》をつまぐっているらしいと揶揄するような記事が掲載されたが、喜多は意に介さなかった。

在家《ざいけ》出家として要法寺にも通うようになったが、育院の世話をするのはこれまで通りだった。さらに要法寺でも、その近在の貧者やこどもたちの面倒を見るようにもなった。

要法寺にやってきても、ちっとも腰を落ちつけず、寸暇《すんか》を惜しんで困窮している人たちの世話に走りまわっている喜多を、日曼聖人はわらった。

「出家されたいうに、御本尊様の前に座っちゅうところを見たことがない。念仏三昧《ざんまい》どころの騒ぎやないですのう」

五十歳で亡くなった實と、喜多は同じ歳を迎えていた。思い切るには、退助が帰国する前でなくてはならなかった。退助に言ったら止められることはわかっていた。

やがて六月になって、退助が日本に帰ってきた。

西洋かぶれして立派な髭を生やして洋行から帰ってきたということと、ルイ・ヴィトンという、王侯貴族御用達《ごようたし》の西洋一の鞄屋《かばん》で、立派な鞄を買ってきたことばかりが評判となった。

退助が喜多の許を訪ねてきたのは、その年、明治十六年の暮れのことだった。

さすがに一人では外に出られなくなったらしい。屈強な二人の護衛に囲まれての訪問だった。護衛を控えに待たせ、一人で奥に入ってきた退助は、髪を落とした喜多をまじまじと見た。

「まさかとは思うたが」

「これでいつでも實さんのところへ行けるきね」

「實は果報者じゃ」

しみじみとつぶやく退助にかまわず、喜多はわらった。

「髪を結わんでようなったら、えらい楽ながじゃ。頭痛もないなった。こんな大変なことをようもまあやりよったこと」

鉄漿《おはぐろ》をやめたときと同じだった。やめてみれば、すぐにそれがあたりまえになった。

「もうわたしの出る幕やないなってきたき、未練はない。上町には女子自由党ができたし、新聞の葬式にはおなごもようけ参列した。横畠《よこばたけ》村《むら》では、大原《おおはら》千歳《ちとせ》いうおなごが男女同等を訴えて演説したいうやいか。あやめの生きておるうちにはかなわんかったけんど、その娘らもがんばりゆう」

「あやめの娘いうて」

「愛吉いうて、これから県会傍聴もするらしい。ちょうど兵さんと同い年じゃ」

退助は、洋行先では文豪ユゴーや敬愛するスペンサーらに会い、語り合ったという。西洋の王侯貴族が使う大きな鞄は頑丈で、水に落ちても浮くらしいが、その鞄に、日本の若者に読ませたい本をいっぱいに詰めて帰った。そして、帰国後すぐ、これらまだ日本にない西洋の本をどんどん翻訳させ、出版させたり、新聞に載せさせたりしていた。

縦の文字を読むのにさえ苦労する退助が、横文字の本を持ち帰ったその思いを、喜多は痛いほどわかっていた。

「退助は変わらんのう」

「後藤象二郎にも言われたわ。あいつにはしてやられた。洋行は伊藤博文と井上馨の差金《さしがね》やったらしい」

井上馨というと、退助ばかりでなく西郷隆盛も金に汚いと嫌っていたらしいことを思いだす。

「福岡孝弟は保身のために、後藤は政界復帰を狙《ねろ》うて、あいつらは伊藤と組んでおれを嵌《は》めたがじゃ」

福岡孝弟の兄は跡を継ぐ者のないまま早世し、孝弟は家の存続に躍起だという。

「パリの宿で、後藤に、おまんは変わったな言うちゃったら、あいつはおれに、変わらんがはおまんだけじゃいうてぬかしよった」

「象二郎さんは、退助が妬《ねた》ましいがじゃろう」

吉田東洋は、甥の象二郎よりも退助を高く買っていた。

「御目見《おめみえ》のときからずっと、角力でも学問でもおれのほうがおまんよりなんでもようにできたに、おまんがいつも大将で、いっつも大勢に担がれて、今や民権自由の立役者じゃ、勝ったと思うたびに、おまんは思いもかけんことをして、おれのとっと先を行く、いうて。おまんは努力いうもんを知らんが、おれは努力も惜しまん。おまんは知らんろうが、米屋の倅《せがれ》に投げ飛ばされた後、蔵の棟《むね》に四斗俵《しとだわら》を吊るして、はねとばされんなるまで特訓しよったがを、いうて」

その米屋の倅は冨三郎のことだった。

「えらい言われようやねえ」

「おれも業腹《ごうはら》じゃきに、おまんは損得で動くきに定まらんがじゃ言うちゃった」

事業に手を出してはしくじる後藤象二郎が、払い下げを受けた炭鉱経営に失敗して、また岩崎弥太郎に尻拭いをしてもらったことは評判になっていた。思えば、吉田東洋の塾でも、象二郎は弥太郎に代筆をしてもらったと聞いていた。

「ほしたら、損得で動かんがは、おまんみたいなあほたれだけじゃ言われた」

喜多は吹きだした。

「出世して、変わらん者はおらんがやろう。象二郎さんにせよ、孝弟さんにせよ。そんながは退助だけじゃ」

「福岡孝弟には、いつまでも夢を見ゆうがはおまんだけじゃと言われたわ。みな変わったのう」

「退助だけは、なんちゃあ変わらん。やきにこそ、退助にはみながついてくるがじゃ」

「いや、ひとりでは何もできんきにじゃ。象二郎にせよ福岡孝弟にせよ、あいつらがおらんかったら、今のおれはなかった」

口先だけの巧言ではなかった。

退助は、一度会った相手の名を決して忘れず、必ずその名で呼ぶ。同じ身分の者だけでなく、奉公人の名でさえ忘れない。それは、退助がひとりひとりの人間をそのままで認め、尊重しているということだった。

喜多は頷くと、茶化した。

「けんど、なんじゃその髭は。ええ男が台無しじゃいか」

「岐阜で襲われたときに、こっちの頰も刺されてのう」

退助は左頰に手をやった。

「武士が面体《めんてい》に傷をつけられたとあっては、恥じゃきに」

その左手にも、短刀を摑んだのか、大きな傷がある。

「いつでもおれは、強うないと」

見ると、膝に置かれた右手にも、左手と同じような傷があった。

退助の髭は、西洋かぶれして蓄えたものではなかったのだ。

「痛かったろう」

喜多はその頰に手をのばした。

「強うのうてええのに」

喜多は言いながら、退助の髭にそっと触れた。

「退助は退助でええのに」

喜多は涙をこぼした。

「よう生きておってくれたのう」

「喜多」

退助は喜多を見返した。

「おれは変わらん」

喜多は頷いた。

「おまんも変わらん」

「わたしは変わったよ。出家したきね」

退助は首を振った。

「髪のあるなしやない。おまんだけは変わらん。おまんが変わらんきに、おれも変わらんがじゃ。喜多はおれの羅針盤じゃ」

それはわたしも同じだと喜多は思った。

道とは、民をして上と意を同じくせしむる者なり。故にこれと死すべくこれと生くべくして、危《うたが》わざるなり。

孫子を誦《そらん》じていたころからずっと、退助は変わらない。

「退助は、わたしを同志言うてくれた。あればあ嬉しかったことはない」

髭があってもなくても、退助は変わらない。

「わたしは絶対に、退助より先には、死なんきね。置いていかれたらどれだけつらいか、知っちゅうき」

わたしは退助に助けられているけれど、退助もわたしに助けられている。その自負はあった。

「わたしは一日でも退助より長《なご》うに生きて、退助の菩提《ぼだい》を弔《とむろ》うちゃるきね」

退助は、わたしとともに向かい風に向かっていく、同志だった。

向かい風は強かった。

岸田俊子の演説のあまりの人気をおそれた政府は、集会条例違反として俊子を拘留した。政府はもはや、弁士がおなごだろうと容赦しなかった。

そして、これまで区町村に委ねられていた区町村会の規則を府知事県令が定めることとした。この法改正によって参政権を持つのは男子のみとされたため、上町会と小高坂村会の選挙にも、たとえ戸主であろうとおなごは一切関われなくなった。

日本で初めて認められたおなごの参政権は奪われた。

けれども、おなごたちは黙っていなかった。俊子は創刊されたばかりの自由党の小新聞自由《じゆうの》燈《ともしび》に、わが親しき愛しき姉よ妹よと呼びかける文を寄せ、文筆で男女がともに平等であるべきことを訴えた。

憤る土佐のおなごたちは、俊子の論を熱狂して迎えた。吉松《よしまつ》ますというわずか十五の娘がこれを受け、海南姉妹諸君に告ぐを土陽新聞に寄稿した。続いて愛吉も、土陽新聞に芸妓諸君に告ぐを書き、朋輩や仲居とともに県会を傍聴して芸妓営業税の値上げを食いとめた。

喜多には若いおなごたちが頼もしく思えてならなかった。

まもなく、退助から文が届いた。表書きは見慣れない女跡だった。女跡で書かれた退助の文を受けとるのは、猿を生んで亡くなったせい以来のことだった。

金釘流でやっと仮名を書いていたせいとはくらぶべくもない見事な筆跡で、いつもの一翰呈上致候がなまめかしく思える。

京都祇園の名妓だった絹《きぬ》を迎えることになったこと、これは東京芝《しば》の家で寝ていて中二階に潜伏した刺客に襲われたとき助けてくれた、長崎の出の者で、学が立つので文を書かせたこと、ついては病に臥せっている妻の鈴を唐人町の別荘で静養させることにしたから、よろしく頼むという内容だった。

せいを迎えたときの退助を思いだす。字を書くのに難儀することを打ち明けるほどに信頼する相手と、退助は再び巡りあったらしい。

退助は自由党を解党したばかりだった。全国から熱狂的な支持を得ていた政党自由党だったが、退助の力をもってしても支えきれなかった。その折に栗原亮一の字で届いた文には、有形の組織は形を変えられても、無形の主義は誰も干渉できないとあり、名前の代わりに無形と記されていた。自由党を解党しても、同じ志を持った者同士のつながりを保ち続けるという決意が察せられ、退助が落胆もせず、あきらめてもいないことはわかってはいたが、やはりその身が案じられてならなかった。それだけに、こうなったことが喜多にはなおさら喜ばしいことと思えた。

ともかくも喜多は、鈴を訪ねた。

小さいながらも、普請の香りが漂うさっぱりとした住まいだった。寝たり起きたりなのだろう、初めて会う鈴は櫛巻きで現れた。喜多より五つばかり若いはずだが、病やせして、そうは見えなかった。

「旦那さまがお世話になって、おおきに、ありがとう存じます」

礼を述べた鈴は武家のおなごらしく、喜多と目を合わせず、ただ、喜多の膝頭あたりをみつめている。片岡健吉の係累というだけあって、大きな瞳は見る者を魅了すると思えた。

「お加減がようないと聞きました。これまでのお疲れが出たがでしょう」

ほかのおなごたちが生んだ子ばかりか、夫が思いをかけたおなごの世話もするのが、子のない本妻の務めだった。

「退助さまの姉君まで看取《みと》られたとか」

昨年病で亡くなった退助の姉の勝子の看病もしたと聞いていた。嫁入り前に打掛を惜しんでいた勝子に、喜多はあれきり会うことはなかったが、勝子は馬廻に嫁いで一男三女を得、その娘は山田平左衛門に嫁いだと聞いていた。

「退助さまは鈴さまによほどに感謝されておられるがですね。この行き届いた普請を見たらわかります。なんぼ妾を迎えても退助さまは」

「わたくしを慰めてくださりゆうがですね」

気を引きたてようと続けた喜多の言葉をさえぎって、鈴は儚《はかな》げな笑みを浮かべた。

「失礼ですが、喜多さまは勘違いしておられます」

耳を疑った喜多に、鈴はうつむいたまま、静かに続けた。

「わたくしは、わたくしから頼んで、退《ひ》かせてもろうたがです。わたくしがこちらに参ったときにはもう、せいさんという思いを懸けられた方がおりましたきに、旦那さまはわたくしの手さえせついたことはありません」

膝に揃えた鈴の手は白かった。

「もとよりわたくしは、健吉さまから、お立場のある旦那さまがいつまでも正妻を置かんわけにはいかんきと頼まれて参りました。わたくしはあちらのことは望みませんきに、お手を出さんでもらえて重畳《ちょうじょう》でした。それやに大事にしてくださって、旦那さまは正妻としてわたくしを立ててくださいます。それに潔癖な方ですき、いっぺんおなごを替えられましたら、お子を生《な》した政野さんにさえ、手を出されることはありませんでした」

驚いたが、納得できる話だった。退助が一途で不器用な人だということは、喜多が誰よりもよく知っている。

「けんどそのうち、わたくしは、旦那さまは、政野さんでもない、せいさんでもない、どなたかを求めておられると気づきました。思い返してみれば、こちらに参りました初めに四書五経の話をされましたが、わかりませんで、がっかりされておられました。わたくしは女大學しか知りませんし、仮名しか書けません。新しいに来られた絹さんいう方は、えらい能筆やそうで」

鈴は初めて顔を上げ、喜多を見た。

「旦那さまは、どんなに望んでも手に入らざった方の面影を、ずっと探しておられゆうように思います」

喜多が思わずその目を見返したとき、背中で、母上さまという声がかかった。

「お客さまですよ」

「失礼をいたしました」

襖を開けて、たしなめる鈴と喜多に謝るとすぐに引っこんだのは、目を見張るほどに美しい娘だった。

「猿《えん》です」

鈴は頬をゆるめた。

「わたくしは自分の子がおらんかったき、旦那さまの子らがかわいいてなりません。特に猿は、実母のように慕《しと》うてくれて、わたくしはこれ以上仕合わせなことはないように思うがです」

「えらいきれいなご息女さまで」

「旦那さまが襲撃されたときは、あの子と二人で大阪まで参りました。父上さまが無事とわかってあの子が泣いたら、どういて無事やに泣くぞとおっしゃって。旦那さまはそんなこともおわかりにならんがです。嬉しいて泣くがですよと申し上げて泣き笑いしたことでした」

「退助さまらしい」

鈴とともにわらいながら、喜多は自分の不明を恥じた。

鈴は同情も労《いたわ》りも求めていなかった。鈴は退助の正妻という身を誇って生きていたのだ。

「喜多さまにお会いしたいと旦那さまに頼んだのはわたくしです。ご評判通りのお方で、安堵いたしました」

「もったいないことでございます」

喜多は頭を下げた。

「もっと早《はよ》うにお会いしとうございました」

喜多の言葉に、鈴は頷いた。

「不器用であぶなっかしいてならんけんど、わたくしは、そんな旦那さまをご信頼申し上げておりました。絹さんは、寝間で賊に襲われた旦那さまを身を賭《と》して守られました。これからもきっと旦那さまをお守りくださるでしょうが、それでも、わたくしには、旦那さまのこの先が案じられてならんがです」

鈴は喜多の手を握って、頭を下げた。

「どうぞ、旦那さまをよろしゅうに頼みます」

夏を迎える前に、鈴は唐人町の別荘で亡くなった。労咳だったという。喜多は遠慮して葬儀には出なかったが、愛吉は鈴の葬列を見送りに来て、喜多の家に寄ってくれた。

「盛大なお弔いでした。さすが板垣さまの本妻さまのお弔いで。この暑い最中にえらい人で。板垣さまもお子さま方とお見送りをされておられました」

「そうかえ。ご苦労やったのう」

暑さに白い顔を上気させた愛吉に、喜多は団扇《うちわ》を差しだした。顔に汗をかかないのは商売柄なのだろう。首を一筋の汗が流れた。

「けんど、本妻さんにはお子さんがおられんで、病を得てからは別宅にやられておられたとか。ほんで京都から新しい副妻もお呼びになったとか」

「あの家は、おなごの子ばかりじゃきに。たったひとりの跡取りの子も病弱じゃそうじゃ」

喜多は思わずとりなした。

「それにしても、嫁いでからいうもん、何人もの副妻やらお子さんやらの世話をさせられて、気の毒なことです」

愛吉は、鈴の身の上に母親のあやめを重ねているようだった。

「あてらは籠の鳥言われますが、籠の中から出してもらえんで、殿方の意を迎えて情けを享《う》けんでは生きていけんがは、あてらも板垣さまの奥さまも同じですのう」

愛吉はやけのようにぱたぱたと顔を煽《あお》ぐと、ふと団扇を膝に置いて、つぶやいた。

「奥さまにやち、思いをかける人がおったかもしれませんに」

喜多は、その横顔を励ますように言った。

「けんど、あんたは芸で立っていきゆうがやき、鈴さまと同じにはならんろう。芸妓営業税も減額になったいうて。ほんまにようやったねえ」

愛吉は松鶴楼で朋輩らと新聞の読書会や演説会を開いて学びあい、今年の県会の芸妓営業税の審議も傍聴した。芸妓営業税は昨年よりも減額され、愛吉は休息時間に議長にも面会したという。

「ええ、これまではそう思うておりました。あては芸で自ら稼いで生きれるだけ、ええところの本妻さんよりかずっと自由やと。けんど、もう営業税どころやないなりました。芸妓も娼妓も一緒くたにされて、この先は鑑札を二枚下げさせられることになるがです。上《かみ》の新地も下《しも》の新地も、いつも張り合いゆう楼主らが、こんなことでは結束してまわって」

「二枚鑑札いうらしいの」

愛吉ら稲荷新地の芸妓たちの活躍があっぱれと新聞に載り、評判になる一方で、かねて案じられていた芸娼二枚鑑札の下げ渡しがすすみつつあった。政府の政策のために起きた物価下落に追い打ちをかけるような昨年の不作によって、新地の経営はどこも思わしくなかった。楼主たちは、この不景気を理由に、糸肉両 道《いとにくりょうどう》でなくては廃業しかないと因果《いんが》を含め、客がつかず立場の弱い芸妓から鑑札を取らせ、娼妓としても働かせ始めていた。

「無理やり娼妓兼業届けを出させせちょいて、芸妓らが自分から望んで判を押して願い出たがじゃいうてまわって。誰が好き好んで娼妓になるらあて言うもんか」

「まさか、あんたほどの芸妓まで」

「松鶴楼の主《あるじ》は民権自由に熱心で、演説会も開かしてくれましたが、この不景気にはどうしようもない言いまして。店が潰れるか、おまんらが二枚鑑札になるかじゃと言うがです。これまでようしてもろうただけに恩がありますき、あてらも無下《むげ》には断りきれんで。けんど」

愛吉はまた団扇を強く煽いだ。

「娼妓はいやじゃ」

愛吉には、芸で妹たちを助け、自らをも支えてきたという自負があった。

「いつ年季《ねん》が明ける。借りはどればあ残っちゅうが」

愛吉が金額を答えると、喜多は頷いた。

「近いうちに、なんとかしちゃる」

「喜多さまにそんなことをしてもらうわけには」

「あんたには、籠から出てほしいがじゃ」

喜多は愛吉の言葉に重ねて言った。

「それに、あんたには、思う人がおるがじゃろう」

喜多は愛吉にほほえみかけた。愛吉が驚く。

「あんたは思う人と仕合わせにならんといかん」

愛吉の思い人は船宿《ふなやど》の雇い男で、安芸村《あきむら》から出てきていた。喜多は田を売って算段し、松鶴楼の芸妓すべてに二枚鑑札が下りる前に、愛吉を逃した。

安芸村を目指す愛吉に、喜多は尋ねた。

「ほんまの名を教えてくれんか」

「菖《しょう》いいます。菖蒲《しょうぶ》の菖です。三人目もおなごじゃったと、父は名をつけてくれんかったそうです。母がつけてくれました」

「菖いうたら、あやめとも読む字じゃねえ」

喜多は目を細めた。

「ええ名じゃ」

あやめが織女像に刻んだ名は、娘の名でもあった。

雲に乗って、長い袖を翻し、天にのぼる織女。

あのおなごは、わたしでもあり、あやめでもあり、菖でもあった。それぞれが望むものは異なっても、わたしたちが高みを目指す思いは変わらない。

男と並んで手を取り合い、月明かりを頼りに、菖は東へと去っていった。


退助の副妻の絹が男子を生んだと聞いたのは、秋風が立つようになってからだった。

病弱な鉾太郎に次いでやっと得た男子に、退助は自分にとっては孫のようなものだと孫三郎《まごさぶろう》と名付けたという。

祝いの文を送って二月《ふたつき》もしたころ、絹が喜多を訪ねてきた。絹はすらりと背の高い、その字を彷彿とさせる、気品のあるおなごだった。

「旦那さまから、喜多さまのお噂はかねがね伺っております」

辞儀の美しさに目を見張る。祇園の名妓と評判を取っただけのことはあった。

「いつも汚い文をお目にかけて、失礼をいたしております」

「とんでもない。ええ字を書かれます。絹さまはどちらで学ばれたがですか」

「親代わりの兄がおりまして、教えてもらいました。祇園に来てからは、女跡を習いまして」

武家の出ではないと断り、士族戸主の喜多を立ててか、慇懃《いんぎん》この上なく振る舞う。

「けんど、喜多さまのお跡《て》にはとても敵いません」

「孫三郎さまは息災でいらっしゃいますか」

頷いた後、絹は顔を曇らせた。

「ですが弱い子で、わたしは初めての子でわかりませんが、案じております」

退助の家は、どうも男子に恵まれないようだった。

「退助さまはどうしよりますか」

自由党がなくなり、退助が帰郷してから、民権家たちは散り散りになっていた。ようやく太政官制が廃止され、代わって内閣が作られて伊藤博文が初代内閣総理大臣となったが、五年後に迫った国会開設を控えて体裁だけ整えたもので、伊藤を中心にした藩閥政府であることに変わりなく、人民の意見が反映されるものではなかった。

「今は立つときではないとおっしゃって」

退助に立ってほしいという声は高まる一方だった。

「のんきなものです。舟を出して釣りをされたり、猟に出かけられたり。みなさんがあれこれ悩んでおられるというのに」

自由党を去った馬場辰猪は爆弾を買い求めようとしたとされて捕まった。退助のもとに残った片岡健吉や山田平左衛門は意気消沈し、洗礼を受けて信仰の道に入った。しかし、退助はあいかわらず、神すら必要としていない。

「けんど、今やないということは、そのうち立つおつもりながですね」

喜多の言葉に絹は頷き、二人はわらいあった。

「退助さまの命を守られたとか」

「お恥ずかしい。ただ、賊が入ったと旦那さまをお起こししただけでございます。それまでは、刺客をおそれて二尺三寸の刀と手裏剣を枕許に置いて寝ておられましたが、あれからは刀では間に合わぬと短銃を二挺、枕許に常に置かれるようになりました」

「二挺ですか」

「一挺はわたし用じゃとおっしゃいまして」

退助の周囲には屈強な壮士たちが常に固めていたが、さすがに寝間には入れない。

「初めは大仰なと思っておりましたが、本当に、旦那さまはいつお命を取られるかわからないのだと思い知りました。わたしは、それだけのお方にお仕えしているのだとも。これからも精一杯務めさせていただきます」

絹はきっぱりと言った。

「わたしは父に先立たれ、貧窮の中で兄の出世のため、長崎から京にまいって苦界《くがい》に身を落としましたが、旦那さまのもとで民権自由を学び、貧窮が人民の怠惰によるものではなく、社会の矛盾によってひきおこされることを知りました」

植木枝盛の『貧民論』にも書かれていたことだった。

「旦那さまは、身分の上下もなくそうとされておられます。旦那さまにお仕えできて、わたしは本当に果報者です。お話も聞かせていただき、喜多さまにはずっと憧れておりました。今日はお目にかかれて、本当に嬉しゅうございました」

喜多が見送りに門まで出ると、絹は言った。

「いつも、旦那さまの代筆をさせていただいておりますが、もしよろしければ、わたしからも文を差しあげて構いませんでしょうか」

「もちろん。お待ち申しております」

「そうしたら、旦那さま抜きで、文を交わしましょう」

絹は小柄な喜多を見下ろして、茶目っ気たっぷりにわらった。

家に届けられるようになった新聞で、退助が伯爵位を授与されるという記事を読んで聞かせると、末は高い声を上げた。

「まあ伯爵らあて大出世やないですか」

末は手放しに喜んだが、喜多は首を振った。

これは伊藤博文らの奇策だった。国会開設まであと三年に迫っていた。中江兆民らが各地の民権家たちに呼びかけ、反政府の旗印のもと、全国の民権家が再び結集していたところだった。

「人民の権利の平等を求める民権自由の指導者が、華族になってしもうたら終《しま》いじゃ。これまで命懸けで訴えてきたことが台無しになってしまう」

後藤象二郎、大隈重信は喜んで受爵した。しかし退助は急ぎ上京し、同様に受爵していた佐々木高行や福岡孝弟にいくら説得されても拒絶し、辞爵表を明治天皇に出した。

退助の受爵辞退は、さすが民権自由の立役者、板垣さまあっぱれと大評判になった。授爵にあたって公表された退助の資産が、猟犬二頭、猟銃二挺、家鴨《あひる》二十羽しかなかったことも新聞に載り、あらためて退助の清貧《せいひん》ぶりが広く知られることとなった。

しかし、退助に同情した内大臣の三条実美《さんじょうさねとみ》は特別に辞爵を認めようとしたものの、伊藤博文は天皇が維新の功績に対して与えた爵位であるのに、それを辞退するというのは天皇の御心《みこころ》に背くことであり、朝敵となるも同様だとして、無理にでも受爵させるように主張した。

これは、絵踏《えぶ》みだった。

拒めば、世襲制度を否定し、天皇を頂点とする日本の国体を根本から否定する危険思想の持ち主と見なされる。そして受け入れれば、世論の批判を浴びる。いずれにしろ、退助は窮地に立たされるのだ。

こうして辞爵表は認められずに一月《ひとつき》以上がたち、退助は再び辞爵表を提出し、重ねて、自分がかつて人民平均の理を掲げ、全国に先駆けて高知藩士族を解体して世禄《せいろく》を廃止したことを伝えた上で華族制度を批判した。

ところが、翌日には天皇の名の下に辞爵表は却下された。何度辞爵表を出したとしても拒まれることは明らかだった。今は再び民権家が結集しようとしている大同団結に注力すべきときだった。悩んだ挙句、退助は自ら一代限りの受爵と思い定めて、七日後にとうとう受爵した。

受爵したことを伝える文には、伊藤博文にしてやられた、無政府主義者だとか、社会主義者だとか、そんながはどうでもええ、あいつらは名前をつけて決めつけて、ひとくくりにして拒否したいだけながじゃと憤り、世襲は退廃するということを、おれらは嫌というほど見てきたんじゃなかったのか、ほんじゃきにこそあれだけの犠牲を払《はろ》うて、新しい世を作ったがやないがかと絹の端正な字で問うていた。

「板垣さまは伯爵になられたいうて」

出入りの酒屋が嘆く。

「わしらの味方じゃ思いよったに、結局板垣さまも華族さまになられるがやのう」

「板垣さまは何べんも取り消してくれいうて願い出たそうじゃがのう」

喜多はとりなすと、わらいとばした。

「けんど、さすが板垣さまぞ。家鴨二十羽しか持ってない華族さまらあて、ほかにはおらんろう」

「まっことじゃ」

またしても伊藤博文の思惑通り、伯爵となったことで退助は大きな批判にさらされたが、退助は自らを伯爵と呼ぶことを避け、あくまで無形と号した。

祝砲が立て続けに鳴り響く。

引越したばかりの潮江村役知《やくち》のあばら家は、鏡川を挟んでいるが、高知公園で打ちあげられる祝砲が響くたびに揺れるほどだった。

喜多は田畑を切り売りし、育院のこどもたちの世話だけでなく、身体に難儀のある者や貧窮のために学業が続けられぬ者の学費の肩代わりをしていたが、いよいよ足りなくなって、實と暮らした唐人町の家屋敷を人に貸し、自分は鏡川の対岸に移っていた。

「憲法発布いうて、えらい騒ぎやねえ」

昼過ぎに、城下に用足しに出ていた丑は、わらいながら帰ってきた。

姪の丑は甥の宣政より三つ下だがしっかりものに育ち、喜多について育院へ通い、喜多をよく手伝った。縁談が持ちあがっても、あては未《ひつじ》の生まれじゃきに縁がないがですと、信じてもいない迷信を出してごまかし、やりすごす。

喜多が潮江村に引越すときも、喜多の意を汲んで反対しなかった。それればかりか、漢詩だけでなく英語や法学にまで才を見せた宣政が明治法律学校で学ぶために上京するとなると、丑は、兄さんは学問しか能のない人間じゃきに、そのためやったらかまんと未練なく家を人に貸して出て、喜多とともに暮らすようになっていた。生まれ育った家よりも、いつも遊びに来ていた唐人町の喜多の家を惜しみ、それも人助けのためならと、まだ十九だというのに、達観している丑だった。喜多は丑と話すたびに、うら若い姪のほうがよほどに自分より仏門に近いと感じる。

「高等小学校の生徒らが、揃うて軍歌と君が代を唄《うと》うてねえ、もう町中お祭りみたいな騒ぎや」

丑は白い息をつきながら肩をすくめてみせた。

やっと日本に誕生した憲法を、人民は両手を挙げて歓迎した。高知でも朝から祝砲が響き、城下でも村でも祝賀会が開かれ、万歳万歳とかしましい。民権家の勢いを抑えるために政府が東京からの退去命令を出し、従わずに収監されていた片岡健吉らが、憲法発布の大赦《たいしゃ》でやっと出獄できることになったのは喜ばしいが、喜多は、浮かれた町の人々を冷ややかに見ていた。発布されるまで誰ひとり内容を知らない憲法なのだ。

案の定、明らかになった憲法の中身は、日本国の主権は人民になく天皇にあり、言論の自由も法律の範囲内に限られるというもので、伊藤博文が学んだドイツの憲法を基にしたものだった。枝盛の日本国国憲按を含む、各地で書かれた憲法草案は、文言のひとつも日の目を見ることなく、この憲法に取り入れられることもなかった上に、退助らがあれほどに訴え、多くの人民の賛同を得ていた、人は生まれながらにして自由で平等という天賦人権や自然権の概念はなかった。

そして、同時に公布された衆議院議員選挙法は、女子の選挙の権を認めないものだった。また、男子も国税を十五円以上納めるものとされており、これは人民百人のうち、わずか一人しか投票できないということになる。

予期はしていたものの、喜多はがっかりした。

丑は喜多が落とした土陽新聞を取って見て、四日後に控えた馬場辰猪の追悼会の記事に気づいた。発起人総代のひとりに、喜多は名を連ねていた。

馬場辰猪の死去の知らせはアメリカから届いた。横浜の商館で爆弾について話しただけで爆発物取締規則違反で逮捕されてしまった馬場は、未決囚として獄中で半年を過ごし、証拠不十分で釈放されたが、その足で横浜から船に乗り、アメリカへ渡ってしまっていた。渡米前、喜多に寄こしてきた文には、勾留中、いかに非人間的な扱いを受けたかが書かれており、わたしはもう日本人ではなくなるでしょうと括《くく》られていた。

遅咲きではあったが、『天賦人権論』で普通選挙に反対する論に反駁《はんばく》し、普通選挙を行う道があらゆる点から最も理に適っていると高らかに宣言した。あれほどに明晰な頭脳を持った人間が、洋行した退助に、自由党に、そして逮捕収監を経てこの日本という国に、望みを失ったのだ。

まだわずか三十九歳。半年いた獄中で得た労咳によるもので、貧窮の中、野垂れ死に同様の亡くなり方だったという。病院に担ぎこまれたときには手遅れで、それでも、辰猪は死の間際に、日本の藩閥政治を厳しく批判し、民権自由の思想がいかに至当であるかを訴えた英文の冊子を残した。日本政治の状態と題されたその冊子の表紙には、頼むところは天下の輿論《よろん》、めざすかたきは暴虐政府と、血を吐くように書かれた一文が刷りこまれていたという。

「おばちゃんの名前、喜多やのうて、気他になっちゅうで。新聞がまちがえたがじゃろうか」

「まちがえやない。辰猪さんの追悼会じゃきにね、喜びが多いいう字を避けろうと思うてね」

手を焼きながらも愛情を込めて辰猪を育てた實と、實を慕ってそれに応えた辰猪の姿を思う。あんなに腕白者で、伊呂波がやっとだった辰猪が、これほどの才覚を顕《あらわ》すようになるとは思いもしなかった。そして、わかるのが早すぎて、この国の辿る道も自分の行く末もすべてわかって、失意のうちに、こんなに早く世を去るとも。

追悼式は、喜多の周旋で要法寺において盛大に行われることになった。

御一新前と変わらぬ門を、喜多は丑とともにくぐった。あいかわらず、境内には玉砂利が敷かれ、草ひとつ生えていない。

退助の洋行に反対して自由新聞社を追われ、自由党をも脱党した以上、退助はもちろん、旧自由党員らも表立って来ることはなかったが、それでも、馬場辰猪を偲《しの》んで多くの民権家たちが集まった。

「アメリカでひとりで亡《の》うなったきね、みんなでにぎやかに送っちゃらんとね」

退助の二女軍とともに共立学舎英語学校で学んだ富永《とみなが》らくも発起人総代で、らくが属する婦人交際会のおなごたちも集まってきた。片岡健吉の妻美遊や坂本南海男の妻鶴井も幹部だった。

「片岡さまも坂本さまも、憲法発布の大赦でやっと出獄できたそうで、よかったこと」

片岡健吉らは政府の弾圧による投獄で足かけ三年も収監されていた。

「これで国会が開かれたら、やっと自由党の天下やねえ」

らくたちが嬉しそうに話しているところに、若いおなごが口を挟んだ。

「何をのんきなことを。去年の市制及び町村制でも、今度の衆議院議員選挙法でも、我らが同胞三千八百万人の半数たる女子は、公民と認められんで、無権利者にされたがで」

近ごろ土陽新聞に女権論を書いて評判になっている山崎竹《やまざきたけ》だった。江戸の華岡青洲《はなおかせいしゅう》のところで学んだ医師の跡取り娘で、高知県女子師範学校を首席で卒業した才媛だった。歯科を経営する織田信《おだのぶ》福《よし》を婿に迎えていたが、ずいぶんな美男子だという評判の信福のことさえ嫌がって、祝言の日に押し入れに隠れたことが語り草になっていた。

「婦人交際会でも、このことを訴えていかんといかん」

まああととりなすおなごたちの中で、際立って険のある竹の顔つきを、喜多は好ましく思った。おなごだからといつも柔和にすることが求められ、それに思慮なく従うおなごたちよりもよほどに、おなごである身について考え抜いて生きてきたのだろう。

「竹さん。こちらが楠瀬喜多さまで」

富永らくが山崎竹に紹介した。

「楠瀬喜多さま」

喜多を見てぱっと破顔したその顔は、まだ幼くさえ見えた。

「今日は喜多さまにごあいさつしとうてまいりました。ずっとお会いしとうございました。こうしてわたしらがおなごの権利を訴えていくようになったがも、喜多さまが道を拓かれたからこそ。ぜひわたしらの婦人交際会に入っていただいて、後進にご指導をいただけんでしょうか」

「おおきに、ありがとうございます。けんど、わたしは出家した身。そんな、華々しいところに交じるような身やありませんき」

「そう言わんと」

「竹さん。無理を言うたらいかん」

「もう追悼会も始まるき」

「ほいたら、喜多さま。歯が悪うなったときは、うちに来てくださいまし。織田に治させますき」

「まあ、竹さんったら」

仲間のおなごたちにわらわれながらも、竹は本気のようだった。

「ほいたら、そのときには頼みます」

喜多はおなごたちに頭を下げると、本堂に向かった。

その秋は家康《いえやす》公入城三百年とかで、江戸三百年祭が挙行された。東京では仮装行列もあったといい、近所の元藩士が錦絵を見せにきた。士族戸主の喜多を喜ばせようとしてらしく、散々旧幕時代を懐かしがった後、置いていくというのを、喜多も無下《むげ》には断れなかった。

そこへ訪ねてきたのは絹子と名を改めた絹だった。退助は、絹を福岡孝弟の養女福岡絹子とした上で、正妻に迎えていた。

「まあ、江戸三百年祭ですか。江戸の昔はわたしは存じませんが、お懐かしいでしょう」

「懐かしゅうないことはないですけんど」

ちょんまげに裃姿の行列を、懐かしいというよりは異様に感じた喜多だった。見なくなると、ほんの二十年前のことなのに、本当にあったこととさえ思えなくなる。このごろは、鉄漿《おはぐろ》をしているおなごも眉を落としているおなごもめったに見ない。

「のどかな、いい時代だったのでしょう。戻りたいと思われるのではないですか」

「戻りとうはないですねえ」

おなごは関われず、百人に一人しか投票できないとしても、来年はとうとう国会が開かれる。

「今はすばらしいと思うがです。退助さまはようがんばってくれました」

絹子もしみじみと頷いた。

「旦那さまは平等ということをしきりに説かれますが、口だけではありません。祇園で初めてお会いしたときから、わたしたちを猫だの狐だのと呼ぶことがないのはもちろん、ひとりひとり名で呼んでくれました」

「退助さまやったらそうでしょうね。大同団結の旗振り役やった象二郎さまは、伊藤博文に尻尾を振って、いの一番に入閣してまわったけんど、退助さまは変わりません」

憲法発布直後、後藤象二郎は、天皇の思し召しを理由に薩長閥の黒田内閣に入って、逓信《ていしん》大臣になっていた。伊藤の読み通り、大いに盛りあがった大同団結はこれで崩壊した。

絹子は苦笑した。

「ええ、まったくお変わりありません。旦那さまを刺した相原を特赦にするよう運動して。出獄して詫びに来た相原に、昔京都にいたとき中岡慎太郎もわしを殺そうとしたが、国を思ってのことだ、もしわしが国の行く末を誤るようなことをしたら、そのときはもういっぺん襲ってくれて構わぬなんておっしゃって」

この東京での二人のやりとりは土陽新聞に詳しく書かれて大評判となっていた。

「心配しているこっちの気も知らないで」

悠然とほほえむ絹子を、喜多はみつめた。

「その相原がどうなったかは聞きましたかえ」

「ええ。心機一転して、北海道開拓へ向かったとか。結構なことです」

絹子は満足そうに頰をゆるめる。

「旦那さまの懐の深さには、本当に感心します」

喜多はともにわらわず、話を変えた。

「絹子さまは、男子をご出生されたいうて、おめでとうございます」

絹子は一人目の孫三郎を一つになる前に亡くしていたが、今年になって二人目の男子正実《まさみ》を生んでいた。

「お祝いをいただき、ありがとうございます。今日は、そのお礼とお別れにまいりました」

「いよいよ上京されるがですね」

「ええ。旦那さまは国会開設を前に、新たに政党をつくるそうです」

退助のもとに、旧自由党員がこぞって集まる様子が見えるようだった。やっと、退助の思いが国会で結実するのだ。

「こちらへ来たときは、土佐くんだりまで来ることになった身を侘しくも思ったものでしたが、今となっては懐かしくてたまりません。旦那さまにはよくしていただいて、おもしろいことも多うございました」

絹子は目を細めた。

「旦那さまは卵の半熟と鮎の塩焼きを、三度三度飽きもせずにお召し上がりになって。それに、お手水《ちょうず》に行かれるたびに、大きな鉄瓶《てつびん》いっぱいの水を使われるのです。朝が弱いわたしも、その音で目が覚めました」

あいかわらずの退助だと喜多はおかしかった。

「字をお書きにならないことを知ったときには驚きましたが、旦那さまは、それでも、人から揮毫《きごう》を頼まれるものですから、こどもの手習い同様に半紙を何枚も使って練習されて」

退助の揮毫を求める者は後を絶たず、自由党や立志社に援助をする代わりに退助の揮毫をくれという者も少なくなかったと聞いていた。いつだったか、退助の書を書き損じでいいから欲しいと縁側から失敬して逃げた書生を、退助は裸足で庭に下りて追いかけ、捕まえて取り返したとわらっていたことも思いだす。

「号の無形だけをただ一心に書いておられましたので、ずいぶんお上手になられましたよ。無形やったら絹にも負けんとおっしゃって」

「無形を」

絹子は、おかしそうにわらった。

「旦那さまはそれしか書かれないんですもの。上手くなるのも当たり前ですって申しあげて」

「絹子さま」

喜多は涙を隠して、深く頭を下げた。

「どうぞ、退助さまとお仕合わせになってください」


絹子の姿が見えなくなるまで見送る喜多の気を引き立たせるように、丑は明るく声を掛けた。

「やっぱり板垣さまはすごいお人ながやねえ。自分の命を狙《ねろ》うた刺客も許して、それどころか特赦にさせるいうて」

「憲法発布の大赦に与《あずか》らんかったがはめずらしい。政府はえっころ相原を出獄させとうなかったがじゃろう」

「ということは、やっぱり相原は、政府が送った刺客やったがかえ」

「それはもう誰にもわからんなったよ。相原は、横浜を出た船から落ちて、死んだらしいきの」

丑は驚いて喜多の顔を見た。

「口封じに殺されたがかえ」

「それももう誰にもわからん」

退助はまた、命を賭《と》して政治の表舞台に出ようとしていた。

「絹子さまはご存じやなかったみたいなけんど」

「お子を生んだばかりやきねえ、退助も絹子さまの体を憚《はばか》って黙っておるがじゃろう」

その年の暮れ、退助は大阪で自由派旧友大懇親会を開き、大同団結の崩壊で散り散りになっていた全国の民権家たちを結集して、かつて、下野して立ち上げた政党と同じ名の、愛国公党を立ち上げた。


「ひどい話じゃ。おなごは国会の傍聴もできんとは」

新聞を読んだ丑は腹を立てて言った。

日本で初めての民選選挙となった衆議院議員選挙が行われたばかりだった。退助率いる愛国公党、大井《おおい》憲太郎《けんたろう》らの自由党、河野広中らの大同倶楽部で圧勝した。福島では河野広中が、神奈川では中島信行が、福井では杉田定一が、三重では栗原亮一が、大阪では中江兆民が、高知では植木枝盛、二度目の収監から出所したばかりの片岡健吉、林有造が当選した。

しかし、そこに退助の名はなかった。昨年の衆議院議員選挙法で、華族の当主は選挙人にも被選挙人にもなれないことが定められており、退助は衆議院議員になれなかった。

一方で、華族となった退助は、民選選挙ではなく、互選もしくは天皇による勅選の貴族院議員には、真っ先に任命されるはずだった。しかし、退助は、民選議院設立を目指した自らの信条と相容れないとして、互選選挙はもちろん、明治天皇からの貴族院議員任命の内命も辞退していた。

政府、そして伊藤博文は、そんな退助の行動も含め、すべて見越しての伯爵授与だったのだ。

しかし、退助が出馬できなくとも、退助が院外にあって率いる民権派候補者は、全国で圧倒的な支持を集めた。

政府寄りの政党が惨敗したことに危機感をおぼえた政府は、一月《ひとつき》もたたずに集会及《しゅうかいおよび》政社法《せいしゃほう》を公布施行した。十年前に出され、集会と結社の自由を奪って民権自由の高まりに大打撃を与えた集会条例を引き継ぐもので、政党の連携を禁止したほか、おなごの政談集会への参加と政治結社への加入をも禁じた。しかも、議会が開かれる直前の十月には、衆議院規則案が公表され、そこには、婦人の傍聴を許さずの一文が記されていた。

「清水紫琴《しみずしきん》が、女子の二字あるが為に、吾等《われら》二千万の女子は皆ことごとく廃人となれりいうて言いゆうが、まっことじゃ」

「うまいことを言うねえ」

喜多は感心してわらった。丑は喜多が一緒に怒らないことに気づいた。

「おばちゃんは腹が立たんが。おばちゃんががんばって、おなごに道を切り拓いてくれたに、これでおなごは政談演説も国会傍聴もできんなったがで」

「そればあ、おなごの力が侮れんいうことに、政府もやっと気づいたいうことじゃろう」

岸田俊子が一世を風靡した後は、その影響を受けた清水紫琴、福田英子《ふくだひでこ》が続き、高知では大原千歳、愛吉、吉松ます、富永らく、山崎竹と、演説ばかりでなく、行動にも移すおなごたちが目立つようになっていた。

「とはいえ、傍聴もさせんいうがは、おなごはなんにも聞かんでええ、考えんでええいうがと一緒じゃ。傍聴もできん、演説もできん、政社にも入れんおなごが、選挙もできんがは道理いうことになる」

東京の婦人団体が婦人にも政談演説の傍聴を認めるよう建白書を提出していた。植木枝盛はもちろん、新聞でも婦人にも傍聴を許すよう訴える記事が掲載された。

退助からの文には、絹子の字で、清水紫琴が婦人にも傍聴を許すよう頼みに退助の邸宅を訪ねてきたことと、もちろん婦人の傍聴を禁ずるのは一向に訳のわからんことで、傍聴できるように力を尽くすから案じるに及《よ》ばんと清水紫琴を励ましたということが書かれていた。

東京にやった甥の宣政は学問がすすみ、河野広中に気に入られて世話になっていた。

宣政の学費に加え、貧しくて学校へ行けないこどもたちの授業料も肩代わりしている喜多は、とうとう、長く人に貸していた唐人町の土地と家を売って手放すことにした。幼いころからいつも遊びに来ていた丑が反対するかと思ったが、丑はわらって言った。

「いつじゃちおばちゃんは、人のためにお金を使いたいがやもんね」

財産のほとんどを失ってもなお、喜多は、教育講談会と銘打って尋常小学校の教員を家に招き、聴衆を集めて寄付を募ることもあった。喜多の出す学費で小学校へ通うこどもは七人になっていた。学ぶことがどれほど見るものを広げ、力になるかを知る喜多は、ひとりでも多くのこどもたちに、できうる限りその力を授けたかった。

あちこち擦り切れた喜多の被布を、丑は愛おしそうにみつめた。

そして十一月二十九日、ようやく、民選議員による衆議院と、選挙によらない貴族院の二院による、日本で初めての帝国議会が開かれた。貴族院には伊藤博文や谷干城がいた。

初代衆議院議長は、数年前に岸田俊子の夫となった中島信行が選ばれた。開会直後に、婦人の国会傍聴の可否が議題に上がり、西洋の目を意識してか、婦人の国会傍聴が許された。今や衆議院議長夫人となった俊子が、多忙を極める毎日の中でも夫とこのことを話し合っていたとお要からの文にあった。

帝国議会開会後に届いた退助からの文には、国会傍聴ができるようになったから、いつでも東京に来るようにと書かれていた。

そして、土俵はできた、これからどんな一番を取っていくかじゃと、すきな角力になぞらえて結ばれていた。

たとえ国民の半分に過ぎない男子、その中でも直接国税を十五円以上払う者で、つまりは国民の百人にわずか一人しか投票できなかったとしても、東洋初の憲法に基づく民選議院が生まれたことには変わりなかった。下野して十七年、退助がこの国にやっと打ちたてた国会という土俵だ。

喜多には、退助が晴れ晴れとわらう顔が見えるようだった。


喜多は丑を連れ、浦戸から船に乗った。

途中で汽車に乗り換えて新橋駅に着くと、慶應義塾に入塾した宣政が迎えに来ていた。まずは休んではという宣政の言葉に耳も貸さず、麻布の頭山満邸に案内させる。

頭山の邸宅は塀をめぐらせ、松が茂る大仰なもので、門番がいた。

「頭山くんはおるか」

喜多は下宿で呼んでいた名で頭山を呼んだ。喜多の言葉に驚いて、門番は誰だと訊いた。

「土佐の楠瀬じゃ」

「土佐の楠瀬。土佐の楠瀬の身内か」

誰か壮士《そうし》の妻か母かと思われたらしい。

「土佐の楠瀬いうたらわかる」

喜多は門番に構わず入ろうとした。見るからに腕に自信のありそうな男たちが集まってきたが、見慣れない、小柄な尼姿《あますがた》のおなごが入ってくるのに驚いたのか、立ちどまる。

「頭山くんはおるか」

喜多は怯むことなく、屈強な男たちを見回してくりかえした。

「楠瀬さんじゃありませんか」

騒ぎを聞いて玄関先に現れたのは頭山満だった。野太い声は変わっていなかったが、御召《おめし》のお対《つい》をさらりと着て、いつも半裸で喜多の下宿にいたときとは見違えるほどだった。

「久しぶりですなあ。出家したとは聞いておったが、楠瀬さんは変わらないなあ」

頭山はそう言うと、取り巻いていた男たちに下がるよう言った。

「土佐でお世話になった方だ」

頭山は喜多の後ろに立つ、宣政と丑に目をやった。

「おお、宣政くんも立派になったなあ。こっちはもしかして、丑ちゃんか。東京はどうだ。凌雲閣《りょううんかく》には上がったか」

「頭山くん、わたしは物見遊山《ものみゆさん》に来たがやない」

嬉しそうにわらう頭山に、喜多はぴしゃりと言った。宣政も丑もにこりともしない。

「植木が死んだがは知っちょうか」

東京での植木枝盛の葬儀には、おなごの姿が目立ったという。

わずか三十五年の一生だった。腸カタルで入院していたとはいえ、急死ともいえる早すぎる死だった。

おりしも、政府寄りの党と警察がともに民権派の党を襲撃し、もうすぐ行われる第二回の総選挙の大妨害を行っていた。たかが議会とたかをくくって決議を無視しようとしていた内閣も、実際に議会が開かれてみてやっと、その決議の重大さに気づいたのだ。演説会で弁士が殺される事件もあり、全国で既に二十人もの死者が出ていた。

とりわけ、民権派が強い高知での選挙妨害は激烈だった。高知県の斗賀野村《とがのむら》では、民権派の詰所《つめしょ》を政府寄りの国民派と警察が襲撃し、一人がその場で惨殺され、もう一人も四十箇所以上を切られて瀕死《ひんし》となっているという。

退助の選挙応援の演説会すら、中止解散を命じられていた。内閣はもう、第一党を取るためになりふり構ってはいなかった。それだけ民権派の党の力をおそれていた。

そんな中、再び議員に選ばれるはずだった植木枝盛が急死したのだ。植木枝盛が、議会で誰よりも声を荒らげ、誰よりも熱く語っていたことを知らぬ者はない。政府による毒殺だと疑わぬ者はなかった。

もう一刻の猶予もならなかった。

「今日は頼みがあって来た」

喜多は三和土《たたき》から頭山を見上げて、言った。

「選挙妨害をやめてくれ」

頭山の顔がこわばった。

「頭山くんには頭山くんの信念があることはわかる」

頭山は、政治結社玄洋社を率いるようになっていた。その玄洋社の来島恒喜《くるしまつねき》は、第一回の総選挙の直前、大隈重信に爆弾を投げつけ、自殺した。大隈は片足を失った。あのときは、政府の条約改正の弱腰外交を非難しての襲撃だった。

今回の総選挙では、軍事予算を削減して民力を休養させ、清など周辺国との戦争を避けようとする民権派の党に対し、玄洋社の社員たちは政府と一緒になって襲撃を繰り返していた。

今や玄洋社の、そして頭山満の名を知らぬ者はなかった。

「民が支持する民権派を力ずくで押さえることは、日本人民の自由を損ねることじゃ。おまんがあれだけ嫌《きろ》うた藩閥政府のやり方そのものじゃいか」

選挙妨害を命じた内務大臣品川弥二郎《しながわやじろう》も長州出身だった。

「民権数え歌を丑と唄いよったころのことを忘れたか」

頭山はあのころ、下宿の縁側で、幼かった丑とまりつきに興じ、民権数え歌は丑ちゃんから習ったとわらっていた。

あれは、植木枝盛が作った歌だった。

本当に政府による毒殺だったのかは知らない。ただ、絹子からの文では、枝盛が亡くなってからというもの、退助は口にするものに毒が入っていないか、気をつけるようになったという。

自由は鮮血をもって買わざるべからざると書いた枝盛。

いずれにせよ、生き急いで、文字通り血を吐きながら、民権自由を求めつづけた枝盛だった。

「頼む。頭山くん。これ以上、選挙の邪魔をせんでくれ」

喜多は丸い頭を深く下げた。


なりふりかまわぬ、政府側のひどい妨害にもかかわらず、選挙の結果、自由党は議会で第一党となり、退助は、伊藤内閣で初めて内務大臣となった。

要法寺で、世界の絵図をともに見てから四十四年、民撰議院設立建白書を出してから二十二年。民選による国会開設を求めつづけた退助が、とうとう、勅選の参事や貴族議員ではなく、あくまで政党政治家として、政権の中枢に立ったのだ。

二年後には、片岡健吉が第七代衆議院議長となった。健吉から届いた文には喜多が送った祝いの文への感謝と、官舎の廊下でひとり盛ん節を唄ったことが綴られていた。

下邉盛ん組に入れてくれと退助を追いかけまわしていたあの健吉が、自由党と進歩党両党の信任を得て、今や衆議院議長だった。

四《よっ》つ　夜明《よあけ》の騒ぎ知らぬ武士　ねずみ取る道知らぬ猫

喜多は、二度もの獄中生活を経てなお、あいかわらずの丸顔の健吉が、官舎の廊下を唄いながら歩く姿を思い浮かべた。

目が合うたびに照れていた紅顔で、盛ん節を唄っていたころも。

その明治三十一年、議会の議決を無視し続ける伊藤内閣をとうとう倒した退助は、再び内務大臣となり、首相大隈重信、内務大臣板垣退助の、日本で初めての政党内閣を成立させた。大隈より年長の退助は首相となることを勧められたが、公式の場での署名をおそれて固辞し、大隈に譲ったという。

それでも、周囲の目がある中で大臣としての署名が必要なときは、かつて岐阜で襲撃を受け、短刀を握って難を逃れた際の傷があり、痛んで署名はできないと逃れているそうだ。

そんな言い訳に使えるほどにけがだらけの板垣と、片足を失った大隈。

この国で、ただ、自由に言論をたたかわせるだけのことがいかに困難であるかを、体現したふたりによる内閣だった。

鏡川べりで名を呼んでもらって以来、退助のそばを離れなかった山田平左衛門は、健吉とともに高知教会に属して信仰の道に入ったが、変わらず政治活動に邁進しつづけ、今も高知にあって土陽新聞社長として退助を支えている。

一方で、健吉と退助を追いかけて下邉盛ん組に入れてもらった二川元助は阪井重季《さかいしげき》と改名し、谷干城とともに軍人として政府に残り、西南戦争、日清戦争に従軍していた。谷とともに小高坂で暴れていた独眼竜山地忠七も軍人となり、陸軍中将までのぼりつめたが先年亡くなった。福岡孝弟も後藤象二郎も華族となり、象二郎は米国のホワイトハウスを模した巨邸に住み、農商務大臣となっていたが、収賄事件で議会の弾劾を受け政治の場を去り、失意のうちに亡くなっていた。そののち子爵となった谷干城は軍人として名を馳せた後、貴族院議員となって、今なお意気軒高《いきけんこう》だ。

道を別《わか》った彼らに、さみしさを感じていないわけではないのだろう。絹子の話では、戊辰の役で凱旋した際に迅衝隊の面々で写した写真の石版画を、退助は今なお応接間に飾っているという。

あのとき退助のそばにあって、ともに唄っていた者たちは、それぞれの道を行った。


その夏、既に公布されていた民法が施行された。

家父長の権限が絶対で、妻となったおなごは財産を自由にすることも許されなかった。

社会的におなごは廃人とされたと清水紫琴が憤ったように、集会及政社法のみならず、さらに民法により、男とおなごを全くの不平等に扱うことが法制化された。家でも自分の思うように生きることを拒まれ、無能力者とされたのだ。また、それまでそれぞれの姓を名乗っていた夫婦が、同姓となることを求められ、妻が夫の姓となることとなった。

「ひどい話や」

新聞を持つ手が震えるほどの衝撃を受けながら、喜多はうめいた。

ニュージーランドのおなごたちが世界で初めて国政選挙に加わる権利を得たのは三年前のことだが、日本では、ただ政談演説を傍聴しただけで、東京のおなご三人が集会及政社法違反となり、二円の罰金刑を受けていた。

同じころ、政府は、武市半平太と坂本龍馬、中岡慎太郎らに正四位の官位を贈って顕彰した。東京では盛大な記念式典を行い、後家を通していた武市半平太の妻富も上京して出席、皇后にも拝謁して白縮緬と百円を下賜されたという。

亡くなった幕末の志士の妻女が慰労される一方で、政談演説を聞いただけのおなごは逮捕される。顕彰にも法律にも、政府の望むおなごのあり方がはっきり表れていた。

「そんな法律、守らんでええがやない」

丑は、喜多の後ろから覗きこみながら言った。

「やって、わたしらおなごがひとりもおらんところで、男らが勝手に決めた法律やろ。そんな法律、おなごは守らんでええがやない」

内閣にも議会にも、おなごはひとりもいない。

そして、おなごのいないところで決められたからこそ、このような法律が生まれてしまったのだ。

新聞を握りしめ、喜多は痛切にそう思った。

退助からの文には、準備していた窮民法案が議会に出せんずくになってしもうたことが惜しいてならん、窮民らに申し訳ないと綴られていた。

喜多と丑だけでなく、多くの国民が期待した日本初の政党内閣は、しかし、長くは続かなかった。大隈の独断による進歩党系の犬養毅《いぬかいつよし》の文部大臣起用をめぐって対立し、自由党系議員らは同じ名前の憲政党を新たに結成した。そして、退助をはじめ、何人もの大臣が辞任し、わずか二ヶ月で内閣は崩壊した。

新聞で読む限り、退助に後悔の色はなかったが、届いた文からは窮民法案への未練が読み取れた。退助らしい社会への眼差しが元になっており、貧困に喘ぐ老人やこども、病人やけが人を助ける制度をつくるための法案だった。

退助は、生まれやめぐり合わせに人の一生が左右されることを、いやというほどに知っていた。たまたまめぐり合わせのよかった者ばかりの大臣たちのなかにあっても、退助の思いは変わらず、窮民を救う法案を内務省法案として作成していたのだ。

退助はまだ還暦を迎えたばかりだというのに、そのまま政界を引退した。いさぎよい退助らしい決断だと喜多は思った。その後、退助は政治家として解決しようとして果たせなかった社会問題に専念し、貧困や男女の平等についての問題に取り組んだ。絹子も女囚《じょしゅう》の子が監獄で育つ現状に胸を痛め、退助とともに女子同情会や東京女囚携帯乳《けいたいにゅう》児保育会を組織して、監獄で育たざるをえなかった子を引き取って育てた。

今の政治家は、できることをするがが政治やと思うちゅう。できんことを政治の力でできるようにせんといかん。理想と希望を失わず、できんことをできるようにするががほんまの政治じゃ。

旧陣営での退助の演説の思想は、今なお果たされることなく、実現していなかった。

おれはただ、生まれたときよりもええ世にしたいだけながじゃ。

喜多は絹子の女跡で書かれた退助の思いに、深く頷いた。その理想と希望を捨てない退助が愛おしかった。

片岡健吉もまた、理想と希望を捨てなかった。退助が政界を去ったのちも、衆議院議長を五年に亘《わた》って務めつづけ、第十代議長在任中に、議長のまま、病で世を去った。

その早すぎる死に、妻の美遊の嘆きも大きかった。

慰めに訪れた退助は、美遊から思いもかけないことを聞かされたという。

退助が無筆であることを健吉は知っていたというのだ。退助が江戸詰の折、實に書いてもらっていた健吉あての手紙では、さも自分が書いたらしく、わざとぐしゃぐしゃと誤字を書きつぶさせたりしていたが、健吉にはお見通しだったのだ。

道場で自分の名を書くのでさえ人に頼む退助さんが、いきなりあんな御家流の文を寄越したのでわかったと、生前、美遊に話していたという。

健吉はずっとおれが無筆やと知っておりながら、黙っておれを立ててくれよったがじゃ。

健吉の後に第十一代議長となったのは、一人娘の尊《たか》を宮崎家に嫁《とつ》がせ、宣政の義父となっていた河野広中だった。


船や汽車を乗りつぐ長旅の疲れがないと言えば嘘になる。

それでも、はやる気持ちを抑えきれず、路面電車を降りた喜多の足は急《せ》いた。

「おばちゃんももう七十ながやき、転んだら終《しま》いで」

案じる丑が、半歩後ろをついて歩きながら、わらう。

「そんなに急がんでも、国会は逃げげん思うで」

木立《こだち》のむこうに見えてきた洋風二階建ての国会は、両手を広げるように左右に長く建って、喜多と丑を迎えた。

河野広中に傍聴券を用意してもらい、衆議院の傍聴人席に案内される。傍聴人席は既に、少なくない数のおなごで埋まっていた。いずれも喜多よりずっと若く、垢抜けた姿のおなごたちだった。喜多を年長と見て席を譲ってくれ、喜多は丑とともに一番前の席に並んで座った。

そこは二階で、議場を上から見渡すことができた。ドイツの建築家が建てたという国会は、外観だけでなく、議場も圧倒されるほどに壮麗で、息をのむ。錦絵で見ていた派手さはないが、垂れ下がる緞帳《どんちょう》と敷き詰められた絨毯《じゆうたん》が、重々しさと合わせて華やかさを加えていた。

議長席を半円に囲む議席には、正装の議員がびっしりと着席している。黒ずくめの男ばかりがずらりと並んで、議事の開始を待っている。

これが、国会。

喜多が願い、退助たちが命懸けで求めつづけ、やっとこの国に生まれた、国会。

喜多はあふれそうになる涙を、手摺《てす》りを握りしめて、ぐっとこらえた。

ここで議決されたことが、この国を動かしていく。

この場に退助はいないが、正面の一段も二段も高い議長席には、杉田定一がいる。髭をはやして正装し、下宿で面倒を見ていたころとは見違えるほどに立派な姿だ。議席のあちこちにも、懐かしい後ろ姿が見える。

悪名高い集会及政社法に代わって交付された治安警察法は、やはりその第五条で、国会以外での女子の政談集会への参加や政治結社への加入を禁じた。その第五条の「女子及《および》」の三字を取って、おなごも政談演説を聞くことができるようにしてほしいという請願書が、何百人ものおなごたちの署名捺印とともに提出されていた。今日はその改正を求める請願について、衆議院で議事が行われることになっていた。

「まあ、立派なもんやねえ。やっぱり国会は、新地の演芸場とは違うねえ」

高知の言葉を丸出しで、思わず感嘆の声を上げた丑に、傍聴人席の多くを占めるおなごたちはほほえみかけてくれた。

「失礼ですが、治安警察法第五条改正の請願の議事を傍聴に来られたのでしょうか」

眼鏡を掛けたおなごが、喜多の後ろから丁寧に訊いてきた。

「ええ。あんたさんらもそうですか」

「はい。わたくしどもは請願を致しましたので、その行方をたしかめに参っております」

落ちついた口ぶりだったが、眼鏡の奥の瞳はこれからの議事を待ちもうけて輝き、まぶしいほどだった。そのおなごと並んで座るおなごたちも、やはり煌《きら》めく目で喜多をみつめてほほえんでいる。

喜多はただ、頷いた。

お互いに名も知らないが、わたしたちは同じことを目指し、今日、ここに来ている。

日程の十四番目になってやっと、治安警察法第五条改正の請願についての議事が始まった。請願委員会委員長の報告の後、望月長夫《もちづきおさお》という議員が立って、女子の教育が不揃いで、白昼売春して憚《はばか》らないような女子もあるからとして、改正に反対の意見を述べ、傍聴席を指して言った。

「貴族院と衆議院では女子の傍聴をこのように許しておりますが、それは、経験を多く積み、知識も多く持った人が、この女子にならば議事を聞かせても害はないと信じる人だけを紹介するのである」

手摺りを握る手が、怒りで震える。この手摺りのむこうには、男しかいない。ここまで言われても、一票を投じることも投じられることもできないおなごは、この向こう側には立てない。

「ノウノウ」

思わず、喜多は叫んでいた。望月ははっと傍聴人席を見上げた。

「ノウノウ」

喜多の後ろから、望月の発言に反対するおなごの声が和した。

「しかし、政談集会においては、そのような制限は決して行われません」

「無用無用」

「賢愚《けんぐ》は婦人のみに限らぬ」

おなごたちが傍聴人席から口々に叫ぶ。

望月は怯みながらも、政治社会には賄賂や脅迫などの誘惑が多いところへ、一般の婦人の誘惑という力を加えたら更に揉め事が起きると言い、女子として尽くすべき社交的な仕事があるのだから、まずその力を十分尽くしてからこのような要求を許しても遅くないと述べた。

おなごたちの声に呼応するように、議場からもノウノウという声があちこちから上がる。望月は演説を切りあげ、そそくさと席に戻った。

続いて、根本正《ねもとただし》という議員が立った。

「この請願を採択しないという御演説に至っては、私は、悲しむべきではない、憐れむべき演説であると思います」

傍聴人席からも議場からも拍手が起こり、ヒヤヒヤと賛同する声が上がる。

「婦人が政談演説会に出て、なんの不都合があるか。婦人もやはり人間である。この婦人を軽視するところの議論というものは、すなわち野蛮の議論であると私は確信するものであります」

「ヒヤヒヤ」

傍聴人席のおなごたちが叫ぶ。

「日本帝国におきましては、婦人には財産を持つところの権利を許すのである。財産を持つところの権利を許すならば、政談演説はおろか、投票の権利をも許すべきはずである」

その通りだ。

「ヒヤヒヤ」

喜多も叫ぶ。

ただの一票をも持たないわたしたちおなごにできることは、この国会という場で、この声を伝えることだけだった。

根本の演説は、賛意を示す声を得て、ますます力強くなっていく。

「自分の財産があったら、自分の財産を保護するために、口を開くのはあたりまえである」

根本はアメリカで活躍するおなごたちの名を挙げ、我が国が笑い物にならないようにと訴えた。

「どうか満場の諸君、願わくは、ただ採択するのみならず、歓迎をして採択なさって、ますます文明国となることを希望いたします」

議場は拍手でいっぱいになった。

議長席から杉田も叫ぶように声を張りあげる。

「採決いたします。委員長の報告の通り、本案を採択するということに御異議はございませんか」

「異議なし」

議場から声が上がる。

「異議なし」

傍聴人席のおなごたちとともに、喜多も叫ぶ。

「異議があります」

そう叫んで立ちあがったのは望月だったが、杉田は一瞥しただけで議事を進める。

「しからば、本案を採択すべしという御方の御起立を願います」

議場中の多くの男たちが一斉に立った。望月はその中に埋もれてしまった。

「多数であります」

杉田が宣告し、これをもって治安警察法第五条の改正を求める請願は衆議院において採択された。

傍聴人席のおなごたちは一斉に手を叩いた。

治安警察法の改正について請願をして、国会を動かしたおなごがこれほどいたことに、喜多の胸は熱くなった。喜多もその一番前で、破れるほどに手を打ち鳴らした。

しかし、衆議院が採択し内閣に送った請願は、反対されて終わった。

翌年もその翌年も、多くのおなごたちによって改正の請願が衆議院のみならず貴族院にも出されたが、内閣と貴族院は反対しつづけた。女子が政談演説を聞くことで夫婦が揉め、家事が疎《おろそ》かになって家庭が崩壊するなどをその理由としていた。

おなごは、政談演説を聞くことすら禁じられつづけた。

退助は政界を引退しても変わらなかった。

七十の齢《よわい》となって、一代華族論《いちだいかぞくろん》を新聞に書いて世に問うた。人には上下はなく、その人の事績はその人一代限りのものであって、事績により授与された爵位を子々孫々に受け継がせるべきものではないことを強く訴えたものだった。もちろん、自らの伯爵位は一代限りとし、長男鉾太郎に継がせることはないと断言していた。

退助は質問状を送って同志を募ったが、八百家を越える華族のうち、応えたものはごくわずかで、伊藤博文や佐々木高行はもちろん、福岡孝弟にも黙殺された。

その人一人の罪が子孫に引き継がれないのと同様に、栄誉もまた、子孫に引き継がれるはずもないというその言葉は、誰にも論駁できないものだった。だからこそ質問状を受けとった華族たちはただ黙った。退助に続く者はいなかった。

谷干城だけは反対の論陣を張って、退助にかみついた。かみついてくれるほうがありがたいと退助は言う。かつて辞爵を願っていた際に、谷干城が別荘に説得しに来て言い合いになり、皿鉢《さわち》も粉みじんになる大げんかをしたことがあったが、あのときは片岡健吉がまあまあと止めてくれたのに、もう健吉もいないのがさみしいもんじゃと括られていた。

喜多も変わらなかった。

貧困で学校へ行けない子たちや、授業料が払えず盲唖学校へ通えない子たちの支援を続けた。退助にもらった鎖鎌もずいぶん前に売り払って、学費に替えていた。

吉之丞と稲の米穀店は手堅く商売を続け、二人は喜多の行いに寄付を惜しまなかった。大正の今はその孫が、変わらず寄付を続けてくれている。

さらに喜多は、遠藤清子《えんどうきよこ》や今井歌子《いまいうたこ》があきらめず、治安警察法第五条改正の請願書を出すたびに、丑と上京して国会を傍聴した。そして、傍聴席から、おなごが政治に関われるようになることを願って、その声を伝えつづけた。

退助も喜多も、いくつになっても理想と希望を捨てなかった。


喜多は八十の関を越えていた。案じた頭山満から、「まだ生きとるか、頭山」という電報が届き、喜多はわらいながら、「生きすぎて困る」と返信した。するとすぐに、頭山満からは電報為替百五十円と、「石塔代受け取れ」という電報が届いた。二人で話し合ったらしく、間もなく、河野広中からは、墓碑銘が送られてきた。

喜多は写真師を呼んで縁側で自分の写真を撮ってもらい、手織りの浴衣地とともに、礼として頭山と河野に贈った。それから石屋に相談して、一番安い、土佐砂岩《とささがん》の墓石を選んだ。

「こんな粗悪《へご》な石では、風化して、百年保《も》たんかもしれませんぜ」

石屋は言ったが、喜多は意に介さなかった。

「わたしの墓を長《なご》う保《も》たせるよりか、今から生きる人間のために使うがが金の役割じゃ」

丑が止めるのもきかなかった。喜多は、百年保《も》たない石で、潮江筆山の實の墓のとなりに、一回り小さな墓を立てさせた。

そして、残った金をみな、学校に行けない子たちのために使ってしまった。

とうとう潮江村役知の家も引き払い、片町《かたまち》の貧民窟の裏長屋に引っこんでいた喜多のもとを、高知新聞の記者が訪ねてきた。

藺を作って糸を取りながら、喜多は記者の訊くままに答えたが、数日して掲載された喜多の一代記の記事には、喜多が話していないことも書かれ、かつて講談で語られたように、立志社の論客とともに土佐七郡の山野を説いてまわったとか、美しい眉を挙げ紅い唇を震わせて民権自由を叫んだとか、おもしろおかしく書かれていた。

「まあ、民権のおばさんやって。こんなに嘘ばっかり書いて。おばちゃんはえいが」

「ええがよ」

喜多はわらった。

「あることないこと書いてくれて、有名になったら、それだけみんなが寄付してくれるきに」

八十五となっても、喜多は意気軒高だった。

その年、イギリスで婦人参政権が認められた。選挙法が改正されて、三十歳以上のおなごが選挙できるようになったのだ。

「まあ世界は進んじゅうこと」

丑が喜多の置いた新聞を取りあげて嘆息した。

「ええことよ」

喜多は首を振って、節穴だらけの縁側から空を見上げた。

世界はどこかにあるのではなくて、自分のいるところから広がっていくのが世界だと喜多は思っていた。

わたしの暮らすこの片町だって、世界につながっている。

たとえ海が隔てても、同じ空を共にしている。

「フォーセットさん、やっとやねえ」

政治経済学の本を書いた、イギリスのフォーセットのことを教えてくれ、アメリカの地で客死《かくし》した、馬場辰猪のことを思った。その馬場辰猪を離党させて悔やんでいた退助のことを思った。

「やったねえ」

新聞に載った喜多の評判は海を越え、アメリカに暮らす日本人から、生活の足しにしてほしいと金が送られてきた。

たちのわるい風邪がはやった。

高知朝倉の四四連隊から始まった風邪は、あっという間に市中に蔓延した。学校も役場も閉鎖された。

心配した丑から家から出るなと言われても、かまわず喜多は出歩いていた。片町の貧民たちは日ごろの滋養不足がたたって、ばたばたと倒れる。粥の一碗でも恵んでやりたいし、すり切れたぼろ着も繕《つくろ》ってやりたい。

暮れには、退助の五男の六一《むいち》が、年が明けてからは福岡孝弟が亡くなった。東京は高知以上にひどい蔓延ぶりらしい。スペイン風邪というおそろしげな名前もついた。

喜多が退助の身を案じていたら、新聞に、退助が孝弟との思い出を語る記事が載った。どうやら息災でいるらしいとほっとする。

年が明け、やがて二度目の流行も収まり、安堵したところだった。七月、退助がスペイン風邪がもとで肺炎となり、亡くなった。

不意の知らせに、喜多は言葉もなかった。

退助がいなくなったこの世は、喜多には色褪せて見えた。

絹子からの手紙が届いたのは、八月になってからだった。

角力の庇護者で、国技館建設に関わった退助の棺は、二十四人の力士によって担がれたこと、政界引退後に尽力した社会活動によって救われた、目の見えない人々や子を連れたおなごたちが、涙ながらに葬列に加わっていたことが書かれていた。

そして、あくまでも一代華族を願った退助の遺言に従い、病弱な長男鉾太郎に代わって相続人となった孫の守正《もりまさ》は、祖父の爵位を継ぐことを辞退したという。

爵位にあれば、財産が守られ、貴族院議員となることもでき、板垣家は安泰なはずだった。それでも、絹子を始め、退助の思いを知る家族は誰ひとりとして爵位に固執しなかった。

武家の子として生まれ、不本意にも華族の列に加えられてしまった退助は、自らの死とひきかえにやっと自由となり、生まれによって身分が決まる世を変えるという初志を貫徹したのだ。

たとえ、それが、今は退助ひとり、板垣家一家に過ぎなくても、いつかは人はすべて平均となり、退助が望んだ世がやってくる。

退助は、彼に課された困難な一生をくぐって全《まっと》うして、その道を切り拓いてくれた。


喜多は丑を連れて天神橋を渡った。

この橋を渡るのは幾度目になるのだろう。

かつて、この橋の上にともに立った人たちは、もういない。

ゆらゆらと揺れながらやってきて、とんりゅうとんりゅうと囃しながら大勢の人の手で曳《ひ》かれていった花台も、電線が空に線を引くようになってから廃《すた》れてしまった。花台をみつめていたあやめも、稲も。振袖のわたしを肩車してくれた儀平も、もとも。付き従ってくれた吉之丞も、ふくも。そして實も、猪之助も。

そもそも、あのときの橋は老朽化し、夏祭りの雑踏で八人が圧しつぶされて亡くなったこともあって落とされ、橋そのものがなくなってしまった。今は粗末な仮橋で、ただ両岸に残る橋石だけが、当時の大橋の名残りをとどめていた。

あやめが見上げた天満宮の蟠竜の天井画も、台風で楼門が倒壊して失われた。

わたしは、どれだけたくさんのものを失ってきたんだろう。

そして、どれだけたくさんのものを手に入れてきたんだろう。

退助とともに願った憲法は形となり、国会は開かれた。ニュージーランドを皮切りに、イギリス、アメリカでも婦人参政権が認められたが、今もなお、この国ではおなごに選挙権はないし、政談演説を聞くことすら許されない。

それでも、喜多は、あの日の退助の言葉を忘れなかった。

土俵はできた。これからどんな一番を取っていくかじゃ。

潮江天満宮の大楠が、喜多と丑を見下ろしていた。

この木が枝を広げているうちに、おなごが選挙に行ける日はきっと、来る。

そのとき、わたしがそこにいなくても。

鳶《とんび》が大楠を越えていった。

天神橋を渡り、大高坂山の天守を越えて、高く高くのぼっていった。

とんび　とんび　まいまいせ

そっと唄うと、息が切れた。
わたしの命も長くはない。
それでもいつか、もう自分のいない世が変わっていると思うと、愉快でならなかった。
もうわたしのいない世に生きるおなごたちを思う。
喜多は天を見上げた。

主要参考文献（著者敬称略）

葦名ふみ「帝国議会衆議院における建議と請願—政府への意見伝達手段として—」『レファレンス』718号　国立国会図書館調査及び立法考査局
家永三郎　外崎光広　吉田曠二　解説・解題『海南新誌・土陽雑誌・土陽新聞　全』弘隆社
家永三郎『植木枝盛研究』岩波書店
石川松太郎『女大学集』平凡社
稲田雅洋『総選挙はこのようにして始まった—第一回衆議院議員選挙の真実—』有志舎
井上静照編纂　吉村淑甫書写『真覚寺日記』高知市民図書館
植木枝盛『植木枝盛集』岩波書店
氏原和彦「『本願寺高知別院附属育児会』と『高知育児会』の設立について」『高知市立自由民権記念館紀要』第16号　高知市立自由民権記念館
宇田友猪著　公文豪校訂『板垣退助君伝記』原書房
宇野精一『新釈漢文大系3小学』明治書院
大木基子『自由民権運動と女性』ドメス出版
太田素子『江戸の親子』中央公論新社
大町桂月『伯爵後藤象二郎』富山房
片岡健吉著　立志社創立百年記念出版委員会編纂『片岡健吉日記』高知市民図書館
片岡剛「『土佐藩年譜類』の概要と藩士格式の基礎的考察」『高知県立高知城歴史博物館研究紀要』第1号　高知県立高知城歴史博物館
桂井和雄『土佐郷土童謡物語』高知縣同胞援護會事業部
桂井和雄『仏トンボ去来』高知新聞社
桂井和雄『耳たぶと伝承—土佐民俗叢記—』高知県社会福祉協議会

桂井和雄『土佐民俗記』海外引揚者高知縣更生連盟
金谷治訳注『孫子』岩波書店
金谷治訳注『論語』岩波書店
岸田俊子著　鈴木裕子編『湘煙選集』不二出版
公文豪『「民権ばあさん」楠瀬喜多小論』高知市立自由民権記念館友の会
公文豪編『板垣退助伝記資料集』高知市立自由民権記念館
公文豪『史跡ガイド　土佐の自由民権』高知新聞社
栗原亮一・宇田友猪編纂『板垣退助君傳』自由新聞社
小池洋次郎『民権家列伝初篇』巌々堂
高知県編纂『高知藩教育沿革取調』青楓会
高知県立図書館編『土佐国資料集成　土佐國群書類従』高知県立図書館
高知県立美術館編『河田小龍　幕末土佐のハイカラ画人』高知県立美術館
高知県立歴史民俗資料館『武市半平太の手紙』高知県立歴史民俗資料館
高知市立自由民権記念館開館五周年記念特別展『解説図録板垣退助―板垣死すとも自由は死せず―』
高知市立自由民権記念館編『特別展明治の女性展図録』高知市立自由民権記念館
高知新聞社史編纂委員会企画・編集『高知新聞１００年史』高知新聞社
ジョン万次郎述　河田小龍記　谷村鯛夢訳　北代淳二監修『標巽紀畧』講談社
外崎光広『土佐自由民権運動史』高知市文化振興事業団
外崎光広「人間に目ざめた女性たち―山崎竹と土佐の女流民権家」『自由と民権』三一書房
髙木翔太「人民平均の理～形成過程と評価の再考～」『高知市立自由民権記念館紀要』第24号　高知市立自由民権記念館
田中稔編『頭山満翁語録』皇国青年教育協会
寺石正路『續土佐偉人傳』富士越書店
寺石正路『南國遺事』聚景園武内書店
土居晴夫『坂本龍馬の系譜』ＫＡＤＯＫＡＷＡ（新人物往来社）

東京大學史料編纂所『保古飛呂比　佐佐木高行日記』東京大學出版會
土佐史談会　高知市教育委員会編『改訂版　高知城下町読本』高知市
土佐自由民権研究会編『土佐自由民権運動日録』高知市文化振興事業団
中濱東一郎『中濱萬次郎傳』冨山房
中元崇智『板垣退助』中央公論新社
西尾陽太郎『頭山満翁正伝　未定稿』葦書房
日本放送協会編『日本民謡大観四国篇』日本放送出版協会
萩原延壽『馬場辰猪』中央公論新社
馬場辰猪『馬場辰猪全集』岩波書店
濱田眞尚「いわゆる私年号『天晴（政・星）』考」『南国史談』39号　南国史談会
林英夫　土佐藩戊辰戦争資料研究会『土佐藩戊辰戦争資料集成』高知市民図書館
平尾道雄『無形　板垣退助』高知新聞社
廣江清『高知近代宗教史』土佐史談会
広谷喜十郎「血に染まった選挙」『土佐史談』第１７６号　土佐史談会
藤木猶太『凡か・非凡か』偉大会・文化之日本社
藤本尚則『巨人頭山満翁』政教社
前田和男『私のメモ帳第七』私家版
松岡僖一編『土佐の自由民権歌集　世しや武士』高知市立自由民権記念館友の会
宮川禎一『増補改訂版全書簡現代語訳　坂本龍馬からの手紙』教育評論社
宮地佐一郎『龍馬の手紙』講談社
宮地俵吉編『要法寺年表』要法寺
明治文化研究会編『明治文化全集』日本評論社
森口幸司本文校閲　広谷喜十郎巻末解説「特集　土佐年中行事図絵」『月刊土佐』23号　和田書房
柳田泉著　谷川恵一他校註『随筆明治文学』平凡社

山川菊栄『武家の女性』岩波書店
要法寺文書編纂会『要法寺文書』要法寺
横川末吉『土佐史の人びと』高知県文教協会
劉向　中島みどり訳注『列女伝』平凡社
『絵本大変記』高知県立図書館蔵
『土佐奇談絵巻物』高知県立図書館蔵
『土佐年中行事図絵』高知県立図書館蔵
『土佐年中風俗絵巻』個人蔵、高知県立美術館寄託
土佐藩年譜類（『御侍中先祖書系図牒』など）高知県立高知城歴史博物館蔵
『土陽伝笑図絵』高知市立市民図書館蔵
『藤並神社御神幸絵巻』高知県立高知城歴史博物館蔵

日真新事誌　海南新誌　土陽新聞　大阪日報　東京曙新聞　東京日日新聞　朝野新聞　高知新聞　弥生新聞　自由燈　高知日報

謝辞

主要参考文献のほかにも、多くの研究と文献を参考にいたしました。

執筆にあたり、ここにお名前を記すことができなかった方々を含め、ご協力くださったすべての皆様と関係機関に、深く感謝申し上げます。（50音順・敬称略）

葦名ふみ　飯島来紫江　梅野光興　奥野雅子　片岡剛　亀尾美香　川島禎子　河村章代　楠瀬慶太　公文豪　髙木翔太
高橋史朗　筒井秀一　中谷有里　橋田文妙　濱田眞尚　細川喜弘　松岡僖一　宮﨑晴子　望月良親　森本琢磨　横山和弘
山中隆夫　山本元子　渡邊哲哉

潮江天満宮　オーテピア高知図書館　公益財団法人矯正協会矯正図書館　高知県立高知城歴史博物館　高知県立坂本龍馬記念館
高知県立美術館　高知県立文学館　高知県立歴史民俗資料館　高知市立自由民権記念館　高知市立龍馬の生まれたまち記念館
高知新聞社　国立国会図書館　雪蹊寺　明治大学博物館　要法寺

本作品には、「ほいと」「石女」「後家」など、現在の人権意識に照らして差別的な表現がありますが、当時の人々が置かれていた状況を表すために使用しています。

また、作中に登場する書籍や文書については、一部を除き、新字体・現代仮名遣いに改めて表記しました。

この作品は書き下ろしです。

中脇初枝（なかわき はつえ）

徳島県で生まれ、高知県で育つ。高校在学中に『魚のように』で坊っちゃん文学賞を受賞しデビュー。2013年『きみはいい子』で坪田譲治文学賞を受賞。2014年『わたしをみつけて』で山本周五郎賞候補、2016年『世界の果てのこどもたち』で第13回本屋大賞3位、吉川英治文学新人賞候補、2023年『伝言』で山田風太郎賞候補。ほかの著書に『祈祷師の娘』『こんこんさま』『神に守られた島』『神の島のこどもたち』など。『こりゃまてまて』『あかいくま』『ちゃあちゃんのむかしばなし』『世界の女の子の昔話』「はじめての世界名作えほん」シリーズ、「女の子の昔話えほん」シリーズなど、絵本や昔話の再話も手掛ける。

天までのぼれ

2025年2月17日　第1刷発行
2025年7月 6 日　第2刷

著　者　中脇初枝
発行者　加藤裕樹
編　集　吉田元子
発行所　株式会社ポプラ社
〒141-8210　東京都品川区西五反田3-5-8　JR目黒MARCビル12階
一般書ホームページ　www.webasta.jp

組版・校閲　株式会社鷗来堂
印刷・製本　中央精版印刷株式会社

N.D.C.913 463p 20cm ISBN978-4-591-15799-2

アルマン・マリー・ルロワ

アリストテレス　生物学の創造

上

森夏樹訳

みすず書房

THE LAGOON

How Aristotle Invented Science

by

Armand Marie Leroi

First published by Bloomsbury Publishing Plc., Great Britain, 2014

私の両親
アントワーヌ・マリー・ルロワ（一九二五―二〇一三）と
ヨハナ・クリスティナ・ジュベール＝ルロワへ

アリストテレス　生物学の創造　上　◆目次

エラトー書店にて …… 1
アリストテレスの生物学との遭遇。そして、本書のねらい。

島 …… 17
アリストテレスはなぜ生物を研究しようと考えたのか。既存の自然哲学に不満を抱き、プラトンの観念論にも背を向けた彼は、レスボス島で理想的な研究フィールドに出会う。

人智の及ぶところ …… 53
動物の世界は広大だ。動物学をゼロから築き上げたアリストテレスは、生き物についての知識をいったいどこから得ていたのか。

解剖 …… 83
アリストテレスの解剖学的記述には、後世の多くの解剖学者たちが魅了されてきた。同時に、驚くべき正確さの傍らに明らかな不正確さが共存するという問題や、彼の観察の膨大さに翻弄されてきた。

自然 …… 109
古代ギリシア人にとっての「自然」（ピュシス）とは何か。アリストテレスは机上の哲学だったそれまでの体系を離れ、ピュシスを解明する遠大な「研究プログラム」に着手した。

イルカのいびき……139
プリニウス風の博物誌ともリンナエウス式の分類法とも本質的に違っていたアリストテレスの分類体系について。そして、そのねらい。

道　具……177
アリストテレスは自然学を行なう方法論として、彼自身が「論証」と呼ぶ知的構造を用いる。彼の三段論法的推論の威力とその限界について。

鳥の風……193
動物の各部はなぜ必要かという問いの答えを、アリストテレスは比較生物学と目的論によって導き出そうとした。彼の見出した機能と構造の関係、および自然の経済性の原理について。

コウイカの霊魂……219
アリストテレスが生物と無生物を隔てるもの——霊魂——について語るとき、彼は生体内の機能、とりわけ生理機能とその自己制御について語っている。

泡……259
アリストテレスの発生生物学。一見して何ともつかない材料が、いかにしてすべての器官を備えた生き物に「なる」のか。

［下巻目次］

ギリシアの島々の中に、アリストテレスのよく知っていた島――*insula nobilis et amoena*（気高く美しい島）――がある。小アジアの脇、トロアスとミュシア海岸の中間に位置する。島の奥深く、小さな町ピュラーのそばには、外海から守られて大きな潟湖《せきこ》（ラグーン）が広がっている。

――ダーシー・ウェントワース・トンプソン
『生物学者アリストテレス』（一九一三）

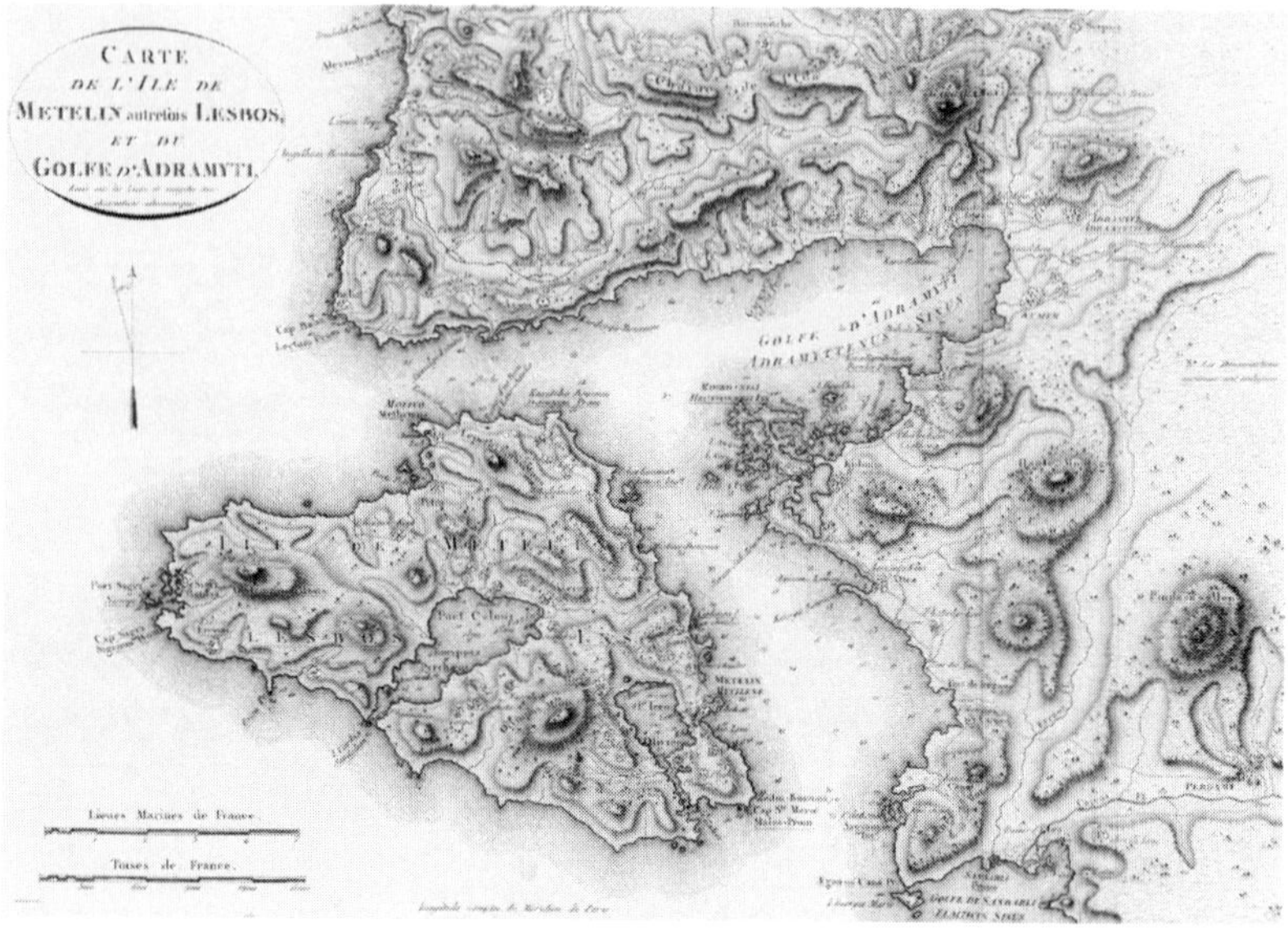
CARTE
DE L'ILE DE
METELIN autrefois LESBOS,
ET DU
GOLFE D'ADRAMYTI,
GOLFE D'ADRAMYTI
ADRAMYTTENUS SINUS
Port Caloni
METELIN
Lieues Marines de France
Toises de France

レスボス島（ミティリニ）

エラトー書店にて

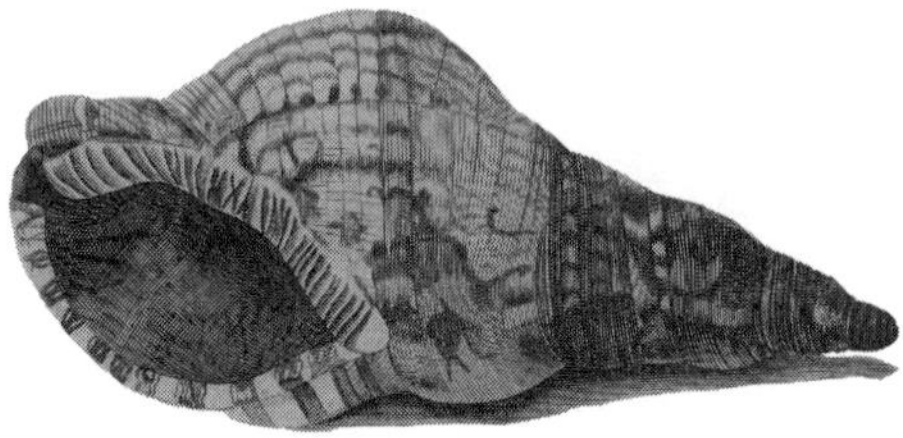

ホラガイ（*kēryx*）— *Charonia variegata*

I

アテネの古い地区に一軒の本屋がある。私の知るかぎりではもっともすばらしい本屋だ。広場《アゴラ》近くの裏通りにあり、隣りの店では、店先にひもで吊るした鳥かごでカナリアやウズラを売っている。広いよろい窓から入る日の光が、画家のイーゼルに置かれた日本の木版画の上に落ちる。奥の薄暗がりには、木箱に入ったリトグラフや、積み重ねられた地勢図がある。テラコッタのタイルと、古代の哲学者や劇作家の石膏胸像がブックエンドの役目を果たしていた。温みのある古紙とトルコたばこの匂いがする。この静けさを破るのは、隣りの小鳥たちの抑えて震えるような鳴き声だけだ。

私は頻繁にこの店に足を運んでいるし、店の様子がいつも変わらないから、はじめてイオルゲ・パパダトスの本屋に足を踏み入れたのがいつの頃だったのか、正確にはなかなか思い出せない。だが、それがドラクマの使える最後の春だったことは覚えている。そのときギリシアはまだ貧しく、しみったれていた。エリニコン国際空港に着くと、かたかたと音を立ててフライトボードが、イスタンブール、ダマスカス、ベイルート、ベオグラードの文字を表示した。それがまるで、まだ東方を旅しているような気分にさせた。細いグレーの髪に、読書人の太鼓腹をしたイオルゲは、机に座って古いフランスの政治論文を読んでいた。カナダのトロントで教えていたんだと、何年か前に私に言ったことがある——「だけど、ギリシアにはまだ詩人がいたから」。彼はギリシアに戻ってくると、自分の店に叙情詩の女神《ミューズ》（エラトー）の名前を付けた。

棚をひとわたり見渡して、私はアンドリュー・ラングの『オデュッセイア』とジョウエットの『プラトン国家』三巻本を目にした。それはみんな、元の持ち主はイングランド人、それもおそらくは教師だろう、アテネに隠退してペンションに住み、そこでカリマコスのエピグラムなどを口ずさみながら死んでいったのかもしれない、そんなふうに想像したくなるたぐいの本だった。どんな人物であろうと、ともかく彼は、クラレンドン出版の青い背表紙が並ぶ中に、J・S・スミスとW・D・ロスの編集で、一九一〇年から一九五二年にかけて刊行された『英訳アリストテレス全集』を残してくれた。古代の哲学はけっして私の興味を強く引くものではなかった。私は科学者だ。しかし、その私がぶらぶらとして、店の静謐さから急いで立ち去ることをしなかった。その上、全集の第四巻のタイトルが私の目を捉えた――『ヒストリア・アニマリウム』（動物誌）[1]。本を開いて、貝殻について書かれたくだりを読んだ。

> また、貝殻そのものについて言うと、たがいに比較したときには差異がある。マテガイ、イガイ、そして「チチガイ」とあだ名をつけられた二枚貝のように、滑らかな殻を持つものもあれば、カタガキすなわち食用のカキ、タイラギ、二枚貝のある種類、それにホラガイのように、ざらざらした殻を持つものもある。後者の中には、ホタテガイや二枚貝のある種類のようにすじの入ったものと、タイラギや二枚貝のある種類のようにすじの入っていないものがある。

その貝――私にとってそれはつねにその貝だ――はバスルームの窓台の上で、日の光の中に置かれていた。

（1）伝統的なラテン語名。ギリシア語では *Historiai peri tōn zōiōn.* 英語では *Enquiries into Animals.*

父のシェービング・パウダーの沈殿層に半ば埋もれていて、一見すると、そのまま永遠に埋もれてしまうかのようだった。両親がどこかイタリアの海岸で拾ってきたものにちがいない。だが、ヴェネチアだったのか、それともナポリ、ソレント、カプリだったのか、二人は思い出すことができない。ともかくそれは、まだ若く、結婚したばかりの頃に、二人が過ごした夏の思い出だった。しかし、そんなことに関わりなく、私はこの貝をむやみに欲しがった——チョコレート色をした螺旋形の渦巻きの炎。濃いオレンジ色をした口の部分。触れることのできないミルク色をしたその内部。

貝を手にしたのはずいぶん前のことだが、それを正確に描写できるのは、今、目の前に現物があるからだ。この貝は「カロニア・ワリエガータ」（*Charonia variegata,* ラマルクの分類による）の完全な標本で、ミノアのフレスコ画やサンドロ・ボッティチェリの『ウェヌスとマールス』などで描かれていた貝だ。それはエーゲ海の漁師たちが「喇叭」と呼んでいるものでもあった。風雨にさらされて先端に穴のあいた貝を、今でもアテネのモナスティラーキの露店で見かけることがある。アリストテレスはこれを「ケーリュクス」（*Kēryx* ホラガイ）と呼んでいた。意味は「伝令官」だ。

この貝がたくさんの貝のはじまりだった。貝には一見したところ非常に多くの種類があるように見える。しかし形や色や肌理などに何か奥深い形態的な秩序があり、それが靴箱の中でとめどなく貝を配列し直したくさせる。ついにはそれをやめることなどできそうにないと悟り、私の父もキャビネットをこしらえ、すべての貝をそこにしまい込んだ。ある引き出しには光沢のあるタカラガイが、別の引き出しには、恐るべき毒をもつイモガイ、もう一つの引き出しには、金銀のすかし細工を施したようなホネガイが入っていた。他にもマクラガイ、ヘリトリガイ、ヨーロッパバイ、ホラガイ、ヤツシロガイ、タマキビガイ、アマオブネガイ、サザエ、カサガイなどの入った引き出しもある。その他、二枚貝類の引き出しがいくつか、アフリカマイマイ（African land snail）──これは私の自慢だ──の入った引き出しが二つあった。アフリカマイマイは巨大な巻貝で、普通のカタツムリ（garden snail）とは似ても似つかない。それはゾウがウサギに似ていないのと同じだ。うれしいことに、母がカタログを作るという勇ましい貢献をしてくれ、私がアロナックスだとすればコンセイユの役を演じてくれた（アロナックスはジュール・ヴェルヌ『海底二万マイル』に登場する海洋学者、コンセイユはその助手）。軟体動物のラテン語で表記される分類体系についてなら母はエキスパートだったが、彼女の知識はまったく理論的なもので、種を識別することはほとんどできなかった。

一八歳のときに私は、自分が科学に対してすべき貢献は、軟体動物の膨大なモノグラフ（研究書）を書くことに違いないと思った。それは少なくとも向こう一〇〇年の間は決定的な見方となるようなもので、テーマはアフリカの森にいるアフリカマイマイか、あるいは多分──私の関心はあれこれとさまよいがちだ──北太平洋のエゾバイになるかもしれない。こんな確信を抱きながら、海洋生物学を学ぶために向かった先は、カナダの小さな入り江の縁に立つ研究所だった。そこには一人の海洋生態学者がいた。恐ろしげな黒ひげ（一八世紀のイギリスの海賊エドワード・ティーチの俗称）のような人物で、ものすごく短気だったが、それに劣らず情に厚いせいでかろうじて平衡が保たれていた。その彼が私に教えてくれたのは、腹足類の組織層を剥がす方法だった。ライスペーパーよりもさらに脆い組織層を、針の先のように尖らせたピンセットで剝ぐと、その下から現われるのは厳密に機能的な摂理だ。もう一人カウボーイ風な審美家──どう見ても不釣り合いな組み合わせだが、彼の場合はそれがまったく釣り合っている──といったタイプの教授がいて、進化について私にその考え方を教示してくれた。それはもう、ほとんど万物について語ることになるのだが。この伝説的人物の言葉に私は耳を傾けた。老子のようにやつれた頬をして、薄いあごひげを生やしたその科学者は、子供のときから目が見えなかった。しかし、見えなくてもわかる経験的世界の一部を見つけ出した──むろんそれは貝だ。そして、その物語を手探りで語った。そこにはもう一人、印象的な女の子もいた。風に吹きさらされて赤くなった肌と黒い髪をしていて、二メートルもある波間を、二気筒六〇馬力のジョンソン・エンジンを搭載したＲＩＢ（複合型ゴムボート）を操縦して走らせ、一向にひるむところがなかった。

前に言った通り、これはすべて遠い昔の話だ。それにあいにく私は、分類学上の論文を書かずに終わってしまった。科学はつねにわれわれをまったく予測できない道へ導いていく。私がイオルゲ・パパダトスの書店に足を踏み入れる頃には、貝に対する関心はとうの昔にどこかへ行ってしまっていた。だが、貝についてアリストテレスが書いたものを読んだとき、ふたたびすべてが思い出された。そしてさらに先を読み進むと、貝を形作っている内部の生体構造の記述に行き当たった。

> 口に続いてすぐあとに胃があるが、巻貝の胃は、鳥の餌袋に似ている。胃の下には乳頭のような白いものが二つある。同じようなものはコウイカでも見られるが、［巻貝の方が］ずっと硬い。胃のあとには単純で長い食道がきて、底（殻頂）にある「芥子」（肝臓のようなもの）（貝類の中腸腺が俗に「芥子」とあだ名されていたと思われる）の所まで達している。以上のことは、ホネガイやホラガイでも、貝殻のらせん状部分の中を見れば明らかだ。次にくるのは……。

こんなぶっきらぼうな言葉が、なお美しさを帯びうると言えば、みなさんは不思議に思うかもしれない。しかし、私にとってはその通りだった。多少のノスタルジーもなかったとは言えないが、単なるノスタルジーではない。それは私が理解したということだ。およそありそうにないことだが、アリストテレスが言おうとしたことを、私が理解したということである。彼は明らかに海岸へと下りて行き、巻貝を拾い上げた。そして「この中には何があるのだろう?」と問いかけた。二三世紀のちに、私が演習を繰り返したときに発見したのと同じものを、彼もまた目にして発見した。われわれ科学者は形而上学的な思弁には耽らないし、歴史の脇道へ寄り道もしない。生来、われわれは前向きな思考を持つ連中なのだ。だが、この脇道は無視して通りすぎるにはあまりにもすばらしすぎた。

II

リュケイオンとして知られる地区は、ちょうどアテナイ市の〔中心部を囲む〕石壁の外側に位置している。アポロン・リュケイオスに奉納された聖域で、そこには教練場と併設された競走路、神殿を中心とするいくつもの建造物、公園などがあった。しかし、その詳細な位置は明らかではない。ストラボンの記述は曖昧だし、パウサニアスはさらに悪い。だいいちストラボンの情報は、ローマの将軍スラがこのあたりを跡形もなく破壊して二〇年も経ったあとのものだし、パウサニアスに至っては二世紀ものちに書いている。スラはまた、リュケイオンの曲がりくねった小道に沿って植えられていた古いプラタナスを切り倒し、それを使って包囲攻撃用の兵器を作った。紀元前九七年に、この地を訪れたキケロが目にしたのは、ただの荒れた土地だった。彼の訪問は二〇〇年以上も前に、この地で建物をいくつか借りて、学校を設立したアリストテレスに対する敬意の表われだ。アリストテレスはつねにリュケイオンの日陰の小道を散策し、歩きながら話をしたと言われている。

彼は都市国家《ポリス》のあるべき姿について語った。専制政治や民主政治の危険性について、さらには憐れみと恐れとにより、悲劇が人の心をいかに浄化するかについても。善《ト・アガトン》の有意性を分析し、人間がどのようにして人生を過ごすべきかを語った。生徒たちに論理的な問題を投げかけては、第一義的な実在（実体《ウーシアー》）の本質について再考を促した。また、簡潔な三段論法で話し、数えきれないほどの事例を挙げては、自分の言いたいことを説明した。講義はもっとも抽象的な原則からはじまり、その論理的な結論を何時間にもわたって追跡した。するといつしか結論の前に、世界の別の部分が、分析され説明された形で立ち現われていた。アリストテレスは先人たち――エンペドクレス、デモクリトス、ソクラテス、プラトンの名前がたえず彼の口から出た――の思索を分析研究した。ときには、しぶしぶ真価を認めたり、冷笑を浴びせかけながら。彼は世界の混沌《カオス》を秩序ある状態に変えた。それは、アリストテレスが少なくとも体系《システム》の人だったからだ。

生徒たちは彼を畏敬の念で、おそらくいくぶんかは恐怖の面持ちで眺めていたことだろう。彼の放った言葉の中には、辛辣な話しぶりをうかがわせるものもある。「教育の根は苦い、しかしその果実は甘い」「教育を受けた者たちが無学な者たちよりすぐれているのは、生者が死者にまさっているのと同じだ」。ライバルの哲学者については次のように言った。「クセノクラテスがなお講義をしているのに、私が何も喋らないのは恥ずべきことだろう」。こんな記録もある。だが、それはあまり感じのよいものではない。あるしゃれ男（アリストテレスのこと）について述べたものだ。この男はたくさんの指輪をはめて、派手な衣服を身にまとい、髪型についてもあれこれと悩んでいた。なぜ人は他人の中に美を求めるのでしょうと尋ねられると、「そんな質問をするのは目の見えない者だけだ」と答えた。やせた下肢をして、目の小さな男だったという。

これは単なるゴシップにすぎないかもしれない。アテナイの各学派は二六時中たがいに反目し合っていた。それに伝記作家は信頼ができない。しかしわれわれは、アリストテレスが語ったことについては知っている。彼の講義ノートを手にしているからだ。それには次のようなものがある。『カテゴリー論』『命題論』『分析論前書』『分析論後書』『トピカ』『詭弁論駁論』『形而上学』『エウデモス倫理学』『ニコマコス倫理学』『詩学』『政治学』。これらの著作は西洋思想史上、巨大な山脈のようにそびえている。ときにそれは明晰で教訓的な姿で、またしばしば不可解で謎めいた姿で。欠落部分も多々あり、冗漫さにあふれてはいるが、アリストテレスの名を不朽にしたのはこうした書物だ。そしてともかく、われわれが今、彼の著作を手にしているのはスラのおかげだった。それはスラがピレウスの愛書家の図書館を略奪し、所蔵の書物をローマへ持ち帰ったことによる。だが、純粋に哲学的なこれらのテクストはアリストテレスの著作のほんの一部にすぎない――それはもっとも重要なものですらない。スラが盗み取った書物の中には、動物について、そのすべてを記した本が少なくとも九冊はあった。

アリストテレスは手当たりしだいに知を欲する雑食性の知識人で、情報や見解については底なしの胃袋を持っていた。だが、もっとも好んだ学問は生物学である。彼の著作によって「自然研究(2)」は新しい命を持つことになる。ありとあらゆる形態をとって世界を満たしている動植物を彼は描写し、説明しはじめたからだ。たしかにアリストテレス以前にも、哲学者や医者たちが生物学に手をつけたことはあった。しかし、アリストテレスは生涯の大半を生物学につぎ込んだ。彼より前にそんなことをした者はいない。彼はこの分野の地図を描いた。そして生物学を生み出した。だが、生物学が自らを生み出したと言うこともできるだろう。

リュケイオンでアリストテレスが教えていたのは、大がかりな自然学の講座だ。彼が書いた本の序論にカリキュラムの概要が記されている。はじめに自然について理論的な説明がなされ、そのあとで星の運行、化学、気象学、地質学が続く。さらに講義の大半を占めているのが生物――中でも彼が知っている生き物

(2) アリストテレスのもとの用語は「*historia tēs physeōs*」。生物学はこの一部。

――についての説明だ。遺された動物学上の著作は、講座のこの部分を記録したものである。そこには現在では比較動物学と呼ばれるもの、そして機能解剖学について書かれたものが各一冊ずつ、動物の〈動き〉について書かれたものが二冊、動物の呼吸について、動物が死ぬ理由について、動物の生命を維持するシステムについて書かれたものがそれぞれ一冊ずつある。生き物は子宮の中で大きくなり、成長して成体となる、そして生殖し、ふたたびそのプロセスを繰り返す。これについて語った一連の講義もあった――これもやはり書物になっている。そこにはまた、植物について書かれた本も何冊かあった。だが、これらの本に何が記されていたのか、その内容を知ることはできない。全著作の三分の二とともに失われてしまったからだ。

今日われわれが手にしている書物は、博物学者にとっては喜びの種だった。アリストテレスが記録した生き物は、その多くが海中や海辺に棲んでいる。彼はウニやホヤや巻貝の生体構造を説明し、沼の鳥を観察しては、その嘴《くちばし》や脚や足を考察する。イルカもアリストテレスの心を捉えた。イルカは空気を吸い、子供に乳を飲ませるが、形態は魚に似ているからだ。彼は一〇〇種以上のさまざまな魚について記述している――そして、魚がどのような姿をしているか、何を食べているか、どのように生殖するのか、どんな音を出すのか、さらに、それらの移動パターンについても語っている。お気に入りの動物は、あの気味が悪いほど賢い無脊椎動物のコウイカだった。しゃれ男は魚市場を荒らしては埠頭をぶらぶら徘徊し、漁師たちに話しかけていたにちがいない。

しかし、アリストテレスの科学はそのほとんどが記述的なものではない。それは質問に対する答えだった。何百もの疑問に対する答えだ。魚にはなぜ鰓《えら》があり肺がないのか？　そしてなぜヒレがあり脚がないのか？　なぜハトには嗉嚢《そのう》があり、ゾウには長い鼻があるのか？　ワシは卵を少ししか産まないのに、なぜ魚はたくさん産むのか？　なぜスズメはあんなに好色なのか？　ミツバチはどうなのか？　そしてラクダは？　ヒトだけがなぜ直立で歩行するのか？　われわれはどのようにして見たり、匂いをかいだり、聞いたり、感触を確かめたりするのか？　環境は成長にどのような影響を及ぼすのか？　子供たちが両親に似たり、似なかったりするのはなぜか？　睾丸、月経、膣液、オルガスムの存在理由は何か？　奇形の生まれる原因は何か？　雌雄の本質的な違いはどこにあるのか？　生物はどのようにして生き続けるのか？なぜ繁殖するのか？　なぜ死ぬのか？——これは新たな分野への一時的な進出ではない。完全な科学だった。

　おそらくあまりに完璧すぎるのかもしれない。ときにアリストテレスは、何から何まですべてを説明し尽くしているように見えるからだ。彼の容貌を記録した噂話の好きな伝記作家ディオゲネス・ラエルティオスは言った（アリストテレスの死後五世紀のちに）。「自然学の分野では、原因の探求という点から言っても、他のあらゆる哲学者たちをしのいでいた。まったく取るに足りない現象までも、彼によって説明がなされたほどだ」。説明が彼の哲学を貫いている。そこには生物学が彼の哲学だという感じさえある。生物学の中で、ただ動物たちの活動を説明するために、彼は自分の存在論や認識論を考え出した。アリストテレスに問うてみるがよい。根本的に存在するものは何かと。現代の生物学者のように「物理学者のもとへ行って訊いてみなさい」とは言わないだろう。彼はイカを指さして言うだろう——これだと。

　アリストテレスがはじめた自然学は、そののち大きな発展を遂げた。だが、彼の末裔たちはアリストテレスのことをほとんど忘れてしまった。ロンドンやパリ、それにニューヨーク、あるいはサンフランシスコのどこでもよいが、石を投げてみるとよい。きまって分子生物学者の頭に当たるだろう。そして石に当たった分子生物学者に尋ねてみるのだ——アリストテレスはいったいどんなことをしたのかと。怪訝そうな顔に出くわすのが関の山だろう。しかし、ゲスナー、アルドロヴァンディ、ヴェサリウス、ファブリキウス、レディ、レーウェンフック、ハーヴェー、レイ、リンナエウス（リンネ）、ジョフロワ・サン＝ティレール父子、キュヴィエたち——これは数ある中のほんの一部だ——はアリストテレスを読み、アリストテレスの思考の枠組みを自分のものにした。そして知らずしらずのうちに、アリストテレスの考えはわれわれの思考の一部となっていた。彼の発想は自然科学の歴史の中を地下水脈のように流れていて、それがときに湧き水となって表面に現われた。一見それは目新しいものに見えたが、実は非常に古い昔からある発想だった。(3)

この本はその水源——アリストテレスが書き、リュケイオンで教えたすばらしい自然学の著作——の探索である。たしかにすばらしい、だが、それはまた謎に包まれている。彼の考え方があまりにわれわれとかけ離れているために、理解するのが非常に難しいからだ。したがってテクストには翻訳が必要となる。単に英語に訳すだけでなく、現代の自然科学の言葉に訳し直さなくてはならない。もちろんそれは危険を伴う作業だ。誤訳する危険がつねにつきまとう。アリストテレスが持つことなどとてもできなかった発想を、彼のおかげだと誤解する危険性がそこにはある。

とりわけ科学者が翻訳したときには危険が大きい。種族で言えば、われわれはあまりにお粗末な歴史家だ。正直なところ歴史的な資質に欠けている。歴史はそれ自体で理解せよという、ランケのあの指示に対応できていない。自分の理論に取り憑かれて、読むものすべての中にそれを見る傾向がある。フランスの科学史家ジョルジュ・カンギレムは次のような言い方をしている。「安んじて先駆者を探し、それを見つけて誉め称えることは、認識論的批判の才の欠如を示す明白この上ない兆候だ」。このエピグラム（警句）が誰かを当て擦っているように見えるせいで、あなたはこの警句の正しさを疑いたくなるかもしれない。

それに警句はまた、どんな科学者にも明らかで、しかも、すべての歴史家には明らかではない次のような事実を無視している。それは科学が蓄積するものだということ、そしてわれわれ科学者にはたしかに先駆者たちがいて、それが誰なのか、彼らが何を知っていたかについて、知りたいと思うのは必然だということだ。だが、むろんカンギレムの警句には、われわれを当惑させるような真実のかけらもある。

そんなことをすべて胸に収めて、この本を読んでいただきたい。ここで一つ弁解をさせてもらいたいのだが、それはいわば科学者の弁明《アポロギア》のようなものだ。アリストテレスの大きなテーマは美しさに包まれた生物界である。したがって、彼を同じ生物学者として読むことで、何かが得られるかもしれないし、それは可能なことのように思われる。結局のところ、われわれの考えが彼につながっているのは、単に系譜によってではない。彼の考え方が、われわれと同じ現象を説明しようとする事実によってつながっている。彼の考えがわれわれのものと、それほど違っていないということは、真実ありうることかもしれない。

二〇世紀になると、偉大な学者たちがアリストテレスの生物学上の仕事を博物学としてではなく、自然哲学として分析し研究しはじめ、一時代を築いた。デイヴィッド・ボーム、アラン・ゴットヘルフ、ヴォルフガング・クルマン、ジェームズ・レノックス、ジェフリー・ロイド、ピエール・ペルグランなどが、新しいスリリングなアリストテレスをわれわれに与えてくれた。彼らの発見はこの本の至る所に見られる（しかし、多くの点で彼らは本書と意見を異にするだろう。彼ら同士の間でさえ、ひんぱんに意見が違っていたのだからなおさらだ）。したがって私はここで、自分のオリジナリティーを大仰に言い立てることはしない。ただ、

（3）「古代の大家の教説や著作などは知らなくてもよい。彼らの名前も知る必要がない。それにもかかわらず、あなたはすでに彼らの威光の下にある」（テオドール・ゴンペルツ、*Griechische Denker*, 1911, vol.1, p.419）。エルヴィン・シュレーディンガー（*Nature and the Greeks*, 1954/1996, p. 3）による引用と翻訳。

ほんの時折でもよい、アリストテレスの作品中に、言語学者や哲学者が見失ってしまった何かを、科学者が見つけることができるかもしれないと私は考えたい。

というのも、アリストテレスはときに、生物学者の心にじかに語りかけてくることがあるからだ。それはなぜわれわれが生物を研究しなければならないのか、その理由を語るときだ。リュケイオンの大理石でできた列柱が立ち並ぶ中で、遠慮なく議論を吹っ掛けてくる学生たちに語りかけている彼の姿を思い浮かべてみるとよい。アリストテレスは、アッティカの強い陽光の下で腐敗しかけている、墨でよごれたコウイカの山を指差す。そして彼は言う。イカを一杯取り、切り開いて中を見よと。

「……?」

業を煮やしたアリストテレスは、生徒たちにわからせようとする。

したがってわれわれは、子供がそうするように下等動物を調べることを、ためらってはならない。自然物にはそのすべてに何かすばらしいものがある。ヘラクレイトスのもとを、見知らぬ人々が訪ねたときのことだったという。中へ入ってみると、彼はかまどで暖を取っている。人々はどうしたものかと立ち止まっていた。すると『遠慮せずにお入りなさい。ここにだって神々がおられるのだから』とヘラクレイトスは勧めた。同じようにわれわれも、尻込みをせずに、思い切ってあらゆる種類の動物を研究してみるべきだ。そこには、それぞれの動物に固有の、何か自然で美しいものがあるから。自然の作品の中には偶然というものは何一つない。あらゆるものが完全に、他の何かのために存在している。自然が見せる結合と生成のこの目的性は、美の領域で場所を占めるに値する。

学者たちはこの一文を「生物学への招待状」と呼ぶ。

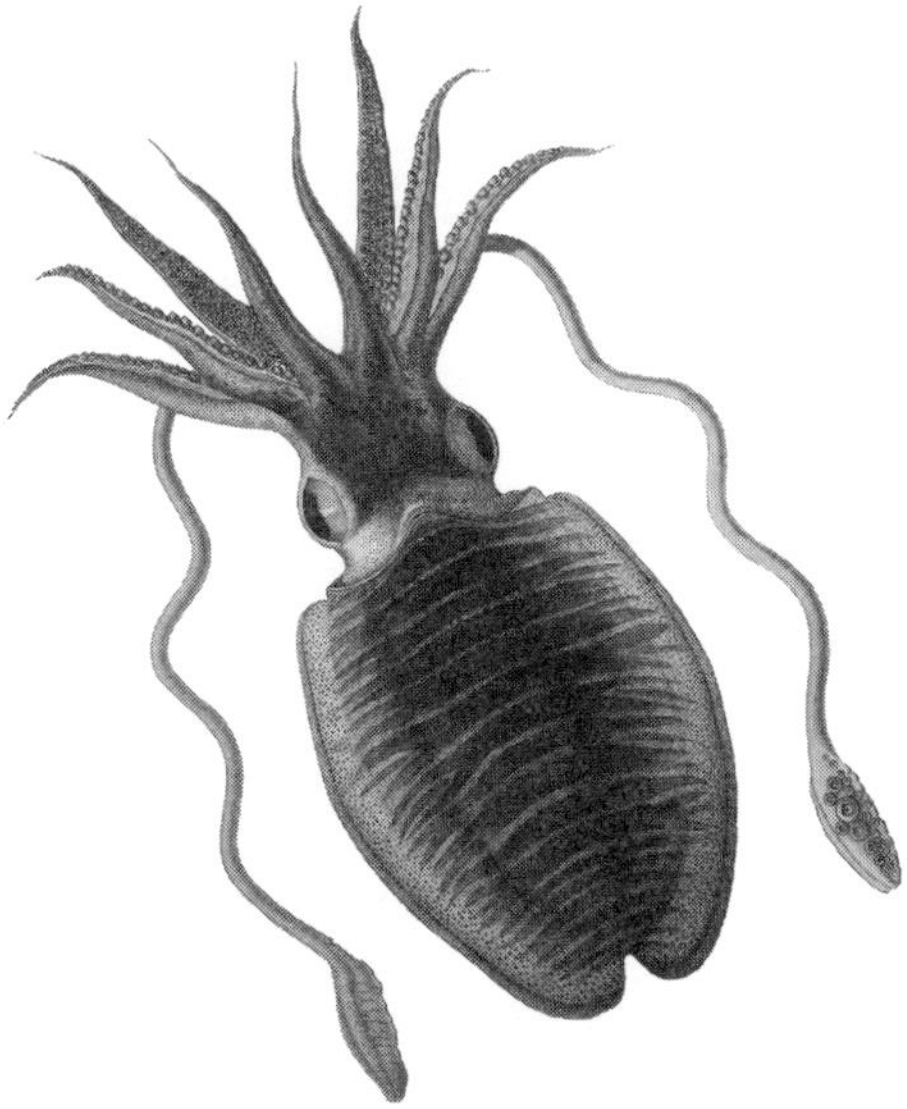

コウイカ（*sēpia*）— *Sepia officinalis*

島

ロック・ローズ（*kisthos*）— *Cistus* sp.

最初に一つのミステリーがある。アリストテレスはなぜ生物学をしようと思ったのか。それは人が、どのようにして科学を「生み出す」のかということでもある。

III

その物語はダーシー・ウェントワース・トンプソン（一八六〇―一九四八）によってはじめて語られた。あるいは少なくとも物語に年代的、地理的な骨組みを与えたのは彼だった。晩年、トンプソンは美しいが、一風変わった『成長と形について』という本を書いて名を上げた。この本で彼は、生物がなぜ今の形を持つようになったのかについて書いた。だが一九一〇年の時点では、トンプソンもまだ生かじりの半素人だった。ケンブリッジ大学で優秀な成績を収め、わずか二四歳の若さでダンディー大学に動物学教授として迎えられた。たえず活動的だった彼は教壇に立ち、肉体労働者のように講義をこなした。「ダンディー・クーリエ」誌に手紙を書き、動物博物館を動物で満たした（カモノハシはとりわけ大好評だった）。ベーリング海へ旅をしてアザラシ猟の調査もした。そして「クラシカル・レビュー」誌には言語学に関する覚え書きを投稿した――が、科学的な研究はほとんど公にしていない。二八歳のとき、ケンブリッジ時代に彼を指導していた年長の学者に、年をとりすぎないうちに科学をやっておけと忠告された。三八歳のときには、友人の一人も彼に手紙を書いた。「君には言わせてもらうが、今はもっと科学的な仕事を、はっきりと目に見える形で行なうべきだと思う」。トンプソンはひどく悩んだ。そして一八九五年に

『ギリシア鳥類小辞典』を刊行した。これは古代ギリシアやエジプトの文献に出てくる鳥類を網羅し、その種類を特定したものだ。仲間は感心しなかった。そこで、トンプソンは一九一〇年、アリストテレスの『動物誌』（*Historia animalium*「ヒストリア・アニマリウム」）の翻訳を出版した。

トンプソンの手になると、アリストテレスの厄介な長談義も抑制のきいた威厳を獲得する。「そして胎生四足動物にはすべて、人間と同じ場所に食道と気管がある。同様の条件は卵生四足動物や鳥類にも当てはまる。ただし、後者はこれらの器官に多様性が認められる」。あるいは「卵生魚類の場合、交尾の過程を観察することは難しい」。また「多くの土地では、風土が特異性のおもな原因となるだろう。そのためにイリュリア、トラキア、エピルスではロバが小さい……」

アリストテレスが説明した生物を特定するのに、トンプソンは自分の動物学を使った。アラビアには、ギリシアの原野にいるネズミよりはるかに大きなネズミがいる、とアリストテレスは言う。「うしろ脚の長さは一スピタメー（約二〇センチメートル）あり、前脚は指の第一関節の長さだ」。「これは」とトンプソンは脚注をつける。「トビネズミ（*Dipus aegyptiacus*）かその類縁種だ」――瞬時に解明してみせた。が、彼の注記はテクストを圧倒しかねないときもある。「ῥινόβατος《リノバトス》はおそらく現代のサカタザメ属（*Rhinobatos*）（エイの一種）で、リーノバトス・コルムナエ（*R. Columnae*）やギリシアの市場で普通に見かけるその別種も含めて、フランシス・ウィラビーや他の古代作家たちが言うスクアティノライア（*Squatinoraia*）だろう。ῥίνη《リネー》は多分カスザメ（*Rhina squatina* / *Squatina laevis*, Cuv.）にちがいない。それはサメとガンギエイのほぼ中間と言ってよい」（トンプソンが『ギリシア鳥類小辞典』の姉妹編となる『ギリシア魚類小辞典』を出版したのは、この何年も後だ）。トンプソン自身も言うように、そこには絶望の調子が滲んでいた。「アリストテレスの博物学の知識に注釈をつけ、説明を施し、批評を加えることは終わりのない作業だ……」

トンプソンの訳した『動物誌』の中で、もっとも重要な一文は序文の中にある。大げさな宣伝文句でないために見過ごされがちだ。

アリストテレスの博物誌的研究、あるいはその主要な部分は、明らかに彼の中年期に行なわれたものだと思う。それはアテナイに居住した二つの時期の合間だ。ピュラーにあって陸地に囲まれた静かな潟湖《ラグーン》は、彼がもっとも好んで生物の探査に出かけた場所だった……。

トンプソンによると、古代都市ピュラーはエーゲ海のレスボス島にあったと言う。

IV

レスボス島の西側は、荒涼としたキクラデス諸島特有の姿をはっきりと見せている。風景の配色は赤と黄土色と黒。この配色は二〇〇〇万年前に、火山の爆発で噴き出た火山性凝灰岩や浸食された火山砕屑《さいせつ》物、それに玄武岩が作り出したものだ。岩を覆っている植物はほとんどない。だが、わずかに、トゲのある小低木のような乾生植物相が見られる。山腹を横切るように、幾何学状のグリッドをなして石壁が走っていて、その間で骸骨のように痩せさらばえた数頭の羊が、懸命になって草を食んでいた。しかし、島の東側では植物が繁茂し青々としている。オリンポス山は片岩や珪岩や大理石からなる大山塊で、斜面はオーク（*Quercus ithaburiensis macrolepis* と *Q. pubescens*）で覆われていた。もっとも高い所では、甘い香りがするクリや、樹脂の多いマツ（トルコマツ）などが密生している。川にはヌマガメやウナギがいて、打ち捨てられたウーゾ（アニスで香りをつけたリキュール）工場の煙突にコウノトリが巣を作っていた。春には、珍しいキバナツツジ（*Rhododendron luteum*）が渓谷を黄色に染める。そして平地では、オリーブの木立がケシの絨毯で敷きつめられる。ヨーロッパ大陸とアジア大陸の間に位置するこの島は、二つの大陸の植物相を持つ。それもきわめて豊富に。一八九九年、ギリシアの植物学者パレオロゴス・C・カンタルジスは『レスボス島の植物』の中で六〇の新しい固有種について記述したが、そのほとんどすべては正しくない。彼よりは慎重だったその後継者たちでさえ一四〇〇の植物種を数え上げていて、その中には七五種のランがある。

二つの世界を分けているのがカロニ湾だ。湾は狭くて曲がりくねった海峡によって外海から守られていて、長さが二二キロメートル、幅は一〇キロメートルあり、レスボス島をほぼ二分している。しばしばこの湾はラグーン（潟湖）と呼ばれるが、実際には海洋学者たちがバヒラ（入り江）と呼ぶタイプの内海で、東エーゲ海ではもっとも豊かな水域の一つだ。周囲の丘から流れてくる川が運ぶ栄養分が、植物性プランクトンを養う。そして早春には、プランクトンが湖水を緑色に染める。浅瀬に生えたアマモの床はタイ（鯛）やスズキ（鱸）、それに遊泳脚を持つイシガニの生育場となっている。ゆるやかな泥深い湖床のスロープを中断させるのは古びたカキ礁だけだ――しかし、ギリシア人にカロニのことを話してみるとよい。すぐにピルチャード（ヨーロッパマイワシ）について語りはじめるだろう。塩漬けにしたピルチャードを口に入れ、プロマリのウーゾで流し込むのが最高の食べ方だ。

塩はラグーンの北端で作られる。そこには迷路のような水路があり、塩田から塩田へと徐々に濃度を増していく塩水を運ぶ。十分に塩分を含んだ水が、アッケシソウやイソマツの草地の下で沈殿し、大きな結晶を作る。最奥部の塩田では、塩はざらざらして打ち捨てられた膜となり、それが壊れて重なり合い、巨大な白いピラミッドを作り上げていた。ところどころに錆びた機械が置かれているが、ほとんどは作動していない。塩を集める産業はひどくのんびりとしている。塩田の生態環境《エコロジー》は非常に単純だった。好塩性の藻類がブライアンシュリンプ（プランクトンの一種）やミギワバエの幼虫によって食べられる。そしてそれは、オオフラミンゴやセイタカシギの群れ、それにシギやチドリなどの雑多な鳥につつかれてついばまれてしまう。魚では唯一トゥースカープ（*Aphanius fasciatus*）（卵生メダカ類）だけが、高水温の塩水に棲むことができる。それは水路を歩いて渡るナベコウやブロンズトキに、さらには、空から回転しながら降下するアジサシに食べられる。春や秋には、塩田やそれを取り巻く沼地は、アフリカと北の地方を往来する多くの渡り鳥が、途中で翼を休める場所となる。

V

アリストテレスは地理学者ではないし旅行作家でもない。だが、不思議なことに彼の著作の中には、カロニに言及した箇所が数多くある。カロニはアリストテレスがピュラーという名で知っていた町で、町名はカロニ湾の東岸にあることから、それにちなんでつけられた。この町の名があまりに頻出するために、ダーシー・トンプソンは、カロニこそアリストテレスが生物学の仕事を数多く行なった場所だと提言した。カロニに言及した文はその多くを、比較動物学の大論文『動物誌』の中で見ることができる。それらには、ラグーンに住む動物たちのことが語られていた。そうした記述を寄せ集めて旅行案内書にあるような簡潔で実用的なかたちにまとめたら、こんな感じになるだろう。

レスボス島の魚たちはピュラーのラグーンで子を産み、繁殖する。魚類の中には――ほとんどが卵生――初夏に最盛期を迎えるものがある。他の魚たち――ボラや軟骨魚類――の最盛期は秋だ。冬になるとラグーンは外海にくらべて水温が下がる。そのためにラグーンにいた魚は、ハゼを除いてほとんどがラグーンの外へ出てしまう。だが、夏にはまたラグーンへ戻ってくる。白ハゼは海洋性ではないが、やはり外海で

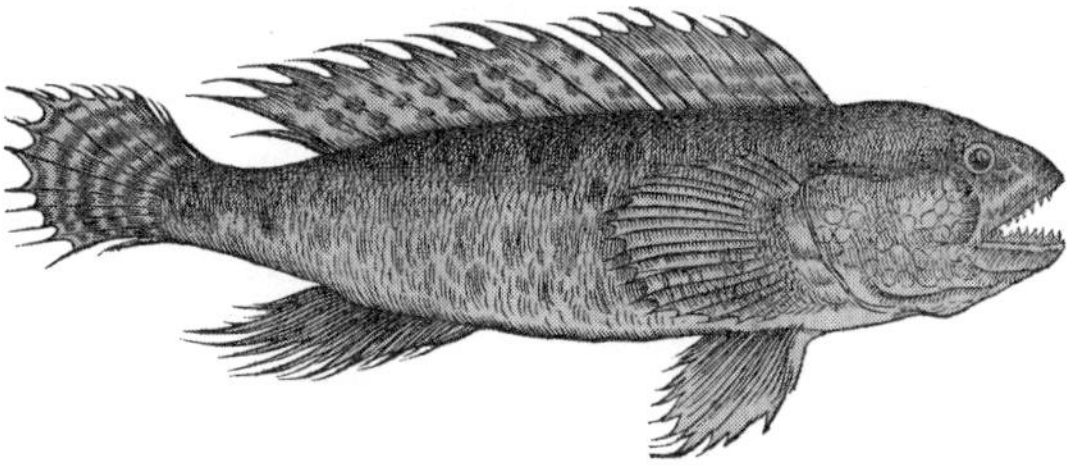

ハゼ（*kōbios*）— *Gobius cobitis*

見られる。冬場ラグーンに魚がいなくなるので、出入り口にいる食用のウニは餌に事欠かない——それこそが、小粒とはいえウニがとりわけ豊富な卵を持ち、食べ頃になる理由だ。ラグーンにはカキもいる（キオス島の人々の中にはレスボス島へやってきて、カキを自分たちの島の水域へ移そうとする者もいる）。かつてはホタテガイも数多くいたが、浚渫と渇水によって絶滅してしまった。漁師たちはまた、ラグーンの入口近くにいるヒトデが、とりわけ厄介な邪魔者だと言う。ラグーンにはたくさんの生き物がいるが、そこでは見ることのできない種も多い。ラグーンにはいない。ブダイ、ニシンダマシ、ツノザメはいない。他にも明るい色の魚はいない。イセエビ、普通のタコ、ジャコウタコもいない。レスボス島に面した本土の岬レクトゥムのホネガイはとくに大きい。

このような記述を見るとわかるが、ラグーンとそこに棲む生物について述べたアリストテレスの言葉は、二三世紀前のラグーンの姿を当時のままに写し取っている。おそらくそれは現にわれわれが住む自然の場所の、もっとも古いポートレートだろう。(1) 今、カロニの町に古代ピュラーの面影はほとんど残っていない——ストラボンは（紀元前三世紀に起きた地震で）町が破壊されたと言っている——が、動物の生態は今も昔のままだ。豊富なカキがラグーンにいるのも変わらない。だが、今日ではトン単位で北ヨーロッパへ輸出されている。最近まで、ラグーンにはホタテガイもいた。実際、ある漁師はわれわれに愚痴をこぼしていた。ラグーンの入口にはつねにホタテガイがいたのだが、二〇年前の浚渫によって、貝はほぼ絶滅に近い状態になってしまったという。カロニ湾のホタテガイの数は、少なくとも二三世紀の間、増減を繰り返してきたようだ。地元の人々はその間中ずっと、貝が減るたびに不満を漏らし続けてきたのだろう。漁師たちはまた、毎年、魚が卵を産み育てるためにラグーンを出入りし移動する姿や、その中にオウムウオ（ブダイ科の魚）、ニシンダマシ、イセエビ、マダラザメ、ツノザメの姿がないことを確認している。アリストテレスの時代にくらべると、ラグーンの動物相にもいくつか変化が起きていた。当時はタコがいなかったが、今はいる――私は自分でも何度かタコを食べた。フラミンゴには、そのけばけばしさにもかかわらず、アリストテレスは触れていない――がそれは、フラミンゴがラグーンへやってきたのが数十年前だったからだ。

VI

ギリシア人は誰もがみんな魚に興味を持っていた。アリストテレスは魚類についてリュケイオンで講義をしたし、シケリア島（シチリア島）ではアルケストラトスが韻文で魚の本を書いていた。そこには魚を捕まえる時期や場所、それに料理法など、魚に関するすべてが記されている。アンブラキア（ギリシア西部）へ行くなら「イノシシウオ」（ナマズ）を買うように、とアルケストラトスは勧める。たとえその値が魚と同じ重さの黄金だとしても。しかし、レスボス島ではホタテガイを、イタリアの海峡ではウツボを、そしてビュザンティオンではマグロを手に入れるようにと言う（マグロは薄切りにして塩を振り、はけで油を塗ってサッと焼く。そして熱いうちに食べる）。アルケストラトスはこの本に『贅沢な暮らし』という表題をつけた。ギリシア人にとって魚は「顕示的消費」だった。それは自然哲学の対象というより、欲望の対象だったのである。

それではアリストテレスが魚を単なる食材とはみなさなくなり、それを解剖しはじめたのはなぜだろうか？

VII

アリストテレス以前に科学——あるいは少なくとも自然哲学——がまったくなかったわけではない。むしろそれは豊富なほどあった。彼が生まれる頃には、アナトリア（小アジア）やイタリアの沿岸地方で、自然界の理解に深い関心を寄せる哲学者たちの学派が、勢力の拡大と縮小を繰り返していた。ギリシア人は自然哲学者たちのことを「ピュシオロゴイ」（*physiologoi*）と呼んだ。文字通りの意味は「自然を明らかにする人々」。その多くは大胆な説を唱える理論家たちだった。彼らが好んで論じたのは、世界の起源やその数学的秩序、世界を成り立たせている要素、さらには、これほどまでに多くのさまざまなものが、世界に存在する理由を説明するシステム（体系）だった。他にも、ピュシオロゴイには経験主義者たちがいて、天の大きさを測ったり、さもなければ音階の音程を測定した。彼らが書いたものの中には、現代科学の構成要素となったものもある——もっとも、彼らがその理論を自然現象の観察によって確認していた、と感じることはめったにないが。ピュシオロゴイの説明は、神の力よりむしろ自然の力に頼る傾向があった。

ほぼ同時期の人物二人をくらべてみると、その考え方のずれが明らかだ。神話作家のヘシオドス（活躍期・紀元前六五〇）にとって地震は、ゼウスの怒りが引き起こしたものだった。だが、最初の自然哲学者ミ

（1）アリストテレスがピュラーの海について語るとき、つねに頭に描いているのは、カロニ湾の入口の「*euripos* エウリポス」（海峡）だ。ラグーンについては「*limnothalassa* リムノタラッサ」（湖海）と上手に表記している。

レトスのタレス（活躍期・紀元前五七五）にとってそれは、地球が占める不安定な位置がもたらす結果だという。地球は水の広がりの上を漂っていて、ときに波によってかき乱されると言うのだ。これほどわかりやすい差異はないだろう。一方の説明は、測り知れないほど昔の超自然的存在を呼び起こしているのに対して、もう一方は、純粋に物理的な力に頼った説明である――説明が間違っているかどうかはこの際気にしない。

しかし、比較は見かけ通りにはいかない。一つはそれが本当にタレスの理論かどうか(2)、われわれにはわからないからだ。タレスが書いたテクストは一つとして残されていない。おそらく何一つ書かなかったのだろう。タレスの地震説は小セネカによって『自然に関する疑問』の中で報告されている。小セネカがこれを書いたのはタレスの死後五〇〇年ほど経ってからだ。おまけにタレス説の出所に関しては、まったく曖昧にされている。したがって、地震やその他についてタレスが考えたことを、小セネカが（ということはわれわれが）本当に知っているかどうかは疑問だ――タレスは紀元前五八五年に日食を予言したとすっかり信じられているのだが。同じことは初期の――「ソクラテス以前の」――ギリシア思想の大半についても言える。彼らの資料全体は、のちの思想家たちのテクストに断片的に埋め込まれた形で、われわれのもとへ伝えられた。当然思想家たちは、自分勝手な引用はもとより、断片の捏造をさえ疑われてしかるべきだろう。学者たちはこのようなテクストを「哲学諸説集成《ドクソグラフィー》」と呼ぶ。それは学者たちの喜びであり、落胆でもあった。

たしかに、十分な量の断片が選び抜かれて再構成され、数冊の部厚い本になっている。そしてこれらの断片は、紀元前五世紀のギリシアで広く流布した新しい哲学的精神を語ってはいる。しかし、今のわれわれには明らかにも見える科学と非科学、哲学と神話の差異が、二〇〇〇年以上前にはそれほど明白ではなかった。アリストテレスは――彼自身断片の豊富な情報源だったが――『形而上学』の中で、初期の思想家たちが世界の「はじまり《アルケー》」について語ったことを洗い直した。彼はそこで、すべては水からできているという理論をタレスのものとしている。漠然とした説明ではあるが、これはそれ自体検討に値する無理のない考えだ。アリストテレスもそれは認めている――が、彼はなお気に入らない。そこでさらに先を続ける。彼は、タレスの意見が「遠い昔の（今の世代よりはるか前の）、はじめて神々の話を作り上げた人々」の見方とかなり似ていると言う。

ここでわれわれはタレスがそんなふうにぞんざいに片付けられてしまうのに出遭う。そう、神話はたしかに往古の歴史であるかもしれない。しかし、世界の基本的物質について高度な考察を加えるに値しないほど、古くさいものでないのは明らかなのに。かと思うとほんの数行先では、タレスを古典作家たちといっしょにしたままで、アリストテレスはヘシオドスを少々分析してみることにする。それもヘシオドスの詩句から、自然科学的な意味合いが汲み取れるかどうかを見るためだ。「生まれ出たすべてのものの中で、最初に生まれたのがカオス（混沌）だった。そして次に広い胸を持つガイア（大地）と、不死の神々の中で抜きん出たエロス（愛）が生まれた」。ヘシオドスは神話作家かもしれないが、アリストテレスにとってはなお一瞥の価値のある作者だった。

こういう次第で、自然主義《ナチュラリズム》をソクラテス以前の思考の顕著な特徴とすることには問題がある。「ピュシオロゴイ」（自然哲学者たち）はつねに「神々を除外」しているわけではない。彼らの宇宙論にはいつもど

（2）　タレスの考えを述べるのにアリストテレスは、タレスの死後作り出された術語を使っている（例えば「アルケー」〔はじまり、原理〕）。このこと自体、タレスが実際に考えていたことを、はたしてわれわれが知っているのかどうかを不安にさせる。

こかに「神」が潜んでいる。世界の起源は何かと訊かれたときに、自然哲学者の中で、ある者たちはキリスト教徒と同じように特殊創造説で答え、他の者たちはそれを「愛」のように、さらにかけ離れた力によるものとした。しかし中には熱心な唯物主義者たちもいて、世界を単に自己組織化したものと考えた。ヘシオドスからデモクリトスまで、「造物主」は前進しては後退し、ときにはただ身悶えして沈思黙考する。

ピュシオロゴイを初期の科学者と呼べるものにしているのはおそらく、世界が差し出す不可思議さに対して、彼らが博物誌的な説明ではなく、むしろ合理的な説明を施していることだろう。知恵は単にそのまま受け入れられるべきものではないし、見解は議論する価値のあるもので、必要とあれば破棄してしかるべきものと彼らは考えた。自然哲学者たちはたがいに議論し合い、先人たちとも考えを戦わせた——そのうえで自らの見解の優位性に大きな望みを抱いていた。以下はヘラクレイトス（活躍期・紀元前五〇〇）の言葉で、先人たちを値踏みしている。「知性は博識によって得られるものではない。さもなければ、ヘシオドスもピュタゴラスも、それにクセノパネスやヘカタイオスも、知性とは何かを学んでいたことだろう」。意地が悪い——しかもまぎれもなく前線にいる知識人らしい響きがある。

ピュシオロゴイのほとんどは、生物学に大した興味を持っていなかった。だが、エンペドクレス（紀元前四九二頃—四三二頃）だけは例外だ。シケリア島の高貴の出で、弁論家、詩人、政治家、医者、そしてカリスマ的な予言者でもあった。宗教的な詩『浄化』の冒頭で、彼は自分のイメージを不死の神として打ち出す。そして次のように述べている。彼がポリスに入ると、何千という人々がまわりに集まり、癒しや予言を要求する——少なくとも一度などは、死者を甦らせて彼らの要求に応えたことがある。エゴを持つイエス、あるいは意見を持つツァラトストラといったところか。彼はまた『自然について』を書いて、大きな影響力を持った自然哲学者でもあった。その数千行の詩の中で詠まれているのは、とくに宇宙論、動物発生論、説得力はないが機械論的ではある呼吸の理論、それにアリストテレスが自分のものとして採用した四大元素論などだ。

エンペドクレスの生物学は彼が生きた時代の、医学上の言い伝えや習慣を映し出していた。同様に、魔術や神秘主義に対する彼の欲求も時代を反映している。しかし、エンペドクレスが熱狂的な群衆に向かって奇跡的な治療を施している間に、地中海のもう一方の側では、ヒポクラテス（活躍期・紀元前四五〇？）が医学校を創設し、新たな学派を形成しつつあった。コスの町（コス島）の「プラテイア」［広場］に、節だらけの古いプラタナスの木がある。これこそヒポクラテスがかつて、その木陰に座って治療を施し知恵を授けた木だった――立て札にそう書いてある。もちろん同じ木であるわけがない。だが、そうは言ってもヒポクラテスが書いたとされる医学書もまた、おそらく本人の手になるものではないだろう。六〇ほどの論文を寄せ集めた『ヒポクラテス集成』（*Corpus Hippocraticum*）の一部は、たしかに、ヒポクラテスや弟子たちによって書かれたと推測できるほど古い。しかし、他の部分は紀元一世紀頃に書かれたものだ。

集成のほとんどは厳格な専門的テクストで、病気について自然学的な説明をしている。中には簡単な症例研究《ケーススタディ》もいくつかあるが、他はもっと大きな学問的野心を秘めたものだ。『肉質について』の著者は語っている。彼がこの書で論じるのは「人間や動物たちがどのようにして形作られたのか。つまり発生したのか。さらに魂とは何か。健康や病気とは何か。人間にとって悪や善とは何か。死の原因は何か」についてである、と。説明は深いものもあれば陳腐なものもあるが、エンペドクレスによる感情の吐露とは大きく異なる。急性疾患の治療に関して「ヒポクラテス」は次のように書いている。

オキシュメルと呼ばれる飲み薬がある。このような症状の訴えには、しばしばきわめて役に立つ。それは痰を吐き出させて、呼吸をしやすくする。薬がもっとも適正に使われるのは次のような状態だ。オキシュメルの酢が強い場合には、痰がなかなか除去できないときにとりわけ効果的だ。症状の原因となった痰を滑りやすくすることで、容易にそれを吐き出しうるようにする。羽毛で気管を掃除するような具合だ。薬は肺を落ち着かせて苦痛を和らげる。そして、このように効果が上がれば、薬は大いに役立つにちがいない。

次に挙げるのはエンペドクレスのやり方だ。

病や老いを防ぐには、どんな薬があるのだろう／あなただけに教えるので、それをあなたは知ることになる／そうすれば、あなたは風に待ったをかけることができる、地上で絶え間なく襲いかかる風の力に／渦巻き吹き荒れ、穀物を枯れさせる力に／お好みなら、あなたは同じように強い風を引き起こすこともできる……／ハデスからでさえ、人々を連れてくるだろう。時とともにひからびてしまった死者たちを

アリストテレスはエンペドクレスの語り口を「回らぬ舌で話す」と言っている。

アリストテレスが科学者となるために必要としたのは単に、何かを求めていつも文句ばかりを言っているピュシオロゴイと、気むずかしい経験主義者の医者とを一つに結びつけることだけだったようにも映るだろう。実際、それが彼の行なったことだ。しかし、それをやり遂げたのは、彼の精神力の賜物以外の何ものでもない。

VIII

アリストテレスの生涯についてはは、確かなことがほとんど知られていない。古代の資料は一〇余りあるが、それらはすべて彼の死後数世紀して書かれたもので、たがいに内容が矛盾している。情報は語り継がれている間に混乱したり、ゴシップに満ちたり、ライバル学派の党略によってゆがんで伝えられた。その上、著作の背後にいる人物を探索しようとする学者たちの、数世紀に及ぶ追跡によって、情報はさらに撹拌されて混乱した。その結果残ったのはほんのわずかで、概ね合意された事実は、一ページもあれば書き記すことができるほどだ。

アリストテレスは紀元前三八四年に、現代のテッサロニキからほど遠からぬ海岸沿いの町スタゲイロスで生まれた。父のニコマコスは——祖神アスクレピオスの血を引く——祭司でもあり医者でもあった。それもただの藪医者ではなく、マケドニアの僭主アミュンタス三世の侍医だった。だが、これは思ったほど大したことではない。当時のマケドニアは半ば野蛮な辺境の国だった。宮廷もそれに見合って小さい。一七歳のときにアリストテレスは、アテナイにあったプラトンのアカデメイアに送り込まれた。彼はそこで生徒として、そして教師として都合二〇年ほど留まった。

一〇代のアリストテレスがアテナイにやってきて、プラトンの教えを受けた頃には、自然哲学の伝統（わずか二世紀ほどの伝統にすぎないが）はすでに死に絶えていた。文字通り——ピュシオロゴイの中でもっとも偉大な最後の人物アブデーラのデモクリトスが、ほんの数年前にトラキアの地で死んでいたからだ。数年後にアリストテレスは、デモクリトスの中に手強い敵を、そして自分の体系がどれくらい気概のあるものなのか、それを試す引き立て役を見ることになる。しかし紀元前三六七年には、自然哲学がアカデメイアのカリキュラムから外された。アリストテレスは言っている。デモクリトスはたしかに進歩を果たした。「だが、（実に）現時点では、もはや人々は自然について問い掛けることをしない。哲学者たちの関心は政治学や実践的な善へと移った」。彼が語っているのはソクラテスのことである。

ソクラテス（紀元前四六九―三九九）は思弁的な思考に耽ることを好む石工だった。若い頃は自然哲学を好んだ。少なくともプラトンが『パイドン』の中でソクラテスに語らせているのがそれだ。ソクラテスは生命の根源や思考の身体的根拠、天空の動きなどに頭を悩ませた。だが、努力はむだ骨に終わる。ピュシオロゴイの議論をあれこれと追いかけたり、あるいは追いかけようと試みたが、結局、最後は混乱の中に留まった。1プラス1は、はたして2だったのか。ソクラテスが自然哲学者たちのあとを追うのをやめた頃には、もはや彼は断言することができなくなっていた。そこで結論を出したのは、「この種の探求に自分（ソクラテス）は他に類を見ないほど不向きだ」ということだ。その上彼には、ピュシオロゴイが正しい答えを与えることなど――あるいは正しい問いかけをすることさえ――けっしてできないように思えた。地球がなぜ平たいのか、なぜ丸いのか、あるいはどんな形を思い浮かべるにしても、ピュシオロゴイがそれを説明するときには、なぜその形がもっともふさわしいのか、その理由を説明すべきだ。だが、彼らにはそれができない。その代わりに彼らがするのは「自然」を持ちだすことだった――それは真実の原因を示す説明にまったくなっていない（「物事の原因と、それなくしては原因となりえない条件を区別できないとは意外だ」）。

万物が善である理由の検討に、まれに見る無関心を示すピュシオロゴイに幻滅したソクラテスは、自然界の探求に背を向けた。クセノポンは次のような話を拾っている。

他の者たちと違って、ソクラテスは万物の性質について議論をしなかった。学者たちが宇宙《コスモス》と呼んでいるものの状態や、天体現象が生じるのに必要な特徴を調べることもしなかった。その代わりに彼は、こうした問題に思索を重ねる人々は時間をむだに使っていると主張した。ソクラテスが一番に問いかけたのは、このような思索がはたして、人間に関する事柄をすべて理解した確信の上で、なされたものかどうかということだ。人間をないがしろにして、神について思いを巡らすことが正しいと、はたして学者たちは考えているのだろうか？

ソクラテスによれば、ピュシオロゴイは、たがいに矛盾し合った理論を持ち合わせる「気が違った人々」のようだった。彼らはまた社会の寄生者《パラサイト》たちでもあった。

このような人々について、ソクラテスはさらに問いを続けた。彼が言うには、人間について学習した者たちは、学んだことを、自分や他人のために思うがままに活用したいと願う。それなら、神の操作を探求する者たちが、さまざまな自然現象が生じる力の正体をつきとめたとき、はたして彼らは風や水や季節を、その他何であれ、自分の必要に応じて望むがままに創造するのだろうか？　あるいはそれを期待することはせず、単に、こうした現象の原因を知ることで満足しているのだろうか？

自然哲学者たちはそれぞれの意見が一致しない。したがって彼らは愚かだ。神のまねごとをする彼らはいったい何者なのだ？　彼らの仕事が私に何か役立つことがあるのだろうか？——これこそ時代を超えた反科学の真実の声だ。その第一声がこれだった。道徳哲学（倫理学）は何にもまして役に立つ。「ソクラテスは哲学を天から呼び下ろして市井に置き、家庭の中へと招き入れた。そしてむりやり哲学に、生活や道徳、善や悪について仔細に調べるようにと促した」。これはキケロの意見だ——キケロはこれを称賛のつもりで述べていた。

IX

壁に囲まれたアカデメイアには、体育場や聖なるオリーブの森や庭があった。建物の礎石は今でもピレウスの公園で見ることができる。だが、鉄条網や枯れかけた木々、ゴミなどのために、建物があった場所を再現することは難しい。プラトンはこの地所を購入して、紀元前三八七年頃、ここに学校を建てた。ディオゲネス・ラエルティオスはプラトンの生徒たちを数人リストアップしている。アテナイのスペウシッポス、カルケドンのクセノクラテス、シュラクサイのディオン、そしてギリシア世界の至る所からやってきた、女性二人を含むさらに一〇人余りの生徒たち。それは現代の大学というより、哲学クラブのようなものだった。授業料は払う必要がない。アカデメイアの設立趣旨そのものが、ソピストや修辞家たちの経営する学校とは違っていた。ソピストたちのビジネスはアテナイの青年たちに、上手に演説をして相手を論破し、法廷で勝ち抜く方法を伝授することだった。

アリストテレスがアテナイにやってきたとき、プラトンはちょうどシケリア島へ向けて、二年間の旅へ出かけるところだった。おそらく彼は留守の間、代理として甥のスペウシッポスを残したのだろう。年齢は四〇歳くらいで怒りっぽいスペウシッポスは、腹立ちまぎれにあるとき、可愛がっていた犬を井戸に放り込んだという。しかし、彼は若者（アリストテレス）を庇護の下に置いた。それがわかるのは、アリストテレスの思考の中にスペウシッポスの痕跡が見られるからだが、たとえそうだったとしても、自然哲学は当時のカリキュラムから外されていた――それもプラトンの対話篇、アカデメイア出身者たちの学説誌、アリストテレスの回想などが、アカデメイアの庭で語られた会話の内容を十分に伝えて、信頼のおけるものだったとしたらの話だが。あるいは万が一、カリキュラムに入っていたとしても、それは特異な形で特別に入れられたものだったろう。

倫理的な神学に対するソクラテスの関心は、そのままプラトンの関心となっていた。そしてもちろん、ソクラテスが何一つ書いたものを残さなかったので、二人を分離させることは難しい。プラトンは多くの著作を残し、その多くは「ソクラテス」によって語られている。プラトンの描いたソクラテスはクセノポンのソクラテスにくらべると、反科学への表明はそれほど露骨ではないが、プラトンの円熟した哲学はソクラテスの愚弄に劣らず、科学に対して敵意のあるものだった。彼があまりに美しく書いているために、そして、その著作が完全な形で残されているためになおさらその感が強い。

プラトンは、そのもっとも有名な対話篇『国家』の中で、自然哲学の目標と方法について意見を述べている。グラウコンとソクラテスが「哲人王」の教育について議論をしていた。若者たちは天文学を勉強すべきだろうか？　すべきだとグラウコンは言う。あらゆることにそれは役立つからだ。農業、航海、戦争にも。ソクラテスはグラウコンに対して、その「洗練されていない」功利主義のあやまちをやさしく指摘する。するとグラウコンは答える。お説の通りです。が、天文学が「魂に上方を見させる」点から言っても、おそらく若者たちは天文学を勉強すべきでしょう。これこそがソクラテスの望んでいた答えだ、とグラウコンは思う。しかし、ふたたび彼は蒙を啓かれることになる。グラウコンはあまりにも現実的な思考に捉われすぎている、とソクラテスは言う。魂の視線を上へ向けさせる唯一の学問は、「目に見えない実在」——ソクラテスがこの言葉で言いたいのは、外見の背後にある真の実体——と取り組むものだ。彼は続けた。星たちを学ぶことはたしかに、この学問をする手助けにはなる。だが、大きな助けにはならない。星たちの現実の運行は、目に見えない実在の不完全な現われにすぎないからだ。むしろあなたがすべきは、星たちが形作る模様の中に幾何学的な図形を探し求めること。実在は「理性と思考によってのみ捉えうるものでも、視覚によって捉えることはできない。それとも君（グラウコン）は捉えることができると思うのかね？」

グラウコンは捉えることができないと思った。彼はソクラテスの――プラトンの――反経験主義を黙って受け入れた。そして二、三ページあとで話題は和音の学習へと移る。二人はいっしょになって、ピュシオロゴイにやじを飛ばす。ピュシオロゴイは楽器の「弦を苦しめて拷問に掛け」、「まるで隣りの家から聞こえてくる音を盗み聞きしようとするように、耳を楽器に近づけて」、和音の法則や音を認識する能力の限界を懸命になって理解しようとする。その彼らを二人は嘲った。このような「お偉方たち」（音楽のピュシオロゴイ）は「一般的な問題へと上昇することがない。つまり、どの数とどの数が本質的に調和しているか、あるいは調和していないか、そしてそれぞれの場合になぜそうなるのか、そうした点をまったく考察していない(3)」。彼らは竪琴《キタラ》をいじくりまわすだけだが、そのときすべきなのは、ぼんやりと感じ取った音階について、一般的な公式の理論をはっきりと打ち出すことだ。それは音楽を聴いてわれわれが感じる美や善を説明してくれ、音楽の調和を天体の運行と一体化させてくれる。「超人的な任務」だ、とグラウコンは意見を言う――それもわれわれから見れば、むしろ控えめな表現かもしれない。

プラトンはここでこの問題から離れるべきだった。もしそうしていればわれわれは少なくとも、彼が慎み深くなっていると考えることができただろう。だが、彼は離れることをしなかった。晩年にプラトンは一冊の本を書いていて、それは自然世界――のすべて――について記述し、それを説明したものだと自ら主張している。その野望にもかかわらず、作品は『国家』の四分の一の長さしかない。この短さが多くを語っている。

X

プラトンの『ティマイオス』は宇宙《コスモス》やそこに存在するすべてのもの――時間、四大元素、惑星、星、人間、動物――の創造について詳しく物語る。短いながら、それが目指しているのは百科事典的なものだった。そこでは存在論、天文学、化学、知覚生理学、精神医学、快楽、苦痛、人体解剖学、生理学――肝臓が予言の源だとする理由を述べた挿話がある――、病気の原因、性欲などが取り上げられている。すべての項目がこの作品を、自然哲学の仕事によく似たものにさせていた。

しかし、もしそうならば、それは非常に奇妙な作品だ。学術的例証や経験的証拠、あるいは妥当な論拠さえ欠いているために、『ティマイオス』は、聞こえのいい請け合いの言葉をならべて、次から次へと信じがたい主張を繰り出す応接間のモノローグでしかない。きわめて宗教色の強いこの作品は、神の工匠デミウルゴス（*Dēmiourgos* デーミウールゴス）がなぜ世界を構築したのか、その理由を明らかにすることを目指している。さらにそれは『国家』で描かれた理想のポリスが、現実にはどのように機能しているかを示す政治的なプロパガンダの書でもある。実際、プラトンが自然哲学への貢献を目指して『ティマイオス』を書いたのかどうかも明らかではない。彼が主張しているのは、目に見える世界を明らかにしたいということだった。しかし、彼ははじめから、自分にできるのは「エイコース・ミュトス」（*eikōs mythos* まことしやかな話）を述べることだけだ、とわれわれに注意を促している。これはいくぶん、彼の本当の目的が感覚を超えた世界の説明にあったためであり、欠点はあるがこの可視の世界は、完全だが不可視の世界と正確に一致することはないからだ。しかしそれはまた、この世界について理性的な説明を施すことに、彼がそれほど興味を持っていないためでもあった。

（3）このようなヤジが、和音の知覚の認知基盤という、まじめな科学上の問題を解く試みに向けられている点に注意。

プラトンは動物の起源を説明することで、実情を露呈している。彼が言うには、程度の差はあるものの、さまざまな邪悪な人やただの愚か者がいたという。その者たちはその悪徳に応じて、いろいろな動物に変身させられた。鳥は「罪はないが、知恵に乏しい男たちから形状変化によって作られた。その男たちは天の事象にもっぱら注意を注ぎ、あまりの無邪気さのために、事象の確実この上ない証拠は目で見て得られると信じた」。プラトンが語っているのは天文学者のことである。

プラトンは本当に、鳥が自然哲学者の生まれ変わりだと信じていたのだろうか？　あるいは、単に下手な冗談を言う機会を捉えただけなのか？　ここではわれわれも寛大になり、それは後者だと憶測しよう。前者は紀元前四世紀の動物学のいくぶん幅のある基準から言っても、あまりに突飛すぎる。しかしこの冗談は図らずも『ティマイオス』の真の性格を示している。これはけっして自然哲学の書ではない。詩であり神話であり、自らの曖昧性を楽しむ、重々しい「ウィットに富む警句《ジュ・デスプリ》」だ。

この評価は厳しいように思えるかもしれない。プラトンはピュタゴラスと幾何学への関心を共有していた。そして『ティマイオス』では、自然世界を説明するのにはじめて数学を使う試みがなされている。「幾何学の心得のない者はここへ入るべからず」の言葉が、アカデメイアの入口に刻銘されていたと言われている。同じ文句はたとえそれを見ることができなくても、どんな大学の物理学部のスワイプカード・ドアにも書かれている。そしてまた、プラトンの科学が神学とほとんど見分けがつかないと言うのなら、何人かの物理学者たちが表明していることから判断しても、プラトンの科学は現代のそれとも見分けがつかない。「もしわれわれが完全な理論を見つければ、それは人間の理性の最終的な勝利となるだろう――そのときにはわれわれも、神の御心を知ることになるだろうから」。プラトンの言葉？　いや、これはスティーブン・ホーキングの言葉だ。

だが、この比較がプラトンを救い出すことはない。ここにあるのは彼の数学的なモデル化を示す一例だ。「第二の立体（正八面体）は同じ三角形から作られる。それは八つの正三角形が結びついていて、それらは四つの平面角で一つの立体角を形作っている。そのような立体角六つによって第二の立体は完成する。第三の立体（正二〇面体）は二〇の三角形の構成要素からできている……」。これは事物の構成要素について述べられた一節で、明らかに事物それ自体よりも「数」の不可思議さに深く捉われた人によって書かれたものだ。

われわれはプラトンを、彼の時代の産物として簡単に許すべきではない。たしかにピュシオロゴイは経験世界の制約に捉われることなく、好んで壮大な理論を作り上げた。しかし、少なくとも彼らは本気で口に出したことを伝えようとしている。忍び笑いをしたり、神話という隠れ家に素早く逃れるようなことはけっしてしない。さらにその上、プラトンが『ティマイオス』を書いてわずか数年後に、プラトンの教え子の一人（アリストテレス）が実在《イデア》、すなわち『ティマイオス』的実在の砦に、容赦のない、理路整然たる攻撃を仕掛けてきた。攻撃は現代の活字で印刷すると数千ページにも及ぶものだった。それは（読む者を疲れさせるほどに）あますところのない網羅的な分析で、その内容は、自然世界の根拠と構造について先人たちが思い巡らせたこと、先人たちが（たいてい）あやまちを犯した理由、さらには、彼が先人たちをいったいどのような者たちと考えているのか、そして、そう考える経験的な証拠についてなどからなる。アリストテレスは師の観念論《アイディアリズム》に背を向ける。そして世界を……われわれの世界をありのままに見ようとする。世界はそれ自体で美しく、したがって探求すべき価値のあるものだ。彼は世界に、それが受けるにふさわしい謙虚さと生真面目さで近づくだろう。やがて世界を注意して観察し、そのために自らの手が汚れることを厭わないだろう。彼は最初の真の科学者となるだろう。もっとも説得力のある、空前絶後の傑出した頭脳の持ち主（プラトン）から教えを受けたあとで、彼が自分自身を真の科学者にさせたこと――それこそがアリストテレスのミステリーだ。それを説明するものとして、本人がかつて口にしたのは次の言葉だけだった。「敬虔な気持ちが、友人より真実を尊敬せよと求めている」

XI

紀元前三四八年か三四七年に、アリストテレスは突如アテナイを離れた。そこには少なくとも二つの理由が考えられている。

一つは不興による旅立ちだ。二〇年にわたって彼はプラトンのアカデメイアで研究に従事した。同僚たちは彼を「読書家」と呼んだ。が、彼はまた伝統に捉われることのない独創的な人物でもあった。おそらくあまりにも独創的にすぎたのだろう。プラトンはかすかに辛辣な意味を込めて、彼のことを「子馬」と呼んでいた――プラトンが言いたかったのは、子馬が母馬を蹴るようにアリストテレスも自身の師を蹴ったということだろう。数世紀のちにアイリアノスが次のような話を書いている。それはとくにアリストテレスを賞賛する話ではなく、暗にアカデメイア内部で起きていた権力闘争をほのめかすものだった。ある日、高齢のプラトンがアカデメイアの庭を歩いていた。年老いてしまい、もはや往年の鋭さはない。そのときプラトンは、向こうからきたアリストテレスとその仲間たちに出くわした。彼らはプラトンに対し哲学上の暴挙を仕掛けた。プラトンはすごすごと屋内に引き下がると、アリストテレスの一団は数カ月にわたって庭を占拠した。スペウシッポスはこの強奪者たちに対して、まったく立ち向かうことができない。だが、もう一人の体制支持者《ロイヤリスト》のクセノクラテスが、やっとのことで彼らを立ち去らせた。この話が真実かどうかはわからない。しかし、プラトンが死んだとき、アカデメイアの学頭のポストがアリストテレスではなく、むしろスペウシッポスへ行ったことは確かだ。そして、偶然かどうかはともかく、それがちょうどアリストテレスが、東へ旅立ったときに当たったのも確かなことだった。

彼を旅立たせたもう一つの理由は、不興よりむしろ政治的なものだ。アリストテレスはマケドニアの宮廷と深い関係を持っていた。今はアミュンタス三世の息子ピリッポス二世が、ギリシアの後背地で着々と軍事力を貯えつつあった。ピリッポスはアテナイの同盟都市オリュントスを徹底的に破壊し尽くし、オリュントスの市民を——アテナイの守備兵ともども——奴隷にしていた。アテナイではデモステネスが、新たに外国人嫌悪《ゼノフォビア》の感情を市民たちの間でかき立てていた。アリストテレスは、今のうちにアテナイを離れるに越したことはなかったのである。

古代の資料は、アリストテレスがアテナイを出てから、東へ向かったことで一致している。エーゲ海を横切り、ギリシア世界のはずれ、小アジアの海岸地方へ行った。そこではアテナイとマケドニア、それにペルシアの勢力が拮抗する中で、小さな都市国家がひしめいていた。その中で、トロイア半島の南海岸にあったのが小都市国家アッソスである。アッソスと姉妹ポリスのアタルネウスを、地元の専制者ヘルミアスが治めていた。ヘルミアスについて知られている事実はほとんどない。わかっているのは無名の中で生まれ、あっという間に権力を掌握し、悲惨な死を遂げたことくらいだ。人生を奴隷の身からスタートしたと言われている。主人はアッソスの僭主だった。僭主は彼の才能を見込むと自由の身にさせて、自分の後継者に据えた。ヘルミアスはプラトンのアカデメイアで教育を受けたと言われている。宦官だったとも。このような情報の多くは彼の評判を上げたり、傷つけたりするゴシップかもしれない——古代の資料が公平なものであった試しはほとんどないからだ。ヘルミアスの出生がどんなものであれ、ともかく一人の知識人だったことは確かだ。紀元前三五一年に僭主となったとき、彼はアカデメイアの出身者たちを数人アッソスに招いている。その中の一人がアリストテレスだった。

『国家』の中でプラトンは、理想国家において政治権力が、哲学の知恵によってどのように緩和されるかについて述べている。この理想を追究するために、プラトンはシケリア島へ旅をして、シュラクサイの自堕落なディオニュソス二世のために賢人の役割を演じた。これは彼の生涯の大半を費やすプロジェクトとなった。おそらくヘルミアスはアカデメイアの学究たちによって行なわれた、「哲人王」を生み出すもう一つの試みの対象だったのだろう。のちに発見された伝記の断片は、アリストテレスがアッソスで過ごした三年間が、僭主の峻厳な統治を大幅に軟化させたことを示唆している。同じ記録を信じるなら、このプロジェクトはまた、手ひどい結果をもたらしたことにもなる。ヘルミアスはマケドニアに共感を示した。紀元前三四一年、マケドニアの拡張主義に脅威を覚えたアテナイは、マケドニアのピリッポスにトロイアから軍を引き揚げるよう要請した。ピリッポスは軍を撤退させた。その結果、ヘルミアスは宙に浮いて不安定な状態となる。この機会を捉えるかのように、アテナイの当座の同盟者だったペルシア人はヘルミアスを策略で捕らえ、拷問にかけて殺してしまった。アリストテレスにはヘルミアスの死がひどくこたえた。何年か経ってから、彼はデルポイにヘルミアスの像を立てると、そこに銘を刻んだ。

彼の殺され方は常軌を逸していた。神の裁きに対する敬意をことごとく侮辱したものだ。殺したのは誰だ？　弓を携えたペルシア人たちの王だ。それは正々堂々とした戦いではない。槍で衰弱させ、彼を死に至らしめた決闘でもない。信頼を寄せていた男の不実によって、彼は殺された。

アリストテレスは連日、ヘルミアスのためにアポロン賛歌を歌ったという——これはおそらくディオゲネス・ラエルティオスが『ギリシア哲学者列伝』の中で書いていた賛歌のことだろう。感傷があまりに大

ギリシアの少女

げさすぎるようにも見えるが、アリストテレスはヘルミアスの姪か、おそらくは娘だったかもしれないピュティアという少女と結婚していたことも知られている。当時、アリストテレスは三八歳か三九歳。花嫁は非常に若かっただろう（『政治学』の中でアリストテレスは、男の結婚の適齢は三七歳、女は一八歳だと言っている）。「ギンバイカの小枝や美しいバラは／彼女に抱かれて幸せだ。そして彼女の髪は／黒々と背中や肩に流れ落ちていた……」。アルキロコスは、別の時代に別の場所からきた、別の少女をこんな風に歌っている。だが、私はピュティアもまた彼女に似ていたような気がする。

XII

古代アッソスの廃墟は、平原や海岸から険しくそそり立つ死火山の上にあった。五本のドーリア式円柱が残るアテナの神殿が、アクロポリスの丘に立っている。柱廊、評議会場《ブレウテリオン》、体育場《ギュムナシオン》、広場《アゴラ》、劇場などの土台は下方の海に面した斜面にあった。『美しいギリシアの旅』（一八〇九）の中で、ショワズール＝グッフィエは「アッソスほど運のよい、目を見張るような立地に恵まれた都市はほとんどない……」と書いている。そして彼は、この都市が盛時にどのような姿をしていたのか、それをかなり不正確とはいえ、楽しく再現して見せた。ウィリアム・マーティン・リークはアッソスこそ、ギリシア都市のもっとも理想的なものだと言っている。

夕暮れどきにトルコの村を通り抜けて、砦（アクロポリス）のスロープを歩いて上って行く。古代の遺

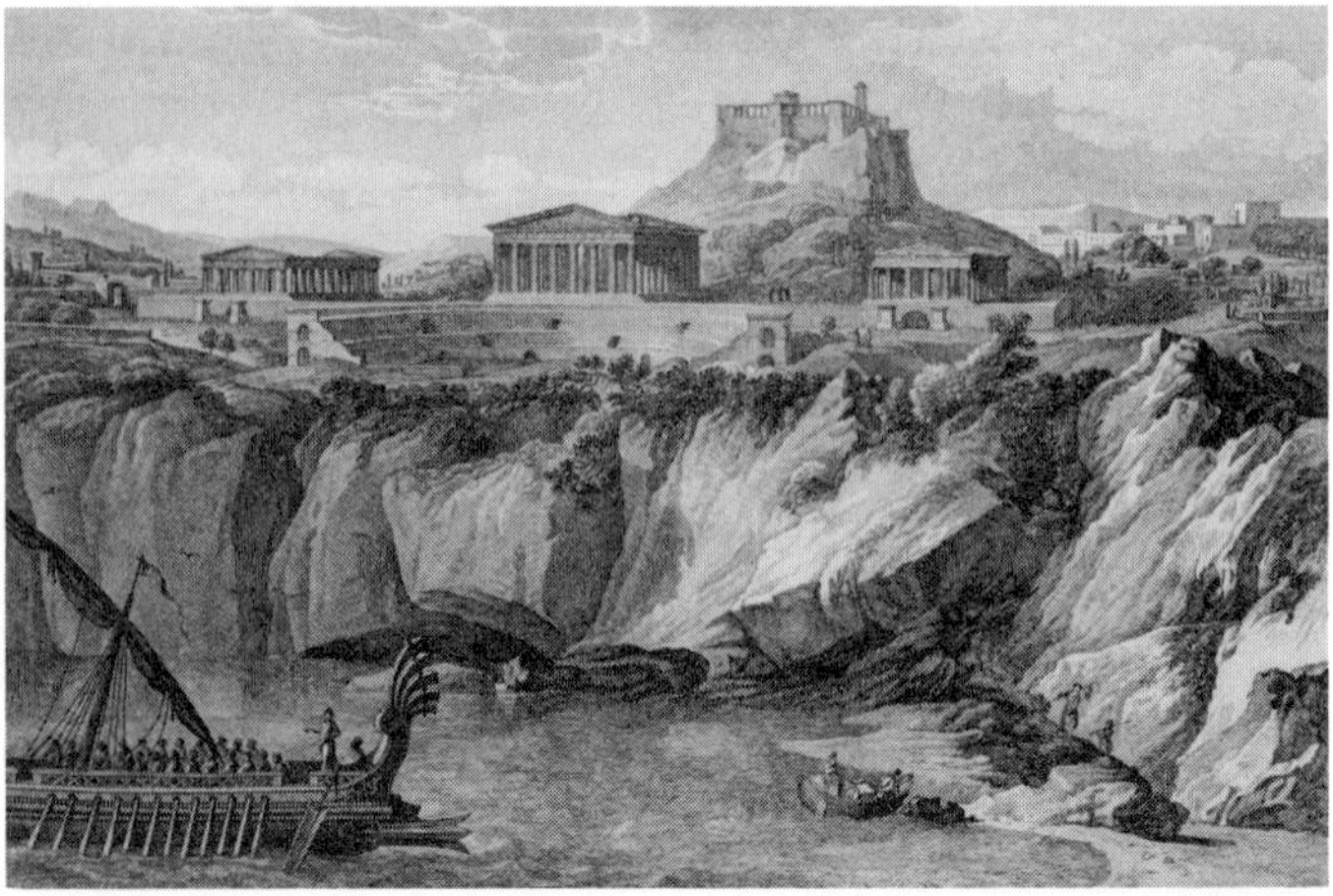

上はアッソス（復元図），下はアッソスの砦から見たレスボス島（2012 年 8 月）

跡に巡らしてあるフェンスを飛び越えると、そこにいて今でもわかるのは、往時のアッソスがどれくらい美しかったかということだ。だが、ショワズール＝グッフィエやリークの見たアッソスを見ることはできない。一八六四年、トルコ政府はなお損なわれずに残っていた古代都市の多くを取り壊し、その石を使ってイスタンブールの造船所にドックを作った。その頃にはフランス人たちも、トルコ政府からの贈り物として神殿のレリーフを手に入れ、それをルーブルに収めていた。今思えば、これはかえって幸いだったかもしれない。というのも、一八八一年にアメリカのチームが残ったものを発掘したのだが、その際には村人たちの妨害に対抗して行なわなければならなかったからだ。村人たちは新たに発掘された壁を取り去ろうとし、フランス人たちが見逃していたケンタウロスの大理石像に、石を投げつけて破壊しようとした。

　アッソスの神殿はアリストテレスの時代に、すでに建てられてから一八〇年ほどが経過していたが、劇場はヘレニズム期に作られたものだ。しかし、砦からの眺めはそれほど大幅に変化することはない。とても動かすことなどできない東側の壁は、今も往時のままに立っていた。まわりの丘は低木で覆われ、下の谷も一面オークの林だ。ここには何ひとつわれわれを煩わすものがない。あるとすれば、わずかに上空を滑空するトルコ軍のF－16戦闘爆撃機の音と、ヤギがときおり立てる鳴き声くらいだ。戦闘機は曖昧な空域の境界をテスト飛行していた。しかし、われわれの目を強く引きつけるのは島である。レスボス島が驚くほど近くに、灰色とブルーを重ねた層の形をして間近に見える。そこまで泳いでいけそうな気がして、そんな気持ちをなかなか押さえることができない――ミティリニ海峡はもっとも狭いところでも九キロの距離があるのに。レスボスを目にして、行きたいと思わずにいることなど不可能だ。レスボス島は発見を約束している。

XIII

ヘルミアスがまだアッソスを統治していたときに、アリストテレスは花嫁を連れてレスボス島へと移り住んだ。ロマンティストのダーシー・トンプソンは、アリストテレスが島で過ごした二年間を「生涯のハネムーン時期」と呼んでいる。おそらくその通りだったろう。しかし実際、アリストテレスがそこで何をしたのか、正確なことは何一つ知られていない。日記やノートを一切残していないからだ。それに古代の伝記作家も沈黙を守っている。だが、もしトンプソンが正しければ、アリストテレスが生物世界の一覧表を作り、その世界を理解するという大きな仕事をはじめたのが、このレスボス島においてだったのである。

きっかけは、一つの会話だったかもしれない。偶然口をついて出た意見が、ひらめきと興奮を呼び起こしたのかもしれない。そして会話は続き、さらに熱を帯びる。ついにはそこに測り知れない、心ひるむような、スリル満点のビジョンが現出した。それは人の心を動かす思いつきだった――生物学はそんな風にしてはじまった。このような想像はけっして信じがたいことではない。アリストテレスがレスボス島へ行ったときに、少なくとももう一人、別の哲学者が話し相手として彼に同行していたらしいのだ。この男はやがて親友となる。そして、アリストテレスの知的財産を受け継ぐことになった。

テュルタモス（テオプラストスの本名）はレスボス島の南西海岸にある町エレソスで生まれた。エレソスを囲む谷には青々としたブドウ園が広がっていた。町はブドウ酒で有名だった。今日、谷は乾いてもはや耕やされていないが、昔の段々畑の跡は今も目にすることができる。テュルタモスとアリストテレスがいつ、どのようにして出会ったのかはわからない。若者（テュルタモス）――アリストテレスより一三歳年下――がアカデメイアでアリストテレスの教えを受け、そのあとで、アリストテレスについてアッソスにやってきたという可能性はある。あるいはまた、テュルタモスは一度もアテナイにいたことなどなく、アリストテレスとはレスボス島ではじめて会ったと考えることもできる——弁舌さわやかな地元の若者が、島を訪れた名士に好印象を与えよう、話を聞いてもらおうと躍起になる。われわれには若者の名前さえ確かなことはわからない。ストラボンは「テュルタモス」だと言い、ディオゲネス・ラエルティオスは「テュルタニオス」だという。実際は、テュルタモスもテュルタニオスもすっかり忘れ去られているので、もはや綴りなどはどうでもよい。アリストテレスが、若者の名前を新たにつけ直してテオプラストスとした。名前の意味は「神のように語る」だ。彼はやがて、アリストテレスのもっとも身近な協力者となる。ソクラテス—プラトン—アリストテレス—テオプラストス。黄金の鎖の中で、次の輪にわれわれは遭遇した。

「神のように語る」とは奇妙な名前だ。というのも、テオプラストスの著作はその重要性にもかかわらず、日に焼けた夏の土壌のようにひどく味気がないからだ。現存する本の一つが『人さまざま』で、できれば避けたいと思う人々を網羅したエンサイクロペディアである——「がさつな男」「どけちな男」「騒がしい男」など、さらに延々と果てしなく続く。テーマ相応に退屈な本だった。他にもテオプラストスは論理学、形而上学、政治学、倫理学、修辞学——実際、これらすべてはアリストテレスの学問領域に含まれている——について本を書いたが、そのどれもが残っていない。しかし、彼の植物学だけは残った。これはすばらしいことだ。

テオプラストスは植物学の本を二冊書いている。その一つ『植物誌』は記述的だ。ここで彼は植物の各部分を特定し、それによって植物をグループ分けした——高木、低木、亜低木、草本。この分類はルネサンスの時代まで使われた。もう一つは『植物原因論』で、植物の成長について書かれたもの。成長に及ぼす環境の影響を調べて、樹木や穀物の育成と栽培に検討を加え、植物の病気や植物が枯れる原因についても調査している。つまり、これらの著作が植物研究に果たした役割は、アリストテレスの著作が動物研究に果たした役割に匹敵する。二人の著作は彼らの科学の基礎を築く文献となった(4)。

ラグーンにほど近いオリーブ林の中を、二人の哲学者がそぞろ歩きをする。そんな姿を思い浮かべるのは魅力的だ。二人は自然世界をたがいに分け合いながら、科学者が二人寄ればするように、競争するより、むしろ協力し合うことに同意して散策している。「君は植物を研究したまえ。私は動物を研究しよう――そして、二人で生物学の基礎を築くことにしよう」。すばらしい。しかし、これではあまりに単純にすぎる。テオプラストスは動物についても本を書いたし、アリストテレスも植物について、少なくとも一冊の本を書いているが、どちらの場合も著作が失われて現存しない。したがって植物学者は、自分たちの科学の創始者として一人のあとを追い、動物学者はもう一人のあとをやはり創始者として追う。それは概ね歴史の気まぐれのなせる業のように見える――どのテクストが残るか、それは修道士たちの選択にゆだねられていたのだから。しかし、アリストテレスがもう一人の偉大な古代生物学者の故郷で、動物研究に没頭するようになったのはけっして偶然ではない。二人の研究計画とその生活には深いつながりがある。テオプラストスはアリストテレスのあとを継いで、リュケイオンの学頭になっていたし、アリストテレスがもっとも大切にしていた財産――蔵書――を相続した。

しかし、二人は思想家としては非常に異なるタイプだった。アリストテレスは大胆な説明を施すことに滅多に尻込みをしなかったが、テオプラストスはあくまで経験に基づいて慎重だった。アリストテレスは大要を掴むことをもっぱらにしたが、テオプラストスは例外のような面倒な細部にこそ心を砕くたちだった。こうして考えてみると、共同作業を主導したのは、おそらくアリストテレスの方だったろう。そしてたしかに、彼のような人間に抗うのは難しかったにちがいない。だが、たとえそうであったとしても、レスボス島に二人がいることで、はたしてどちらが先に生物の研究を思いついたのだろう、とわれわれは考えさせられる。どちらがどちらを説得したのか？

XIV

レスボス島へ行くには、ピレウスから出る夕方のフェリーに乗ればよい。お金はないが体力には自信があるという若者は、デッキクラスで行くのがよい――四〇ユーロもあればエーゲ海を横切ることができる。階段の吹き抜けでジプシーの家族が寝泊まりしている隙間に場所を確保しなければならないかもしれない。バーを占領しているのは島の守備隊へ戻る兵士たちだ。また、オリーブの林へ帰る農夫たちはラウンジを占拠している。もちろん船室で旅をしたいという人もいるだろう――いずれにしても一二時間の船旅だ。

アテネを離れると、一面が青色の海原だ。午前三時に船はキオス島に入港する。港は小さいが船は大きい。そのためにタービンは唸りを上げ、船は一三五メートルの軸を中心に回転して港に入る。投光照明の下で、白い制服姿の港湾警察官が耳をつんざくような音で笛を鳴らす。腕を振ってはコンテナトラックや、実際、手に負えない乗客たちの動きを誘導している。それは信じがたいほど巧みな捌きぶりだ。三〇分ほどすると、まだ眠っている町の上に汽笛を響かせながらふたたび船体を回転させて、船はエーゲ海へと向かう。夜が明けると、トルコ海岸のシルエットが赤い空を背に黒く浮かび上がる。徐々に明るさを増す光の中に、レスボス島が姿を見せる。最初に現われるのは、マツの植わったオリンポス山だ。続いて岩だら

（4）私が『植物誌』（*Enquiries into Plants*）と呼んだ本は伝統的には *Historia plantarum* として知られていた。また、『植物原因論』（*Explanations of Plants*）は *Causis plantarum* と呼ばれていた。この延長線上で考えると、*Historia animalium* は *Enquiries into Animals* と呼ぶべきなのだろう。だが、この本の伝統的なラテン語タイトル（*Historia animalium*）は、私がこの本を最初に好きだと思うようになったときのものだ。したがって、私はここでもこのタイトル名を使用する。

けの南海岸が見える。マレア岬を回ると、レスボス島が左舷にあり、小アジアのアッソスがはるか右前方に見える。やがてミティリニ（古代名ミュティレネ）が目の前に現われる。朝の太陽に照らされて、大理石でできた大聖堂のドームが真っ白に輝いて見える。

ミティリニに行くたびに、私はいつもきまってすることがある。フェリーが港に入ると、イオルゴス・Kに電話をして、港のカフェで落ち合おうと誘う。地元の大学で教える数理生態学者で、この島に住む、私の古くからの親友だ。われわれの会話はいつも同じ弧を描く。最初は科学について、そして次は女性について——両方の話題には、ともに発展と数々の困難がつきまとう。Kは気まぐれな好色漢で、あたりかまわず魅力を振りまく。友だちがみんな同意していることは、美しい奥さんに彼がまったく相応しくないことだ。われわれはこんな話をしては何年も過ごしてきた。

今ここで彼の名前を挙げたのは、カロニに私をはじめて連れて行ってくれたのが彼だったからだ。われわれ二人はミティリニから車で北へ向かい、カロニ湾の妹分でもある、灰色をした小さなゲラ湾の周辺を走った。さらに南西へ、マツに覆われたオリンポス山の低いスロープを突っ切って行くと、アクラデリに到着する。そこでは目の前に、ラグーンが驚くほど広大な姿で現われる。湖岸には魚を食べさせる小レストラン（タベルナ）やオリーブの林があり、古代の町ピュラーの遺跡がいくつか残っていると言われている。町は湖岸のはるか先まで伸びていて、隣りの数村にまで至っていたという。しかし、私はその遺跡を一度も見かけたことがない。

だが、ここでの話題は考古学ではない。それは書物と島である。アリストテレスが暮らした東エーゲ海の周辺では、レスボス島がもっとも美しい。島の海岸は荒涼として焼けているが、ここでは他で見られないほど自然が豊かで魅惑的だ。そして、レスボス島の中ではそれがカロニの近辺で、それをしのぐところは他にない。カロニの海岸沿いには村々が点在する。春の朝、ある村で埠頭へ下りてみる。そこでは、アリストテレスの『動物誌』が急に活気を帯びてくる。というのも、アリストテレスが書物の中で記述した魚――淡水のヒメスズキ（*perkē*）、フカカサゴ（*skorpaina*）、タイ（*sparos*）、アタマボラ（*kephalos*）――が、バイヤーたちのピックアップトラックの荷台で喘いでいるのを見ることができるからだ。ここに挙げた名前はアリストテレスが著作の中で使っていたもので、少なくともこれらの魚については、網焼きにして食べたいと思えば、今でも買い求めることができる。また、コウイカもバケツ一杯買うことができ、アリストテレスのテクストの通りに、それを解体してみることもできる。埠頭の端で身を乗り出して手を下に伸ばせば、ホヤやイソギンチャク、ナマコ、カサガイ、カニを捕まえることができる――アリストテレスはこれらについてもすべて記述している。漁船の甲板はホネガイの貝殻や卵嚢でいっぱいだ。ホネガイはラグーンの底にはびこっていて、その繁殖習性はアリストテレスを困惑させた。塩田に近い沼地に沿って歩いてみると、カイツブリ、アヒル、トキ、アオサギ、セイタカシギを目にすることができる。これらの鳥類の生体構造や習性がアリストテレスを魅了した。ヨーロッパのハチクイを見ることも可能だ。春の渡り鳥の中ではもっとも美しい鳥で、明るい青緑色、金色、黄色、緑色などの羽を持っていて砂州に巣を作る。これもアリストテレスが書いていた通りだ。トンプソンは次のように言っている。「いつの日にか、あの静かなラグーンへ行き、そのそばでひと夏を過ごして自然の富のすべて（ὅσσον Λέσβος … ἐντὸς ἐέργει「レスボス島にあるものすべて」『イリアス』XXIV 544）を見つける。そこでは、アリストテレスが知って愛した生物たちが足元で動き回っている。そんな経験をする者は幸運な博物学者となるだろう」。私は実際そんな経験をしたのである。トンプソンは正しい。

人智の及ぶところ

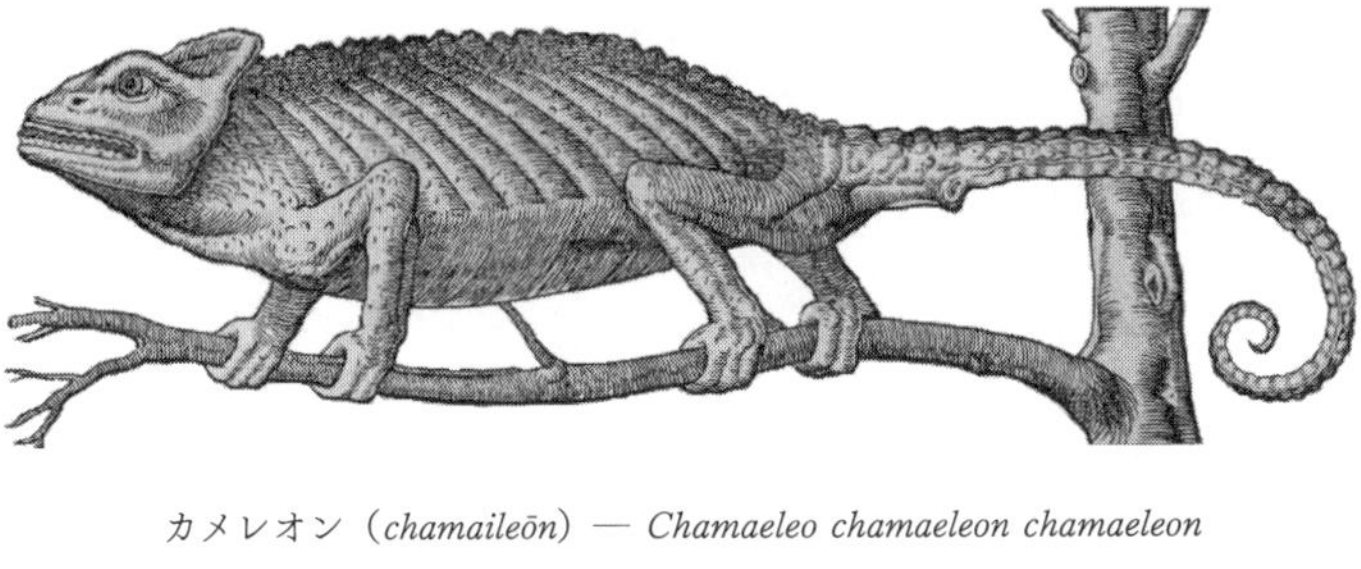

カメレオン（*chamaileōn*）― *Chamaeleo chamaeleon chamaeleon*

アリストテレスが科学者だったと断言することは、科学者を見分けることができると言うに等しい。社会学者や哲学者たちは、長い間、科学者という生き物にねらいを定めて、その正体をつきとめようと努力してきた。だが、出てきた答えはどれもみな月並みなものばかりだった。

XV

科学者たちの活動や関心はあまりに多様なために、それをすべて包含し、しかも、占星術師だけは除外するといった定義を見つけるのは難しいからだ。定義などにほとんど影響を受けない科学者たちは、ただ単に自分の同類を認めるだけだったが、もし定義がどうしても必要だとせき立てられれば次のような言葉を持ち出すかもしれない。「科学者とは、経験した現実を体系的な研究によって理解しようとする者」。この定義は幅が広い。したがってそこには理論物理学者や昆虫学者、それに一部の社会学者をも受け入れる余地がある。しかし、細かいことにいちいち難癖をつけるようだが、これでは該当する人間の活動をかなり狭くする。園芸家や医者(「体系的な研究」は望めない)、それに文芸評論家や哲学者(「経験した現実」が当てはまらない)は締め出される。同様にホメオパシー医師や創造説論者もこの二点のために入ることができない。しかし、アリストテレスならこの定義に合致する。体系的な研究は彼のもっとも得意とするところだし、現実の経験にも深く関わっている。たしかにアリストテレスは自分を「科学者」だとはけっして呼んでいない。ただ、「自然学」(*physikē epistēmē* ピュシケー・エピステーメー)——文字通りの意味は「自然の研究」――を表わす術語は使っている。しかし、自分で名乗っていたのは、単なる「*physiologos* ピュシオロゴス」（自然を明らかにする人）ではなく、「*physikos* ピュシコス」（自然を理解する人）だった。

現在『形而上学』と呼ばれている論集の中で、アリストテレスは「実在」について研究をしている。だが、その考えを理解するのはけっしてたやすいことではない。この一四巻本の注釈を巡って、何百年もの間、学者たちは多忙にさせられてきたし、これから先も、今まで以上の歳月を注釈の作業に追われなければならないだろう。これは確かだ。幸いなことに、この書物の冒頭に掲げられた言葉の英明さを味わうのに学者たちの注釈はいらない。

XVI

> 人間は誰しも生まれながらに知ることを欲する。その証拠として五感を楽しむという事実がある。感覚はその効用を抜きにしても、それ自体として好まれる。中でも一番好まれるのが視覚だ。……理由は、視覚がすべての感覚の中でもっともよく物事の認知をわれわれにもたらしてくれ、物事の差異を数多く明らかにしてくれるからだ。

アリストテレスは「知る」を「理解する」の意味だけで使ってはいない。この言葉を「知覚する」という意味でも使用している。したがって、われわれがまず彼の言葉から読み取るべきは、人間が感覚の使用を好むこと、そしてその理由として、感覚の行使によって世界を構成するさまざまなもののすべてを知覚できることだ。しかし、これは単に論を展開するほんの糸口にすぎない。アリストテレスはさらに先を説く。「知覚すること」を意味する「知ること」は、「理解すること」を意味する「知ること」の基礎をなすもので――実際それは知恵を得るための必要条件だという。この言葉が『形而上学』の冒頭に置かれている理由ははっきりとしている。アリストテレスは論争の質をさらにレベルアップさせて、アカデメイアのイデア論に宣戦を布告しつつあった。彼のプロジェクトはプラトンのものとは違っている。あくまでもアリストテレスの関心はこの世界にあった――そして彼はわれわれにもこの世界のことを知ってほしいのだ。

知覚から知恵に至るために、アリストテレスがわれわれに提示するのは理解の階層性《ヒエラルキー》だ。彼が言うには、何かを知覚するとそれについての記憶を獲得するという。そして所定のものの記憶が数多く集まると、それはそのものの一般化を促す。例えば、ソクラテスやプラトンに対する記憶は「人間」について一般化することを可能にする。これがアリストテレスが開示して見せたプラトンとは逆のもう一つの面だ。プラトンが抱いた考え方は、われわれは生まれながらにしてすべての知識を持っているというものだった――実際それは、われわれが持つことが可能なあらゆる知識、つまり世界中のありとあらゆる知識だ。不運なことにわれわれはこれを忘れてしまった。ただそれだけだとプラトンは言う。したがってわれわれのなすべきことは、失念した知識をもう一度取り戻すことだった。もちろんこのような認識論は、経験に対する静観主義を呼びかける。すでにすべてを知っているのなら、われわれには、世界を実際に研究する必要などまったくないわけだから。したがっておそらく、世界について十分に語らえば、知識のすべてはわれわれ自身に戻ってくるだろう。プラトンが対話を書いたのは偶然ではなかった。

しかし、アリストテレスにしてみると、語るだけでは安易にすぎた。経験はたしかに芸術や科学にとって必要だが、その経験ですら十分ではない。アリストテレスは一人の医者を思い描いてほしいという。それほど聡明ではないが、実地の経験が豊富な次のような医者だ。ある患者に施した治療に効果が見られれば、その治療はおそらく、別の患者にも同じような効果を示すだろうと彼は考える、が、それがなぜ効果を示すのか、その理由についてはまったく理解していないし、気にもかけない、そんな医者だ。このように知性と関わることのない、本能的な経験主義はものの役には立つが、それはあまり賞讃すべきものではないとアリストテレスは言う。実際、彼は単純な経験主義に対しては非常に手厳しい。機械的に覚えた仕事をする労働者を、ときに「生命を持たないもの」[1]にさえたとえていた。そうした労働者がすることをしているのは、単にそれが彼らのすることだからである、と。自分がしていることの理由を理解している職長は、そのような機械工より「賞讃に値し、真の意味で知っていて賢明である」（『政治学』1253b32f「奴隷は生きた道具……」）。

教えることができる者は、それができない者よりすぐれている。それは本人が理解しているからだ。これは教えることだけに人生を費やしてきた者なら、どんな人にとっても非常に自然な意見だ。そのような人はまた、ものを作り出すこともできる。そして、創案者は尊敬に値するとアリストテレスは続けている。しかし――この議論がどこへ向かっているのか、読者はおわかりだろう――創案者たちの中には、他の者たちにくらべてさらに褒めるべき者たちがいる。役に立つものを生み出す創案者たちは、「楽しみを志向した」創作物を生み出す者たちにくらべると劣っている。この意見は単なるへそ曲がりのように見えるが、言っていることは簡単で、純粋な知識の生産は、有用な知識のそれよりすぐれているということだ。ここで、というよりこのあたりの文脈全体で、彼は理解の形についての不快な差別をそれに関わる人間にまで拡げている。そしてあからさまに俗物の口調になる――今では、もう絶滅したも同然だが、われわれの世

（1）アリストテレスが好ましくないと思っているのは、手を使ってする仕事そのものではない。むしろ理解の欠如だ。これは彼が生物学の中で、職人芸を比喩としてしばしば使っていることでも明らかだ。それと同時に彼は「職長」にも言及している。職長もおそらく手を使っているだろうが、職長は自分がしている仕事を理解している。

代まではなお失われずに残っているもの——純粋な科学者が技術者《エンジニア》に対して、そして技術者が園芸家に対してお高くとまるというあれだ。この考え方は、われわれの持つ平等主義の感覚とは相容れない。だが、いらいらさせられた読者にぜひ思い出していただきたいのは、アリストテレスが今、新しい哲学をはじめようとしていることだ。この哲学は絶対的な価値の探求とは一切関わりがないし、感覚を越えた完全な世界を前提とするものでもけっしてない。彼の哲学は土、血液、肉、成長、交尾、繁殖、死、腐敗などすべてを受け容れる——それは農夫や魚屋が日常生活で経験するものだ。だからアリストテレスは彼の読者、すなわち階層社会のエリートたちに、こうしたものを凝視することで得られる知識こそハイレベルであり、それを追究する者こそ真にハイレベルな人々だ、ということを納得させなければならない。

XVII

アリストテレスの科学的方法は、彼の認識論とぴったり一致している。まずわれわれは「*phainomena* パイノメナ」（現われ）からはじめなければならないと言う。英語の phenomena（phenomenon の複数形。「現象」の意）はこの言葉から派生したが、おそらくもっともよい訳は「appearances」（外観、外見）だろう。というのも、彼がこの言葉で意味しているのは、単に自分の目で見るものだけではなく、他の人が見たものや、それについて彼らが持つ意見をも含めたものの「現われ」だからだ。アリストテレスは「賢明な」そして「信頼のできる」人々の報告を好んだ。一人の人間がすべてのものを見ることなど、とてもできないと自覚していた。ときには、他の人々の言うことをひたすら信頼しなければならないと言うのだ（ギリシア人たちは、膨大な天文カタログをバビロニアやエジプトから受け継いだ）。

資料となるものは、たとえそれがどんなものでも、データは概ね、例えば動物（*zōia* ゾーイア）のような幅広い種類の対象に対する、数を重ねた観察から作られている。ひとたび集められたデータは、さらに小さな部類に整理されなければならない。鳥類、角を持つ動物、無血動物といった具合に。アリストテレスのデータへの欲求は飽くことを知らないし、それを整理する熱情は衰えることがない。彼はあらゆるものの観察結果を猛スピードで集める。動物、植物、岩石、風、地形、都市、政体、性格、演劇、詩――ここに挙げたリストはそのほんの一部だ。そしてその観察を処理し、あれやこれやの方法で整理して次々に本にした。とは言うものの彼は、研究の最初の段階つまり帰納的な段階は、実のところ科学ではなく、科学的推論をその上に築く、いわば経験に基づく岩盤のようなものだと考えていた。

アリストテレスは『動物誌』の中で動物のデータを集めている。アトランダムに抜き出した一文でも、そのスタイルの感触をおおよそつかむことができる。

> 動物には胎生と卵生と蛆生《しょせい》がある。胎生動物とはヒト、ウマ、アザラシ、毛の生えた動物、そして水生動物の中では、イルカのようなクジラ目や「軟骨魚類」と呼ばれるものだ。これらの中にはイルカやクジラのように潮吹き穴を持ち、鰓のないものがいる。イルカの潮吹き穴は背中にあるが、クジラは額にある。鰓が見える動物には、ホシザメやエイのような軟骨魚類がいる。

アリストテレスが知っていた世界は、西はジブラルタル海峡、東はオークソス川（アムダリア川の古名）、南はリビア砂漠、北はユーラシア平原に境を接していた。その範囲内には五〇〇種以上のさまざまな動物が棲んでいる。少なくともそれが、アリストテレスが名前を挙げた動物の数だった。名前を挙げた動物については、そのすべてに彼は興味を抱いた。シラミの繁殖、サギの交尾習性、少女たちの性的不節制、巻貝の胃、カイメンの刺激感応性、アザラシのヒレ足、セミの鳴き声、ヒトデがカキを食い荒すこと、ろう者の無言症、ゾウの鼓腸、ヒトの心臓の構造などについて記述している。遺された著作物には一三万語の単語と、九千ほどの経験に基づいた主張が含まれる。

動物の世界は膨大な研究テーマだ。アリストテレスはその学問をゼロからはじめた。医学書を別にすると、彼より前に動物学について、誰かが論文を書いたという証拠はどこにもない。だとすると、どこからこのような情報を手に入れたのだろう？　答えは「情報があるところならどこからでも」ということのようだ。

情報の中には書物から収集されたものもある。アリストテレスは資料の入手先を明らかにしていないが、さりげない言及をちらりと見れば、その内のいくつかは特定が可能だ。実証的な性質のプロジェクトであることを前提としているにしては、名前の挙がっている情報源の中にはいくぶん奇妙なものがいくつかある。ホメロスがときおり登場する。またアリストテレスはヤツガシラの羽毛のことで、アイスキュロスの詩句（出典はアリストテレスの勘違いで、ソポクレス『テーレウス』の詩句だと考えられている）を引用している――しかし、それは「読書家」が仕事をしているということだ。驚くべきはむしろ欠けているもののほうだ。ヒポクラテスの文献由来の解剖学の知識は多くない。アリストテレスの父親は医者だったのに。そこである疑いが起こる。それは彼が、先行研究者がいてもそのことを明記しなかったのではないかという疑問だ。プラトンの書物についても、事実情報の資料として引用された形跡がない――そこには欠落があったという事実もない。だが、プラトンによる憶測の数々が、アリストテレスの議論全体のあちこちに見られる。「ピュシオロゴイ」（自然哲学者たち）は、アリストテレスにほとんど情報を提供していない。彼らもアリストテレスにとってはおおむね、異なる理論を闘わせる相手だった。アリストテレスはこうも言っていた。「われわれは、前を行く者たちの背を押し、背後の者たちを待たないというやり方でこそ学びを得る」

哺乳類の生体構造に関するアリストテレスのデータが、占い師のテクスト――〔犠牲獣の〕内臓による予言について書かれた本――から入手されたのではないかという疑いもある。彼は胆嚢に対して、理不尽なほど多くの注意を払っている。胆嚢は予言的信仰では大きな意味を持つが、さもなければそれほど重要な器官ではない。彼はまた「アストラガロス」（距骨《きょこつ》）に精通していた。これはギャンブラーや予言者などがサイコロとして使う足の小骨だ。だが、たとえそのような資料からデータをいくつか得ていたにしても、その際に解剖学の部分はしっかり取り入れ、予言の部分は捨て置いた。プラトンが行なったのはその逆だった。

予言のマニュアルはおそらくまた、アリストテレスにかなりの動物行動学《エソロジー》を提供しただろう。「占い師たちの『集まって住むこと』と『離れて住むこと』についての用語はここから来ている。というのも、敵対関係にある動物は『離れて住み』、平和に暮らしている動物は『集まって住む』からだ」。アリストテレスはさらに叙述を続けて、動物同士が戦う様子を描写する。ワシはハゲワシ（それにヘビ、ゴジュウカラ、サギ）と、カリバチやヤモリはクモと、ミソサザイはフクロウと戦う。数ページにわたって彼は自然の中で生じる争いについて述べている。その熱情はほとんどダーウィンを思わせる。ここに記述されているデータには、質の悪いものも数多くある。ミソサザイ、ヒバリ、キツツキ、ゴジュウカラが他の鳥たちの卵を食べるという情報は、鳥類学者には驚きをもって迎えられるだろう。アリストテレスの時代には、ロバとトカゲが敵対していたという。それも「まぐさ桶の中で眠っていたトカゲがロバの鼻孔に入り込んで、ロバにまぐさを食べさせない」からだ。もしそういうことなら、今はトカゲもこの不快な習慣をやめてしまったようなので、現代のロバは心安らかにしていられる。

はたしてアリストテレスは、こうした材料を取り入れるべきだったのか？　おそらく取り入れるべきではなかっただろう。経験的実在に対するアリストテレスの感覚は、現代の科学者が持つ感覚と同じくらい強固なものだった。一方、占い師のマニュアルは、事実の情報源にはとてもなりそうにない。だが、アリストテレスを糾弾する前に、われわれは一息ついて、彼が直面している困難に思いをいたすべきだろう。大衆文化は神話にどっぷりと浸かっている。医学の学校はほとんど人体の構造を知らない。田舎の人々からは、日々彼らが目にする動物に関する誤った情報がたくさん流される。アリストテレスが自ら自然学の経験的基礎を築くとき、収集した中には膨大な量の怪しげなデータが含まれていて、その多くを彼は人知れず黙殺したにちがいない。

著作の中には、ほんのかすかだが、寓話や神話も情報源にしたことをほのめかすものがある。いくつかの架空の説話――彼が使っている言葉は「*mȳthos* ミュートス」だ――については、彼もそれを拒否するか、最低限でもそれに対して疑いの目を向けている。それはこういう説話だ。体のバランスを保つために石を運ぶというツル。また、ツルは食べたものを吐くとき、ありきたりなものを金塊に変えることができるという。雌ライオンは子供を産むとき子宮を外に出す。リグリア人（西ギリシア出身）の肋骨は七対しかない。さらに、体から切り離された頭部がしゃべり続けたという――。三世紀になると、アイリアノスがこの種のつまらないネタで本をいっぱいにすることになる。

最後の逸話――話す首――を扱うアリストテレスのやり方は教訓的で有益だ。彼が言うには、多くの人々は切り離された首が話をすると信じている、そしてその裏付けとしてホメロスを持ち出す。またそこには――と彼は続ける――同じようなケースで明らかに信ずべき記述がある。カリア（アナトリア）で、ゼウス・ホプロスミオス（武装したゼウス）を崇める教団の祭司が首をはねられた。地面に落ちた首が殺人者として、ケルキダスという名を告げたという。その結果、ケルキダスという名の男が見つけられて裁判にかけられ

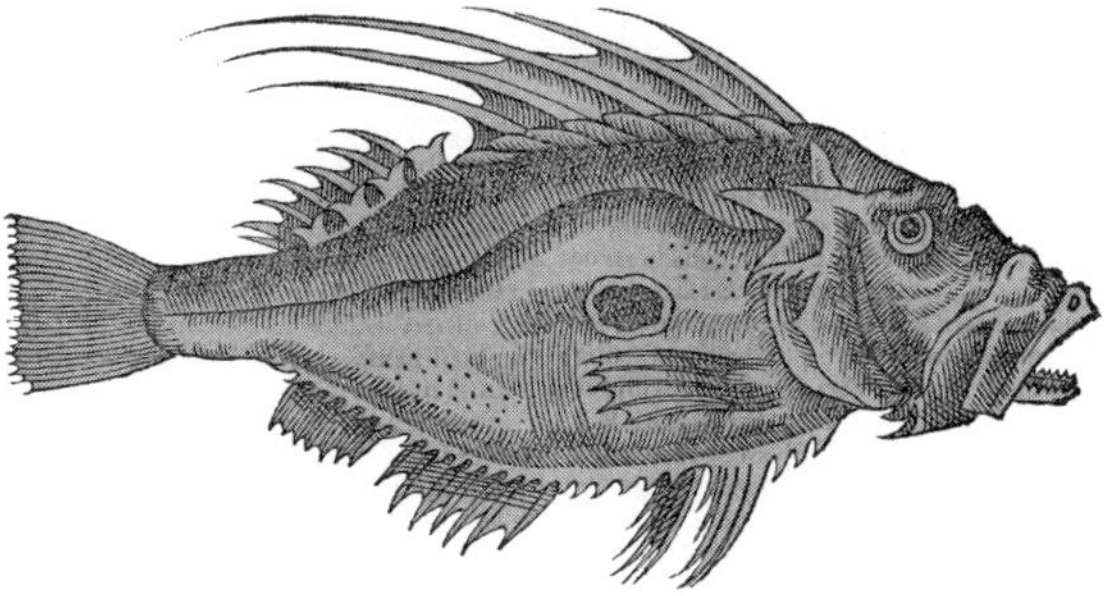

マトウダイ（*khalkeus*）— *Zeus faber*

た。アリストテレスはこの男の最終的な結末について、あるいは、誤審の可能性については何一つコメントしていない。が、次のような理由でこの物語を退けている。（ｉ）未開人たちが首を切り落とすとき、首は話をしない。（ii）動物が首を切り離されるとき、動物たちの首は音を立てない。もしそうだとしたら、なぜ人間の首が音を立てるのだろう。（iii）発話には肺臓から気管を経由してくる気息が必要だ。切断された首に、気息が供給されることはほとんど不可能。ここで列挙されている理由には称賛すべき思慮分別がある。このような健全な判断がなされることを、私たちはけっして当たり前だと考えるべきではない。

XVIII

切断された首は声を出さないかもしれない。だが、魚はたしかに声を出す。魚の出す音を扱っている箇所で、アリストテレスは次のように述べている。カッコウウオ（*kokkis*）とホウボウ（*lyra*）（どちらもホウボウ科）はグウグウという音を立てるが、マトウダイ（*khalkeus*）は笛のような音を出す。そしてこう説明を続ける。魚には肺がないので、これらの音は鳥や哺乳動物が出すような「声」ではない。それはむしろ「内部に空気か風を持つ」内部器官の動きによって生じるものだ。[2]

『動物誌』は魚に関する怪しげな記述で満ちている。中には難解なものもある。紀元三〇〇年頃にナウクラティスのアテナイオスが、教養ある人々が宴席で交わす雑学を記した本（『食卓の賢人たち』）を書いているが、その中で驚くほど多いのは魚を巡ってやりとりされる話だ。しかもそれは皮肉で味付けされている。

しかし、正直なことを言うと、私はアリストテレスには驚いている。いったい彼はどこでこんな知識を学んだのだろう？　それに誰から得た知識なのか？　海の底からやってきた、プロテウス（海の老人で海神ポセイドンの従者）かネレウス（海の老人とホメロスに呼ばれた海神）のような者からなのか？　魚のすること、魚の眠り方、魚の時間のつぶし方――彼はそんなことについて書いている。そのすべてがせいぜい愚か者たちを感心させるためなのだ――喜劇詩人が言っていたように！

だが、じつは驚くようなことは何もない。アリストテレスのネレウスは、ただそのあたりにいる漁師のような人々だった。アリストテレス自身は人々の知恵を嘲笑しない。しばしば彼は、大半の人々が思っていることを、改めて熟考することから研究をはじめるべきだと言う。それは概ね人々の考えが正しいからだが、問題は人々が往々にして大げさなほら話をしがちだということだ。例えば、漁師たちの中には、魚が精子を食べることで卵子の受精をすると言う者がいる。これは正しくないとアリストテレスは言う。魚の生体構造に合致していないからだ（食べた精子はただ消化されるだけである）。漁師たちが描写しているのは、単にある種の求愛行動である、と。アリストテレスはそれがどの魚の行動なのかを言っていない。私の友人で、ギリシアの魚について詳しいダヴィッド・クツォヤノプロスは、それはベラにちがいない、おそらく眼状紋のあるベラ（*Symphodus ocellatus*）だろうと言い、それを証明するために写真を送ってくれた。

漁師たちの話。ここに、私を驚かせようとした漁師から聞いた話が三つある。最初の話。ラグーンの入口に棲んでいるモンクアザラシは、地元の漁師たちのあとについてきて、彼らの網から魚を盗みとる。二つ目の話。地元の小島ヴラコニシダ・カロニのカモメは、魚の代わりにオリーブをひな鳥に与えて育てる。三つ目の話。キオス島のアポティカにいるカラスは、通りすぎる車の前にクルミを落とす。車の下でクルミが割れることを期待するからだ。クルミを割らずに車が通りすぎてしまうと、カラスはクルミを取り戻して、もう一度試してみる。

私は十分に驚いた。漁師たちにもそう言った。しかしアリストテレスが言うように、問題は漁師たちが自然をさほど注意深く観察していないことにある。漁師たちは知識そのものを求めているわけではないからだ。民間の説は、研究のスタート地点としてはいいかもしれない。だが、自然世界の研究にはどうしても専門知識が必要となる。理性的な議論を評価できるというような一般的な意味の専門能力だけではなく、個々のテーマに固有の専門知識もまた必要とされる。クツォヤノプロスによると、専門家は他の人々が見過ごしがちな物事にすぐに気がつくと言う――例えば、季節はずれの小型サメのしぼんだ精管などに。ニューカレドニアのカラスは道具を使うという見聞があるにしても、アポティカのカラスが本当に賢いということをそのまま信じる前に、私は一シーズンはそれについてフィールドワークをした行動生態学者の報告を聞いてみたい。アリストテレスの懐疑主義は、科学の専門的権威というもののさきがけだった――今日、恐ろしいまでに成長し、蔓延したあの権威だ。どんな難解なテーマでも、そこには専門家階級がいて、

---

(2)　このような魚は、筋肉を浮き袋にぶつけて特殊な「音」を出す。マトウダイ（*Zeus faber*）の出す音は、「ほえ声」と「うなり声」の間だと海洋生態学者たちは述べている。

しかも専門家たちは、博士号や大学のポストなどで権限を与えられ、統計データで武装して一般大衆の意見をいつでもやっつける用意がある。こんな状況をアリストテレスが見たら、さぞかし目を瞠ることだろう。彼はその光景を満足そうに眺めるだろう。

XIX

アリストテレスは自分の記述の情報源については、多くを語ろうとしない。それは自分で検分した場合についても同様だ。「私はこれを見たことがある——その事実こそ、それが真実である理由だ」とはけっして言わない。したがって、彼が各テーマ（例えば生殖行動）について挙げた数えきれないほどの事実の中で、いったいどれが個人的な観察に基づいたものなのか、それを見分けることは難しい。しかし、行間から読み取れるかぎり、彼が多くの実証的研究をしていたことは明らかだ。例えば次の文には本人の自信がはっきりと見て取れる。

> カメレオンの体形は概してトカゲに似ている。だが、肋骨は下へ伸びていて、魚のように下腹部で左右の骨が出会う。背骨も魚のように上へ突き出る。顔はコイロピテーコス（直訳すれば「ブタザル」）のようだ。しかし尾は非常に長く、先がとがっていて、通常は革ひものように巻いている。トカゲにくらべて地面から離れたところにいるが、脚の曲がり具合はトカゲと同じだ。足はそれぞれが二つの部分に分かれていて、その相対位置（*thesis*）が人間の手の親指と残りの部分の対置（*antithesis*）に似る。二つに分かれた部分［足］は少し先でまがりなりにも指に分かれる。前足は内側が三本に、外側は二本の指に分かれる。うしろ足は内側が二本に、外側が三本に分かれる。指にはそれぞれに鉤《かぎ》爪がついていて、猛禽類の爪に似る。カメレオンは体全体がざらざらしてワニの体のようだ。目は眼窩に収まり、非常に

大きくて丸い。目も皮膚に覆われていて、それは体全体を覆う皮膚に似ている。眼球の真ん中には小さな穴があいていて、カメレオンはそこから見る。穴は皮膚で覆われることがけっしてない。カメレオンは目をくるくる回して、あらゆる方角に視線を変え続ける。したがって、見たいものはどんなものでも見ることができる。体色の変化は空気で体が膨らむときに起こる。色はワニと変わらない黒色だったり、トカゲのように緑色で、ヒョウのように黒い斑点があったりする。体色の変化は体全体で起こる。目と尾も同じように色が変わる。カメレオンの動きはカメのようにひどくゆっくりとしている。死ぬときは緑がかった色になり、死んだあとも色は変わらない。食道や気管周辺の模様はトカゲに似ている。肉は頭や顎、尾のつけ根近くにほんのわずかあるだけで、それを除くと他にはどこにもない。血液も心臓や目、心臓上部の付近と、そこから出ている血管内にあるだけで、それもほんのわずかの量にすぎない。脳は目の少し上に位置していて、目とつながっている。目の外側の皮膚を剝ぎ取ってみると、銅の細い輪のようなものが目を取り巻いて、きらきらと光る。カメレオンの体全体は、他の動物には見られない数多くの強い膜で覆われている。全身を切開しても、カメレオンは長い時間呼吸し続ける。その際、心臓のあたりは非常にかすかではあるが動いている。とくに肋骨の近辺に収縮が見られる。だが、同じ動きは全身においても、程度の差はあるが認められる。脾臓は見当たらない。カメレオンはトカゲのように冬眠する。

アリストテレスはカメレオンを解剖したようだ、実際、生体解剖をしたのだろう。今もサモス島のオリーブ林にいる、この美しくて愛嬌のある動物を。

XX

アリストテレスが、動物について書いた著作の中で取り上げているのは次のような哺乳類だ。ネコ（*ailouros*）、キツネ（*alōpēx*）、クマ（*arktos*）、チチュウカイモグラ（*aspalax*）、ノネズミ（*arouraios mus*）、ウシ（*bous*／*tauros*）、ウサギ（*dasypous*／*lagos*）、ハリネズミ（*ekhinos*）、シカ（*elaphos*／*prox*）、ヤマネ（*eleios*）、カワウソ（*enydris*）、ムナジロテン（*galē*）、ケッテイ（*ginnos*）、ラバウマ（*innos*）、ウマ（*hippos*）、ブタ（*hys*）、ヤマアラシ（*hystrix*）、イタチ（*iktis*）、雄ブタ（*kapros*）、ビーバー（*kastōr*）、イヌ（*kyōn*）、インドライオン（*leōn*）、オオカミ（*lykos*）、ヤマネコ（*lynx*）、ネズミ（*mys*）、トガリネズミ（*mygalē*）、コウモリ（*nykteris*）、ヒツジ（*oïs*／*krios*／*probaton*）、ロバ（*onos*）、ラバ（*oreus*）、アザラシ（*phōkē*）、ジャッカル（*thōs*）、ヤギ（*tragos*／*aïx*／*khimera*）。

すべてこれらの種は、ギリシアや小アジアに固有の動物か、かつてそうだったものだ。したがって、彼が取り上げているのも当然だ。だが、それ以上に驚くべきことは、記述されている種の中に、ナイル・デルタやリビア砂漠、中央アジア平原に固有なものの数が、ギリシアや小アジアのものにくらべても少なくないことだ。オオコウモリ（*alōpēx*）、ハーテビースト（*boubalis*）、ヨーロッパヤギュウ（*bonassos*）、ガゼル（*dorkas*）、ゾウ（*elephas*）、シマハイエナ（*hyaina*／*trokhos*／*glanos*）、ニルガイ（*hippelaphos*）、カバ（*hippopotamios*）、マングース（*ichneumōn*）、オナガザル（*kēbos*）、ヒヒ（*kynokephalos*）、野生のロバ（*onos agrios*）やアジアロバ（*hēmionos*）、インドサイ（*onos Indikos*）、オリックス（*oryx*）、ヒョウ（*panthēr*／*pardalis*）、キリン？（*pardion*／*hippardion*）、バーバリーマカク（*pithēkos*）、ヒトコブラクダ（*kamēlos Arabiā*）、フタコブラクダ（*kamēlos Baktrianē*）――これにわれわれは次のような動物を加えることができる。アフリカクロトキ（*ibis*）、ダチョウ（*strouthos Libykos*）、クロコダイル（*krokodeilos potamios*）、それにさまざまなアフリカのヘビ。

「つねに新しいものがリビアからくる」とアリストテレスは言っている――そして、このリストから判断して、おそらくそれは東方からも送られてきたのだろう。

アリストテレスの異国の動物についての学識は、はたして何に由来するのか？　彼はエーゲ海を望めない場所にはほとんどいたことがない。したがって、異国の動物を自分で集めることはできなかった。ローマの百科全書家大プリニウスがこの質問に答えている。プリニウスの断定に往々にして見られるのだが、この答えにもやはり空想的な気分が感じられる。プリニウスによれば、アレクサンドロス大王がアリストテレスに材料を与えたと言うのだ。

動物たちの本性を知りたいという燃えるような思いを抱いたアレクサンドロス大王は、万学に抜きん出たアリストテレスにこの仕事を委ねた。小アジアとギリシアの至る所にいる数千人の人々が、アリストテレスの指揮下に入った——それは狩猟、捕鳥、漁などで生計を立てていた人々、それに家畜の群れ、ミツバチ、魚の棲む池、鳥の檻などの世話をしていた人々だ。世界中どんな場所にいるどんな動物でも、彼の目の届かぬものはないようにすべしという考えだったのだろう。これらの人々に詳しく質問をすることで、アリストテレスは全部で五〇巻余りに及ぶ名高い本を完成させた。

紀元前三四三年、なおレスボス島にいたアリストテレスは、マケドニアの宮廷へ招致された。彼には行く理由が十分にあった。マケドニアは結局彼の故郷だったし、それにその地は、四半世紀ほど前に彼があとにした僻地ではもはやなかった。アミュンタス三世はずっと前に死んでいて、息子のピリッポス二世がマケドニアの王位を継いでいた。ピリッポスは軍隊を召集し、その軍事力をさかんに誇示しつつあった。アテナイではデモステネスが市民に警戒を呼び掛けていた。彼らの戸口に今や危険が迫ろうとしていると、これまでになかったほど絶望的な調子で警告した。だが、アテナイの市民たちはデモステネスを無視した――その結果、人々はつらい経験をすることになる。

ピリッポスは、息子（アレクサンドロス）のために家庭教師がほしいと思った。少年の荒々しいトゲを削ぎ落とし、国王の息子にふさわしい哲学上の教育を施してくれる者を求めた。アリストテレスが少年をあのような人物へと育て上げたのだろうか？　それともアリストテレスは、少年が生まれながらに持っていた激しい気性をむしろ調教しようとしたのだろうか？　われわれはそれを知りたいと思うが、それはできない。アリストテレスの一〇代の生徒はただのスポイルされた小君主ではなく、「オイクーメネー」（人の住む世界全域）（直訳すれば「人々が暮らす土地」。本章のタイトル「人智の及ぶところ」はこれを意訳している）の未来の王アレクサンドロスその人だったからだ。

歴史上、それはもっとも注目すべき結合だった。ほんの数年間とはいえ、人類史上もっとも偉大な思想家の一人が、最強の軍隊の指導者に対して支配的な立場に立ち――その指導者を世界に解き放ったのである（ピエール＝シモン・ラプラスはナポレオンが士官学校に入学するときに、単に試験を試みたにすぎない）。四世紀のちにプルタルコスが状況を説明している。

ピリッポスは彼ら（アリストテレスとアレクサンドロス）に、学問とレクリエーションの場として、ミエザにあるニンフ（妖精）たちの聖地ニュンパイオンを与えた。そこには今でも、アリストテレスの石の椅子と木陰の散歩道を見ることができる。アレクサンドロスがアリストテレスとともに学んだのは、おそらく倫理学や政治学だけではなかっただろう。その秘密や深遠な教えまでも、アレクサンドロスは授けられた（それは秘伝や奥義と呼ばれていたもので、他の生徒たちに伝えられることはなかった）。

今でもなお、木陰の道と石の腰掛けはミエザで目にすることができる。

紀元前三三六年、ピリッポスは暗殺され、アレクサンドロスが王となった。新たな王は手はじめに、ギリシアの第二の都市テーベを攻めて荒廃させた。アリストテレスは手紙で彼に助言をした。ギリシア人たちの指導者となり、彼らを「友だちや親族」のように慈しむようにと勧めた。だが、アレクサンドロスはテーベの市民たちを奴隷として売りに出した。その後、ガザの男たちを全員十字架に掛けた。そして、それはいくぶんかは、アリストテレスの教えを受けた学徒として行なった行為でもあった。同じ手紙でアリストテレスはアレクサンドロスに、野蛮人に対しては専制君主となり「彼らを獣や草木のように扱え」と命じていたからである。オイクーメネーを蹂躙して暴れ回っているときでも、若い将軍がつねに身近に置いていたのは、アリストテレスが校訂した『イリアス』の写本だった。翌年、哲学者（アリストテレス）は自分の仕事を終えると、アテナイに戻ってきた。現下のアテナイはマケドニアの支配下にあり、そのアテナイでアリストテレスはリュケイオンを設立した。その後リュケイオンで一三年の間、平穏な月日を過ごし、死の数カ月前にアテナイを離れた。アテナイはアリストテレスが著書を、少なくともわれわれが現在手にしている著書を書いた場所だった。そしてそこはまた、プリニウスの言ったことが正しければ、アレクサンドロスが送りつけてきた動物を、アリストテレスが解剖して調査した所でもあった。

XXI

プリニウスの物語は魅力的だ。アレクサンドロスは単に黒い目をした好色家だったり、誇大妄想狂の征服者であるばかりでなく植物や動物を愛した。そして、年老いた家庭教師の関心を刺激し、愛情を込めて生物学上の戦利品を師の足元に置いた。一、二世紀後に、アテナイオスが書いているのだが、アレクサンドロスはアリストテレスに研究費用として八〇〇タラントを与えたという。そしてそれは、アレクサンドロスをいわば「マケドニア国立科学基金」にしたという。だが、この物語にはどこか作り話めいた匂いがする。八〇〇タラントといえば、マケドニアの国内総生産（GDP）の数倍に当たる金額だ。自分の生物学上の著作の中でアリストテレスは、助成金や動物園はもとより、アレクサンドロス自身のことについてさえ一切口にしていない。

アリストテレスの異国の動物についての知識の源泉の一つが、旅行記だったこともまた明らかだ。紀元前五世紀、ギリシア人でありながら、ペルシア宮廷で侍医をしていたクニドスのクテシアスは、ペルシアやインドについて何冊か本を書いた。アリストテレスはこれを無視することもできないが、さりとて信用することもできないと感じた。

これらのグループ（*genē*）の動物（胎生四足類つまり哺乳類）に二列の歯を持つものはない。だが、もしクテシアスを信用するなら、この種の動物は一種類存在する。彼（クテシアス）は、マルティコーラス（*martikhōras*）とインド人が呼ぶ野獣には、上下の顎に三列の歯が生えていると断言している。それはライオンほどの大きさで、同じように毛で覆われている。そして足もライオンに似ている。顔や耳は人間に似ていて、目はブルー、体は朱色をしている。尻尾はサソリの尾のようで、その中には毒針があり、尻尾についた針を矢のように投げつけることができた。羊飼いの笛とラッパの音の中間のような声を出し、シカと同じくらいすばやく走る。獰猛でヒトを食らう。

クテシアスのマルティコーラスという寓話の茂みの背後に潜んでいるのはトラである（ペルシア語で「マルティジャカーラ」。文字通りの意味は「人食い動物」）。他のところでも以下のような記述がある。「ゾウの精液

「琥珀のように固い」についてクテシアスが書いていることは嘘だ」。「そしてクテシアスによると、インドにはイノシシもブタもいない。しかし、無血類で穴に身を隠し、冬眠する動物はみな大きい」。これはクテシアスが言及しているインドの蠕虫のことで、木に棲んでいて家畜を食らう。簡単に言うと巨大なニシキヘビだ。

お粗末なクテシアスの紀行文はまた、アリストテレスの動物学における古典的な問題の源ともなっている。アリストテレスが言及しているのは、一つの角を持つ二種類の動物たちだ。その内の一つ、「オノス・インディコス *onos Indikos*」（文字通りの意味は「インドのロバ」）は単蹄（奇蹄類。ウマなど）だが、もう一つ、「オリュクス *oryx*」は双蹄（偶蹄類。レイヨウなど）である。アリストテレスはオノス・インディコスについては慎重だった。これはもっともな話だ。少なくとも一九世紀以来学者たちは、オノス・インディコスは事実をゆがめて表現されたインドサイのことで、オリュクスは横や遠くからちらっと眺めただけだが、アラビアオリックスだろうと推定してきた。だが、無論、これでは時代があまりに下りすぎる。アリストテレスは懐疑的ではあったが、一角獣が自分の著書に入りこむのを阻止することはできなかった。

クテシアスの作り話にはつねに疑いを抱いていたものの、ヘロドトス（活躍期・紀元前四五〇）に対しては、アリストテレスはさらに強く信じる方へと傾いていた。そして、ヘロドトスの著作からは、しばしば自信ありげに借用した。ヘロドトス自身が、自分の目で見たものだけを信じたいと宣言していたのでこれは仕方がない。おかげで『動物誌』には、ヘロドトスを発信元にした出所不明の事実があふれている。カリア（アナトリア）の更年期を迎えた女司祭はひげを生やす。ラクダはウマと喧嘩をする。ヨーロッパ中でライオンがいるのはアケロオス川（アカルナニアとアイトリアの国境）とネストス川（マケドニア）の中間地点だけだ。秋になるとツルがスキュティア（中央アジア）から、ナイルの水源のあるエジプト南部の湿地帯へと渡る。エジプトの動物たちはギリシアの同種のものより大きい、などなど。ときにヘロドトスの事実が疑わしいと思ったときには、アリストテレスは事実の前置きとして、「……と言われている」という言葉をつけた。それはこんな具合だ。「……エチオピアには空を飛ぶヘビがいると言われている」。空を飛ぶヘビは、われわれには空想的な印象を与えるかもしれない。だが、ヘロドトスはアラビアでそのヘビの骨格を見たと言う。そしてヘビのすさまじい交尾や、毎年ヘビがエジプトへ侵入しては、アフリカクロトキの群れに撃退される様子を報告している。このことを考えると、アリストテレスのためらいがちなコメントはみごとに節度がある。ヘロドトスの金を掘るアリやグリフィン（ワシの頭と翼を持ち、胴体がライオンの怪物）の話などはあっさりと無視しているし、ラクダのうしろ脚にはそれぞれ四つの膝があるというヘロドトスの考えに対しては、ヘロドトスの名前を挙げることをせずに異議を唱えている。一度だけ、アリストテレスがヘロドトスの名前を出したことがある——そこではアリストテレスの憤慨の声を聞くことができる。それはヘロドトスがまったくばかげたことを言っているのを、アリストテレスが捉えたときだ。「ヘロドトスはエチオピア人が黒い精液を出すと言っているが、これは間違いだ」

しかし、アジアやアフリカの動物相《ファウナ》についてアリストテレスが知っていることの中で、クテシアスやヘロドトスに由来するのはほんのわずかだ。それから考えてみても、アリストテレスはおそらく、他の旅行家たちのレポートを同じように漁っていたにちがいない。だが、彼の異国の動物に関する記述でもっとも不可解な面は、正確な知識と、まったくの知識のなさを結合させているそのやり方だ。例えば、アリストテレスはしばしばゾウについて書いている。たしかにゾウの全容や習性については——図体が大きく、長い鼻や牙を持つ——クテシアスのような人から学ぶことができたのだろう。しかし、ゾウには胆嚢がないこと、肝臓がウシの肝臓の四倍の大きさをしていること、脾臓はむしろウシより小さく、体内の睾丸は腎臓の近くにあることなどを、アリストテレスはどのようにして知ったのだろう。

　このような解剖学上のデータは、紀元前四世紀の旅行記の題材ではほとんどありえない。こういう驚くべき記述があるせいで、アレクサンドロスの贈り物の逸話が今でも生き続けているわけである。紀元前三三一年、ガウガメラでアレクサンドロスがペルシア人を打ち破ったときに、ダリウス三世の戦闘ゾウを一頭捕らえて、それをおよそ二〇〇〇キロ離れたアテナイへ送ったという話の通りなのだろうか。アテナイにいたアリストテレスは、ゾウをリュケイオンの散歩道《ペリパトス》の木陰で解体したという。二流のサイエンスフィクション作家のL・スプレイグ・ディ・キャンプが、この前提をもとにして興味深い小説『アリストテレスのためのゾウ』（一九五八）を書いた。しかし、たとえこの――あまりにも〝逍遥《ペリパ》〟学派的《テティック》と呼ぶにふさわしい足どりの――厚皮動物がそこにいたと仮定しても、なお不可解なのは、もしアリストテレスがゾウを見て切り刻んだなら、なぜゾウのうしろ脚が前脚にくらべてはるかに短いなどと言うのだろうか[3]？

　アリストテレスの異国の動物学の続き部分も、また同じように風変わりなものだ。アリストテレスにもっとも共感した翻訳者で、自身ベテランの動物学者でもあるウィリアム・オーグルが、インドライオンに関するアリストテレスの意見をとりまとめて、辛辣な意見を述べている。「アリストテレス自身ライオンに詳しくないことは明らかだ。ライオンについて語る言葉のほとんどすべてに誤りがある」。オーグルが考えているのは、とくにアリストテレスの次の主張だ。ライオンの首には骨が一つしかない（これは間違いだ。すべての哺乳類と同じように、ライオンには七つの頸椎がある）。このあやまちがいっそう奇妙なのは、ア

（3）答えは簡単なことかもしれない。つまり、ゾウのうしろ脚の上部は垂れ下がった皮膚のひだに覆われている。そのためにうわべしか見ない人には、それが前脚より短く見えてしまう。もし解体を行なったのならこのような誤解が残るはずはない。

リストテレスがそれほど遠出をしなくても、ライオンを目にすることができたからだ。彼の時代にインドライオンは、マケドニアの少し離れた渓谷でまだうろうろ歩き回っていた。[4] ヨーロッパバイソンについては、すぐれた記述をし、そのあとで、バイソンは追っ手に向かって焼き尽くすような熱い糞を投げつけるなどと言っている。[5] 同じように、ダチョウについて描写した文には説得力があるのだが、一点、（明らかに印象的な）鉤爪を蹄と間違えている。しかし、ラクダについてはもっと正確で、ラクダが反芻動物のように多くの部屋のある胃を持っていることや、割れた蹄（偶蹄）をしていること、それに驚くべきは、うしろ脚の裂け目が前脚にくらべて深いことなどまで、アリストテレスは知っていた。それに、ハイエナの生殖器についても的確な描写をしている。

XXII

『動物発生論』の中でアリストテレスは次のように言う。ヘロドロスという人がいて、ハイエナ（*hyaina*）には雄と雌の両方の生殖器があり、年ごとに代わるがわる、たがいの上に乗っていると言い張っていたという。手短かに言えば雌雄同体ということだ。ヘロドロスは黒海の港ヘラクレアで生まれ、『ヘラクレア史』を書いたことと、ソピストにして、円と同面積の正方形を求めようとしたブリュソンの父親であることで知られている。ヘロドロスのハイエナはシマハイエナ（*Hyaena hyaena*）に違いない。ギリシア世界ではそれが、至る所で見られたハイエナ科の唯一の種だったからだ。アリストテレスはヘロドロスの言っていることはナンセンスだと言う。ハイエナは雌雄同体ではないが、その下半身は奇妙な外見をしている。

『動物誌』の中で、アリストテレスはさらに細かく語っていた。ハイエナが雄も雌も肛門の近くに、窪みを形成する大きな分泌腺（肛門腺）を持っていることを知っていれば、彼の記述は理解できる。現代の用語を差し挟んでいるのは私だ。

ハイエナの体色はオオカミに似ているが、オオカミより毛深い。それに背骨に沿ってたてがみが生えている。生殖器については、ハイエナは雌雄両方の器官を備えていると語られているが、これは真実ではない。雄のハイエナの生殖器［ペニス］はオオカミや犬のそれに似ている。問題の部分［肛門腺］は雌の生殖器［ヴァギナ］に似ていて、尾の下にある。だが、そこに管はない。そして糞便の通り道［肛門］はその下にある。雌のハイエナにもその部分［肛門腺］はあり、雌の生殖器に似ている。雄の場合と同様にそれは尾の下にある。そして糞便の通り道へと続いていて、その下に本当の雌の生殖器がある。雌のハイエナは他の同種の雌と同じように子宮を持つ。雌のハイエナに遭遇するのはきわめてまれなことで、ある猟師の話では、少なくとも一一頭捕まえて、わずかに一頭が雌だったという。

図は混乱の原因を示している。肛門腺によって作られた窪みは往々にして、ヴァギナと見間違えられてしまう。にもかかわらずアリストテレスはそれを正しく理解しているが、これを自分ですべて見たとは言っ

（4）　インドライオン（*Panthera leo persica*）はおそらくヨーロッパでは、一世紀には絶滅していただろう。現在ではわずかにインドのジルの森［グジャラート州］で生息している。

（5）　この大げさな話のもとはウシ属の習性にある。ウシは危険が迫ると、尾を振り上げて液体状の糞を勢いよく噴き出す。この話は非アリストテレス派による挿入かもしれない。それはほとんど一字一句違わない形で、『異聞集』の中で繰り返されている。この本は『アリストテレス全集』（*Corpus Aristotelicum*）に含まれた驚嘆すべき話を編集し直したもので、アリストテレスの後継者（ペリパトス派）の一人によって書かれた。

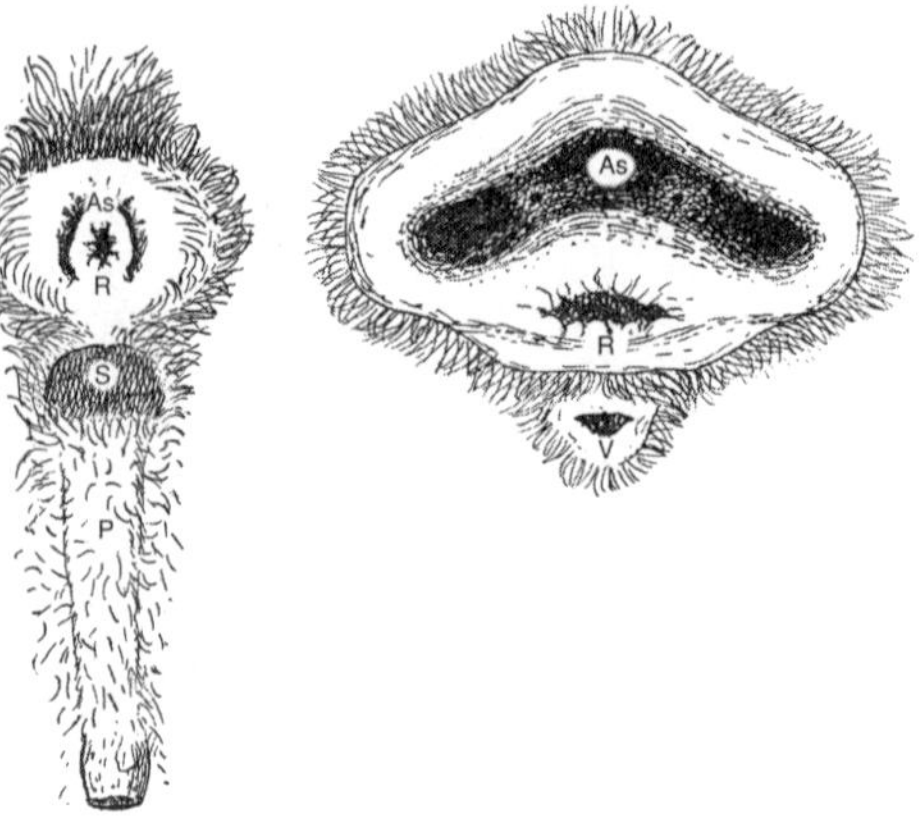

シマハイエナ（*hyaina*）— *Hyaena hyaena*
雄の生殖器（左）と雌の生殖器（右）
As（肛門嚢）R（直腸）S（陰嚢）P（ペニス）V（ヴァギナ）

ていない。そういうものが「観察されてきた」と言っている。ハイエナの脚の間を観察したのはどうやら他の誰かであったようだ。

実際アリストテレスは、書き記した外国の動物たちのいずれも目にはしていなかったように見える。このような動物たちの生体構造や習性には、彼の解剖からわれわれが期待できる――例えば、コウイカの解剖報告が与えてくれる――網羅性や詳細さや正確さがまったく欠如しているからだ。アレクサンドロスの贈り物というストーリーは、征服者のイメージをやわらげるために――あるいは哲学者のイメージを強めるために――作られた、後世の創作であることはほぼ間違いない。現実にはアリストテレスの研究の端緒は旅行者の話――さまざまな初期の「歴史」――だったようだ。それを彼はできるかぎり入念に吟味した。そして信じがたいものは捨て、教訓的なフレーズはありそうなこととしてとどめ置き、もっともらしさを維持した。さらに、この材料に織りまぜるものとして、他の者から送られてきた、断片的ではあるが実証的な見地から見てよりいっそう洗練された報告を選んだ。協力者として働いたのはまったく無名の人々で、旅をしたり解剖に精通した人々、そして自分が見聞した情報を、アリストテレスに送ってくれた人々である。

未知の協力者の候補としては何人かいる。もっともそれらしいのはアリストテレスの姪の息子、オリュントスのカリステネスだ。この二人は単に親戚というだけではない。カリステネスは、アリストテレスがアテナイにあったプラトンのアカデメイアで教えていたときに、そこへ通っていた生徒だった。紀元前三四七／八年にアリストテレスがアカデメイアを離れて、アッソスのヘルミアスの宮廷へ行ったとき、カリステネスもそれに従った可能性が高い。ヘルミアスがペルシア人から拷問を受け、処刑されたときに、カリステネスもアリストテレスがしたように、僭主を称えて賛歌を書いた。さらにカリステネスがアリストテレスにつき従ってレスボス島へ渡り、数年後にはマケドニアへ同行したという伝説もある。カリステネスはアレクサンドロスより二、三歳年長だったが、二人はミエザでともにアリストテレスの生徒となったのかもしれない。確実なのは、アレクサンドロスが権力を持ちはじめた頃、カリステネスはすでに一〇巻に及ぶギリシア史『ヘレニカ』を書き上げていて、歴史家としての名声を勝ち得ていたことだ。紀元前三三四年、アレクサンドロスが東方征服のためにヘレスポントスを渡ったときには、カリステネスも同行して戦役を記録していた。

そして、軍の進み具合をアテナイに報告した。当時アレクサンドロスの真価はまだ問われておらず、たくさんいた支配者たちの一小君主にすぎなかった。それだけにアレクサンドロスは、アテナイの市民たちが自分の勝利を知っているかどうか確かめてみたかった。だが、カリステネスは単なる宣伝マンではない。自然哲学者でもあり、ナイル川の年ごとの氾濫はエチオピアの水源近くに降る大雨のせいで、この大雨は湿気をたっぷり含んだ雲が、エチオピアの大山塊にぶつかったために起こると説明した。これはおそらく、紀元前三三二年から三三一年にかけてアレクサンドロスが行なった、迅速なエジプト縦断によって着想を得たものだろう。アレクサンドロスはカリステネスを南のスーダンへ送り、大河の水源を探査させていたのかもしれない。カリステネスはまた、バビロニアの天文学上の言い伝えを記録して、地震の原因について一つの理論を提案した。ある断片はカリステネスがアリストテレスに情報を送ったことを伝えているが、それがどんな情報だったのかわれわれにはわからない。

カリステネスは七年間、アレクサンドロスの戦列につき従った。テュロスや、オアシス・シーワへの入口ガザの攻略のときにも軍中にいた。またグラニコス川やイッソス、ガウガメラの戦い、さらには中央アジアの砂漠を横切って行なわれた、壮大なダリウス三世の追跡などにもつねに軍隊に随行している。カリステネスが横切った地域はアナトリア、シリア、エジプト、メソポタミア、バビロニア、ペルシア、メディア、ヒュルカニア、パルティアに及ぶ。カスピ海やキルギス砂漠、シスタン沼地の周辺を通り、アルノスの岩を登り、ヒンドゥークシ山脈を縦断した。これらの地域はすべて動物学的視点から見れば豊かな土地だ。そのために、カリステネスが目にしたものをすべて利用して、アリストテレスがなぜ東方についてさらに多くのことを語らないのか、疑問に思うかもしれない。が、その疑問には簡単に答えることができる。アリストテレスは姪の息子にふたたび相見えることがなかったからだ。バクトリア（今のアフガニスタン）のどこかで、アレクサンドロスはこの歴史家を逮捕して処刑した。古代の資料はカリステネスが殺された理由や、そのときの様子について意見を異にしている。しかし彼の死が残酷なものだったという点では一致している。

アレクサンドロスは紀元前三二三年に死んだ。多くの者が言うには、ペラの大守でアリストテレスの友人でもあったアンティパトロスによって毒殺されたという。アリストテレスは著作——政治的情熱や個人的な感情は一切書かれていない――の中で、姪の息子については何一つ述べていない。だが、植物学者のテオプラストスはカリステネスを悼んで、彼の名前で対話篇を書いた。

解　剖

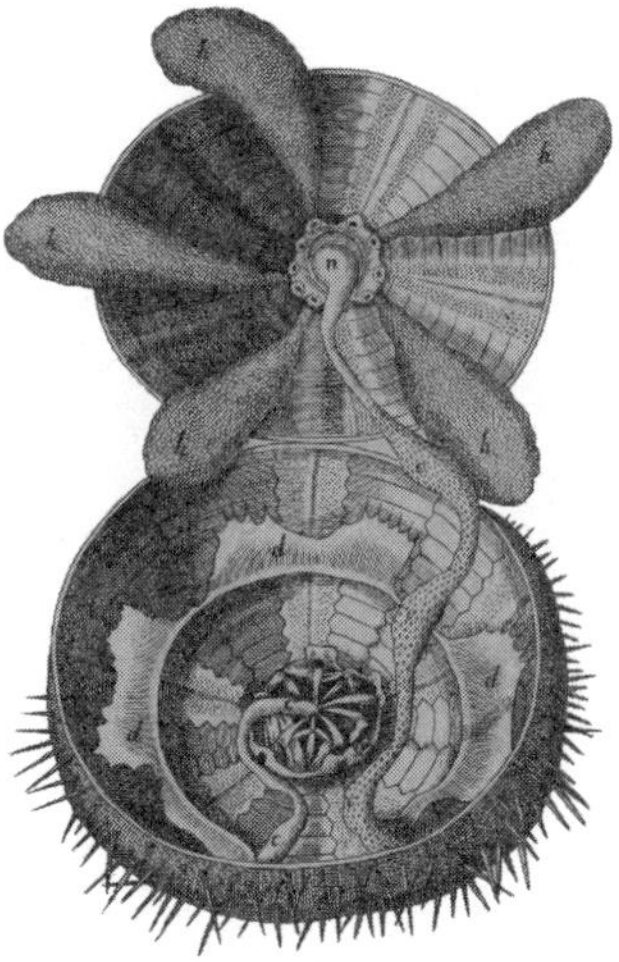

食用ウニ（*esthiomenon ekhīnos*）— *Paracentrotus lividus*

XXIII

アリストテレスは一一〇ほどの、さまざまな動物の内部構造について言及している。その内のおよそ三五については情報も非常に詳細で正確だ。それは動物たちを、いかにも彼が自分で解剖したと思わせるほどだった。作業のすばらしさは、コウイカの解剖について語っている内容からも判断できる。手に一杯のイカさえあれば、彼の説明について行くことは簡単だ。

コウイカ――ぐにゃぐにゃして青白く、ネバネバしている――をテーブルの上に置く。アリストテレスのしているように、まず外側から見ていく。口、二つの顎板《がくばん》、八本の腕、二本の触腕、外套（胴体）、ヒレ。そして内部へと入らなければならないのだが、アリストテレスはそのやり方を教えていない。一方の手で触腕をつかみ、もう一方の手で外套をつかんで引き抜いたのか――ギリシアの主婦がするやり方だ。われわれは、現代の解剖学者の持つ技術や忍耐、それにすぐれた器具などをアリストテレスに期待すべきではないだろう。だが、主婦のやり方よりははるかに慎重に行なったに違いない。他のところではモグラの顔の皮膚を剝がして、その下から発育不全の目を露呈させたりもしている。

そういうわけでわれわれは、外套に触腕から縦に後尾部へ向かって切り込みを入れる。腹部を切り開くと中から生殖器が現われる。背部の切り込みによって現われてくるのはイカの軟甲だ。その下にはアリストテレスが「芥子《ミュティス》」(*mytis*) と呼んだ、大きくて赤い器官（中腸腺）と消化器官がある。こまかいところまで彼の解剖につき合うつもりはないが、ただ、そこでされていた注目すべきことだけ見てみよう。二点ある。

まず一点目。虹色の銀白（虹彩）と黒い切り込みの瞳孔を持つ目と目の間に軟骨がある。それを慎重に薄く削ってみると、中から小さくて柔らかい、黄色のふくらみが現われる。これがコウイカの脳だ。簡単に見逃してしまいそうだし、すぐに壊してしまいそうだ。しかし、アリストテレスはこれを見つけている。いったん目にしてみると、その神経組織の質感は見落としようのないものだった。

二点目。次にわれわれは消化官をたどって行く。口からスタートして、食道が続くままに脳を通り越し、「芥子《ミュティス》」を抜けて、アリストテレスが適切にも鳥の嗉囊《そのう》と比較していた胃に到達する。そしてそこにはもう一つの囊、渦巻き状の盲囊《もうのう》がある。アリストテレスはこれをホラガイの貝殻に似ていると言う。そして盲囊から腸が現われる。ほとんどの動物では腸はうしろを走っているが、コウイカはそうではない。腸は弧を描いて上方へ進む。そのために直腸は漏斗《ろうと》のそばにある。アリストテレスは頭足類の解剖上、もっとも奇妙な特徴に気づいていた。それは頭足類が頭の上に排便をすることだ。

アリストテレスが間違って理解していたものもある。彼は「芥子《ミュティス》」――真ん中にある大きな器官――をコウイカの心臓に該当するものだと考えていた。だが、それは違う。実際はコウイカの肝臓に当たるものだった。本当の心臓――三つある――は、一七世紀にヤン・スワンメルダムが見つけ出した。アリストテレスはまた、外套腔に「羽毛状のもの」を見つけ、それが魚の鰓に非常によく似ていたのに鰓と同定できずにいる。筋肉と神経には疎かったのだ。

あやまちは当然予想されることだ。しかし、ここには何か重要なものが抜けている。コウイカにではなく、本の中にないのである。『動物誌』には現代の動物学のテクストなら、どんなものにでもあるものが欠けている――図解《ダイヤグラム》だ。現実には、図解なしで解剖学を学ぶことなど不可能だし、教えを受けることもできない。動物の形態の論理的構造をはっきりと示すためには、どうしてもその抽象化と視覚化が必要だ。解剖学者なら誰もが知っていることだが、図に描いてみるまでは、本当に見てはいない。それでは、アリストテレスは図解をせずに、どのようにして理解をしたのか？　不思議に思っていると、次のような一文に出くわす。

　このような部分が、どんな風に配置されているのかについては、『解剖学』の中の図解を見ていただきたい。

　図解をまとめて一冊にした本があったのだ。実際には八冊ほどあったとディオゲネス・ラエルティオスは言う。哲学者たちは、アリストテレスの初期の哲学を要約した『プロトレプティコス』（『哲学のすすめ』）が失われたことを残念がっている。しかし少なくともそれは、アリストテレスの語句を引用した人々のテクストから再構成することができる。私が悲しんでいるのは『解剖学』の方だ。これは永遠に失われてしまった。

　紀元前四世紀の解剖図解とは、いったいどのようなものだったのだろう？　おそらくアプリア（イタリア南東部のアドリア海に面した地域）の陶器に描かれた魚の絵に、いくらか似ていたかもしれない。しかし、間違いなくそれはもっとおおざっぱなものだったろう――アリストテレスはプロの画家ではなかった――し、彼の強調していたのは教育的な側面だ。黒い線ですばやくアウトラインを描き、さまざまな箇所にアルファベットのマークを入れる（A、B、Γ、Δ）――ときには本文中でこのようなマークにはっきりと言及している。アリストテレスの図解を再構成する試みは可能だ。だが本当のところ、それは推測の域を出ない。これまでにも、エジプトのミイラを包んだパピルスや、ミイラの中に詰め込まれたパピルスなどに書かれた、何やら得体の

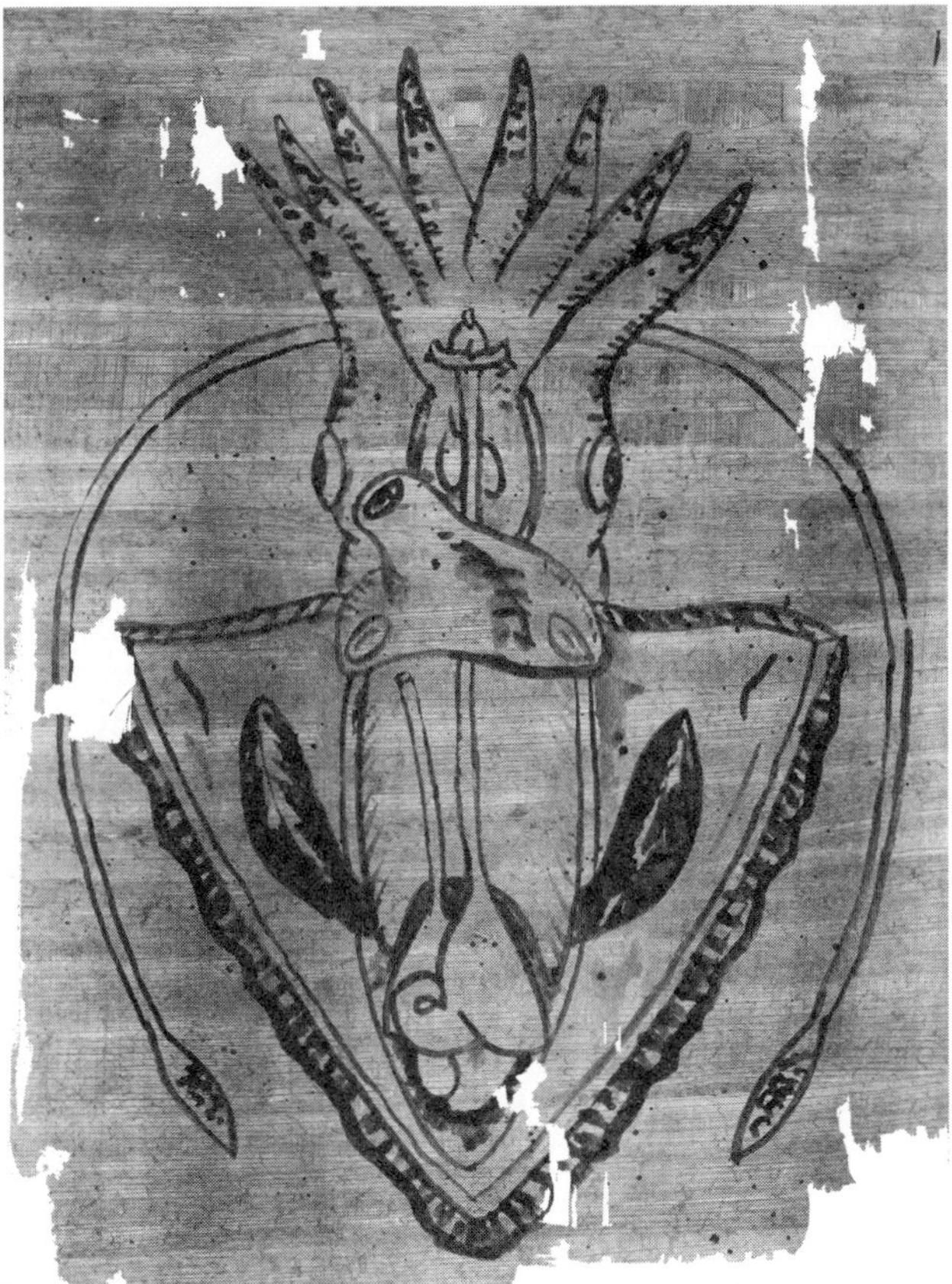

コウイカ（*sēpia*）— *Sepia officinalis*
（『動物誌』第４巻の記述をもとに描かれたもの。
詳細は下巻末の「図版について」を参照のこと）

知れない古代のテクストが発見されてきた。もしかすると、人間の心臓を描いたアリストテレスの略図が、ヘレニズム時代の遺体から取り出した胸腔の中に存在しているかもしれない。もっとも、パピルス古文書学者の友だちは私にこう言った。そんなものを見つけ出すチャンスは、生きた恐竜をコンゴで見つけ出すようなものだ。たとえそうではあっても、もし『解剖学』の写本がエジプトの砂の中に埋もれていると思えば、私だってそれを見つけるまで、そしてアリストテレスが何を見たのか、アリストテレスがどんな風に見たのか、それを知るまで砂を掘り続けるだろう。

XXIV

すべての動物の中でアリストテレスがもっとも強い興味を抱いていたのはヒトだった。われわれこそ彼のもっとも基本的なモデル生物である。「モデル生物」という言葉を使うのはけっして時代錯誤ではない。現に『動物誌』は人体構造の説明からはじまっている。

まずはじめに人間〔*anthrōpos*〕の各部分が理解されなければならない。人々は通貨の価値を、他のあらゆるものと同様、彼らにもっともよく知られたものによって判断する。人間は必然的に、われわれにとってもっとも親しみ深い動物だ。

だが、アリストテレスは、人間がそれほど典型的な動物でないことも認めており、しばしばわれわれの特異性についても述べている。顔を持ち、両まぶたにはまつげがあり、さまざまな色の目をしているのはわれわれだけだ。生まれたときには歯がなく、直立歩行をして、前方に乳房があり、手を持っているのも人間だけだ。にもかかわらず、人間こそが明らかに出発点だ。

アリストテレスはそもそも、人間を解剖したことがあったのだろうか？　これは議論し尽くされた問題だ。ひねくれた学者ルイスは、解剖を否定するためにソポクレスに根拠を求めた。ソポクレスが描いたのは、兄を埋葬するために闘ったアンティゴネーの姿である――彼女のほれぼれするような、すさまじい忠誠、汚れのない美しさ、気高い勇気。ルイスが言うには、これこそギリシア人たちが死者に対して抱く尊敬の念を表わしたもので、アンティゴネーの立ち居振る舞いそのものが、死体の上に淫乱な解剖学者の手を置くようなまねを、アリストテレスがけっしてしなかったことを請け合っているという。

この議論は説得力があるとは言い難い。紀元前四世紀頃のギリシアにはたくさんの奴隷がいた。アテナイでは、愛されることのない非ギリシア人の奴隷たちの死体が、つねにあり余っていたことは十分に想像がつく。その上、次の世紀には、ケオスのエラシストラトスやカルケドンのヘロピロスたちが、リベラルなアレクサンドリアにいながら、明らかに人体を解剖していた。古代の資料には囚人の生体解剖に関する記述さえある。しかし、この問題を解決するために、われわれは社会学的な議論をする必要はない。アリストテレスは自分から、人間を解剖していないことをかなり明らかに示唆しているからだ。われわれの人体の内部構造について、アリストテレスは次のように述べている。「人間の内部はほとんど知られていない。そのためにわれわれは、同じような性質を持つ動物の体の内部に立ち戻って、それを調査しなければならない」

実際、類推から生じる不正確さがおもな原因となり、彼が行なう人間の内部器官の説明は曖昧模糊としたものになっている。人間には「二つの子宮」があると彼は言う――これはよい推測だ。哺乳類の子宮は多かれ少なかれ、大半は二つに分岐しているからだ。そしてそれはまた悪い推測でもある。人間はそうではないからだ。人間には「分葉した」腎臓があるとアリストテレスは言う――だが、われわれにはない。

しかし、雄ウシにはこれがある。中には解釈しがたい不正確なものもあった。人間には八対の肋骨があると言ったりする――白骨死体を見たことがなかったのだろうか。彼は自然流産した胎児を調べて記録している。胎児を解剖したとアリストテレスは言っていないが、彼の明らかな間違いの中には、胎児の人体構造の正確な描写であるものがあるかもしれない。

心臓と血管ほどアリストテレスの興味を引いた器官系はない。彼の議論は現状の説明からはじまる。キュプロスのシュエンネシス、コスのポリュボス、そしてアポロニアのディオゲネス――ヒポクラテス派の医者が二人とピュシオロゴスが一人――が一パラグラフから数ページほどの分量を占めている。プラトンについてはまったく述べられていない。おそらくこれは『ティマイオス』でプラトンが書いている心臓血管系のモデルが、わずか五行の記述に終わっていることが理由だろう。

ヒポクラテス派の二人には見込みがない。頭の血管からスタートしていて、心臓を除外しているからだ。ディオゲネスは二人よりはまだいくぶんましで、アリストテレスは彼の説明を長々と引用している。それはソクラテス以前の哲学者が残した断片の中で、もっとも長いものの一つだ。ディオゲネスには血管を心臓と結びつけ、血管の道筋を詳細に記述するだけの才覚があり、それは今日でも十分に識別が可能なほどである。この三人に共通しているのは、血管系がはっきりと左右に分かれた形で考えられていることだ。一方の血管系は左側の睾丸、腎臓、腕、耳などに血液を送り、もう一方のまったく別の血管系は、右側の同じ器官に血液を送っている。きちんと整理されているが、これは間違いだ。

アリストテレスの説明はこれとは対照的で、少しばかり巧妙な解剖学的研究の成果を示していた。ヒポクラテス派の二人は、皮膚を通して透かし見える血管の道筋をたどったり、あとは単純に類推によってそのあとを追っていたのに対して、アリストテレスは解剖をしていた。

先に述べたように、観察をする際の問題点は、あらかじめ動物が痩せた状態にあって、それから絞殺されたのでなければ、効果的な調査ができないということだ。

そして、

心臓の先端は前の方〔腹部〕に向いているが、解剖している間に位置がずれて、これを見落としてしまうことがしばしば起こる。

そして、

血管の関係位置に関する詳細で正確な研究には、『解剖学』や『動物誌』が利用されるべきだ。

まずはじめに、私の技術をマスターすることをせずに、私の研究結果について、あれこれ議論しようと考えるのはやめてほしい、とアリストテレスは警告しているようだ。

この技術が彼に与えたものは、心臓の構造、人体のおもな血管とその関係や支脈などの、詳細で首尾一貫したわかりやすい説明だった。これを読むと、アリストテレスは結局人体を解剖したのだな、という考えが思い浮かびさえする。が、よりくわしく見てみると、その知識はどれもヤギから得られるものばかりであることがはっきりとわかる。彼は心臓をシステム全体の中心に置き、そこからおもな血液の配置をはじめていた。そのためにアオルテー（aortē 大動脈）は「大血管」（大静脈）の「背後に」（背面に）あり、心臓のそばに置かれている。アリストテレスが説明する「大血管」とその支脈を追ってみよう。

大静脈は心臓の三室（左心房＋左右心室）のうちの最大の部屋を通り抜けている。上大静脈は上部胸郭へ向かって走り、分かれて腕頭静脈を形作る。それは一つになって鎖骨下静脈となり、腕、そして頭へ向かう二本の頸静脈に走り込む。頸静脈は上へ昇って、顔面静脈や頭の細い血管となる。一方、下大静脈は横隔膜を通り抜け、肝静脈へと枝分かれして肝臓に血を送り込む。さらに腸骨静脈へと分かれるまで続き、腸骨静脈は脚や爪先へと下っていく。胃や膵臓や腸間膜の血管はおびただしいほどあるが、それが一つとなって大きな血管を形成する。「大血管」の一支脈（肺動脈）は枝分かれする。それがまた枝分かれし、さらに分かれてより細い血管となり、肺へと血を送り込む。

専門用語は現代のものだ。それはアリストテレスが「大血管」とアオルテー以外には、どんな血管にも名前を付けていないからである。そしてアオルテーの行く先についても名前を付けずにたどっている。しかし、彼の説明が非常にすぐれているために、文章はつねに粘着質でときに凝固してしまうにもかかわらず、意味していることは見て取れる。現代の略図を手に、文章をたどっていくことが十分にできるほど彼の説明はよい。また、あやまちがすぐに明らかになるほどそれはすぐれている。[1]

しかし、解剖は難しい。死体を切開してみても、きれいに配列され、論理的につながっていて、しかも都合よく対照的に色分けされた器官を目にできるわけではない。そこにあるのは、わずかに識別できる管や嚢や皮膜が、体液中に浮かんでいる沼だ。しかもその沼の中に何を見るかは、あなたが見たいと期待するものによって大きく左右される。というのも、あらゆる調査と同じで、解剖においても期待と実際上の困難が重なり合って、真実を隠蔽することになりかねないからだ。だが、期待と困難はときには克服され

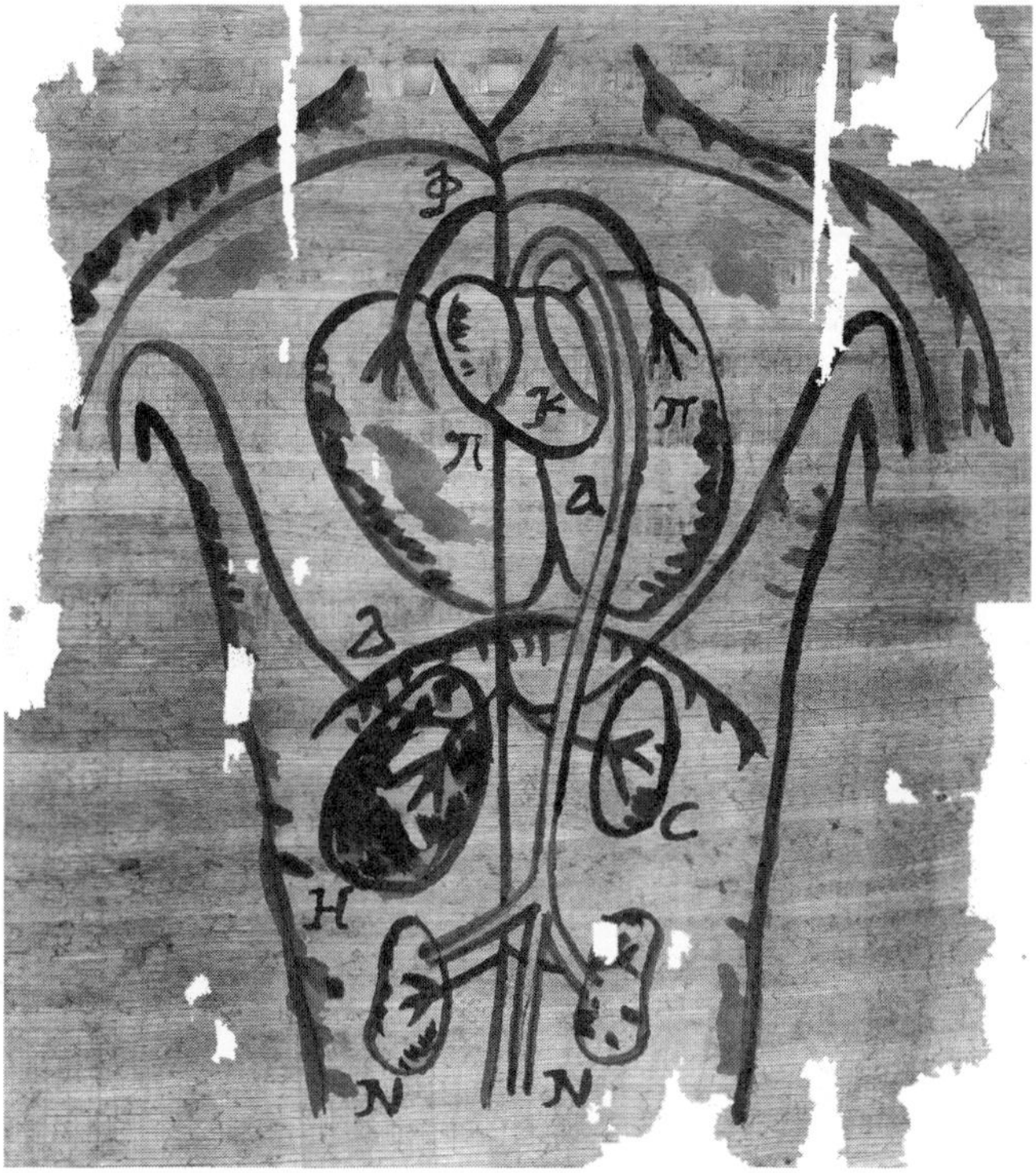

人間の血管系（『動物誌』第３巻の記述をもとに描かれたもの）

ることもある。アリストテレスは、血液がいったいどこへ行くのかと不思議に思った。血管が枝分かれして、さらにそれがふたたび枝分かれして、ついには細い血管（毛細血管）となり、肉の中へと消えていくその様子を、アリストテレスはおそらくは歴史上はじめて見て記述したのだ。

XXV

これが問題を提起する。はたしてアリストテレスの生物学の水準は、いったいどれくらいのものなのか？　理論はさておき――彼がシンプルに描写の形でしている主張は、はたして真実なのだろうか？　アリストテレスの書いた生物学の著書を開いてページを繰り、そのたびに現われる実証的な主張を目の当たりにして、現役の科学者なら誰もがふと心に浮かべる疑問だ。だが、こうした疑問はこれまでけっして答えられた試しがない。

それは努力の不足からくるものではない。何世紀もの間、アリストテレスの断言がはたして真実かどうかを、多くの評釈者たちが分析してきた。しかし彼らはことごとく、アリストテレスの仕事の膨大さに打ち負かされてしまった。次の文章を考えていただきたい。

胎生四足類のすべてに腎臓と膀胱がある。四足類ではない卵生動物（鳥や魚のような）にはないが、四足類のカメだけは、他の器官と大きさの釣り合ったものを持つ。カメの腎臓は雄ウシのものに似ている。つまり、腎臓がたくさんの小さなものからできているように見える。

ここではわずか三つの長い文章の中に、経験に基づいた六つの主張がある。（i）すべての哺乳類には腎臓がある――「真実」（ii）すべての哺乳類には膀胱がある――「真実」（iii）魚や鳥には腎臓がない――

「偽り」（iv）魚や鳥には膀胱がない――「真実」（v）両生類や爬虫類の中ではカメだけが腎臓を持つ――「偽り」（vi）雄ウシの腎臓に似たカメのそれはモジュール構造をしている――「真実」。アリストテレスは魚と鳥の腎臓を見落としてしまったようで、それについては先入観がある程度邪魔をしたようだ。魚と鳥の腎臓はいわゆる腎臓の形をしておらず、細くて薄い。実際、他の本でアリストテレスは、魚と鳥に「腎臓のような」部分があると言っている。

しかし、アリストテレスが持つ排泄系統の知識を採点するのはたやすい。脊椎動物の生体構造のありきたりな知識があれば事足りるからだ。だが、例えば、中くらいの大きさのキツツキのような鳥がいて、オリーブの林の中に巣を作るというアリストテレスの主張を、いったいどのように評価すればよいのか？ギリシアの卓越した鳥類学者フィリオス・アクレオティスは、私に次のように言う。実際に中くらいの大きさで斑点のあるヒメアカゲラ（*Dendrocopos medius*）はいる――しかし、それがいるのはレスボス島だけだ。

それに加えて、テクストにも面倒な問題がある。アリストテレスによると、ピュラー海峡に食用のウニ（*esthiomenos ekhīnos*）がいるという。彼はまた、このウニ（*Paracentrotus lividus*）を、食べることのできない

（1）人間の心臓には区画が四つではなく三つあるだけだ、とアリストテレスは信じている――彼は右心房と右心室の区別ができないか、右心房を大静脈の一部と取り違えている。これと関連して、肺動脈の接続についても混乱している――それは右心室に入るのであり、大静脈にではない。彼はまた消化器系の静脈が一つになって、肝臓へ入っていかずに、下大静脈へ行くと考えていた（つまり、彼は肝門脈系を見落としている）。さらに、橈側皮静脈を耳の近くの頸静脈から枝分かれしたものと思っている（だが、これは違う。それは鎖骨下静脈の支脈だ）。そして脳には血液がないと考えた。彼はまた下大静脈から出て、腕に流れる血管を勝手に作り出している（これはヒポクラテスの遺物かもしれない）。私は動脈と静脈を区別している。が、アリストテレスは区分していない。もちろん、彼は血液が循環することも知らない。

同種のウニから見分ける方法は、食用のウニのトゲについている海藻を見ればよいと言っている。そこである夏の日、われわれはスクーターに乗って、ラグーンの入口へ出かけた。そして、シュノーケルで海藻のついたウニを探し出し、それを岩にぶつけて殻を割り、ウニの生殖腺を食べた。シケリアの人々が好んで生で食べるリッチ・ディ・マーレ（ウニ）だ。昼食の食べかすの中にウニの口器があった。骨のように白いカルサイトでできた小さい精巧な器官だ。一七三四年に、プロイセンの博学者ヤーコプ・テオドール・クラインがこの器官について『棘《きょく》皮《ひ》動物の体制』の中で書いている。というより、むしろ再記述したと言った方がいい。アリストテレスもまたこの器官を見ていた、とクラインが書き留めていたからだ。クラインは先人の比喩をそのまま採用して、この口器を「アリストテレスのランタン（提灯）」と呼んだ。

この言葉は解剖学上で、少しばかり象徴的なものとなっている。アリストテレスのことを何も知らない動物学者であっても、クラインの名づけた名前でウニの口器のことは知ることになるだろう。だが、実際にはクライン――以来ほとんどの人々――がテクストを誤読していたことが判明している。アリストテレスはウニを「ランタン」にたとえただけで、それはウニの口器を意味したわけではけっしてなかった。最近、レーテの共同墓地で古代のランタンが掘り出されて、その事実が明らかになった。というのも、ランタンの形が完全にウニの殻にそっくりだったからだ。問題は写本にあった。ある写本は「*sōma*」（ソーマ、全身）と言い、別の写本は「*stoma*」（ストマ、口）だと言う。アリストテレスの翻訳者たちは、どちらが正しいテクストかの選択を迫られたのである。

これは教訓的な話だ。アリストテレスの観察が示す情報の正確さを究明するには、長年、彼の考え方に親しんでいて、古代のギリシア語を読むことのできる動物学者の一団が必要となる。だが、今日そのような動物学者はめったにいない。数世紀前にはいたのである。多くの学者たちがアリストテレスの著作を原文で読むことができたし、実際に読んでいた。彼らは自分たちが見つけたものを愛した。そして、この気風を決定づけたのがジョルジュ・キュヴィエだった。「アリストテレスにおいては、すべてが驚くべきことばかりだ。すべてが並外れていて、すべてが壮大だ。生きた期間はわずか六二年にすぎないが、彼は何千ものきわめて繊細な観察を行なうことができた。その正確さについては、もっとも厳しい批判によってでさえ疑問を投げ掛けることのできないものだった」。キュヴィエには『比較解剖学教程』（五巻。一八〇〇―〇五）、『動物界』（四巻。一八一七）、『魚の博物誌』（アシル・ヴァランシエンヌとの共著。一一巻。一八二八―四八）をはじめとする膨大な著作があり、おおざっぱに言えば――とりわけ彼自身の見立てによれば――その時代のもっとも偉大な解剖学者だった。そのキュヴィエが、アリストテレスのあらを探すことなどとても不可能だと思った――少し考えればその誤りに気づけたはずの彼が。

しかももっと慎重であるべきだったのに、キュヴィエはアリストテレス礼賛の嚆矢となった。「あらゆる科学の限界を押し広げ、その深奥まで到達した……大家だ」――こう言ったのはジョフロワ・サン＝ティレール・ジュニアである。「彼（アリストテレス）のプランは広大で啓発的だった……けっして消滅することのない科学の基礎を築いた」――と言うのはアンリ・ブランヴィルだ。これは少々大げさに聞こえる。だが、リチャード・オーウェン、ルイ・アガシー、ヨハネス・ペーター・ミュラー、フィリップ・フォン・シーボルト、アルベルト・フォン・ケリカーなど、動物王国のすべての動物たちがこぞって手術を受けたこの時代に、外科用メスを握った大家たちの誰もが、アリストテレスを褒め称えた。彼らが賞賛したのは、アリストテレスが自分たちの科学を創立したためだったが、それはまたアリストテレスが、彼らの知らないことを知っていたからだ。彼らが再発見しなければならなかったことに、アリストテレスはすでに目星をつけていた。とりわけそのことで、彼らはアリストテレスを愛した。目星をつけていたのは次の三つである――ナマズの父性、タコのペニス触腕、それに胎盤をもつ小型のサメ。

水温が冷たいマケドニアの川や沼には、心やさしい習性を持つナマズが棲んでいる。

XXVI

川魚の中では雄のナマズ（*glanis*）が驚くほど子の面倒を見る。ナマズの雌は卵を産むと、それを置き去りにしていなくなる。雄は卵がたくさんある場所にとどまり見張りをする。そして他の小魚が卵や稚魚を盗んでいかないように、それを防ぐ役割を甘んじて引き受けている。しかも、稚魚が独力で他の魚から逃れることができるように成長するまで、四〇日か五〇日間もこれを続ける。漁師たちはどこで雄が見張っているのか知っている。それは他の小魚から卵を守っている間、雄のナマズが水中でぶつぶつと音を立てているからだ。雄のナマズは卵の保護の役目をきわめて情愛深く責任をもって務めるので、水中深く水草の根についている卵を漁師たちが浅瀬に移しても、そのそばを離れないほどだ。漁師たちはそうやって、浅瀬で小魚に喰いついてくる雄のナマズを簡単に釣ることができる。だが、漁師のそんなやり口を経験で知っているナマズは、卵から離れることをせずに、恐ろしく強い歯で釣り針を粉々に噛み砕いてしまう。

すばらしく生き生きとした描写だ。雄のナマズは無責任な雌に置き去りにされはしたが、ヒレの下で身を寄せ合っている不運な稚魚たちを守りながら、やってくる者には喧嘩腰でぶつぶつと音を出し、一歩も引かずに自分の立場を固守している。それはまるで寓話のスケッチのようだ。しかし、これがとりわけ非アリストテレス風な記述だというわけではない。彼は現にさまざまな動物を「気だてのよい」「活気のない」

「賢明な」「臆病な」「裏切りをする」ものとして描いている。ある場合には、「気高く、勇気があり、高貴な生まれの」もの――もちろんそれはライオンだ――として。これらにはことごとくイソップのような趣きがある。

一八三九年、ジョルジュ・キュヴィエとアシル・ヴァランシエンヌの本が、アリストテレスのナマズ（*glanis*）をヨーロッパ・ナマズ（*Silurus glanis*）と特定した。慎重な彼らはナマズの父性本能に関するアリストテレスの説明を完全に却下することはしなかったものの、「信じ難いほど驚くべきことだ」と言っている。たしかにその通りだった。一八五六年、ハーバード大学の動物学教授ルイ・アガシーがふたたびナマズを考察した。アガシーはアリストテレスを認める方向に大きく傾いていた。魚類における子の保護行動は近年実証されていたからだ。アガシーは自分でも、アメリカのナマズが巣を作り、子の面倒を見ている姿を目撃していた。それなら、マケドニアのナマズが同じことをしないわけはない。その一方で、スイスで育ったアガシーはヨーロッパ・ナマズの習性をよく知っていたのに、これが子を保護する姿を一度も見たことがなかった。

問題が解決を見たのは、アガシーがギリシア王の侍医をしていたレーザー博士から、ギリシアの魚を数匹もらったときだった。この中に「六匹、*Glanidia* と同定されている魚がいた。アカルナニア（中部ギリシアの南西端）でもっとも大きなアケロオス川で捕獲されたもので、この川からはアリストテレスもナマズ（*glanis*）の情報を引き出していた。名前と場所の一致が、ギリシアの哲学者の言っているナマズを自分も保持していること、そしてこのナマズこそ本物のナマズ類（*Siluroid*）で、分類学者たちの言うヨーロッパ・ナマズ（*Silurus glanis*）でないことに疑いの余地はなかった」。一八九〇年、アガシーのアシスタントのサミュエル・ガーマンがマケドニアのナマズを新種「アリストテレス・ナマズ」（*Silurus aristotelis*）として記した。

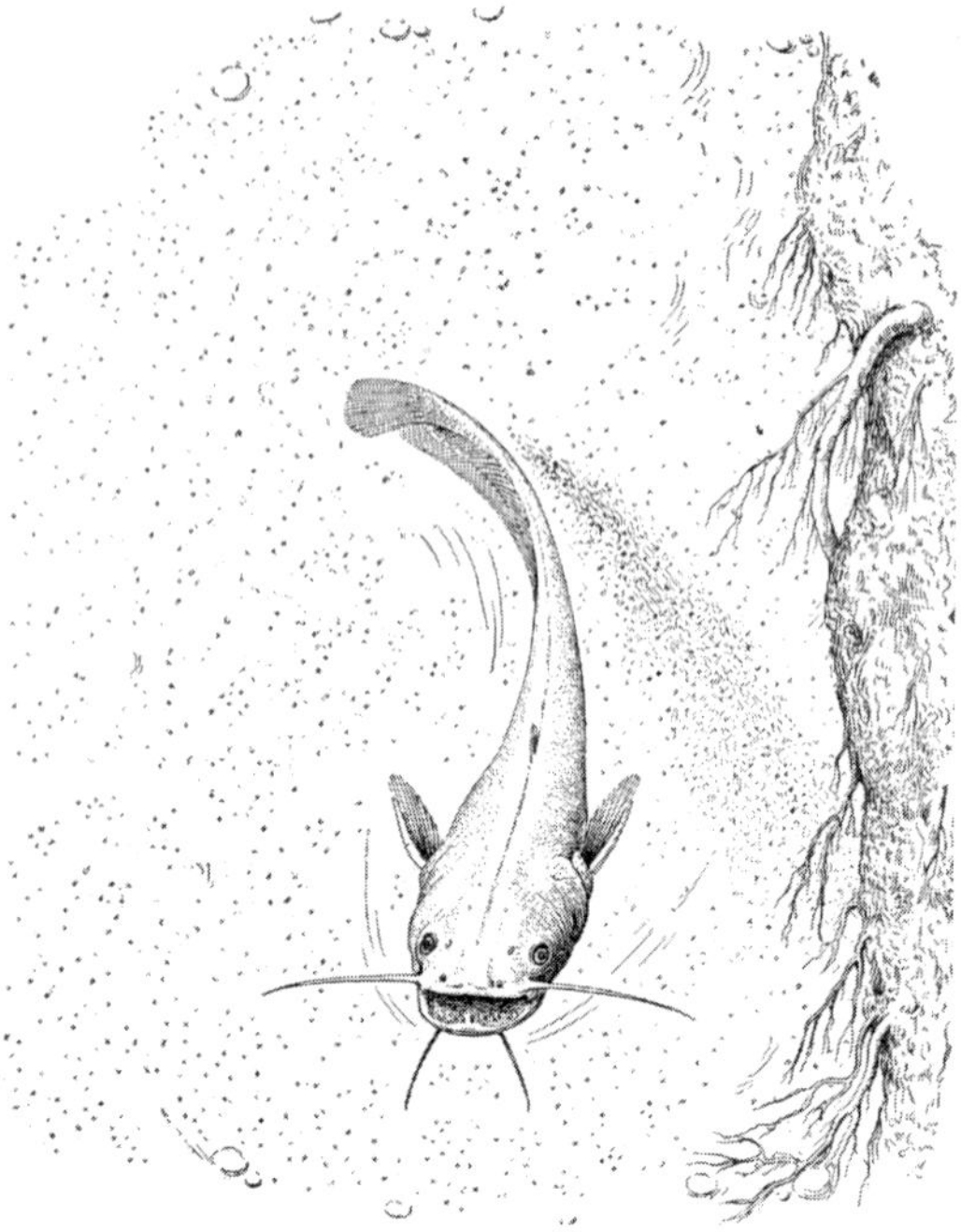

アリストテレス・ナマズ（*glanis*）— *Silurus aristotelis*

それはヨーロッパ・ナマズと、おもに顎に生えているひげの数で異なっていた。ヨーロッパ・ナマズのひげが六本なのに対して、アリストテレス・ナマズのひげは四本しかなかった。

アリストテレス・ナマズの繁殖習性について記した、アリストテレスの記述は正確だった——少なくとも今日知られている記述は正確だ。他の箇所ではこのナマズの求愛行動、体外受精、受精のあとにできる「鞘《さや》」（卵外被）、数日後に発達する胚の目、それに著しく遅い稚魚の成長などについて述べている。そのすべては、おそらくアリストテレスが自分で、このナマズを研究したにちがいないと思わせるほど詳細なものだった。彼は少年時代も、大人になってからもマケドニアで暮らした。したがって、彼が描いたアリストテレス・ナマズの子育ても、実物そのままだったのである。ナマズの雌は卵を産むと雄を見張りに残して去って行く。そして雄は（胸部を腹ビレで叩いて）「ぶつぶつという」音を立て、他の魚を怖がらせては追い払う。だが、アリストテレスの説明には一つだけ不可解な点がある。それは雄が五〇日間見張りをすると言っていることだ。これはあまりに長すぎるように思われる。というのも、卵は一週間かそこらで孵化するからだ。アリストテレスが言うように、実際にこれほど長い期間、雄は卵が成長して稚魚になってからも面倒を見るのかと専門家に訊いてみたが、彼らもそれはわからないと言う。

誰かが研究を行なうべきだ。この魚について、われわれにはまだアリストテレスに教わるべきことがあるかもしれないからだ。しかもただちに研究はなされるべきである――ＩＵＣＮ（国際自然保護連合）は、アリストテレス・ナマズを「絶滅危惧種」に指定している。

XXVII

カイダコ（*Argonauta argo*）はタコに似た生き物だ。カイダコ自体は印象に残らないが、その殻は美しい。卵の殻のように薄くて白く、完全な平巻きの形状をしている。カイダコは外洋性で、はるか沖合いに生息しているが、しばしば海岸に打ち上げられる。嵐のあとには何百という数のカイダコが海辺で死んでいるのを見かける。

一八二八年、デッラ・キアジェという、カイダコの一件を除けばまったく無名のイタリア人解剖学者が、ナポリ湾のカイダコについて研究していて、カイダコに蠕虫が寄生していることに気づいた。この虫を彼は「トリコケパルス・アケタブラリス」（*Trichocephalus acetabularis*「毛むくじゃらの頭を持つ吸盤」）と呼んだ。一年後にニースで、キュヴィエがタコに寄生する同じような虫を発見し、それを「ヘクトコテュルス・オ

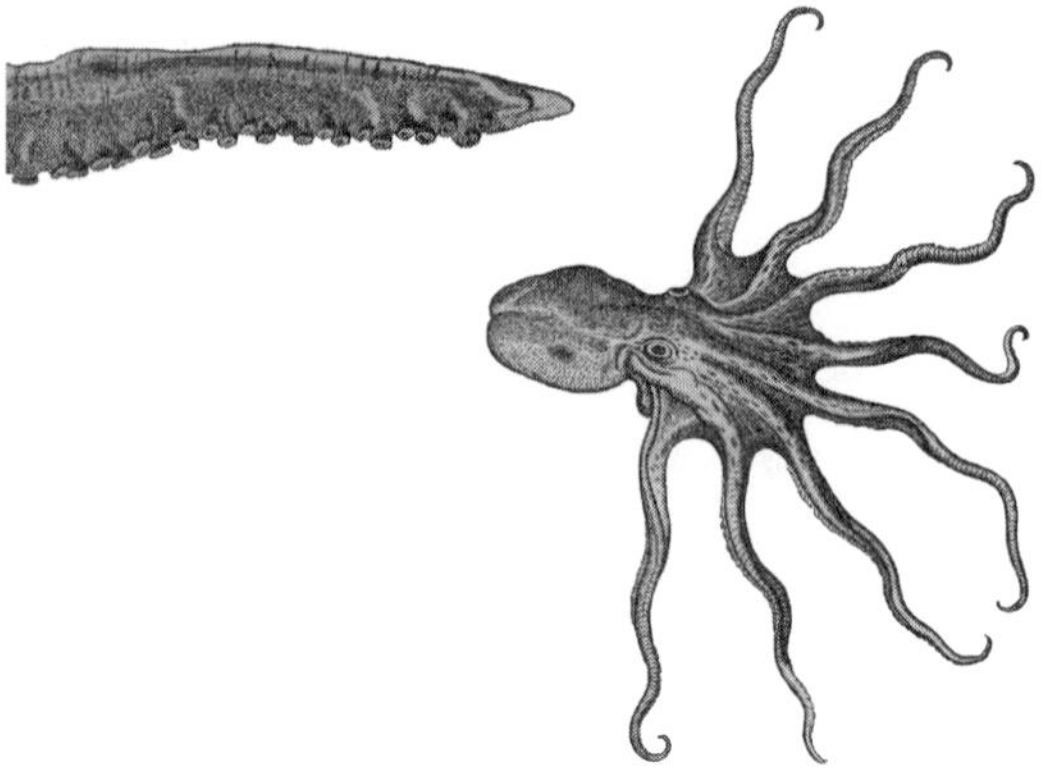

普通のタコ（*polypodon megiston genos*）— *Octopus vulgaris*
上：交接腕（*hectocotylus*）下：タコ

クトポディス」（*Hectocotylus octopodis*「タコにとりつく百の吸盤」）という名で呼んだ。

新しい寄生蠕虫の発見自体は特筆すべきことではなかった。概ね、海生動物には寄生蠕虫がついていたからだ。しかし、ヘクトコテュルスはいくぶん奇妙な寄生生物だった。それはおかしなことに宿主に似ていたからだ。吸盤が頭足類のそれに非常によく似ていた。そこでヘクトコテュルスは蠕虫とは別物ではないのかという疑惑が浮上した。一八五一年、ハインリヒ・ミュラーとジャン・バティスト・ヴェラニーがそれぞれ別個に、ヘクトコテュルスは寄生動物ではなく、実際はカイダコの雄の一部、より正確には雄のペニスであることを示した。かつて目撃された世界中のカイダコは、全部雌だったようだ。雄は小さくて目立たない生き物で、まったく殻を作らない。その触腕の一つはひどく変形していて、挿入に適した器官だった。交尾時、それは雌の外套腔の中でぽきっと折れて、そのあとでは、雄はペニスのない状態、あるいは触腕の一本が短くなった状態と言うべきか、いずれにしても雄は交尾をはじめたときにくらべて、短い付属器官を持つ身となる。

カイダコの使い捨て可能なペニス触腕は、一九世紀における解剖学上の驚異だった。そしてこの触腕について、驚くべきことにアリストテレスはそのすべてを知っていた――あるいはそんな風に一八五三年、熱狂的なフォン・シーボルトが断言した。「ヴェラニーやミュラーは『ヘクトコテュルス』の歴史に新たな局面を生み出した。だが、その彼らも、雄のタコとヘクトコテュルスとの関係については、アリストテレスが彼らと公明正大に優先権を競っていることを知るだろう」

しかし、はたしてそうなのか？　たしかにアリストテレスはカイダコを知っていた。それをナウティロス・ポリュプース（*nautilos polypous*「ヨットを操るタコ」）と呼び、明瞭に記述している。そしてそれが巻貝や二枚貝などの殻を持った生物のようには、しっかりと殻についていないと信じていた（「観察に基づく知識は、この場合まだ満足すべきものではないが」）。これは真実だ。だが彼はまた、カイダコがその触腕間に持つ帆のような水かきを使っている、という話を繰り返ししている。これは真実ではない。また、カイダコの交尾については、アリストテレスもカイダコ同様沈黙を守っていた。

しかしアリストテレスは何かを見ていた。マダコの交尾習性について書きながら、彼は雄の触腕の一つが残りの触腕と異なって見えると言っている。色が青白く、他にくらべて先が尖っていて、底部にはより大きな吸盤があり、先端にはしわがあった。続けてアリストテレスは、雄は交尾中、この触腕を雌の漏斗状のものに挿入すると書いている。一八五七年、ステーンストルプがマダコ（*Octopus vulgaris*）もペニス触腕を持っていることを確認した。それはカイダコの触腕とそれほど変わりのないバージョンと言うべきもので、交尾を済ませた雄タコは、雌の外套の開口部から触腕を無傷のまま取り戻す――それはまさしく、アリストテレスが描写していた通りだった。

フォン・シーボルトはアリストテレスの解剖の腕前を誇張していた。たしかにアリストテレスは、カイダコのペニス触腕が微妙に特化していることに気づいていたかもしれない。しかし、それが何のために使われるのかについては不確かだった。一部の文章中には、触腕による探査が交尾そのものだと暗に示唆している箇所もある。そして他のところでは、そうではなく、それは漁師の俗説であり、タコの交尾は実際には単に抱き合って行なっていると言う。アリストテレスは、精液がどのようにして触腕を経由して移動していくのか理解できず、推測のみに頼ってそのような現象自体を疑っている。この思考法が――フェラチオをする魚の話の検討にあっては十分まっとうに機能したのだが――好色なタコについては彼を迷わせることになった。だが、この二つの話は彼の思考の仕方について何かを語っている。それに、おそらくは自分の足を濡らしてまでこの生き物たちを観察しようと思わなかったということだろう。

XXVIII

ただしここには、十分称賛するに値するアリストテレスの発見が一つある。彼は注目すべきホシザメの胚について書いていた。他のほとんどの魚が骨を持つ場所に、ホシザメ、サメ、エイ、シビレエイが軟骨を持っていることを観察して、これらの魚に「セラケー」(*selakhē*「軟骨類」)(2)という集合名をつけた。そして、軟骨類には外部に交尾器があり、交尾することも彼は知っている。が、交尾がどのように行われるかとなると、彼はふたたび「漁師たちの言うところによれば(3)――」と及び腰になる。バティデス(*batides* ガンギエイやアカエイ)やスキュリオン(*skylion* コイヌザメ〔トラザメ〕)のような軟骨類の中には、殻と毛のような管――「人魚の財布」(卵殻)のことで、浜辺に打ち上げられているのが見られる――で卵を産むものがあるが、そのほとんどは胎生である。さらにアリストテレスは、雌のアカンティアス・ガレオス(*akanthias galeos* アブラツノザメ)を切開すると、まだ卵嚢に入っている胚が見られることも知っている。それがいわゆる卵胎生である(4)。おそらくそれは周知の事実だったのだろう。

現在ではこの幼魚は「コイタバキア」(*koytabakia* 子イヌ)という名で知られていて、ガーリックマヨネーズで食されている。

軟骨類は明らかに変わった魚だ。しかし、軟骨魚のホシザメ(*leios galeos*)は中でもいちだんと風変わりである。ここでは――

子宮についた臍の緒で幼魚は成長する。その結果、卵が消費され尽くすと、胚は四足類の胚に似る。長い臍の緒は子宮の下の部分についており(それぞれが吸盤のようなもので固定されている)、胚には体の中央部、肝臓のあたりについている。胚を解剖してみると、もはやそこに卵はないが、栄養分が卵に似た状態になっている。各胚のまわりには胎膜や薄膜が四足類のようにできていた。若いとき胚の頭は上方にあるが、成長し成熟すると下方へ行く……。

(2)　アリストテレスの *selakhē*(軟骨類)は、サメだけが属するわれわれの Order Selachii(軟骨魚類サメ目)と同じではない。それはおおまかに言うと、サメ、エイ、ガンギエイなどを含む Class Chondrichthyes(軟骨魚綱)と同じものだ。

(3)　*skylion* は「子イヌ」を表わすギリシア語のアッティカ方言から派生した言葉。

(4)　アリストテレスは、*batrakhos*(ニシアンコウ *Lophius piscatorius*)が軟骨魚類に属し、海岸近くで堅い殻の卵を大量に産むと言う。彼は魚については熟知しているが、これに関してはまったくお手上げ状態だ。まず第一に、アンコウ目は軟骨魚類ではない。第二にアンコウは卵生だが、アリストテレスの卵の記述は現実と一致していない。一八八二年にアレキサンダー・アガシーが示したように、ニシアンコウは無数の卵を、ゼリー状で巨大な漂泳性の「膜」の中で産む。私は思うのだが、アリストテレスや彼に情報を提供した者、さらには後の写字生たちが、部分的に *batrakhos*(ニシアンコウ)と *batos*(エイやガンギエイ)を混同してしまったのではないだろうか。

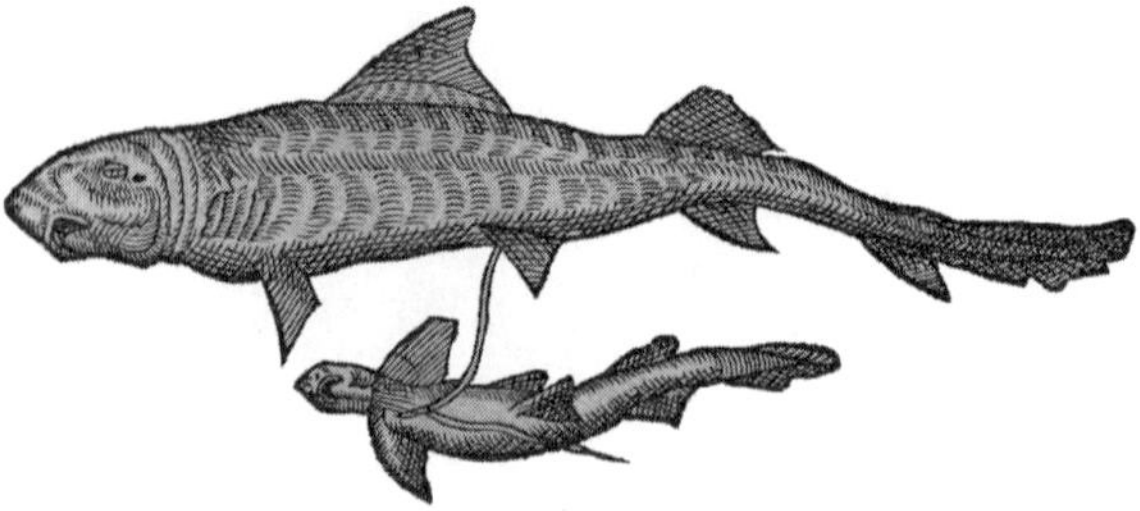

ホシザメ（*leios galeos*）— *Mustelus mustelus*
胎盤様の構造

記述はこれ以上不可能なほど明瞭だ。ホシザメ（*Mustelus mustelus*）の胚が、母親の子宮に臍の緒と胎盤のようなもので繋がっている、とアリストテレスは述べている。さらに彼が気づいていたのは、この注目に値する配列が、他では胎生四足類――つまり哺乳類――でしか見られないことだ。

一五五〇年代にピエール・ベロンとギヨーム・ロンドレがホシザメの独特な生殖構造を確認した――ロンドレはホシザメが母親の腹部から臍で、直接ぶら下がる姿を絵に描いたほどだ。一六七五年、デンマークの博物学者ニールス・ステンセン（ニコラウス・ステノ）は実際にホシザメを解剖した。そして臍の緒がその消化管に入り込んでいる様子を示した。その後、ホシザメは二世紀あまり忘れ去られていた。キュヴィエとヴァランシエンヌもホシザメについては述べていない。ホシザメを一八三九年に再発見したのはヨハネス・ミュラーだった。最高傑作といわれる解剖手術によってミュラーは、ホシザメの胎盤は実際には卵黄嚢で、それが母親の子宮壁に付着し、哺乳類の胎盤のように複雑な構造を持っていることを示した。師と敬うアリストテレスに敬意を表して、ミュラーはこの論文のタイトルを『アリストテレスのホシザメについて』とした。

多くの動物学者たちがアリストテレスを賞讃してきた。それはアリストテレスの中に、自分と同じ動物学者を見ていたからだ。彼を熱心に奉じるあまり、欠点を無視する者もいた。動物学者たちは、自分自身が得た洞察や正確さへの執着を、アリストテレスへの賞賛という体裁をとって、アリストテレスによるものだと称した。だが、そんな中で、一人の動物学者のアリストテレスに対する評価は、私にはとりわけすばらしく公正なもののように思われる。

生物学に関して言うと、アリストテレスはボイルと同じことをしたと思う。彼らは同じような伝統を打ち破った。そしてこの点に、彼の果たした貢献の最大のものがある。彼以前にも豊かな自然誌はあった。それは農夫や猟人や漁夫のもので、学校の生徒や怠け者や詩人にいくらか役立つものではあった。しかし、アリストテレスがそれを科学にして、哲学の中に科学の場所を勝ち取った。

こんな風に述べているのはダーシー・トンプソンである。

自　然

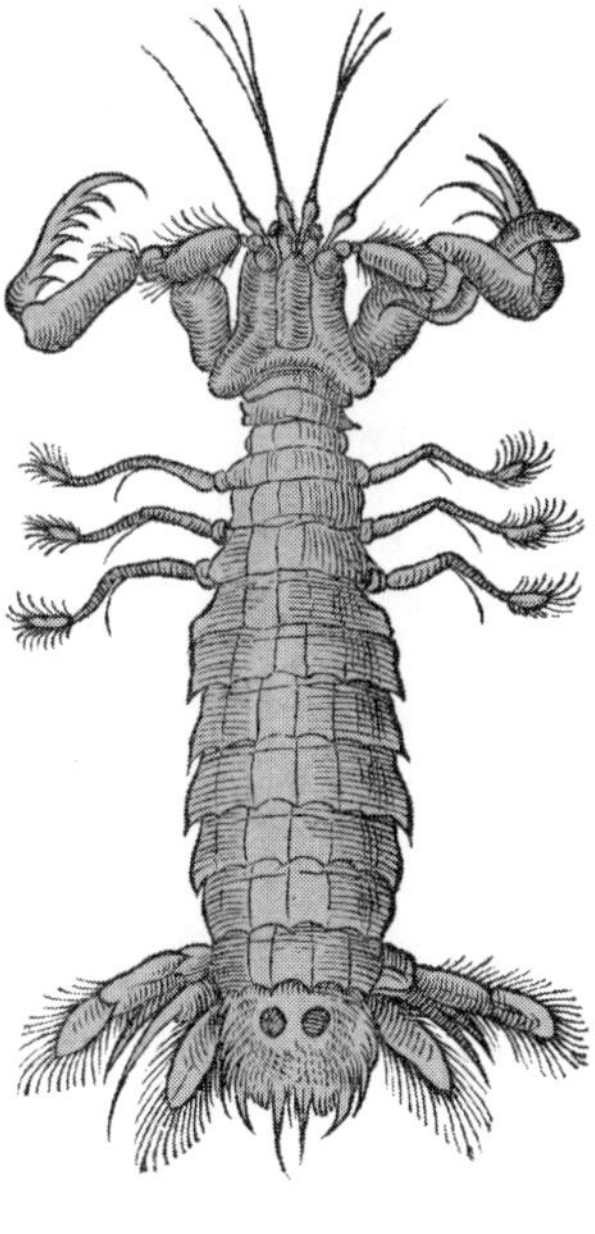

シャコ（*krangōn*）— *Squilla mantis*

XXIX

ギリシア人は感傷を交えずに自然を見ている、とフリードリヒ・フォン・シラーは言った。アレクサンダー・フォン・フンボルトは、ギリシア人は自然をありのままの姿で描いていないと言う。私はこの意見は二つとも違っていると思う。

セミが高所の葉の下で楽しげに鳴き、
葉もとからは、明るく澄んだ歌声がたえず降り注ぐ。
チョウセンアザミが咲き、女たちは好色で気まぐれだ。
——が、男たちはやせてぐったりとしている。
それも、燃えるようなシリウスが、彼らの脳や膝を
からからに干上がらせてしまうからだ。

アルカイオスのこの美しい詩片は、レスボス島を歌ったものかもしれない。彼はこの島の出身者だったからだ。この詩は紀元前六世紀に書かれている。もしかすると、彼はサッポーの愛人だったのかもしれない。恋人の顔を騎馬隊の一団や軍艦の漕ぎ手に、完璧にたとえてみせたサッポーもまた、海辺に咲く金色の花

を歌い、野バラやタイムに落ちた露のしずく、海に降り注ぐ光のさまを描いた。さらに『ギリシア詞華集』をひもといて頌歌《オード》やほろ苦いエピグラフを読んでみると、一〇〇〇年余りの間、自然はつねにギリシア人の近くにあり、さまざまな意味に満ちていたことは明らかだ。

しかし、自然にはまたもう一つの意味がある。狭い意味が。その点でシラーは正しい。ギリシア人たちも、ツバメの春が戻ってきたことを祝ったかもしれない。だが、彼らの「自然」はロマン派の自然のように、野生のもの、非人間的なものをすべて含む自然ではない。ピュシオロゴイたちにとって、それはときに「創造」を意味した。少なくともクセノパネス、ヘラクレイトス、エンペドクレス、ゴルギアス、デモクリトス、それに少し遅れてエピクロスたちはすべて、「自然について」（*peri physeōs*）というタイトルの宇宙論《コスモロジー》を秘めた作品を書いた。アリストテレスもまた、『自然学』の最初の四巻について「自然について」（*ta peri physeōs*）という言い方を使うことがあるが、それはちっとも宇宙論《コスモロジー》ではなかった。むしろそれは変化の分析だった。

岩が落ち、熱気が昇り、動物たちは動き、成長し、交尾しては死んでいく。天体は回転する――すべては動いている。われわれは、変化の原因が多様なことを当たり前だと考えている。湯気は料理鍋から空へと立ち昇り、植物は庭で生長する。だが、このような現象は明らかに異なっている。したがってそれぞれが、異なった原因を持っているにちがいない。アリストテレスもそれを見ている――われわれとはまったく違った見方で――のだが、彼はまた、変化自体こそが説明を要するものだと見ていた。そして、この変化を「ピュシス」（自然）と同一視する。この意味で自然が存在することを証明しようとするのは、ばかげていると彼は言う。多くのものが「自然」を持っている――それは自明の理だから。科学者の仕事はこの自然がどのように働いているのか、自然（変化）の正体ははたして何かを見つけ出すことだった。

ピュシスの概念はアリストテレスが発見したわけではない。おそらくそれは、ホメロスの「そう言って、ヘルメスは私に薬草をくれた。それを地面から引き抜いて、その自然を私に見せた」という句の中にも、見つけることができるからだ。またそれは「自然と教育は似ている。教育は人の形を変え、自然は形を変えることで動く」と言うデモクリトスにも非常に近い。さらに後世では、アイザック・ウォッツ（一六七四―一七四七）が「犬には喜んで吠え、噛みつかせよ／神がそのように彼らを作ったのだから／クマやライオンには唸り、闘わせよ／それが彼らの自然でもあるから」と詠んだ韻のそろわない詩や、ホッブズの「自然（それによって神がこの世界を作り、それを統べている技）」などの断片で見られる、あるものに固有の原因を描くときに使われる「自然」に、それはまた近い。

しかし、アリストテレスは一八世紀の理神論者ではない。そして神を因果連鎖に引き入れることは、彼が言いたいことを曖昧にしてしまう危険がある。アリストテレスの自然は変化と静止の内部原理だ。それが自然物と人工物との基本的な差異だった。前者は自分だけで動き静止する。だが、後者はそれをしないし、できない。元素のように生命のない自然物もまた、自発的に動くとアリストテレスは考えている。しかし、この「自然」の定義が、実は生物学者のために作られていることは明らかだ。彼が「自然」を定義した目的は、生き物が行なう――しかも独力で――ことのすべてを、生き物がどのように行なっているのか、そのミステリアスな方法を突き止めることだった。誰も〔世界という巨大な〕時計仕掛けのクランクを回してなどいないし、誰も小さな機械〔動物〕を正しい方向に導いてはいない――自然がそれをしている。

XXX

自然を「変化と静止の原理」と定義して、アリストテレスが行なったのは、自然学の範囲を単に区切ったことだった。彼が自らに問い掛けた疑問――アリストテレスの科学の企てのすべてを駆り立てた大いなる疑問――は変化の原因は何かということだ。

この疑問に答えを出すために、彼は読むことをはじめた。紀元前三六七年にアリストテレスがアカデメイアに着いた頃（一七歳）には、学問の潮流はすでに反科学になっていて、ピュシオロゴイの主流はとうの昔に消え去っていた。しかし、学者たちの著書――パピルスの巻物――はまだ周辺にあった。アリストテレスがそれらの書物をどのようにして、あるいはいつ図書館から引っぱり出したのかについて、あえて私は言おうとは思わない。ただここで言っておきたいのは、彼がアカデメイアを離れたのは三七歳のときだった、したがって彼には書物を読み、ノートを取って考える時間が十分にあったということだ。

そうして読んだ中に、デモクリトスのものがあった。アリストテレスの知性の背景として、デモクリトス以上に大きくそびえているものといえばプラトンの他にはいない。自然哲学者の中の自然哲学者であるデモクリトスを、プラトンはことのほか嫌って、その書物が焼き捨てられることを望んでいたと言われている。のちの哲学者たちは明らかにデモクリトスの著書を読んでいたし、だからこそプラトンが彼の著作を焼き捨てなかったことをわれわれは知っているのだが、後世の人々はプラトンの不名誉な願望を受け入れたとも言える。というのも、デモクリトスの著作は一つとして現存していないからだ。アリストテレスの哲学理論は、概ねデモクリトスの理論に反して作り上げられている。が、デモクリトスについてわれわれが知っていることは、その多くがアリストテレスによって伝えられたものだ。ということは、プラトンと違ってアリストテレスは、論敵の言葉を保存することにより、デモクリトスに賛辞を贈っていたということになる。

アリストテレスが言っていることだが、デモクリトスは次のような考えを持っていた。世界は究極的には、目にはみえない固形の、壊れることのない、分割できない、変化しない、数と種類が無限の、そして永遠に動き続ける実在――つまり原子《アトム》でできている。デモクリトスはこのアトムをオンタ（*onta* もの）と呼んだ。彼がこの理論を学んだのは師のレウキッポスからである。今日、デモクリトスとレウキッポスは原子論の父、そして、それが引き起こしたあらゆる理論の父として褒め称えられている。というのも、この二人とジョン・ドルトンやアーネスト・ラザフォードをつなぐ理論の糸は、細くなってしまったとはいえ紛れもなく存在するからだ。

デモクリトスは、自身の原子論を宇宙論《コスモロジー》へと発展させた。おおざっぱな――それがデモクリトスの失策によるものか、あるいは歴史の浮沈によるものかはわからない――その理論が提示しているのは、空虚の中に浮かんでいるアトムが、たがいに結びついたり離れたりして、より大きな実在を形作ることだ。そして、最終的には惑星や星たちまでも。彼はまたアトムの形や動きに訴えかけることで、どうやら動物の性決定や感覚や動きなども説明したようだ。生命の還元論も詳述していたのかもしれない――学説誌家たちは「動物に関する原因」についてデモクリトスが書いた本を三冊挙げている――が、著作はことごとく失われてしまっているので、われわれには内容がわからない。ただ、たとえ失われていても彼の理論の大まかな点ははっきりとしている。デモクリトスがものの性質を、つまりなぜそれは変化するのかを説明しようとしたとき、もっぱら問題にしたのは物質、すなわち、ものを作り上げている素材だった。素材を問題にしたのはデモクリトスが最初ではない。唯物論は新イオニア学派の憶測の太い糸だった。だが、デモクリトスの説明は中でももっとも洗練されている。アリストテレスはデモクリトスの理論がなぜ間違っているのか、それを示すために生涯の大半を費やした。ある意味でアリストテレスの科学上の仕事は、唯物論者に対する長い一つの反論だったのかもしれない。われわれは今、科学思想の大きな転機《ターニング・ポイント》に来合わせている。それはしばしば悪い転機だと見なされてきた。

　アリストテレスによれば、デモクリトスの宇宙論の問題点は、アトムの衝突によって万物が自然発生的に生じるとしている点だ。それがなぜ本当らしくないのか、その理由を説明するために、アリストテレスは「自然発生的」の意味を分析した。想像して見るがいいと彼は言う。われわれは今三脚の台を見ている。当然、だれかが故意に台をそこに置いたと思うだろう。だが、デモクリトスによればそうである必要はない。おそらく台は屋根から落ちてきて、たまたまうまく——ギリシア語では、われわれの「オートマティック」という語がそこから派生した「アウトマトン」（*automaton* 自動機械の／人間の働きなしに）——そこに着地しただけだ。デモクリトスは宇宙《コスモス》も三脚の台に似ていると考えた。そこにわざわざ置かれたものではなく、たまたまそんな風に着地しただけのものだと。

　この議論はいかにも奇妙に思える。なぜ、宇宙がたまたまそこにうまく着地したというのではだめなのだろう？　しかし、アリストテレスの主張はこうだ。自然発生的な出来事とは、一見、目的を持っているように見えるが、実はそこには目的がない。そして、それこそが問題の核心だった。アリストテレスは宇宙——星、惑星、地球、そこにいる生き物たち、そして元素そのもの——は明らかに目的を持っている、と考えた。それぞれがデザインのホールマークを示しているからだ。目的に適うものたちが自然発生的に生まれることはありうる。が、これほどみごとに秩序立っている宇宙が、自然発生的に自己形成されるということが、彼には信じがたいように思われた。

　現代の宇宙論ではそのほとんどが、万物には目的がなく、ただ存在するだけだとしている。「星は何のためにあるのだろう？」と問い掛けるのは子供だけだ。しかし、アリストテレスにとってこの問い掛けは、けっして子供じみたものではなかった。目的についての彼の意識は、ほとんどすべてのものに及ぶ。このことは、アリストテレスを一種の宇宙生物学者として見れば、おそらくそれほど奇妙なことではないだろう。星についての彼の見方は根拠が危ういとわれわれには思われるかもしれない。しかし、アトムの偶然の結びつきでは、地球上の（あるいは他のどこかの）生き物が当たり前のように合目的な特徴を持っていることの説明ができない、とする彼の主張は明らかに正しい。

別のピュシオロゴイに立ち向かうとき、生物学者としてのアリストテレスの世界観が顕著になる。彼がデモクリトスと議論をしているとき、つねにそばにいるのがエンペドクレスだった。タイプは違ったが、アリストテレスにとっては二人はともに唯物主義者だ。エンペドクレスは世界が四つの基本的な元素――土、水、空気、火――からできていると考えた。四つのうち、火は予備としても、あとの三つはそれぞれ固体、液体、気体の物質として見ることができる。四つの元素は特定の比率によって結びつき、われわれが目にする、あらゆる異なった種類の素材――石、鉄、骨、血――となる。

存在しているもの自体は自然を持たない――それはただの混合であり、または混合されたものの分離である。自然とは人間によって与えられた名前だ。

「自然」はちょうどカクテル調合法《ミクソロジー》のようなものだ。エンペドクレスの詩が説明しているのは、「愛」と「憎しみ」がどのようにして、世界の創造と破壊の循環をもたらすのか、そしてそれとともに、どのように周期的に生き物の創造を持ちきたるのかということだ。各循環の第一段階では、「愛」が特定の化学的な処方箋に従って生き物の組織を形作る。そしてこの組織から、たいていは単一器官からなる奇妙な生物が出現する──「顔のない目」「首のない頭」それに「片脚」。さらには「愛」が増大し、「憎しみ」が減少するとサイクルが回転して、体のパーツが場当たり的に結びつき、二つの顔や二つの胸を持つ生き物、あるいは、ある部分が雄であり、ある部分が雌の生き物、さらに他にも「人間の顔をした子ウシ」や「ウシの顔をした人間」──中世の奇形動物寓話集に出てくるミノタウロス──などのハイブリッドを生み出す。これではさすがのエンペドクレスにも、われわれが現実に目にする動物たちを、作り出すことはできないように見えるかもしれない。が、そこにはすばらしい解決法があった。アリストテレスの『自然学』の注釈者で、六世紀に活躍したシケリアのシンプリキオスは、それが何であるのかをわれわれに告げている。

エンペドクレスはこんな風に言っている。愛の法則の下でまずはじめに、動物の各パーツがアトランダムに発生する──頭、手、足など。そしてそれが結びつきはじめる。人間の脚を持つウシの子孫、そしてその逆［明らかにこれはウシの脚を持つ人間、つまりウシと人間の組み合わせだ］が現われる。各パーツの中で、それぞれの生存に都合のいい方法で結びついたものが動物となった。そしてパーツは、たがいの必要を満たしたために生き残った──歯は食べものを噛み切り、すりつぶす。胃はそれを消化し、肝臓はそれを血液に変える。人間の頭は人間の体と結びついて、全体の生存を現実のものとする。だが、ウシの体と結びついた人間の頭は、それを全体としてまとめ上げることに失敗して滅びる。適正な原則に基づいて結合しなかったパーツは滅びてしまったのである。そして現在でも事態は同じようにして起きている……。

組み替えたものはそのほとんどが不適当で消滅した。したがって、今日われわれが見ているのは生き残ったものだけだ。シンプリキオスは、初期の自然哲学者たちの多くがこのように考えていたと言っている。もしこれが真実なら注目すべきことだ。アリストテレスの時代に、選択（淘汰）という考えが自然の理法の源として当たり前だったことを、それは暗示しているからだ。たしかにアリストテレスより一世代あとのエピクロスは、選択に基づく宇宙論をより精緻に展開している――もしルクレティウスが引用しているエピクロスの詩が信頼のおけるものなら、少なくともそう言っていいだろう。

人は当然、アリストテレスがエンペドクレスの思考パターンを好むと予期するかもしれない。このシケリア人（エンペドクレス）の機械論は――少なくともシンプリキオスの語るところによれば――完璧なほど合理的に、カオスから複雑で機能的な生き物を生み出すことができた。たしかにアリストテレスは、自然の中の目的に対する説明を見つけようとしていたわけだから、これを見てさっそく飛びつくのではないのか？　なるほど、アリストテレスは論理の持つ力を見ている。彼は実際、生物のデザインの愛すべき例――歯だ――を取り上げている。幼児のときには、前歯――門歯――が食べ物をうまく嚙み切れるように鋭くなる。そして一方で、臼歯は食べ物をすり潰すのに便利なように広くなる。そこで彼は問い掛ける。なぜわれわれはこれを、うまく適合するように整えられたものだけが生き残り、そうでないものは生き残ることができない、というプロセスの産物として評価してはいけないのか？　歯はなぜ「自然発生的」ではないのか？

そうではない理由を、アリストテレスはいくつか考えることができる。だが、それを理解するためには、選択（淘汰）についての彼の見方を、はっきりと頭の中に入れておくことが必要だ。それはおそらく、エンペドクレスの意見とも違うだろう。というのも、このシケリア人の失われた詩句が語っているのは、ある遠い歴史的過去で起きた再結合‐選択の出来事についてだけで、以来、生き残ったものの形――われわれが見ている植物や動物――は固定されたままだということになる。それに反してアリストテレスは、選択が今日もなお作用していると考える。しかし、アリストテレスの選択はダーウィンのそれとも違っている。アリストテレスの選択のほうがさらに急進的なものだ。ダーウィンの自然選択（淘汰）説では、生物は遺伝のシステムを持っていて、それがある世代から次の世代へと、程度の差はあれ、ほぼ完全な形でその特徴を伝達する。そして、それでも受け継いだデータが若干変質してしまうことがある。このわずかな変質が自然選択の基質となる。それに引き換えて、アリストテレス－エンペドクレスの選択は、個々のものはすべてはじめから、変化・選択のメカニズムによって新たに《デ・ノウォ》自らを形成する。それは言ってみれば、子宮の中に無定形のスープのようなものがあり、そこから選択によって、歯を備えた子供が生み出されるような具合だ。手短かに言えば、アリストテレスは宇宙論的なモデルを、胚発生論的なモデルに変えたということだ。

アリストテレスはこの考えを、返す刀でやすやすと斬ってのける。その論拠は興味深い――その中には、自然選択による進化論に対抗する議論で使われるものもあるからだ。（1）自然発生的な出来事はまれにしか起こらない。だが、真に目的のある出来事の特徴は、それがありふれているということだ。歯はつねにまったく同じように生じる。――これは目的を持つ動作主の存在を支持するための蓋然論であり、この種のあらゆる議論と同様、間違っている。なぜなら、選択（淘汰）は無秩序から秩序をつねに生み出すことができるからだ。(1) 実のところ、エンペドクレスも自説による宇宙創生は結果が不確定だと認めることで、アリストテレスのこのような考えに加担してしまっている。「［ときどき］それは特定の方向に向かうかもしれないが、たいていはそうはならない」――この一文はアリストテレスによって引用されている。（2）目的の外観を有しているのは単にものの発生の「終わり」だけではない。目的の顕れはまた、過程においても存在する。発生のあらゆる段階は明らかに、最終的なゴールを目指している。それは家を建築する際の各段階にやや似ている。このような途中の段階は、頭の中で最終的な産物を考えている知能の産物であるにちがいない。(3)発生は非常に規則的だがあやまちは起こる(『動物発生論』の中でアリストテレスは、結合体双生児や小人についてたくさんのことを語っている)。しかしそれはあくまでも「あやまち」だ——予め用意されていたにちがいない、ある目的を持った現存のプログラムからの逸脱である。実際、エンペドクレスが考え出したような組み替え動物でさえ、まったくの無から生まれたはずはない。それは「今日の種子に相当するある原理の、何らかの腐敗」から生じたにちがいない。(4)その上、単純に言って、われわれはそこまで多くの変化を目にしていない。たしかにときには怪物のような子孫が現われる。おそらくエンペドクレスの言う、人の顔をした子ウシのような、奇妙なものさえ登場してくるだろう。だが、それなら植物でも同じようなものが現われないのだろうか? 例えばオリーブの顔を持つブドウの苗木のようなな? これはむろん「ばかげた」考えだとアリストテレスは言う——誰かが彼に、花のホメオティック突然変異体を見せることができたらよかったのだが。(5)生物は両親からその形体を受け継ぐ。所与の種子は生育して、どのような生物にでもなるということではなく、特定の生物になる——セミ、ウマ、ヒト。だが、選択説ではそれができない。アリストテレスの言っていることは正しい——彼が想定していたような「選択」では、それはできない。

唯物論を拒絶するアリストテレスの心には、宇宙とそこにいる生物は、秩序と目的を持つという確信がある。秩序は単純に自発的な発生をするというデモクリトスの確信を、アリストテレスが棄却したことはおそらく当然のことだったろう。だが、彼のエンペドクレスに対する反対の根拠は、それほど確かではない。というのも、選択説——ダーウィンの自然選択説でなくても——は無秩序から秩序を生み出すことができるからだ。実際それは知られているかぎりでは唯一の、秩序に関する自然論的説明だった。アリストテレスはどうやら、困った状態に陥ってしまったようだ。それなら秩序はどこからくるのだろう？　そして、その目的とはいったい何なのだろう？

XXXI

アリストテレスはピュシオロゴイについて語りながら、彼らの内の一人はまったく無知だったわけではないと譲歩を示している。「動物と同様に自然においても、あらゆる秩序と配列の原因として心が存在すると言う者は誰でも、人前ででたらめな言葉を口にする者たちにくらべると、まともな人間に見えた」。この皮肉なお世辞の対象となったのはクラゾメナイのアナクサゴラス（紀元前約五〇〇―四二八）である。アナクサゴラスの宇宙論（この人もまた宇宙論を持っていた）では、宇宙はさまざまな種類の、永遠に存在する物質の混合状態からはじまったとされる。この混合状態に動きを与えたのは「ヌース」（知性）の働きだった。ヌースによって、混合されていたものに部分的な分離が生じて、今われわれが目にしている数々の物質が現われた。しかしアナクサゴラスの残した断片はわれわれに、その混合した合成物がいったい何だったのか語ってくれない。永遠に存在する物質のレシピやヌースの正

（1）　天文学者のフレッド・ホイルが、一九八二年にラジオのインタビューに答えて、これと同じ趣旨の発言をしている。「地球上で生命が（自然選択によって）誕生した確率は、がらくた置き場の上をハリケーンが通過して、たまたまそのがらくたからボーイング747が組み立てられるのと同じくらいだ」。「ボーイング747戦術」として知られているこの議論は、アリストテレスの議論とよく似ている。それは偶然だけでは、複雑な構造を持つもの（子供の歯や飛行機）をつねに作り出すことはできないということ、そして、ある意図を持った動作主がそれを行なっているにちがいないということ、この二点で両者が共通しているからだ。両者はともに選択が単なる「偶然」ではなく、はっきりとした創造的なプロセスである点を理解していない。

体を教えてくれないのだ。アナクサゴラスのヌースは設計者《デザイナー》というより、むしろ宇宙の混合器《ミキサー》の動力源といった感じだったようだ。

『パイドン』の中で、ソクラテスはこの件について失望の念を示している。その昔、まだ自然学に興味を抱いていた頃に、彼はアナクサゴラスがヌースを事物の秩序や原因としたことを聞いて、アナクサゴラスは事物が今の状態に、つまり、最善の状態に調整されている理由をも説明してくれるだろうと思った。が、アナクサゴラスの書いた本を買ってわかったのは、「彼が世界の秩序のために、ヌースを利用していないし、何らの因果関係もそれに割り振っておらず、ただ空気やアイテール（aithēr）や水や、その他多くのばかげたものを原因として提示している」ことだけだった。

それはまさしく、われわれが予期するソクラテスの反応だ。思いがけないことだが、アリストテレスもこれとほとんど同じ不満を述べている。アナクサゴラスがヌースを持ち出してきたことに対して、アリストテレスはお世辞を述べた。だが、その数ページあとで急遽また戻ってきて、アナクサゴラスがヌースをデウス・エクス・マキナ（救いの神）として使っていることに言いがかりをつけている。困ったときの神だのみとしてヌースを使っていて、事象の説明はもっぱら他のあらゆる原因に訴えていると言うのだ。彼によれば、問題はアナクサゴラスがヌースを呼び出すことではなく、それに全権を与えて、好きなようにさせていないことにある。ソクラテス－プラトンとアリストテレス――その最初の二人は科学に対して敵意を抱いており、あとの一人は科学に傾倒している――がいっしょになって、第三の哲学者（あるいは第四の哲学者?-）を非難したのを見て、われわれがなるほどと得心が行くのは、この三人の間に見られる深いつながりだ。それについては証明ができる。宇宙を目的や目標といった言葉で説明すべきだとするアリストテレスの確信は、プラトンの膝元で学んだものだったからだ。

目的や目標、あるいは最終的な原因（目的因）に訴えかける説明は「目的論的（teleological）」説明という言葉で知られている。これは「テロス」（*telos* 終わり）から派生した言葉で、一七二八年にドイツの哲学者クリスティアン・ヴォルフによって作り出された。目的論的説明が長続きのする魅力を持っているのは、世界の原因を目的や目標に定めることで、その説明が、目的を持った主体の存在を要求するように見えるからだ。実際、目的論的な説明が解明した現象は、このような主体が存在することの証明となる。ウィリアム・ペイリーが『自然神学』（一八〇二）の中で、まぶたの機能上の完璧さを説明しているのも、この理由のためだった。

動物の体の表面で、その機能や機構において、まぶたほど注目に値する部所を私は知らない。それは目を守り、目をぬぐい、眠るときには目を閉じさせる。この器官が果たしている目的を体現しているほどに、目的を明らかに体現するものが、どんな工芸品であれ、他にあるだろうか？　あるいは、これよりさらにわかりやすく、さらに適切で、さらに機械的な目的を遂行する装置など、はたして存在するのだろうか？

そしてこれと同じ理由で、ソクラテスも次のように述べている。

何よりもこれが、洞察力の問題に似ているとは思わないか？　デリケートな眼球を、折り戸のようにしてまぶたで閉じるこの働きが。どんな目的でもそれが必要なときには、さっと大きく開くことができるし、眠るときにはふたたびしっかりと閉じることができる。

ソクラテスはさらに議論を続ける。まぶたに現われた洞察力と目的は「あらゆる生き物に対する愛に満ちた賢明な考案者」である「神」から来ていると言う。これは神の存在を証明する「デザイン論」が歴史に登場した最初のものだ。そしてペイリーの『自然神学』や『ブリッジウォーター論集』（一八三三―四〇）もこの説に拠る。それはソクラテスが、アナクサゴラスや他のピュシオロゴイから求めた説明のようなものを指していて、彼を現象界から美や善や神へと導くことになる議論だった。これがソクラテスの議論にほぼ間違いないのは、出てくるのがプラトンの作品ではなく、むしろクセノポンの『ソクラテスの思い出』（メモラビリア）だったからである。しかし、ソクラテスは単に世界の説明のありかを示唆しているのに対し、プラトンはその説明自体——あるいは世界の説明に似た何か——を文字に書き記していた。

『ティマイオス』は「神話」かもしれない。だが、それはプラトンが書いた神話である。したがって、冗談と教訓が入り交じってはいるが着想《アイディア》に満ちている。もちろん「創世記」や『リグ・ヴェーダ』にも創意工夫はある。そして『ティマイオス』で見られる着想も、もし、アリストテレスがそれを読んで、そのままでは鉛であった概念を金でできた科学的な説明に変えなかったならば、「創世記」や『リグ・ヴェーダ』のものと同様、科学の歴史にとっては何の価値ももたなかっただろう。

プラトンが語っている神話はインテリジェント・デザイン（知性を持つ何かによって、生命や宇宙のシステムがデザインされたとする説）だ。宇宙とその生き物たちが存在して、しかも美しいのは、神の工匠「デミウルゴス」（*Dēmiourgos*）が彼らを作ったことによる。プラトンは動物学者ではないので、わずかに六種類の生き物についてだけ述べている——天神（別名は星や惑星など）、人間、陸生動物、鳥、魚、甲殻類。動物学者でないとは言え、彼はデミウルゴスが六種類の生き物をどのように作り、なぜ作ったのかについて多くのことを語っている。

プラトンが消化管について行なった説明は、デミウルゴスの意匠が何を優先しているかを示している。

プラトンが言うには、われわれの腸はぐるぐると輪になって巻いているが、これは食べ物があまりに早く通過してしまわないようにするためだという。とぐろを巻いた腸が食べ過ぎを防いでくれる。それはよいことだ、なぜなら食べているときは往々にして、われわれは「自分の中の神聖この上ないものの指令に、耳を傾けなくなってしまう」——愚かにも、文字通りたらふく食べてしまう。そして考えることをしなくなる。これは最悪だ——。どうも哲学は、われわれのはらわたの中ではじまるようだ。

デミウルゴスはまた非常に先見の明がある。プラトンは次のような説明をする。「われわれの制作者たちは、いつの日にか男から、女や獣たちが生まれ出ることを知っていた。そして多くの獣たちがさまざまな目的のために、爪（鉤爪や蹄）を必要とすることも。そこで神々は人間が誕生したそのときから、爪の出はじめの印をつけていた」。人々は、プラトンがここで、すでに進化について考えていたのではないか、爪は鉤爪の前適応ではないかとつい想像しがちだ。たしかにこの想像は、先の一文を奇妙だが興味深いものにする。だが、実のところこの一文は奇妙でしかもつまらないものだ。それは変身を信じる者が作り出す異形譚にすぎないからだ。むしろそれは、天文学者が鳥に変身した話に似ている。

『ティマイオス』の中にも、興味深い発想がないわけではない。アリストテレスは自身の動物学の中でその多くを使っている。しかしプラトンは彼らしく、自分の神による目的論を、科学的に有益なアイディアとして受け止めるべきだとは考えていない。『法律』の中で彼は、唯物論——エンペドクレスやデモクリトスの唯物論——はきわめて有害だと説明している。というのも、神の目的なしで済まそうとすれば、それは無神論へとつながり、ひいては社会秩序を脅かすことになるからだ。プラトンの話にはつねに道徳的なトゲがある。

XXXII

プラトンの反自然的な目的論の上に、アリストテレスは機能的な生物学を築いた。彼が目的論的な説明を引き合いに出すとき、しばしば「ト・フー・ヘネカ」(*to hou heneka* それのためにであるそれ)、あるいはその文法上の変形版を使う。『動物部分論』の中では、このフレーズに明確な定義を与えている。「何か運動がある目的に向かって妨げなしに進行しているときには、われわれはいつも、これこれの運動はこれこれのためにと言う」。アリストテレスはこの目的論的な衝動を自然、つまり変化の内部原理と称している。そしてさらに続けて具体例としてウマの成長を挙げる。彼はこんな風に言う。自然によって、終り(例えば、ウマの成長は親のタネから子ウマが生まれ、そして最終的には成体になる)へ向かって進められる生成過程を見るときに、われわれは「これがそれのためにある」という言葉によってそのプロセスを説明するべきである。ここではこれは動物の特徴を、そしてそれは動物の成体を指す。

アリストテレスは生物と人工物、とりわけ機械との類似性に深い感銘を受けていた。動物の生態のさまざまな特徴を説明し解明するために、斧、寝台、家、それにいっそう謎めいているアウトマタ(自動機械)などを次々に引き合いに出す。そうした人工物はときに、動物の行動を説明するための機械モデルを提供する。『動物運動論』の中でアリストテレスは、手足の動きをからくり人形のそれにたとえている。しかし、生物と人工物を比較するとき彼が本当に関心を持っているのは、その両方が「〜になる」こと、つまりどちらも成長してそれになる、あるいはそれになるように作られることだった。そして両方には意匠という刻印がついている。

この人工物の話はひどくプラトン的なものだ。アリストテレスもまた、インテリジェント・デザイナー(知的設計者)の存在を模索しつつあると思われるかもしれない。が、彼は繰り返し、しかも断固として、そこにすべてをやりとげた神の工匠がいることを否定している。アリストテレスの宇宙《コスモス》には、デミツルゴスが存在する余地はない。それは宇宙が作り上げられたものではないからだ。宇宙はつねにそこに存在していた。しかも、工匠が存在する必要はない。動物たちの歴然とした目的のある行動――クモが巣をかけたり、スズメが巣を作るやり方――を考えてみよと彼は言う。この能力を見て、動物たちは人間の職人と同じように、高度な知性を持っていると想像する者もいる。だが、それは明らかに違う。というのも、知性のない植物でさえも、それが生長する姿の中で目的を示している。これと同じように、生命体のさまざまな部分は、あたかも、工夫に富んだ外部の知性によって考案されたかのように見えるかもしれない。しかし、そうではない。それぞれの動物や植物は、それ自身の自然が作り出した結果なのである。生き物はそれぞれが自分を作り、自分を維持する。それは自分自身を治療する医者のようなものだ。

アリストテレスは、プラトンがこれまで「それのためにであるそれ」タイプの説明をしたことがないとしているが、これはおかしい。現に『ティマイオス』にはこれ風の表現がたくさん出てくる。プラトンはこれと同一のフレーズを使ってさえいた。おそらくアリストテレスは、自分の目的論はプラトンのものとはまったく異なっていると考えていたのだろう。それはその通りだ。『ティマイオス』の中でプラトンは、腸管のぐるぐる巻きについて目的論的な説明をしている。一方、アリストテレスもまた『動物部分論』の中でそれをしている。両者の説明にはたしかにつながりがある。というのも、両者はともに腸の形態が食欲を規制していると論じているからだ。しかし、プラトンの説明が人間の腸は、われわれが哲学的な思索ができるように神の工匠によってまさにデザインされていると言うのに対して、以下に示すのがアリストテレスの言い分だ。

動物の中には食べ物を食べるとき、かなり控えめにしなくてはならないものがいる（つまり、胃の下にスペースがなく、おまけに腸がまっすぐではなく、ぐるぐると巻いている）。腸が広いと食欲は増す。まっすぐな腸はさらに食欲を加速させる。このような動物は最後には、速くまたは多く食べる大食漢となってしまう。

ここには哲学を愛する神の工匠はいない。あるのは比較生理学だけである。

このような例はますます増えていく。現に『動物部分論』はこの種の例で満ちあふれている。「身体の各部分はすべて、何かの活動のためにできている。したがって、各部分からなる全体としての身体は、多角的な活動のためにある」。そしてこのように、アリストテレスの行なう深い真理の説明は、楽しげに詳細な点へととめどなく続く。だが、どうやら彼はジレンマに陥って進退窮まっている様子だ。アリストテレスは、彼より前にソクラテスやプラトンがしたように、世界の表層の至る所で目的の証拠を見ている。一方でまた、物質の力だけでそれを説明することができないことも見て取っているのだが、世界の工匠という考えを甘んじて受け入れることは拒否する。そこで疑問が残る――自然に見られる計画や目的は、いったいどこからやってくるのだろう？　この疑問に対するアリストテレスの答えは、明晰にして破壊的なものだ。彼はプラトンの教義の一つを破壊して、構築し直し、科学に役立つようにした。しかもそれは、プラトンの存在論と認識論のすべてを下支えする教義で、知覚世界に対するプラトンの軽蔑の原動力となっているものだった。プラトンの中には厭うべきものが多々ある。反科学、全体主義、それに彼の散文が蠱惑《こわく》的であることなど。しかし、これだけは彼のために明言しておかねばならない――アリストテレスに学問を教えたのはプラトンだった。

XXXIII

デモクリトスの原子的宇宙論のあとに登場したプラトンの創造説は、ヘシオドスの『神統記』のような素朴な神学へと逆戻りしたように見える。プラトンがそれをまったく新しい存在論で下支えしていなければ、たしかにその通りだろう。変化し移ろいゆく世界の中で、つねに変わらないものを探し求めていたプラトンは、われわれが目にする物理的実体は、彼がイデアと呼ぶ抽象的で非物質的な実体の、不完全なコピーにすぎないと主張した。それは曖昧模糊とした教説だったが、このイデアを神の心中にある青写真だと考えると、プラトンが考えていることに、おそらく近づくことができるだろう。宇宙全体はイデアのコピーにすぎない。『ティマイオス』の中でプラトンは宇宙の原型を「理性を備えた生き物」と呼んでいる。これは宇宙が生き物だという彼の信念を反映した名称だ。この究極のイデアには、数え切れないほど多くの下位イデアが含まれていて、宇宙に存在するあらゆる存在の青写真となっている。ベッドも鳥も人間もすべて、目には見えない下位イデアの薄ぼんやりした反映なのである。

プラトンのイデア論はあらゆる観念論《アイディアリズム》の原型となっている。現代の科学者たちは概ね実在論者《リアリスト》なので、それを理解不能なもの、あるいは奇妙なものと感じるだろう。アリストテレスも同じように感じた。彼は自然の世界の特徴を説明したいと思った。しかし、とアリストテレスは問い掛ける。もしイデアが不変で動かないものだとしたら、実際のところイデアは、何かをするにしても、どのようにして行なうことができるのだろう？　それに、自然の世界がイデアの世界に「与《あずか》る（関与する）」ことに、いったいどういう意味があるのだろう？　そしてもしイデアが心の内なる観念にすぎないとしたら、どのような自然物にも、それについて人々がさまざまに想起できるのと同じ数だけイデアが存在することになるのではないか？　もしどのような所与の自然物にも一つのイデアが存在するとすれば、例えば仮にそれがソクラテスの場合、なぜ二つか三つ、あるいは無数のソクラテスのコピーがうろつき回ることにならないのだろうか？　アリストテレスの結論はこうだ。プラトンのイデアは単なる空虚な言葉にすぎない。そして詩的な比喩にすぎない。イデアはむしろ自然の研究を圧殺してしまう。

したがってこんな見込みのない論が、アリストテレスのもっとも深遠な考え方の淵源となったこと自体、何にもまして驚くべきことである。というのも、生き物の本質が、あるいはそのもっとも重要な部分が、実のところ、イデアとまでは言わないまでも、その形にあることをアリストテレスは信じているからだ。彼が「形《フォーム》」に該当する言葉として使っているのは、プラトンが使っていたエイドス（形相）だ。この言葉はアリストテレスの思想には必要不可欠で、もっとも重要な言葉である。

アリストテレスは知覚可能なものは、どんなものでも形相（*eidos* エイドス）と質料（*hylē* ヒュレー、素材）の結合物だと考えている。形相と質料を抽象的に語ることはできるが、実際にはこの二つを切り離すことはできない。アリストテレスは自分の言いたいことを説明するために、さまざまな比喩を使っている。蜜蠟を質料（ヒュレー）とすると、形相（エイドス）は印章指輪を蜜蠟に押し付けてできた刻印ということになる。さらに、もっとも一般化した意味で言うと、エイドスは、われわれが目にする物を作るために、質料が組み立てられるその方法（形を与えるもの）と言ってよいだろう。これはかなり明快な概念に見える。だが、アリストテレスが生き物の世界に対してこの言葉（エイドス）を使うときには、それぞれが異なる（が、たがいに関連のある）意味を持つ言葉となる。

生物学の用語としてアリストテレスが使うエイドスは、第一に、動物の外見のような、英語の「フォーム」（形態）に近い意味を持つ。動物の分類上で出てくるエイドスは「ゲノス」（*genos*, 複数はゲネー *genē*）——英語の「カインド」（kind 類）——の意味だ。スズメ類のような狭い意味のゲネーもあるが、さらに広い鳥類のようなゲネーもある。そして、スズメをツルではなくスズメらしくさせている特徴、あるいは鳥を魚ではなく鳥らしくさせている特徴について述べるとき、アリストテレスはそのエイドスについて語る。

この意味でエイドスを使うときには、アリストテレスはつねに（何らかの）類の中に含まれるさまざまな形態について語っている。「魚や鳥には多くのエイドスがある」。これがわれわれにエイドスの第二の意味をもたらしてくれる――それは生物多様性の基本的な構成単位、つまり、われわれが英語の「スピーシーズ」（species 種）によって表わしているものに近い。実際、ラテン語ではエイドスに、そのままスペキエース（*speciēs*）を充てている。これはゲノスに対してゲヌス（*genus*）を充てているのと同様だ。[2] したがって、先に引用した文は「魚と鳥には多くの種がある」と書き直すことができる。

このような両義性は問題のもととなる。鳥や魚には多くの異なった種があると言う方が、鳥や魚は多くの形態をとると言うよりはるかに豊かな意味を持ちうる主張だ。だが、エイドスを使うことで、アリストテレスが類と種のどちらを指しているのか、その判断に迷うことがしばしば起こる。彼の生物学の著作を訳した古いものでは、エイドスが「種」と訳されているのをよく見かける。試みにウィリアム・オーグル訳の『動物部分論』（一八八二）やダーシー・トンプソン訳の『動物誌』（一九一〇）を読んでみるといい。アリストテレスの種に対する現実感覚が、カロルス・リンナエウスのそれとさほど違わないと結論したくなることがよくわかる。しかし近年ほとんどの学者は、アリストテレスがエイドスを第二の意味（種）で

（2）プラトンやアリストテレスが使った分類上の専門用語――*eidos/speciēs* や *genos/genus*――はローマ時代の百科事典編集者、新プラトン主義の評釈者、中世のスコラ学者、それにルネサンス期の博物学者などの手を経て、カロルス・リンナエウス（リンネ）に伝達され、リンナエウスからわれわれの手に渡った。

使うことはめったになかったという見方で一致している。ただし、彼はときに「アトモン・エイドス」（*atomon eidos* 分割できない種）という言葉を使う。例えば、カリアスとソクラテスは「アトモン・エイドス」を共有していると語るときなどだ。アリストテレスは明らかに、この両者が同一だと言っているわけではない。が、この二人は同じ本質的な性質を持っているとは言っている。したがって、この言葉はわれわれの言う「種」に対応しているように思える。しかし、彼がこの「分けることのできないエイドス」に該当するとしている例はごくわずかしかなく、その中にはカリアスとソクラテス、人間とウマ、スズメとツルの関係が含まれる。

たびたび見られるように、問題なのはここでも、アリストテレスの専門的語彙が確固としていないことだ。新しい用語が必要なときでも、彼はそれを作り出すことに消極的だ。だからといって、この問題にまったく気づいていないわけでもない。既存の言葉はいくつかの異なった意味で使われる、と彼はしばしば言う。さらに、その意味がどんなものであるのかをわれわれに明かしてさえいる。しかし、たいていの場合は、特定の文脈で言いたい意味がどれなのかを読者の推測に任せてしまう。

実際、アリストテレスがエイドスを使うことで表現しようとした第三の意味もある。それは他の二つの意味に関連があるが、それよりさらに深いし、いっそう驚くべき内容だ。それは生命体の外見でありながら――逆説的な言い方を許してもらえれば――、まだ目にすることのできない外見だ。それは、両親によって伝達された「*in*form*ation*」（情報）もしくは「*formula*」（型）である。生命体はそこから卵や子宮の中で自分自身を作り上げた。そして今度はその生命体が子孫へ伝達をしていく。ものの性質が何よりもまずその形にあるとアリストテレスが考えたのも、エイドスの持つこの意味においてだった。

エイドスを「情報」と言うことは、時代錯誤のあやまちを犯す危険がある。アリストテレスはけっして情報を、われわれが考える一般的な意味としては捉えていない。だが、この解釈が可能であることは、彼が動物の形態の伝達と、知識の伝達を比較している一節によって裏付けられている。『動物部分論』の中でアリストテレスは、木彫職人がどのように自分の技を説明するのか、それを考えている。職人が木のことだけを語るわけではないことは明らかだ――木はそれが加工される材料にすぎないから。職人はまた、斧や錐だけを語ることもしないだろう――それも道具にすぎないから。職人は自分の手の動きについてだけを語ることもしない――それは単なる技術にすぎないから。そうではなくて、もし彼がこれから作ろうとしているもののはじまり《オリジン》を伝えようとすれば、仕事をはじめたときに抱いた考え――それにそれが彼の手の中で展開するプロセス、そしてその究極の見取り図、さらには終局の目的など――について語らなくてはならない。つまり職人はそのエイドスについて話さなくてはならないのだ。同じように、生き物がなぜそれぞれの特徴を備えているのか、それを科学者が説明しようとすれば、そのときには生き物のエイドスについて語らなければならない。しかし、その生き物のエイドスはプラトンが思い描いていたように、神の工匠の胸の中にあるのではなく、それはむしろ両親の孕む種子の中にある。

　自然には「質料《ヒュレー》的な要因」と「形相《エイドス》的な要因」があることについて、その関係をたとえた例がもう一つ『形而上学』にある。それはかなりみごとなたとえで、体の構成要素を記号のシステムにたとえている。アリストテレスが言うには、物質の中でもあるものは複合体をなしている。例えばシラブル（音節）「ab」は文字のaとbの複合体だ。しかし、aとbをただいっしょにしただけでは、この特定の音節を得ることはできない。それには何かあるものが必要だ。文字の配列を明示しなければならない（文字の順序がbaとならないように）。あるいは、今日の表現で言えば、そこには情報《インフォメーション》が必要だった。同じように、肉は火と土と何かあるもの――火と土がそれによって秩序付けられる方法――の複合体だ。そして、その秩序こそが形相《エイドス》であり肉の自然《ピュシス》なのである。

生き物の質料より、むしろ情報の構造に関心を向けるべきだとするアリストテレスの一面は、どこか先駆的《アヴァン・ラ・レトル》な分子遺伝学者めいてくる。しかし、それは彼がどういうわけか奇跡的にDNAの発見を予見したということではない。ただ単に形相《エイドス》を説明するために、われわれがヌクレオチドを説明するときのように、正しく並べられたアルファベット——baではなくab——を使っていたという偶然にすぎない。しかし、プラトンの感覚を越えた王国から形相《エイドス》を取り戻すことで、アリストテレスは重要な疑問——生き物たちの世界で、現にわれわれが目にしている意匠《デザイン》の直接の原因となっているのは何か？——に答えている。それも正しく答えている。それは生き物の親たちから受け継いだ情報《インフォメーション》だと。

XXXIV

アリストテレスは先人たちに対してつねに厳しかったが（歯に衣を着せることもけっしてなかった）、にもかかわらず、先人たちのすべてを頼りにしていた。デモクリトスとエンペドクレスは彼に物質の力を示してくれたし、アナクサゴラス、ソクラテス、プラトンは目的が万物に見られることを教えてくれた。そしてプラトンは秩序の源を教示してくれた。アリストテレスの説明構想の中にはこれらすべての要素が含まれている。

そうでなくてはならなかった。そもそも問題だったのは、先人たちの誰一人として、自然はいくつかの異なる方法で理解されることができる、あるいは理解されるべきだということを確認していなかったことだ。われわれの心臓は鼓動する——しかし、それはただ生理的な性質のためだけではない。われわれを生き続けさせるためだけでもない。心臓が胚の中に発生したためだけでもない。両親も同じように心臓を持っていたためだけですらない。それはむしろこれらすべてをひとまとめにして、そのすべての原因のためにわれわれの心臓は鼓動している。これらの原因はすべてが補完し合っていて、実際には深く絡み合っている。そんな風にアリストテレスは、「四つの原因」として知られる、あの有名な方法論的断言で主張している。しかし「原因」という言葉はまったく正しいわけではない。「四つの問題点」あるいは「四種の原因に関する説明」の方が彼の真意を捉えている。

四つの基本的な因果の説明（原因）がある。第一に何かのための何か（終局であるもの）（目的因）。第二は形相因、つまり「実体の定義」（この二つはほぼ同じものと見なされるべきだ）。第三は素材的な基礎（質料因）で、第四は始動因、つまり運動の起源だ。

これら四つの原因を、順序を逆にして見ていこう。始動因（あるいは作用因）は運動や変化のシステムの説明だ。これは現在、発生生物学や神経生理学の分野となっている。質料因は、生き物自体やその特徴の素になっている質料、すなわち、素材についての説明。これは現在、生化学や生理学の分野で扱われる。形相因は伝達された情報についての説明。どんな生き物でもその親たちから情報を受け継ぐし、それは生き物が同じ種の他のメンバーと共有する特徴の原因となる――つまりそれは遺伝学の主題だ。目的論。機能性の観点からの、動物の部分の分析である。これは現在では、生物の進化過程の適応を研究する進化生物学の分野となっている。機能は、動物が作られている素材を形作り、発生の経路を拓き、動物が世界の変化に直面してどのように自らを維持していくのか、また、動物がどのように生殖して死んでいくのかをも左右するという意味で、アリストテレスが言っている通り、目的因は他の三つの原因を包括している。彼はわれわれ自身がそれと気づかないときでさえ、われわれの思考の構造を示してくれる。

アリストテレスはまた、その断層線も示してくれる。生物学は一七世紀にリバイバルを迎えたが、それ以来、しばしば大きな論争によってかき乱されてきた。その多くは生物学をいかに説明するかという論争だった。一九五〇年代には、論争は形式的・唯物論的分子生物学者と、目的論的な考えを抱く、生物体《オーガニズマル》レベルの生物学を提唱する生物学者との間で行なわれた。科学者たちは今もなおこの傷を負って生きている。動物学者のエルンスト・ウォルター・マイヤーとニコラース（ニコ）・ティンバーゲンは、「四つの原因」や「課題」も同等に認めるようにと主張して、両方の調停をすること――あるいは少なくとも物質論者の勝利ムードに対して抑制を加えること――を試みた。しかし、彼らの挙げた原因のリストはたがいにまったく違っていたし、アリストテレスの原因とも違っていた（二人は進化論者なのだから当然だ）。だが、生き物はいくつかの異なった方法で説明されなければならないという認識はたしかにアリストテレスに通じるものだ。今日ではほとんどの大学で、生物学の異なる観点のそれぞれについて、それを専門にする部門が設けられている。

それほどまでにわれわれに影響を及ぼしているのは、アリストテレスの思想なのだろうか？　学者の中にはアリストテレスの体系の源を指し示して、彼は勤勉ながらくたの収集家にすぎないと示唆する者もいた。カール・ポパーは侮辱心《レーズ・マジェステ》に駆られて、彼を「まったくオリジナリティのない思想家」だと断じた（それとは明らかに矛盾していることに気づかぬままポパーは、アリストテレスが形式論理学を見つけたと認めてもいる）。プラトンのファン――彼にはなおファンがいる――はとりわけ、アリストテレスを師のエピゴーネンと見なしがちだ。そんな解釈はアリストテレスがプラトンのイデアをどのように変形したのか、それを故意に無視しなければ不可能なのだが。ダーウィンは学生の頃にペイリーの『自然神学』を読み、刺激を受けた。そしてそこから、生き物によって示された設計《デザイン》への鋭い感覚を会得さえしたのかもしれない。だが、いったい誰がダーウィンをペイリーの信奉者だと呼ぶのだろう？　アリストテレスをプラトン主義者と呼ぶのもこれと同じことだ。

というのも、アリストテレスは新しい説明のシステムを作り出しただけではなく、それを用いたのである。アリストテレスの先人たちは、世界をあたかもオリンポス山から眺めるようにして見た。世界は彼らのはるか下方にぼんやりと、しかも霧に覆い隠された状態で見えた。そのために、先人たちが見ることができたものは憶測に満ちあふれていた。しかし、アリストテレスは岸辺へと降りていった。彼は観察して、自分の考えた原因を自らの観察に適用してみる。そして、それらを組み合わせて書物に著わし、動物学における大いなる課程を作り上げた――『動物部分論』『長命と短命について』『青年と老年について、生と死について、呼吸について』『霊魂論』『動物発生論』『動物運動論』『動物進行論』。アリストテレスがその仕事を終える頃には、素材（質料）、形（形相）、目的、変化などはもはや思弁哲学のおもちゃではなく、研究のプログラムとなっていた。

イルカのいびき

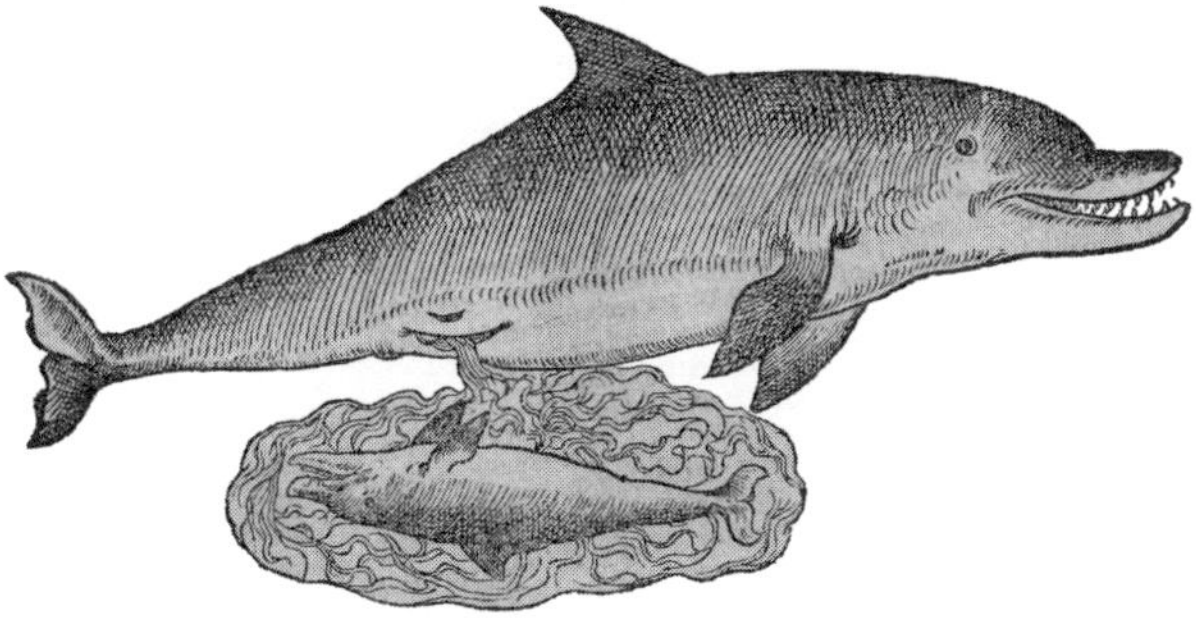

バンドウイルカ（*delphis*）— *Tursiops truncatus*

XXXV

ロンドン自然史博物館の鳥類ホールには、古いキャビネットが四つあり、そこでは自然に対する三つの見方が見て取れる。最初のキャビネットはクルミ材でできていて、一八〇〇年代に作られたもの。中には、おそらく一〇〇〇羽近くいるだろうか、ハチドリでいっぱいだ（その数を数えることは難しい）。新世界の至る所から集められたハチドリが、群れをなして飛んでいる姿で剝製にされている。それは現実にはありえない鳥類のエデンの園をそれとなく暗示しているか、さもなければ、ヒースロー空港の着陸進入路のようにも見える。ここにはハチドリ科の輝くばかりの栄光がある、とキャビネットが高らかに宣言している。ハチドリの変化に富んで華麗な羽毛（時の流れのせいで黒ずんでしまっているが）、さまざまな長さの嘴、多様な形をした尾をよく見てみよう。神によって創造されたものが、人間の手によって整理されたハチドリという共通のテーマ、そこに現われた終わりのない変化の多様性をしっかりと見ること。それはまさしく一八世紀のビジョンだった。というのも、それはカロルス・リンナエウスとジョゼフ・バンクスの科学や、新大陸の生き物たちを目にした彼らの喜び、そして、それを形にしてとどめたいという彼らの欲望を表わしているからだ。

第二のキャビネットはホールの真ん中にあり、オーク材で作られていた。年代は一八八一年のもので、中には特別な種がいるわけではないし、個々の鳥が入っているわけでもない。そこには鳥の体の各部分が置かれている。鳥はばらばらにされて、猛禽類の鉤爪に対比させるように、アヒルの水かきのついた足が、そしてヤツガシラの細長い嘴にならべて、オウムの曲がった嘴が置かれていた。これは機能主義の試みだ。小さい字で印刷されたラベルが至る所にあり、鳥がさまざまな形の嘴、足、羽毛を持っている理由をこうるさいほど教訓がましく説明している。おそらくかつてはそれが非常にモダンに見えたにちがいない。

　第三と第四のキャビネットはホールの後方にある。鳥たちは枝や葉の間に置かれている。すべてはつがいで巣を持ち、雛鳥といっしょだ。鳥たちは「英国の鳥――営巣シリーズ」と呼ばれるグループに属している。一方のキャビネットにはつがいのミズナギドリが、ヘブリディーズ諸島の大きな岩にうずくまっていた。もう一方のキャビネットでは、一羽のクロウタドリがサンザシの垣根からじっと様子をうかがっている。つがいのもう片方は象牙色の卵をしっかりと見張っていた。これらは展示物の中でもっとも最近のものであり、ロマン派の詩人たちが歌で賛美した自然、今もなお存在していると信じたい一方で、そう信じることがますます難しくなりつつある自然を表わしていた。安らかで永遠に続く世界の中で、くつろいでいる鳥たちの満ちあふれた自然だ。鳥たちは今しも、自分たちの仕事に取り掛かろうとしている。それはつがって子供を産むことだ。この鳥たちはまたイギリスの幻《ビジョン》でもある。『セルボーンの博物誌』やジョン・コンスタブルが描いた絵画『ヘイ・ウェイン』、レイフ・ヴォーン・ウィリアムズが作曲した『揚げヒバリ』などの表現したイギリスの幻。それが飛翔中に捕らえられ、ガラスの陳列ケースに保存されていた。ラベルに書かれているコメントを読むと、今ではここに二つしかケースがないが、かつては一五九のケースが置かれていたという。しかし、これはさして驚くべきことではない。二つを残して他のケースはすべて、一九四四年夏に、ドイツ空軍の爆撃によって破壊された(1)。

　生き物の美は、尽きることのないその多種多様性から生じる。それは多様性の中で生き物が与える統一

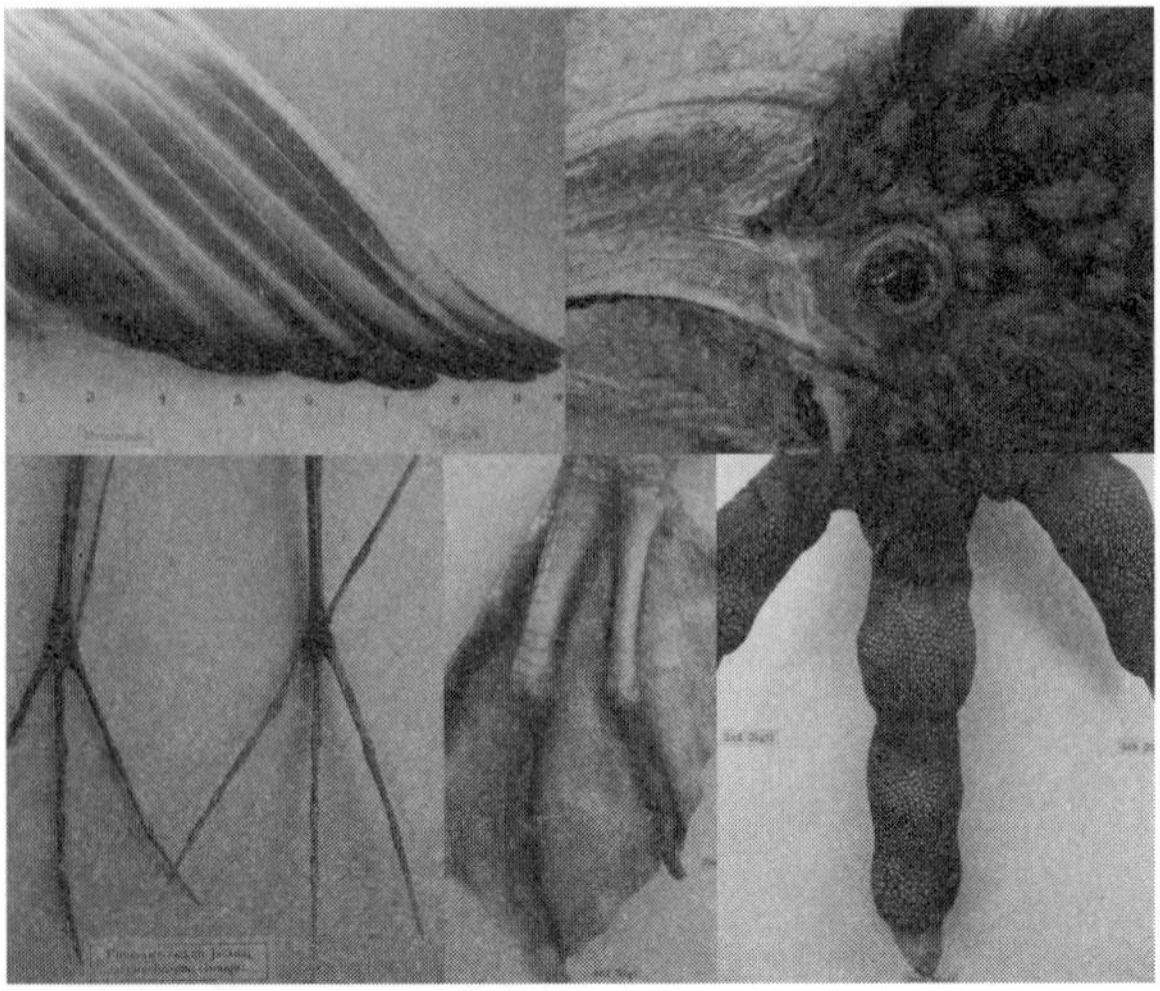

鳥類部分（自然史博物館，ロンドン，2010 年 5 月）

感であり、生き物同士の関係の複雑精緻さである。物惜しみしない自然の姿を目の当たりにすると、言葉で表わしえないほど神秘的な生き物の連鎖の感覚に陶然とするか、さもなければそれがますます大きくなり、万華鏡のように捉えどころのない状態に任せたくなってしまう。エルンスト・ヘッケルはエル・トゥールのコーラル・ガーデンを見下ろして、思わず魅惑的なヘスペリデス（ギリシア神話に出てくる美しいニンフたち）のことを口にした。ダーウィンはリオデジャネイロのマタ・アトランティカ（ブラジルの大西洋岸に沿って分布する森林）に入り、茫然自失してしまった――熱帯雨林を眼前にすれば、誰もが膝の力が抜けるほどの脱力感に襲われるだろう。しかし、もし自然世界を理解しようとしたら、われわれは自然世界を構成しているそれぞれの要素に注目し、それを区分けして、それに名前を付けなくてはならない。解剖し、分類して、ラベルを貼らなければならない。しかし、鳥類ホールを見ればわかる通り、自然の切り取り方には多くの方法がある。そして切り取られたものはそれぞれが異なった相を見せている。そこでわれわれが直面する疑問がこれだ。それならアリストテレスはどこに切れ目を入れたのだろう？　どのような科学を作り出したのだろう？

XXXVI

ルネサンスの自然哲学者たちは、好奇心に駆られて世界を見ては、自分たちがそれをほとんど理解していないことに気がついた。そして至極当然ながら、世界を知っている者としてアリストテレスに目を向けた。彼らにとってアリストテレスは何よりも、自分の知っているありとあらゆる生物について、それを包括的に説明しようと追求し、そしてどういうわけだかそのデータをきちんと整理できなかった博物学者だった。

一四七三年、ガザのテオドロスは、アリストテレスの動物に関する著作をキケロ風なラテン語に翻訳し、パトロンの教皇シクストゥス四世に進呈した。その序文でテオドロスは、その書物がいかなるものかについて述べている。

自然を合理的に探求するこの書物は、自然が動物たちに与えている特徴――すべての動物をたがいに相異なるようにあらしめている特徴――に即して、秩序立った形で動物を記述していく。つまり、おお

（1）　だが、「英国の鳥――営巣シリーズ」の由来はドイツにある。それはこのシリーズを作ったのが、テュービンゲン生まれのドイツ人で、大英博物館の動物部門責任者アルブレヒト・ギュンター（一八三〇―一九一四）だったからだ。彼はサザークのクリスタルパレスで見た、剝製の展示からインスピレーションを得てシリーズを思いついた。だが、この展示ももともとは、一八五一年のロンドン大博覧会のために、もう一人のドイツ人、博物学者ヘルマン・プルーケによって作られたものだ。現在展示されているミズナギドリやクロウタドリの他にも、オリジナルの巣がいくつか運び出されていて、今もリサーチ・コレクションの中にある。

まかな類のまとまりを示し、それ以外の類については個別に説明づけている。類に含まれる動物種同士の区分けをし、種を一つずつ記述している（そしてこの書物には約五〇〇種が記載されている）。それぞれの動物種がどのように繁殖するのか（陸生種も水生種も）、どんな四肢をしているのか、どのような食べ物を摂取するのか、何によって傷つけられるのか、習性は何か、どれくらい生きることができるのか、体の大きさはどれくらいか、最大のものは何か、最小のものは何か、形、色、声、性格、従順さはどうなのかなどについての説明が続く。つまり、自然が生み出し、食べ物を与え、成長させ、保護するいかなる動物といえども、この書物に取り上げられないものはない。

これが羊頭狗肉であることは見え透いている。アリストテレスはたしかに五〇〇「種」[2]ほどに名前を付け、その多くについてたくさんのことを記述している。だが、「種は一つずつ」説明されているわけではない。これは明らかだ。例えばゾウについて述べているアリストテレスを見てみよう。彼は一度もゾウを見たことがなかったわりには、話す材料に事欠かない。しかし、それを調べようとすると、われわれはまず『動物誌』の索引に頼らざるをえない。だがその索引を見てみると、『動物誌』ではゾウの部分や習性はばらばらにされ、本の至る所にばらまかれて記述されていることがわかる。

ゾウの年齢（586a3; 630b19）、乳房（498a1; 500a17）、交尾（540a20; 546b7; 579a18）、捕獲（610a15）、食事（596a3）、病気（604a11; 605a23）、ゾウ使い（497b27; 610a27）、足（497b23; 517a31）、胆嚢（506b1）、生殖器（500b6; 509b11）、習性（630b19）、毛（499a9）、四肢（497b24; 498a5）、睡眠（498a8）、腸（507b34）、精液（523a26）、気性（488a28）、歯（501b29）、鼻（492b17; 497b27）、声（536b22）……。

そして、さらに『動物部分論』にもばらまかれている。

ゾウ——水中の習性（659a29）、鼻とその多様な役割（658b33; 661a27; 682b36）、前脚（659a25）、足には指がある（659a25）、乳（688b14）、巨体による防御（663a4）……。

この解体はもっと続く。(3) テオドロスはおそらく動物学を、パトロンの教皇が気に入るようなものにしようとしたのだろう。そのため不誠実にも、アリストテレスのならべ方を無視して、彼を百科事典編集者として描いた。実際テオドロスは、アリストテレスをギリシアのプリニウスとして宣伝した。

紀元一世紀に大プリニウスは『博物誌』を書いて公にした。この本ではそれぞれのエッセーが各一つの事柄を扱い、本全体としては著者の主張に違わず、何もかもを網羅的に記述しているまさしく本物の博物誌であり、おそらく世界ではじめて書かれた博物誌だろう。プリニウスは自身の動物学を、手当たり次第に情報を借りて集め、種毎にならべることで作り上げた。直接知り得た情報に重きを置いたと本人は書い

（2）ガザのテオドロスはここですでに、「*genera*」（類）と「*species*」（種）をアリストテレスとは違って「分類上の特定の階層を表わす語として」用いている。

（3）アリストテレスの原稿に索引はついていない。それがないので、ある話題について彼が前に考えたことを、図書館に保管された何百となくある巻物の中から、どのようにして見つけ出したのかを推測するのは難しい。だが、実際彼は、そんなことに煩わされなかったようなのだ。というのも、彼は些細な事実関係について、まるで前に書いたことを忘れたかのように、平気で矛盾したことを言う厄介な癖がある。この章で見る通り、彼はゾウについてもそれを行なっている。

ているが、その言葉は当てにならない。おそらく彼はローマの凱旋式やサーカス、あるいは戦闘で、ゾウを見たにちがいない。が、その豊富な情報源もまったく役に立っていなかった。いくつかその趣を伝えるものを引用してみる。

（ゾウ）は愛情や敬意に対して喜びを表わす。それどころか、人間でさえまれにしか見られない美徳である誠実さ、公正さ、それに星たちに対する尊敬や、太陽や月に対する尊崇の念を保持している。

あるゾウが花を売っていた娘に恋をした（だが、それが無作法な選択だったとは、誰一人思わないかもしれない）。そしてその娘は、非常に高名な学者アリストパネスの大のお気に入りだった。

しかし、最大の［ゾウは］インドで［生まれる］。ヘビも同様で、ヘビはたえずゾウと敵対関係にあり、戦い続けている。ヘビはまた非常に大きいために、たやすくゾウに巻きついて締めつけ、動けなくさせる。

これこそまさに古代博物誌の真の声だ――それはゴシップ好きで、人の言葉をすぐ真に受ける。そして、著者が語っていることは、そのどれもが真実であり、驚嘆すべきものだと執拗に主張する。もしプリニウスに先行者がいるとすれば、それは間違いなく、金を掘るアリ、グリフィン、一つ目のアリマスピ族などについて語ったヘロドトスだ。だが、ヘロドトスでさえ、プリニウスのゾウとヘビについての記述は法外にすぎると考えるだろう。

しかしながらルネサンスの博物学に雛型を提供したのは、アリストテレスよりもむしろプリニウスのほうだ（幸いにも、材料を提供したのはアリストテレスだったが）。一五五一年、スイスの医師で学者のコンラート・ゲスナーが、彼の『動物誌』の第一巻を刊行した。これは動物世界で知られているものすべての一覧表ともいうべきもので、アリストテレスの著作を切りきざんで、プリニウスのようにアリストテレスの材料を百科事典風にならべ立てていた。ただプリニウスと違ってゲスナーの主要な関心は、生き物の生態にあった。そして感心なことに、古代のデータに十分な注意をして、それが真実であるかどうかを確認しようとした。現代の博物学の方法論のもとが形作られたのは彼の手によってである。ゲスナー以後、「英国の鳥――営巣シリーズ」が書かれるために必要だったのは、自然はただ単に驚くべきものではなく、恐怖や美や情念に満ちたものだという認識だけだった。

XXXVII

現代の生物学的分類法――分類の科学――は、一七五八年から一七五九年にかけて刊行された、カロルス・リンナエウス（リンネ）の『自然の体系』一〇版からはじまった。それが一九世紀の偉大なプロジェクトの目標――地球上のあらゆる生物を発見し、分類してカタログ化すること――を決定した。このプロジェクトをリンネの後継者たちは、数巻からなる膨大な研究論文を公にすることで推し進めた。そこでは自然が多色石版刷りで華麗に描かれている。ジョルジュ・キュヴィエとアシル・ヴァランシエンヌの『魚の博物誌』（全二一巻、一八二八―四八）、ヨハネス・エウセビウス・フットの『鞘翅《しょうし》類の体系的目録』（全二巻、一八〇四―〇六）、オイゲン・エスパーとトゥーサン・フォン・シャルパンティエの『鱗翅類』（全七巻、一八二九―三九）、ルイ・アガシーの『化石魚類の研究』（全五巻、一八三三―四三）、ジョージ・ベッティンガム・ソワビーの『カイ属研究』（全五巻、一八四七―八七）、スティーヴン・ジェイ・グールドの『ハチドリ科研究』（一八四九―六一）、チャールズ・ダーウィンの『蔓脚《まんきゃく》類』

と『化石蔓脚類』(全四巻、一八五一―五四)、トマス・ベルの『陸ガメ、沼ガメ、そして海ガメ』(一八七二)など――これは何百とある内のほんの一握りだ――が今でも、その重みで図書館の書棚をたわませている。

分類学者たちはまた、彼らのイメージに従ってアリストテレスを作り変えた。彼らにとってアリストテレスは、もはや単なる博物学者ではなく、彼らに固有の科学を創始してくれた先達だった。分類学者たちはこう感じていた――アリストテレスもまた、分類への衝動を抱いていたにちがいない、と。今ではやや自閉症気味の人の特性とされているが、それは、貝のコレクションをしている少年を駆り立てて、手元にあるさまざまな形の貝をひとまとめにして、体系化できる原則を何とか見つけたいと思わせるような衝動だ。アリストテレスはまた、これまでに誰も気づいたことのない生物――科学にとって新しい種(これはおいしい言葉だ)――を発見したときの勝利の喜び、そしてそれに名前を付けることのできる喜びを感じていたはずだ。したがって『動物誌』もまた――たしかに一見そうは見えないにしても――目録《カタログ》であるにちがいない、と。

分類学者たちはアリストテレスを、エーゲ海のほとりで分類を構築した「リンナエウス(リンネ)の先達」と見ていた。しかも、分類の才能に富む先達として。キュヴィエはアリストテレスを称賛するあまり、やや度を越した表現をしている。

アリストテレスは当初から、動物学上の分類を提示していたが、それは彼以後数世紀にわたって、ほとんど分類学の進展の余地がないほど完璧なものだった。彼が行なったすばらしい動物界の区分と下位区分は、驚くほど正確で、後世の科学による追加の大半を退けた。

これはもちろん誇張した表現だ。キュヴィエは自分自身で、アリストテレスの分類よりはるかにすぐれた動物分類の体系を打ち立てている。それはギリシアの体系にいくつかの大分類を加えたり、差し引いたり、あるいは単純に昔の分類を棄却してしまって、ほとんど原型をとどめていない分類だった。しかし、アリストテレスを聖人と見立てることはさておいて、アリストテレスのプロジェクトが基本的には分類のそれだったという見方は、進歩主義者たちには魅力的に感じられた。科学というものは、まず対象をピンで留めて、それに名前を付けることで、はじめてスタートすることができる。生物学がリンナエウスのシステムを必要としたように、天文学はヨハン・バイエルの星図を、結晶学はルネ＝ジュスト・アユイ（アユイ神父）の幾何学的形状を、化学はドミトリー・メンデレーエフの周期表をそれぞれ必要とした。しかし、それは科学に限られた話なのだろうか。神は動物を作るとすぐに、それをアダムのもとへやり、彼が名前を付けるのを見届けた——神でさえこんな風だ。

　アリストテレスが示す種類《カインド》（類 *genē*）の大半は、概ねわれわれの種《スピーシーズ》に対応している。*Erythrinos*（ニシキダイ）、*perkē*（ヒメスズキ）、*skorpaina*（カサゴ）、*sparos*（タイの一種）、*kephalos*（アタマボラ）などはすべて、現代の魚種の一つか、あるいはそのいくつかに対応させることができる。しかし、ときには彼の種類がわれわれの品種や変種を指していることがある。「数種類のイヌがいる……」——ラコニア犬やモロシア犬。われわれの分かる範囲内で言うと、アリストテレスの動物名には、リンナエウスが考案したような学術名の体系は生み出さなかった。むしろそれは、アリストテレスが生きた時代の、その土地特有の動物の名前だった。彼はそれを話しかけた漁師や猟師や農夫たちから聞き知った。「ポイニカ（レバノン）の近辺には、ヒッポス（*hippos* ウマ）と呼ばれるカニがいる。それはカニが速く走るので、捕まえることが難しいからだ」――それゆえに、このスナガニの二名法によるラテン語名（*Ocypode cursor*）は「俊足の走者」という意味を持つ。「キュアノス（*kyanos* 青）と呼ばれる鳥がいる。スキュロス島ではごくありふれた鳥だ。たいてい岩場にいる。大きさはクロウタドリ（*kotyphos*）よりやや小さい。だが、ズアオアトリ（*spiza*）よりは少し大きい。この鳥は大きな足をしていて、岩場の表面を登っていく。羽の色は非常に濃いブルーだ。嘴は細くて長い。脚は短くてキツツキ（*hippos*）の脚に似ている」――この鳥はおそらくイワゴジュウガラだろう。アリストテレスにとって「*hippos*」がカニであり、鳥であり、ウマでもありうるという事実は、彼の動物学を難解にこそすれ、わかりやすくはしていない(4)。

巷でよく言われている、やや幻想含みのイメージの一つに、伝統的社会の漁師や猟師たちは科学者が識別するのに四苦八苦している種を一目で見分けることができるほど、きわめてすぐれた分類学者だというのがある。ニューギニアの高地人は、一三六種の異なった鳥を的確に識別すると言われている。これは本当かもしれない。だが、現代のギリシア人の漁師たちは、魚を見分けることについては、それほどすぐれた才能の持ち主ではないようだし、かつてのギリシア人たちが、今以上に才能があったと想像する理由はない。

われわれがいたのは、東海岸の小さな港スカマヌーディだ。天気さえよければ港では、岸から少し離れた沖合にピュラーの港の遺跡を見ることができると言われたのだが、その日は風が強く吹き、岬は風雨にさらされて、白い波が眺めを遮っていた。仕方がないのでわれわれは腰を下ろして、ウーゾと塩漬けの魚を注文した。パパリナがおいしいよと誰かが言った。調査旅行中の魚類学者であるわが友イオルゴス・Kはやんわりと抗弁した。それはサルデラのことでしょう？　サルデラはヨーロッパマイワシ（*Sardina pilchardus*）で、パパリナは〔ニシン科の〕ヨーロッパスプラット（*Sprattus sprattus*）だと彼は続けた。そして、自分の正しさを証明するために、『ギリシアの魚』を取り出した。これは彼が著者として誇りを持っている書物で、ほとんどつねに携帯していた。K自身の手になる美しいグワッシュ画を見て、われわれは実際によく似た二種類の魚を確認することができた。

店の経営者に尋ねてみると、魚はパパリナだと言う。しかし、メニューにはサルデラと書いてあるじゃないかとわれわれは指摘した。当然だと店の主人は言う。ラグーンの中では、パパリナはサルデラで、外ではサルデラがパパリナだ。この二つはもともとがラグーンの中にいたもので、それが味のよい理由だと言う。隣りのテーブルにいた漁師たちが口をはさんできた。店の主人は本当のところを話していない。少なくともその全体を話していないと言うのだ。サルデラとパパリナは実際は同一で、同じ種だが、根本的な違いは地理的な起源にあるのではなく、二匹の魚の年齢や、おそらくは単に餌にある——しかし、今挙がったうちの一つあるいはすべてが、差異の要因として際立っているという見方には、誰一人同意する者はいなかった。反対する者の中には、科学的な考えを主張する者もいて、彼らが言うには、サルデラとパパリナはまったく異なった種で、それは「キュリオス」（主）が言った通りだと言う——「その違いは食べれば誰でもわかる」

二種の魚の関係や、そのどちらをわれわれは食べているのかについて、こうもさまざまな見方があるとは不可解だ。カロニでは毎年、何千トンものサルデラだかパパリナだか、とにかく少なくとも小さくて銀色の魚を輸出している。それにギリシアのスーパーマーケットで、このような魚を売っていない所などま

（4）　キツツキを *hippos* としているのは、書写した者が *pipō* と間違えているのかもしれない。*pipō* は鳥にアリストテレスがよく使う言葉だ。おそらくこれはアリストテレスのあやまちではないだろう。

ずない。だとすると、毎日こうした魚を獲っている人々は、分類について合意に達していそうなものじゃないか――そのぐらいの時間はあっただろう。アリストテレスもこの土地特有の名前が本来持っていた曖昧さを、十分に認識していたのだろうか。おそらく認識していただろう。動物に関する漁師たちの知識に対して、アリストテレスが抱いた信頼は限られている。それに、民間の分類法が生物の多様性を捉えきれていないことを彼はたしかに承知している。「(カニ〔*karkinoi*〕の)他の種は寸法が小さく、特別な名前がないようだ」。だが、アリストテレスはけっしてその不足を是正しない。

たとえそうであっても、アリストテレスの種の多くは、現代の種と納得のいく形で同定されうる。例えば(全体としての)イヌ、ウマ、二種のセミ、四種のキツツキ、六種のウニ、それにヒトなど。当然のことながら、彼は頭足類には詳しかったので、*polypdōn megiston genos*(マダコ)、*heledōnē/bolitaina/ozolis*(ジャコウダコ)、*sēpia*(コウイカ)、*teuthos*(スルメイカ)、*nautilos* というタコ(カイダコ)などの名前を挙げている。また彼はもう一つ別の、「カタツムリのように殻に棲み、ときに触腕を突き出す」有殻頭足類についても語っている。これがどの生き物を指しているのか、これまでに数多くの議論が重ねられてきた。これはあの完璧な美しさをもつ軟体動物のオウムガイ(*Nautilus pompilius*)にぴったりの説明となりえたかもしれない、もしオウムガイがアンダマン・ニコバル諸島の西方、インド洋・西太平洋地域――アリストテレスの活動範囲のはるか外側だ――で生息している事実がなければの話だが。ただ学者の中には、アレクサンドロス大王に同行してインドへ行った者から標本を見せられて、それをもとにアリストテレスが説明をしていると示唆する者もいた。また、彼が言及しているのはサルパの殻の中に住み着いたアミダコ(*Ocythoe tuberculata*)の雄か、あるいは、頭足類とはまったく似たところのないアサガオガイだと言う者もいる。どちらもとくに本当らしいというわけではなく、九番目の頭足類は依然として不明のままだ。

アリストテレスはまた、属、科、目、綱、門といった、現代の上位の分類群に似た、より大きなグループの存在を認めている。それを彼は「最大の類」（*megista genē*）と呼ぶ。その名称の中には明らかに、ふだん使われていた言葉もある——鳥（*ornīs*）、魚（*ikthȳs*）。が、他のものはどうやら専門用語として彼が作り出したもののようだ。アリストテレスは民間で行なわれている分類法が、動物をより大きなグループに分類するのにあまり向いていないことを知っていた。とくに、大部分の人々が無視している動物が問題となる場合にはそうだ。彼が付ける「最大の類」の名前はしばしば記述的な感じを持つことが多い——*malakostraka*（「軟殻類」＝大半の甲殻類）、*ostrakoderma*（「殻皮類」（「硬殻類」と訳されることもある）＝大半の棘皮類＋腹足類＋二枚貝類＋フジツボ類＋ホヤ類[5]）、*entoma*（「有節類」＝昆虫類＋多足類＋鋏角類の節足動物）、*malakia*（「軟体類」＝頭足類）、*kētōdeis*（「クジラ類」＝鯨類）、*zōotoka tetrapoda*（「胎生四足類」＝大半の哺乳類）*ōiotoka tetrapoda*（「卵生四足類」＝大半の爬虫類＋両生類）、*anhaima*（「無血動物」＝無脊椎動物）、*enhaima*（「有血動物」＝脊椎動物）。

すぐれた分類では、一つのグループが別のグループの下位にあり、それぞれのグループは他のすべてのグループに対して、唯一で決まった位置を持つということを、アリストテレスは信じていたようだ——これを言い換えると、類や種のグループは入れ子構造の分類体系でならべられるということだ。「有血動物でももっとも重要な類は、卵生四足類、胎生四足類、鳥類、魚類、クジラ類、その他に、個々の動物が単一の種をなしていて〔類としての〕名前を持たないもの」「次に、無血動物について語ろう。無血動物にはいくつかの類がある」——そして彼はそれをリストアップする。「軟殻類のもっとも大きな類は四つある。

（5）文字通りの意味は「陶器の破片のような皮膚をした」。

いわゆる *astsakoi*（ロブスターの類）、*karaboi*（イセエビの類）、*karides*（シャコと遊泳型の類）、*karkinoi*（カニの類）」——これがわれわれに語っているのは、ロブスター、イセエビ、遊泳類のエビ、カニは、それよりさらに大きなグループである軟殻類の中の、もっとも大きな下位のグループだということだ。が、彼の分類体系はきわめて浅い。例えばヒトは有血動物だが、その他の点では孤立している。

動物の関係は、入れ子構造の分類体系として説明されるべきだ、というのは現在では明らかなことだ。それが、樹形図のトポロジーを言葉で表現する唯一の方法であり、樹形図は、一枚の絵で共通の祖先から突然変異によって生じた血統を表わす唯一の方法なのだから。しかし、もしそれがわれわれにとって明らかだとしても、アリストテレスにとってなぜそれが明白なことだったのかは不思議なぐらいだ。なんといっても、彼はダーウィンがそれを説明している『種の起源』の一文（「同じ綱《クラス》のあらゆる生物の類縁はときに、大きな木によって表現されてきた。私はこの比喩は概ね真実を語っていると思う……」）を読んだことなどあるはずもないのだから。実際、理論的には別の方法もあり得た。アリストテレスは、たがいに完全に独立した分類群から分類を作り上げることもできたのである。ホルヘ・ルイス・ボルヘスは、中国の百科事典『恵みあまねき知識の宝典』の素晴らしく意地悪な紹介文の中で、この本ではそれぞれの分類群は以下のような特徴によって定義されていると述べている。皇帝に帰属するもの、香料で防腐処理されているもの、人魚、野良犬、遠くからだとハエのように見えるものなど。アリストテレスもまた、入れ子構造の分類群ではなく、むしろ完全に独立した分類群から、分類体系を作り上げることができたはずだ。『政治学』第三巻七章では、この方法を使うことで政府の体制を、権力の集中の度合いと各体制の性質という二つの特徴をベースに分類している。

	高い	中くらい	低い
よい	王制	貴族制	立法制
悪い	僭主制	寡頭制	民主制

実際には、彼は動物にはこのシステムを適用しなかった。

おそらく生物の多様性を注意して学べば、誰しもそれを分類体系的にきちんと配列すべきだと明らかに見て取れるのだろう。リンナエウスはダーウィンから、研究する動物を属、目、綱に分類せよと言われる必要もなかった。アリストテレスの「分類群」（*genos* ゲノス）という用語も、もともとは「family」（一族）を意味した。というのも、ギリシア人はそれを父方の一族を意味する言葉として使っていたからだ。しかし、入れ子構造の分類体系は、アリストテレスの分類の方法から必然的に現われたということもまた真実である。

動物の分類はおそらく、アリストテレスが行なったものが最初だったろう。[(6)] だが、分類は定義づけに非常に近く、定義づけこそが当時の学問が最も執心していたことだった。プラトンは何かを定義づけることが、それを理解することだと考えた。彼の定義の方法によれば必然的に、物事の特徴は次から次へと二分法で分割されることになった。著書『政治家』では王制の性質を探求するのに、プラトンは「あらゆる人

（6）だが、アテナイオスはスペウシッポスが『類似論』と呼ばれている本を書いたと言っている。その中でスペウシッポスは、ホラガイ、ホネガイ、巻貝、二枚貝が似ていると述べた。何を根拠に主張したのか、その目的は何だったのかについては不明だ。

間の知識」からはじめている。それを次々に専門的な知識の分枝に分割していき、ついに王は牧者のようなものだと言う。それなら王は何を飼育するのだろう？　それを解明するためにプラトンは、引き続いて、動物をさまざまな特徴によって分割した。そして最後に王は、温順で、角を欠き、羽のない二足動物、つまり一般的にヒトとして知られている生き物の牧者であるという結論を得た。プラトンはヒトや動物がどのような活動をしていても、それらを多くの異なった方法で分割しうること、その結果、多くの定義を生み出しうることを認めていた（彼はソピストに対して八つほどの系統を与えたが、そのほとんどは、ソピストたちを道徳的に不穏当で、金銭に卑しい、青年を堕落させる者たちとして定義することを目指していた）。だが、たとえ定義が多くても、さまざまな定義の「糸をひとまとめにすること」はできるし、動物の性質を正確に認識することができる、とプラトンは主張した。後年の対話篇では定義に対する偏執の兆候を見せている。

『形而上学』や『分析論後書』でアリストテレスは、プラトンの分割法を微調整し、『動物誌』や『動物部分論』ではそれを変貌させている。彼はプラトンの分割法が持つ目標をさらに拡大して、分類を受け入れるようにした。その上で、プラトンの方法を徹底的な攻撃にさらす。アリストテレスは、なぜ二分法による分割がうまくいかないのか、その理由を多々挙げる。が、もっともはっきりとした理由は、分割法による結果が気まぐれで恣意的なことだ。プラトンは動物を「水生動物と陸生動物」「群居動物と独居動物」「飼いならした動物と野生動物」に分けた。それは以下の点を除けばまことに結構だった。その点とはこの内のどれを選んでも、鳥類は結局、両方のサブグループに当てはまることになり、それでは正しい分割とは思えないことだ。生き物は深くて自然な順序を持っており、すぐれた分類はそれを反映すべきである、とアリストテレスは見ていた。したがって分割するときには、「各種をばらばらに引き離すことは避けるべきだ」と言う。実際のところ、プラトンも同じようなことをさらに巧みな表現で述べている。「不器用な肉屋のように関節を断ち切るべきではない」――賢明な教訓だが、プラトンはつねにこれを無視した。そしてこの教訓はまた、自然の関節をわれわれはどのようにして見つけ出せばよいのか、という疑問を生じさせる。

XXXVIII

問題は、自然の関節を見つけ出すのが難しいということだ。プラトンのアプローチの仕方については、アリストテレスは言いたいことがたくさんあるようだが、自分のやり方についてはは多くを語らない。にもかかわらず、彼の理論の実践やプログラムの経過を見ていると、そこには洗練された分割の方法が見て取れる。それは二つの重要な見識に基づいている。

その最初のものは、自然の分類階層《ヒエラルキー》の異なる階層では、動物同士の差異の大きさも異なっているという認識だ。「もっとも大きな類」の内部における種類間の差異（*diaphorai*）、例えばスズメとツルとの差異は比較的小さい。両者は同じような基本となる身体部分を共有していて、異なっているのは形とサイズだけだ。このような変化をアリストテレスは「程度の差」という用語で表現している。

鳥（類）間の相違は、その身体部分の過不足にあり、つまり程度の差である。脚の長いものもあれば、短いものもある。舌も広いものと狭いものがあり、それは他の部分についても同様だ。

そのために、彼の記載生物学の多くは、嘴、膀胱、腸、脳が、サイズやプロポーションの点で違っている様子について述べている。

もっとも大きな類同士、例えば鳥類と魚類の差異はさらに根本的だ。その差異は動物の持つ部分の種類と配列にある。差異は構造上のものだ。現代の動物学者たちはそれについてドイツ語の「バウプラン」(Bauplan) に由来する「体制《ボディ・プラン》」という語を用いて語っている。アリストテレスはそれに匹敵する用語を持っていないが、同じコンセプトは使っている。硬い部分と軟らかい部分、脚の相対位置や数などはとくに重要だ。軟体類（頭足類）の中には、硬い内部構造（イカの骨やコウイカの甲）を持つものもある。(7) しかし、軟殻類（甲殻類）や殻皮類（巻貝、二枚貝、ウニ）は外部の硬い部分、いわゆる外骨格を持っている。魚類には脚がないが、ヒトや鳥類には二本、四足類には四本、有節類や、軟殻類には多くの脚がある。

もっとも大きな類はまた、その部分の配列に違いがある。アリストテレスにとって動物とは、六つの極と三つの軸を持つものだ――それは「上―下」「前―後」「左―右」である。(8)「上」は栄養素をそこから取り入れる動物の極で、「下」はそれを排出する極。「前」は動物の感覚器官が向いている極で、「後」はその反対側だ。「右」と「左」はわれわれヒトのそれと同じ。この配置はヒトに基づいていて、それが四足類からヒトを区別している。四足類では上（口の位置）と前（感覚器官の向き）が同じ極だ。そして下（肛門の位置）と後（感覚器官と逆方向）もまた極を同じにしている。これこそアリストテレスが、ヒトを胎生四足類（哺乳類）に分類しなかった理由だ。

現代の動物学者たちは、アリストテレスが生物の身体の位置関係を定義するやり方をやや奇妙に感じるだろう。(9) だが、アリストテレスがわれわれと同じように身体を捉えるべきだとする理由はない。頭足動物における奇妙な身体部分の配列に対しても、アリストテレスは彼のやり方で真の洞察を加えている。頭足類の足は口のまわりに配列されていて、その腸はUの字を描いて曲げられている。アリストテレスは、コウイカが四足類と同じ配列をしていると断言する。それは四足類を二つ折りにした状態で、そのためにコウイカの上と下、前と後が同じ位置で出会っていると言う。

これはなかなか見事な見方だ。(10) しかし、彼の配列に対する見方が、やや考えの浅い主張となる場合もある。光合成に対する知識がなかったために、アリストテレスは植物に、むりやり動物の栄養摂取のモデルを押しつけている。植物は根から栄養を摂取すると彼は考える。そのために根は動物の口の「相似器官《アナログ》」（起源は異なるが、形態や働きが似ている器官）となる。植物は何かを、その反対側の端で排泄しなくてはならない――それがすなわち果実だ。この類似性が彼にもたらした結論は、植物の上端は土の中に埋もれているが、その下端はそよ風の中でたわんでいるというものだった。

しかしアリストテレスは、最大の類をただその体制だけで捉えているわけではない。同時に、それらの

---

(7) この対比を行なうに際して、カイダコやミステリアスな九番目の頭足動物（「オウムガイ（?）」）の殻のことを、彼は忘れているようだ。

(8) アリストテレスの翻訳者たちは、これらの極を説明するのにそれぞれ異なった用語を使っている。ここではギリシア語のオリジナルを示しておく。前（*to emprosthen*）、後（*to opisthen*）、上（*to anō*）、下（*to katō*）、右（*to dexion*）、左（*to aristeron*）。

(9) われわれはヒトと四足類を同じ極を持つものとしている――前部後部、背部腹部、左右。これはヒトが直立している事実を無視しているからだ。一方、アリストテレスにとってはこの事実は根本的なことだった。別の言い方をすれば、アリストテレスが彼の極を機能的類似性に準拠していたのに対して、われわれはその極を、少なくとも脊椎動物に関しては、構造的相同性に基づいて考えている。しかしアリストテレスとわれわれのアプローチの差は、一見するほど大きなものではない。脊椎動物以外を見てみると、実は極についての現代の見方も必ずしも構造的相同性によって定義されているわけではない。慣例によると、ショウジョウバエの腹は腹部でその背は背部だ。だが、分子遺伝学的なデータによると、昆虫類はわれわれとは逆転しているという。つまりわれわれの背部はショウジョウバエの腹部に、われわれの腹部はショウジョウバエの背部に対応している。この点から言えば「背部／腹部」もまた今では単に機能的類似性について言及しているにすぎないということになる。

(10) 同じく賢明にもアリストテレスは、腹足類も同じようにねじれた体制をしていることに気づいている。頭足類と腹足類では、これが「よじれ」と呼ばれるプロセスの結果だった。このプロセスを通して、胚の段階で体軸はよじれた状態になる。

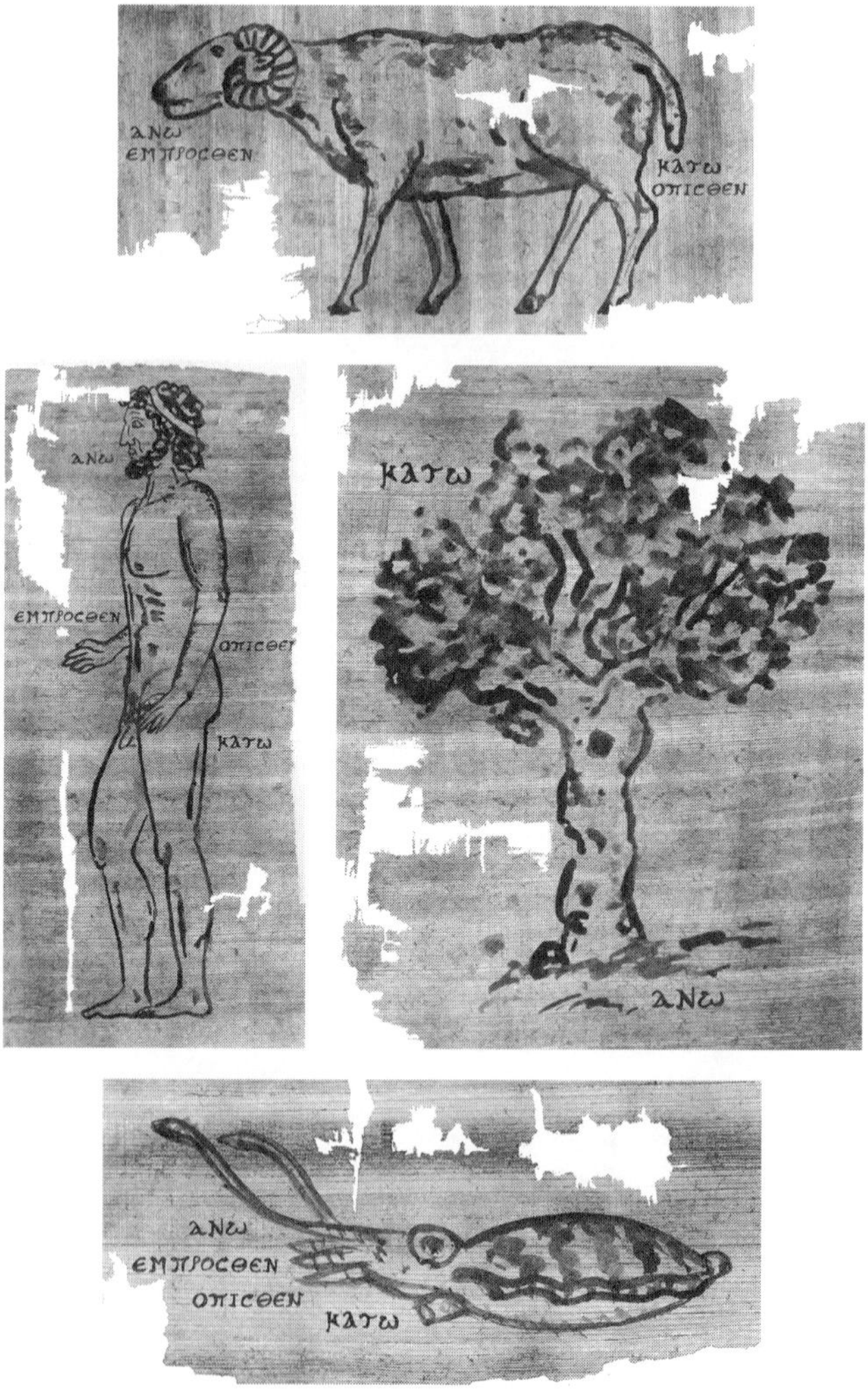

生き物の体制
（『動物進行論』第４章の記述をもとに描かれたもの）

類が同じ体の部分を共有しているかどうかを問いかけている。その共有状態を表現するのに、アリストテレスは従来の用語「*analogon*《アナロゴン》」（相似器官《アナログ》）を使う。それを定義しようとはしないのだが、用例を見ると「他の動物の部分と同じ機能、あるいは同じ位置を持ちながら、何か根本的なところで異なっている、そんなある種の動物の部分」を指しているように見える。もともとアナロゴンは数学で使われた用語だ――「A：Y＝B：Z」。アリストテレスはこれを自身の動物学で比喩的に使用した。「羽と鳥との関係は鱗と魚の関係に等しい」。彼によれば、もし二つの生物がその意味で類似性の部分を持っているなら、両者は相異なるもっとも大きな類に属している。相似器官《アナログ》同士は微細な構造や物理的な性質が異なる。カニと巻貝はともに硬い外側部分を持つが、カニを踏みつけると、甲羅が押しつぶされる。一方で巻貝を踏みつけると、その殻は粉々になってしまう。したがって、甲羅と殻はどこか根本的なところで異なっているにちがいない[11]。そのために、こうした外側部分を持つ種類同士もまた根本的に異なっているにちがいない。

アリストテレスは、類似性のものをかなり多く特定している。胎生四足類、ヒト、イルカは骨でできた頭蓋骨を持つ。魚、サメ、コウイカ、イカもまた骨に似たものを持っている――「魚の背骨」、軟骨、コウイカの甲、イカの中骨。これらの機構はすべて同じ機能を有していて、それは軟組織を保ち支える役割を果たす。鳥の羽や魚の鱗は明らかに覆いだ。有血動物には心臓があるが、無血動物――とくに頭足動物――には血液に似た何かと、それを操作する心臓に似た何かがある。肺は鰓の相似物だ。ときにはアリストテレスも、二つの部分が相似物なのか、あるいは同じものの変種にすぎないのか、自信がないように見えるときもある。ある一節で、頭足類にはただ「脳に似たもの」があると言っているが、他の一節では頭

（11）実際その通りで、一方はほとんどキチンからできているが、もう一方は炭酸カルシウムの結晶からできている。

足類には「脳」があるとしている。はっきりとは言わないが、四足類の脳と同じものだと示唆しているようだ。[12] アリストテレスは「同一」の部分について語るのに、アナロゴンの反意語を作り出してはいない。ただ少々曖昧に、「文句なしに」同じであるという言い方をしている。一八四三年になってようやく、リチャード・オーウェンが「相同器官《ホモログ》」（起源は同じだが、形態や働きが異なる器官）という言葉でこの術語上のギャップを埋めた。アリストテレスはおそらく、脊椎動物の内部器官のほとんどを、進化論を知らない彼の時代の意味での「相同的なもの」だと考えているのだろう。少なくとも、卵生四足類、胎生四足類、鳥類、魚類の心臓、胃、肝臓、胆嚢などについては、何らの限定もなく同一であるかのように語っている。

その結果、より小さな種――品種や属の下位分類の種――は、同じ部分の大きさや形の違いによって区別される。その一方で、もっとも大きな類――上位の分類群――は体制や部分の相似によって区別される。これをさらに抽象的に言うと、アリストテレスは特徴の大きさを、分類の等級に合致させている。この論法は今でも、現代の分類学の基本である。だが、彼の感覚はときに、多様性の背後に統一性を見る方向に鋭い。自分が使う「相似」や「程度の差」という用語が曖昧なことを承知している。それなら結局のところ、量的な差異はどこまでいけば質的な差異となるのだろう。例えば雌ウシの骨格とイワシのそれとをくらべてみる。いかにも骨らしいウシの骨と魚の背骨とでは、違いが歴然としているように見える（少なくともアリストテレスには）。それでも両者は相似器官だ。だが、アリストテレスが書き留めているように、鳥とヘビにはたいてい骨があり、小さな鳥や小さなヘビの骨はウシよりも魚の骨のほうによく似ている。このような動物たちを見て、彼は「自然は小刻みに移行している」ことを見て取る。もっとも大きな類同士の境界ははっきりとしておらず、たがいに少しずつ重なり合っていると知る。ヘビとトカゲについて言及して、「ヘビの類はトカゲと同じような部分を持っている（トカゲの体を長くして足を取ってしまうと同じようになる)」と言う。そして両者を「血縁」(*syngennis*)とまで呼んでいる。また、アザラシは水中に棲んでいるかもしれないが、その足ヒレはただ単に奇妙な脚にすぎない。アザラシは「不完全」な、あるいは「手足の不自由な」四足類だとアリストテレスは言っている。

XXXIX

アリストテレスが示した第二の方法論上の洞察は、生物分類の大問題――生物が、分類上は一見つじつまの合わないような複数の特徴を見せるという困った性質だ――に下した彼の解決策である。自然の分類階層《ヒエラルキー》はこぎれいに整頓されたものではない。実際、それは混沌そのものだ。動物を生殖様式で分類すると、二つのグループになる(卵生と胎生)。付属器官(脚とヒレ)で分類すると、やはり二つに分かれる――しかし、これは先のグループとはまったく異なる。そこにはデータ上、分類学者たちが言うように対立があるし、解決はまたアリストテレスが言うように、類を二つに分断する危険さえある。これこそは、プラトンの方法が解きえなかった問題だ。プラトンの分類では、それぞれの特徴を順々に検討してゆくが、それでは結論が恣意的になるのは避けがたい。だが、アリストテレスは自然の秩序に対して、はるかにすぐれた感覚を持っている。ここでは、陸上動物を分類する方法を決定しようとしている。

翼のない四足類はすべて有血だ。そして胎生類は毛を持ち、卵生類はそれに相当する角鱗を持ってい

(12)　これは一見些細なことのように見えるが、じつは驚くべき違いだ。実際、この違いによって頭足類は有血動物なのか無血動物なのかも変わる。

る。ヘビは陸生の有血動物だが、生来無足で角鱗を持つ。一般にヘビは卵生だが、マムシ（*ekhidna*）は例外で胎生だ。しかし、あらゆる胎生動物が毛を持つわけではないし、魚の中にも胎生のものがある。

彼のやり方のポイントは、いくつかの特徴——たとえば足（四足と無足）、繁殖（胎生と卵生）、被覆（毛と鱗）——を同時に、しかもそれを組み合わせて考えることであるように見える。二つの状態をともなう三つの特徴は、それぞれ八つの組み合わせ、つまり八通りのタイプの動物を生み出すことが可能だ。だが、現実に存在するのは四つのタイプの動物である。

（1）毛を持つ胎生四足類
（2）鱗を持つ卵生四足類
（3）鱗を持つ卵生無足類
（4）鱗を持つ胎生無足類

最初の三つはもっとも大きな類——胎生四足類（*zōotoka tetrapoda*）、卵生四足類（*ōiotoka tetrapoda*）、ヘビ類（*opheis*）に該当する。第四の組み合わせに該当するマムシは、胎生することを除くと、あらゆる点でヘビ類と変わりがない。それならマムシはどのように分類すればよいのか。もしプラトン派の分類学者がマムシを分類したとすると、それを「鱗を持つ胎生無足類」と定義して、ヘビ類の仲間たちから切り離してしまっただろう。これにくらべるとアリストテレスはさらに賢明だ。彼にとって類とは、よく似た生物のグループだが、その境界線は不明瞭だ。[13]マムシはたしかに胎生かもしれない。にもかかわらずそれはヘビだ、という点についてアリストテレスに曖昧さはない。このプラグマティズムは非常にアリストテレス的なものだ。彼はつねに「概ね」の真実について語っている。それはまるで、生物の世界は例外に満ちているのだからつまらないことで気をもむべきではない、と言っているかのようなのだ。

そう聞くと無雑作に聞こえるかもしれないが、実のところ、プラトンとアリストテレスの分類へのアプローチの仕方は、世界を捉える非常に異なった二つの方法を表わしている。「一元的分類」では、特徴の状態（例えば胎生）の存在が、ある種類（胎生動物）に対象が含まれるための必要で十分な条件となる。一方、「多元的分類」では、種類は「すべての」特徴の主たる傾向によって特定され、いかなる単一の特徴状態の所持も、種類の一員となるための、必要あるいは十分な条件とはならない。[14]類（*genē*）を正確に記述しようとするとき、アリストテレスは暗黙のうちに蓋然的なスタンスをとり、複数の特徴からなるマトリクス（行列）やクラスターを分析する。これをするのに、彼はコンピューターを必要としない。分類するときにわれわれは自然に、たくさんの特徴に注意を向け、そして特徴同士の関連性を探し出す。われわれは大半の人々が使っている類（*genē*）――鳥類、魚類――から手をつけるべきだとアリストテレスが言

（13）これによって、「類」が重なり合った境界を持っていると言いたいのではない。アリストテレスにとって動物は、ヒエラルキーの同じレベルにある二つの「類」に、同時に属することはできない。マムシは（ありそうもないことだが）鱗を持ち足のない胎生四足類なのかもしれないし、あるいは胎生のヘビ類かもしれない。あるいはまったく別の何かかもしれない――だが、胎生四足類でヘビ類ということはありえない。

（14）アリストテレスのやり方は、多形質による分類群をもたらすという点で、一九七〇年代に展開された表形分類法と類似点をいくつか持っている。だが、表形分類学者は伝統的に全体的な類似性（あらゆる測定可能な特徴に同じ重みをつけて評価する）を主張したが、アリストテレスはそれをしていない。

っているのはこの意味である――少なくとも大半の人々が対象を正しく理解しているときに、われわれは分類をはじめるべきだ。

アリストテレスの「動物寓話集」で面倒を引き起こした動物はマムシだけではない。ダチョウ、サル、コウモリ、アザラシ、それにイルカもまた分類が難しい。このような動物のほとんどは、さまざまに分類したくなるような特徴を持っている。問題の原因――進化の過程で生じた予測のつかない変化――はわれわれにははっきりとしているのだが、アリストテレスには不明瞭だ。近縁の種は共通の祖先からくる子孫のせいで、多くの特徴を共有しがちになる。が、遠縁の種もまた収斂進化（系統の違う生物が、似かよった体形を持つようになること。食物や環境に由来する）のために特徴を共有するかもしれない――鳥類とコウモリはともに翼を持つが、それは双方が同種であることを意味しない。動物はまた先祖から伝わり派生した特徴の、入り組んだモザイクなのかもしれない――卵生で毛に被われていて、乳を分泌するカモノハシを見よ。分類史は、このような混乱状態の解決を模索した歴史として書かれうる。アリストテレスには混乱の原因がわかっていなかったかもしれないが、この困難は認識しており、対処しようともした。身体的な特徴が二つの類を指し示している動物に関して、*epamphoterizein*（「二つのグループにまたがる特徴を具えている」）という語を使用した。

アリストテレスは、マムシを分類する場合と同じく、現にあるもっとも大きな類の境界を曖昧にすることで、二種にまたがるいくつかの動物を分類している。ダチョウ（*strouthos Libykos* 文字通りの意味は「リビアのスズメ」）は結局のところ、鳥類のように見える。バーバリーマカクについてはそのような分類を避けている。アリストテレスによれば、それは人間の特徴（顔、歯、まつげ、四肢、手、胸、雌の生殖器、尾がない）をいくつか持っているし、四足類の特徴（毛、尻、全体のプロポーション、雄の生殖器）もあり、その他に独自の特徴（手に似たうしろ足）も持っているが、バーバリーマカクを入れるべき場所は、彼の分類上ではどこにもないと言う。しかしイルカについては、アリストテレスは過激とも言える分類を断固として行なっている。

XL

戦いに彩られた、ギリシアの王家の歴史をひもときながら、ヘロドトスはその途中で、ちょっとした脱線のようにして、レスボス島出身の音楽家アリオンの話を物語る。ヘロドトスによると、アリオンが奏でる音楽の美しさは、比肩しうるものがなかったという。アリオンはディテュランボスを考え出した。これは狂気じみたディオニュソス神を礼賛する歌だ。アリオンは長い間コリントスに住んでいた。紀元前七世紀の中頃から末にかけて、コリントスは僭主ペリアンドロスの時代だった。やがてアリオンはシケリアへ行き、そこで竪琴《キタラ》を奏でて財を成した。しかし、しばらくすると、岩場の多いコリントスを懐かしく思うようになる。そこで、アプーリアのタレントゥム（タラント）で船と船乗りを雇った。船乗りたちはコリントス人だったし、見た目もまともな者たちに見えたのだが、実はそうではなかった。船がイタリアを離れると、彼らはアリオンの金に目をつけ、彼を海へ投げ込もうとした。ちょっと待ってくれ、まずはお前たちのために歌を歌わせてくれとアリオンは頼んだ。よかろうと船乗りたちは言う。そこでアリオンは美しい服を着ると、竪琴をかき鳴らして歌を歌った。そして、やおら身を船外に投じた。すると優しいイルカが彼を拾い上げて、どこへ行くのだと訊き、背中に彼を載せると一路コリントスへ送り届けた。コリントスではもちろん、こんな話を信じる者は誰一人いない。だが、船乗りたちが現われて、アリオンが生きているのを見つけるとひどく驚き、そのために彼らの悪事が露見した。ヘロドトスは、今でもタイナロン岬には聖堂があり、そこにイルカにまたがった男の小さな銅像があると書いて、この物語を結んでいる。

ヘロドトスがアリオンをタレントゥムから船に乗せ、イタリアを出発させたことはただの偶然ではない。イルカに乗った青年は都市の創建神話と深く絡み合っていて、コインにも彫り込まれた。パウサニアス、アイリアノス、プリニウス、オッピアノス、オウィディウス、その他多くの古代作家たちが、アリオンや他にもイルカに乗った若者について、さらに多くのことを語っている。だが、アリストテレスは、この神話の源として考えられそうな事柄について、ただ次のように言っているだけだ。「海の動物に対する情熱的なイルカの穏和で優しい性質、それにタラスやカリアやその他の地方で見られる、少年たちに対する情熱的な愛を立証するたくさんの証拠がある」。この話が少年愛《ペドフィリア》を語っているように聞こえるのは、今も古代ギリシアの時代も変わりない。アリストテレスはそれに続けて、イルカがどんな風にして自分を守るのか、とりわけ子供を守るのかについて語る。だが、彼が興味を抱いていたのは、おもにイルカの生体構造だった。

イルカはこの上なく敏速な泳者だし、貪欲な狩人だとアリストテレスは言う。彼らは交尾して一匹か二匹の子供を産み、子供のイルカには腹部の開口部から乳を飲ませる。隠されている精巣は腹の近くにあり、胆嚢はない。骨らしい骨を持っている。空気を呼吸するし、気管や肺や噴気孔を持つ。噴気孔からは水を噴き出す。餌を取るときには水中深く潜り、どれくらい水中にとどまっていることができるかを計算し、そして矢のように水面に上昇すると、空中に飛び出て、ときには船のマストを飛び越える。その様子はまるで水面に浮上する潜水夫のようだ。水面下で網に捕らえられると、イルカは溺れてしまうが、陸の上だと逆に長く生きる。海から引き上げられるとウーウーとうなり声を出すが、舌が動かないし、唇がないために音声を発することはできない。しかし、寝ているイルカはいびきをかく——少なくともそう言われている。雄と雌がペアで暮らし、三〇歳まで生きる。このことがわかるのは、漁師がイルカの尾に傷をつけて海へ放つからだ――おそらくこれは史上はじめて行なわれた標識再捕法の報告だろう――ときにイルカは岸に乗り上げるが、そのはっきりとした理由はまったくわからない。

このようなアリストテレスの記述の大半は正確なものだ。が、イルカのいびきは疑わしい。しかし眠っている間にイルカが声を出すことがあるのは事実らしいので、これはよしとしておこう。学者の中には、アリストテレスがイルカを解剖したにちがいないと考える者もいるが、私はそうは思わない。というのもアリストテレスは、いくつか深刻な間違いをしているからだ。イルカの口がサメのように頭部の下にあると言っている――それも二度までも。これはイルカを間近で見たことのない者がするあやまちだ（プリニウスはアリストテレスのあやまちを増幅し、イルカの口は腹にあると言う。ギリシア人はときに間違えるが、ローマ人ときたらしょっちゅう愚かだという考えが頭をよぎる）[15]。アリストテレスはまた、噴気孔が口につながっていると考えていた。餌を食べるときに取り込んだ水を、そこから排出するのだと言う。しかし実際は口にはつながっていないし、水は排出しない。彼は明らかに、浜辺でイルカを解体した漁師から情報を得ていたのだ。ギリシア人はイルカを聖なる動物として大切にした、としばしば言われている。イルカを愛したオッピアノスは、イルカを捕まえることは不道徳で、殺人と同じほど忌まわしいことだと言った。そして、グリーンピースの活動家が喜ぶような言葉で、けだもののようなトラキア人がいかにしてイルカに銛を打ち込んだかを描写している。しかし、イルカの捕獲は広く行なわれていたにちがいない。その証拠にアリストテレスが他の捕獲方法を記している。まったく音を立てずに網を沈ませ、そのまわりにイルカがやっ

（15）このあやまちは、タレントゥムのコインに描かれた図像に基づいているのかもしれない。そこにはしばしば、下顎をつり下げたイルカが描かれていた。プリニウスが噴気孔の機能について、正しく理解をしていたことは評価できる。

てくると、漁師たちは大騒ぎをして網に誘い込んで捕らえたと言う。そして、それを非難している様子はない。アリストテレスは単に、イルカに耳がないのに明らかに音を聞き分けているという事実に興味を引かれていたのだ。

じかに解剖したのか、あるいは人づてに聞いたのかはともかく、アリストテレスは彼が手にしたイルカの生体構造の情報を有効に活用した。多くの点でイルカは魚に似ているが、うなり声やいびき、肺や骨、内部の生殖器や、胎生で乳を飲む子供などが、典型的な四足類の特徴であることを認めている。イルカはまた噴気孔のような独自の特徴も有している。『動物部分論』ではアリストテレスもまだ、イルカをどのように分類すればいいのか確信がないように見える。だが、『動物誌』では――おそらくこの大部分はのちに書かれたものだろう――イルカを、ネズミイルカやクジラとともに、新たに設けたもっとも大きな類「クジラ類」(*kētōdeis*)に振り当てている。この言葉から「クジラ目」(*Cetacea*)が派生した。おそらく彼が新しい分類群を立ち上げたのは、独特な特徴の組み合わせを共有する動物が、いくらかいるという事実に促されたのだろう――分類についてはつねに実際的だ。アリストテレスはクジラ類を哺乳類のグループに入れなかったが、それはまだ「哺乳類」という概念を認識していなかったからだ。彼にとってクジラ類は、鳥類や魚類、それに胎生四足類と同じランクの、有血動物のもっとも大きな類の一つにすぎなかったのである。それでも、自分の後継者たちよりははるかに上手く分類を行なっていた。あとに続く者たちは二〇〇〇年もの間、クジラ類を単に「魚類」と呼んでいたのだ。

これまで私はカロニで一度もイルカを見たことがなかったが、イルカはときどき現われる。二〇一一年の夏に、バンドウイルカの大群が餌を追ってラグーンに入ってきたことがあった、とある漁師が私に話した。漁師の中の何人か――他の漁師たちのことだとほのめかしていたが、これは完全に明らかというわけではない――が、イルカを一網打尽に捕獲して殺した。彼の説明では子供のイルカたちが、一つ三〇〇〇ユーロもする網を破壊するのだと言う。五〇頭ほどいたバンドウイルカのうち、三頭だけが逃げ去った。

XLI

ここまでは、生物を整理し順序づけたアリストテレスの手際を賞賛しつつも、私のそもそもの疑問――彼のプロジェクトは、本質的に、分類学的なものなのかどうか――は脇に置いていた。一八世紀や一九世紀の動物学者たちは、それを分類の試みだと考えた。だが、われわれは彼らの言葉をそのまま信じるべきではない。彼らは自分たちの先達という幻想を求めていたのだから。はたしてアリストテレスをそのように捉えるべきかどうかは大いに疑わしい。

キュヴィエとは対照的に、アリストテレスはあらゆる動物がそれにふさわしい場所にあるような、理路整然として包括的な分類のたぐいを一度も作っていない。しかも、自然の持つ階層性に気づいていたかもしれないが、その各階層に名前を付けることはしていない。今でいう「亜種」から「界」まで、あらゆるものに対して、彼にはゲノス（*genos*）だけで十分だった。彼はまたある類と別の類を識別する方法を、一度もわれわれに語っておらず、名前については驚くほど無頓着だ。アリストテレスの生きていた時代は、塩漬けしたヨーロッパマイワシ（*Sardina pilchardus*）やヨーロッパスプラット（*Sprattus sprattus*）が、エーゲ海地方では欠くことのできない食物だった。にもかかわらず彼が「サルデラ」にも「パパリナ」にも言及していないのはこの二つの語がともにローマ時代の名前だからだが、その代わりに彼が使っていたのは、「*membras*」「*khalkis*」「*trikhis*」「*thritta*」などで、これらはすべてニシン科の魚を指しているようだ。しかし sprat（スプラット）、sardine（イワシ）、shad（ニシンダマシ）、pilchard（ヨーロッパマイワシ）――同じように特定の困難な英語の名前を挙げておく――が、これらのどれに相当しているのかを言うことは難しい。アリストテレスがわれわれに、魚の正体を推測する鍵をほとんど与えていないからだ。彼が示すさらに上位の分類群はもっと頼りない。ヘビとトカゲはともかく同類だと見ているが、それにことさらグループとしての名前を付けようとはしない。コウモリが鳥類なのか、四足類なのか、それともまったく別ののなのかを告げるのも忘れている。一つの類を有意義なかたちで同定できるような識別のための特徴をけっして与えてくれない――「魚は鰓＋鱗＋ヒレ……を持つ動物」とはけっして言わないで、ただ「魚は一つの類だ」とだけ述べ、誰もが魚とは何かを知っていて当然だと思っている。名前や定義が絶え間なく続くリンナエウスの『自然の体系』のリストや表と、『動物誌』のとりとめのない記述を比較してみるとよい。両者に働いているのは非常に異なった科学上の目論見だということは明らかだ。

アリストテレスは、何か他の目的のために必要なときにだけ、名前を付けて分類をしているようだ。自分でもそのようなことを言っている。彼が言うには、動物について記述するとき、われわれはスズメやツルについて個々に語ることもできるが、「一個の動物の性状は多くのものに共通であるために、同じ性状について何度も繰り返し述べることになり、その意味で、個々の動物についてばらばらに記述するのはややばかげているし退屈でもある」。共通なものを多く持つ動物たちからなる、より大きなグループについて説明するほうがはるかに簡単だというのだ。

しかし、もしアリストテレスの記載生物学が、プリニウス風の博物誌でもなく、リンネ式の分類法でもないとしたら、いったいそれは何をしようとしているのだろう？　ヒントは『動物誌』そのものの骨組みにある。この本を書きはじめるにあたり、アリストテレスは自分が集めたデータを見た目に秩序のあるものに還元するにはどうすればよいかを考えている。アリストテレスが直面した問題は、動物学者なら誰でも突き当たる問題だった――データを分類群（例えば爬虫類、魚類、鳥類）で整理すべきか、あるいは特徴

（例えば生殖器官、消化器官、習性、生態）ごとに整理すべきなのか。彼の取った解決策は賢明にも双方に歩み寄るものだった。「動物はたがいに生存様式や習性や部分などで異なっている。それらの差異についてはまず一般論を述べ、引き続いて個々の類について詳しく論じることにしよう」

アリストテレスは手はじめに、モデルとしてヒトをとくに取り上げながら、その大まかな概要を示す。そして有血動物の肉眼的な解剖学について述べる。四肢、皮膚、第二次性徴、消化器系、呼吸器系、排泄系。次に無血動物の構造を次々に記述し、また有血動物に戻ると、その感覚系、どのように音を立てるのか、どのように睡眠を取るのかについて述べる。さらに次の二巻で、ふたたび有血動物と無血動物の生殖系と行動について書き、そして、動物の習性と生息環境の巻、動物の習性と知能の巻が続いて、最後にヒトの生殖について書いた巻で終わる。この本を終えるまでに明らかとなるのは、彼が比較動物学を作り上げたことだ――それも史上初めて。

彼は脚を見て、有血の胎生四足類（哺乳類）が多くの指を持つこと（ヒト、ライオン、イヌ、ヒョウ）、その一方で、他の動物（ヒツジ、ヤギ、シカ、ブタ）は、爪の代わりに足先が二つに分かれた偶蹄を持ち、別の動物（ウマ）は奇蹄を持つことを記述する。他の箇所では、魚類の腸を調べている。魚の多くは通常の胃腸の他に、幽門垂という付属器官を持っている。これが腸の吸収面を増幅する。彼はまたこの付属器官の数や位置がさまざまに変わりうることを指摘している。さらに他の場所では、嗅覚などの機能の配置について考える。これらのすべては、キュヴィエの『魚の博物誌』のような大きな体系的論文の先駆けというより、むしろリチャード・オーエンの『脊椎動物学』（一八六六）に先行するものと見るべきだろう。オーエンの本では動物を細部に切り分けて記述している。われわれは四足類の足や魚類の腸について語るアリストテレスを読み、オーエンの本にある類似の節を見つけ、オーエンの本にある図版を見ながらアリストテレスを解説することもできる。ここは（博物館の）「鳥類の間」で、こちらが各部分の展示です、などとやることもできる——アリストテレスの本にも、鳥類の嘴や足について記した節がある。

しかしアリストテレスのねらいを解明することは、それほどたやすいことではない。現存する彼のあらゆる著作のように『動物誌』もまた、構造は十分明確でない一方、冗長で一貫性のないデータ、あるいは取り違えや理解の不十分なデータに満ちている。読む側が思わず編集したくなる。それはけっして磨き上げられた作品ではなく、つねに改稿中なのだ。アリストテレスはこの作品を断片的に組み上げていき、情報が入るたびにそれを加えたり、別の所でひねり出した理論に照らして見直したりしていたようだ。それはまた、他の者たちによっていじり回されてもきた——だが、それが誰によるものか、またどれくらい多くの手が入ったものかは判然とは言えない。

さりながら、現代の学者たちは概ね、『動物誌』にはある明確なねらいがあることで合意している。乱雑な流れに見えても、そこでアリストテレスは、多くのデータを一網に捕獲するよすがとなるパターンを探している——非常に微妙なパターンを。彼はただ単に部分が変化することに興味を引かれていたのではない。部分がどのように共変するのかについても興味を持っている。次に引用するのは、反芻動物でよく知られる、胃の非常に入り組んだ四つの部屋を論じた部分だ（翻訳に際しては、現代の術語を差し挟んだ）。

> 上顎と下顎の歯の数が違う有角の胎生四足類（反芻動物とも呼ばれる）は、四つの部屋（胃）を持つ。食道（*stomakhos*）は口からスタートして、肺に下り、横隔膜から第一胃（瘤胃《りゅうい》）に達する。この胃は内部がでごぼこしてくびれがいくつもある。これに続いているのが、食道の入口近くにある第二胃（網胃）だ。こう呼ばれているのは、外見は（普通の）胃に似ているが、内部は網状のヘアネットのよ

うだからである。網胃は瘤胃よりはるかに小さい。これに接しているのが第三胃（葉胃）だ。内部はでこぼこしていて、薄板状のひだがあり、大きさは網胃に近い。その次が第四胃（皺胃《しゅうい》）で、葉胃より大きく、形はもっと細長い。その内部には大きくて滑らかな襞がたくさんある。その先はすでに腸である。

記述は詳細にわたっていて正確だ。なかでもこの記述で真に興味深いのは、彼がこの奇妙な胃を、有角で両顎に同数の歯を持たない胎生四足類の特性として紹介していることだ（アリストテレスは、門歯と犬歯が反芻動物の上顎からは失われていると考えている）。彼が「もっとも大きな類」を作り上げるのはこのような関連性からだが、それによって追求されているのは実は関連性そのものなのである。われわれは彼のデータをまとめて、データ・マトリックスとして提示することができる。そのマトリックスの中には、例えば六種類の特徴（歯の数、胃のタイプ、足のタイプなど）と一二種の動物（ウシ、ブタ、ウマ、ライオンなど）が含まれている。[16] それが示しているのは、さまざまな特徴がどのように（不完全ではあるが）一括りにできるのかということだ。アリストテレスはこのような表をけっしてこしらえたわけではない――彼の書ではすべてが、工夫を凝らして言葉によって説明されている。しかし、彼が心の中でこのマトリックスに似たものを思い描いていたことは、『動物誌』の続篇として『動物部分論』が書かれたことから見ても明らかだ。その中では、自分が発見した変化や、相関性のある変化（共変動）のパターンを要約して、その存在理由を説明している。データを集めて、それを広大な因果関係を示すクモの巣に織り上げる。そして、それが持

（16）マトリックス全体は下巻「補遺I」に掲載。

つただ一つの目的は、生き物の本性を発見することだった。

道　具

アカシカ（*elaphos*）— *Cervus elaphus*

XLII

科学者なら誰でも、「よい科学」を構成する要素がどんなものなのか、その概念を持っている。それは因果関係を示す論証が健全なものか否かについてのある感覚で、口に出されることは少ないにしても、科学者なら誰しも心にしっかりと抱いている。もちろん、論証の健全性について科学者たちの意見がいつも一致すると言いたいわけではない。『ネイチャー』誌や『サイエンス』誌に、そんな希望を抱いて投稿された原稿（この種の雑誌の入口では、往々にして希望が永遠に湧き出ている）が査読者たちにどう評価されているかを思い起こすと、健全な論証とは何かについて、仲間内の意見が自分とはあまりに違っていて、たがいの意見がまったく錯綜していることに気づかされる。

アリストテレスもまた、観察から因果関係の知識を得る問題に直面していたが、彼の場合は一人でそれに直面していた。彼の背後には、自然界の仕組みに関する根拠の怪しい推論が数多く横たわっていた。そして今、彼の足下には世界そのものが広がっている。アリストテレスは、過去の推論と足下の世界をつなぐ方法の必要性を目の当たりにした。その必要性を彼のように見つめた者は以前には一人もなく、だからその方法を自身で考案したのだ。

『動物誌』の第一巻で、アリストテレスはそれをほのめかしている。まずはじめに、動物の異なった特徴について、事実を得なければならない、それから、その原因を解き明かさなければならないと言う。この通りの順序で行なうことで、論証のテーマや目的が明らかになるだろうと彼は続ける。それはどちらかと言えば、ありふれた前置きの言葉のように見えるが、そうではない。というのも、アリストテレスが「論証」と言うときには、複雑で巧妙な知的構造を意味しているからだ。その土台は形而上学的基盤の中に沈んでいて、支柱は鋼のように堅い形式論理学で作られている。彼が指しているのは自らの科学的方法だった。

XLIII

ギリシア語の「オルガノン」(*organon*)は「道具」もしくは「手段」の意味である。(1) それはアリストテレスが書いた、論理学に関する六冊の著作(『カテゴリー論』『命題論』『分析論前書』『分析論後書』『トピカ』『詭弁論駁論』)に付けられたタイトルで、この著作群にはふさわしい。それはこの著作群が、知識の生産のための道具に他ならないからだ。著作群の一つ『分析論後書』では、彼の科学的方法が紹介されている。

アリストテレスは、討論の意見を述べるときのルールと、科学的説明をするためのルールを区別している。最初のものを「弁証法」と呼び、後者を「論証」(ギリシア語は *apodeixis*)と呼んでいた。「論証《アポデイクシス》」で彼が意味するものは、現代の科学者が、次のように言うときに意味するものと正確に符合する。それは「AがBの原因であると論証した」と科学者が言うときだ——つまりそれは、Aの存在がBのために必要かつ十分な条件であるのを、彼やその協力者たちが示したということである。アリストテレスは科学的論証の力をよく知っていたし、それが真理を導出すると考えた。科学的論証は論理演算の産物だからだ。彼

(1) 英語では「オルガノン」の一般的な用法は、ほとんど骨董品のようなものである。だが、ギリシア語では今も生きている。ギリシア軍事政権下では、警官は「Organa」(オルガノンの複数形)と呼ばれた。彼らは政権の道具だったからだ。

は三段論法として知られている推論の理論を考案した。それは彼の最大の技術的な成果で、不完全で部分的には誤りもあったものの、数千年の間、論理的推論のテーマを支配した。彼の三段論法的推論は、正しいと認められた前提から、新しい結論を導出することを目指す。そこで前提となるのは、主語と述語を含む命題だ。それは例えば「すべてのタコ（主語）は八本の脚を持つ（述語）」といったもの。このような記述を分析するために、アリストテレスは語句の代わりに文字を使う形式（例えば、「すべてのAはBである」）を考えた。この形式のおかげで、彼はあらゆるタイプの命題について一般性をもって語ることができ、それらを巧みに扱って、多くの結論を引き出すことができた。

　アリストテレスにとっては、科学的論証と言えば、もっぱらこの三段論法に頼ることになる。だが、論証としての資格を与えるためには、三段論法はいくつかの条件を満たさなくてはならない。まず第一に、三段論法の前提は明らかに真実のものであること。第二に、三段論法の前提は結論にくらべて、より直接的なもので、経験的にも、より明白なものでなくてはならない（幾何学と違って、少なくとも自然学では）。第三に、三段論法は個々のものより、全般的なものに関係していなければならない。実際、アリストテレスは個々のものについて、科学的知識を持つことは不可能だと考えている。このタコは八本の脚を持つと言ってみても、われわれは何一つ成果を得ることができない。科学的知識は、あらゆるタコが八本の脚を持つこと——あるいは少なくとも、あらゆる普通のタコが八本の脚を持つこと——を、われわれが確立したときにのみ、はじめて発生しうる。そして第四には、普遍的で断定的な、そして実然的《アサトリック》な（主語と述語の関係が現実に存在する）命題だけが、論証の基礎を形作ることができる——「あらゆるAはBである。あらゆるBはCである。それゆえに、あらゆるAはCである」。論理学者たちはこのような三段論法を「Barbara」（アリストテレス論理学の妥当な推論形式を諳誦するために考案された文句）のモード（様相）と呼んでいる。

こうした論理的拘束は、現代の科学的方法と一見、大きくかけ離れているように見える。ある点ではたしかにそうだろう。しかし、アリストテレスが科学的知識を、自分の三段論法に基づいたものにしようとする理由は、現代の科学者の誰にとっても近しいものだと思う。『動物誌』についても、これはおよそ博物学や分類学というようなものではなく、動物がそれぞれに持つ特徴間のつながりを探求したものであると私は提言したい。つまり、それはデータを一網打尽に絡め獲る試みなのだ。そして彼の三段論法は、このようなつながりを獲得する強力な方法――それらが真実であることを示す方法――を提供する。つながりを獲得すると、次にはその原因に関する説明をしなくてはならないが、彼の三段論法はまた、その存在をも示すことができる。

現代生物学のちょっとしたケースを例に、この戦略を説明しよう。北ヨーロッパやアメリカの湾や入り江には、イトヨ（糸魚、*Gasterosteus aculeatus*）と呼ばれる小さな魚（トゲウオ目トゲウオ科の淡水または海水魚）がいる。この二名法によるラテン語の学名は、文字通りに訳すと「トゲのある骨の多い胃」となる。これは妥当な名前で、たしかに腹部にはトゲのある腰帯を帯びている。イトヨはふだん海に棲んでいるが、融通のきく魚で、この一〇〇〇年の間に幾度となく淡水湖に侵入した。湖水魚となったイトヨは急速に進化して腰帯とトゲを失った。最近のすぐれた研究によると、湖に生息するイトヨは、非コード配列のエンハンサーの領域で起きた、Pitx1と呼ばれる遺伝子の突然変異を有している。これは海に棲むイトヨにはないものだ。もしアリストテレスがイトヨを知っていたら、確実にこの事実間のつながりに思いを巡らしただろう。しかしそれを調べる前に、彼ならそのつながりを立証したかもしれない。こんな風にして。

あらゆる湖水魚のイトヨにはトゲのある腰帯がない。
トゲのある腰帯のないあらゆるイトヨは、Pitx1の突然変異を持つ。
あらゆる湖水魚はPitx1の突然変異を持つ。

この三段論法が正しければ、イトヨについてのいくつかの言明の間のつながりが保証されることになる。湖に生息していること、トゲのある腰帯がないこと、そしてPitx1の突然変異を持つこと。しかし、論証的三段論法は単に論理的な関連性を示唆するだけではない。それはまた「定義」という形で表現されうる因果関係をも暗示する。「定義」といえばわれわれは通常、言葉による説明――つまり、名目的定義――としてそれを考えている。「湖水魚のイトヨとはトゲのある腰帯を持たないイトヨのこと」といった風に。しかし、アリストテレスは三段論法の中名辞――Pitx1の突然変異――を、因果を結びつけるものとして指し示す。そして、次のような定義を与える。「湖水魚のイトヨは、Pitx1の突然変異を持つがゆえに、トゲのある腰帯のないイトヨだ」。これこそ論証だと彼は言うだろう。それが科学だ、と。このような定義は「ロゴス」――対象物の「本質《エッセンス》」あるいは「説明方式《フォーミュラ》」――だった。そんなわけで彼の科学的方法は、あらゆる偶発的な（それゆえに興味の湧かない）特徴をはぎ取った形で物事の根本的な因果関係の正体を表わす手段であることがわかる。

私はこれまでアリストテレスの「論証理論」を、あたかもそれが唯一のものであるかのように話してきた。たしかに『分析論後書』の中で、彼はその大半のスペースを使って、私が素描してきたような方法について論じている。じつは彼は他にも論証の形式があることを認めているのだが、それがどのように作用するのか、その点についてははっきりと言明していない。『動物部分論』の中では、自然学における論証

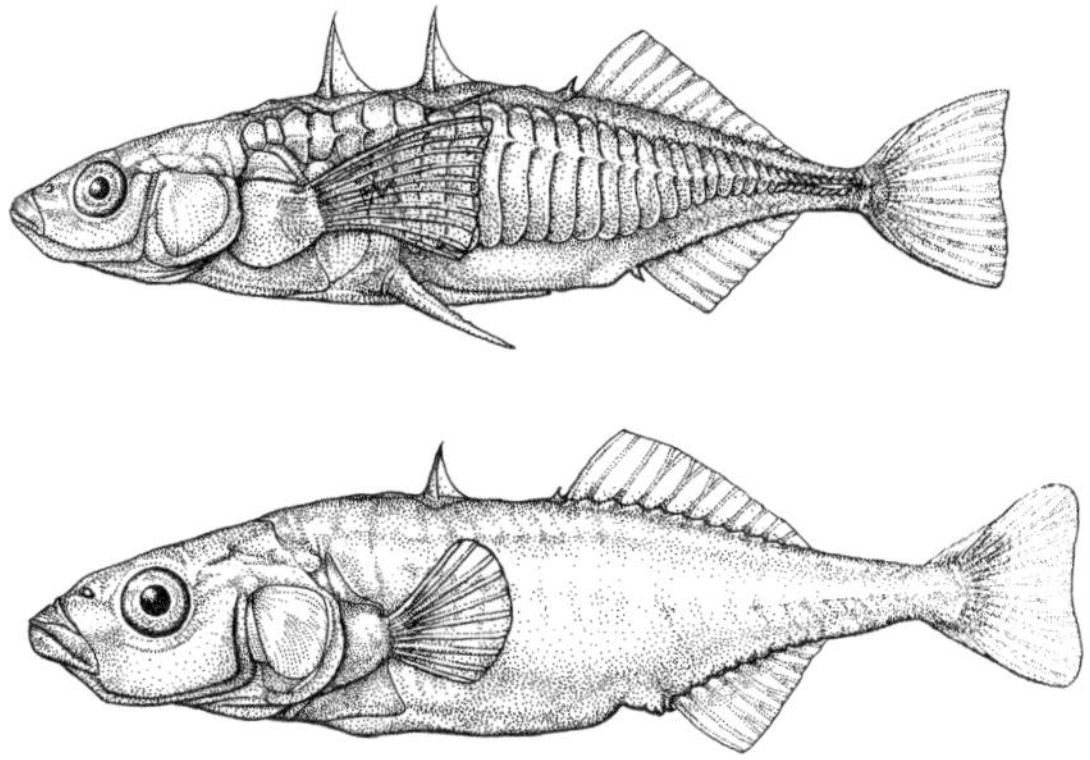

イトヨ — *Gasterosteus aculeatus*
上：海生（遡河性）形態のもの（カリフォルニア産）
下：湖生（底生性）形態のもの（ブリティシュコロンビア州・パックストン湖）

方法が、幾何学のような「理論的な学問」のそれとは実際に違っていると言う。生物学ではまず、動物の目的――目的論上の目的――からスタートして、演繹的にさかのぼり、動物の諸部分がこの目的にどのような形で役に立っているのか、それを推論すべきだと彼は提言する。このような論証はまた、少しひねった言い方だが、三段論法の術語を使って表現されうる。

　論証はアリストテレスの科学的方法の、いわば鼓動を打つ心臓と言ってよい。その一方で彼は、科学が論証できない申し立てに依存していることも認めている。論証できないものの中には、彼の三段論法の公理自体の他に、さまざまな第一定義も含まれる。例えば、幾何学は「空間の大きさ」の定義を要求するし、算数は「単位」の定義を要求する。これにくらべると、生物学における公理や第一定義はそれほど明確なものではなく、その中には「自然のすることにはむだなことはない」のような言明――彼がさかんに用いている警句だ――も含まれる。このような考えがどのように正当化されうるのかについては、明らかにしていない。ただ帰納法《エパゴーゲー》（*epagōgē*）によって、その真理は明らかだとほのめかすにとどめている。にもかかわらず、彼は科学が順調に軌道に乗るためにはそれが必要だと主張する。

これはたしかに正しい。われわれの時代にも、あらゆる反対の証拠を持ち出して、科学はあまたある信念体系の中の一つにすぎないと考える人々がいる。アリストテレスも、このような人々と闘わなくてはならなかった。人々の中には、次のように主張する者もいると彼は言う。いわく、科学的知識はどだい不可能だ。というのも、われわれが下す推論はそれがどのようなものであっても、それ以前の推論に依拠せざるをえないし、それはまた、さらにもう一つ他の推論に依拠しなければならない。そしてそれは無限に続く。そのために最終的には、何一つわれわれは知ることができない結果に終わるからだ、と。アリストテレスはさらに続けて、別の見方からすると、あらゆるものが論証されうると主張する人々もいると言う。すべては真である、ゆえに、何一つ真ではない、と。

アリストテレスは、この二つの考え方が科学の可能性にとって、ともに致命的であることをよく知っていて、手際よくそれを処理している。いや、そこに推論の無限後退はない。あらゆるものが論証されうるというのも真実ではない。なぜなら、われわれの議論は結局、公理と経験世界に対する知覚からはじまっているからだ。彼の言葉は闘争的だが、それは必要なことだった。真の知識は感性界から引き出すことができるということを、アリストテレスは敵対する者たちに示す必要があるからだ。敵といってもそれはプラトンだけではない。かみそりのように切れ味鋭い、弁証法を手にしたソピストたちに対しても。はたして彼が成功したと言えるかどうかは、われわれも迷うところだ。現代科学もアリストテレスの科学に劣らず、基本的な公理に依拠している。そして科学者たちは、たいていその公理に従えばうまくいくという事実で正当化する。しかし、アリストテレスの場合、現代の科学者のように、電灯をパチリとつけるように

瞬時に実証することで、自分の仮定を守ることはほとんど不可能だったろう。(2)

XLIV

アリストテレスの論証理論に問題がないわけではない。科学を学ぶ学生は誰しも、「相関関係は因果関係に等しくない」ことを学んでいる。たしかにそれは等しくない。われわれが実験を行なうのもそれが等しくないからだ。フランク・チャンたちが彼らの仕事を『サイエンス』誌に掲載した際、彼らはまず、Pitx1の突然変異が、失われたトゲのある腰帯と同延(同一の広がりを持つ)であることを示さなくてはならなかったが、それだけではない。実験に基づいて、Pitx1の突然変異によって実際にトゲが欠損することも示さなくてはならなかった――そして彼らはそのために(あっぱれにも)、遺伝子組み換えのイトヨを作り出した。それにくらべて、コントロール実験をまったく行なわなかったアリストテレスはずいぶん慎重さに欠けている。一連の特徴が同延と見て取ると、ただちに因果関係へと飛躍しがちになる。角と不完全な歯と多くの胃が完全に同延であること(つまり反芻動物が、いや反芻動物だけがこのような特徴を持っていること)は、おそらく三段論法で示すことができるだろう。しかし、それらの特徴はアリストテレスが言うような直接的な形で、本当に因果関係を成しているのだろうか? 他に証拠がない場合には、われわれとしてはそれを疑いたくなる。

もう一つの問題は因果関係の方向性にある。「有角動物は、不揃いの歯を持っているがために多くの胃を持つ」。そうかもしれない――が、なぜその逆ではないのだろう? 有角動物は、多くの胃を持ってい

(2) ここで重要な意味を持つ言葉は「科学者」だ。認識論上の問題について、あれこれ心配するのは間違いなく哲学者の仕事だろう。例えば、真理であることを何が正当化するかをめぐる「基礎付け主義者」対「構成主義者」の論争が、科学者を本当の意味で悩ませたことはこれまでに一度もない。アリストテレスもそうしたことを思い煩ったかどうかは定かでない。

るがために不揃いの歯を持つと言っても、同じようにもっともらしいのではないか。イトヨの場合で言えば、因果関係の矢印は次のように走るとわれわれは信じている。湖へ侵入→Pitx1の突然変異を獲得→トゲのある腰帯の欠損。なぜなら自然選択による進化論と、分子生物学の基本的教義の二つの理論が、方向はまさしくその通りでありその逆ではない、とわれわれに教えてくれるからだ。アリストテレスはこの問題を『分析論後書』の中で考察するが、それを解決するには至っていない。実際には、彼が因果関係の矢を放った方向もまた三段論法に基づいているが、それとは独立したさまざまな理論的信念にも依拠している。

最終的にアリストテレスが主張しているのは、すべての論証的な申し立ては、三段論法の形で述べることができるということだった。たしかにそうできるものもあるが、それはすべてについて言えるだろうか？　現代科学の多くは、定量的現象や定量的関係を仮定した数学的モデルに依拠している。このようなモデルの検証が要求するのは、測定や推測の確率的理論である。これに反して、アリストテレスのモデルはつねに定性的なものだ。そして彼は、事物を計量したことが一度もなかったように見える。

学者の中には現代の科学者に次のようなことを勧める者がいた。アリストテレスの科学的な著作、例えば『動物部分論』のような作品を開いたら、アリストテレスの科学的な機械が作動しているのを見るべきだし、公理や三段論法が、幾何学的証明の論文で見られるように、きちんとならべられているのを見るべきだと。学者たちはなぜ科学者にはそれが見えないのかと困惑してしまう。アリストテレスのあらゆる論文は、データと議論と結論の乱雑なごった煮だ（その種の混沌が彼の著作全体に行き渡っていることに鑑みて、これは伝播の過程で生じた混沌ではない）。しかし、われわれが十分に注意して見さえすれば、アリストテレスの科学的著作を通して、彼の機械の痕跡をたどることは可能だ。そこには三段論法が含まれていないかもしれないが、その結果を見ることはできる。彼の著作は因果関係を示す定義に満ちあふれている。「有角動物は完全な歯をしていないので、多くの胃を持っている」「軟骨魚は軟骨性の骨格をしているので、荒れた皮膚を持っている」「ダチョウは大きいので、指ではなく蹄を持っている」――すべて『動物部分論』からの引用。だが、それらのもとになっている三段論法自体は詳らかに記していない。なぜしないのだろう？

おそらく、その必要がないと感じていたのだろう。あるいは、仕事が完成して、あらゆるものの原因を理解したときにのみ、それをしようと思っていたのだが、彼の仕事は完成されることがなく、すべての原因が理解されることもなかったから……ということかもしれない。しかし私が思うに、彼が因果関係の主張を三段論法として行なわなかったのは、できなかったからではないだろうか。アリストテレスの論証的な推論の方法では、三段論法の要素は概して同延のものだ。だが、現実の動物に当てはめてみると、命題の要素は必ずしも同延というわけにはいかない。角、多くの胃、偶蹄、欠損歯は単に一緒にまとまる傾向があるというにすぎない。ラクダはこの内の一つ（角）を除くすべてを持つ。三段論法的な推論の問題点は一元的分類が持つそれと同じだ。つまり常にいくつかの動物が例外となって、この企てをだいなしにしてしまうのだ。

それはまた、われわれの確率的推論――統計学――が取り組んでいる問題でもある。諸特徴の間で関連性を探しているときにわれわれが求めるのは、その完全な同延性ではなく相関性だけだ。現にフランク・チャンたちが主張しているのは、湖水で生息することと、トゲのある腰帯の欠損、Pitx1 突然変異の保有が完全に同延であるということではない。彼らは（非常に強い）統計上のつながりを示しつつ、他の遺伝学的要因が働いているかもしれないとも警告している。アリストテレスの結論も、単に「偶蹄動物の多く

（傍点著者）は角を持つ」と言うにとどめていて、ラクダになぜ角がないのかについては、明らかに「その場しのぎの《アド・ホック》」説明を加えている。実際、彼は他の箇所でも、何かしらのつながりが「概ね」真実だという主張に甘んじることになる。

『分析論後書』はたしかに、科学的な知識について信頼できる規準の一つを示していると思う。所与の因果関係が真実かどうか、本当にわれわれが知るための条件をこの著作は確立している。だが、実際には自然科学――この言葉で私が意味しているのは、アリストテレスの自然学と同様、数学や幾何学を対象とするものではなく、むしろ自然界を対象とする研究だ――はまれにしか厳密な証明を受け付けない。自然科学のほとんどは推論のより薄弱な形式に依存する。つまり、この説明はいまある中でも、もっともベストなものといった申し立てだ。データは不完全だし、結果は暫定的、論点は込み入っていて、推論の裂け目は至る所で大きな口を開けている。これはわれわれにも言えることだが、アリストテレスにとっても同じだった。その結果として、彼の行なうことは形式ばらない、弁証法的なものとなる。これに前向きな評価を与えると、『分析論後書』の外形上の厳格さにもかかわらず、その中身はより合理的で蓋然的なものだ。『ニコマコス倫理学』（倫理学は、たとえ自然学ではないにしても、アリストテレスにとってはそれもまた科学だった）では、この曖昧さがはっきりと述べられている。

> 他の場合と同様、ここでもわれわれはパイノメナ（観察される事実）を整理して提示しなければならない。まずはじめに、パイノメナに含まれる問題を洗い出し、そのままさらに続けて、もし可能ならば、われわれがこのような経験から心に抱いた、あらゆる諸見解の真実を示すこと、そしてもしこれが不可能なら、できるかぎり多くの、そしてもっとも有力な見解について、その真実を示さなくてはなら

ない。というのも、もし難題が解き明かされて、諸見解がそれぞれに意義を確保されれば、われわれは十分な論証を行なったことになるからだ。

もつれた表現を解きほぐしてみると、右の文章は次のような意味になる。世界のある部分についての整理された情報からはじめて、それが提示する諸問題を確認する。その諸問題に対する最良の説明を集め、それらの説明のうち、どれが一貫性があり、どれが一貫性のないものかを論証する。このようにして残ったものが解答となる。

先に引用した文は「論証」について述べているように見えるが、実は『分析論後書』の理論とはまったく別の手順を提案している。それはパイノメナ（*phainomena*）という言葉の使用によって示される。三段論法が要求しているのは、議論の前提がまぎれもなく真実だということだ。もしそれが真実でなければ、何一つ証明することができない。だが、パイノメナはそのような認識論上の確実性といったものを持たない。というのもアリストテレスによれば、パイノメナには意見が含まれると言う——たしかにそれは「賢明な」そして「評判のよい」人々の意見ではあろうが。しかし、それでも意見であることに変わりはない。われわれがいるのは弁証法の領域である。そして、それは結局のところ、論証からそれほど遠くないことがわかる。彼の生物学はそのほとんどが、このような薄明かりの領域内にある。

これは世界の乱雑さゆえに選択された方法論だった。しかしアリストテレスはもう一つ、同延の欠乏に対処しうる、さらに深い戦略を持っている。一群の個体（あるいは一群の類や種）がある特徴を共有しているが、この特徴が他の諸特徴と関連していない場合には、そこには複数の因果関係が作用しているかもしれない、と彼は認識する。そうした場合、彼が勧めているのは、まず類や種を分割し、それぞれのグループ内で共通する因果関係を探し、それを、一グループにつきただ一つの因果関係を特定できるようになるまで続けることだ。

生物医科学のかなり多くの部分が、このやり方に厳密に従っている。眼球の一部であるぶどう膜（虹彩、毛様体、脈絡膜の総称）のメラノーマ（悪性黒色腫）に苦しむ人は、アメリカ人一六万七〇〇〇人中一人の割合だ。われわれはどのようにして彼らを助けるのだろう。その方法——多くの研究者たちがこれに人生を賭けている——はこの病気の原因、定義、型、特質を探ることだ。この病気はがんであるから、おそらくそれは特定の突然変異か、あるいは突然変異の組み合わせによって引き起こされるのだろう。しかし、ぶどう膜メラノーマには少なくとも二つの「種類」がある。二つはそれぞれに「定型」の変異を持っている。Class 2の腫瘍はBAP1と呼ばれる遺伝子に突然変異を持つ。一方、Class 1の腫瘍はこれを持たない。このことが実際に差異をもたらし、Class 1の腫瘍は治療することが可能だが、Class 2の腫瘍は現在のところ治療が不可能で、より悪性度が高く、ほとんどの場合には死を招く。だが、この二つの種類もそれぞれがさらに異成分《ヘテロジーニアス》から成るもので、他の突然変異の有無によって、さらに細かく分けることができる。そんなわけで腫瘍遺伝子学者たちは、この病気——あるいはむしろ、これらいくつかの病気——の原因を探り、さらに深い定型を追い求め、進むにしたがっていっそう細かく分類していく。実のところ、アリストテレスもまた、まさにそうしたケースについてほのめかしている。

あらゆる定義はつねに（事物の）全体に関わるものだ。医師はある一つの目の健康によい薬を処方するのではなく、むしろすべての目のためか、「患っている」目というもののある明確なタイプ（傍点著者）のために処方をする。

それでも、アリストテレスと現代の生物学者との間には違いがある。アリストテレスは、十分深く探索を進めていけば、ついには、事物のしっかりとした種類、分割不可能な形——真の種——を分類することができる、そして、真の種はあるユニークで決定的な因果関係を示す定型を共有するだろうと信じていた。われわれもまた自然の多様さに深く印象づけられ、しかしアリストテレスにくらべて、さらに多くのものを目のあたりにして、それに完全に降伏した。われわれのテクノロジー——ＤＮＡの配列決定はその最新のものだ——が示しているのは、どの二匹のイトヨも、どの二つのがんも、どの二人の人間も、「そっくりの」双子でさえまったく同じ「型《フォーミュラ》」など持っていないことだ。アリストテレスと現代生物学者との、この見解の溝《みぞ》は深い。だが、実際上は、それもそれほど深刻な問題を生じない。というのも、われわれは現在でもなお、アリストテレスがしていたように、穴を掘り進み、事物の定型を探し求めて分類しているからだ。そして、心の底では純粋な因果関係の原鉱を掘り当てることなどけっしてできないことを知りながら、もしかして途中で思いがけなく大金を得るかもしれないとわれわれも考えている。

そして、そのことが重要なポイントとなる。たしかに、アリストテレスの論証理論にはいくつかの欠点があるものの、間違いなく本物の科学的方法と言ってよい。すでにそれは、われわれの科学的方法の一部となっているからだ。科学者たちは方法論について喧々諤々の議論を交わすこともあるが、意見を一にしている点も多々ある。科学者は科学の領域——科学が探究する事物はどういうものか——を理解している。科学者たちは、科学が事物や問題の範囲を定め、そして、すべてについて研究をして答えを出そうとするのではなく、事物を個々に探求するものであることを理解している。彼らは理論と証拠の相互の役割、それに仮説と事実の差異を承知している。科学が観察から得たものを普遍化するために、まず帰納からはじめて、次に普遍化したものから、堅固な因果関係の申し立てを得るために演繹を行なうことも科学者たちは理解している。科学的な主張が、論理的なものでなければならないことを理解している——そして論理的な主張であるかどうかを見分けることもできる。因果関係の主張には強いものもあれば弱いものもあることも理解している——そして両者を識別するのが科学のミソであることもわかっている。これらすべてのことを科学者たちが理解しているのは、アリストテレスが彼らに、それこそが科学なのだと語ったからである。

鳥の風

ヤツガシラ（*epops*）— *Upupa epops*

XLV

冬至の七〇日後、三月初旬のある時期に「鳥の風」(*ornithiai anemoi*)が吹きはじめる。そして、渡り鳥がレスボス島へやってくる。スカラとヴーヴァリス川の河口の間は、ラグーンが陸地へとゆっくり溶け入っている。そのあたりの沼や池では、渡り鳥たちがアシの間で羽ばたきをしたり、浅瀬を歩いて渡る。はるか頭上では、猛禽類がアフリカから飛来している。この渡り鳥を追って、ストックホルムのアルランダ空港、アムステルダム・スキポール空港、ロンドン・ガトウィック空港などからバードウォッチャーたちも飛んでくる。彼らは望遠レンズで鳥の飛影を追い、セイタカシギのように口論し合い、懐疑論者ばりの精確さでウェブサイトを更新する(「五月七日。タシギが一羽塩田にいるが、昨日もいたという。だとすれば、付近の池から昨日ヨーロッパジシギが来ていたという情報には疑問符がつく」)。レスボス島はアリストテレスの鳥たちでいっぱいだ。ほんの一例として、ある鳥(厳密に言うと渡り鳥だが)について彼が叙述した一文がある。「テュラノス(*tyrannos*)はバッタより少し大きくて、とさかは、霧を通して見た輝く太陽のような色をしている。どの点から見ても、美しくて上品な小鳥だ」。この鳥はキクイタダキ(*Regulus cristatus*)で、レスボス島の松林に暮らしている。

ピュラーのオリーブ林がアネモネの花で真っ赤に染まり、オリンポス山の雪が消える春の日には、おそらくアリストテレスもまた野鳥観察に出かけたことだろう。鳥の美しさは明瞭でわかりやすい。魚は波の下に潜んでいるし、哺乳動物は森の中に潜んでいる。だが鳥の生活はわれわれの目にさらされている。アリストテレスが「程度の差」、つまり最大の類に下属するグループ間の大きさや形の微妙な違いを説明したいと思ったとき、彼がしばしば口にしたのが鳥類だったのもこのためだと思う。

彼は鳥をグループに分類することからはじめる。肉食鳥、水鳥、沼地の鳥など。これは分類上のグループ（分類群）――*genē*（類）――ではなく、現代生態学における「ギルド」のような、機能上の区分けだ。それぞれの区分の特徴を、鳥の暮らしの立て方の観点から説明する。肉食鳥（ワシ、タカ）は餌食となるものを見つけ出し、取り押さえなくてはならない――そのために、大きな鉤爪と力強い翼、短い首と非常に感度のいい視力を持つ。水鳥（カモ、カイツブリ）は泳ぎ、水の中を奥まで潜って、水生植物を引きちぎらなければならない――そのために、短い脚とオールに似た水かきのある足、長い首と平たい嘴を持つ。沼地の鳥（サギ、ツル、セイタカシギ）は湿地に生息して魚を捕まえる――そのために、長い脚と長い首、槍のような嘴を持つ。小鳥たち（フィンチ）はタネやごく小さいものを集める――そのために短く円錐形の嘴を持つ。鳥の中には、遠い土地へ渡りができるように強い飛翔力を持つものもいる。

これは進化生物学で言う機能的な説明がまさしくはじまる場所である。「たがいに密接な類縁関係にある一つの小さな鳥のグループで、こうした体の構造上の漸次的変化や多様性が見られることは、この群島の鳥類がもともと種類に乏しいことを考えると、同一種類から変形して、異なった結果になったことが明らかに想像されうる」。ガラパゴス諸島のフィンチについて書かれたダーウィンの文を引用する人々が、つねに関心を抱いているのは、「同一種類から変形して」という箇所だ。だがわれわれはその点は忘れて、ただ「体の構造上の漸次的変化や多様性が見られること」と「異なった結果」だけを考えてみよう。つまりそれは次のような事実を示している。ある種のフィンチは、堅いトゲのある殻で被われたタネを割るのに適した嘴を持ち、他の種は小さな粒を上品についばむのにふさわしい嘴を持つ。さらに別の種はカツオドリをつついて穴をあけ、その血をすするのに適した嘴を、また他のいくつかの種は、昆虫を食べるのに適合した嘴を持っている。そして、キツツキのように樹皮から昆虫をうまく引き出すために、サボテンのトゲを使うフィンチさえいる。こうした違いを検討するやり方はアリストテレスの分析そのままである。『動物部分論』の中でアリストテレスは、「自然は機能にふさわしい器官を作るので、器官にふさわしい機能を与えるのではない」と言う。もちろんこれは、今となっては陳腐な考え方のように見える。しかし、鳥は単に部分《パーツ》を集めて展示する飾り棚《キャビネット》ではなく、空飛ぶ道具箱《ツールボックス》であると最初に見なしたのは、他ならぬアリストテレスだったのである。

XLVI

「それは何のためにあるのか？」。自然現象を十分に説明するためには、四つの質問（目的因、形相因、質料因、始動因）をして、それに答えなければならない。だがアリストテレスにとってはっきりとしているのは、右の質問こそ第一のものだということ。われわれは、いわば結果からはじめなければならない。

個体にとって最良のケースは、不死身であることだろうとアリストテレスは言う。しかし実際には、あらゆる個体は死ぬ。そこで個体は次善の策を取る。つまり生殖をする。これを成し遂げるために、今度は個体に必要となるのは、それによって食べたり、呼吸をしたり、交尾したりする身体各部だ。こうした機能的な体の部位について、アリストテレスが使う術語が「*organon*」である。われわれの「器官《オルガン》」はこの言葉に由来する。

体の部位を「道具」と呼んでいるのは、大げさに称賛されているアリストテレスの目的論が、実はソクラテスやプラトン、それにウィリアム・ペイリーのタイプの、素朴な機能主義にすぎないことを示唆している。それはまぶたを「目のドア」にたとえるたぐいだ。アリストテレスはたしかに、この種の説明をたくさん用いている。彼は動物の基礎的な能力——栄養摂取、呼吸、防御、移動、知覚——の標準的な一覧表を用意していて、それぞれの能力に体の器官を割り振る。中には、能力をいくつか合わせ持つ器官もある。分配作業は簡単そうなときもある——胃は明らかに栄養摂取のために存在する。しかし、ときにはそれが困難なこともある——彼は脾臓が何のためにあるのか、だいたいそれが何かを行なっているかどうかも確信が持てない。ときどきは、実は割り振りが難しいのに、それは簡単だと考えてしまう。心臓と脳の働きについては、たしかに知っていると思っていた。が、実際にはまったく理解していない。

しかし、正しかろうが間違っていようが、この種の一般的な目的論は彼にとってただのはじまりにすぎない。というのも、アリストテレスのプログラムは、ソクラテスやプラトン、それにペイリーなどが思ってもみなかったほど探究的で野心的なものだったからだ。彼は比較生物学者なのである。その真の関心は唯一無二の型を特定する目的論にあった。なぜこの動物はこの特徴を持つのか、単にそれだけを知りたいと思ったのではない。なぜ他のものがそれを持っていないのか、それも知りたいと思った。この疑問に答えるために、そして世界中のあらゆる動物のあらゆる器官によって投げかけられる、その他の数しれない疑問に答えるために、アリストテレスは目的論の原則と指針の体系を考案した。それからというもの、変わらずに使われているのがこの体系の核となる部分だ。『動物部分論』は、なぜある動物は飛び、ある動物は泳ぎ、他の動物は歩くのかを語る本である。また、歯や猛禽類の鉤爪、顎、昆虫の爪、角、蹄などについて、あるいは鳥類、その翼、脚、嘴などについて書かれている。そしてまた、ゾウの鼻についても記されている。

「ゾウの鼻はその長さや桁外れの多用途性で、動物の中でもユニークだ」。ゾウは鼻を手のように使うことができる。それで餌を食べるし、自分の身を鼻によって守る。鼻を使って高い声で鳴くし、それで木を根こそぎ引き抜くこともできる。アリストテレスは、実際にゾウを見たことがなかったかもしれないが、ゾウの鼻については言いたいことがたくさんある。

XLVII

なぜある動物は特定の特徴を持つのか、その理由を説明しようとするとき、しばしばアリストテレスが注意を喚起するのが、動物のライフスタイル――生息環境、食べ物、他の生物との関係――つまりギリシア語の「*bios*《ビオス》」である。彼が鳥類をその美しさで説明するのもこの理由による。折にふれて、彼は波の下をのぞいてみる。「海産動物については、それぞれの動物に適した、巧みな技能（*technika*）が数多く見られる。実際、ニシアンコウ（*batrakhos*）やシビレエイ（*narkē*）について語られていることは本当だ」。そして、ニシアンコウが泥の中に身を隠し、毛のような疑似餌を立てて、それに引き寄せられた魚を吸い込んだり、シビレエイが獲物をしびれさせる様子を書く。この考え方でアリストテレスは、ゾウの注目に値する鼻を説明するときにも、そのライフスタイルからはじめる。ただ若干間違っていたのは、ゾウが沼地で生息するのを、彼はゾウが水を好んでいるからだと考えていたことだ。

潜水夫が水中に長い間潜っているときには、呼吸用の器具を身につけて、それによって水の外から空気を取り入れる。自然はこれと同じメカニズムをゾウに使い、長い鼻を与えた。

古代の潜水夫やゾウは、本当にシュノーケルを使うようにして潜っていたのだろうか。私は正直言って、潜水夫もゾウもともにその行動は疑わしいと思った。しかし、D・L・ジョンソンは「島々の陸上脊椎動

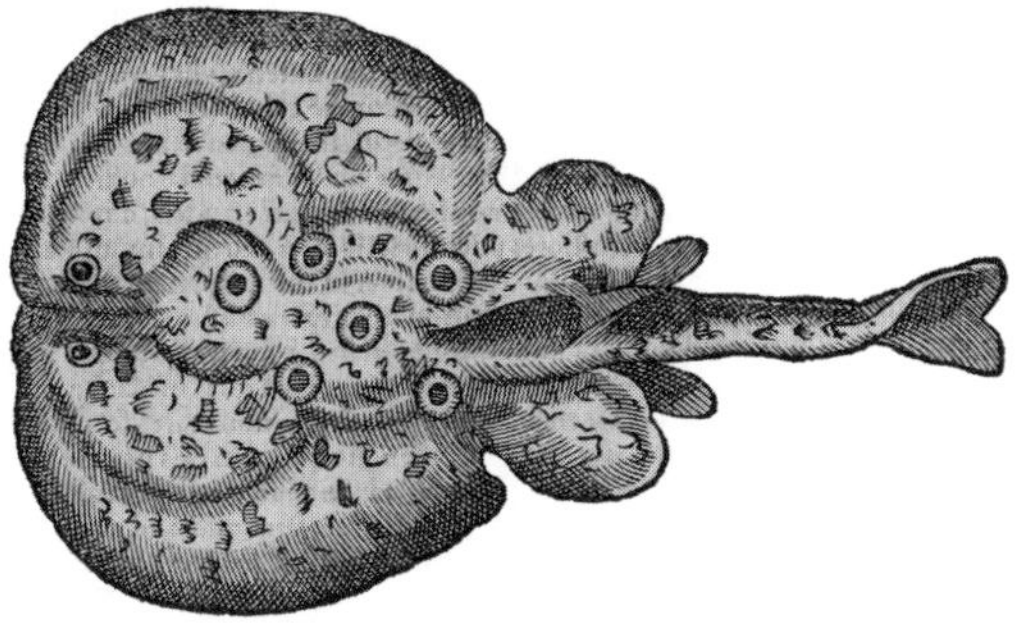

シビレエイ（*narkē*）— *Torpedo torpedo*

物の地理学的問題と、「ゾウの水泳能力」というタイトルの論文で、アフリカゾウがザンベジ川を渡り、アジアゾウがスリランカ沖の島々の間を泳いでいること、さらに両方のゾウが鼻を高く持ち上げて、上下に体を揺すりながら泳いでいく様子をレポートしている。ゾウの最大速度と最長距離はそれぞれ一・五ノットと二六海里。ジョンソンはさらに加えて、ゾウが泳いでいるのをめったに見かけることがないのは、夜間に泳いでいるからだと言う。疑い深い人々を黙らせるために、彼はピントのぼけた写真を添えている。

　しかし、沼地のような生息環境が、完全にゾウの鼻を説明してくれるわけではない。カバ、アザラシ、クロコダイルも水陸両生であることは確かだが、ゾウのような鼻を持っていない。ゾウはその鼻が最善の解決策となるような、何かユニークな問題に直面していなければならない。実際ゾウは直面している。そして、それはたった一つの問題ではなく、むしろ一連の問題だ。ゾウは湿地に束縛されているだけではなく、呼吸すること、食べること、捕食動物から身を守ることなど、基本的な動物の機能もまた遂行しなければならない。しかもゾウは、これらのことを他の特徴に制約されながら行なわなければならない。したがって、ゾウの鼻に対するアリストテレスの完全な説明は、このような機能と特徴とからはじまり、交差する因果連鎖の中で必然的にその結論が導かれる。

ゾウは防護が必要だ。何から防護するのかをアリストテレスは言っていない。思うに多分それは、ほかならぬ歯が三列に並んでいる「マルティコラス」と呼ばれていたという動物（ベンガルトラ？）だろう。マルティコラスならゾウを倒すことができる。ゾウが自らの身を守るのは、その大きさによる。しかし、それは副作用をもたらす。ゾウは嵩が大きいために、脚が太くなければならない。太い脚は堅くて曲がらない。柔軟性のない脚はいやおうなく、ゾウをゆっくりと行動させる。おそらくそれは陸上ではそれほど問題にはならないだろう。だが、ゾウは沼地に生息している。ときには、知らないうちに深みにはまってしまうこともある。しかし、そんなときに、水中から抜け出して一息入れることができない。インダス川の泥沼の中では、もがき死の危険にさらされる。もし天の配剤で、自然がゾウにシュノーケルのようなものを与えていなければ、少なくとも死の危機に陥ることは確かだろう[1]。

アリストテレスはこのような説明を「条件的必然性」と呼んでいる。それは次のような原理だ。ここにある目的Xと、そのXのために道具Yがある。そして、Xを遂行するためには条件Zが必要となる。彼が挙げた例は平凡なものだ。もし目的（X）が木を切ることだとして、道具（Y）が斧だとする。そうすると、斧は何か堅い材料（Z）――例えば青銅――で作られていなければならない。しかし、原理は本来一般的なものだ。もしあなたの目的が呼吸をすることだとする。そして、あなたは沼地に生息する動きの鈍い四足類動物だったとしよう。そうすると、あなたに必要となるのは長い鼻だ。この種の議論は真理を表現し、研究するためのアリストテレス流の方法だった。その真理とは――生物とは統一された全体のことで、そのすべての部分は、生物が確実に生き残ることができるために、他のあらゆる部分に合わせて調整されているというもの。もしこの部分を無作為にごちゃ混ぜにしてしまったら、そこに出現するのは怪物か、怪物にも満たない何かだろう。これこそ、エンペドクレスの選択主義構想がまったく愚かしい理由だ。『動物誌』でアリストテレスは、生き物をばらばらに解体して、その各部分の間のつながりを明確に論じている。『分析論後書』では、このようなつながりの原因を論証する方法を示していた。そして『動物部分論』では、生き物を組み立て直して、この方法を実践して見せた。そのためにこの本の中では、条件的必然性の原理が唯一の重要な目的論的原理として作動している。テクストを通して因果の連鎖が増殖し、枝分かれしているために、その連鎖がどこではじまり、どこで途切れているのかを見て取ることが難しい。この本にはゾウの鼻についてのもう一つの条件的連鎖さえ出てくるが、それは手として使われる鼻の記述で終わるのに、ゾウの足指の話からはじまっている。

ゾウの足指について特筆すべきことは、まずそれがたくさんあること。したがってゾウは、ネコやイヌやヒトのように、指のたくさんある動物と機能的な類似性を有している。多くの指を持つ動物は食べ物を前脚でつかむ。だが、ゾウにはそれができない。脚が堅くて曲がらないし、太いし、大きいからだ。[2] だとすると、チークの森でゾウは餓死することになる――もし天の配剤によって、自然がゾウに手のようなもの（鼻）を与えていなかったら。これとシュノーケルの議論とを合わせて考えようとすれば、すべてが理にかなっているかどうかを知るために因果関係のチャート図のようなものが必要になる。実際、調べれば

（1）アリストテレスの描く半水生のゾウは、少々ばかげている。だが、それはまたインスピレーションによる推測でもあった。ゾウの胎生学、化石、それに分子系統学などの近年の研究は、ゾウが水生哺乳類から進化したことを示している。今は多種多様に使われているゾウの鼻だが、もともとはシュノーケル用だったと推測されている。興味深いことだが、この推測を証明するもう一つの証拠をアリストテレスは知っていた。それはアザラシやイルカのように、ゾウもまた、睾丸を体内に持っていたという事実だ。だが彼はそれによって、シュノーケルとして使われた鼻と、体内の睾丸を結びつけることはしていない。

筋が通っているのだが、不思議に思うのは次の点だ。アリストテレスはおそらく図なしでうまくやりおおせたのだろうが、いったいどのようにして？

XLVIII

アリストテレスの行なった鳥類の生体構造の分析は、非常に明快で、曖昧さのないものだった。そのため『動物部分論』には同様に明快な議論があふれていると誰もが予期するだろう。動物が環境に対して非の打ちどころのない——これはほとんど至るところに出てくる形容詞だ——適応をしていることを実証する、万全な適応主義者のプログラムを誰しも期待するにちがいない。しかし、それは期待外れに終わる。たしかにアリストテレスはときおり、動物の適応をそのライフスタイルから明確に説明することはある。だが、そこでは、条件的必然性——体の部分をそれぞれ相互の関係から説明すること——という原則がつねに支配している。これは彼の分類の焦点に関係する。生物学者の中には、生き物のキャンバスを大まかなタッチで描く者もいる。大きな分類上の門（*Phylum*）をたがいに比較するだけで、その中に含まれている多数の種についてはほとんど触れることがない。また他の者たちは、例えばハンミョウのような、わずか一つのグループを取り上げ、その念入りなポートレートを作り上げる。さらにネズミ、ハエ、毛虫、それにヒトなど、ただ一つの種について、おびただしい数の研究がなされている。アリストテレスはこのすべてを手がける。その視線は分類上のヒエラルキーを上から下へとくまなく注がれ、ときにはヒトのところや、あらゆる有血動物のところで立ち止まったりする。『動物部分論』ではそれが、ふだんから関心を向けていた最大の類（上位の分類群）の類間差異に向けられている。

そうする必要は明らかだ。生き物の多様さのほとんどが、この最大類の類間で見られるからである。最大類の器官は、鳥類のように「程度の差」によって異なっているのではなく、体全体の配列のレベルで異なっている。たとえ最大の類間で器官が似通っているとすれば、それは単なる相似によるものだろう。にもかかわらず明確な目的論的な説明がもっともしがたいのも、この最大類の類間なのである。鳥類には嘴があり、四足類には歯がある――なぜなのか？　大半の動物は体の一方の端に口があり、もう一方の端には直腸がある。だが、頭足動物はそうではない――なぜなのか？　動物の中には血を持つものと、血を持たないものがいる――ふたたびなぜなのか？　最大の類はそれぞれがあまりに異なり、それぞれが多様性を秘めている。そのために、ごく自明なこと以外に、ライフスタイルと形態を関連づけることは難しい。たしかに魚には脚ではなくヒレがあり、肺ではなく鰓がある。それは魚が水生で陸生ではないからだ――アリストテレスは実際そう言っている。だが、概して言うと、最大類の多様性については、彼は説明を試みさえしていない。(3)

アリストテレスの説明はそこで尽きてしまったように見えるかもしれない。ところがじつは、はじめたばかりなのである。彼のやり方はこうだ。各最大類について、アリストテレスはいくつかの特徴を原初的な（進化論的な意味よりむしろ認識論的な意味で）ものとして捉える。それらの特徴は説明されるべきもので

(2)　アリストテレスは、ゾウの脚がいかに曲げやすいかについて、これを述べるのに二の足を踏んでいる。五世紀後にローマのパラドクソグラファー（奇譚作家）、アイリアノスはゾウの脚に関節がないのに、踊ることができるのを不思議に思った。彼はアリストテレスの、ゆがめられた残響を耳にしたのかもしれないし、あるいは、おそらくそれを他の誰かから聞いたのだろう。いずれにしても、ゾウに膝がなく、立ったままで眠るという考えが、中世の動物寓話集の中でしっかりと根付いて生き残り、シェイクスピアのカプレット（二行連句）やジョン・ダンの詩のスタンザ（連）のテーマとなり、サー・トマス・ブラウンの辛辣な軽蔑の対象となった。ゾウの脚がきわめて柔軟なことは、運動学的研究によって論証されている。

(3)　一般に、進化生物学者もまたこの試みをしていない。分類上の門や綱の特徴を、適応という観点から説明する試みは、それが「哺乳類の発生」や「恐竜の滅亡」について語るときを除くと、かなりまれなことだ。

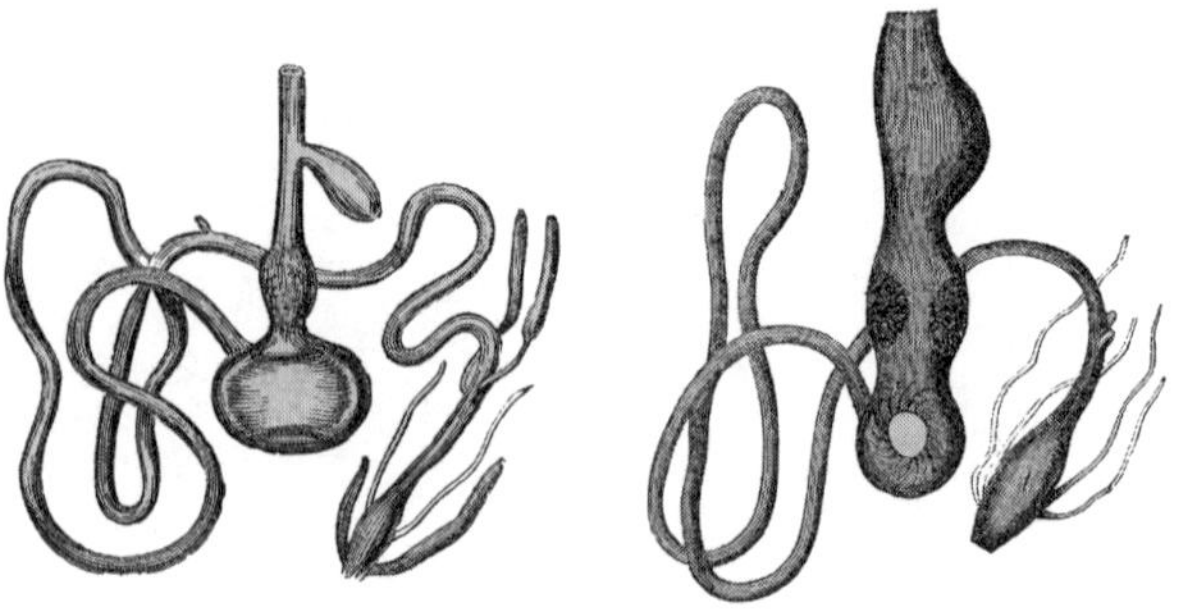

鳥の消化管
左：ニワトリ（*alektōr*）— *Gallus domesticus*
右：ワシ（*aietos*）— *Aquila* sp.

はなく、所与のものだ。しかしそれが説明のスターティング・ポイントなのだ。アリストテレスはしばしば、原初的特徴について、それは動物の「実体（*ousia*）の定義（*logos*）」の一部であるという言い方をしている。鳥類にとっては飛ぶことがこうした特徴だし、魚類にとっては泳ぐことがそうだ。鳥類（とおそらく他のもの）にとっては肺を持つことが、そして胎生四足類（大半の哺乳類）や卵生四足類（大半の爬虫類と両生類）、鳥類や魚類にとっては血液を持つことが、さらにあらゆる動物にとっては感覚がこうした特徴だった。アリストテレスがこの種の特徴だと明確に指摘しているものはわずか二、三にすぎないのだが、彼は多くの特徴がそれに該当すると考えていたように見える。

例えば鳥類の嘴だ。アリストテレスは鳥類がなぜ歯ではなく嘴を持っているのか、一度も説明をしていない。しかしその結果については多岐にわたって指摘する。歯ではなく嘴を持つがゆえに、鳥類は食べ物を嚙むことができない。この欠陥を補うために鳥類は、さまざまな工夫を使って食べ物を蓄え「調理する」（消化する）。鳥の中には嗉嚢を持つもの（ハト、ペリカン、ヤマウズラ）がいる。また他の鳥（カラス）は広い食道を持つものもいれば、胃の拡張部分（前胃）を持つものもいる。大半の鳥は肉厚の堅い胃（砂嚢）を持つ。沼の鳥には嗉嚢も広い食道もない。食べ物が簡単に挽き砕かれてしまうからだ。この解剖学的記述は概ね正しい。それに推論も正しい。鳥類は歯がないために、その欠陥を補っている。

アリストテレスは同じ論理を使って次のような疑問に説明を与えている。なぜ、ある草食動物（ウマ、ロバ、オナガー）は上下の顎に同じ数の歯、それに単純な胃を持っているのに、他の草食動物（ウシ、ヤギ、ヒツジ）は上下の顎に数の異なる歯と、複雑な胃を持っているのか？　あるいは、なぜある魚には一重の鰓しかないのに、他のものには二重の鰓があるのか？　またダチョウはなぜ飛ぶことができないのか？　あるいはなぜ……？　このような例はいくらでも挙げられる。というのも『動物部分論』のどこを見ても説明ばかりだからである。

XLIX

レスボス島の北の岬にある、トルコの小さな町ミティムナの港で、私はそれまで一度も見たことのなかったウニの、干からびた死骸を見つけたことがある。波止場で見つけたのだが、それは明らかに漁師がそこで停泊して、獲物を選別し、網をきれいにした際に打ち捨てられたものだ。そのウニがアリストテレスによって記述されていたものだと気づいた。アリストテレスは、それが小さな体と大きくて堅いトゲを持っていて、脆いトゲを持つラグーンの太ったウニとは違っていると言う。特徴的なのはこのウニに、名前をつけていないことだ。彼が言うには、それが岸からはるか離れたところで、海面下一〇〇メートルほどの海底に棲んでいるという。この記述も場所的にミティムナに合致する。ミティムナはミティリニ海峡をはるかに見渡す位置にあり、海峡では海底が三〇〇メートル以上の深さへと下っているからだ。

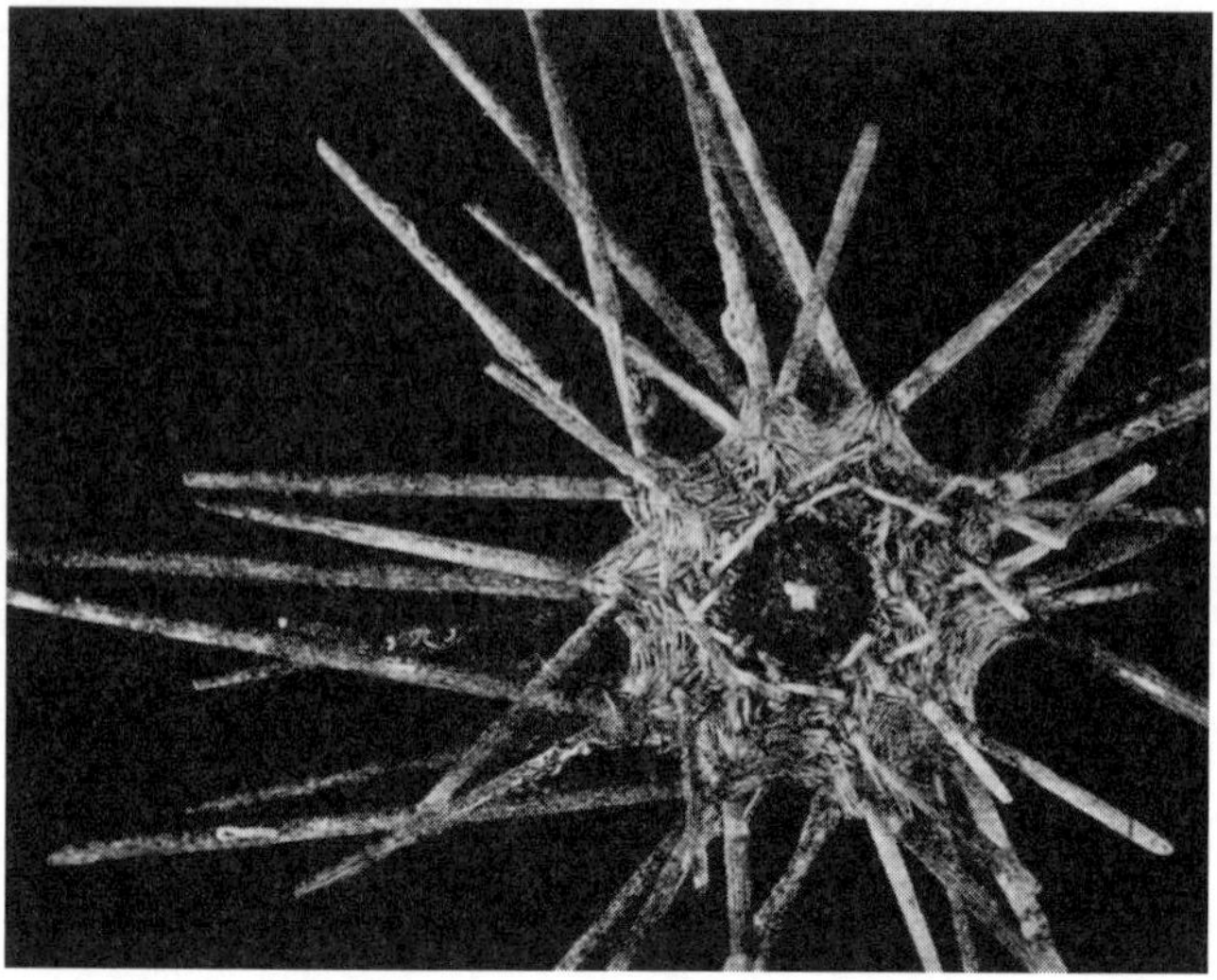

石筆ウニ（*ekhinos genos mikron*）— *Cidaris cidaris*

ダーシー・トンプソンは『ギリシアの魚類』の中で、深海に棲むこの名前のないウニは *Cidaris cidaris*（石筆《せきひつ》ウニ）だとその身元を明らかにした。トンプソンはたしかに正しかった。私が拾ったのもそれだったからだ。アリストテレスによると、このウニは排尿困難症——排尿したいのに、痛みがともなうためにそれができない症状——の薬（利尿剤）として使われたという。しかし、今はもう薬としては使用されていないと思う。いずれにしても彼は、ウニの薬としての性質に大きな関心を抱いていない。しきりに説明したがっているのは、このウニのあまりに長いトゲのことだ。

トゲがウニを守っていることは、アリストテレスも知っている。したがってわれわれが当然予期するのは、彼が次のような主張をすることだ。深海に棲むウニには、何らかの機能上の理由から（それは海の底にいる魚が、非常に凶暴だからかもしれない）、とくに長いトゲが必要なのだ、と。ところが彼が与える説明はそれとは違う。長いトゲはウニにまったく何の利益ももたらさない、それは単にウニの持っている「質料的な要因」の産物だと彼はいう。

アリストテレスは先人たちの愚鈍な唯物論に対してしばしば冷笑的だが、彼自身も質料（素材）の力を信じている。形相（形）は結局のところ、質料なしには存在しえないのだから。たしかに、形相と質料について抽象的に考えている間は、形相の方がより重要だ。形相（球体）はさまざまな種類の質料（木、鉄）を伴って具現するが、本質的に球体であることに変わりがない。しかし、球体は何と言っても例が抽象的だ。生物の形は、それが作られている材質に大幅に依存している。人間の形をした木像を作ることはできるが、それは明らかに歩いたり、話したりはしない。

アリストテレスの動物はすべて、三段階のヒエラルキーでできている。最下層は元素でできていて、最上層は器官でできている。その真ん中にあるのが「等質部分《ユニフォーム・パーツ》」（均一の部分）だ——血液、精液、乳、脂肪、髄、肉、腱、毛、軟骨、骨。私はこのような等質部分を「組織」と呼びたい。この言葉はアリストテレスの意味するところを、若干ゆがめているかもしれないが。というのも、われわれは組織が細胞でできていることを知っている。だが、アリストテレスは、彼の言う等質部分が実際に均一で不変であると考える——つまり、まったく顕微鏡的構造を欠いたものとして理解している。等質部分はすべてそれ自体に固有の「質料的な属性」を持っている。それは一連の機能的な特性——柔らかい、乾燥した、湿気った、しなやかな、もろい——で、それを形作っている元素の特別な混合によって決まる。そして、等質部分は生まれつき備わった機能（たとえば、骨は肉を守る）を持っているが、その本当の目的は器官を形成する材料になることだった。

アリストテレスは動物間で、等質部分が異なっていることに気づいている。血液の温度が違っているし、骨や脂肪や皮膚の堅さや髄の量も違っている。もちろん、血液や肉や骨のまったくない動物もいる。その代わりに、たいていは名前が付いていないが、それによく似た等質部分を持つものもいる。アリストテレスは、いかなる動物の種でも生まれながらに基本的な性質を保持しているが、その性質や組成は健康状態や食物や季節によって変化する、と考えているようだ。等質部分は彼の生理学の基本単位で、動物の環境とその身体を結びつけるものだった。

これが動物の多様性を、まったく別の観点から説明するきっかけとなる。アリストテレスは、あらゆる変化を目的論の見地から説明できるとは考えていない。変化の中には、たしかに直接環境が与える影響によるものもある。名前のないウニが生息する海底は水温が低いと彼は言う。そのためにウニは、食べ物を正しく「調理する」、つまり消化するのに必要な暖かさを持っていない。この暖かさの不足によって、ウニは消化の際に多くの「残留物質」を作ることになる。それをウニはトゲに転用した。そのためにトゲは長いのだと言う。また寒さがトゲを化石化する。トゲがひどく堅いのはそのためだ。

これはひどく機械的な説明だ。長いトゲは単なる「必然性」の結果だと言う——だが、彼がここで意味しているのはウニをとりまく条件のもとでの必然性というより、むしろ質料的必然性だ。理由はトゲの長さが、たとえ迂遠であっても機能上の目的によって説明されているのではなく、ただ生理学的な都合によってのみ説明されているからだ。実は、ウニは環境条件に応じて生やすトゲの形状を変える。これは生物学者たちが「表現型可塑性」（生物個体がその表現型を環境条件に応じて変化させる能力のこと）と呼んでいる現象で、石筆ウニの長いトゲに対する説明にはならない。それは種の特徴だからだ。しかし、理由はともあれ、アリストテレスはそれを質料（素材）が優位に立ったケースとして見ている。

L

動物の構造を分析するとき、アリストテレスは建築家やエンジニアのように思考する。まずはじめに考えるのは、ある器官がどのような目的に役立っているかということだ。しかし彼はまた、その器官を形成している材料についても深く意識をしている。このような二種類の説明――条件に対応する必然性（条件的必然性）と質料的必然性――は微妙な形で相互に影響し合っていた。アリストテレスは、動物の器官は概ね適切な素材でできていて、動物の等質部分の持つ質料的な属性――組織の生物物理学――は、動物の機能上の要求にぴったり合致していると考えている。一方でまた、動物がつねに適切な素材を持っているわけではない、ということも念頭に置いていた。特定の動物の体が、特定の種類の質料でできているという事実は、動物の持つ器官の種類を限定する。そのことは、動物が他に望ましい器官を保持することを妨げさえしかねない。逆に言うと、動物は要求に対して質料上の余剰――「残留物」――を生み出す。ときにこれらの残留物は、おそらく生命維持に必要なものではないにしても、好ましい器官を作るのに役に立つ。建築家の観点からすると、アリストテレスにとって機能は全能ではない。機能は鎖につながれている状態にあった。

等質部分の特性が、どのように機能上の要求に合致しているかを示す彼の実例は、生物物理学者にとっては読んでいて非常に愉しい部分だ。ヘビは背後から近づいてくる者を見る必要がある。が、足がないために、たやすく体を回転させることができない。そこでヘビはその代わりに、首だけを回す――それがヘビの脊柱がとても柔らかい理由だ。エイは体を波のようにうねらせて泳ぐ。そのためにエイもまた柔らかな骨格を必要とする――それが骨よりむしろ軟骨をエイが持っている理由だった。ヒトの食道は、食べ物を呑み込むために拡張できなくてはならない。しかし、食べ物が下に落ちていくときには、固いものにこすられて傷がつかないように、それに抵抗できるものでなくてはならない――食道が伸縮性を持ち、肉厚にできている理由がそれだ。ヒトのペニスは垂れ下がりと勃起の、両方の要求に応えなくてはならない。柔らかいと同時に堅くなりうる素材で、ペニスが作られている理由がそこにあった。ここに挙げたものはすべて、条件的必然性の例で、それによって等質部分の特性が生じている。

しかし、喉頭蓋《こうとうがい》はこれとは違ったストーリーを展開する。アリストテレスは首の構造がやや貧弱なことに気づいていた。喉頭や気管が食道の前に位置している。そのために動物は食べ物で簡単に喉を詰まらせてしまう。哺乳類では自然が喉頭に蓋をこしらえることで、この問題を解決してくれた。食べ物を呑み込んでいる間中、喉頭蓋が閉まる。しかし鳥類や爬虫類にはこの喉頭蓋がない。なぜないのだろう？　これに対するアリストテレスの答えは以下の通り。鳥類や爬虫類の肉や皮膚は「乾いている」。したがって喉頭蓋を持つことができない。喉頭蓋がうまく働くためには、それが肉厚でなくてはならないからだと言う。そのために自然は鳥類や爬虫類用に他の工夫を考え出した。それが喉頭の収縮である。(4)

器官が何をするのかについて、アリストテレスは自身の理解にたいていは自信を持っていた。だが、脾臓だけは不可思議だった。それが生命維持に必要な器官でないことだけは、彼はある程度の確信を抱いていた。多くの有血動物が非常に小さな脾臓を持っていることは知っていたし、中にはまったくそれを持たないものもいると考えていた。そこで、脾臓は肝臓と釣り合いをとるために、そこに置かれているのではないかという可能性も取り上げた（元来アリストテレスは、器官が左右対称で対になっていることを好んだ）。そしてそれは、肝臓が摂取した栄養物の「調理」（消化）を助けているのかもしれない。さらにそれは、血管をしっかりと支える手助けをしているのではないのか。しかし、彼がおもに考えていたのは、脾臓がただの「残留物」――自然がさまざまな、さほど重要ではない二次使用に役立てた排泄生成物――にすぎないのではないか、ということだった。(5)

もちろん体の生成物には、役に立たないただの「残留物」もある。尿や糞便は明らかに単なる排泄物にすぎない。アリストテレスは胆汁もまたそうだと考えた。彼は一般に受け入れられていた意見に逆らっている。ギリシア人は未来を予測するために、生け贄にした動物の肝臓や胆嚢をたえず調べていた。より理性的にものごとを考えたピュシオロゴイ（自然哲学者たち）は、胆嚢には感覚機能があると推測した。ヒポクラテス派やプラトンは、胆汁は病気の産物だと考えた。アリストテレスはこうした考えを退け、比較データをふたたび引いて（胆嚢を持つ動物もいれば、持たない動物もいる）、胆汁は肝臓で生み出される血液の副生成物で、腸へと排出され、それ自体はまったく役に立たないものだと主張した。「ときに自然は、残留物でさえ何かの役に立たせる。だが、残留物のすべてに対して、目的を探し出す理由は見当たらない。実際のところ、目的を持つものがあるからこそ、他の多くはただ避けがたくそこにあるのだ」(6)ウニ、ヘビ、サメ、それに胆嚢、ペニス、脾臓――アリストテレスがこれらを解剖し分析するときには、心もとない道をゆっくり、ゆっくりと進んでいく。彼の頭上には、プラトンの無頓着な目的論がそびえていたし、下を見れば、執拗なピュシオロゴイの唯物論の深淵が広がっていた。どちらの理念も無視できな

（4）アリストテレスのこの動物学は概ね正しい。それなら、哺乳類に喉頭蓋があるのに、爬虫類や鳥類にはそれがまったくないことについて、彼が行なった説明もまた正しいのだろうか？　もちろん正しいはずはない。だが、むしろ哺乳類こそ、彼らの祖先がすでに問題を解決していたのに、なぜ喉頭蓋を進化させたのだろう？

（5）脾臓の機能は前世紀になるまで謎だった。それは血液を濾過し、そのことで古い赤血球を取り除いて、鉄分のバランスを保つ。さらに脾臓は適応免疫や自然免疫反応を機能させるセンターでもある。

（6）実際には胆汁はおそらく、二次的に利用された排泄物の見本と言ってよいだろう。胆汁はビリルビン（胆赤素）の排出物だが、ビリルビンは脾臓で取り去られる古い赤血球からの生成物だ。胆汁は肝臓に運ばれ、胆嚢によって集められると、腸に排出され、そこで脂質の消化に使われる。

いことを知っていたので、アリストテレスはあらゆる要素を逐一吟味して、最終的には機能的ゴールに、あるいは生理学に、さらにはしばしば、二つの考えの微妙な相互作用――これは彼の多大な貢献だ――に最重要の地位を割り当てた。だが、彼の四原因説に直接由来するそのような説明の背後で、まったく違った一連の原理が作動していることは明らかだ――それは目的論的なものではないし、質料的なものでもなく、経済的な原理である。

LI

ゼウス、ポセイドン、アテナの三神が、彼らの中で誰がもっともすぐれたものを作れるのか、たがいに競い合っている。ゼウスはヒトを作り、アテナは家を、ポセイドンは雄ウシを作った。三神は彼ら自身と同じく神である女神モモスに自分たちが作った創造物の判定を頼んだ。モモス神は即座に彼らの創造物をあざ笑った。彼女は、ヒトならその心がのぞける窓を持つべきだと言う。そうすれば、ヒトの計画を見通すことができるから。家はキャラバンのようにすべきだ。そうすれば場所を移動できる。雄ウシは角の下に（余分な？）目を持つべきだ。そうすれば、雄ウシは角で突く対象をよく見ることができるから。モモス神のあら探しにいらいらしたゼウスは――実際、ゼウスはヒトを作るのにひどく時間を費やした――モモスをオリンポスから追い出した。

『動物部分論』でアリストテレスは、このアイソポス（イソップ）の寓話について触れている。イソップはこの話を寓話に仕立てるのに、角の下の目についてはことさら意見を述べていないのだが、角については、モモス神に次のように言わせている。雄ウシは角を両肩に持つべきだった。そうすれば最強の打撃を与えることができるのに。これに対してアリストテレスは、当を得たユーモアで鋭く言い返した。「モモスの批判もここではなまくらだ」。モモスは打撃の強さや方向をもっと研究すべきだ。それに角が肩の上にあったら（あるいは他のどこにあっても）、角が雄ウシの行動を邪魔するばかりだろう。角は現にあるべきところにある。それは頭の上だ。

これはどこから見ても、条件的必然性タイプの目的論の議論だ。角は防御のためにあり、したがってそれは他の機能上の制約の下で、可能なかぎり最良の位置にある。アリストテレスは他にディテールをいくつか加えている。角がどれほど堅いか、シカの角はどれほど稠密にできているか、雄ウシの角は中が空洞だが、角の根元が骨によってどのように補強されているかなど。これはこの上なく適応主義的な意見だ。だから当然、もし彼が大半の動物が角を持っていない理由を説明しようとすれば、ある動物たちの生活様式はどのようにして角を必要とするのか、そして他のものたちはどのようにしてそれを必要としないのか、そのことについて示そうとするのではないのか、とわれわれは予期したくなる。ところが実際にはそうはしない。その代わりに、一連の補助的な原理を引き合いに出す。それはもっぱら体の経済学に依拠した原理だ。

『政治学』の中でアリストテレスは、家政はつまるところ指令と統制、それに経済学という二つの問題に帰着すると述べている。それは誰が誰を支配するのかという問題と、品物の獲得と分配という問題だ。彼は物事の自然秩序に関する明確な意識を持っていた。自然にはヒエラルキーがある――主人、妻、子供たち、奴隷、動物――と。また、富の獲得についてはおのずと制約がある――あるいはあるべきだ――と。必要以上に金を取得することに対して、アリストテレスはかなり手厳しい。小売りは不自然だと言うし、高利貸しは忌まわしい。ブルジョワが示すお金への執着に対して、彼は知識人として侮蔑感を持っている。その調子は一九四〇年代のケンブリッジ大学の首領《ドン》（F・R・リーヴィスが心に思い浮かぶ）のそれのようだ――独裁的、教訓的、清教徒的。

家庭の経済学について書くとき、アリストテレスは繰り返し動物に言及する。そして動物について書くとき、彼は繰り返し家庭の経済学に言及する。「家事の切り盛りが上手な主婦のように、どんなものでも、それから役に立つものが作れるのなら、自然はそれを捨て去りはしない」「自然のすることにはむだがない」「自然はあるところから何かを取り去ったら、他のところに与える」「自然は安上がりに済むからといって何かをすることはない」。アリストテレスの目的論的な説明のしかたで多くの事柄を説明するには、このような原理が必要になる。だが、彼はこうした原理自体については議論しない。彼にとってそれらは公理であって、真実であることがすでに明白この上ないからだ。ヘラクレイトスはかつて「自然は隠すのが大好きだ」と言ったが、アリストテレスにだけは隠し事をしないらしい。彼の書きっぷりは、まるで自然が隣りに住んでいて、タベルナ（小レストラン）でも営んでいるかのようだ。

奇妙なことだが、アリストテレスは角や枝角《えだづの》の有用性について、相反する感情を持っていた。たしかに動物たちは防御のために角や枝角を持つが、それはなくてもすむのではないか、むしろ害を及ぼすときもあるのではないか、と。彼は、雄シカの枝角が毎年生え変わることに驚いたらしい。しかももしかすると、実際にシカの枝角がどのように使われているのか、見たことがなかったのかもしれない。というのも、彼が語っているのはあくまでも捕食者である猟師の観点からで、枝角は肉食動物に対する防御用だと言う。生殖のための武器として使われる枝角については何も語っていない。発情した雄シカ同士が激しくぶつかり合っている姿を、アリストテレスが目撃できたとは思えない[7]。

角がそれほど有用ではないという考えは、角の生理的起源に関する彼の説明にも反映されている。そもそも動物は摂取する食べ物によって、自らの体を作り上げるのだが、その際まずはじめに、きわめて質の高い食べ物が作るのはもっとも重要な器官だ。そのあとで、食べ物が何か残っていれば、それを使って重要度の低い器官を作る。アリストテレスの言っている「家事の切り盛りが上手な主婦」に譬えて言えば、家族が食事をしたあとに食べ残しができる。それを主婦はキッチンのドアのあたりで、こそこそと動き回っている野良ネコに投げ与える――ネコははっきり言って少々厄介者だ。家の中には入れたくない。が、子供たちはネコが好きだし、ネズミの数を減らすのにネコは役に立つ。角はギリシアのネコのようなものだ。費用効用と限界効用はともに低い。

それならなぜ、動物たちはみんな角を持たないのだろう？　アリストテレスは二つの理由を挙げている。まず彼は「家事の切り盛りが上手な主婦」のイメージ通りに考える。それは動物たちが効率よく作られていることだ。動物たちは概ね、機能的に余分な器官を持っていない。彼らは嵩が大きいこと、早く走れること、角があること、牙が生えていることなどによって、自分の身を守ることができる。しかし、防御の手段を一つ身につけていれば、さらにその上、もう一つ手段を持つ必要はない。「自然はむだなものやよけいなものは作らない」からだ。

そこには他にも経済的な原理が働いている。『動物誌』の中でアリストテレスは、胎生四足類（哺乳類）同士のつながりの網を確認していた。つまり、有角動物（反芻動物）は上下の顎の歯が同等ではない（上顎には犬歯と門歯がない）が、無角動物（ウマなど）の歯は同等だ。角や歯は堅牢でなければならない。そのために二つをともに作るとなると、大量の土の材料が必要となる。その結果、角を作ることと歯を作ることの間には、トレードオフが生じる、とアリストテレスは言う。動物は角か完全にそろった歯か、そのどちらかを作ることはできる。だが、両方を作ることはできない。それは彼がしばしば言っているように、

（7）『動物部分論』第二巻七章とチャールズ・ダーウィンの『人間の進化と性淘汰』第二巻一七章を比較してみよ。

「自然はあるところから何かを取り去ったら、他のところに与える」からだ。[8] 彼はこの資源配分の原理を非常な繊細さで巧みに使う。大型動物の角がそれより小さな動物——例えば彼が知っている最小の反芻動物ガゼル——の角とくらべてみても、不釣り合いなほど大きいことに触れて、このパターンを次のように説明する。大型の反芻動物はそれより小さな動物にくらべると、その角に充てる土類物質が比較的余分にあるからだと言う。ここでアリストテレスは、生物が示す主要なパターンの一つに触れている——それは現在の研究者もなお説明するのに四苦八苦しているパターンだ。[9]

アリストテレスの自然は概して倹約家だが、ときにそれは極端なまでの物惜しみにも見える。動物の器官はその多くが多面的な機能を持っている。とりわけゾウの鼻の用途は広い。しかし彼はまた、そこに機能的なトレードオフのあることも見ている。たくさんのことを首尾よく行なうことは難しい。そこで彼はほとんどの場合、器官が特殊化することはいいことだと考えている。アリストテレスが言うように、自然は「安上がりに済ますために、焼き串回転器と燭台を兼ねたものを作るかじ屋のようには」働かない。結局、そんな奇妙な装置はどちらのものとしても、うまく機能しないだろうからだ。彼はまた、より複雑な動物ほどより特殊化した器官を持つ傾向があると考えていた。

このような補助的原理が、生物の多様性に関してアリストテレスが行なったあらゆる説明に浸透している。自然のいわゆる「家事を上手に切り盛りする主婦」は、眉、脾臓、腎臓のような、あらゆる種類の弱々しく見える機能器官の存否を説明する（あるいは説明の手助けをする）。自然のすることにはむだがないという原理は、とりわけ、なぜ魚にはまぶた、肺臓、脚がないのか、なぜ牙（犬歯）のある動物（オオカミ、犬）は（ゾウやセイウチなどの）牙（牙状の歯）を持たないのか、なぜ臼歯のある動物だけが、歯を左右にこすり合わすのか、なぜわれわれの歯には、生涯抜けない歯があるのか、なぜ雄が存在するのか、などについても説明をする。また自然ができるのは、他の部分から取り去ったものをある部分に付与することだけだ、という事実は、とりわけ、なぜサメには硬骨がないのか、なぜクマには毛で被われた尾がないのか、なぜ鳥には膀胱がないのか、なぜライオンには乳房が二つだけあるのか、なぜ鳥には鉤爪か蹴爪《けづめ》のどちらかがあるのに、その両方がないのか、なぜニシアンコウは奇妙な形をしているのか、などについて説明をする。それはまた、生物の生活史の変異や、なぜわれわれは死ぬのかについても、その多くを説明する。

つまるところ、このような補助的原理が、体の経済的なデザインの一つのモデルをなすということだ。一家の主人はある程度の所得を得て、それで子供たちが衣食住に事欠かないようにしなければならない。それと同じように、動物もある程度の食料を得て、それで自分の器官を作り、その機能を果たさなければならない。器官や機能の中には不可欠なものもある。だが、役には立ってはいても、なければないで困らない。

(8)　この同じ原理は今なお、進化生物学において数多く使われていて、器官や他の特徴の間に見られるトレードオフや他の特徴を説明している。例えば最近でも、コガネムシ科の角の進化その出現の説明、つまり、角と他の頭部構造とがトレードオフの関係であることを説明するのに使われた。

(9)　ある同類の動物群(例えば哺乳類)について見られる特徴(角のサイズ、新陳代謝率、寿命など)の値を体の大きさと関係づけてグラフ上にプロットすると、特徴が体の大きさと比例していなくて、グラフの傾斜がより急であったりゆるかったりすることにたびたび気づかされる。この関係を現在の専門用語では「イソメトリー(等成長)」ではなく「アロメトリー(不等成長)」という。実際、こうしたアロメトリーな関係は、算術目盛においては一次関数ではなく指数関数でうまく表わせることが多い。アロメトリーの計算は、一九二〇年代にジュリアン・ソレル・ハクスリーによってはじめて提唱された。したがって、アリストテレスはそのような解析のしかたを使用していない。だが、彼はこの現象に気づいていて、それを説明しようとしている。多くの者たちがハクスリーのあとに続いた。スティーヴン・ジェイ・グールドがアロメトリーを使って、オオツノシカの巨大な枝角を説明したことは有名だ。しかし、その分野を切り開いたのが、アリストテレスであることにグールドは言及していない——おそらくアリストテレスを読んでいなかったのだろう。

ないものもある。不可欠な器官や生殖が栄養の分配の上で最優先となる。そしてもし何らかの余分が残っていれば、なくてもすむような器官がそれで作られる。しかし動物たちは概して、かなり厳しい予算上の制約のもとで活動しているし、器官は高価につく。そしてこのことが二つの結果を招く。一つはある器官の製造がしばしば、他の器官の製造不能という代金で支払われることになる。第二に、動物たちは栄養を効率的に使う必要があるため、機能上重複する器官はほとんど作ることをしなくなる。あらゆる動物はまかなえる栄養の制約の中で、なんとかやりくりをしていかなければならないのだが、大型動物はより小さな動物にくらべると、不釣り合いなほど余剰がある。そのために、重要度の低い器官にもより多くの栄養を配分する余裕がある。そして、多機能の器官を使えば安く済みそうだし、多くの動物はそれを持っているのだが、結局のところ職能分化の利点にはかなわないので、できれば一つの器官が一つの仕事を行なうのに越したことはないということだ。

アリストテレスはこのモデルについて直接文章にはしていない。栄養上の「収入」「効率」「予算」についても彼は一切語っていない。これは彼のモデルの一つにすぎないかもしれないが、アリストテレスの目的論はこのように捉えればその大半がよく腑に落ちる。経済学は現代の進化論的科学の理論構造の中にも織り込まれている。それはダーウィン以来のことだ。ダーウィンは自由放任の資本主義の時代に生きた。そして金利生活者《ランティエ》階級に属して、アダム・スミスやマルサスを肌で吸収した。アリストテレスはそうではなかった。にもかかわらず、思うに彼もまたこのようなシンプルで、しかも奥深い経済の真理を理解し、それに依拠していたのではないだろうか。

コウイカの霊魂

枝についたコウイカの卵

LII

カロニ湾の漁船は小型で、船首と船尾が同じ形をしている。この船は「トレハンティリ」と呼ばれていて、船体はブルー、縁枠は黄色とグリーンに塗装されていた。われわれが港に着いたときには、漁船のほとんどがまだ係留中だった。ペリカンが一羽、波止場に立って、鳴き声も立てずに大きな口をあけ、羽を逆立てた。夜明けのラグーンは驚くほど静かだ。灰色を帯びたオレンジ、ピンク、それにブルーの色が海に映ってシンメトリーをなし、西方の海岸の位置を示す白い線がそれを二分していた。

われわれが海に出たのはコウイカを見つけるためだ。春になると、コウイカはエーゲ海の浅瀬の湾へ移動してきて、そこで交尾し、卵を産んでは死ぬ。トルコ海岸の少し先にある町で、『ハリエウティィカ』(漁夫訓)を書いたオッピアノスは本の中で、この時期になると、イグサで作った円錐形の罠でコウイカを捕まえることができると言っている。コウイカの捕獲法は今も基本的に変わらないが、変わったのは、罠が今ではプラスチック・メッシュで作られていることだ。最初の罠を引き上げてみたが、中は空っぽだった。しばらくは、誰かがすでに罠を引き上げてしまったのかなと思っていた(カロニの漁師たちはみんな、気短な兄弟愛で結ばれていて、平気でたがいの罠を盗んだ)。しかし、次に小さなタコが上がってきた。ぐにゃりとして、甲板の上をするすると滑るようにして進む。いかにも知能の高さを窺わせ、まっすぐにデッキの排水口をめざした。われわれはタコを捕まえると、一時的に気絶させて、籠の中に放り込んだ。ボラが巻き込まれて上がってきたが、頭がかじりとられていた。「見ろよ。コウイカ（*Soupiá*）のしわざだ」――そのあとで数キログラムのコウイカを捕獲した。これだけあれば十分に食べられる。

「ザルツブルクの岩塩坑で」とスタンダールが書いている。「廃坑となった所に、冬枯れで葉を落とした一本の小枝を投げ込んでみたまえ。二、三カ月後に引き出してみると、その枝は輝くばかりの結晶で覆われている」――これは、恋をしている男を二四時間一人にして物思いにふけらせておけば、同じように結晶作用が生じるという有名なたとえだ。春の間なら、カロニ湾に小枝を投げ入れれば、わずか一日で、枝はギリシアの小粒のブドウによく似たベリー（漿果）で覆われるだろう。この実はコウイカの卵だ。「コウイカは陸地に近づいて、海藻やアシや、その他下生え、木の枝、石ころなど、どんなものにでも卵を産みつける。それで漁師たちはわざと、そこに産卵できるような場所に木の枝を置いた」とアリストテレスは言う。カロニでは今も漁師たちが同じことをしている。しかし、コウイカはどんなものにでも懸命に卵を産みつける。そのためにわれわれの仕掛けた罠も、卵で覆われてしまうのだった。海の中ではおそらく、頭足動物流の乱交パーティー《オルギア》がはじまっているにちがいない。

コウイカの卵は一つ一つ独立していて、ゴムのように弾力がある。産みつけられたときには、母親のくすんだバイオレットブラックのインクで汚れている。だが、成長するにしたがって卵嚢が澄んでくる。私はこの透明な実を網からつまみ上げて、太陽に透かしてみた。するとその中で、コウイカのぴくぴくして動く様子が手に取るように見えた。驚くほどピンク色をした眼が、金色の液体の中で浮遊していた。アリストテレスも、私と同じようなことをしたにちがいない。

コウイカの胚
(『動物誌』第5巻の記述をもとに描かれたもの)

小イカの成長——雌が産卵するとすぐに、卵の内部にあられ（ひょう）のようなものが発生する。そこから小イカが頭をこれに着けた形で成長してくる。鳥なら腹で卵にくっついているところだ。しかし、人間なら臍の緒に相当するこの付着点については、それがどんなものなのか実際に観察されたことはない。ただ小イカが成長するにつれて、その白い部分は徐々に小さくなり、しまいには鳥卵の黄身のように、消えてなくなってしまう。他の動物と同じで、まずはじめに大きく見えるのは目だ。図で示すと、Aが卵で、BとΓが目、Δが小イカそのものである。春に孕むと雌は一五日間で産卵を終える。次の一五日間で、卵はブドウの房のようなものに成長する。この実が破れると、小イカが中から出てくる。

われわれが船で漂っていると、そのそばをつがいのコウイカが交尾しながら泳いでいた。アリストテレスは「タコやコウイカやヤリイカのような軟体類（頭足類）はすべて、同じような仕方で交尾をする。つまり、触腕と触腕を絡み合わせて、口のところで一体となる」と書いている。彼が言い忘れているのは、交尾のあとは双方ともに生き残る必要がないということだ。雄は死体愛好症的《ネクロフィリアック》な熱心さでもって、青白く死んだようになった雌を引きずり回していた。雌はひとたび産卵をすませると死ぬ。そして雄は、動くものでも動かないものでも、手当たりしだい、どんなものでも触腕でつかんで食べた。コウイカは罠から出てくると、怒りで赤黒くなり、黒いインクの噴流を勢いよく浴びせかけた。そして小さいがひどく怒った子ネコのようにシューと音を立てた。われわれが帰途につくと、船の航跡を横切るようにアジサシが飛んでいた。

LIII

「生命とは何か?」。これはエルヴィン・シュレーディンガーが投げかけた問いだ。彼自身の答えは、生命とは負のエントロピーを常食にするシステムというものだ。ハーバート・スペンサーは生命を「同時にそして継続的に起こる、不均質な変化の特定の組み合わせ」と定義した。さらにジャック・レーブは、生き物は「本質的にコロイド物質からなり、それは自律的に自らを成長させ、自らを守り、自らを再生する特性を持つ化学的機械」だと考えた。ハーマン・マラーは複製、変異、遺伝の性質を持つ存在は、どのようなものでも生きていると考えた。手に取るに値する生物の教科書の大多数においては、この問いはむしろ著者によって少しずつ異なるいくつかの特性の組み合わせだ――代謝、栄養摂取、生殖など。そしてほとんどの生物学者たちにとっては、これは放っておくにかぎる問いだった。

アリストテレスも自らにシュレーディンガーの問いを課して、それに答えている。最初に、この問いへの答えとしてはありきたりな特性のリストを挙げている。「生命というのは、自分の力によって栄養摂取し、成長し、朽ちることができる能力のことだ」。しかしこれは実際のところ、彼がこの問題をどう分析しているかを捉えてはいない。生きているものを、死んだものから分け隔てるもの。彼はそれについて、はるかに抽象的な捉え方を追求していた。彼のより深遠な答えは、生きているものだけが霊魂を持つというものだった。

LIV

霊魂に対するギリシアの伝統的な考え方は、ホメロスを見ればわかる。パトロクロスはトロイアで倒れ、肉体から離脱した霊魂はハデスの家へと飛び立つ。蝶を表わすギリシア語が、霊魂と同じ「プシュケー」(*psychē*)である理由も見て取れるだろう。死に際して霊魂は死体から逃げだすのだが、同じように蝶はサナギから這いだす。

『パイドン』の中でプラトンは、さらにくわしくこの伝統的な見方を述べている。霊魂はここではもはや、単にわれわれが死んだときに失われる何かではない。それはわれわれが生きている間中、肉体の欲望を説き伏せ、それを制御するものとなっている。今、まさに死に赴きつつあるのはソクラテスだ。彼の霊魂もまた捕われていた肉体を離れて、ハデスへと旅立つ。パトロクロスの霊魂はせいぜい貧弱な来世を生きられればいいほうだが、ソクラテスの霊魂は永遠の再生の可能性を期待することができる――そんな風にソクラテスは楽天的な主張をする。『国家』では霊魂がさらに複雑さを獲得し、道徳的な美徳が占める座であるとされる。プラトンは人間の霊魂を、悪によって損なわれるものとして描いている。もともが漁師だった海神グラウコス神――明らかにクモガニの一種がモデルになっている――は、体を覆い尽くすカイや海藻のせいで見る影もない姿の怪物になってしまったが、人間の魂は無数の悪のために同じありさまになる。

アリストテレスは、若い頃に書いた作品の断片で同じような考えを述べている。彼の親友のエウデモスはシケリアの戦場で死んだ。アリストテレスは、親友に捧げた論文「エウデモス」の中で、エウデモスの霊魂を故国に帰らせている。もう一つの初期の論文「プロトレプティコス」では、身体と霊魂の関係を、エトルリア人の不快な風習にたとえている。それは捕虜の体を、死体と各部分が重なり合うように、向かい合わせに縛りつける――このように霊魂は、生きている体とともに死の二人舞踏《パ・ド・ドゥ》を踊り続けるというのだ。この一節について、ある学者は「ここに見られるのは強くて美しいとはいえ、病んだ心だと言えるでしょうね」と言った。

アリストテレスは後年、霊魂について丸ごと一冊を費やし『霊魂論』を書いた。それはプラトン風の道徳的なところのない、完全に科学的な調子で記されている。

ある種の知識がとりわけすばらしく価値があるのは、それが正確であるから、あるいはその対象がより大きな価値があり、より大きな驚きを引き起こすからである。われわれが霊魂の研究をきわめて重要とするのは、この両方の理由からだ。しかし、霊魂の探求がとくに重要なのは真理全体にとってであり、中でも自然の研究にとって、それはもっとも重要だ。というのも、霊魂は動物の生命のはじまりだからである。

われわれから見ると、この主張は非常に奇妙だし、疑わしくさえある。「霊魂」は多くの意味を背負い込んだ言葉だが、現代の科学では何ひとつ背負っていない。この言葉を訳すこと自体あきらめるべきかもしれないが、少なくとも字面の通りに訳すことにはまったく意味がない。われわれにとって'psyche'(魂)はいまや、精神状態——とくに意識——を指す言葉だ。たしかにアリストテレスも『霊魂論』の中で、精神状態について述べている。だが、彼はそれを生理学として扱っている。そこではデカルト的な意識の問題はほとんど登場してこない。実際、『霊魂論』は心理学の論文ではまったくなくて、むしろ、生き物が行動することを可能にする指揮統制システムについて記述した総論だった。

アリストテレスはほとんど説明もなしに、二つのことを提議している。すなわち、あらゆる生き物——植物、動物、ヒト——が霊魂を持っていること、そして生き物が死ぬときには、霊魂も存在をやめることの二つだ。これらはおそらく、紀元前四世紀のギリシアの知識人には、ごく当たり前のことだったのだろう。プラトンは明らかに第一の提議を信じていたし、第二の提議についての異論を持っていた。だが、霊魂とは正確には何なのだろう？　アリストテレスは先人たちの意見を詳細に調査するところからはじめる。

霊魂が〈動き〉と関連していることは誰もが同意するところだ、とアリストテレスは言う。生物が呼吸し、成長し、もがき、泳ぎ、歩き、飛ぶ能力。霊魂のすぐれた説明は、この能力を説明できるものでなくてはならない。霊魂は何らかの物質からできている、というよくある考え方に彼は検討を加える。霊魂を作り上げている材料の候補としては通常、空気、水、火などの元素が考えられるが、四大元素のうち、土だけは材料の候補から外されているようだ。しかし、アリストテレスはこれらの元素をことごとく退ける。どの元素も、それがどのようにして動物を動かすのか、彼には説明がつかないと言う。これはまったくその通りだ。次にアリストテレスが検討したのは、デモクリトスの論拠である。〈動き〉は生物を構成している球形のアトムの絶えざる運動がもたらしている、というのがそれだった。この理屈はダイダロスがアプロディテの木像に、溶融銀を注ぎ込むことで生命を吹き込もうとした企てと同断だと彼は言う。元素はあくまでも、霊魂が操作する材料にすぎない。生命の基質ではあっても、生命そのものではない。

アリストテレスは少し変わった考え方についても、そのいくつかを検討している。一つはピュタゴラス学派の背教の徒が提案した、魂は調和《ハルモニア》であるとする説だ。アリストテレスはこれを、調和とは各元素の特別な比率《ロゴス》のことだと解釈したが、その考え方も彼にはあまりに単純化しすぎているように映った。ただし、そこには長所もあると見ている。この考え方は質料自体の性質にではなく、その配列法に依拠している点で、アリストテレス自身の説との間にいくばくかの共通項があった。アリストテレスが最終的に打ち出した自説によれば、霊魂は生物の身体それ自体の中にある形——形相《エイドス》——だという。

私は前に、アリストテレスは生物の「形相」、あるいは「形相的要因」「形相因」について話すとき、しばしばそれを情報の意味で使うと言った。その場合の形相とは、質料を整理して既定の種の生物を作り上げるのに必要となる情報のことだった。この解釈は、彼が挙げたさまざまなたとえ（蜜蠟に押された刻印、文字と音節）に基づくだけではなく、形相が目に見えないときでさえ存在しているという事実に基づいている。形相は何らかのかたちで動物の卵子の中にもあって、胚の発生や成体の外見や機能を作り出す原因となる。そういうわけで動物の霊魂は、動物の形相である――特異な状況下にある形相ではあるが。

あらゆるタイプの霊魂について、何か一般性のあることを言うとすれば、それは器官を持つ自然物体（生物）の第一次の現実態であるということだろう。

この引用のキーワードは現実態《エンテレケイア》（*entelekheia*）だ。これはアリストテレスによって提唱された術語で、彼の霊魂論の特色をもっともよく表わす言葉だった。アリストテレスはしばしばこの言葉を、「可能性」――可能態《デュナミス》（*dynamis*）――の対立語として使っている。彼の自然論においてはこの対概念がつねに底流をなしている。変化はどのようなものでも、可能性の実現化だとアリストテレスは考えた。したがって、彼が霊魂は現実態だと言うとき強調しているのは、霊魂とは、以前にただ可能性として存在していた何かで、それはまた、他の何かから生じた何かだという事実だ。これを生き物の霊魂は「身体それ自体の中にある形（形相）」だという主張と考え合わせると、アリストテレスが次のようなことを意味していたことが明らかになる。それは、受精していない卵子の形相は、単なる可能態にすぎないということ、そしてそれが成長する胚となり成体となったとき、はじめてその形相は霊魂であると言える。

これではまだ抽象的でいらいらとさせられる。しかしアリストテレスは霊魂の特徴について数多くのことを語っており、その特徴が翻って、彼が考えていることをわれわれに教えてくれる。特徴の中にはきわめて一般的で、あらゆる生物の霊魂に当てはまるものもあるが、他のものはより特殊で、ヒトにだけしか適合しない。中でも次の四つの特徴がとりわけ大きな手がかりになる。

第一に、アリストテレスの霊魂は物質（質料）ではできていない。それは彼がデモクリトスの粗雑な唯物主義に異議を唱えていることからも明らかだが、彼の「身体の中にある形相」という霊魂の定義からも導かれる。第二に、霊魂は器官の存在と関わりがあり、そのことは霊魂が、生物の機能的特性であることを意味している。第三に、霊魂は生物の変化に関与している。ここで彼の言わんとする意味は、霊魂が身体のプロセス――成長、維持管理、年を取ること、移動、感覚、感情、そして思考それ自体――を制御するということだ。第四として、霊魂は生物の目的、究極には生き残りと生殖に関わっている。

霊魂を説明するのに、アリストテレスが「現実態《エンテレケイア》」を使っていることは、彼がいかにこの言葉を重要なものと考えているかを物語っている。というのも、この言葉はその一部が「目的《テロス》」に由来するからだ。この概念もまた根が深い――そして彼の形而上学へと向かっている。霊魂は「定義《ロゴス》という意味での実体《ウーシアー》」であるとアリストテレスは言う。これによって彼が意味しているのは、生物の霊魂はその機能的特性の総和だということだ。もし目が生物であったら、目の霊魂は視力だろう、と彼は言う。生物を作り上げている質料ではなく機能的特性が生物（あるいは器官）を定義する、という考えに傾倒するあまり、もし目が（損傷したために）見えなければ、それはすでに目ではないとまで言う。もはや「名前だけの」目にすぎない。ギリシアの船乗りたちが船首に描いた目のようなものだ。(1) 同じように死体はもはやヒトではない。そこには霊魂がないからだ。この観点からすると、すでに死んでいる雌と交尾を続ける雄のコウイカは、時

（1）実際のところ、彼はつねにそれほど厳格な機能主義者であるわけではない。モグラは皮膚の層で目が被われているために見えないとアリストテレスは語っている。にもかかわらず、彼は特に限定をつけることなく、モグラの目について語っている。

間を浪費しているだけではなく、重大な哲学上の間違いを犯していることになる。

LV

かくして、霊魂は重い荷を負っている。アリストテレスの挙げた四つの説明的原因のうちの三つ――形相因、始動因、目的因――を引き受けている。そして、生物が作られている質料に対する質料因だけが残されている。しかし、その明らかな重要性にもかかわらず、霊魂はなおミステリアスなままである。結局、生物を作り上げている質料を動かし、生物の目的を含み、しかもそれ自体非物質的なもの（霊魂）とは、いったい何なのだろう？

このような注文の多い対象に直面して、学者たちがときおり考えたのは、アリストテレスが霊魂について語るときには何か超自然的な力を想起しているのではないかということだった。この「超自然的な霊魂」という解釈は、たがいにまったく異なる二つの知的伝統――生物学と心の哲学――のいずれかへの傾きをもって唱えられるのが常だが、いずれにしても最終的な結果はほとんど同じで、アリストテレスが意味していた事柄の無益な神秘化《ミスティフィケーション》にすぎない。

この種の解釈の「心の哲学」バージョンによれば、アリストテレスは心的状況が身体から独立していることを信じる、デカルト的な心身二元論者になる。霊魂について語るとき、彼はギルバート・ライルの言う「機械の中の幽霊」を持ち出しているという。アリストテレスが「能動的」な知性について述べているところでは、たしかにこうした解釈に役立つ一節がいくつか見られる。だが、それらも、彼が霊魂と心の状態の関係について書いた他の箇所とあまりに矛盾しているために、学者たちの悩みの種となっている。

一つ例を挙げると、霊魂がたんなる作用因子であることを、アリストテレスは否定する。感情について語っているときにとりわけ、そのことが明瞭になる。感情（例えば喜びや絶望）をわれわれは霊魂のせいにしたくなるが、それは生理的な反応（笑いや涙）としてわれわれの身体にはっきりと現われる、とアリストテレスは指摘する。彼はさらに先に進んで、このような反応を、霊魂の様態の結果として見るのは間違っていると言う。むしろその反応そのものが霊魂なのである。

> 霊魂が怒ると言うのは、霊魂が布を織るとか霊魂が家を建てると言うのと同じぐらい不適確なことだ。というのも霊魂が憐れむ、学ぶ、あるいは考えると言うより、ヒトがこれらをすると言う方が、おそらくより適切だからだ。

そして

> 思考すること、愛すること、憎むことは心に影響を及ぼすのではなく、心を持つものに、それが心を持つかぎりにおいて影響を及ぼす。実際、心を有するものが滅びるときには、記憶も愛もその存在をやめる。それは記憶や愛が心に属しているのではなく、滅び去った合成物に属しているからである。

アリストテレスは「ホムンクルス」（ヨーロッパの錬金術師が作り出す人造人間）的なものを一掃しようとしている。われわれすべての中には小さな、肉体のない人間――「私」――がいて、われわれの考えを思考し、われわれが憎むときには憎み、われわれが愛するときには愛しており、何か不可思議なやり方で、われわれの身体機械をコントロールしている――このような考えをアリストテレスは攻撃する。そんな彼には、非質料的な霊魂がどのようにして身体を動かすのかというデカルト的な問題はそもそも存在しなかった。

「超自然的な霊魂」という解釈の生物学的なバージョンでは、アリストテレスは生気論者ということになる。生気論者であることは、無生物からは発見できない、あるいは生じえない、ある特性を生物が持っていると考えることだ。そしてそれは、生物がたんに非常に複雑な機械であることを否定すること。さらにそれは、生命の自律性を信じることでもある。一八世紀と一九世紀には、生物学者や哲学者たちの間で、生物はただの機械だという意見と、いやそうではないという意見を巡って――とくにドイツにおいて――激しい論争が起こった。後者の意見を説く者たちは総じて、アリストテレスを突き動かしたものと同じもの――生物の合目的性――に感銘していた。目的論は、説明を求める空白を、たとえ虚しいとはいえ、断固とした文句で埋めることへと学者たちを駆り立てた。「形成する努力（*nisus formatus*）」「形成体（*Bildungsleib*）」「活力（*Lebenskraft*）」「生命力（*vis vitalis*）」「根源的力（*vis essentialis*）」などなど。名のある科学者のなかでも最後まで生気論者のバッジを誇り高く身につけていたといわれるのが、ハンス・ドリーシュ（一八六七―一九四一）である。若いときには聡明な実験主義者として、「実験発生学」（*Entwicklungsmechanik*）の創始者の一人となった。中年にさしかかる頃、彼は機械論を捨てて熱心な生気論者になった。そして、どのような機械によっても、たとえ理論上に限っても、生物を作ることなど不可能だと主張した。「しかしそれもただ、生物機械はドリーシュが心に描き得たものより複雑だということを意味するにすぎないのかもしれない」と一九一四年に、辛辣なジョークを飛ばしたのはエドワード・コンクリンだ。ドリーシュは今では、実験台を離れて実体のない哲学の王国に入ることの危険さを体現する人物としてのみ世間に知られている。アリストテレスへの残念なオマージュとなってしまったが、ドリーシュは生命力を「エンテレヒー」（アリストテレスの「エンテレケイア」にちなんでいる）と名づけた。

心身二元論者は今もなお、哲学科の暗い片隅に潜んでいるかもしれないが、生物学の生気論者は消滅した。以来、生物の見かけの合目的性は自然選択によって説明されてきた。自然選択説はわれわれに、なぜ生物は目的を持つのか、その目的とは何かを語ってくれる。生理学と生化学はこの目的を成し遂げる方法を、そして遺伝学はその目的がどこに保存されていて、それは親から子供へどのようにして伝達されるのかを明らかにしてきた。アリストテレスの目的因、始動因、形相因――このすべての仕事を彼は霊魂に帰した――は生物学の各分野によって吸収され、各分野へと分配された。とすれば問うべきは次のような疑問である。この階層化されてはいるが隙のない説明を知らないアリストテレスは、カント的な絶望に屈服して、言葉としては伝統的に使われていた「霊魂」を、生命のない物質と、生き物が行なうすべてのこととのギャップを埋める、代用語《プレースホルダー》として用立てたのだろうか？　もしそうだとしたら彼は生気論者だ。あるいは彼は「霊魂」を、生物が発生し機能するプロセス――それはアリストテレス自身、その当否はさておき、彼の時代の物理科学の観点からしても完全に説明可能と考えたプロセスだ――を引き受ける用語として、使用したのだろうか？　もしそうだとしたら、彼は唯物論者だ――非常に洗練された唯物論者ではあるが。

われわれ生物学者の説明がことごとく、掛け値なしに物質の性質――化学や物理学――に依拠するという意味で、現代の生物学者はすべて「唯物論者」であるとはときどき言われることだ。しかし生物学者の中には、デモクリトス風のナイーヴな唯物論者はもはや誰一人いない。というのも、生物の特徴的性質が物質の配列にあることに誰もが同意しているからだ。生命に元素は必要だが、それで十分とは言いかねる。序列化原理――情報――も必要なのだ。私なりの表現で言えば、われわれは「情報を持った唯物論者《インフォームド・マテリアリスト》」なのである。

これはアリストテレスの意見でもあった。それは、彼が霊魂を形相《エイドス》の実現化だとする理由でもある。が、これは単なるはじまりにすぎない。霊魂は、彼の発生生物学や遺伝についての著作『動物発生論』や、動物の運動について書いた『動物運動論』、機能解剖学を論じた『動物部分論』、中でも生理学について書いた『長命と短命について』『青年と老年について、生と死について、呼吸について』などに登場する。要するに、霊魂はアリストテレスの生物学全体に出没する。霊魂の働きについて彼が語ったことをつぶさに調べてみると、生物学的組織の階層を数多く包含しながら、事細かく、しかも一貫性のある説明をしていることが明らかになる。動物が環境から質料を抽出して、それを変化させ、変化した質料を体中に分配して、それを成長や自己保存、生殖、感覚、刺激に対する反応などに使う様子や、さらには、この活動すべての形、構造、組織が霊魂であることを、アリストテレスは説明していた。

その結果として得られる霊魂のビジョンは、われわれには異様とも映るほど馴染みのないものであると同時に、驚くほど慣れ親しんだものでもあった。「霊魂」という言葉は、通常宗教的、哲学的な伝統によって、物質世界とはつながりさえ覚つかない存在に対して使われてきた。アリストテレスの言う「霊魂」をそのような意味の霊魂であると考えるなら、彼のビジョンは遠い異質なものとなる。しかし、この言葉が現在背負っているそのような意味合い自体は無視して、アリストテレスが理解しようとしたこと――生命体の運動原理――に注意を傾けてみると、彼の霊魂のビジョンは非常に近しいものに感じられる。

LVI

アリストテレスは霊魂を機能によって分けている。あらゆる生物は「栄養的」霊魂を保持し、それは栄養（*trophê*）と、そこから流れ出るすべてのものに責任を持つ。だが、動物（ヒトを含む）だけは知覚、食欲、運動をコントロールする「感覚的」霊魂を持っている（アリストテレスの考えでは、植物は環境を感知することができず、それに応えることもできない）。ヒトはまた「思惟的」霊魂を持つ。このような下位の霊魂は、さらに大きな全体の構成要素となっており、いわば霊魂のサブシステムのようなものだ。

栄養的霊魂は、生物の発生の時点で現われる最初の霊魂だ。その力は広範に及ぶ。栄養の摂取、変換、分配、それゆえに生物の成長と維持、その老化による崩壊、生殖による形相の永続化などを支配する。栄養的霊魂は生物を安定させ、粉々に砕け散ってしまうことを防ぐ。これをさらに簡潔に言うと、アリストテレスが生物の栄養的霊魂について語るとき、彼は代謝《メタボリズム》の仕組みの構造と制御について語っている。

メタボリズムの語源はギリシア語のメタボレー（*metabolē*）で、文字通りの意味は「転化」。これは非常にアリストテレス的な言葉だ。転化（メタボリズム）は一連のシステムのことで、それによって生命体は世界から質料を獲得し、生命体が必要とする素材に転化して、必要な場所に再分配する。それは開かれた化学系システムである――シュレーディンガーが生命は負のエントロピーを糧とすると語ったときに、彼が指していたのもこれだった。アリストテレスもまた、生物が開放型システムであることを理解していた。

> われわれはこれ［成長する等質部分］を、水のたえざる流れという観点から理解しなければならない。つまり、次々に加わってくる水は、そのつど、前とは別のものである。これが肉を構成する質料の成長する様子だ。あるものは流れの中で摩滅するが、あるものは付け加わっていく。すべての部分に付け加わることはないが、肉の型や形相に属する部分は、どの部分にも付け加わっていく。

アリストテレスはしばしば、動物を作ることと人間の加工品――斧、像、ベッド、家――の製作を比較している。しかしここでは、動物は家とはまったく違うと言う。動物は自己組織化するときに、自らが完成するまでたくさんのレンガを積み重ねるように、ただ肉を少しずつ付け加えるようなことはしない――動物の質料的可能態はもっと複雑だ。なぜなら、成長しながら動物は、それと同時に自らの維持も行なうからだ。そこには生物学者たちの専門用語で言う、たえざる質料の「代謝回転」がある。そして成長は、この代謝回転に加えて質料の追加によって起こる。この考え方は、アリストテレスの生理学の中心をなすもので、現代における成長の生理学的モデルの出発点でもある。

　生物が食べ物を等質部分に転化するという考えは、びっくりするような見識とはとても思えない。が、アリストテレスにとっては独創的なもののようだ。等質部分の成長について、先人たちは二つの意見を持っていたと彼は言う。生物は x（肉、骨など）を、ただ単に x を食べることによって増やしていくと考えた人々がいる。これを栄養の「付加」モデルと呼ぶ。他の者はさらに巧妙だ。彼らは生物が x を、それとは逆のものを食べることで増加させると考えた。この「反質料」説はわかりにくく、これを描写するのにアリストテレスは「水は火を養うと言えるかもしれない」というたとえを使うが、これも役に立つとは言いがたい。しかし、特異な形ではあるが、そこには転化の発想が含まれていた。そのために「反質料」説には、真理の萌芽があるとアリストテレスは認めており、たとえそうではあっても転化についてはさらに一般的な理論が必要だと、彼は立場を明瞭にしている。

　化学の表記法で記してみると、アリストテレスの理論が先人たちのものよりどれほど前へ進んでいるかが分かる。「付加」説を $x \rightarrow x$ で表わすと、「反質料」説は $anti\text{-}x \rightarrow y$ となる。そして、アリストテレスの一般理論は $x \rightarrow y$ によって表記できる。あるいは彼の言葉を使うと、特定の種類の x はもう一つの種類の y が「生成する」と同時に「消え去る」。しかし実際は、もっと単純なものだと言う。というのもアリストテレスは、等質部分が多段階かつ並行するシステムから生じると考えていたからだ。それは $x \rightarrow y \rightarrow z$

や $x \to y + x \to z$ のような形だ。つまり、彼は代謝的転化が連鎖として、あるいはネットワークとして、秩序づけられていると考える。この単純だが創意に富んだ考えから、アリストテレスは完全なシステムを構築していく。

　有血動物では、食べ物は歯で噛み砕かれ、消化器系によって解体される。そして腸間膜、肝臓、脾臓へと送られ、そこでさらに純度の高い栄養素に転化される。そして血管を経由して、さらに先の心臓へと転送され、そこでふたたび転化される。この最終的な転化の産物が血液で、すべての動物の等質部分を生成する重要な中間物となる。血液は血管系を経由して身体中に分配され、局所で肉、脂質、骨、精液などに転化する。アリストテレスはわれわれに、それぞれの等質部分が他の部分からどのようにして生じるのか、どのようにしてたがいに関連しているのかを語っている。まずはじめに肉が「もっとも純度の高い」栄養素から作られ、残留の栄養素から他の等質部分が生成される。そして、さらに残ったものは排出されていく。アリストテレスはこのモデルの全貌をどこにも示していないが、彼のテクストをつぶさに見てみると、現代の代謝ネットワークに似た略図を描くことができる。その図は、彼が記述しているすべての等質部分、体液、残留排出物の起源を説明してくれる[2]。それは身体全体の経済に対するアリストテレスのビジョンでもある。

（2）アリストテレスの代謝ネットワークの図は、下巻「補遺II」に掲載。

LVII

質料は生物の身体中を流れ、生物が生きるために必要とする、さまざまな等質部分へと生物によって転化される。そんな風にして、質料は経済原則に規制されたやり方で、種々の等質部分の間に分配される――これが代謝理論の諸要素である。しかし、このような理論はそのどれもが化学によって、保証されなければならない。アリストテレスはたしかに化学を持っていたが、それは貧弱なものだった。

彼の化学は伝統的な四つの元素からはじまる。食べ物やそのすべての派生物――等質部分――は、このような元素を特有な比率で合成したものだ。アリストテレスはこの考えをもっぱらエンペドクレスの功績だと考えていた。現にエンペドクレスは骨の元素の比率を式で表している。$E_2W_2A_0F_4$――ここではEが土、Wが水、Aが空気、Fが火だ。これとは対照的でアリストテレスは、等質部分の元素組成については非常に曖昧だった。一般的に言って、それは土と水とからできていると言う。堅い等質部分（骨、爪、蹄、角など）は土が多く、水が少ない。柔らかな等質部分（脂質、精液、月経液など）は土が少なく、水が多い。肉はこの二つの中間に位置する。このような元素の組成は、等質部分の定義に向かう第一歩だとアリストテレスは示唆している。それが道理にかなっているのは、化学組成のレシピが等質部分の機能的特性を決定づけるからだ。

たしかにこれらはみな直感的に理解ができる。しかし、さらに深く調べてみると困難が生じてくる。アリストテレスがエンペドクレスを厳しく非難したのは、エンペドクレスが等質部分をたんなる混合物――元素を積み重ねた塊――として考えているからだ。それは違うと彼は言う。等質部分は合成物だ――それは正真正銘新しい物質である。なるほどそうかもしれない。では、その合成物はどのようにして形成されるのか？　われわれの化学は質料の分子論に基づいている。化学をさらに豊かなものにするのが、まさしくこの理論の真実だった。というのも、分子論は起こりうる大量の転化――「反応」――や、それぞれが際立った物理的性質を持つ無数の分子種を可能にするからだ。しかし、アリストテレスはデモクリトスの原子論《アトミズム》を拒絶した。したがって彼の合成物は、この上なく微細な顕微鏡的スケールで見ても完全に連続的な質料でできている。

それではこの、それぞれに種類の異なる連続的な質料が、どのようにして結合して、新しい種類の質料を作り上げることができるのだろう？　アリストテレスはそれを説明することのできる、いかなるモデルも比喩も示していない。私もそのようなモデルを想像することはできない。彼が言うには、元素が合成物（*mixis*）を作り出すとき、それは何かまったく新しいものに転化されるという。そして、その元素は転化後にもなお存在し、あるいは「潜在的」[3]に存在すると断言している。実際、元素は合成物の中でなお存在していなければならない。なぜなら彼の化学では、転化において元素が再出現することがどうしても必要だったからだ。問題の核心は明白だ。アリストテレスが原子論《アトミズム》を拒否したとき、彼はあらゆる化学結合の分子論を退けることになる。そうすることで彼は、元素が新たな質料の構成要素となるが、元素は変わらずにそのまま残り、生物の都合に合わせてリサイクルが可能となるようなあらゆる理論を拒否してしまったのである。

熱は食べ物を転化してさまざまな等質部分にする。が、アリストテレスは熱の性質を解釈しようとして

（3）ここでは軽率な者に罠が潜んでいる。アリストテレスにとって、「シュンテシス」（*synthesis*）は異なる要素の混合物（部分の集まり）の形成を意味し、「ミクシス」（*mixis*）は合成物（新しい物質）の形成を意味した。まぎらわしいことに、現代英語のsynthesis（統合）とmixing（混和）はそれぞれ語源をギリシア語のsynthesisとmixisに持ちながら、まったく反対の意味になってしまっている。翻訳はつねにこれを明らかにしているわけではない。

四苦八苦する。彼は「熱い」と「冷たい」が多くの意味で使用されうることに言及しており、たしかにそれはそのとおりだが、それをあまりに見境なく使っているのは残念なことだった。彼によれば、あらゆる生物は内部に「生命の熱」の源を持っている（親から熱を受け取る胚は除く）。それこそが生物が触ってみると温かい理由だ。この内部の火は普通の火とは違って、栄養素――「火はつねに生じて、川のように流れている」とアリストテレスは言う――によって維持される。そして、普通のあらゆる火のように、内部の火にも燃料を送り込む必要がある。[4] この内部の火が「消化」の働きを駆動する。それは「料理する」「直火で焼く」「ゆでる」などに似たプロセスだ。このようなプロセスのすべてが、調理物の内部の熱や湿気を追い払い、さまざまな比率の土質をあとに残すとアリストテレスは考える。調理物というのはやや荒っぽい発想のように思えるし、実際、それはおおざっぱだ。だがアリストテレスが言いたいのは、なまの栄養素や血液、それにさらに生成された合成物などに、熱を微妙に繰り返して適用することで、生物を形成しているあらゆる異なった種類の質料を作り出すことができるということだった。

　アリストテレスの代謝モデルやその根底にある化学についてばかり述べているので、私が霊魂のことを忘れているかのように見えるかもしれない。しかし実ははじめからずっと、私は霊魂について語ってきた。ここで述べたシステム――代謝ネットワークの構造――は栄養的霊魂そのもの、あるいは少なくともその一部なのである。生物が栄養物を摂取する目的、そして、生物がそれぞれの等質部分をいくつ作るのか、いつの時点で、どの場所でそれをするのか、さらには生物と成長、生殖、死――これらすべてが代謝作用の統制に依存している。そしてそれらすべては、アリストテレスによれば、栄養的霊魂に依存しているのである。だが、それよりさらに大事なものが栄養的霊魂にはある。

火そのものが、栄養摂取と成長のおもな原因だと考える者もいる。だがそれは違う――霊魂がその原因だ。たしかに火は要因ではあるかもしれない。が、火はそこに燃料があるかぎり、つねに成長し続ける。しかし、自然に合成されたもの［つまり生物］の大きさや成長は限られているし、規定されている。したがってこれは霊魂のなせるわざであって、火によるものではない。すなわち、規定するもの（ロゴス）の仕事であって、質料の仕事ではないのである。

ここでわれわれは（ヘラクレイトスのように）暖炉の前に座って、じっと火を見つめ、ときおり火をかき立てているアリストテレスを想像してみなければならない。彼の中で燃え盛り、彼を生かし、たえず世界を見つめて、思考を続けさせてくれる火について彼は考えを巡らしている。「火はつねに生じて、川のように流れている」――何と言いえた言葉だろう。火を燃やし続けるためには面倒を見なければならず、さもなければ燃え尽きてしまう。すべての火は、わずかでもそれを燃え続けさせるためには、燃料を補給し、火をかき回し、ときには弱め――制御され――なければならない。それもまた霊魂の仕事なのである。

LVIII

カメ（リクガメ）はシューと音を立て、交尾し、甲羅を持つとアリストテレスは言う。また大きな肺と小さな脾臓、単純な胃、それに膀胱を持ち、雄のカメは体内に睾丸と精管を持ち、それはまとまって一つの「器官」をなしている、と。そんな記述からアリストテレスがカメを

(4) 内部の火という考えは、われわれの細胞呼吸の概念に似ている。細胞呼吸はまさに、ゆっくり進む燃焼だ。しかし、アリストテレスにとって、内部の火の重要な産物は熱そのものだ。が、われわれにとって呼吸の産物と言えば、ＡＴＰ駆動に必要な〝調理物〟、つまり高分子の代謝生成物などに内在する高エネルギー結合であり、熱は副産物にすぎない。

解剖したことは明らかだ。少なくとも一匹は、生きたまま彼にナイフを入れられている。というのは、カメの心臓を取り出しても甲羅をもとに戻すと、カメは小刻みに脚を動かし続けていると言っているからだ。アリストテレスはペットを飼っているわけではない。彼が手にしているのは実験動物だ。

今日では不穏当とも思われる熱心さで、彼は動物の生体解剖を行なった。「全身を切り開いても、それ［カメレオンのことだ］は長い間呼吸し続けている」。昆虫もまた半分に切っても、驚くほど長い間生き続けることができるようだ（彼はニワトリ、ヤギ、イヌ、ヒトなどは心臓がなければとても長い間生きていられないことを、読者が知っている前提で書いている）。これはちょっと残酷な仕業のように思えるが、観察結果は十分に検討が加えられている。アリストテレスが生体解剖するときは、つねに霊魂のありかを探しているのである。

それではいったい霊魂はどこにあるのか？　アリストテレスにとっては「どこにでもある」と「どこにもない」だった。生物の霊魂は有形の物体ではなく、生物の機能的特性の総和だからだ。しかしこれが自明だからといって、何らかの器官がその規制機能においてとりわけ重要である可能性がなくなるわけではない。有血動物――脊椎動物――では、その器官が心臓だとアリストテレスは推測した。

一見この選択は、少し奇妙な感じがするかもしれない。なぜ脳ではないのか？　しかしこの疑問には造作なく答えることができる。霊魂の第一の仕事は栄養摂取だ。そしてそれは明らかに脳の仕事ではない。なるほど――だとすれば心臓は栄養摂取とどんな関係があるのだろう？　すべてにおいて関係がある、とアリストテレスは答える。このあたりから彼の生理学は奇妙なものとなる。たしかに栄養素が血液中に運ばれるかぎり、心臓血管系が何らかの形で関わりを持っているに違いない。が、アリストテレスは心臓を自身の栄養生理学の中心に据えている。彼は心臓こそが、原料を合成し、混ぜ合わせて調理する主要な場

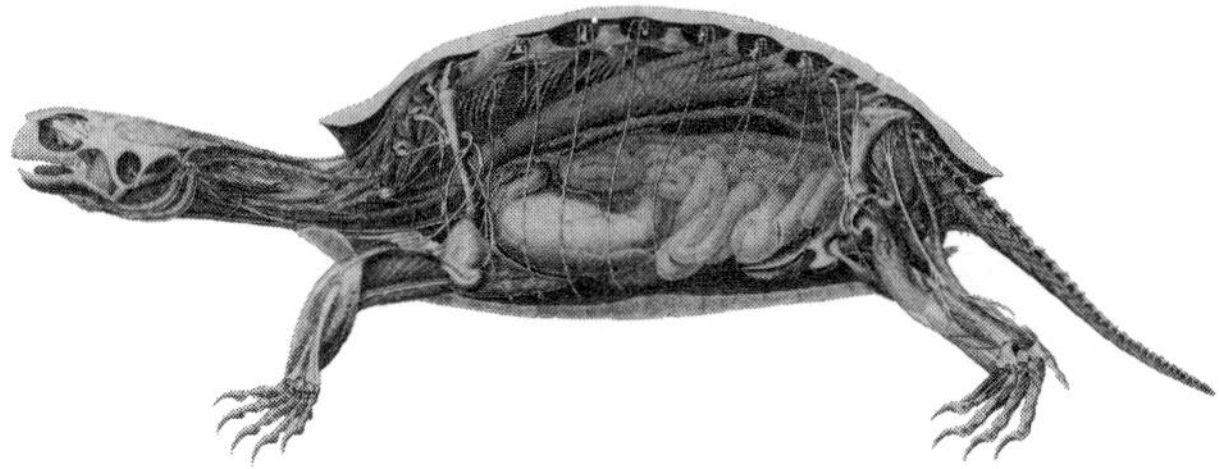

カメ（khelōnē）— Testudo sp.
縦断面図

所だと考えていた。調理の際の「煮沸」作用が心臓を動かし続けるのだ、と。心臓はまた「内部の火」の場所でもあるわけで、このことからも心臓は調理が起こる主要な場所なのである。われわれは心臓をポンプだと考えているが、アリストテレスは心臓を化学反応装置だと考えた。彼は心臓を「身体の砦」と呼んでいて、それは「至上の制御《コントロール》」を行なっていると言う。

もちろんすべての動物に血液があるわけではない。だが、少なくとも無血動物の中には血液に似たものを持ち、心臓に似たものを持つものがいる。それこそアリストテレスがコウイカの「ミュティス」(中腸腺)を心臓の相似器官とあっさり誤認した理由だ。しかし彼は、霊魂の心臓中心モデルをすべての動物に適用するという間違いは犯していない。若干の昆虫は「分割されて」もなお生き続けているため、体の各部分が「霊魂のあらゆる部分」を持っているにちがいないと言う。あらゆる部分?少し誇張が過ぎるように見えるが、これを支持する観察はある。例えば雄のカマキリを見てみると、雌が雄の頭を噛み切っているのにまだ交尾を続けている。実のところアリストテレスは、おそらくムカデやヤスデのことを考えていたのではないだろうか。というのも、ムカデやヤスデが「たくさんの動物の連結体」のようだと言っているからだ。こうした一連の生体解剖によって、アリストテレスが結論づけたのは、植物、昆虫、爬虫類、哺乳類では、あとになるほど霊魂の中央集中化が進んでいるということだ。そして、中央に集中した霊魂の方が分配された霊魂にくらべて「優れている」と彼は考えている。アリストテレスがカメを生体解剖したのは、ちょうどこうしたことを調べているときだった。私は彼の生体解剖を再現してみたことはない。だが、ある著しく実験志向の哲学者がそれを試みたという。そして彼の話では、アリストテレスの手順に完全には従わないで、最初に哀れみの情をもってカメの首を切り落としたにもかかわらず、アリストテレスが得たのと同じ結果を得たという。

LIX

アイスキュロスがシケリアを訪問しているときだった。一羽のワシが彼の禿頭を岩と見間違え、カメをその上に落とした。そのためにアイスキュロスは死んだ。カメもまたおそらく死んだのだろう。というのも、この物語で唯一確実に真実の部分はと言えば、イヌワシがカメを捕まえると、空高くそれを運んでいって解き放ち、下へ落とすという箇所だからだ。それもカメを、木の実を割るように打ち砕くためだった。しかしここでは劇作家もカメも重要ではない――劇作家はたまたま金床代わりになったにすぎない。この物語への関心は、ワシがどのようにしてこの妙技を成し遂げたのかということだ。

神経生理学者なら、この物語に含まれているメカニズムをスケッチして、目的（身体上の維持）からはじまる因果連鎖を描くだろう。目的が要求するのは「食欲の動機付けとなる欲動」（空腹）、感覚器官による認知（カメとアイスキュロスの頭の認知）、さまざまな計算（どのようにしていつカメを捕まえ、運び、落とすのか）、それにこれらを実行する運動反応だ。神経生理学者は、一連のプロセスの根底にある生理機能はすでによく知られていると言うだろう。また、そのいくつかははっきりとしておらず、全体としてすべてがどのように働いているかは、まだほとんどわかっていないと言うかもしれない。シャーレの上をもごもご体をくねらせて横切るイモムシの行動の計算モデルを、ようやく作り上げようとしているところで、獲物を捕まえようとしているワシの分析などまだ望むべくもない、と。

アリストテレスもまた、活動中の動物の機械論的な説明を試みている。動物の感覚器官がどのように働くのか、それが情報をどのようにして感覚中枢へ送るのか、その情報はどのようにして、動物の目的のために統合されるのか、そしてそれはどのようにして、動物の四肢の機械的な動作へと転化されるのか、などについて概略を説明している。このシステムは（二人の古典哲学者によって）いかにも科学的に聞こえる「ＣＩＯＭモデル」（ＣＩＯＭはCentralized Incoming Outgoing Motion（集中型出入運動）の略語）という頭文字の術語さえ与えられている。アリストテレスはそれを簡単に感覚的霊魂と呼んだ。何と呼ぼうと、彼のシステムは解剖学的には曖昧だし、その生理学は誤っている。だが、その構造には確かな洞察がある。

知覚は明らかに世界情報の伝達を必要とする。それは世界から動物の内部への伝達だ。知覚は対象物の形相の伝達だとアリストテレスは言う。それも質料ぬきの形相だ。このプロセスは五感からはじまる――視覚、嗅覚、味覚、聴覚、触覚、それにそれぞれに対応する器官。知覚は感覚器官に起きる質的変化を含む現象だと彼は推測する。そのためには認識された対象が、感覚器官に接触していなければならない。

接触に依存する種類の変化が、触覚、味覚、聴覚でどのように働くのかを想像するのはたやすい。だが、視覚はもっと扱いにくい。エンペドクレスとプラトンは、目には火があり、この火から発した光線が視覚の対象へと到達すると主張した。それに対してアリストテレスは痛烈な指摘をしている。もしこの光線説が真実だとしたら、暗闇の中でもわれわれはものを見ることができるはずだ、と。アリストテレス自身の光の理論は単純にエンペドクレスやプラトンの逆なのではないか、とわれわれは推測したくなるかもしれない。光が何らかの光源から発して、われわれの目に入り、そこである変化をきたす——だが、これを言ったのはニュートンでアリストテレスではない。

アリストテレスは、いくつかの媒体——空気や水——は不透明か透明か、そのどちらかの特性を持っていると考える。このような媒体は太陽や火にさらされると透明になる。ならば、光とは光線ではないし、波や粒子でもなくて、属性、つまり可能性の実現化であると彼はいう。われわれが物を透明な媒体を通して見るとき、その形や色は媒体の中で動きを開始する。こうして形や色はわれわれの眼球に達し、そこで変化をきたす。

それぞれの感覚器官は、世界で起こる特定の種類の変化を認識する。この認識の特異性は器官をなす等質部分の元素組成に依存している。色や形を認識するためには、眼球は透明でなくてはならない。そのために眼球は水でできている。感触を感じるためには、肉は何か堅いものでできていなくてはならない。そのために肉は土質でできている。物を見るときに眼球の中で実際にどんなことが起きているのかに関するアリストテレスの説明はまったく不明瞭だ。彼はおそらく、眼球が何らかの物理的転化を被っていると信じているのだろう。とにかく彼は、感覚器官への接触によって一連の物理的影響がはじまり、それが身体へと達すると想定していた。

この影響の伝播が目指すところは感覚中枢——知覚そのものの中心——だ。古代の解剖学の伝統によってプラトンは、感覚中枢が脳にあると考えた。そして今回に限り、プラトンは正しかった。アリストテレスはもちろん、それは心臓にあると推測している。これに関する彼のおもな言い分は、霊魂のあらゆる機能の中心原則は一つだけにすべきだというものだった。この理論を働かせるためには、心臓と末梢感覚器官の物理的関連がどうしても必要だった。読者は神経を使えばいいじゃないかと考えるだろう。が、彼は神経のことは知らない（「ネウロン」という言葉を使っているが、それをアリストテレスは腱に適用している。次の世紀にヘロピロスが、神経は他とはまったく別の組織であることを確認した）。そのためにアリストテレスは、感覚の伝達が、血管のネットワーク、及びさまざまな「経路」を経由して行なわれるものだと考えた。この「経路」の大半は明らかに現代の解剖学上の器官に対応していない。だが、その中の一つはおそらく、現代の名前を使うと、視神経に該当するものだろう。この場合の彼の議論の基礎は、もし頭に打撃を受けて視神経が切断されるようなことがあれば、ランタンの灯が消されるように目が見えなくなってしまうという事実だ。感覚の情報が血管・諸経路そのものによって伝達されると考えていたのか、それとも血液、あるいはその他の何かによって運ばれると考えていたのかは不明だ。いずれにしても、末梢感覚器官と感覚中枢間の物理的な連続性は絶対不可欠なものだった。

感覚的霊魂の中心機能は心臓の中で発揮される。なまの知覚が心的表象に変換されるのがここで、変換された心的表象が欲求に加えられたときに行動となる。アリストテレスは、感覚的霊魂の機能は動物が満足できる生活状態を維持することだと考えている。それはとりわけ、食べ物が十分に手に入ること、そして自身が他の動物に食べられてしまわないことによって可能となる。それゆえ動物たちは、自己保全という目的で規定される喜びや苦しみによって世界を経験する。ワシは喜びとともにカメを知覚し、カメは苦しみとともにワシを知覚する。だが、所与の知覚が喜びにつながるか苦しみにつながるのかは、もっぱら動物の内部状態にも依存するだろう。カメに十分満足したワシは、他のカメを見つけてうんざりするかもしれない。

ある対象の心的表象に対して、アリストテレスが使う言葉は「パンタシア」（*phantasia*）だ。彼はこれを説明するために擬人化をしている。「『私は喉が渇いた』と欲求が言う。『ここに飲み物がある』と感覚認識、つまりパンタシアあるいは思考が言う」。もちろん彼はここで、パンタシアについても何か他の高位の認知過程についても機械論的な説明をしていないのだが、パンタシアの説明が困難なことを認識している。嗅覚の生理機能を説明したあとで、アリストテレスは言う。「しかし、臭いを嗅ぐということは、悪臭を放つものによってもたらされるこのような感じ方以上のものだ——それは何だろうか？　答えは次のようなことになるのだろうか？　つまり一瞬、悪臭を放つものが空気に触れるおかげで、空気が嗅覚に対して感じられるほどのものになるのであり、臭いを嗅ぐことは、それによって作られたものの観測ということになるのだろうか？」。まさにその通りだ。

　パンタシアと欲求はブラック・ボックスかもしれないが、二つがどのようにして行動をもたらすのかを説明するとき、アリストテレスはふたたび生理学的になる。心臓の加熱と冷却にともなって、この二つの心的出来事が起こると言う。このような熱の変化が動きを開始させる。そしてそれが四肢に伝達される。これを説明するために「からくり人形《オートマチック・パペット》」と呼ぶ装置を用いている。

> 動物の動きは、自動のからくり人形の動きに似ている。小さな動きが生じると、動くように人形はセットされている。ひもを放つと木片がたがいにぶつかり合う。……動物たちも同じような機能部分——腱や骨——を持っている。われわれが挙げた例によると、骨は木片や鉄片に似ているし、腱はひもに似ている。ひもを放ち緩めると、動物は動く。さて、からくり人形では……質的変化は起こらない。……だが、動物では同じ部分がより大きくなったり、小さくなることができ、形を変化させることもできる。各部分は加熱で広がり、冷却でふたたび収縮するときに質的な変化をする。

ファルネーゼのヘラクレス
（オリジナルはリュシッポス作，紀元前330年頃）

この「からくり人形」の比喩で重要な点は、それが自動（*automata*）だということだ。何らかの機械仕掛けの人形のように見える。アリストテレスは、その動きは動物のそれとぴったり同じというわけではないと注意深く書き留める。動物の動きには、心臓で見られたように、拡張と収縮という質的な変化が見られるからだ。これはアリストテレスにもう一つの解剖学上の問題をもたらす。心臓における質的変化を機械的変化に変換して、その機械的衝動を四肢に分配しなければならない。おまけに彼はそれを神経だけでなく筋肉も抜きでやらなくてはならない。

古代ギリシア人が筋肉に気づいていなかったということはない。運動選手やヒーローたちの筋肉は古典期の彫像で、うらやましいほどくっきりと表示されている。ヒポクラテスのテクストでは、筋肉が「ミュエ

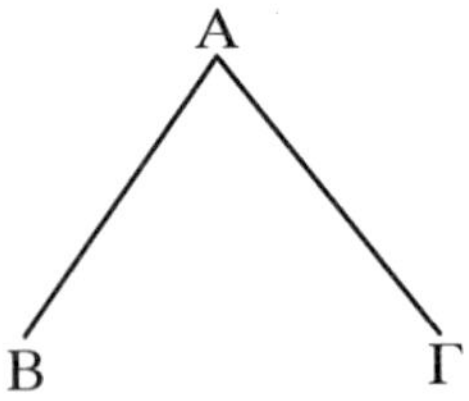

ス」(*myes*)――「ネズミ」――として言及されているが、それがどういう働きをするかについては曖昧ではっきりしない。アリストテレスはこの言葉を完全に避けていて、筋肉を「サルクス」(*sarx*)――「肉」――と呼んでいる。彼はそれを概ね感覚機能を持つものと考えていた。彼が局所運動のエフェクター（作動体）としていたのは、腱と「シュンピュトン・プネウマ」(*symphyton pneuma*)と呼ばれた物質である。

この物質は「生得のプネウマ」「熱い息」「精気《スプリット》」などと訳されている。プネウマはアリストテレスの化学では、もっともミステリアスだが強力な物質だ。熱い空気のようだが、その熱は特別なもので、通常の火の熱ではない。それは星たちを作り上げている、神聖な第一元素「アイテール」(*aithēr*)に似ている。もっと日常的なことで言えば、プネウマは有機物質に特別な性質を与える。オリーブオイルは、プネウマの含有量が高いおかげでつややかな光沢があり、水の上に浮かび、凍りつくことがない。

プネウマはまた霊魂にもっとも密接に関係する物質だった。心臓によって加熱、あるいは冷却されて増幅し収縮する。そして心臓のきわめて微細な腱を動かす。この機械的動作が次に体の残りの部分に伝達される。動きがどのように伝わるかについては、アリストテレスの記述はあまりはっきりとしない。というのも腱のネットワークが骨や血管とは違って不連続であることを、アリストテレスが知っているからだ。それはもう一つの連結性の問題で、感覚情報が感覚器官から心臓へと達する問題と似ていないこともない。だが、このプネウマがどのような働きをしているかにかかわらず、心臓の動きの小さな変化が増幅されて動物全体を動かしうることを彼は見て取っている。これがアウトマトン（自動機械の）因果説を唱える動機となっていた。ここで彼はふたたび比喩を持ち出し、動物の動き方を船の動きと比較する。船は舵の最小の動きによって、その航路を大きく変える。

『動物運動論』の終わりの部分で、アリストテレスは簡単な幾何学的図を使って、動物の動きの説明を要約している。

運動が諸部分から「起源《アルケー》」（*archē*）へ、「起源」から諸部分へ、そして相互に移動することは理に適っている。したがって、ここに描いた図中で、Aを起源とすると、各文字が起源へと達し、あるいは起源から各文字へと達し、運動し変化し（多くの形を取る可能性がある）、BはBに、ΓはΓに、両者は両者に達する。しかし、BからΓへは、まず原則としてBからAへ行き、次に原則としてAからΓへ行く。

ここでは運動が末梢の器官（BとΓ）ではじまり、それ自体に変化がもたらされる様子が、長々と説明されている。が、ここではまた、何が起きるにしろ末梢器官の運動はつねに、A――起源、心臓、霊魂の座――によって仲立ちされることも説明されている。それはCIOMモデルのエッセンスでもある。動物運動論とはことごとく、これに肉付けをするものだった。[5] アリストテレスは次のようなことを認めている。

（5）CIOMモデルの図は下巻「補遺Ⅲ」に掲載。

すなわち、動物が「パンタスマ」(*phantasma* 心臓の鼓動のような不随意運動)なしの行動を行ないうること、あるいは、現実の知覚のない動き(夢や幻覚)をはじめる「パンタスマタ」(*phantasmata*, *phantasma* の複数形)、さらに、ヒトは完全に別のレベルの認知――ヌース(理性 *nous*)――を持っていて、それが行動を規制していることなどだ。しかし、ワシはヒトほど複雑な生物ではない。シケリアの石だらけの丘の上を滑空していて、アイスキュロスの頭の輝きを知覚すると、それを岩と見る(誤った)パンタスマを組み立てて、掻き立てられる食欲に応える。そして、プネウマに火をつけると、脚の関節をほぐし、腱をゆるめ、鉤爪を開いてカメを落とし、かがみ込んではカメを殺して簡単に欲望を満たす。

LX

心臓が「至上の制御」をすると言うときにアリストテレスが意味しているのは、単にそれが感覚と代謝のネットワークの中心にあるというだけではない。まさに「制御《コントロール》」を文字通りの意味で言おうとしていた。動物の有機体をよく統治された都市にたとえている。有機体の中心原理とも言うべき霊魂が物事を動かし、残りのものはただそれにつき従う。

これがもっとも顕著に現われるのは感覚的霊魂の働きにおいてだが、栄養的霊魂についても同じことが言える。生命のはかなさに深く心を動かされたアリストテレスは、心臓の内部の火が抑制されることなく燃え盛り、燃料を消費し尽くして、代謝の危機を引き起こす怖れがあると考える。だから彼は、動物が内部の火をコントロールするために、さまざまな工夫を用意していると主張する。そのもっとも重要なものが空気だと言う。

火は、その周辺の空気の流れを変えることで規則正しく燃焼させることができるとアリストテレスは言う。同じようにして、肺からくる空気が心臓の火を制御する。それはこんな具合だ。(i)肺が膨らんで鍛冶屋のふいごのように、冷たい空気を吸い込む。(ii) 冷たい空気は心臓に流れ込み、内部の火の勢いを弱める。(iii) 心臓は収縮する。(iv) 肺も収縮する。(v) 新たに暖められた空気が排出される。(vi) 心臓がふたたび熱くなる。(vii) 心臓が膨らむ。(viii) 肺も膨らむ。(ix) サイクルが繰り返される。

これは巧妙なメカニズムだ。だが、もちろんこれはまったく間違っている。[6] それにこのメカニズムが該当するのは哺乳類、鳥類、爬虫類だけだ。他の動物たちは、内部の火を何か別の方法で冷やさなくてはならないと彼は言う。ミツバチ、コガネムシ、カリバチ、セミは皮膚を通して呼吸をする。[7] 魚はまったく呼吸をしない。空気を呑み込まない。実際、魚は空気にさらされると死ぬ。そのために魚は、鰓から取り入れた水によって冷やす。しかし、多くの小さな有節類(昆虫など)や軟殻類(エビ、カニなど)はあまり強く冷却する必要がない。それは単に内部の火がそれほど激しくないからだ。

内部の火がどのようにコントロールされるのか、それをアリストテレスが説明するとき、栄養的霊魂の

(6) これは解剖学的に見て間違っている——肺と心臓を結んでいる血管は肺動脈と肺静脈だ。だが、生きた動物たちの血管は、アリストテレスが推測した空気ではなく、血液で満たされている。化学的にもこのメカニズムは間違っている——アリストテレスはラヴォアジェを読んだことがなかったので、燃焼が、空気の成分の酸素と燃料物質とが化学的に結合する反応であることを知らない(実は、彼は内部の火が空気によって強められる可能性を明示的に検討し、その上でこれを拒否している)。それによって彼は、空気の火(あるいは生命)に対する影響は、冷却によるものにちがいないと考えるようになった。また物理的にもこのメカニズムは間違っている——モデルがもっぱら頼っているのは、火の勢いの強さが空気の温度によって影響を受けるという考えだった。だが、もちろんこれはそうではない。心臓‐肺のサイクル以外にも彼はまた、有血動物では内部の火が、脳によって冷却されたり、栄養摂取によって火が弱められると考えているが、これも誤りだ。

(7)『青年と老年について、生と死について、呼吸について』の中でアリストテレスは、この呼吸が、昆虫が立てるブーンという音の原因だと言っている。しかし『動物誌』では、それが羽の動きによるものだとしっかりと理解していた。

働きが顕わになる。それは彼の目的論の持つもう一つの側面だ。霊魂は形相因、始動因、目的因に関与し、三つのすべてが作動している様を示していると彼は主張する。アリストテレスは身体の目標とするところを設定し、それが達成されるプロセスを示す。多くの学者たちが、アリストテレスの「霊魂」とは何かを説明しようとして、それはいわば「サイバネティック・システム」だという表現を使ってきた。この比喩は意識的に時代錯誤《アナクロニスティック》なものだが、たしかにもっともらしくは見える。

一八六〇年代にクロード・ベルナールは、哺乳動物が神経システムから送られる信号に応じて血液の循環を変化させることで、体温の調節をしていると論じた。ベルナールのスローガンは「自由で独立した生命体の条件は内部環境（*milieu intérieur*）の不動性」というものだった。そしてこれがウォルター・キャノンを鼓舞して、一九三二年に「ホメオスタシス」という言葉を広く世に広めさせた。一九四〇年代、ノーバート・ウィーナーがホメオスタシスを、負のフィードバック回路を含む自己制御システムの産物として定式化した。こうした自己制御システム[8]の科学に対して「サイバネティクス」という言葉を作ったウィーナーは、このシステムが目的論の問題——魚雷（武器。魚ではない）は、いかにして目標を求める行為を行なうことができるか——を解決すると言った。もし機械にその行為ができるのなら、生物もできる。最後の砦で生気論は立場を失ってしまった。「しばしば生気論的、あるいは神秘的として考えられていた多くの有機体組織の特性は、システム概念及び、ある程度の一般性を持つある種のシステム方程式などから導かれる」——こんな風に、一九六八年にフォン・ベルタランフィは述べている。

アリストテレスの霊魂はたしかに、システムの性質を数多く持つ。霊魂は相互に作用し合う一連の構成単位（器官）によって統一した全体を形成している。霊魂はモジュール（全体が交換可能な部分の集まり）（栄養的、感覚的、思惟的霊魂）を持ち、各モジュールは特化した機能を持ち、階層的に配列されている。一部のケース（例えばヒト）では、それは中央に集中しているが、他のケース（例えばムカデ類）では分散している。霊魂は目的――生命体の機能を制御する――を持つ。

しかし、それでは霊魂はサイバネティック・システムなのだろうか？　もしこのたとえが何らかの実質を持つものなら、少なくともアリストテレスの最も具体的な理論――つまり彼の心臓－肺の体温調節サイクル――を理解する上で役立ってくれねばならない。アリストテレスは、心臓が鼓動し、肺がポンプのように動く仕組みを述べたと主張している。本当だろうか？　彼の言葉による説明だけでは明確とは言いがたいが、もし彼自身の物理学、化学、解剖学を前提に、サイバネティクスのブロック線や矢線の形式を使って彼のモデルを図に表わせば、メカニズムの構造は明らかとなる。(9) 言葉で記述されているものと構造的に等価であるその図は、彼のモデルが機能することを示す。しかし、それはアリストテレスが考えている通りのものではない。彼が述べたと思っているのは、肺に拡張と収縮をリズミカルに繰り返させるオシレーター（発振器）のことだ。が、実際に述べられていたのはサーモスタットである。彼は心臓を滾《たぎ》らせ続ける方法を記述していた。

とはいえそれはなかなかの偉業だった。というのも、彼のシステムにはホメオスタシスの要である、負

（8）新しい科学につける名前を探していて、ウィーナーははじめに「ガバナー」（*governor* 調速機）を思いついた。これは蒸気エンジンを制御する装置の名前だ。これから彼はラテン語の語源である「*gubernator*」へ行き、さらに語源を遡ってギリシア語の「*kybernētēs*」（水先案内人《パイロット》）にたどり着いた。そしてこの言葉がとりわけふさわしいと考えた。というのも、船の操舵装置は負のフィードバック制御システムの適例だったからだ。この *kybernētēs* から「*cybernetics*」（サイバネティクス）が生まれた。これは適切な選択だった。操舵手は、プラトンやアリストテレスによって、政治的階層の文脈の中で、支配の比喩として使われた言葉だった。

（9）心臓－肺サイクルの制御図については、下巻「補遺Ⅳ」を見よ。

のフィードバック回路が含まれているからだ。それは偽りなくサイバネティック・システムだった。負のフィードバック制御を最初に発見した、あるいは少なくともそれを用いたのは、アレクサンドリアの科学者クテシビオス（活躍期・紀元前二五〇）だと言われる。クテシビオスはそれを水時計に組み入れた。しかしこれについてはアリストテレスにも存在すると認めるべきだろう。彼はクテシビオスより二世紀も前に、このような装置が生物に必要だと見て取り、それがどのように働くかを素描していた——むろん、仮想的なものではあったが。

これはもちろんわれわれの時代から見たアリストテレスである。翻って、サイバネティクスやフォン・ベルタランフィの一般システム理論は現代のシステム生物学の祖となった。システム生物学は、生物を構成する各部の間の物質と情報の流れを描写するネットワークを調べる、きわめて二一世紀的な科学的分野だ。システム生物学者のB・Ø・パルソンは次のように言っている。「構成要素は現われてはどこかへ消える。したがって、生物システムの重要な特徴は、構成要素がどのように接続されているかという点だ。細胞同士、及び細胞内の要素同士の相互接続が、生命過程の本質を明らかにする」。細胞への言及を取り外すと、これはアリストテレスそのものだ。

もちろんここで大事なことは、アリストテレスが現代的に見えるか否かではない。むしろ、生物学の一番根底にある問いかけに、彼がどう答えたのかについてわれわれがさらに理解を深めることが重要なのだ。生物に目的志向を与えているのは何か？　それは霊魂だ——と彼が言うとき意味しているのは、目的志向の行動を示すのに十分なほど複雑な制御システムのことだということ。生物をまとめているのは何か？それは霊魂だ——と言うとき彼が言いたいのは、生物の各部分の機能的な相互連結のことだ。生物をどのように研究するべきなのか？　われわれはそれを分解して、個々の断片に還元しなければならない。しかし、そのあとでわれわれはもう一度それをもとの全体へと組み上げ直さなければならない。というのも、われわれはそのときはじめて、生物がどのように機能するのかを真に理解するのだから。

泡

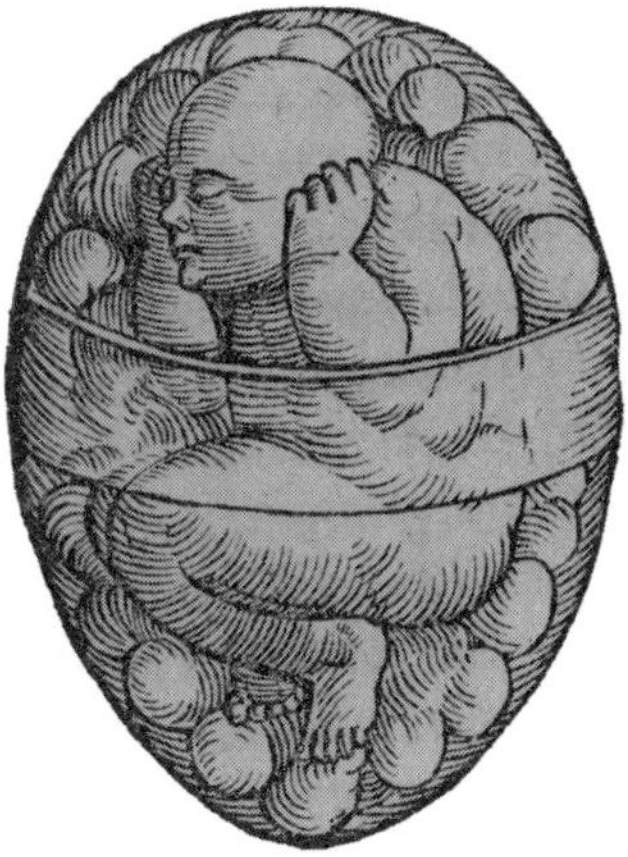

人間の胎児の形成
（アリストテレスのモデルをもとに描かれたもの）

LXI

アリストテレスがわれわれにしきりに説得を試みているのは、生き物が目的（テロス）を持っていること、そしてそれゆえに、ただ単に質料（素材）の働きだけでは生き物の説明ができないことだ。そんなときに彼が持ち出すのは、動物の身体構造の美しさや、世界の変化に直面する中で、つねにそれによって生き続ける、動物たちの体の仕組みのことだけではない。むしろ言及されるのは、生物の発生の仕方には規則性があるという事実だ。生物の身体部分は、子宮の中でただ「自然発生的」に出現しうるという説――アリストテレスはこの説をエンペドクレスのものとしているが、その当否についてはなんとも言えない――に、アリストテレスは『自然学』の中で真っ向から反論している。彼の意見は、子供の歯が正しい場所、正しいときに現われるためには、形相的な要因によって下支えされた、そして何か目的のはっきりとしたプロセスを必要とするというものだった。『動物部分論』の中ではふたたびこの問題に立ち返り、攻撃を仕掛けている。エンペドクレスはどうやら、脊椎を見れば歴然としていると言っていたようだ。というのも、背骨は発生の途中で曲がったり、壊れたりするからだ。しかし、これは正しいはずがないとアリストテレスは言う。胚は精液から生じるが、その精液には、すでに脊椎を生み出す可能態が含まれているにちがいない。それこそが「ヒトがヒトを生じさせる」、そしてヒトがウマを生じさせない理由だ。

これはアリストテレスのお気に入りの言葉の一つだ。深い真理を表わしていることは確かだが、それはまた、けっして説得力のある言葉ではない。明らかなことの言い直しにすぎないからだ。しかし、具体的に言って、どのようにしてヒトはヒトを生じさせるのだろう？　エンペドクレスが間違っていると指摘することと、それを証明することはまったく別である。誰も見たことのない子宮の奥では、どんな理論でも自由に産み出すことができる。アリストテレスの取った解決策は、子宮内で進行しつつあることを見つけ出すための研究プログラムを開始することだった。彼は妊娠四〇日目の胚を研究している。

四〇日目に流産した男子の胚は、冷たい水以外の液の中に入れると、溶けて消えてしまう。冷たい水の中に入れると、胚は膜のようなものの中でまとまる。膜を破ると大きなアリと同じくらいの大きさの胚が現われる。体の部分は、ペニスや眼などがはっきりと見える。それらは他の動物の場合と同様、非常に大きい。

この胚をどこから手に入れたのか、アリストテレスは語っていない。彼は複数の胚を調べたようだ。引用文は——そうした記述の一つだが——『動物誌』に出てくる。しかし、胚に関する説明は他にも随所に出てくる。この件に関する第二の書（『動物発生論』）では、動物がどのようにして発生するかについて、機械論的な説明がなされているが、それは彼の生理学的理論と深く一体化している。また、なぜ二つの性が発生するのか、ときどき雌雄のない場合があるが、それはなぜなのかなどについても記述し、さらには、親から胚への形相の伝達、そして変異の継承の理論、つまり遺伝学なども そこにはある。『動物発生論』にはまた、生活史のバリエーションの分析、環境の影響についての議論も含まれている。手短かに言えば

『動物発生論』は、どのようにしてヒトが別のヒトを生じさせ、魚が別の魚を生じさせるのか、それを概説した書だ。『動物誌』を別にすると、この書はもっとも長い。しかも、もっとも明晰なものだ。

LXII

生殖生物学で扱っている現象は、性の乱痴気騒ぎ《オルギア》といった印象だが、彼の調子はいたって冷静で臨床的だ。交尾の期間中「動物たちに共通しているのは、交尾の欲情とそれから生じる快楽によって、激しく興奮させられることである」とアリストテレスは言う。雄のカエル、ヒツジ、ブタはそれぞれの雌に呼びかける。ハトはたがいにキスを交わす。雌の動物の中には発情して欲情を示すものもいる。雌ウマは好色に耽り、雌ネコは雄ネコを交尾に誘う。しかし、雌ジカは交尾に気が進まない。それは雄ジカのペニスがあまりに堅すぎて、耐えられないからだ。

もちろん雄は争う。雄のウマ、シカ、ブタ、ウシ、ラクダ、クマ、オオカミ、ライオン、ゾウ、ウズラ、ヤマウズラなどはすべて、たがいに少々、交尾をめぐる暴力沙汰を起こしてみせる。雄ジカは雌を囲い込み、地面に穴を掘り、ライバルに向かってわめく。群集性の動物には闘争を好む傾向があるが、単独性の動物にはそれが少ない。ヤマウズラの雄は「好色」なので、雌が抱卵しないように卵を壊す。ハトは穏やかで終生つがいで過ごす――が、たまにはハトの雌も他の雄と駆け落ちをすることがある。

これはすべて交尾の行為自体の前置きにすぎない。アリストテレスは雄を「他の個体の内部で（他の個体の体内に体の一部を挿入して）生殖を行なう」動物と定義している。[1] 他の動物の中に入るために、大半の雄は背後から雌の上へ乗る。だが、サメやエイは雄と雌が腹と腹をこすりつけて、イルカは雄が雌の脇に並んで交尾をする。ライオン、オオヤマネコ、ウサギは尻と尻を合わせて交わり、ヘビは絡み合う。ハリネズミは交尾の間中、おたがいのハリが邪魔にならないように、後ろ足で立って向かい合う。クマは雌の背後に雄がまわり、並んで寝ながら行なう。そしてラクダは終日交尾をしている。[2]

しかし、雌雄間の根本的な相違を示すのは、交尾のトポロジーではなく生殖生理学だ。雄と雌はともに栄養の産物である生殖液（*sperma*）を産み出す、とアリストテレスは言う。雄の生殖液は精液（*gonē*）で、アリストテレスはそれを高度に精製された血液とし、他の代謝の産物と同じく、組成が完全に均一なものだと推測した。雌の精液は月経液（*katamēnia*）だとしているが、これは現代の読者には少々奇妙なものとして映るだろう。しかしそれは、アリストテレスの生理学の中ではぴたりと辻褄が合っている。

胚には栄養が必要だ。そして血液はもっとも純度の高い栄養分である。そのために、明らかにかなり血液に似た月経液は、胚を形成する材料と見なされた。その上、毎月見られる月経液の排出は、未使用の生殖液として説明することができる。さらにそれは、月経がはじまってはじめて少女たちは妊娠可能となることや、妊娠した時点で月経が見られなくなる理由をうまく説明するものだった。月経液は精液とよく似ているが、純度や仕上がりの点で精液に劣ると言う。それは女性が男性にくらべて体温が冷たいことからうなずける、とアリストテレスは言う。女性に霊魂はあるかもしれないが、その心臓は冷たい。

いつものことだが、アリストテレスはすべての動物（あるいは少なくともすべての有血動物）に通じるような理論を作り上げようとする。だが、胚が月経液でできているという考えには、明らかに、ほとんどの動物に月経があるわけではないという弱みがあった。それに臆することなく、彼は雌ウシや雌イヌが暑いと

（1）　この定義は卵生の魚類を除外したもののようだ。この種の魚類が体外で受精することをわれわれは知っている。雄の魚の多くが、新しく生み落とされた卵の上に魚精を振りまくことは、確かにアリストテレスも知っていた。だが、魚の授精期間中に進行していることについて、彼が正確にどう捉えていたのかは不明だ――それがはっきりとしていないことは彼も認めている。

（2）　ハリネズミ、クマ、ラクダ、ライオン、オオヤマネコ、ウサギの交尾は実際にはこんなふうではない。

きに出す血のような液体を、動物たちの月経液だとした。(3) 雌ドリが血に似たものを排出しないことははっきりとしている。そこで彼は、雌ドリがときどき産む「風卵」（無精卵）、極端に小さく黄身のない卵を、ニワトリの一種の月経液として挙げている。(4) そして、大半の魚卵は胚だが、魚の中には、いわば魚の月経液とも言える未受精の魚卵をいっぱい抱えたものがいる、とアリストテレスは考えた。しかし、これがアリストテレスなのだ。すべてにあてはまるような一つの答えを示そうとする彼のやり方だった。

LXIII

雄は思ったより生殖液を生み出す量が少ない。それにくらべて雌は多い。このことから、雄と雌が非常に異なった生殖器を持っていることが導きだされ、そのためにアリストテレスは、ペニスについて多くのことを語っている。アザラシのペニスは大きい。ラクダのペニスは筋張っている。イタチのペニスには骨がある。雄のサメやエイには、二つの生殖器官があり、それが排出口（雌にはない）から垂れ下がっている。鳥類については、彼にも確信がない。『動物発生論』では、鳥類にはペニスがないと言っている。一方、『動物誌』ではガチョウにペニスがあると言う。(5) ヘビにはペニスがないと彼は言っているが、実際には交尾中に二つ現われる。カメのペニスについては彼も曖昧だが、実際には非常に大きくて堅いペニスを持っている。

アリストテレスは次に話題を睾丸に移す。大半の胎生四足類（哺乳類）は腹部から睾丸をぶら下げているが、イルカ、ハリネズミ、ゾウは睾丸を体内の腎臓の近くに持つ。鳥類や卵生四足類（カエル、トカゲ、カメ）などが内部に持つ睾丸は、腰部の近くに置かれている。このような動物ではすべて、睾丸が精管と結ばれていて、それはやがて合体して一本となる。卵生動物（鳥類、爬虫類、両生類）は、糞便、精液、尿などが共通して通る管（排泄腔）を持つが、哺乳類にはこれがない。

説明は詳細で、ほとんどは正確といってよい。こともなげに深い知識を披瀝されると鵜呑みにしてしまいそうになるが、ここで彼は、思いがけないことを言っている。物事がどのように機能しているのかに関する彼の考え方が、われわれのものとはっきり違っていることに改めて気がつくだろう。アリストテレスは睾丸と精液の間に何か関わりがあると見ている。が、睾丸が精液を形成しているとは考えていない。むしろ、睾丸は精液を蓄え、その流れを調整していると論じる。例によって彼が挙げている理由は複雑だ。睾丸が生殖に必須である可能性は低いとアリストテレスは言う。ヘビ類や魚類には睾丸がないからだ。だが、ヘビや魚には精液で満たされた「管」があり、それは鳥類や四足類が持つ、精液を受け入れる主要

（3）　アリストテレスは雌の膣分泌物の分類に紙面を割いている――尿、膣の潤滑流体、病気による分泌物、産後の出血、ヒトの月経血と動物の発情期の出血。最初の三つは生殖にほとんど関係がない、と彼が指摘しているのは正しい。だが、（ヒトの）月経と（イヌやウシの）発情期の出血を同じもの――月経液（*katamēnia*）――、つまり雌親が胚に与える生殖液（*sperma*）と考えているのは正しくない。実際、二つの分泌物はまったく別のものだ。月経があるのは霊長類だけで、アリストテレスが知っていた唯一の霊長類は、じかに接することのできるヒトだった。

（4）　交尾をしていないニワトリは「*hypenēmia*」（無精卵、文字通り訳せば風卵）を産む、とアリストテレスは言っているが、これは今や真実ではない。スーパーマーケットで売っている卵は大きくて、中には完璧な形の黄身が入っているが、この卵は交尾をしていないニワトリが産んだものだ。だが、［一歳未満の］若い雌ドリが最初に産む卵は、しばしば小さくて黄身がない。したがって、「交尾をしていない」を「若い」に替えれば、アリストテレスの主張を受け入れることができる。また、厳密な意味でも彼は正しいのかもしれない。現代の飼育者が育てている雌ドリは、鳥類としてはかなり異常だ。雌ドリたちは何千年もの間、卵の生産のために人工的に選択され続けてきた。おそらく古代の品種は、交尾をしないときには不完全な卵しか産まなかったのではないだろうか。たしかに少なくともいくつかの種は今でも、交尾をしてはじめて卵を産みはじめる。

（5）　カモ科の鳥類の多く（アヒル、ガチョウ、ハクチョウ）は激しい威圧的な交尾を好み、挿入に適した精巧な器官を持っている。最近の報告では、アルゼンチンの湖に生息するカモは、長さが二〇センチもある、螺旋状の形をしてトゲの生えたペニスを持つという。

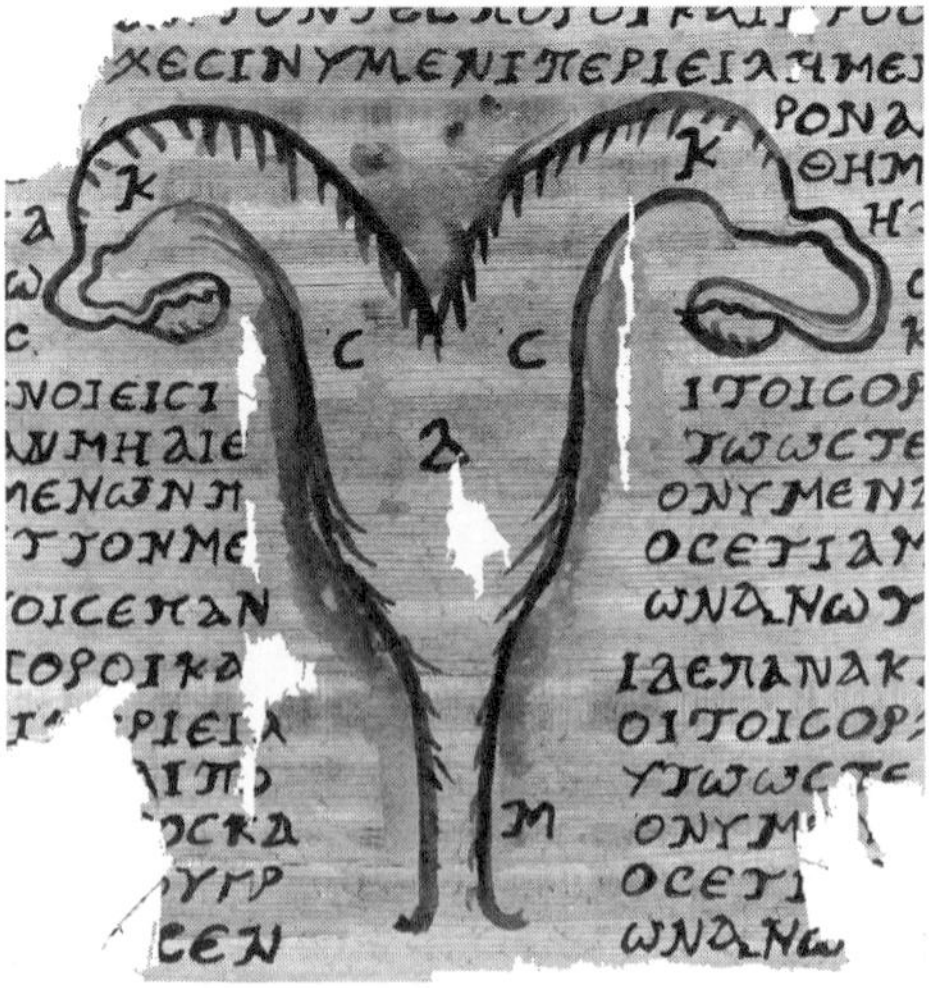

有血動物胎生四足類の生殖器
上：雄　下：雌（『動物誌』第３巻の記述をもとに描かれたもの）

な器官である精管と同等なものだ。(6)（精液が高度に精製された血液であり、一連の調理過程の形成物であるために、精液がどこかで形成されたとするのなら、それは心臓であると彼は見ているものの、まったく曖昧なままにしている）。このことから、次のようなことも導き出される。つまり、睾丸は選択が自由な改良箇所で、どうしても「必要なもの」というより、むしろ「あった方がいいもの」として、すべての動物とは言わないまでも、それを持つ動物がいるということだ。

睾丸は精液を蓄えるが、これは以下の事実で説明される。鳥類の中には、繁殖期になると睾丸が精液で満たされ、そのあとで精液が激減するもの（ヤマウズラ、ハト）がいる。しかし四足類では、睾丸の機能は精液の流れを調整することにある。四足類の精管がペニスに到達する途中で、折れ返り、尿管の上を通る様子を観察したアリストテレスは、この配列が精液の流れを安定させ、制限さえしていると主張している。(7)睾丸は錘《おもり》の役割を果たしていて、放っておけば精管がぐるぐると巻き上がってしまうのを防ぎ、ループ状の形を維持している。それがヒトの場合、思春期になると睾丸が下方に下がる理由だし、去勢された動

(6)　アリストテレスは睾丸（精巣）が丸いものだと思っていた。だが、魚やヘビの精巣は細長い。そのために彼はそれを四足類の精管（*vas deferens*）と同等なものだとした。このあやまちは驚くべきものだった。というのも、魚の精管が繁殖の季節になると、ちょうど鳥の精管と同じように、精液でいっぱいになることを彼は知っているからだ。このミスは、魚や鳥の腎臓の正体について、彼が特定できなかったことに比肩しうる。それは魚や鳥の腎臓が、四足類の標準的な形をしていなかったことが原因となっている。

(7)　実のところ、睾丸は釣り合いおもりではない。湾曲した精管について、アリストテレスが示した独創的な説明は間違っているにちがいない。それでは、湾曲の真の機能は何だったのだろう？　答えは奇妙なことだが、湾曲に機能などない。それは哺乳類の進化史の上で生じた、適応ではない偶発的な産物だった。進化史の中で睾丸はもともと位置していた腹腔から下がって、股間に移動したが、その移動ルートがたまたま非効率だった。ここでもアリストテレスの目的論が、行き過ぎて失敗をしている。標準的な進化論による説明が正しいとしたら、少なくともこの場合は失敗なのである。

物が子を生まない理由だ。睾丸が切り取られてしまうと、精管が巻き上がって体腔に入り込んでしまい、そのために精液の流れを妨げるからである。

このアリストテレスのモデルは際立って力学的だ。機を織る女性は織り機の縦糸を、所定の位置に保持するためにおもしの石を使うのだが、彼は睾丸をこの石にもたとえている。ペニスの役割についても、同じように風変わりな説明をする。ペニスは、交尾中に摩擦で生じる熱によって、精液に最終的な配合を与えると考える。これを全部まとめてみると、彼の推測は次のようになる。精液は血管系で混成され、精管で集められて、睾丸で蓄えられる。睾丸はまた射精する精液の量を正しく確保する。ペニスはそれを勢いよく発射し、雌の生殖管に放出する。

アリストテレスが示した雄の生殖器システムのモデルは、胎生四足類、おそらく雄ウシか雄ヒツジに基づいて作られたものだろう。彼はその解剖図にも言及する。雌の生殖器システムのモデルも、また反芻動物に基づいている。アリストテレスはその構造全体を「ヒュステラ」（*hystera* 子宮）と呼び、それはつねに「二また」だと言っている。これは彼の叙述が、反芻動物をもとにしていることをわれわれに語るものだ。というのも実際、反芻動物の子宮はそのほとんどが二つの大きな「ケラティア」（*keratia* 子宮角）からできているからだ。これはヒトにはない。子宮角はさらに一つとなり、「デルピュス」（*delphys* 子宮）を形成し、肉厚で軟骨性の管に至る。管の口の部分を「メートラ」（*mētra*）と呼ぶ。これらはおそらく子宮体部と頸部に相当するものだろう。アリストテレスは例によって一貫性を限界まで外挿して、雌の哺乳類、爬虫類、魚類、頭足類、昆虫類の生殖システムを、共通の配列の下に置こうと試みる。そして、これがなかなか難事だということを発見する。しかしそれは、取り立てて驚くべきことではない。実際にはそれらの種の生殖システムは、非常に異なっているわけだから。

しかし、解剖学はもう十分だろう。女性のオルガスムについて、アリストテレスはどのような考えをしているのだろう？

彼は女性がセックスをしたがる――それもたくさん――と考えている。性交はギリシア語で「タ・アプロディシア（*ta aphrodisia*）」と言う。彼は性欲の強い女性たちを「アプロディシアゾメナイ」（*aphrodisiazomenai*）と書いている。思春期の少女は監督する必要がある。というのも彼女たちは、成長しつつある性的能力を使いたいという、自然の衝動に駆られるからだ。少女たちは悪い習慣を身につけさえするかもしれない（これはマスタベーションに対する婉曲的な警告だろうか？）。そしてこの衝動も子供を一人、二人産んだあとには落ち着く。しかし、中には雌ウマのように好色な女性たちもいる。「淫乱な女たち」は文字通り「ヒッポマヌーシ［*hippomanousi* 種馬狂い］」という言い方をする。

LXIV

ギリシア人はオルガスムを表わす言葉を持っていなかった。アリストテレスはそれを単に、性の「喜び」あるいは「激しい喜び」と表現している。しかし彼が、概して女性はそうした喜びを経験している、と考えていたことは確かだ。彼が示した男性と女性のセクシュアリティのモデルは、たがいに非常に似通ったものだった。女性において「性交の喜びは女性の、男性と同じ部位に触れることで生じる」――ここで示唆されているのは、「喜び」によってオルガスムを、「同じ部位」によって陰茎亀頭とクリトリスを、彼が意味していることだ。陰茎亀頭に「バラノス」（*balanos*）という名前をつけているが、クリトリスに対応する言葉はない。しかし、認めるべき功績は認めなければならない。彼はクリトリスを見つけていたようだ。

女性の中には、「男性に匹敵するような方法で」喜びを経験するとき、月経液とは異なる唾液のような液体を生じる者がいる、と彼は言う。それは膣液の分泌にちがいない。ときにこの液体はたくさん分泌されて、男性の放出物（精液）を上回るほどだ——どうやらこれは女性の「潮吹き」について語っているようだ。女性が喜びを感じて、生殖液を分泌するとき、それは子宮が開き、受胎にふさわしい状態になった兆しだという。彼はブロンドの女性がとりわけその状態になりやすいと言っている。

実のところ問題は、女性がセックスの最中に喜びを経験するかどうかではない。というのも、彼女たちは当然経験すべきだし、現に経験しているとアリストテレスは考えるからだ。むしろ問題なのは、女性の受胎にオルガスムが必要かどうかである。(8)この点については彼自身も意見がちぐはぐだ。『動物発生論』では、女性は性行為の間、たいていは喜びを感じているが、セックスに喜びを伴わない場合でも、妊娠は可能であり、逆に、たとえ相手の男性と「同じようなペースを守って」いても、妊娠できない可能性があると言っている。女性のオルガスムはよいことだが、必ずしも必要ではない。しかしその一方で、『動物誌』の第一〇巻では、オルガスムははるかに重要とされているようだ。というのも彼はそこで、次のように言っているからだ。性行為の最中、月経液が「子宮の前面で」（おそらく頸部か膣だろう）分泌されて、男性の精液と混じり合う。この分泌はどうやらオルガスムの段階で起こっているようだ。したがって、もし受胎を成功させようと思えば、パートナー同士が「同じペースを守って」性行為を行なわなくてはならない。実際、不妊はたいてい男性が「早々に性行為を終了してしまう」ことに起因する。一方、女性の方ははじめたばかりだ（「物事はほとんどの場合、女性の方がゆっくりとしている」）。早漏が本当に不妊の原因かどうかを究明するためには、問題になっている男性が他の女性と性交して、子供を作ることができるかどうかを確かめるべきだ、とアリストテレスは提案している——これはみごとなまでに経験主義的な精神だ。男女で喜びを感じるタイミングに差異がある、という問題を解決するために、彼はまた次のようなことを勧めている。男性が心配事をくよくよと考えて、情熱が萎えてしまうときでも、女性は「適切な考え」を思い描いて、自分で興奮すべきだと言う。

「オルガスムはよい」あるいは「オルガスムは必要だ」という説が、アリストテレスの最終的な考えだったかどうか、それを言うことは難しい。『動物誌』の第一〇巻は明らかにその他の巻と趣を異にしている。内容がほとんど臨床的なものばかりだからだ。学者の中には、アリストテレスがそれを書いたこと自体を疑う者さえいる。だが、彼のこうしたさまざまな説に共通しているのは、セックスが共同作業だという考え方だ。男女は協力して性行為を行なうことが求められる。それも共同作業がもたらす強い喜びのためだ。そして理想的には二人がいっしょに喜びを感じることだ。少なくとも二人が子供を産むことを望むのなら、そうすることが推奨される。そしてアリストテレスにとっては、それこそが重要なことである。(9)

(8)　モンテーニュは『随想録《エセー》』の中で、アリストテレスを引用している。それは次のような主旨の言葉だ。「男は……妻に慎重にそしてまじめに触れるべきだ。それはあまりに猥褻に妻を愛撫しすぎて、喜びが妻を理性の埒外に連れていってしまわないように」。モンテーニュがこの最悪な助言をどこで手に入れたのか、私は知らない。だが、この言葉はたしかにアリストテレスのものではない。

(9)　進化生物学者はまた、女性のオルガスムの機能のことで頭を悩ませた。男性のオルガスムは明らかに生殖への直接的な誘因でもあるが、女性はどれほどオルガスムが好きだと言っても、妊娠のためにそれを必要とするわけではない。したがって、もし女性のオルガスムがある機能を持つと言うのなら、そこにはすぐには捉えがたい機能があるにちがいない。その説明をめぐっては、独創的な意見が数多くある。生物学者の中には、オルガスムには適応的な機能がまったくなくて、男性に快楽を与えるために選択の過程で生じた進化の単なる副産物――性器における男性の乳首と等価物――だと言う者さえいた。ほとんどの人にとってこれは、信じがたい意見として受け取られるだろう。

LXV

『動物発生論』の冒頭の数行でアリストテレスは、自分は今、生命の始動因を研究したいと思っている、そして「始動因を研究することと、各動物の発生（生殖）を研究することはある意味で同じだ」と言う。言葉をやや省略し過ぎている感があるが、彼は問題をもっとも一般的な用語を使って言明しようとする。アリストテレスが確信しているのは、親がそれによって子孫を形成する質料――種子（精液）――は、ただ潜在的に、将来の生の可能性を秘めているにすぎないということである。質料は、どうにかして生気を与えられなければならない。これはわれわれには受精の問題だが、アリストテレスにとっては、霊魂の獲得という問題だった。

胚が「霊魂を獲得する」という言い方は、ひどくミステリアスに聞こえる。だが、アリストテレスはこの言葉で、ただ一連の機能器官の獲得を意味しているにすぎない。別の言葉で言うと、胚はどのようにしてその形相を手に入れるのかということだ。プラトンは形相を感覚を越えた領域に置いた。アリストテレスは彼の形相を種子（精液）の中に置く。動物は霊魂を親から受ける。しかし、そこには説明されなければならない数多くのことが残る。霊魂はどちらの親から来るのか？　下位の霊魂――栄養的、感覚的、思惟的な各霊魂――はひとまとめに伝達されるのか？　実際に霊魂は、個体発生のいつの時点で現われるのか？　生命はいったいいつはじまるのか？

質問に解答するアリストテレスのアプローチは経験的だった。彼は射精の量が、月経液の流量にくらべて微々たるものであることを見て取る。そこでまず彼が考えたのは、母親が胚の質料を与えるのに対して、父親はその形相を、したがって、その霊魂を提供するというものだった。母親は材料を与えるだけだが、父親はそれを使って、機能的な生き物を造形すると言うのと同じだ。実際、アリストテレスは、これこそ彼の信ずるところであるかのようにたびたびこのことを語っている。『動物発生論』を通してつねに、雄と雌の差異を捉えようとする志向に基づいた一連の二分法《ダイコトミー》へと立ち返っていく。熱いと冷たい、精液と月経液、形相と質料、霊魂と質料、始動因と質料因、能動的と受動的――用語は変わっても、対比はつねに明確だ。

だが、はたしてそうだろうか？　アリストテレスは繰り返し、雄と雌は胚に対して、はっきりと異なる役割を果たしていると言う。しかし、胚の形成（発生）や遺伝の詳細を議論しはじめると、雄と雌の役割はとたんに輪郭が不鮮明となり、一つに融合して、最後は雌雄の役割を識別することが難しくなってしまう。『動物発生論』には非常に異なった、そしてたがいに矛盾した学説が含まれると指摘する学者もいる。おそらくわれわれはこのような雌雄の二分法を、これからさらに行なわれる分析によって解明し、精緻化することを促す標語《スローガン》として読むべきなのだろう。例えばアリストテレスは父親が胚に霊魂を提供すると言っておきながら、他方で、そうではなく結局は母親が子孫に生命を与えているという証拠を指摘する。

雌のヤマウズラは、そよ風に混ざった雄の匂いを嗅ぐだけで、「子を孕む」ことができるとアリストテレスは言う。いかにもばかげているが、彼は本気でそう言っている――それも二度までも。「風卵」（無精卵）を産む鳥はヤマウズラだけではない。すべての鳥がこれを産み、この現象はとりわけ多産の鳥でよく見られるという。が、この際、そよ風の働きは重要ではない。見過ごせないのは、まだ交尾をしたことのない若鳥が風卵を産むという指摘だ。鳥類が受胎することなく子を孕むと、アリストテレスは本当に信じているのだろうか？　彼は信じている――しかし問題は、それで何を言いたいのかを知ることだ。われわれにとって受胎とは、精子が卵子と融合して受精卵を作ることだが、アリストテレスにとっては、精液が月経液と出会って卵を作るときに受胎が起きる。しかし、交尾したことのない雌ドリが風卵を産むということは、明らかに月経液がときに凝固して、自然に受胎産物になるのだと言う(10)。したがって、月経液はある意味では生きている。アリストテレスの用語で言うと、栄養的霊魂にとってそれは可能態だった。風卵が役に立たないことは、アリストテレスもはっきりと理解している。やがてヒナドリの誕生へと至る受胎には、雄ドリとの交尾と精液が必要だ。だが、彼にとってはそれも本当に動物全体に言えることなのか疑問の余地がある、というのも、魚類の中には雄なしですませるものがいるかもしれないと彼は推測しているからである。*khannos* という魚（ヒメスズキの仲間 *Serranus cabrilla*）について不可解なのは、雌しか捕えることができない点だ。[11] 雄は存在しないのかもしれない。しかし、アリストテレスは、さらに多くのデータがないと言って、雄の必要性をなかなか捨てようとはしない（「これまでに十分な観察結果がない」）。そして、雌雄の生殖液（種子）には栄養的霊魂の可能態が含まれていて、感覚的霊魂と特定の形相――例えばスズメを、ニワトリやツルではなくスズメにする特徴だ――の可能態は、雄の精液だけに含まれている、という自説になお執着を示している。

発生の仕組みについて述べるときに、アリストテレスが大いに頼るのが、彼の可能態《デュナミス》・現実態《エネルゲイア》の二分法だ。「このように手や顔となる種子（精液）は、まだそれらへと分化されていないが、それは〔ある意味では〕すでに手であり顔なのである。つまり、それらのおのおのが現実態でそうであるように、種子は可能態において……」。これはすばらしく洞察力に富んでいるが、同時にいらいらとさせるほど曖昧で不明瞭な言葉だ。それが洞察力に満ちているのは、種子には何か――動物それ自体ではないが、にもかかわらず、動物を形成し、動物になる力を持つもの（形相）――が含まれているという考え方、さらには個体発生がプロセスであるという考え方をも捉えているからだ。それは、そのことで可能態が現実に生きて、呼吸をし、交尾をする生き物へと転換されるプロセスだ。しかし、可能態の話はまた、発生の物理的モデルとしては、貧弱な代替物のように見なされうる。いったい、この可能態というものは正確に言うと何なのだろう？　それを指し示してほしい。あるいは、もしそれができないのなら、少なくとも、可能態がどのように働くのか、そのヒントを示してほしい。

明らかにアリストテレスも同じストレスを感じている。そして自然学的なモデルを構想しようとしていた。彼はまず問いかけることからはじめる。このような胚を形成する可能態は、はたして精液という質料（素材）と関係なく、伝達されうるものなのだろうか？　彼はお気に入りのたとえを引き合いに出す——人間が行なう工作だ。木材からベッドを作る大工を考えてみるがいい。大工はベッドを作ってはいるが、現実にはベッドに質料を与えているわけではない。与えているのはむしろ自身の工作の知識（可能態）だ。それが機能運動として顕現して、質料を形成する。それと同じことで、種子（精液）が胚に提供を求められるのは、実際には質料ではなく可能態である。

このたとえに加えて、アリストテレスはまた、動物学上の証拠を三つ用意している。（i）昆虫類には

（10）　雄のヤマウズラの匂いが雌に「子を孕ませる」ことができる、とアリストテレスが言うとき、彼が言いたいのは、それが雌に、けっして成長が完結することのない風卵（無精卵）を、産ませるように仕向けることができるということだった。だが、経験豊かなキジのブリーダーは、それは真実ではないと私に言った——若い雌ドリは雄ドリの存在に関わりなく風卵を産む。だが、私は思うのだが、雄のフェロモンがヤマウズラの卵形成に及ぼす影響は、さらに研究を進める価値があるのではないだろうか。

（11）　アリストテレスは、雄なしで生殖するかもしれない魚を三種類挙げている——「*khannos*」「*erythrinos*」「*psêtta*」。*khannos* は *Serranus cabrilla*、*erythrinos* はおそらく *Anthias anthias* だろう。*psêtta* の正体は謎だが、テクストの間違いで *perkē*（*Serranus scriba*）ではないかと考えられている。もしこの同定が正しいとしたら、アリストテレスが挙げた、「雌だけで生殖する」三種類の魚はすべてハタ科に属している。一七八七年にカヴォリーニが、*S. cabrilla* と *S. scriba* は同時的雌雄同体であること、さらに *Anthias* は雌性先熟雌雄同体で、雄はまれにしかいないことを論証した。同時的雌雄同体では、精巣が小さく、なかなか見ることが難しい。アリストテレスは精巣を見つけることができなかったし、雄も見つけていない。そのためにこの種の魚が雄なしで生殖する可能性を議題に持ち出した。

特殊な方法で交尾をするものがいると彼は考える。雌の器官に雄が器官を挿入する代わりに、その逆を行なう。[12] このようなケースでは雄は現実には精液を送り込むことはせずに、可能態だけを送ると彼は示唆している。(ii) 雌ドリが一羽以上の雄ドリと交尾をすると、ヒナドリはどちらか一方の雄ドリに似るかもしれない――通常は二番目の雄ドリに似る。が、けっして「すべての部分が二倍」になるわけではない。奇怪な動物は精液の過剰が原因だとする考えがあるようだ。もしそうだとすると、多数の交尾が変形したヒナドリを生み出すことが予想されるが、現実には、そのようなことが起こらない。このことから、重要なのは精液の量ではなく、単に質的な「可能態」だと言える。[13] (iii) 雄の魚が卵の上に魚精をまき散らすと、それに触れた卵だけが受精した状態になる。以上のような議論は、いずれも説得力があるとは言えないが、アリストテレスのねらいははっきりとしている。彼が示そうとしているのは、発生を手引きする精液の力は、精液それ自体の伝送にではなく、他の何かに依存しているということだ。

それではそれは何なのか？　精液の中の何かが胚に達し、もしそれが精液の素材ではないとしたら、いったいそれは何なのだろうか？　この問題を解決するために、アリストテレスはふたたび、あのミステリアスな代物「プネウマ」(*pneuma*) を持ち出す。それは感覚的霊魂の道具であるだけではなく、遺伝システムの一部でもある。アリストテレスはプネウマの働きの証拠を求めて精液を探査する。そして、精液が泡に似ている事実――つまり、射精直後の精液が泡に似ている事実にその証拠を見つけた。泡が生ずるのは、交尾中に精液が調理され、それによって導入されたプネウマが注入されるからだ。しかし、プネウマは精液によって運ばれるとはかぎらない。奇妙な交尾をする昆虫では、プネウマは直接雌に注入されるからだ。最終的な結論は、動物の霊魂が胚の中でどのようにして再生されるのか、その方法に関する理論となる。雄親の霊魂は実質的に、雄親の精液の中ではプネウマの活動という形で情報伝達されている。[14]

われわれはプネウマを、遺伝情報そのものを運ぶ装置と考える必要はない。それはアリストテレス流のＤＮＡと言えるものではない。むしろ、彼の考えた遺伝のユニットはさらに抽象的なもので、遺伝の情報は、プネウマが精液の中で誘発する〈動き〉である。アリストテレスが精液中の運動原理、すなわち、霊魂を引き継ぐものについて述べるとき、彼が選ぶのはエレガントで、いかにもふさわしい言葉「アプロ

(12)　おそらくアリストテレスが、ここで描いているのはバッタか、あるいは他の直翅目だろう。交尾中、雌は先の尖った長い産卵管を、雌の背中に乗った小さな雄のささやかな性器に触れるために曲げる。たとえそうだとしても、なぜまともな授精を避けて、このような手はずが行なわれるのか、その理由はなお不明だ。

(13)　アリストテレスは雌の生殖液の過剰が、結合双生児を作り出す原因だと考える。しかしここでは、結合双生児は雄の精液の過剰が原因ではないということも彼は主張したい。この主張は、結合双生児の原因に関する理論に基づいているが、この理論は独創的だが正しくない。しかし、二番目に交尾した雄はしばしば、卵を受精させることに成功するという、アリストテレスの考えは正しい。この現象は「最後の雄の優位」として知られているもので、鳥類の多くで見られる。それは精子競争に起因している。

(14)　この受精のモデルは、発生生物学の歴史を通して、数世紀の間生き長らえた。一六七七年にレーウェンフックが、顕微鏡で見た精子の「微小動物」を報告したあとでも、なおこのモデルは存続した。ファブリキウスは、精液がそのミステリアスな働きをするのは、「光り輝く、あるいは霊妙な能力」によるものだと考えた。ハーヴェーは師ファブリキウスの使った用語を冷笑して、精液の働きは「伝染」によると言った。この二つはいずれにしても、精液はプネウマあるいは泡によって働くと簡単に言えばすんでしまうものだった。フォン・ベーアの受精モデルでさえ、なおきわめてアリストテレス風だ（精子を「*spermatozoa*」と呼んだのはフォン・ベーアだった——この名前自体が精子の曖昧さを暗示している）。胚は精子と卵核の融合からはじまることを、オスカー・ヘルトヴィヒがはっきりと示したのが、やっと一八七五年になってからである。ヘルトヴィヒはそれを、非常にアリストテレス的な生物、食用のヨーロッパムラサキウニ（*Paracentrotus lividus*）を観察することで行なった。しかし、観察には顕微鏡が必要だった。染色体が遺伝情報のキャリアであることを証明するためには、トーマス・ハント・モーガンによって一九一〇年に行なわれた、ショウジョウバエの実験まで待たなくてはならなかった。そして、そのときでさえ懐疑論者はいた。ウィリアム・ベイトソン——彼はメンデルのもっとも早い時期の熱心な擁護者の一人で、「遺伝学」という言葉を作り出した人物——は一九二八年の書でなお、遺伝は核内の「振動」——つまり〈動き〉だ——のシステムによって作用していると述べている。

アプロディテ

ス」（*aphros*）、つまり泡だ。この言葉によってアリストテレスは、文字通り精液の中で見ることのできる泡と、もう一つ、岸辺から引いていく波の砕ける音の中で、目にすることのできる泡の両方を意味していた。しかし、彼はこの言葉を選ぶことで、また、別のものについても考えていた。「愛の女神」（*Aphroditē*）につけられた名前はアプロスに由来すると彼は言う。

LXVI

一般にアリストテレスは胚形成、彼の言葉を使うと「発生」を研究した最初の科学者だとされている。はたしてそうだろうか？　彼の発想の原点がどこにあるのか、それは概ね不明だ。しかし、彼よりおそらく、五〇年ほど前に書かれたヒポクラテスの論文——多分書いたのはポリュボスだろう——は、ヒトの胎児がヒナドリに似ているとほのめかしている。ポリュボスと思しい人物が、これを証明するためには、二〇個の卵を取って、雌ドリの下に置いてみるがいいと言う。そして、一日ごとに卵を割ってみる。それを卵が孵化するまで続けよと言うのだ。「鳥がヒトに似ているかもしれないことに関して、私が言った通りのことを目にするだろう」。おかしなことだが、アリストテレスは、このポリュボスと思しい人物に言及していない。アリストテレスがすばらしい書庫を持っていたことは有名で、しばしば先人たちを引用している。だが、考えてみるとたしかに、彼が先人たちを引用するのはそのほとんどが、先人たちがまちがえていると思っているときばかりだ。

アリストテレスがニワトリの発生学を最初に研究したかどうかはともかく、彼の記述はたしかに、それ以前のどの論文よりもすぐれている。

ニワトリは三日経つと［生命の］最初の兆候が現われる。ニワトリより大きな鳥では、さらに時間がかかるし、小さな鳥では短時間ですむ。黄身の動きが起こり、上方へと移動するのはこの時期だ。そこが卵の始原の場所であり、尖った先のほうで、卵が孵化する。心臓は白身の中にあり、血液の滴《しずく》ほどの大きさをしている。この点が鼓動して、生き物のように動く。点が、それを包み込んでいる膜の両端へ向かって成長を続けていくにつれて、そこから血液を含んだ二本の血管が、交互に割り込む形で出てくる。この段階で、血液質の線維を含んだ薄い膜が血管から出てきて白身を包み込む。少しあとになると、体もはっきりと見分けられるようになる。最初はきわめて小さくて、白い。頭が見えてくると、中でもとりわけ大きな眼が人目を引く……。(15)

アリストテレスはヒナドリの成長を研究したが、それは研究が可能だったからだ。魚の胚は小さい。哺乳類の胚は子宮の中に隠れている。しかし、ヒナドリを見るためには、ただ卵を割るだけでよかった。彼は他の多くの生物についても、それほど詳細なものではないが、その発生を記録している。彼が判別できた

ニワトリの胚

かぎりでは、魚の胚は鳥の胚に非常に似ていたが、魚には一種類しか黄身がなく、尿膜がないことが違っていた。胎生魚（哺乳類、ホシザメ）の胚でさえ、卵生動物（鳥類、大半の魚類、爬虫類）の胚にかなり似ている。どちらも胚は外部世界から（卵の殻や子宮で）守られていて、どちらも羊膜嚢（*khōrion*）に囲まれ、黄身や雌親の血液から、へその緒を経由して栄養を得ていた。ウシ、ヒツジ、ヤギなどの子宮にはたくさんの胎盤分葉（*Kotylēdones*）があることや、他のほとんどの動物にはそれがないことも、アリストテレスは知っている。[16]だが、ときどき彼が一般化を進めたい気分で書いている場合は、ニワトリについて話しているのか、ヒトについて話しているのか、判断がつかないことがある。

そんなときでも、彼は注意を怠ることはない。むしろ、非常に重要なことに言及している。

ヒト、ウマ、他の特定の動物は、それぞれがまさに形成されるときに形作られるのではない。各動物の発生の最終段階がその目標地点であり、各動物の特色が現われている場所だ……。

ここで言われているのは、胚がはじめて形成されるときに、見ることができるのは、胚を動物にする一般的な特徴だけだということ——つまりそれが心臓やその器官の基本的な輪郭を得たという事実だけである。特殊化した特徴——人間をウマではなく人間にする特徴——は発生の最後の段階で現われる。

これはすばらしい観察だ。このことはさらに詳細を極めた形で、カール・フォン・ベーアによってふたたび観察されることになる。ベーアは大作『動物発生学』の中で、この特性を彼の比較発生学の「第一法則」と呼んだ。それはやがて進化発生生物学における最も成功した一般化の一つとなる。(17)

アリストテレスの解剖学は、たしかに彼自身の解剖研究の産物だったが、そこにはまた魚屋、肉屋、猟師、旅行者、医師、予言者などから学んだ多くのことが含まれていた。だが、彼の胚発生学は明らかに、

---

(15)　引用の全文を言い換え、現代の解剖学用語を使って要約すると、次のような内容になる。三日齢の胚には心臓ができて鼓動する。心臓から二本の血管——左右の卵黄動脈——が枝分かれして卵黄嚢の毛細血管となる。体、頭、目を見ることができる。一〇日齢の胚では、頭が体よりやや大きく、目は解剖して取り出すことができるほど大きい。そして薄い膜——卵膜、尿膜、羊膜、卵黄嚢——が見える。このような膜組織は、液体で満たされた空間によって、たがいに分離している。羊膜嚢は血管が発達し、卵黄はさらに液体化して、アルブミンが少なくなる。胃や他の内臓も見えてくる。二〇日経ったヒナドリは体全体が形をなしている。丸く体を曲げていて、頭は脚の近くにあり、羽で被われている。尿膜は今では排泄物が溜まっていて、ヒナドリとの接続は断たれていた。卵黄嚢はほとんどがヒナドリの胃に吸収された。ヒナドリは眠り、目覚めて動き、見上げたり、鳴き声を上げたりする。孵化が間近に迫っている。鳥類の発生についてはこのあたりで説明を終える。

(16)　レオナルド・ダ・ヴィンチに比べると、アリストテレスはよい結果を出している。レオナルドは、雌ウシの叢毛性胎盤に付いている人間の胎児をスケッチして評判を落とした。彼はまた胎盤を表わす専門用語を知らなかった。

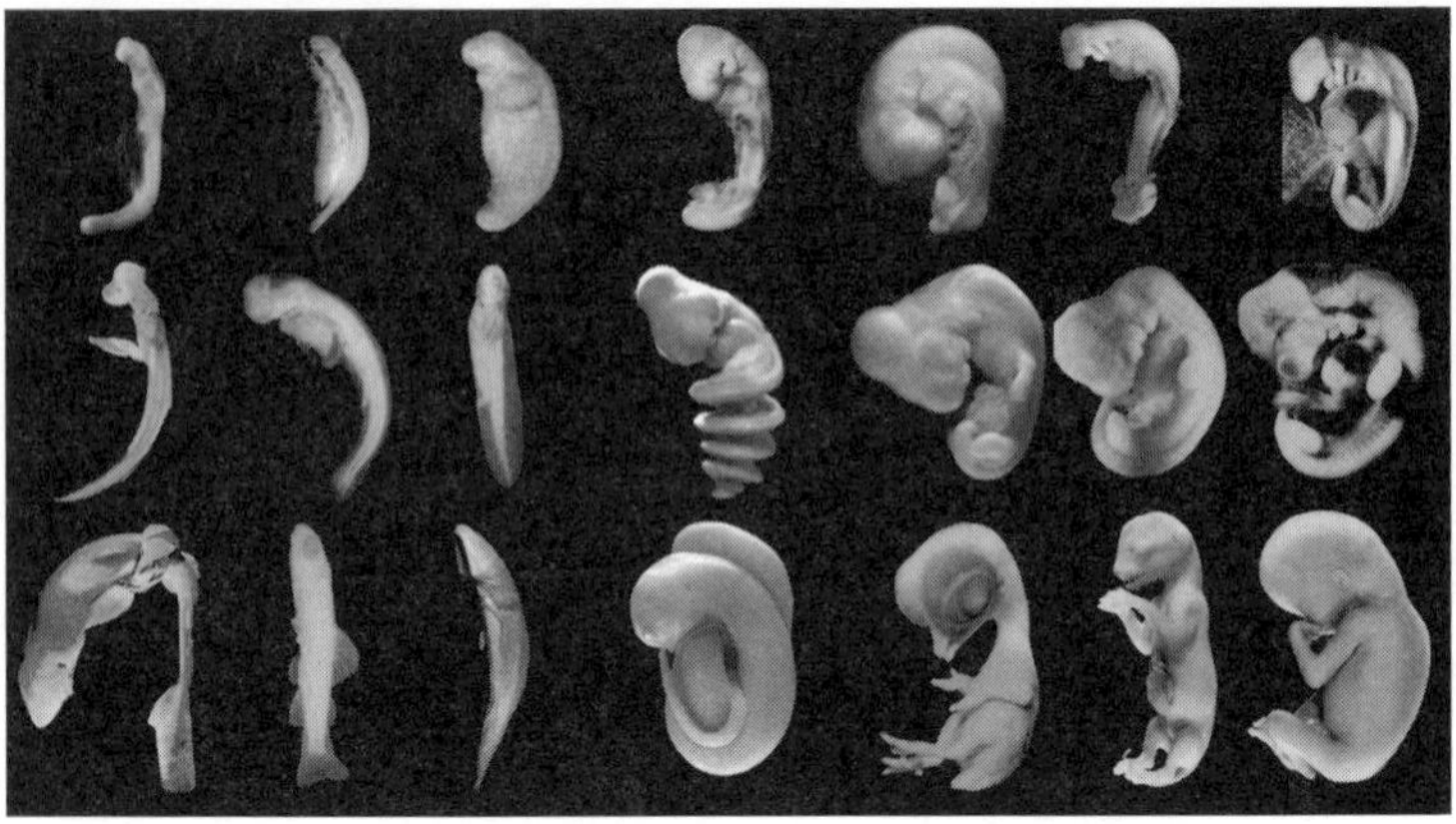

脊椎動物の胚の図で示したフォン・ベーアの第一法則
左から右へ：小サメ，サケ，アホロートル，ヘビ，ニワトリ，ネコ，ヒトの胚
上から下へ：初期，中期，後期

自分の目で見たことからできている。生成の秘密を何とかして暴いてみたいと思う生物学者の他に、極小の胚をじっと眺めることに膨大な時間を費やす者など、どこにいるだろうか？ ポリュボスと思しい人物をひとまず認めて、ニワトリの胚を最初に研究したのはアリストテレスではないとするにしても、彼がその中に発生の問題の解決への道を見た最初の人物だったことは確かだ。

LXVII

月経液が精液と触れると、凝固して胚や卵となる。アリストテレスはこの働きを説明するのに、素朴な比喩を使っている。「これは、イチジクの汁が乳を凝固させるケースに似ている。というのは、この汁もまた変化をするが、凝固した塊のいかなる部分にもなっていないからだ」。あるいは他のところでも、「これ（精液）はちょうど、乳に作用するレンネット（凝乳素）のような働きをする」と記している。以上はすべてチーズ作りのたとえだ。レンネットは乳離れのしていない子牛の胃から取られた物質で、それが乳に混ぜ合わされると、牛乳を固体と液体の部分（凝乳《カード》と乳清《ホエー》）に分離させる。アリストテレスは精液のプネウマが月経液に対して、レンネットと同じことをして、そこから土質の代物を凝固させ、液体があとに残ると推測した。おそらく彼はこの比喩をとりわけふさわしいものと思ったのだろう。活性成分（精液、レンネット、イチジクの汁）はすべて、生命維持に必要な体温が満ちみちているものから力を引き出している。基質となったもの（月経液、乳）はどちらも血液と密接に関係があり、血液の派生物だった。[18]

このチーズ作りの結果からできてきたものが、膜に包まれて液体の中に浮かんでいる胚である。そして今、プネウマの本当の仕事がはじまる。それは胚の各部分の製作だ。胚の中で、一番はじめに姿を見せる器官が心臓だとアリストテレスは主張する。それも、自分が大発見をしたと考えている男が見せるような威勢で、その主張を繰り返す。彼の言っているのが「動く器官として最初に目に見えるもの」のことだということを念頭に置いて、心臓が生じるよりかなり前に形を成す原体節や脊索を除外視するならば、それは十分に理の通った主張だ。しかし、アリストテレスにとってそれは、単なる観察ではなかった。それは

(17)　彼の法則はごく最近に至るまで有効とされた。この数年間で、トランスクリプトームのデータによって、胚は非常に早い段階ではまったく変わりやすいことが示された。今ではさまざまな近縁種の胚が、中間期のある段階で、ほとんど保存されると考えられている。脊椎動物においては、体節形成とニューロン新生がおよそこの時期だ。そのあとのパターンは、アリストテレスやフォン・ベーアが言っている通り。

(18)　初期の胚形成を説明しようとして、化学的なたとえを探そうとキッチンを見まわしたアリストテレスは、驚いたことに、酵素を基礎にしたもの（イチジクの汁とレンネットはともに、タンパク質の分解酵素プロテアーゼを含んでいる）を見つけ出した。彼は触媒作用の考えを匂わせる。というのも、活性成分は生成物の一部にはならないと考えていたからだ。だが、それを理解することはできていない。活性成分は反応で消費されるとも彼は考えていたからだ。

彼の理論に合致するのである。心臓はどうしても、最初に成長する器官でなければならない。なぜならば、栄養やあらゆる他の器官の成長が、一にかかって心臓に依存しているからだ。

栄養は母体から生じ、母体の熱で調理されて、卵黄の血管を通して胚に流れ込む。そして、胚の心臓と枝分かれした血管網によって分配される。アリストテレスはこの血管を苗木の根や、畑の灌漑用水路にたとえている。そして栄養が血管の壁を通して浸出していく様子を、焼成していない陶器から水が滲み出す様子にたとえる。最後の段階で適切に熱を与えることにより、栄養素を肉、腱、骨など、成長する胚を作り上げる他のすべての組織へと変換する。

この組織や器官は、まだ形成されていないなまの材料からできているとアリストテレスは考える。だがまず最初に、明らかにそれと競合すると思われる考え方を葬り去る。それは胚の各部分——あるいは胚全体ですら——はすでに雌雄両親の生殖液（種子）の中にあるが、あまりに小さいために見ることができないという考え方だ。論敵はネオ・イオニア派のピュシオロゴイ（自然哲学者たち）で、彼らはいかなる種類の質料も——生体組織ですら——創造することも破壊することもできないとした。のちの注釈者がアナクサゴラスの理論を説明している。「彼（アナクサゴラス）は次のように言う。生殖液（種子）の中には、毛髪、爪、静脈、動脈、筋肉、骨があるが、それは小さいために見ることができない。しかし、成長するにつれて各部分を徐々に別々に見分けられるようになる。というのも、毛髪がどのようにして、毛髪でないものから生じ、肉がどのようにして、肉でないものから生じることができるだろうか」。しかし、アリストテレスが目をつけたのはエンペドクレスだった。アリストテレスの言によれば、エンペドクレスは、あらかじめ形成されていた器官が自己集合して生命体をなすと考えていた（彼の言によれば、だ——このシケリア出身の哲学者の考えを報告するアリストテレスは、しばしば頼みにならないレポーターだった）。いずれにしても、彼はこの説に反対する議論を多々投げかけるのだが、ここでもまた、言うまでもないことを敢えて指摘して憚らない。「もし動物の部分が精液の中にまき散らされていると言うのなら、その各部分はどのようにして生きているのだろう？　それにもし各部分が合体したら、小さな動物を形成することになるのではないか？」——そしてここで、読者はどう見てもエンペドクレスの説はばかげているという結論を下すことを期待されている。

アリストテレスは自分の考えを、美しい比喩の助けを借りて述べている。一つは自然が胚を描くというもの。

すべての部分は、はじめは輪郭だけが描かれ、あとになってやっと色や軟らかさや硬さが加えられる。それはまさに自然という画家が絵を描いているかのようだ。画家も同じように、まず線で動物を素描して、そのあとで色を塗る。

もう一つの比喩は、胚が網のように編み上げられる。

それでは他の部分はどのようにして、精液によって作られるのか？　すべての部分が……同時にできるのか、それともオルペウスの詩のように、……網を編むように次々と継続して生まれるのか、そのどちらかだ。しかし前者ではない。部分の中でも、すでに胚の中にあって、はっきりと見えるものもあれば、見えないものもあるからだ。……肺は心臓より大きいが、発生の初期においては心臓よりあとに姿を見せる。

前もって形作られた器官という考えをアリストテレスが好まない本当の理由を、この二つ目の比喩から見て取れる。こうした理論はどんなものでも、精液の中の微小なニワトリやその一部という連想につながる。彼はひとえに、あまりに小さすぎて見えないものの存在を信じない。見えない世界に対するこの偏見は、質料（物質）に関する彼のもっとも基本的な理論に直接根差したものだ。精液はあくまでも均質なものであり、微粒子でできているものでも、微小なニワトリでできているものでもない。

　発生のパターンをはっきりさせたからには、アリストテレスは次にそれを説明せずにはいられない。各部分はどのようにして順々に生成されるのか？　彼は器官同士がたがいを生じさせる可能性を考える——肝臓は実際に心臓から生じてくる。だが、この考えは、各器官がそれ自身の形相を持ちながら、しかも、その形相が他の器官の形相の中に存在することなどありえない、という理由で退けられる。あらゆる器官はもっと基本的な質料からできている。そこで彼が出した結論は、はるかに精妙な因果連鎖に依存したものだった。彼が言うには、まず精液が胚の中の物質の〈動き〉を始動する。そして、ひとたびそれがはじまると、次のようなことになる。

> すばらしい自動からくり人形の中で、まずAがBを動かし、BがΓを動かすことを想像してもらいたい。この機械の部分が止まっているときでも、部分は何らかの運動が可能な状態を保持している。何か外部の力がある部分を動かすときには、その部分に接触している次の部分の運動もただちに実現される。そのため、ある意味でからくり人形の中ではAがΓを動かすと言える。何らかの部分と現在何らかの接触をしているせいではなく、むしろ以前の接触に起因する。同じことが精液の起源について

も言える。精液の制作者は、現在の接触ではなく過去の接触によって物事を動かす。これは『動物運動論』の中に出てくる「自動機械《アウトマタ》」（*automata*）だ。動物の動きを説明するのには、人形を使えば明らかにそれで事が足りるが、胚の発生を説明するには、人形を使用するのでは不十分だ。ここで「A」と「B」と「Γ」というたとえはまちがいなく胚の器官を指している。精液の働きが心臓を形成し、心臓が他の器官を形作り、他の器官がさらにまた他の器官を作る。そしてついには絵が描かれ、網が編まれて、胚が完成する。

説明の大半を通して、アリストテレスは胚作りが像の製作に似ていると言いたげに見える。雄親はまず像をかたどる彫刻家であり、精液はいわば彫刻家の手だ。一方雌親は、その中で月経液の粘土を焼くことができる竈《かまど》だ。だが、この比喩が彼の真意を捉えていないことは、今や明らかだ。月経液がある意味では生きていることを、彼はすでに真実として認めている。さらに月経液が、栄養的霊魂のための可能態を含んでいることも認めている。アウトマトン因果論は「可能態」に新たな意味をつけ加える。月経液が秘めた構造を持ち、かつ潜在性の形成可能な力を持っていること、そして、胚発生はむしろねじ巻き式時計のようなものであり、精液はねじにすぎないという見方を示している。

アウトマトン因果論はまた、形相の多様性を説明する。胚は当初、分化していない状態でスタートするが、成長するにつれて、身体の諸部分を形成する因果連鎖が枝分かれしていく。アリストテレスはここで「コルデュロス」（*kordylos*）と呼ばれる生き物について語っている。これは両生類だ。鰓があり、ナマズの尾に似た尾っぽを使って泳ぐ。だが、ヒレの代わりに脚があり、陸上で住むこともできる。[19] コルデュロスはその特性から言って、陸生動物と水生動物の中間物のように見える。アリストテレスは、この生き物がそんな風に「ゆがんだ」のは、個体発生の非常に早い段階で起きたある出来事のためだと言う。彼はさらに続けて、動物が成長する環境——陸と水——が、ある「限りなく微小だが、絶対に重要な器官」に影響を与えるのだと説明する。そして今度はその器官が、動物が陸生動物の特徴を持つべきか、あるいは、水生動物の特徴を持つべきかの選択を環境によって決定づける。コルデュロスについての記述は、その多くが曖昧模糊としているが、全般的な議論は明確だ。個体発生の早い時期に、水生動物と陸生動物を隔てる違いに関しては、ある小器官が多くの特徴の責任を負う——AがBを動かし、BはΓを動かす。

LXVIII

ルネサンスの解剖学者たちが、ふたたび卵の中を見ることに専念しはじめたとき、彼らが案内書として使ったのが『動物発生論』だった。もちろん、それ以外に拠り所がなかったからだ。ウリッセ・アルドロヴァンディ（『鳥類学』一六〇〇）、その弟子のフリースランド人ヴォルヒャー・コイター（『人体解剖図』一五七三）、ヒエロニムス・ファブリキウス・アブ・アクアペンデンテ（『卵とヒナドリの形成』一六〇四）たちは、アリストテレスがヒナドリの成長について述べた論を、ほとんど改良していない。にもかかわらず、彼らはいずれも何らかの名声を手に入れている。

ウィリアム・ハーヴェーもアリストテレスを崇拝していたが、もう少し批評的な目でアリストテレスの記述を取り扱った。『動物発生論』（一六五一）の中でハーヴェーは、胚で最初に姿を見せるのが、心臓（*punctum saliens*）ではなく胚盤葉（*cicatricula*）であることを正しく同定した。そしてこの胚盤葉を「全生命の泉」と呼んだ。彼はまたアリストテレスの説に反して、血液が心臓より前に形をなしていることを見出した。さらに、アリストテレスの受精の理論が予言した精液と月経液の凝塊を探し求めたのも、またハーヴェーだった。チャールズ一世の狩猟パーティーがロンドンの王立公園で狩りをした折に、倒した獲物の雌シカを、ハーヴェーは標本が新しいうちに解剖した。このシカは受精をしていたのだが、アリストテレスの言う液体を見つけ出すことはできなかった。そして統一的な見解として（彼の著書の題扉で）「すべては卵から」（*Ex ovo omnia*）を宣言した。[20]ハーヴェーはこのように鋭い批評家だったが、その発生学の多くはなお、アリストテレスの発生学の枠を出るものではなかった。「卵の中に、未来の胎児の部分は現実態としてはまったく存在しない」とハーヴェーは断言した。「だが、胎児のあらゆる部分は可能態として卵の中にある……」。「現実態」と「可能態」の対照に注意――アリストテレスその人でさえこんなに巧みに言い表わすことはできなかっただろう。

ハーヴェーはこの現実化のプロセスを「エピゲネシス」（*epigenesis* 後成説[21]）と呼んだ。アリストテレスとネオ・イオニア派との論争が再燃するのが、まさにこの時点だった。ハーヴェーの後継者たちは、顕微鏡によって明らかにされる胚の構造に魅せられて、アリストテレスのモデルはまったく間違っていると論難

（19）「*kordylos*」はあきらかにイモリの幼生かカエルのオタマジャクシだ。しかし、それが幼生であることを、アリストテレスが知っていたかどうかは不明だ。それをアザラシやイルカのように「二重の」成体と考えたかもしれない。動物の将来の成長を指図する小器官について、アリストテレスが話すとき、動物学者はどうしても思い出すのが、両生類の変態をコントロールする内分泌器官だ――視床下部、脳下垂体、甲状腺。アリストテレスはおそらく心臓について語っているのだろう――いつも彼はそうだ。

（20）しかし、それはただの幸運な推測にすぎないし、おそらく計画的な発言だったかもしれない。確かにそれは経験的真実の一般化ではなかった。カール・フォン・ベーアは一八二七年になって、顕微鏡でしか見えないほど小さいとまでは言わないまでも、きわめて小さい哺乳類の動物の卵子を発見した。ハーヴェーほど後援者に恵まれていなかった彼は、仲間のイヌを解剖することでそれを見つけた。

（21）現代的な意味――つまりＤＮＡや染色体構造の化学的修飾であり、遺伝子の発現パターンを変化させる「エピジェネティクス」（epigenetics）と混同してはならない。

した。彼らの主張する胚は一番はじめの段階から、完成したすべての部分を含むものだった。ある者は精子の中に、小型の胚を見ることができたと言い、別の者たちは卵子の中にそれを見た。歴史家たちはこの理論を、さまざまな違いはあるものの、ひっくるめて「前成説」と呼ぶ。スイスの博物学者シャルル・ボネ――論理的帰結ならば果敢に受け入れる男だ――は、それぞれの精液（種子）には、前もって完全に形成された胚が含まれていたし、その胚を作った精液にも、やはり完全に形成された胚が含まれていた、そしてそれを作った精液にも……こうして、それは延々と天地創造の時点までさかのぼると提案した。

後成説と前成説との論争は二〇〇年ほど続いた。しばらくの間は、前成説が近代性や機械論を味方につけているように見えた。が、カール・ツァイスによって改良が進められた顕微鏡が、そうではないことを明らかにした。前成説は幻想にすぎなかった。実際には、胚が自らを作っていた。

胚の自己形成を見ることは可能だ。必要なものは本当にすぐれた顕微鏡、それに上等なフィルター、そして健常な線虫の培養物。まず受精した卵を一つ取り、寒天培地の上に載せて、緩衝液を一滴たらす。卵が壊れるのを防ぎ、それを湿らせておくためだ。カバースリップで全体を保護して、レンズの倍率を一〇〇〇倍にする。あとは観察するだけだ。最初は何も起こらない。だが、やがて細胞質が旋回し変形しはじめる。そして突然、以前は一つだった細胞が二つになる。ふたたび分裂して、さらに次々と分裂していく――すべては驚くべき速度で、しかも変わらぬ正確さで。細胞たちは不器用な動作をしはじめる。あるものは他のものの下へと潜り込み、空洞ができたり、膨らんで押し出たり。器官――咽頭、腸――がぼんやりとした輪郭で現われはじめる。そして徐々にはっきりとした形となる。細胞の塊は縮小して、最初は何か豆に似たものになり、次にコンマのような形に、そしてプレッツェルのようになる――つまり小さな線虫になる。観察しはじめて七時間ほどすると、虫はぴくぴくと動きはじめ、一〇時間後には卵の中で転げ回る。

アリストテレスの発生生物学については、非常に奇妙と思われるものも多々ある。われわれの生物学では、親生物が提供するものは配偶子《ガメート》で液体ではない。配偶子はただ単に、漠然とたがいに接近するだけではなく結合する。遺伝情報のキャリアは〈動き〉のパターンではなく、特別に安定した巨大分子だ。そして初期の動物の形相は、ただ雄親から来るだけではなく、もちろん両方の親から来る。しかし、いずれにしても、アリストテレスの堂々たるシステムには称賛を禁じえない。生物学の至る所で見られる、ミステリアスなプロセスの機械論的な説明――一見したところ何ともつかない質料が、どのようにして、すべての器官を備えた生き物に「なる」のか――そのすべてが盛り込まれている。そしてもし、分子シグナルの見えない勾配、転写因子のカスケード、情報伝達に働くタンパク質のネットワークなどが、細胞をその目的や分化した形相へと運ぶさまをつぶさに考えたなら、アリストテレスのアウトマトン論理――AがBへと動き、BがΓへと動く――は、分岐する因果連鎖という現代の生物学にこだまする描像を与え、すべてがどのように働くのかについて、非常に根本的な何かを捉えているように思われる。それは「まさしく、まるで自然は芸術作品を生み出す画家であるかのようだ」。あなたや私やアリストテレスや、その他すべての生き物を作り出す自己創造の行為を、これ以上みごとに、そしてこれ以上真実に表現しうる比喩が、はたしてあるのかどうか私にはわからない。

アルマン・マリー・ルロワ

アリストテレス　生物学の創造

上

森夏樹訳

2019年 9月17日　第1刷発行

発行所 株式会社 みすず書房
〒113-0033 東京都文京区本郷2丁目20-7
電話 03-3814-0131(営業) 03-3815-9181(編集)
www.msz.co.jp

本文印刷所 萩原印刷
扉・表紙・カバー印刷所 リヒトプランニング
製本所 松岳社
装丁 細野綾子

ISBN 978-4-622-08834-9
[アリストテレスせいぶつがくのそうぞう]

著者略歴

(Armand Marie Leroi)

インペリアル・カレッジ・ロンドン,進化発生生物学教授.1964年,ニュージーランド,ウェリントン生まれ.国籍はオランダ.ニュージーランド,南アフリカ,カナダで幼少年期を過ごす.ダルハウジー大学(ハリファックス,カナダ)で学士号を取得後,カリフォルニア大学アーバイン校(アメリカ)で博士号を取得.マイケル・ローズ博士のもとでショウジョウバエを対象に老化の進化生物学研究に携わる.ついでアルバート・アインシュタイン医科大学のスコット・エモンズ博士のもとでポストドクトラル・フェローを勤め,線虫の成長の研究を始める.1996年からインペリアル・カレッジ・ロンドンで講師,2001年から進化発生生物学部門リーダーを務める.初の著書 *MUTANTS: On Genetics Variety and the Human Body* (Viking Penguin, 2003)(邦訳は上野直人監修・築地誠子訳『ヒトの変異——人体の遺伝的多様性について』,2006,みすず書房)により,Guardian First Book Award を受賞.本作により,London Hellenic Prize 2015 および Runciman Prize 2015 を受賞.イギリスでは BBC チャンネル 4,ディスカヴァリー・チャンネル,ナショナル・ジオグラフィックなどのテレビ番組で放送作家兼ナビゲーターも務め,科学コミュニケーターとしてもよく知られている.

訳者略歴

森夏樹〈もり・なつき〉翻訳家.訳書に,フォックス『アレクサンドロス大王』(上下,2001),ウィルソン『聖なる文字ヒエログリフ』(2004),ケイヒル『ギリシア人が来た道』(2005),ターク『縄文人は太平洋を渡ったか』(2006),クラッセン『ユダの謎解き』(2007),ダッドリー『数秘術大全』(2010),ミズン『渇きの考古学』(2014),ブランディング『古地図に憑かれた男』(2015),アダムス『アトランティスへの旅』(2015)(以上,青土社),ジャット『記憶の山荘■私の戦後史』(2011,みすず書房),ほか.

本書はArmand Marie Leroi, *The Lagoon: How Aristotle Invented Science*
（Viking, 2014）を底本として翻訳したものである。
ただし目次に含まれる短文の各章紹介文は、日本語版編集部による。

用語集

I　専門用語*

aithēr　アイテール
anō　上方へ
antithesis　対置
analogon　相似器官
aphrodisiazomenai　性欲の強い（女性）
aphros　泡
apodeixis　論証
aristeros　左の
arkhē　はじめ，始原
atomon eidos　分割できない形相
automata　自動で動くもの
balanos　陰茎亀頭
basileia　女王
basileus　王
bios　ライフスタイル
delphys　子宮
Dēmiourgos　デミウルゴス
dexios　右の
diaphora/diaphorai　差異
dynamis　可能態〔可能状態〕
eikōs mythos/eikotes mythoi　ありそうな話
ekhinos　葉胃／ハリネズミ／ウニ／広口壺
eidos/eidē　形相
emprosthen　前に
energeia/entelekheia　現実態〔終極実現状態〕
epagōgē　帰納法
epamphoterizein　二重にする
epistēmē　知識
eurīpos　海峡
geēron　土
genos/genē　種
gēras　老齢
gēs entera　大地のはらわた
gonē　精液
hippomanein　種馬狂い／淫乱な女
historia tēs physeōs　自然研究
historiai peri tōn zōiōn　動物誌
holon　全体

*訳注　本書ではおもに『アリストテレス全集』（岩波書店）の訳語に倣った．『新版アリストテレス全集』（岩波書店，2017年より刊行開始）で訳語が変更されている重要語については，この用語集で新版の訳語を〔　〕内に示している．

hȳlē　質料〔素材〕
hystera　子宮
katamēnia　月経液
katō　下に
kekryphalos　網胃
keratia　子宮角
khelidonias　ツバメの風
khōrion　羊膜嚢
kinēsis/kinēseis　運動
kotylēdones　胎盤分葉
limnothalassa　ラグーン
logos　定義
lysis　先祖返り／突然変移
mathematikē　数学
megalē koilia　瘤胃
metabolē　転化
mētra　頸部
mixis　合成物
myes　筋肉
mȳthos　神話／物語
mytis　頭足動物の「心臓」（すなわちその消化腺）
neuron/neura　腱
nous　ヌース／理性
oikoumenē　人が暮らす土地，人の住む世界
onta　もの
opisthen　うしろに
organon　道具／手段／論理学
ornīthiai anemoi　鳥の風
ousiā/ousiai　実体／本質〔基本存在／本質存在〕
pepeiramenoi　実験を試した／経験豊かな
peri physeōs　自然について
phainomena　現われ／観察される現象
phantasia　心的表象
phantasma/phantasmata　心象
physis　自然
physikē epistēmē　自然学
physikos　自然を理解する人
physiologos/physiologoi　自然を明らかにする人
pneuma　プネウマ／気息
polis　都市国家
politikē epistēmē　政治学
prōton stoicheion　第一元素
psȳchē　霊魂
sarx　肉／筋肉
sōma　肉体
sperma　精子
stoma　口
stomakhos　食道
symmetria　割合／比率
symphyton pneuma　生得のプネウマ
syngennis　血縁
synthesis　混合物／部分の塊
ta aphrodisia　性交
technika　技能
telos　終わり
theologikē　神学
theos　神
thesis　位置
to agathon　善
to hou heneka　それのためにであるそれ
trophē　栄養／食物
tōn zōiōn　動物たち（の）

II　本書で言及された動物

これが貴重な情報の塊であることを考えると，とりわけ残念に思えるのは，作者（アリストテレス）が，彼の時代の生物分類における命名手順がのちに曖昧で不透明なものとなりうるとは考えもしなかったこと，そしてそれゆえに，論じている種を確実に同定しうるような手立てをあらかじめ彼が講じていなかったことだ．これは古代の動植物学者について，一般に見られる共通した欠点である．したがってわれわれは，彼らが使用した名前から，対象となる種の正体を推測せざるをえない．しばしば変化を見せる伝承は，あやまちを誘発する．そのために種の中には，多大な努力を要求する推論によって，さらには，異なる作者による文献の中に散らばった特徴を寄せ集めることで，はじめて明確な結果が得られるものもある．それでも，大多数が不明確なままに残されるのはいたしかたのないことだ．

——ジョルジュ・キュヴィエ，アシル・ヴァランシエンヌ
『魚の博物誌』（1828–49）

アリストテレスの動物の同定作業がはじまったのは，アルベルトゥス・マグヌスが，部分的ではあるが『動物誌』をもとにして，『*De animalibus*』を作成しはじめた1256年頃からである．以来，動物学的志向の古典学者や古典的志向の動物学者たちが，この同定作業を引き継いだが，それは必ずしも成功しているとは言えない．アリストテレスが動物に施した説明は，それを同定するにはしばしばあまりにも不十分なものだった．だが，他の古代の文献で，アリストテレスが使った名前と同じか，あるいはそれに似たものが使われていれば，それが同定作業の手掛かりを与えてくれる．同じように，エーゲ海やアドリア海の漁師や猟師たちが現在使っている通俗名も，解明の大きなヒントとなる．手助けという点では生物地理学も役に立つ．あるいは，ラグーンへ直行して，そこにあるものをじかに見ることもできるだろう．それを実行したある学者は，アリストテレスの *kōbios* を3種類のハゼの一つであることや，彼の *phykis* がブレニー（*Parablennius sanguinolentus*）であることを，説得的に示してみせた．[(1)]

何世代もの学者たちがアリストテレスの動物の正体をつきとめようと苦心したが，最近の知見に基づいた包括的なリストは存在しない．そのため私は，この本の中で取

(1) Tipton (2006).

り上げられた230余りに上るアリストテレスの動物の種を，それがはたして何であるのか，できうるかぎりの推測を巡らして一覧表にまとめた．アリストテレスの種をリンナエウスの種と対応させることの是非については，学者の間でも立場が分かれている．この作業に熱心な者もいれば，その一方で，それはほとんど不可能だと考える者もいる．私は両者の中間を取った．つまるところ，アリストテレスが *hippos* と言うときにはウマ（*Equus caballus*）を意味しているのは間違いない——少なくともカニ（*hippos*）やキツツキ（*hippos*）を意味しないときには．しかし，彼が *kephalos* と言うときには，われわれも確信が持てなくなる．彼がこの言葉でボラ（grey mullet）を指しているのは確かだ．*kephalos* は現在もギリシアで使われていて，ボラを意味しているからだ．だが，アリストテレスはまたこの言葉で，*Mullus cephalus*（flathead grey mullet），*Chelon labrosus*（thicklip grey mullet），*Oedalechilus labeo*（boxlip mullet），*Liza saliens*（leaping mullet），*Liza aurata*（golden grey mullet），*Liza ramada*（thinlip grey mullet）のどれか，あるいはそのすべてを指している可能性もある．ここに挙げたボラは，今でもすべてギリシアの海域で見ることができるのだが，識別するのは難しいことで知られている[(2)]．その上アリストテレスは，ボラと思しい魚が4種類いると述べている．ということは，アリストテレスや当時の漁師たちは，現代の6種類のボラの内，少なくとも4種類のボラは見分けていたということかもしれない．だが，アリストテレスのボラが，われわれの時代のどのボラに当たるのかは，おそらく永遠に謎のままであるにちがいない．

注意しなければならない思わぬ落とし穴もある．リンナエウスや初期の分類学者たちはしばしば古代の叙述に基づいて，ヨーロッパの種に古典的名前を当てはめていた．ときにはそれが正しかったこともある．例えば，リンナエウスの *Chamaeleo chamaeleon chamaeleon*（ヨーロッパカメレオン）は，たしかにアリストテレスの *chamaileōn* だ．アリストテレスの詳細な記述に該当するトカゲ亜目は，ヨーロッパカメレオンしかいない[(3)]．が，ときには，それほど確かな根拠がない場合もある．リンナエウスは，アリストテレスの *rhinobatos* をサカタザメ（guitarshark）だと考えた．そのために彼はサカタザメを *Rhinobatos rhinobatos* と命名した．サカタザメも，アリストテレスが *rhinobatos* について述べていることも，たしかに興味深い．したがって，この両者が現実に同じものだと考えられればよいのだが，アリストテレスが多くを語っていない以上，われわれにはその確証がない．

私のリストは，『動物誌』と『動物部分論』[(4)]のいくつかの版だけでなく，古代の動物に関する論文[(5)]も参照して作成されている．私は確証のない場合はそうであることを

(2) Koutsogiannopoulos (2010).
(3) たしかにアフリカカメレオン（*Chamaeleo africanus*）はペロポネソス半島のピロスに棲息している．だが，それはローマ人が導入したものだと考えられている．何のためにローマ人がカメレオンを地中海沿岸地方へ運んだのか，その理由は分からない．

明示するよう努めた．概ね，大型の哺乳類は現代の種との対応を同定できる．鳥類は属までは特定が可能であるか，さもなければまったく同定できない場合が多い（『動物誌』には奇妙な，おそらくはエジプトかバビロニアの鳥の名前が含まれている）．魚類は目立った特徴，特異性，説明の詳細さなどによって，種，属，科まで特定できる．昆虫はそのほとんどが科か目まで特定され，海洋無脊椎動物は，種から門の間のいずれかまで特定されうる．ただし，アリストテレスの挙げている生物の中には「おそらく動物で海に棲む」以外のことは何も言えないものも若干ある．

(4) *HA*: Cresswell and Schneider (1862), Thompson (1910), Peck (1965), Peck (1970), Balme (1991). *PA*: Ogle (1882), Lennox (2001a), Kullmann (2007).
(5) 哺乳動物やその他の動物については Kitchell (2014)，鳥類については Thompson (1895) と Arnott (2007)，魚類については Thompson (1947)，昆虫については Davies and Kathirithamby (1986)，頭足類については Scharfenberg (2001)，海洋無脊椎動物については Voultsiadou and Vafidis (2007).

英語名／和名	アリストテレスの名前	リンナエウスの名前
ANIMALS 動物	***ZŌIA***	**METAZOA**
BLOODED ANIMALS 有血動物	***ENHAIMA***	**VERTEBRATA**
man（humans）ヒト	*anthrōpos*	*Homo sapiens*
LIVE-BEARING TETRAPODS 胎生四足類	***ZŌOTOKA TETRAPODA***	**MAMMALIA (MOST)**
ass, Asian wild（onager） アジア産野生ロバ（オナガー）	*onos agrios*	*Equus hemionus*
ass, Asian wild（onager）? アジア産野生ロバ（オナガー）?	*hēmionos* (6)	*Equus hemionus?*
ass, domestic（donkey） 家畜用ロバ	*onos*	*Equus africanus asinus*
baboon, hamadryas ヒヒ	*kynokephalos*	*Papio hamadryas*
bear, Eurasian brown ヨーロッパヒグマ	*arktos*	*Ursus arctos arctos*
beaver, Eurasian ヨーロッパビーバー	*kastōr*	*Castor fiber*
bison, European ヨーロッパバイソン	*bonassos*	*Bison bonasus*
camel, Arabian（dromedary）ヒトコブラクダ	*kamēlos Arabia*	*Camelus dromedarius*

camel，Bactrian フタコブラクダ	*kamēlos Bactrianē*	*Camelus bactrianus*
cat ネコ	*ailouros*	*Felis silvestrus cattus*
cattle ウシ	*bous*	*Bos primigenius*
cattle，wild 野生のウシ	*tauros*	*Bos primigenius (auroch)*
deer，red? アカシカ？	*elaphos*	*Cervus elephus?*
deer，roe ノロジカ	*prox*	*Capreolus capreolus*
dog イヌ	*kyōn*	*Canis lupus familiaris*
dog，Molossian モロシアイヌ	*kyōn en tēi Molottiāi*	*Canis lupus familiaris*（マスチフ）
dog，Laconian ラコニアイヌ	*kyōn Lakōnikos*	*Canis lupus familiaris*（ハウンド）
dog，Indian インドイヌ	*kyōn Indikos*	*Canis lupus familiaris*（パリア犬？）
dormouse ヤマネ	*eleios*	Gliridae
elephant，Asian アジアゾウ(7)	*elephas*	*Elaphas maximus*
fox キツネ	*alōpēx*	*Vulpes vulpes*
gazelle，dorcas ドルカスガゼル	*dorkas*	*Gazella dorcas*
unknown bovid 未確認のウシ科	*pardion*	Bovidae
giraffe? キリン？	*hippardion*	*Giraffa camelopardis?*
goat，ram 雄ヒツジ	*tragos*	*Capra aegagrus*
goat，ram 雄ヒツジ	*khimaira*	*Capra aegagrus*

(6) アリストテレスはこの言葉を，普通のラバにも使っている．この言葉とオナガー（アジア産野生ロバ）との関係は不明．Kitchell（2014）を見よ．

(7) アリストテレスはゾウをどこで見たのか言ってない．アレクサンドロス大王の遠征との関連という点だけを考えると，おそらくそれはアジアゾウだろう．

goat, ewe 雌ヒツジ	*aïx*	*Capra aegagrus*
hare, European ヨーロッパノウサギ	*dasypous*	*Lepus europaeus*
hare, European ヨーロッパノウサギ	*lagōs*	*Lepus europaeus*
hartebeest ハーテビースト	*boubalis*	*Alcelaphus buselaphus*
hedgehog, northern ハリネズミ属（和名なし）	*ekhinos*	*Erinaceus roumanicus*
hippopotamus カバ	*hippos potamios*	*Hippopotamus amphibius*
horse ウマ	*hippos*	*Equus caballus*
hyena, striped シマハイエナ[8]	*hyaina*	*Hyaena hyaena*
hyena, striped シマハイエナ	*glanos*	*Hyaena hyaena*
hyena, striped シマハイエナ	*trokhos*	*Hyaena hyaena*
jackal, golden? キンイロジャッカル？	*thōs*[9]	*Canis aureus?*
jerboa トビネズミ	*dipous*[10]	Dipodidae
leopard ヒョウ	*pardalos*	*Panthera pardus*
lion, Asian インドライオン	*leōn*	*Panthera leo persica*
lynx, Eurasian ヨーロッパオオヤマネコ	*lynx*	*Lynx lynx*
macaque, Barbary バーバリーマカク	*pithēkos*	*Macaca sylvanus*
macaque, Rhesus アカゲザル？[11]	*kēbos*	*Macaca mulatta?*
mole, Mediterranean チチュウカイモグラ[12]	*aspalax*	*Talpa caeca*
mongoose, Egyptian エジプトマングース	*ikhneumōn*	*Herpestes ichneumon*
mouse ハツカネズミ	*mys*	*Mus* sp.
mouse, field ノネズミ	*arouraios mys*	*Apodemus* sp.

mouse, spiny トゲマウス	*ekhinos*	*Acomys* sp.
mule ラバ	*oreus*	*Equus africanus asinus*（m） ×*Equus caballus*（f）
mule ラバ	*hēmionos*	*Equus africanus asinus*（m） ×*Equus caballus*（f）
mule（hinny）ケッテイ	*ginnos*	Equus caballus（m） ×Equus africanus asinus（f）
nilgai ニルガイ	*hippelaphos*	*Boselaphus tragocamelus*

(8) Watson（1877）からはじまって，アリストテレスの *glanos/hyaina* がブチハイエナ（*Crocuta crocuta*）だと，長い間誤解されてきた．しかし，たてがみだけは，それがシマハイエナ（*Hyena hyena*）のものだと確認されている．その上，アリストテレスの *glanos/hyaina* の生殖器の記述が，ブチハイエナの雌のはなはだしく雄性化された生殖器と合致していない．私は *trokhos* も同じシマハイエナだと思う．だが，それには確信が持てない．Funk（2012）を見よ．Kitchell（2014）は，オッピアノスがブチハイエナとシマハイエナを識別していたと言う．だとするとシマハイエナは，古代の人々にまったく知られていなかったわけではないかもしれない．

(9) この動物については，数多くの身元候補が挙げられていて途方に暮れると Kitchell（2014）が指摘している．それはジャッカルかジャコウネコか，あるいは何らかのジャコウネコ科の動物かもしれない．

(10) トビネズミを表わす古代ギリシア語．アリストテレスはこの言葉を実際に使っていない．だが，長い脚を持つネズミについて語っていて，そのネズミは後脚で歩く —— これは明らかにトビネズミだ．

(11) アリストテレスは人間以外の霊長類を 3 つ挙げている．*kynokephalos*，*pithēkos*，*kēbos*（*HA* 503a19 の *khoireopithēkos* は原文が疑わしいので除く）．*kynokephalos* はエジプトヒヒ（*Papio hamadryas*）でまちがいがない．それはイヌのような顔をしていて，尾っぽがないからだ．*pithēkos* は短い尾を持つと言われている．そうだとすると，おそらくバーバリーマカク（*Macaca sylvanus*）だろう．*kēbos* には尾があるという．だが，尾のあるアフリカのオナガザル科（*Cercopithecus*）はすべてサハラ砂漠より南の地域で生息している．だとすると，それはおそらく，アジアのアカゲザル（*Macaca mulatta*）で，アレクサンドロス大王の遠征がもたらした報告によるものだろう．Kullmann（2007）p. 709 と Kitchell（2014）を見よ．

(12) *aspalax* は小アジアのメクラネズミ属（*Spalax*）か，チチュウカイモグラ（*Talpa caeca*）かもしれない．メクラネズミとチチュウカイモグラは，ともに盲目で，目が皮膚で覆われているが，生物地理学的な観点からして，チチュウカイモグラの方が妥当と思われる（ヨーロッパモグラ［*T. europea*］はアルプス以北に生息していること，そして小さな，しかし外から見える目のために，ここでは不適格だ）．Thompson（1910）*n. HA* 491b30 は，チチュウカイモグラを支持している．それはアリストテレスがよく知っていた地域では，メクラネズミよりチチュウカイモグラの方がよく見られるという単純な理由からだ．Kullmann（2007）p. 457 を見よ．

oryx オリックス	*oryx*	*Oryx* sp.
otter カワウソ	*enhydris*	*Lutra lutra*
pig ブタ	*hys*	*Sus scrofa domesticus*
porcupine, crested タテガミヤマアラシ	*hystrix*	*Hystrix cristata*
rhinoceros, Indian インドサイ(13)	*onos Indikos*	*Rhinoceros unicornis*
seal, monk モンクアザラシ	*phōkē*	*Monachus monachus*
sheep ヒツジ	*krios*	*Ovis aries*
sheep ヒツジ	*oïs*	*Ovis aries*
sheep ヒツジ	*probaton*	*Ovis aries*
shrew トガリネズミ	*mygalē*	Soricidae
tiger トラ	*martikhōras*	*Panthera tigris*
marten テン	*iktis*	*Martes* sp.
weasel イタチ	*galē*	*Mustela* sp.
wolf, grey ハイイロオオカミ	*lykos*	*Canis lupus*
CETACEANS クジラ目	***KĒTŌDEIS***	**CETACEA**
dophin イルカ	*delphis*(14)	*Delphinidae*
whale クジラ	*phalaina*	Odontoceti
BIRDS 鳥類	***ORNĪTHES***	**AVES**
bee-eater, European ヨーロッパハチクイ	*merops*	*Merops apiaster*
blackbird クロウタドリ	*kottyphos*	*Turdus merula*

bustard, great ノガン	*ōtis*	*Otis tarda*
chaffinch ズアオアトリ	*spiza*	*Fringilla coelebs*
chicken ニワトリ	*alektōr*	*Gallus domesticus*
chicken, Adrianic アドリアのニワトリ	*adrianikē*	*Gallus domesticus*
cormorant, great カワウカワウ	*korax*	*Phalacrocorax carbo*
crane, Eurasian ナベヅル	*geranos*	*Grus grus*
crow, hooded ハイイロガラス	*korōnē*	*Corvus corone*
cuckoo カッコウ	*kokkyx*	*Cuculus* sp.
dove, turtle コキジバ	*trygōn*	*Streptopelia turtur*
duck, teal? コガモ？	*boskas*	*Anas crekka?*
eagle ワシ	*aietos*	*Aquila*
flamingo, greater オオフラミンゴ(15)	*phoinikopteros*	*Phoenicopterus ruber*
nightjar ヨタカ	*aigothēlas*	*Caprimulgus europaeus*
goldcrest キクイダダキ	*tyrannos*	*Regulus regulus*
goose ガチョウ	*khēn*	*Branta* sp.
grebe, great crested カンムリカイツブリ	*kolymbis*	*Podiceps cristatus*
vulture ハゲワシ，コンドル	*aigypios*	*Aegypius* sp.

(13) *onos Indikos* は一般的にインドサイと考えられている（Ogle 1882 p. 190, Thompson 1910 *n.* 499b10）．Lones（1912）p. 255 はその足を見て，インドサイという意見に反対している．サイには蹄が3つあるのだが，*onos Indikos* には1つしかないという Lones の意見は正しい．が，インドサイの中央の蹄が，他の蹄にくらべて大きいので，往々にして1つの蹄と見間違えられる．

(14) おそらくバンドウイルカ（*Tursiops truncatus*）だろう．だが，アリストテレスは，エーゲ海で生息するいくつかのイルカ種を区別していない．

(15) アリストテレスは述べていないが，現在カロニではよく見られる．古代のギリシアで，フラミンゴ（あるいはそう思われるもの）に言及しているのは，アリストパネスの『鳥』273 とヘリオドロスだけだ．

hawk タカ	*hierax*	Accipitriae, small
heron サギ	*pellos*	*Ardea* sp.
hoopoe, Eurasian ヤツガシラ	*epops*	*Upupa epops*
ibis トキ[16]	*ibis*	Threskiornithidae
jay, Eurasian カケス	*kissa*	*Garrulus glandarius*
kestrel チョウゲンボウ	*kenkhris*	*Falco* sp. *timmunculus* または *F. naumanni*
kingfisher カフセミ	*alkyōn*[17]	*Alcedo atthis*
kite トビ	*iktinos*	*Milvus* sp.
lark ヒバリ	*korydalos*	Alaudidae
nuthatch, rcck イワゴジュウガラ	*kyanos*	*Sitta neumayer*
ostrich ダチョウ	*strouthos Libykos*	*Struthio camelus*
owl, little コキンメフクロウ[18]	*glaux*	*Athene noctua*
owl, Ural? フクロウ？	*aigōlios*	*Strix uralensis?*
partridge ヤマウズラ	*perdix*	*Alectoris* または *Perdix*
pelican, Dalmatian ハイイロペリカン	*pelekan*	*Plelecanus crispus*
pigeon ドバト	*peristera*	*Columba* sp.
pigeon, wcod モリバト	*phatta*	*Columba palumbus*
quail ウズラ	*ortyx*	*Coturnix vulgaris*
raven カラス	*korax*	*Corvus corax*
seagull カモメ	*laros*	Laridae
sparrow スズメ	*strouthos*	*Passer* sp.

stilt, black-winged セイタカシギ	*krex*[19]	*Himantopus himantopus*
stork, white コウノトリ	*pelargos*	*Ciconia ciconia*
swallow ツバメ	*khelidōn*	*Hirundo rustica*
tit カラ	*aigithallos*	*Parus* sp.
tit, coal ヒガラ	*melankoryphos*	*Parus ater*
turtle dove コキジバト	*trygōn*	*Streptopelia turtur*
woodpecker キツツキ[20]	*dryokolaptēs*	*Dendrocopos* sp.
woodpecker キツツキ	*hippos*	*Dendrocopos* sp.
woodpecker キツツキ	*pipō*	*Dendrocopos* sp.
woodpecker, green ヨーロッパアオゲラ	*keleos*	*Picus viridis*
wren ミソサザイ	*trokhilos*	*Troglodytes troglodytes*

(16) ギリシア（カロニ）のブロンズトキ（*Plegadis falcinellus*）とエジプトのアフリカトキ（*Threskiornis aethiopicus*）.

(17) アジサシの種について言っているのかもしれない.

(18) 女神アテナのフクロウ．古代のことわざ「アテナイにフクロウを持ちきたる」は「むだなことをする」という意味.

(19) 伝統的にはウズラクイナ（*Crex crex*）とされてきた．しかし，これは疑わしい．アリストテレスによって述べられている *krex* は，短い第1趾を持つ長い脚の水鳥で，性格はけんか好きだ（Thompson 1895 p. 103；Arnott 2007 p. 120）．これはウズラクイナにはうまく合致していないが，セイタカシギには適合している.

(20) *dryokolaptēs* はキツツキの一般名．アリストテレス（*HA*593a5，*HA* 614b10）は *hippos* のように，少なくとも4種類のキツツキについて述べている．その中には容易に同定できるものもあるが，できないものもある．彼が赤い斑点のある小さなキツツキと言うときに，それが意味しているのはコアカゲラ（*Dendrocopos minor*）にちがいない．彼の記述に該当するもので，ギリシアに生息する小さなキツツキはコアカゲラしかいないからだ．またアリストテレスがオリーブの林の中に巣を作る大きなキツツキと言うときには，ヒメアカゲラ（*D. medius*）を指しているにちがいない．オリーブの木に巣作りをするのはヒメアカゲラだけだからだ．おもしろいことに，ヒメアカゲラはレスボス島でしかオリーブの木に巣作りをしない（Filios Akreotis，pers. comm.）．アリストテレスが漠然と「大きな」種と言うときには，3羽の大きなキツツキ（*Dendrocopos*）の内の一つを指しているのかもしれない．3羽とはオオアカゲラ（*D. leucotos*），カオジロアカゲラ（*D. syriacus*），アカゲラ（*D. major*）．この3羽はすべてほぼ同じ大きさ（8～10インチ）をしている．*Hippos* は *pipō* の写しまちがいかもしれない．この他にもアリストテレスは，ヨーロッパアオゲラ（*keleos*）について言及している．これは明らかに *Picus viridis* だ．Thompson（1895）と Arnott（2007）を見よ.

EGG-LAYING TETRAPODS 卵生四足類	***ŌIOTOKA TETRAPODA***	***REPTILIA*+*AMPHIBIA***[21]
chameleon カメレオン	*chamaileōn*	*Chamaeleo chamaeleon chamaeleon*
crocodile ナイルワニ	*krokodeilos potamios*	*Crocodylus niloticus*
gecko，Turkish? トルコナキヤモリ？	*askalabōtēs*	*Hemidactylus turcicus*?
lizard トカゲ	*sauros*	Lacertidae
tortoise カメ（リクガメ）	*chelōnē*	*Testudo* sp.
terrapin ヌマガメ	*emys*	*Mauremys rivulata*?
turtle カメ（ウミガメ）	*khelōnē thallattia*	Cheloniidae
SNAKES ヘビ類	***OPHEIS***	**SERPENTES**
snake，water ミズヘビ	*hydros*	*Natrix tessalata*?
snake，large ヘビ（大型）	*drakōn*	Serpentes
Ottoman viper ヴァイパー	*ekhidna*	*Vipera xanthina*
FISHES 魚類	***IKTHȲES***	**CHONDRICHTHYES +OSTEICHTHYES**
blenny，rusty? ラスティブレニィ？	*phykis*[22]	*Prablennius sanguinolentus*?
blotched picarel ブロッチトピカレル	*mainis*	*Spicara maena*
catfish，Aristotle's アリストテレスのナマズ	*glanis*	*Silurus aristotelis*
comber コンバー	*khannos*	*Serranus cabrilla*
comber，painted ペインテッドコンバー	*perkē*	*Serranus scriba*

eel, European ヨーロッパウナギ	*enkhelys*	*Anguilla anguilla*
goby ハゼ	*kōbios*	*Gobius cobitis?*
「goby, white」「白ハゼ」	*leukos kōbios*	不明
gurnard ホウボウ	*kokkis*	Triglidae
gurnard ホウボウ	*lyra*	Triglidae
John Dory マトウダイ	*khalkeus*	*Zeus faber*
mullet, grey ボラ	*khelōn*	Mugilidae
mullet, grey ボラ	*kephalos*	Mugilidae
mullet, grey ボラ	*kestreus*	Mugilidae
mullet, grey ボラ	*myxīnos*	Mugilidae
mullet, red ヒメジ	*triglē*	*Mullus* sp.
parrotfish オウムウオ	*skaros*	*Sparisoma cretense*
pipefish ヨウジウオ	*belonē*	*Syngnathus* sp.
salema サレマ	*salpē*	*Sarpa salpa*
scorpionfish フカカサゴ	*skorpaina*	*Scorpaena scrofa*
sea bass, European ヨーロッパスズキ	*labrax*	*Dicentrarchus labrax*
sea bream, annular アニュラーシーブリーム	*sparos*	*Diplodus annularis*
sea bream gilthead ゴシュウマダイ	*khrysophrys*	*Sparus aurata*(23)

(21) 現在では使われていない分類群．今は恐竜のクレード（分岐群）を含む Sauropsida（竜弓類）が使われている．
(22) *phykis* は，ハゼ（*Gobius niger*），ベラの一種（例えば *Symphodus ocellatus*），Thompson 1910 *n. HA* 567b18，Thompson（1947）pp. 276–8，またはブレニィ（*Parablennius sanguinolentus*），Tipton（2006）など，さまざまな魚に同定されてきた．ここに挙げた魚はすべて，カロニやその周辺で棲息しており，その記述が曖昧で他の魚と混同されがちなために，同定することが難しい．
(23) 類義語の複雑な歴史のために，ときに *Chrysophrys auratus*（インド洋・西太平洋地域の魚）と混同される．

sea bream, pandora ヨーロッパマダイ	*erythrinos*	*Pagellus erythrinus*
sea bream, striped ストライプトシーブリーム	*mormyros*	*Lithognathus mormyrus*
sea bream, white ホワイトシーブリーム	*sargos*	*Diplodus sargus sargus*
sea perch, swallowtail ハナダイ	*anthiās*	*Anthias anthias*
shad ニシンダマシ	*thritta*	*Alosa* sp. または another Clupeid
smelt, sand トウゴロウイワシ	*atherīnē*	*Antherina presbyter*
tuna, blue fin タイセイヨウクロマグロ	*thynnos*	*Thunnus thynnus*
unknown 不明魚	*korakīnos*	不明
unknown, sardine-like イワシに似た不明魚	*khalkis*	Clupeidae
unknown, sardine-like イワシに似た不明魚	*membras*	Clupeidae
unknown, sardine-like イワシに似た不明魚	*trikhis*	Clupeidae
CARTILAGENOUS FISHES 軟骨魚	***SELAKHĒ***	**CHONDRICHTHYES**
angelshark ホンカスザメ	*rhinē*	*Squantina squantina*
dogfish, smooth ホシザメ	*leilos galeos*	*Mustelus mustelus*
dogfish, spiny アブラツノザメ	*akanthias galeos*	*Squalus acanthias*
dogfish, spotted トラザメ	*skylion*	*Scyliorhinus* sp.
(24) frogfish アンコウ	*batrakhos*	*Lophius piscatoris*

guitarfish? サカタザメ？	*rhinobatos*	*Rhinobatos rhinobatos?*
ray，torpedo シビレエイ	*narkē*	*Torpedo torpedo*
skate または ray ガンギエイ または アカエイ	*batos/batis*	Rajiformes
shark サメ	*galeos*	Galeomorphi＋Squalomorphi

UNCLASSFIED BLOODED ANIMALS 分類不能の有血動物

tadpole または eft オタマジャクシまたはイモリ	*kordylos*	Amphibia
bat コウモリ	*nykteris*	Microchiroptera
fruit bat，Egyptian（flying fox） エジプトルーセットオオコウモリ	*alōpēx*	*Rousettus aegyptiacus*

(24) アリストテレスの説とは違って，アンコウは軟骨魚類ではない．

英語名／和名	アリストテレスの名前	リンナエウスの名前
BLOODLESS ANIMALS 無血動物	***ANHAIMA***	**INVERTEBRATA**(25)
「**SOFT-SHELLS**」「軟殻類」	***MALAKOSTRAKA***	**CRUSTACEA (MOST)**
crab カニ	*karkinos*	Brachyura
crab，fan mussel タイラギカクレガニ	*pinnophylax*	*Nepinnotheres pinnotheres*
crab，ghost スナガニ	*hippos*	*Ocypode cursor*
lobster ロブスター	*astakos*	*Homarus gammarus*
shrimp エビ	*karis*	Nantantia＋Stomapoda
shrimp，fan mussel タイラギカクレエビ	*pinnophylax*	*Pontonia pinnophylax* または similar spp.
spiny lobster イセエビ	*karabos*	*Palinurus elephas*
shrimp，mantis シャコ	*krangōn*	*Squilla mantis*
「**SOFT-BODIES**」「軟体類」	***MALAKIA***	**CEPHALOPODA**
cuttlefish コウイカ	*sēpia*	*Sepia officinalis*
octopus，common マダコ	*pokypodōn megiston genos*	*Octopus vulgaris*
octopus，musky ジャコウタコ	*bolitaina*	*Eledone moschata*
octopus，musky ジャコウタコ	*heledōnē*	*Eledone moschata*
octopus，musky ジャコウタコ	*ozolis*	*Eledone moschata*

paper nautilus カイダコ	*nautilos polypous*	*Argonauta argo*
squid, European ヨーロッパヤリイカ	*teuthis*	*Loligo vulgaris*
squid, sagittal スルメイカ	*teuthos*	*Todarodes sagittatus*
「HARD-SHELLS」「殻皮類」	***OSTRAKODERMA***	**GASTROPODA+BIVALVIA +ECHINOZOA+ASCIDIACEA +CIRRIPEDIA**
cockle ザルガイ	*khonkhos, rhabdōtos trakhyostrakos*	Cardidae
limpet カサガイ	*lepas*	*Patella* sp.
mussel, fan タイラギ	*pinna*	*Pinna nobilis*
oyster カキ	*limnostreon*	*Ostrea* sp.
razorfish? マテガイ？	*sōlēn*(26)	Solenidae?
scallop ホタテガイ	*kteis*	Pectinidae
sea urchin, edible 食用のヨーロッパムラサキウニ	*esthiomenos ekhīnos*	*Paracentrotus lividus*
sea urchin, long-spine 石筆ウニ	*ekhinos genos mikron*	*Cidaris cidaris*
sea squirt ホヤ	*tēthyon*	Ascidiacea

(25) 現在では使われていない分類群.
(26) *sōlēn* は岩から引き剝がされると生きることができない，とアリストテレスは言う．だが，他のところで彼は，それが定着せずに自由に棲息し，音を聞き取ることができると言う．どちらかがまちがっている．*sōlēn* は昔から砂穴を掘るマテガイ（*solenidae*）とされ，二枚貝の中でももっとも活動的で敏感なものとされてきた.

snail，murex ホネガイ	*porphyra*	*Haustellum brandaris*
snail，murex ホネガイ	*porphyra*	*Hexaplex trunculus*
snail，trumpet セイヨウホラガイ	*kēryx*	*Charonia variegata*
snail，turban イシダタミ	*nēreitēs*	*Monodonta* sp.?
「DIVISIBLES」「有節類」	***ENTOMA***	**INSECTA+CHELICERATA +MYRIAPODA**
ant アリ	*myrmēx*	Formicidae
bee，honey（drone）ミツバチ（雄）	*kēphēn*	*Apis mellifera*
bee，honey（queen，lit.king）ミツバチ（女王）	*basileus*	*Apis mellifera*
bee，honey（queen，lit.lieader）ミツバチ（リーダー）	*hēgemōn*	*Apis mellifera*
bee，honey（worker）ミツバチ（働き）	*melissa*	*Apis mellifera*
beetle，dung フンコロガシ	*kantharos*	Scarabaeoidea
butterfly チョウ	*psychē*	Lepidoptera
centipede または millipede ムカデ	*ioulos*	Myriapoda
cicada セミ	*tettix*	*Cicada* sp.
clothes moth イガ	*sēs*	*Tinea* sp.
cockchafer コガネムシ	*mēlolonthē*	*Geotrupes* sp.
flea ノミ	*psylla*	Siphonaptera
fly ハエ	*myia*	Diptera

fly, horse アブ	*myōps*	*Tabanus* sp.
grasshopper バッタ／イナゴ	*akris*	Acrididae
locust バッタ／イナゴ	*attelabos*	Acrididae
louse シラミ	*phtheir*	Phthiraptera
mayfly カゲロウ	*ephēmeron*	Ephemeroptera
pseudoscorpion カニムシ	*to en tois bibliois gignonmenon skorpiōdes*[27]	*Celifer cancroides*
scorpion サソリ	*skorpios*	*Scorpio* sp.
spider クモ	*arachnē*	Araneae
tick ダニ	*kynoraistēs*	*Ixodes ricinus*
wasp カリバチ	*sphēx*	Vespidae
wasp, huntig カリウドバチ	*anthrēnē*	Vespidae
wasp, fig イチジクコバチ	*psēn*	*Blastophaga psenes*
wasp, parasitoid キセイバチ	*kentrinēs*	*Philotrypesis caricae?*

UNCLASSIFIED 分類不能

fish louse ウオジラミ	*oistros ō tōn thynnōn*	*Caligus* sp.
hermit crab ヤドカリ	*karkinion*	Paguroidea
jellyfish? クラゲ？	*pneumōn*[28]	Scyphozoa?
red coral ベニサンゴ	*korallion*	*Corallium rubrum*

(27) 文字通りの意味は「本の中に入り込むサソリのようなもの」.
(28) Voultsiadou and Vafidis (2007) はこれをウミトサカ（*Alcyonium palmatum*）としている．これもありうる．

sea anemone イソギンチャク	*knidē*	Actinaria
sea anemone イソギンチャク	*akalēphē*	Actinaria
sea cucumber? ナマコ？	*holothourion*[29]	Holothuria?
sponge カイメン	*spongos*	Dictyoceratida
sponge，black Ircinia クロカイメン	*aplysias*	*Sarcotragus muscarum*?
starfish ヒトデ	*astēr*	Asteroidea
worm 蠕虫	*helminthes*	Plathyhelminthes＋Annelida ＋Nematoda，etc.
worm，tape 条虫	helminthōn plateion genos	*Taenia* sp.
worm，nematode（「round」）線虫	*strongyleion*	*Ascaris*?
worms，unknown 不明虫	*akarides*	不明

（29）Voultsiadou and Vafidis（2007）はこれをウミサボテン（*Veretillum cynomorium*）としている．これもまたありうる．

参考文献解題

アリストテレスの著作に関する注釈文献は，古くからあり，論争に富んでいて，その量は膨大なものだ．現代の古典哲学者たちは，アリストテレスが『自然学』で言おうとしていることを解明しようとして，それが紀元2世紀に書かれていることを知りながら，しばしば，アフロディシアスのアレクサンドロスの注釈を引用する．が，私はこのような学識を避けなければならない．そして以下に記す注は，わずかに2つの慎ましい目標を持つ．第一の目標は読者にアリストテレスのテクストを案内すること．もし読者の方々が，アリストテレスがモグラの目について言っていることを，自分で読んでみたいと思ったとき，そのためにはどこへ行けばいいのか，LIV章の注はそれを教えてくれるだろう．第二の目標は，最近のもっとも重要な，そしてアクセスしやすい二次文献への入口を読者に示すことだ．が，残念なことに，右に挙げたような性質を持つ文献が出現することはめったにない．アリストテレス学者の研究は，氷河が作られるときのように遅々としている．それは大学の学術出版物や，学者の業績を称える論文集（*Festschriften*），会議の議事録といった，まるでパタゴニアの氷河のような形で現われる．私はほとんどの場合，このような文献に抗議をすることで，自分の読み方を正当化することはけっしてしなかったし，文献内で行なわれている論争を解決しようと試みたこともない．折に触れて，自分とは異なる解釈を示す学者の意見を引用しているとすれば，それはただ，専門家の間に生じた重要な相違点と，私自身のわずかな非正統性に注意を促す意味で言ったまでだ．

アリストテレスの著作へ言及するときには，「ベッカー数」の形で示している．この数は，イマヌエル・ベッカーが1831年に校訂したベッカー版アリストテレス全集のページ数・行数を指す．例えばそれはこんな風に表示されている．*HA* 608b20 の *HA* は論文名 *Historia animalium*（動物誌）を表わし，608b20 は 608 ページの右欄 20 行目を示す．各著作（例えば *HA*）は「巻」と「章」に分かれているが，章を丸ごと引用する以外には，「巻」と「章」は使っていない．表記は例えば *HA* I, 1 とし，これは *HA* の第1巻1章を意味する．このように数字を使うことで，どのような言語で表記されたどのような版でも，該当のテクストを見つけることができる．オックスフォード大の *Works of Aristotle Translated into English,* 1910–52, edited by J. A. Smith and

W. D. Ross はフリーのオンラインで利用が可能．それは *The Complete Works of Aristotle: The Revised Oxford Translation*, Princeton, 1984, edited by Jonathan Barnes として，二巻本で改訂出版されている．しかし，もし *HA* を入手したいと思ったら，1910 年のオックスフォード版（D'Arcy Thompson の校訂）の古書を探すのがよい．実際，私は感傷的になっているのも事実だが，この版にはプリンストン版やオンラインのものにはない注釈がついている．ハーバードで出版された Loeb 版もまたすこぶる貴重で，ギリシア語を併記する．

こうした版は部分的には，重要な注釈のついた英語のテクスト *Clarendon Aristotle* に取って代わられている．しかし，このシリーズで現在利用できる生物学上の著作は Jim Lennox's *The Parts of Animals*, 2001 だけだ．ドイツ語を読む読者は *Werke in deutscher Übersetzung*, Akademie Verlag を利用することができる．が，ここでも生物学上の著作は Jutta Kollesch's *IA* and *MA*, 1985 と Wolfgang Kullmann's *PA*—*Über die Teile der Lebewesen*, 2007 だけだ．*Historia animalium* の標準的なギリシア語版は David Balme's（with Allan Gotthelf）*editio maior*, Cambridge, 2002.

アリストテレスの著作

Cat	『カテゴリー論』（*Categoriae*）
APo	『分析論前書』（*Analytica posteriora*）
Top	『トピカ』（*Topica*）
Phys	『自然学』（*Physica*）
DC	『天体論』（*de Caelo*）
GC	『生成消滅論』（*de Generatione et corruptione*）
Meteor	『気象論』（*Meteorologica*）
DA	『霊魂論』（*de Anima*）
PN	『自然学小論集』（*Parva naturalia*）
Sens	『感覚と感覚されるものについて』（*de Sensu et sensibilibus*）
SV	『睡眠と覚醒について』（*de Somno et vigilia*）
LBV	『長命と短命について』（*de Longitudine et brevitate vitae*）
JSVM	『青年と老年について，生と死について，呼吸について』（*de Juventute et senectute, de vita et morte, incl. de Respiratione*）
HA	『動物誌』（*Historia animalium*）
PA	『動物部分論』（*de Partibus animalium*）
DM	『動物運動論』（*de Motu animalium*）
IA	『動物進行論』（*de Incessu animalium*）
GA	『動物発生論』（*de Generatione animalium*）

DP	『植物について』(*de Plantis*)*
Mirab	『異聞集』(*de Mirabilibus auscultationibus*)(1)
Prob	『問題集』(*Problemata*)*
Metaph	『形而上学』(*Metaphysica*)
EN	『ニコマコス倫理学』(*Ethica Nicomachea*)
EE	『エウデモス倫理学』(*Ethica Eudemia*)
MM	『大道徳学』(*Magna moralia*)*
Pol	『政治学』(*Politica*)
Poet	『詩学』(*Poetica*)
FR	『断片集』(*Fragmenta*)(R^3 = Aristotelis *Fragmenta*, ed. V. Rose, 1886)

テオプラストスの著作

HP	『植物誌』(*Historia plantarum*)
CP	『植物原因論』(*de Causis plantarum*)
St	『石について』(*de Lapidibus*)

プラトンの著作

Rep	『国家』
Tim	『ティマイオス』
Phaedrus	『パイドロス』
Phaedo	『パイドン』
States	『政治家』
Laws	『法律』
Philebus	『ピレボス』
Georgias	『ゴルギアス』

他の古代作家の著作

Athen	アテナイオス『食卓の賢人たち』(*Deipnosophists*)
DK	ディールス－クランツ篇『ソクラテス以前の哲学者断片集』
DL	ディオゲネス・ラエルティオス『ギリシア哲学者列伝』
Econ	クセノポン『家政について』(*Oeconomicus*)

＊アリストテレス偽書

Herod	ヘロドトス『歴史』
Hesiod	ヘシオドス『神統記』
HM	アイリアノス『ギリシア奇談集』（Historical Miscellany）
Mem	クセノポン『ソクラテスの思い出』（*Memorabilia*）
NA	アイリアノス『動物奇譚集』（On the Nature of Animals）
Paus	パウサニアス『ギリシア案内記』
Plin	プリニウス『博物誌』
Plut	プルタルコス『対比列伝』（アレクサンドロス）
Strab	ストラボン『地理書』
Symp	クセノポン『饗宴』（*Symposium*）

I

貝類と巻貝 ── アリストテレスは，*HA* 528a20 で貝類について，*HA* 529a1 で巻貝の内部構造について述べている．Thompson（1947）p. 113 は *kēryx* の語源を「伝令官」とする説に疑いを持ち，それは巻貝の単なる古代名ではないかと言う．

II

リュケイオン ── スラは第１次ミトリダテス戦争の期間中，紀元前 87–86 年にアテナイを占拠して略奪した．Keaveney（1982）p. 69 を見よ．スラがアリストテレスの著作をローマへ持ち去った様子は，*Strab* XIII, 1, 54–5 に書かれている．*Strab* IX, 1, 24 と *Paus* I, 19, 3 がリュケイオンの終わりに近い頃を描き，Lynch（1972）がその立地と機能を論じている．アリストテレスの言行については *DL* V, 1–2；*DL* V, 17–22 に記されている．資料によっては，アリストテレスに関する言及がまったくない．これは残念なことだ．その一方で，Xenocrates（仲間の学徒）よりむしろ Isocrates（ソフィスト）が多くを語っている．学者は概ね，アリストテレスの現存の著作が講義録だということに同意している．例を挙げると Ackrill（1981）p. 2, Grene（1998）p. 32, Barnes（1996）p. 3, Anagnostopoulos（2009b）．Canguilhem の資料編纂に関する批評には *L'objet de l'histoire des sciences,* 1968 がある．だが，私はそれを Pellegrin（1986）p. 2 でも見つけた．アリストテレスは *PA* 639a13, *PA* 644b17, *PA* 645a6 と *DA* 402a7 で自然研究について語っている．彼の大がかりなカリキュラムは *Meteor* 338a20 に書かれている．「生物学への招待」は *PA* 645a15 で見ることができる．

III

ダーシー・トンプソン ── ダーシー・トンプソンの生涯については，彼の娘によって書かれた Thompson（1958）がある．Thompson（1910）が *HA* 606b6, *n.* 1 のトビネズミの正体を特定し，*HA* 566a27, *n.* 6 の *Rhinobatos* とその類縁種について検討している．Thompson（1910）p. vii は，アリストテレスがレスボス島 ── さらに広く東エーゲ海 ── に滞在した期間を，生物学の大半の著書を書いた時期だとしている．Jaeger（1948）は年代記の中でこの事実を無視しているが，Lee（1948）はトンプソンの意見に賛成している．一方，Solmsen（1978）は，*HA* の主要な記述に信憑性がないことを理由に，トンプソンを批判している．Lee（1985）はここでもトンプソンを擁護す

る．Balme（1991）p. 25 は，レスボス島滞在の時期を，アリストテレスが *HA* の大半を仕上げた「もっとも可能性の高い」時期と考えている．しかし，生物学の他の著作は，それより早い時期に書かれたとして．おそらくそれは，プラトン学徒だった時期でさえあったかもしれないと言う．Kullmann（2007）pp. 146–56 は，動物学の年表に関する議論の見直しをしている．その結果，「レスボス島滞在の時期は，動物学の著作を執筆した *terminus post quem*（考えられるもっとも早い時期）だ．あらゆる動物学の著作が，アリストテレスの生涯の同じ時期に着想されたことを示唆する証拠も多々あるが，それがのちになって，はじめて展開されたものかどうかはわからない」[trans. AML（著者）]．Thompson（1910）p. iv は，アリストテレスの自然学に注釈を施す作業はむりだと絶望している．

IV

レスボス島 ── レスボス島の鳥類については Dudley（2009）を見よ．その地質については Zouros *et al.*（2008）を，植物については Bazos and Yannitsaros（2000）と Biel（2002）を見よ．地元の医師で博物学者，博識家でもある Makis Axiotis はまた，島の動植物についてすぐれた本を数冊書いている（ギリシア語で）．これは地元で購入することができる．

V

ラグーンで ── 私が書いたラグーンに生息する動物の大要は，以下の文書からまとめて編集したものだ．*HA* 621b13, *HA* 544a20, *PA* 680b1, *HA* 547a4, *HA* 548a8, *HA* 603a22, *GA* 763b1. Thompson（1913）はさらに，マレア岬のカイメンに言及する *HA* 548b25 を付け加えている．しかし，たしかにレスボス島にマレア岬はあるが，ペロポネソスのマレア岬の方がよく知られている．したがってここでは *HA* 548b25 を除外する．アリストテレスは「ラグーン」（潟湖）を *limnothalassa*（湖海）（cf. *GA* 761b7, *HA* 598a20）と表記している．が，この言葉をとくにカロニ湾には適用していない．

VI

食用としての魚 ── グルメの Archestratus が書いた断片を収集し，翻訳したものが Wilkins *et al.*（2011）．ギリシア人の飲食について書かれた古典的な著作の Davidson（1998）は，魚の重要性について多くを語っている．

VII

ソクラテス以前の哲学者 ── *physiologoi* の思想について，手頃な入門書としては Lloyd（1970）や Warren（2007）がある．Barnes（1982）と Barnes（1987）は，大量のテクストを集めていて，機知に富んだ明快な注釈を与えてくれる．しかし，Barnes が自ら認めていることだが，*physiologoi* の科学理論にはそれほど興味がない．そのために彼のすぐれた本は，Kirk *et al.*（1983）による補完が必要となる．ある者たち，例えば Farrington（1944–9）や Lloyd（1970）p. 9 は，*physiologoi* が「神々を除外している」と考えている．だが，他の者たち，例えば Sedley（2007）はむしろ，*physiologoi* の中に神性を見出す傾向がある．Lloyd（1970）p. 10 や Barnes（1982）ch. 1 は，*physiologoi* の特徴として論争と推論を挙げている．Thales による地震の説明は *Aëtus* III, 15 と Seneca の *Naturales quaestiones* III, 14 による．アリストテレスは *Metaph* 983b19 で Hesiod を論じている．*Hesiod* 116–20. Heraclitus は *DK*22B40 で，同時代人と先人を取り上げている．*Corpus Hippocraticum* で参考にしたのは Littré's Greek/French : Littré（1839–61）だが，Greek/English: Jones *et al.*（1923–2012）や Lonie（1981）も利用できる．「Hippocrates」は「人間や動物たちがどのようにして形作られたのか．……」（*Littré* VIII, *Fleshes*, 1, Jones *et al.*（1923–2012）vol. VIII［をもとに翻訳し一部変更］）を説明することを試みる．そしてオキシメルの使用について語っている（*Littré* II, *Regimen*

in acute diseases, 16）．アリストテレスは Hippocrates について，ただ一度だけ，医療の文脈ではないが *Pol* 1326a15 で言及する．Empedocles の似非療法は *DK* 31B111 で記録されている．アリストテレスは *Metaph* 985a5 で彼のスタイルを批判した．

VIII

アリストテレスがアカデメイアに到着する ── アリストテレスの伝記は，後世に書かれたさまざまな，あまり信頼できない履歴（*vitae*）から集めた情報により，鋭い学識をもってまとめられている．Düring（1957）が多年にわたって標準的な解説とされてきたが，今は Natali（2013）が，アリストテレスの履歴のすぐれた分析を新たに生み出した．アリストテレスは *PA* 642a29 で，自然科学が見捨てられたことについて語っている．プラトンの生徒たちのリストは *DL* III, 46 にある．ソクラテスが自分の混乱した頭に絶望したことは *Phaedo* 99B に記録されている．彼の反科学が記されているのは Xenophon の *Mem* I, 1.11–15 だ．Cicero はソクラテスの倫理的転換を *Tusculan Disputations* vol. 10 の中で推賞している．

IX

プラトンの反科学 ── Speusippus の性格は *DL* IV, 1 に書かれている．ソクラテスと Glaucon の対話は *Rep* 527C–531C からの引用．

X

『ティマイオス』 ── Burnyeat（2005）は *eikōs mythos* の意味を分析している．プラトンの元素に関する数秘術的な理論は *Tim* 54D–55C で見られる．Gregory（2000）と Johansen（2004）はプラトンの自然哲学についてその概要を説明している．Hawking（1988）は神の心を探索する（が，のちにあきらめた）．アリストテレスは *EN* 1096a11 で，真実への愛と友情との相克を語っている．その後の言い伝えで，これはしばしば「私はプラトンを愛する．だが，それ以上に真実を愛する」という言葉になる．

XI

アカデメイアで ── アリストテレスが年配のプラトンをいじめたという逸話（かなり信じがたい）は Aelian: *HM* III, 19 に収録されている．Hermias と Assos の情報は *DL* V, 3–9 で得られる．Hermias 像の銘の記録もそこにある（*Athen* XV, 696 と *Strab* XIII, 1, 57 も参照）. Andrews（1952）は，アリストテレスが Hermias の宮廷の政争に巻き込まれたかどうかを検討している．プラトンはおそらく Hermias とは一度も会ったことがなかっただろう ── 少なくとも友情について書いた彼の *Sixth Letter* では，そのようにほのめかされている．この書簡はアカデメイアの生徒の Coriscus や Erastus とともに Hermias に宛てて書かれたもの．以上は Natali（2013）による．アリストテレスは *Pol* 1335a27 で，結婚の最適年齢について語っている．結婚当時，彼は 37 歳くらいだったろう．それから類推すると（間接的な類推で十分だ），Pythia は 18 歳だった．「ギンバイカの小枝……」は Archilochus からの引用．

XII

アッソス ── アッソス発掘の報告は Clarke *et al.*（1882）によってされている．

XIII

テオプラストス ── 古代エレソスの考古学については，Schaus and Spencer（1994）が記録している．テオプラストスの生涯は *DL* V, 36–57 が詳しい．彼の植物学は Hort（1916）と Einarson and

Link（1976–90）のギリシア語／英語版で読むことができる．ただし，これは Amigues（1988–2006）と Amigues（2012）のギリシア語／フランス語版に取って代わられた（あるいは，2012 版が完成したときに取って代わられるだろうと言うべきか）．テオプラストスの著作の他の断片は，*Theophrastus of Eresus: Sources for his Life, Writings, Thought and Influence* のタイトルがついた長いシリーズの論文やその関連本に集められて分析がされている．この大プロジェクトの編集は，故 Robert Sharples, William Fortenbaugh, Pamela Huby らによって行なわれた．

XIV

レスボス島──「……は幸運な博物学者となるだろう」は Thompson（1913）p. 13 からの引用．一人の偉大な動物学者から，もう一人の偉大な動物学者へ向けた賛辞．

XV

科学者としてのアリストテレス──アリストテレスは *physikē*［*epistēmē*］を *Metaph* 1026a6 で，*physikos* を *Phys* 198a22 で使っている．「科学者」という言葉は Whewell（1840）vol. I, p. 113 によって定義づけられたが，それ以前にも彼によって使われていた．

XVI

認識論──「人間は誰しも……知ることを欲する」は *Metaph* 980a21［trans. Ross（1915）modified］からの引用．そのあとは *Met* I, 1 に続く．*Metaphysics* は関連したテクストの寄せ集めだ．Jaeger（1948）によると，テクストを分析して異なった発展の層に腑分けすることが，かつては流行した．しかしこれは現在難しいとされている．各テクストの内容とその関連については Barnes（1995b）を見よ．

XVII

経験的情報の源泉──Owen（1961/1986）と Nussbaum（1982）は，アリストテレスが *phainomena* で何を言おうとしているのかについて検討しているが，私には彼らがアリストテレスの経験主義を十分に認めているとは思えない．それを修正するものとしては Bolton（1987）を見よ．アリストテレスの経験的な実在に対する感覚，そして科学をする上で，観察を第一位にしたことなどが明確に述べられたものとしては，数ある中で *DC* 306a5 を挙げておく．とは言うものの，*phainomena* に関する調査はしばしば，彼自身の観察からはじまるだけではなく，「評判のいい意見」「多くの人々あるいは賢い人々の意見」からはじまる．これは彼が *endoxa*（一般的に承認されている意見）と呼んでいるものだ．例えば *Top* 100b21.「動物には胎生と……」は *HA* 489a35 からの引用．私は，アリストテレスが経験に基づいて語った言葉を，Thompson（1910）*HA* からアトランダムに 1500 語ほどサンプルとして選び出し，それから，*HA* 全体でいったいどれくらい，その種の言葉があるのかを推定してみた．プラトンが占星術を受け入れていたことは *Tim* 71–2 で明らかだ．それについては *DL* V, 20 で裏づけることができる．Bourgey（1955），Preus（1975），Lloyd（1987）が，アリストテレスの経験的データの出所について検討している．アリストテレスは *HA* 608b19 の中で，占い師や鳥の習性について語っている．Thompson（1895），Thompson（1910）*n.* 609a4 と Preus（1975）pp. 34–6；*ibid.* pp. 278 *n.* 113, 115, 116 は，アリストテレスが書いている鳥の言い伝えは，その多くが占星術に由来すると言う．LXXIX の *alkyōn*（カワセミ）に関するアリストテレスの記述も参照のこと．Preus（1975）p. 22 はアリストテレスの mythos の使用について，Lloyd（1979）ch. 3 はギリシア科学と俗信の関係について論じている．アストラガロス（距骨《きょこつ》）については *HA* 499a22, *HA* 499b19 を，胆嚢については *HA* 506a20 を見よ．ツルの神話の否定については *HA* 597a23，ライオンについては *HA* 579b2，オオカミについては *HA* 580a11，話をする頭に

ついては *PA* 673a10 を見よ.

XVIII

アリストテレスと漁師――アリストテレスは声を出す魚について *HA* 535b14 で語っている. Onuki and Somiya（2004）は *Zeus faber*（マトウダイ）の出す音について，そしてそれを出すメカニズムについて書いている . Athenaeus が *Athen* VIII, 352 で語る言葉は辛辣だ. そこには農夫や漁師たちは，通常，彼らが目にした生き物については豊富な知識を持っているが，その証拠が示すのは別な事実だという感情的な考え方がある. 例えばそれは，Thompson（1998）が書いたスコットランド島のアザラシの民間説話などに見られる. アリストテレスはフェラチオをする魚について *HA* 541a13, *HA* 567a32, *GA* 756a7 で検討している. この話の出所はおそらく *Herod* II, 93 だろう. Herodotus が書いているのは，口の中で子育てをするテラピア（*Oreochromis nilotica*）のことだろうとしばしば言われている. しかし，アリストテレスと Herodotus の記述では，テラピアは塩水か河口の水中で生息しているようだ. ところがテラピアは淡水魚だ. アリストテレスは *PA* 639a1 と *HA* 566a8 で専門家の助言の必要性を強調している.

XIX

カメレオン――カメレオンについては *HA* 503a15 を見よ. 引用した文は少し風変わりだ. 取り上げられている動物が細かく切り刻まれていないし，*HA* 全体で部位別に取り上げられてもいない. それはむしろ，これからさらに分析するための準備段階の概要のような印象を受ける. Balme（1987a）. Lones（1912）p. 157 はカメレオンには脾臓があるが，それは小さい（約「0.11 インチ」）と言う.

XX

アリストテレスとアレクサンドロス――Plutarch, *Plut* 668, 7, 4［trans. Dryden］は Life of Alexander の中で，アレクサンドロスの教育がアリストテレスの手で行なわれたと述べている. Natali（2013）はミエザの物語全体を疑った. だが，その理由がはっきりとしない――彼はアリストテレスがアレクサンドロスを教えたことは認めていて，どこかで教えたことはまちがいないと言う. アレクサンドロスが *Iliad* を持ち歩いた話も出所は Plutarch だ. アリストテレス自身もアレクサンドロスのために，植民地を統制し経営する方法について本を書いた. だが，一部の断片を除くと，そのすべては消失してしまった. Lane-fox（1973）がアレクサンドロスの伝記を書いている. Pliny は，アレクサンドロスがアリストテレスの研究に資金を提供した話を語っている（*Plin* VIII, 44）. Athenaeus は *Athen* IX, 398e でこの話をさらに大げさなものにした. Lewes（1864）p. 15, Ogle（1882）pp. xiii–xiv, Romm（1989），それに近年の学者の大半は Pliny の話を否定している. だが，Jaeger（1948）は Pliny を擁護した. それはアリストテレスの著作が発展的に形成されたという彼なりの構想に，Pliny の話が合致していたからである. Lloyd（1970）p. 129 は次のような指摘をしている. 紀元前 4 世紀のギリシアでは，Hermias のように，国家や王が学者たちのパトロンになることはあっても，科学的な研究に直接資金を提供することはなかった. 国家の援助を受けた研究の最初の記録は，紀元前 3 世紀にアレクサンドリアに建てられた図書館だ.「いつも何か新しいものはアフリカからやってくる」（ex Africa semper aliquid novi）の出典は一般に Pliny（*Plin* VIII, 42）だと言われている. だが，それはアリストテレスの時代ですら，さらに古くから言い伝えられた格言だった，と彼は *HA* 606b20 で言っている. 本書でアリストテレスが述べた動物と，それを同定したもののリストについては巻末の「用語集 II」を見よ.

XXI

異国風のもの ── アリストテレスは *HA* 501a24 で *martikhōras* について語っている．さらにゾウの精液に関しては Ctesias に信頼がおけないことを *HA* 523a26 で，インドについは *HA* 606a8 で述べている．そして *oryx* を *HA* 449b20 で，*onos Indikos* を *HA* 499b19 と *PA* 663a19 で語る．「いわゆる」インドのロバの位置については，アリストテレスは態度を決めかねている．そして，それは角があり奇蹄の動物だと「言われている」と述べる．もしそれがサイだとしたら，彼は間違っている．サイは奇蹄類で 3 本の指を持つからだ．巻末の「用語集II」を見よ．Herodotus は *Herod* II, 99, II, 147, IV, 81, V, 59 で自分の目を信じることについて語っている．アリストテレスが Herodotus から得た情報で，出所を Herodotus と示していないものには，更年期の女祭司（*HA* 518a35/*Herod* I, 175；*Herod* VIII, 104），ラクダとウマの喧嘩（*HA* 571b24/*Herod* I, 80），ライオン（*HA* 579b7/*Herod* VII, 126），ツル（*HA* 597a4/*Herod* II, 22），エジプトの動物たち（*HA* 606b20/*Herod* II, 67），エチオピアの空を飛ぶヘビ（*HA* 490a10/*Herod* II, 75），ラクダの膝（*HA* 499a20/*Herod* III, 103），エチオピア人の精液（*HA* 523a17/*Herod* III, 101）がある．Herodotus は *Herod* III, 101–5 で金を掘るアリについて語っている．翼を持つヘビについては XCIV を見よ．Ctesias の *Persica* と *Indica* それに Herodotus の *Histories* に加えて，アリストテレスが触れている Herodorus of Heraclea の *Heraclea* も活用していたかもしれない．その他にも彼が言及していないが，実際には利用したかもしれない歴史書が数多くあった．例えば Heraclides of Cyme の *Persica*（紀元前 4 世紀中頃）や Damastes の *Periplus*（紀元前 5 世紀）．

ゾウなど ── アリストテレスがゾウを実際に見たかどうか，もし見たとしたら，そのゾウはアジアゾウだったのか，アフリカゾウだったのかについては，かなり多くの論文が書かれている．だが，私はアリストテレスはゾウを見ていなかったと思う．Preus（1975）p. 38 は，アリストテレスがマケドニアの動物園でゾウを見たかもしれないと言っている．マケドニアに当時，動物園があったという証拠はないが．Romm（1989）はこの問題について考察を加え，アリストテレスがアフリカゾウを見たと主張することで，Pliny の話が間違っていることを証明しようとする．その一方で，Bigwood（1993）は，アリストテレスの知識の淵源となっている可能性がある文献に焦点を合わせた．ゾウについてさらに情報を求める向きは XXXVI と XLVII を見よ．ライオンについては，そのほとんどが不正確な情報だが，アリストテレスは *HA* 579a31, *HA* 594b18, *HA* 629b12, *GA* 760b23 で書いている．インドライオンのヨーロッパ分布に関する情報は，そのほとんどが紀元前 430 年頃に Herodotus が書いたものからきている．しかし，*HA* 629b12 はまた猟師の情報に頼っているようだ．そして 2 種類のライオンを区別している．Xenophon は Herodotus などとは別に紀元前 380 年頃に，マケドニアで行なわれていたライオン狩りについて語っている．ライオンの歴史的分布については Bigwood（1993）p. 236 n. 6 と Schnitzler（2011）を見よ．ダチョウについてアリストテレスは *HA* 616b5, *PA* 644a33, *PA* 658a10, *PA* 695a15, *PA* IV, 14, *GA* 749b15, *GA* 752b30 で語っている．ラクダの足指については *HA* 499a23 で検討を加える．アリストテレスが足指について言っていることは少々曖昧で，アリストテレスが「後」と「前」で意味していることを巡って，さまざまな解釈が行なわれている（Lones［1912］pp. 191–2）．私は「後」と「前」を「後脚」と「前脚」の意味に取った．もしこれが正しければ，アリストテレスの言っていることは正しい．というのは，後脚の切れ込みは実際，前脚の切れ込みより深いからだ．アリストテレスはラクダの胃にどれくらいの部屋があるのか，その正確な数を言っていない．だが，それはかえって幸いだった．ラクダの胃の部屋の数や反芻胃との関係は何世紀もの間，論争のテーマになったからだ（Wang *et al.*［2000］）．糞を噴出させるバイソンの行為については *HA* 630b9 を見よ（*Mirab* 1 を参照）．ウシ亜科における捕食動物へ対抗する行動については Estes（1991）p.195 を見よ．同じ行動はアメリカバイソンでも記録されている．

XXII

ハイエナ――アリストテレスはハイエナについて *HA* 579b15 で述べている（*GA* 757a3 を参照）．多くの者たちはこの説明を，ブチハイエナ（*Crocuta crocuta*）の疑似雌雄同体現象の記述であると見ていた．しかし，それは信じがたい．「用語集 II」を見よ（*hyaina/glanos/trochos*）．Thompson（1910）は *HA* 579b23 で誤訳をしている――「雄」は「雌」であるべきだ．アリストテレスは雌が雄に似た器官を持っているとは言っていない．Bigwood（1993）は，外国産の動物に関するアリストテレスの知識の出所は Callisthenes だとしている．Bigwood はまた Eudoxus of Cnidus についても述べている（CII を見よ）．Brown（1949）はアリストテレスとアレクサンドロスと Callisthenes の関係を検討する．一方，Romm（1989）は名声を押し上げる伝統について語っている．もちろんそこには「未知の協力者」が複数いるかもしれない．ダーウィンが利用した文通仲間の広大なネットワークを想起すること．

XXIII

解剖――アリストテレスが，どれくらい多くの異なった動物を解剖したのか，それを知ることは難しい．だが，Lones（1912）pp. 102–6 は 48 種だと示唆する．しかし，これではたしかに寛大すぎる．というのもそこには，アリストテレスがかなり曖昧にしか書いていないゾウや他の動物が含まれているからだ．アリストテレスは *HA* 491b28 でモグラ（*aspalax*）の解剖について語る（「用語集 II」を見よ）．コウイカの解剖で見せた彼のすぐれた手腕は *HA* IV, 1 で描かれている．*HA* 525a8 でアリストテレスは，解剖したコウイカの図に言及する．彼はしばしば著作の中で図や表を使う．それは Natali（2013）ch. 3, 3 によって検討されている通りだ．

XXIV

人体の内部構造――アリストテレスは *HA* 491a20 で，われわれはまず人間の部位や器官について理解をすべきだと言う．Lloyd（1983）ch. I, 3 は人間を一モデルとして検討し，アリストテレスが人間に特有なものと断言する特徴のリストを提示している．このリストはさまざまなケースで，例えばアリストテレスがサルについて考えるときなどに役に立つと書き留める．アリストテレスは *HA* 494b19 で，人体の内部構造の不明瞭性について語っている．彼は *HA* 495b24 と *HA* 496b22 で，とくに胃や脾臓の形に言及する．しかしこの他には，彼が人体を解剖したことを示唆する証拠はほとんどない．Lewes（1864）pp. 160–70 は，アリストテレスが人間を解剖したかどうかについて検討を加えている．そして p. 157 では，アリストテレスの技量が現代の解剖学者のそれに劣るという理由で，不当にアリストテレスの解剖を退ける．Cosans（1998）はより是認に傾いた見方をしている．Lloyd（1973）ch. 6 と Lloyd（1975）は，Erasistratus と Herophilus, それにアレクサンドリア学派の解剖について考察する．人間の子宮が二分された形で存在するというアリストテレスの主張については，*HA* 510b8 と Owen（1866）vol. 3, pp. 676–708 を見よ．人間の肋骨の数については *HA* 583b15 を，アリストテレスが数を間違えた理由については，Lewes（1864）pp. 155–70, Ogle（1882）*n.* PA I, 5 を見よ．アリストテレスが見たかもしれないごく普通の家畜哺乳類は，そのどれもが 8 対の肋骨を持っていない．家畜の腎臓については Owen（1866）vol. 3, pp. 604–9,/ Sisson（1914）pp. 564–70 を見よ．アリストテレスは *HA* 583b14 で人間の胎児について述べている．部分的に不完全な所もあるが，彼のすぐれた心臓血管構造の説明は *HA* III, 2–4（*HA* 496a4 参照）と *PA* III, 4 で見られる．先人たちへの言及は以下の通り．*HA* 511b24 で Syennesis, *HA* 511b31 で Diogenes , *HA* 512b12 で Polybus. アリストテレスと Hippocratics との関係については Oser-Grote（2004）を見よ．アリストテレスは自分の解剖における自信を *HA* 513a13（*PA* 668a22 参照），*HA* 496a8, *PA* 668b26 で主張する．*PA* で彼が言及している 'Dissections' あるいは 'Anato-

mies' は書物のことだと思うが，もしかするとただの一般的な研究を意味しているのかもしれない（Lennox［2001a］pp. 179, 257, 265）．アリストテレスが記述している心臓血管系の説明の正確さについて，とくに哺乳類が 3 室の心臓を持つと彼が考えた理由について書かれた論文は膨大な数に上る．中でも重要と思われる議論は以下の通り．Huxley（1879), Ogle（1882）pp. 193–6, Thompson（1910), *n. HA* 513a30, Lones（1912）pp. 136–47, Harris（1973）pp. 121–76, Cosans（1998), Kullmann（2007）pp. 522–51．アリストテレスは *HA* 513b21, *HA* 514a23, *PA* 668b1 で毛細血管に言及している．

XXV

記述的な動物学はどれくらいすぐれているのか？── アリストテレスは *HA* 506b26 で，胎生四足類の泌尿生殖器の解剖について述べている．Bojanus（1819–21）はカメの腎臓が典型的なマメの形で，モジュール構造をしていることを語っている．アリストテレスは *HA* 544a20 で，ピュラー海峡（*eurīpos Pyrrhaiōn*）のウニのことを語る．食用のウニが *Paracentrotus lividus* だ．食用のウニはそのトゲに海藻やがらくたをつけているので，それによってわかるとアリストテレスは言う（*HA* 530b16）．エーゲ海では，*P. lividus* だけがこれをする．だが，なぜそうするのかは謎だ（Crook *et al.*［1999］）．今日でもレスボス島の住人たちは，藻をつけたウニだけを採取する ── 藻のついていないウニ（*Arbacia lixula*）は食べることができないが，こちらの方が多く見られる．*HA* 531a3（*HA* 530b24 参照）でアリストテレスは，「アリストテレスのランタン」として知られるようになる構造について述べている．Lennox（1984）は，われわれが「アリストテレスのランタン」として言及している部分は，アリストテレスがこの比喩で示そうとしたものの一部にすぎないと言う．だが，Voultsiadou and Chintriroglou（2008）が古代のランタンの図を持ち出すことで，この問題をすべてはっきりとさせた．キツツキがオリーブの林に巣を作る件については *HA* 614b11 を，より広くキツツキに関しては「用語集Ⅱ」を見よ．Cuvier（1841）vol. I, p. 132 はアリストテレスの動物学を称賛している．Lewes（1864）pp. 154–6, Bourgey（1955), Lloyd（1987）p. 53 も同じように，アリストテレスを称賛する文章を，過去の動物学者たちの書いたものから集めている．中でも Haldane（1955）と Bodson（1983）は，現代生物学の視点から，アリストテレスの経験的な仕事の質について，体系的な検討が必要だと呼び掛けている ── それは今日でもなお行なわれるべきことだ．

XXVI

子育てするナマズ ── アリストテレスはナマズについて，親による子育てを *HA* 621a21 で，成長を *HA* 568a20 で，生体構造を *HA* 490a4, *HA* 505a17, *HA* 506b8 で描いている．Cuvier and Valenciennes（1828–49）vol. 14, bk 17, ch. 1, pp. 350–1 は *glanis* を *S. glanis* と特定．Agassiz（1857）が *S. aristotelis* という名前を提案したが，正式にはそれを述べていなかった．それを Garman（1890）がした．Agassiz, Garman, Houghton（1873), Gill（1906), Gill（1907）がすべてこの話を繰り返している．だが，彼らの内の誰もが，実際に雄の *S. aristotelis* が巣を作ったり，卵を保護するのを見た者はいない．しかし，ヨアニナ大学の I. Leonardos（pers. comm. 2010）はアリストテレスの事実を確認し，さらに幼魚がゆっくりと成長していることを付け加えている．この情報を教えてくれた彼に私は感謝をしている．*HA* 607b18 でアリストテレスは，別の魚（*phykis* ブレニィ？）における親の子育てについて述べ，これをする海洋生物は *phykis* が唯一だと言う．この魚の正体は不明だ．だが，巣を作る海産魚は 1 種類しかいない，とアリストテレスが想定しているのは間違いだ．エーゲ海ではベラ，ハゼ，ギンポ類などが巣を作り，稚魚たちを守る．彼はまた *HA* 608 で動物の性質について語っている．

XXVII

ヘクトコテュルス（hectocotylus）――アリストテレスは *HA* 525a19 と *HA* 622b8 で，*nautilos* について語っている．Owen（1855）pp. 630–1 は hectocotylus 発見に関する初期の歴史を述べている．アリストテレスは *HA* 524a4 と *HA* 541b8 で雄のタコの触腕について，*HA* 544a8 and *GA* 720b32 でタコの繁殖習性について語る．Lewes（1864）pp. 197–201 はいつものように不機嫌に，アリストテレスが hectocotylus を見たという考えに，嘲笑を浴びせる．だが，Lewes は間違っていた．というのも，Steenstrup（1857）と Fischer（1894）が，アリストテレスが見たことを証明したからだ．Thompson（1910）が，hectocotylus について書いたアリストテレスの一文を hectocotylus の精巧な図を付けて説明している．その hectocotylus は，アリストテレスが見ることのできなかった種のものだ．*Octopus vulgaris*（マダコ）につく hectocotylus の実物ははるかに繊細だ．

XXVIII

サメの生殖――アリストテレスは軟骨魚類の生殖器官の構造を *HA* VI, 10–11（*HA* 511a3 参照）と *GA* III, 3 で述べている．ホシザメの胎盤形成の有名な叙述は *HA* 565b4（*GA* 754b28 参照）にある．アリストテレスのホシザメについて書かれたものとしては，Müller（1842），Cole（1944），Thompson（1947）pp. 39–42, Bodson（1983）を見よ．*batrakhos* の身元や生殖については，*HA* 505b4, *HA* 564b18, *HA*570b29, *GA*749a23, *GA*754a26, *GA*754b35, *GA*755a8, *GA*749a24 を見よ．Thompson（1940）p. 47 がアリストテレスの業績をまとめている．

XXIX

自然――Schiller の自然観は Thompson（1940）p. 39 からの引用．だが，もともとは *On Simple and Sentimental Poetry*, 1884 というエッセー集．Alcaeus の詩は Barnstone（1972）pp. 56–8 の訳．Homer の引用は *Odyssey* X, 302–3 から．Democritus は *DK* 68B33 で自然に言及している．Lloyd（1991）ch. 18 は古代ギリシアにおける，「自然の発見」の社会的な文脈について検討する．アリストテレスは自然を *Metaph* IV, 4 and *Phys* II, 1 で定義している．アリストテレスの自然への入門としては Lear（1988）pp. 16–17 を見よ．アリストテレスは *Phys* 193a3 で自然の自明な性質について主張している．

XXX

唯物主義者――*DL* IX, 38–40 によると，プラトンは Democritus の書物が燃やされることを望んでいたという．それに対して，アリストテレスは Democritus について本を書いた．それは明らかに Democritus の物理理論の概要と，それが生物学にどのような関わりを持つかを示したものだ（*FR* F208（R[3]））．アリストテレスは繰り返し，唯物主義者たちを攻撃する．例えば *Phys* II, 4–8, *Metaph* I, 3–4, *DA* I, 2–3 , *PA* 640b5 などで．攻撃の中心にあるのは「自然発生的」という言葉だ．これは私がアリストテレスの 2 つの言葉――*automaton* と *tychē*――を 1 つで言い表わしたもの．2 つの言葉は，目的のある作用因子の産物のように見える（が，実はそうではない）出来事や現象に言及している．2 つの言葉はたがいに違いがある．*tychē*（しばしば「運勢」と訳される）は人間の知性が原因となるものかもしれない（が，実はそうではない）．一方，*automaton*（しばしば「自然発生的」「自動的」「偶然の」と訳される）は何らかの目的のある作用因子（例えば動物の欲望のようなもの）が原因となるのかもしれない（が，実はそうではない）．したがって，*automaton* の方がより包括的な用語だ．2 つの言葉はときに「偶然」と訳されていて，それはコインを指ではじくような確率論的なプロセスの結果を示唆している．だが，これはアリストテレスがここで考えていることではない．私が「自然発生的」という言葉を *automaton* と *tychē* に対して使ったのは，以下の理

由だ．(i) 私は人為作用を扱わない．(ii) アリストテレスはつねにこの2つの言葉を区別していない．(iii)「自然発生的」は，すでに決定されているが意図されたものではない結果，という考えを含んでいるように思われる．最終的に注目すべきなのは，アリストテレスが自然発生的に生まれる動物について述べるときには，彼はまた *automaton* を違った仕方で使用していることだ．LXXVI から LXXVIII を見よ．

エンペドクレスと選択（淘汰）── Empedocles の混合の理論は *DK* 31B8 で見られ，それはアリストテレスによって *Metaph* 1015a1 に引用されている．Empedocles の発生論は以下の断片によって再構成されうる．組織形成は *DK* 31B96 で，体の部位は *DK* 31B57 で，ランダムな組み合わせは *DK* 31B59 で．理論の大半は不透明だが，とくに「愛」と「憎しみ」が元素の固有の特性なのか，外部の物理的力なのか，あるいは神の力なのか，それとも3つのすべてなのかが曖昧だ．Simplicius は *Physics* 371.33–372.11 で，*Empedocles* の説明を分析している．選択の原理の意見は明確に示されているが，Empedocles は漸進的進化を心に描いていない．アリストテレスはまた，前成説の批判に際して，胚の選択を Empedocles の説としているが（LXVII を見よ），Empedocles が，実際にこの説を信じていたかどうかは定かでない ── だが，彼は怪物がわれわれの時代にさえ，現われることを認めていたようだ．Sedley（2007）pp. 31–74 を見よ．Campbell（2000）は Hippocrates の *On Ancient Medicine* 3.25 に自然選択による進化を見出すと主張する．しかし，このテクストは明らかに選択（食習慣による）について検討をしているが，より頑強な個人がその頑健な体格を伝えるかどうか ── つまり進化するかどうか ── は不明確だ．Epicurus/Lucretius における選択を取り上げたケースはさらにいっそう説得力がある．Campbell（2000）と Sedley（2007）pp. 150–5 を見よ．*Phys* II, 8 でアリストテレスは，ここで私が述べているより，さらに抽象的に自分の考えを表現している．だが，彼が生物発生について考えていることは明らかだ．Lloyd（1970）ch. 4 and Sedley（2007）chs II, V はソクラテス以前の唯物主義者たちを一般的に論じている．そのテクストと注釈については Barnes（1982）chs. XV–XX を見よ．Democritus の原子論については Barnes（1982）p. 377 を見よ．アリストテレスの唯物主義者に対する批評は，Nussbaum（1978）pp. 59–99, Waterlow（1982）ch. II, Johnson（2005）chs 4, 5 を見よ．

XXXI

目的論的説明の起源 ── アリストテレスは Anaxagoras を *Metaph* 984b15, cf. *DA* 405a20 で称賛して，*Metaph* 985a19 では批判している．ソクラテス－プラトンは *Phaedo* 98B–99C で Anaxagoras を批判する．Johnson（2005）pp. 112–15 を見よ．18 世紀に起源を持つ「目的論」という言葉については Johnson（2005）p. 30 を見よ．Paley（1809/2006）p. 24 はまぶたを褒め称えている．ソクラテスも *Mem* I, 4.6 で同じことをする．まぶたについて，アリストテレスの考えは *PA* II, 13 で見られる．ソクラテスの「デザイン論」の起源については，Johnson（2005）pp. 115–17 と Sedley（2007）pp. 78–92 を見よ．プラトンの善と神については *Tim* 29A, *Tim* 30A と *Rep* 530A を見よ．プラトンは人間の職人たちについて *Gorgias* 503D–504 で述べている．動物学については *Tim* 72D–73, 74E–75C で．消化管については *Tim* 73A で．さらに爪が鉤爪に変化することについては *Tim* 76D–E で．唯物主義に対するプラトンの嫌悪は *Laws* 889A–890D で明らかだ．Lennox（2001b）ch. 13 はプラトンの反自然的な目的論について検討する．Lloyd（1991）ch. 14 はプラトンの科学に対して，私にくらべると，偏りの少ない見方をしている．

XXXII

目的論 ──「われわれはいつも，これこれの運動はこれのためにと言う」（*PA* 641b25）．このフレーズが他に使用された例やその文法関係については，Gotthelf（2012）pp. 2–5 を見よ．アリストテレスの目的論的説明については膨大な文献がある．ここでは生物学に重点を置いた，最近の重要

な論文と評論のコレクションを挙げておく．Kullmann（1979）, Gotthelf and Lennox（1987）, Lennox（2001b）, Quarantotto（2005）, Johnson（2005）, Leunissen（2010a）, Gotthelf（2012）．アリストテレスはからくり人形と生物について *MA* 701b2 で語る（LIX を見よ）．*Phys* II, 8, *PA* I, 1 と *Metaph* VII, 7 で人工物と生物を比較するが，*Phys* 199a8 と *Phys* 199b30 では自ら考える職人に反論している．*Metaph* 988a7 でプラトンの目的論を否定するが，プラトンは *Philebus* 54C で発生について語るときに，「そのために」を使っている．Johnson（2005）pp. 118–27 を見よ．消化管の働きについて，アリストテレスは *PA* 675b23 で語る．生殖形態に関する比較議論については *GA* 717a21 を見よ．身体の目的については *PA* 645b15 を見よ．

XXXIII

形相 ── プラトンは「理性を備えた生き物」について，そしてそれと下位の形相との関係について *Tim* 30C–31A で概要を述べる（Cornford［1997］pp. 39–42）．アリストテレスは *Metaph* I, 9 でプラトンの形相を批判．*HA* 486b224 で鳥や魚のたくさんの *eidē* について語る．Thompson（1910）n. 490b16 は，アリストテレスが *eidos* を，異なったいくつかの形で使用していると指摘した最初の学者の一人．その *eidos* はすべて「種」と訳すことが妥当なわけではない．Balme（1962a）と Pellegrin（1986）はのちにこの解釈のラインをさらに発展させ，それによって，アリストテレスが分類のプロジェクトに専心していたという考えに対抗した．アリストテレスは *atomon eidos* という言葉を，*PA* 643a13, *Metaph* 1034a5, *DA* 415b6, *HA* 486a16 で使う．今でも，*atomon eidos* が指しているのが個体か種か，あるいはその両方かについて論争がなされている ── アリストテレス自身がけっして明確ではない．ある者たち，例えば Balme（1987d）, Henry（2006a）, Henry（2006b）は，アリストテレスが指しているのは個体だと主張した．だが，アリストテレスはつねに種を指していた，つまり 2 つの個体は分割できない形相（種）を共有しているとする，Gelber（2010）の主張に説得力があると私は思う．この解釈はアリストテレスの遺伝理論の読みに影響をもたらす．というのも，それによってさらに種のレベル以下の遺伝的変異を思い起さざるをえないからだ．私はこれを「非定形（インフォーマル）」な変異と呼ぶ（LXX 及び LXXIII を見よ）．アリストテレスは *PA* 641a6 で，木彫職人の比喩によって形相とは何かを説明し，*Metaph* VII, 17 で形相のシラブル理論を説明する．Delbrück（1971）は形相の解釈として情報を主張した．そして多くの者，例えば Furth（1988）pp. 11–120, Kullmann（1998）p. 294, Henry（2006a）, Henry（2006b）などが Delbrück の意見に従った．だが，それとは違った意見については Depew（2008）を見よ．

XXXIV

4 つの説明方法 ── アリストテレスはしばしば基本的な 4 つの因果説明を述べる．例えば *GA* 715a4（引用したのはこれから）と *Phys* II, 3 and *PA* 642a2 などで．Peck（1943）pp. xxxviii–xliv, Leunissen（2010a）と Leunissen（2010b）は，アリストテレスの因果説明のシステムに関する総合的な議論を展開．Lear（1988）pp. 29–31 はアリストテレスの「原因」と Hume のそれとの違いを説明する．アリストテレスの行なった因果説明の分割が，生物学の歴史に及ぼした影響は，古典とされる Russell（1916）の大きなテーマの一つだ．Huxley（1942）, Mayr（1961）と Tinbergen（1963）は，現代生物学において，アリストテレスとは異なった因果説明を提示している．Mayr ははっきりとアリストテレスを引用しているが，Tinbergen はそれをしていない．Dewsbury（1999）も見よ．彼らの因果説明のリストと，アリストテレスのそれとのおもな違いは，アリストテレスのリストには，彼らのリストにある進化論の側面がないことだ．アリストテレスを単なる総合する人，あるいはプラトン主義者として見た人々の中には，Popper（1945/1962）vol. 2, ch. 11 と Sedley（2007）pp. 167–204 がいる ── だが，この伝統は昔からのものだ．そしてそれは新プラトン主義者の研究の底流となっている．

XXXV

鳥類ホールと自然の切り分け方 ── ロンドン自然史博物館の歴史とその展示物については Stearn（1981）を見よ．Lennox（2001b）ch. 2 は，データをまとめる際に，アリストテレスが行なった選択について論じているが，私が本書で行なっている選択もほぼ同じ考え方だ．

XXXVI

博物学者アリストテレス ── Theodore of Gaza がアリストテレスの動物学の著作を訳して，その版 Gaza（1476）に付けた序文は Perfetti（2000）p. 16 の引用．Perfetti はまた Pliny が Theodore of Gaza に与えた影響についても論じている．Beullens and Gotthelf（2007）は Theodore の *HA* の日付と構成について論じる．ゾウに関する Pliny の意見は *Plin* VIII, 1, 13, 32［trans. Rackham et al.（1938–62)］からのもの．アリストテレスが博物学をしなかったという見方は，アリストテレス学者の間ではごく当たり前のことだ．French（1994）はこれに異議を唱えた．だが，アリストテレスを博物学者として捉えた彼の見方は，彼自身の評価基準に矛盾している．

XXXVII

分類学者アリストテレス ── Cuvier（1841）によるアリストテレスの技量への賛辞は Pellegrin（1986）p. 11 からの引用．現代ギリシアの魚名は Koutsogiannopoulos（2010）による ── ギリシアの魚に関心のある者には必携の書．だが今のところ，利用できるのはギリシア語のものだけ．アリストテレスは *HA* 574a16 でイヌの品種をいくつか，*HA* 525b7 で *hippos* crab について，*HA* 617a23 で *kyanos* について述べる．彼は頭足類，とくにその生体構造については *HA* IV, 1（XXIII を見よ）で多くを書いているが，その他の所でも多々触れている．カイダコについては，*HA* 622b8（*HA* 525a19 参照）と XXVII を見よ．「巻貝のような貝の中に棲む」不可思議な頭足類については ── わずかに ── *HA* 525a26 で述べられている．Scharfenberg（2001）を見よ．他の種類のカニについては *HA* 525b6（PA 683b26 参照）で語る．Diamond（1966）は鳥の種類を見分けるニューギニアの高地人について書いている．Atran（1993）は民間分類について広く検討．そこにはまた，アリストテレスの分類学について役に立つ章もある．

最大の類 ── アリストテレスは最大の類についてたくさんの発言をしている．有血動物（*HA* II），無血動物（*HA* 490b7, 523a31），そして *HA* IV でもいくつかの文節で．*ornithes* や *ikthyes* のような名前はその土地特有の言葉だと *PA* 644b5（*PA* 643b9 参照）で彼は言う．彼が新たに作った技術的名称（例えば *malakostraka*）の中には，実際には「名前のような表現」，つまり名詞の代わりになる簡潔に縮めた記述がある．*APo* 93b29–32 参照．Peck（1965）pp. lxvii, 31 と Lennox（2001a）p. 155 を見よ．このような名前の使用はアカデメイアではじまったようだ．Speusippus が *malakostraka* を使い，言葉の定義に関心を抱いていたという．Wilson（1997）を見よ．アリストテレスの行なった *genē* の階層化は非常に不完全なものだ．だが，彼はどのような下位種でも，階層の中で 1 カ所以上，場所を占めることを許さなかった．*Top* IV, 2 参照．多くの *genē* はせいぜい *enhaima* か *anhaima* に分類されるくらいだ．例えばヒトは *enhaima* 以外にどの *genos* にも入っていない．*HA* 490b18 を見よ．以下の箇所はアリストテレスの階層的分類への関心を裏付けている．有血動物（*HA* 505b26），無血動物（*HA* 523a31, *HA* 523b1），軟殻動物（*PA* 683b26［*HA* 490b7 参照］）．

分類においては，各動物はわずか 1 度だけ姿を見せるべきだ，とアリストテレスは *PA* 642b30 や *PA* 643a8 で言う．Borges（2000）p. 231 に記された Borges（1942）の中の ‘El idioma analítico de John Wilkins’（「ジョン・ウィルキンスの分析的言語」）で，（出典の疑わしい）中国のエンサイクロペディアについて語っている．アリストテレスの政体を直交的に分類したものは *Pol* III, 7 にある．この分類は *Pol* IV, 3 に出てくる方法を使った結果だ．実際そこでは，アリストテレスは明ら

かに国家の分類を動物の分類と比較している．そして，われわれが多様な器官 —— 国家でも動物でも —— の多様性を取り上げて，それを直交的にならべるようにと勧めている．「組織をならべ立てるのと同じくらい多く，政府の形体もあるにちがいない」．しかし，動物の分類をするときに，彼がこれをしなかったのは確かなことだ．というのも，その処理をすると必然的に，どの動物にも該当しない空のクラスができてしまうからだ．例えば2種類の特徴で動物を分類するとしよう．口器（歯／嘴），皮膚器官（毛で覆われた／羽で覆われた）．直交する分類では動物の4つのクラスが生まれる．(i) 歯があり，毛で覆われた (ii) 嘴があり，羽で覆われた (iii) 歯があり，羽で覆われた (iv) 嘴があり，羽で覆われた．もちろん (i) は哺乳類，(iv) は鳥類だ．一方で (ii) と (iii) は該当するものがない．カモノハシはカモのような嘴をしているが，これは実際には嘴ではない．このことが示しているのは，直交型の分類方法では，生物学的実体の間に存在する，共分散構造の真の姿を反映できないということだ．私はアリストテレスが，もともと直交型の分類を考えていたが，その不合理さに気がついて，おそらく生物学をはじめるときに捨ててしまったのだろうと考えている．実際，*Pol* ではその後，自分が推薦した直交型の分類を使用していない．その後は *Pol* III, 7 で選んだ *genē* をさらに細かく分けることで，政治構造の分類を丸ごと入れ子型にしているからだ．

分類群（genos）の意味 —— *Metaph* V, 28．Pellegrin（1986）ch. 2 を見よ．

分割の方法 —— プラトンは *States* 257–68E で王者を定義している．彼は言う（*States* 266D）．王者が「安穏な生活を営むために誰よりも訓練を受けた人物，そんな人物と徒競争」をしていたのはおもしろい．プラトンの分割方法では，「羽毛のない二足動物の飼育者」 —— 国王 —— の姉妹群は，「羽毛のある二足動物の飼育者」 —— ガチョウの飼育者 —— となる．これは明らかに努力のいらない仕事だ．*Metaph* VII, 12 and *APo* II, 5, 13, 14 でアリストテレスは，プラトンの分割の方法に従っている．だが，彼はそこでいくつかの技術的修正を導入した．*PA* I, 2–3 では，彼の批判がより激しくなっている．Balme（1987b), Lennox（2001a）pp. 152–472 を見よ．学者の中には，アリストテレスの分割の目的は，分類というよりむしろ定義ではないかと主張する者がいる．だが，彼が種の特定や種の研究に関心があったことは，*PA* I, 4 において明らかだ．Lennox（2001a）pp. 167–9 と本書の XLI を見よ．プラトンは *Phaedrus* 265E で「われわれは……のように関節を断ち切るべきではない」と言っている．

XXXVIII

分類学の方法論 —— *diaphorai* つまり識別特徴については *HA* I, 1 を見よ．鳥類という最大の類の中で普通の種を識別する「程度の差」については，*PA* 692b3（*HA* II, 12–13 参照）を見よ．全般的なものとしては *HA* 486b13, *HA* 497b4 , *PA* 644a13 がある．Lennox（2001b）ch. 7 も見よ．アリストテレスは *IA* 4, *PA* 665a10, *HA* 494a20 で自分の考える動物の幾何学（体制）を語っている．ヒトは孤立している（*HA* 490b18, *HA* 505b31）．アリストテレスはコウイカと腹足類の体制について *HA* 523b22, *PA* IV, 9, *IA* 706a34 で論じる．本書の XCI と XCVII も見よ．植物の体制については *IA* 706b5, *LBV* 467b2, *Phys* 199a26, *PA* 686b35 を見よ．アリストテレスの analogues（相似器官）の理論は *HA* 486b18, *HA* 497b11, *PA* 644a22 に出てくる．アリストテレスの使用法が Owen（1843）の analogy（相似）の定義（「別の動物の部位や器官と機能が似ている，ある動物の部位と器官」）に近いと見る者もいる．Lennox（2001a）p. 168 は，アリストテレスはたしかにときには機能的類似性を明確にしているが，しばしばそれを明確にしていない，と正しい指摘をしている（例えば心臓とその相似器官）．相似器官については Lloyd（1996）ch. 7, Lennox（2001b）ch. 7 と Pellegrin（1986）pp. 88–94 を見よ．Pellegrin は *analogon* が分類機能を果たしていないと言うが，私は彼の議論は説得力がないと思う．頭足類の「脳」については，*PA* 652b24, *HA* 494b28, *HA* 524b4；Lennox（2001a）pp. 209–10 を見よ．Russell（1916）p. 7 と Balme and Gotthelf（1992）p. 120 は，

アリストテレスが暗黙裡に homology（相同）の概念を持っていたという意見に同意している．だが，「無制限に」同じ部分には，多くの意味があることに注意するべきだ（Lennox（2001b）ch. 7）．アリストテレスは *HA* 516b20 と *PA* 655a20 でヘビの骨格をくらべ，ヘビと卵生四足類を比較している．*HA* 508a8 and *PA* 676a25 ではヘビは足のないトカゲだと言い，*HA* 498a32, *PA* 657a22, *PA* 697b5 ではアザラシについて語っている．

XXXIX

多元分類 ── アリストテレスは *HA* 490b19 で陸生動物の区分法を考えている．引用文は最大の類について，議論を重ねている途中のもの．そのために，最大の類の輪郭を描こうとしているようだ．彼は *HA* 490b23 と *HA* 505b5 で，ヘビが *genos* だと言う．*PA* 643b9 では区分の際に，多くの特徴を同時に考察する必要があると指摘する．多元分類とその歴史については，Beckner（1959）と Mayr（1982）pp. 194–5 を 見 よ．Mayr（1982）p. 192, Lennox（2001a）pp. 165–6, 343, Lennox（2001b）ch. 7 は，アリストテレスが多元分類を使用したことに同意している．ダチョウについては XXI を見よ．アリストテレスは *HA* 502a34 と *PA* 689b31 で，3 種類のサルについて論じる（予想される第四のサルについては他の所で述べられる）．*pithēkos*（バーバリマカク）が二つの区分の双方に位置づけられるのは，収束進化のためではなく，相違する種（四足類とヒト）の間に収まっているためだ．これはアリストテレスがヒトを，しかるべき場所 ── 胎生四足類 ── に置くことを拒否した結果だった．彼は自然種を引き裂いた．それをしたのは，ヒトの特殊性を信じたため以外に何の理由もない（XCVII を見よ）．2 種にまたがる動物については Lloyd（1983）ch. I, 4 と Lloyd（1996）ch. 3 を見よ．

XL

イルカ ── *Herod* I, 24 は Arion の話をする．古代のイルカと，とくにその乗り手については Thompson（1947）pp. 54–5 を見よ．アリストテレスは小児性愛のイルカについて *HA* 631a8 で，クジラ目一般の特徴については *JSVM* 476b12, *HA* 589a33, *PA* 655a15, *PA* 669a8, *PA* 697a15 で語る．Pliny は *Plin* IX, 7–10 で，イルカについて意味のないことを述べている．

XLI

『動物誌』のプロジェクトとは何か？ ── Meyer（1855), Balme（1987b）（1961 年の論文の改訂版）と Pellegrin（1986）は，アリストテレスが分類を作り上げ，あるいは作り上げたいと思ったという考えに対して，継続的に異を唱えていた．そしてこれは，多かれ少なかれ定説にまでなっていた．しかし，アリストテレスが分類を成し遂げていたことは明らかであり，たとえそれが非常に不完全で，彼の第一目的ではなかったにしろ，彼はそれを使っていた．Lloyd（1991）ch.1, Lennox（2001a）p.169 と Gotthelf（2012）ch. 12 を見よ．アリストテレスは *PA* 644a34 で分類の有益な理由を言う．彼が *HA* で行なっている情報整理の順番については *HA* 487a10 を見よ．*HA* に対する私の要約は，Theodore of Gaza によって押しつけられた順序を，そのまま踏襲した D'Arcy Thompson や初期の作家たちよりも，むしろ Balme（1991）が整理した巻立てに基づいている．*HA* を構成している各巻の真偽や意図や順序については Balme の序文を見よ．Balme はまた，*HA* が動物学の著作の中で，最初に書かれたものでないと主張している．実際それは，アリストテレスの生涯にわたって，さらには，おそらく彼の死後も後継者たちによって，すべての巻が更新され，程度の差はあるが，それぞれがたがいに統合されたようだ．そのために各巻の順序を見定めることは，今となっては非常に難しい．アリストテレスは *HA* 507a32 で反芻胃について述べている．*HA* が例証的な科学に，基本的な材料を提供しているという考えは，アリストテレスの動物学を研究する学者たちの間では当たり前のことだ．

XLII

論証の必要性 ── アリストテレスは *HA* 491a12（*PA* 639a13 参照），*PA* 640a1, *GA* 742b24 で，*HA* の目的を論証のための材料だとそれとなく言っている．Leunissen（2012a）ch. 3.1 を見よ．

XLIII

論証と三段論法 ── 以下の著作は，徐々に難解さが増すようにならべてあるが，アリストテレスの論法と論証理論について論じたものだ．Barnes（1996）chs 7–8, Ackrill（1981）chs 6–7, Ross（1995）ch. II, Anagnostopoulos（2009c），Byrne（1997），（1993）．Barnes のものは形式論理学の理解を必要とする．何らかの科学的知識の獲得に関係するものについては *APo* 71b9 を見よ．論証の条件としては次のようなものが明記されている．前提は真実で直接的なものでなければならない（*APo* 71b9）．それは普遍的なものに関わっていなければならない（*APo* 71a8, *APo* 73b25, cf. DA 417b21, *Metaph* 1036a2, *Metaph* 1039a24, *Metaph* 1086b32）．われわれは結論より，むしろすぐれた普遍的知識を持たねばならない（*APo* 72a25）．イトヨがどのようにして腰帯を失ったかの物語については，Shapiro *et al.*（2004）と Chan *et al.*（2010）を見よ．*Gasterosteus aculeatus* はギリシアに分布している．だが，明らかにアリストテレスの魚がこれと同定できるような魚はいない．アリストテレスは「定義」をいくつかの違った表現で使用している . A*Po* II, とくに *APo* 94a11 を見よ．ここでは「定義」を「何であるかについての論証の結論」の意味で使う．このような因果関係を示す定義が，彼の科学で演じる役割については XLVII を見よ．目的論的論証（例えば *PA 640a1*）は Lloyd（1996）ch. 1, Leunissen（2010a）によって論じられている．アリストテレスは *APo* II, 19 で第一定義の必要を論じる．その他の例については Gotthelf（2012）ch. 7 を見よ．Byrne（1997）pp. 207–11 はアリストテレスとソフィストについて論じている．

XLIV

アリストテレスの論証理論の問題点とその批判 ── アリストテレスはたしかに次のような問題を忘れているわけではない．(i) 関連性（つながり）から原因を誤って推論する．(ii) 因果関係の方向を誤って推論する．(iii) 多数の因果関係 . A*Po* I, 13 で彼は，三段論法によって立証された，ただの関連性を意味しているような「事実」と「道理に基づいた事実」とを区別している．「道理に基づいた事実」で彼が意味しているのは，関連性プラス何か他の情報で，それは実際に因果関係があるということ，そしてその因果関係が向かう道筋をわれわれに確信させるようなものだ．簡単に言うと，三段論法の外側の何か他の情報源が，一つの因果関係の存在と，それがどんなものなのかを示してくれることを，それなりに彼は主張しているようだ．だが，彼の議論はあまり明快なものではない．Lennox（2001b）ch. 2 を見よ．なぜアリストテレスの著作が，三段論法という形で整然と配列されていないのかという疑問は，多くの議論を引き起こした．Barnes（1996）pp. 36–9 は一つの結論を提示している．だが，Gotthelf（2012）ch. 7 で引用されている Kosman は，問題は人を惑わすような情報にあると言う．それはアリストテレスが，科学はこんな風に「提示される」べきだということを，どこにも言っていないからだ．私は彼が科学を三段論法的に提示していないのは，それができないからだと思う．実際，*APo I*, 30 は，論証は「ほとんど」という関係を含むことが「できる」と言っている．だが，これは彼の普遍性という要件に違反しているように見える．Barnes（1993）p. 192 と Hankinson（1995）はこの難題について論じている．アリストテレスの，なぜラクダには角がないのかという，その場しのぎの説明は *PA* 674a30 にある．Lennox（2001a）pp. 280–1 を見よ．*EN* 1145b2 では論証が弁証法に溶け込んでいる．これがわれわれに論争をもたらす．それはアリストテレスの論証という公式な理論が，彼の生物学の中でどの程度存在しているのかという議論だ．学者の中にはアリストテレスの生物学は，十分に公式の理論を含んだものだと

考える者もいる．だが，他の学者たちは態度を決めかねていて，論理の方法の多様さを指摘する．おもな議論はBolton（1987), Lloyd（1996）ch. 1, Lennox（2001b）chs 1, 2, Leunissen（2007), Leunissen（2010a), Leunissen（2010b), Gotthelf（2012）chs. 7–9 などで見られる．アリストテレスは *APo* II, 13–18 で複数の原因にどのように対処するか――分割して説明する――について論じている．Lennox（2001b）ch.1 を見よ．*APo* 97b25 で彼は，眼球の病気の処方の際に，分割して説明する仕方について語る．がん研究における，その病気の現代版については Harbour *et al.*（2010）を見よ．

XLV

鳥類の機能美――鳥の風については *Meteor* 362a24 を見よ．アリストテレスは *HA* VII, 3 で鳥類とその習性について，そして *HA* 592b23 で *tyrannos* について述べる．彼は *PA* 692b4 で鳥の特徴の程度の大小で表わされる面を，そして *PA* 662a34, *PA* 674b18, *PA* 692b20, *PA* 693a11, *PA* 694a15, *PA* 694b12（*GA* 749a35 参照）で，鳥の多様性とそのライフスタイル（*bios*）の関係について語る．現代生態学のギルドやファンクショナル・グループについては，Wilson（1999）を見よ．Darwin（1845）p. 380 は Galapagos の鳥類について有名な文章を綴る．アリストテレスは *PA* 694b12 で，自然がどのようにして，機能にフィットする道具を作るのかについて語っている．

XLVI

動物学における目的論――アリストテレスは *PA* 639b13 と *PA* 646a25 で目的因が最重要であると語る．Leunissen（2010a）ch. 7.1 を見よ．そして，生命体が生殖する理由を *GC* 338b1, *DA* 415a25, *GA* 731b31 で語る．厳密に言うと，この主張が適用されるのは次のものに限る．(i) 月下の生命体（天の生命体は除く）．(ii) 生殖する生命体（自然発生物は除く）．ここでも，そして他の所でも（XCVI），生殖の恩恵を受けるのは形相だと私は主張している．少し異なった見方については Lennox（2001b）ch. 6 を見よ．

XLVII

ゾウの説明――アリストテレスは *HA* 497b26, *HA* 536b20 と *HA* 630b26 でゾウの鼻を考察．それを *PA* 658b34 と *PA* 661a26 で説明する．ゾウのライフスタイルについては，*HA* と *PA* で若干矛盾がある．*PA* ではゾウの水にまつわる生息環境が強調されている．だが，*HA* ではゾウが水陸両生の動物に指定されていない．明らかに川のそばで生息しているのだが，ゾウは水の中には入らず，泳ぎが下手とされている．Lennox（2001a）p. 234, Kullmann（2007）pp. 469–73 を見よ．とくにゾウの分析については Gotthelf（2012）ch. 8 を見よ．Johnson（1980）はゾウがシュノーケルのように鼻を使う様子を描いている．だが，今日，われわれはその様子を YouTube で見ることができる．*PA* 659a25 でアリストテレスは，ゾウの脚が「曲げるのに適していない」としているが，他の所――HA 498a8, IA 709a10, IA 712a11――では曲げることができると言っている．ただし，あとの文は確かに不明瞭だ．ゾウの柔軟性のなさについては，アリストテレスにその報告をもたらした Ctesias のせいだとしばしば言われる．だが，それを裏付けるテクストが存在しない．Bigwood（1993）を見よ．ゾウの脚に関する歴史的な考察については Tennant（1867）pp. 32-42, ゾウの脚の現代の運動学については REN *et al.*（2008）を，ゾウの水生の起源については Gaeth *et al.*（1999）と West *et al.*（2003）を見よ．

形相とライフスタイルの関連性――アリストテレスは *HA* 487a10 で，動物のライフスタイルがたがいにどこが異なっているのか，それを広範なリストで示す．だが，彼はそれを *PA* で目的論的な説明をする際に，ごくわずかしか使用していない．おそらくこれは Lennox（2010）が指摘している通り，*HA* で示されたライフスタイの相違点のリストが，行動様式のリストによって混乱させら

れてしまったからだろう．食習慣に重きを置いたライフスタイルの使用については *Pol* 1256a18 も見よ．アリストテレスは *HA* 620b10 で，アンコウやシビレエイなどの適応について語る．アリストテレスが，その他の所で，ライフスタイルによって形相の多様性を語っているのは以下の通り．魚の口と食習慣（*PA* 662a7, *PA* 662a31 a と *PA* 696b24），昆虫の羽と移動性とダメージ（*HA* 490a13, *HA* 532a19 と *PA* 682b12），陸生動物と水生動物（*PA* 668b35）．

条件的必然性── *PA* 642a4 でアリストテレスは 2 つの基本的な原因説明を区別している．目的因による説明と必然性による原因説明．彼はさらに必然の種類を 2 つに区別する．一つは「条件的必然性」．それによって彼が意味しているのは，身体の部分が適正に機能しているなら，それに備わっていなければならない特徴だ．もう一つは「質料的必然性」．これは身体の部分を構成している質料の性質から直接生じる部分（あるいは動物）の特徴である（*PA* 639b24, *PA* 645b15 を参照）．実際には，この 2 種類の必然性のもつれを解くことは難しい．アリストテレスが，2 つの内のどちらについて語っているのか，指示していないときもしばしばだ．Cooper（1987）と Leunissen（2010a）ch. 3 を見よ．

XLVIII

条件的必然性の力── *PA* に書かれている説明では，*genē* の重要性が強調されている．それを見ても，アリストテレスの分類は取るに足りない，あるいは分類自体が存在していないと信じている人々の流れに，それが逆らっていることは明らかだ．私がここで提示している主張に似たものとしては Gotthelf（2012）ch. 9 を見よ．アリストテレスは次のような部分あるいは行動が，以下の *genē* に属する「実体の定義」の一部をなしていると言う．鳥類の飛行（*PA* 669b10, *PA* 697b1 と *PA* 693b10），魚類の泳ぎ（*PA* 695b17），鳥類の肺（*PA* 669b10），魚類と有血動物（*PA* 695b17），鳥類と有血動物（*PA* 693b2–13），血液の有無（*PA* 678a26），動物と感覚（*PA* 653b19）．Gotthelf（2012）ch. 7 と Leunissen（2010a）ch. 3.2 は，アリストテレスにとって，このような議論が重要なことを指摘している．アリストテレスは鳥類が嘴を持っているのは，「自然が彼らをそんな風にこしらえたからだ」（*PA* 659b5）と言う．そしてそれは，鳥類の「一風変わった独特な特徴」（*PA* 692b15）だと言う．鳥類の消化管に対して嘴の及ぼした影響については，*HA* 508b25ff. と *PA* 674b22 を　見　よ．Ogle（1882）p. 241, Owen（1866）vol. 2, pp. 156–86 と Ziswiler and Farner（1972）は，鳥類の消化管の多様性について書いている．

XLIX

質料的必然性── Balme（1987d）は，アリストテレスの説明法における質料的必然性の役割を考察する．アリストテレスは *HA* III, 2–20 と *PA* II, 1–9 で，等質部分，その組成と役割を説明する．アリストテレスの等質部分に関する知識を概観したものとしては Lones（1912）pp. 107–17 がある．アリストテレスは *PA* 646b11（*PA* 653b30 参照）と *PA* 654b26 で，等質部分は異質部分のためにあると言う．等質部分の生理学的な関係については CVII を見よ．アリストテレスは *HA* 530a32 で深海のウニについて述べ，*GA* 783a20 でそのトゲについて説明している．ウニの同定については Thompson（1947）p. 72 を見よ．アリストテレスは *PA* 680a25 で，ウニは概して冷たいと言う．ヒポクラテス派や医学書執筆者の Discorides は，ウニのトゲを利尿薬として使ったようだ．Platt（1910）*n. GA* 783a20 を見よ．Guidetti and Mori（2005）はウニのトゲの機能的性質を分析．Moureaux and Dubois（2012）はウニのトゲの柔軟性を立証した．アリストテレスは深海のウニを，他のものとはっきり異なる種として言及する．それは他のウニとの遺伝的差異を意味しているようだ．だが，彼が論じている特徴の説明は，環境によって決定された特徴という観点からだけ述べられている．そのために *eidos* つまり遺伝的形相における差異と結びつけることができない．彼は自分の動物学的著作の中で，同じように無造作に *genos* を使っている（LXXXII のミツバチに関する

叙述を見よ).

L

条件的必然性と質料的必然性の相互作用 ── アリストテレスは *PA* 692a1 でヘビの脊柱の機能特性について，*PA* 655a23 でエイの動きについて，*PA* 664a32 で食道の構造について，*PA* 689a20 でペニスについて述べている．このような例は *PA* I, 1 で条件的必然性を説明したときに，アリストテレスが使った斧の比喩に非常に近い．他の例については Lennox（2001b）ch. 8 を見よ．アリストテレスは *PA* 664b20 で喉頭蓋の目的について述べる．現代的な説明については Ekberg and Sigurjonsson（1982）を見よ．アリストテレスは *HA* 506a13, *PA* 666a25, *PA* III, 7 で，脾臓とその目的について述べる．Lennox（2001a）p. 270 と Ogle（1882）pp. 207–8 を見よ．後者はアリストテレスのかなり正確なデータを評価する．脾臓は「間接的な」あるいは「第二の」目的論の例だ．Lennox（2001a）pp. 248–9, Leunissen（2010a）ch. 4.3 を見よ．Mebius and Kraal（2005）は脾臓の機能について，現代的な見方を概説する．アリストテレスは *HA* 506a20 と *PA* IV, 2 で胆嚢と胆汁について考察する．Lennox（2001a）pp. 288–90 は，ギリシア語の *cholē* が「胆嚢」と「胆汁」を区別していないと主張する．そのためにこの言葉はつねに「胆汁」と訳される．しかし，アリストテレスが異なった動物に *cholē* を割り振っているのを見ると，ときに胆嚢について語り，別のときには胆汁について語っている．これをよしとすれば，彼の使用法は十分納得のいくものだ．Ogle（1882）p. 218 は胆嚢の比較分布を概説する．そしてふたたび，アリストテレスの比較解剖学は，概ね理にかなっていると結論づけている．アリストテレスは *PA* 677a16 で，胆汁が役に立たないものだと決めつける．

LI

家庭経済学の目的論 ── アリストテレスは *PA* 663a34 で，Momus の出てくる Aesop の寓話についてほのめかす．寓話のオリジナルは Babrius の *Fables*, 59 にある．アリストテレスは *IA* 704b11,（*IA* 708a9 参照），*IA* 711a18 で補助的な目的論的原理の必要性を主張する．だが，彼はそれをわずかに数例挙げているだけだ．Farquharson（1912）*n.* 704b12 がそれをさらに多く挙げている．アリストテレスは *Pol* I, 2–9 で，家庭経済学についておもだった発言をしている．彼は動物学の以下の所で，一連の経済的原理を述べたり，それを適用する．(i) 自然は「家事の切り盛りが上手な主婦」(*GA* 744b12)．Leunissen（2010a）ch. 3.2 を見よ．Leunissen は「贅沢な部分」について語っている．(ii)「自然のすることにはむだがない」は以下のものに適用．魚のまぶた（*PA* 658a8），歯の形態（*PA* 661b23），口の機能（*PA* 691b25），魚には脚がない（*PA* 695b16），魚には肺がない（*JSVM* 476a13），　歯（*GA* 745a32），　雄（*GA* 741b4）．Lennox（2001a）pp. 231, 244, Lennox（2001b）ch. 9 を見よ．(iii)「自然はあるところから取り去ったら，他のところに与える」は以下のものに適用．軟骨魚類の骨格（*PA*655a27［*PA* 696b5 参照］），体毛の配分（*PA* 658a31），鳥類と魚類に膀胱がない（*PA* 671a12），ライオンの乳房（*PA* 688b1），ヒトに尾っぽがない（*PA* 689a20），羽と蹴爪（*PA* 694a8），蹴爪と鉤爪（*PA* 694a26），鳥の尾と脚（*PA* 694b18），アヒルの脚が短い理由（*IA* 714a14），アンコウの奇妙な形（*PA* 695b12），生活史（LXXXIII を見よ．Lennox［2001a］pp. 218–19 と Leroi［2010］を見よ）．(iv)「自然は安上がりに……」(*Pol* 1252b1 と *PA* 683a22)．(v) 多機能部分（例えば *PA* 655b6）Tipton（2002）と Kullmann（2007）p. 444 を見よ．アリストテレスは *PA* 655b2, *PA* 661b26 で，しかし概ねは *PA* III, 2 で角の機能と形態を考察．Ogle（1882）pp. 186–91, Lennox（2001a）pp. 246–50, Kullmann（2007）pp. 499–514 を見よ．アリストテレスは *HA* 571b1 で，交尾中の動物の攻撃的行動について述べているが，雄シカが雄同士の戦いの際に枝角を使うことには言及していない．

LII

コウイカの霊魂 ── アリストテレスは *HA* 550b6 でコウイカの産卵を，*HA* 550a10 でその発生を，そして *HA* 541b1–13 で，頭足類の交尾について述べる．Thompson（1928）はコウイカの捕獲法について，古代と現代の方法を書いている．

LIII

生命の定義 ── Schrödinger（1944/1967）ch. 6，Loeb（1906）p. 1 と Spencer（1864）vol. 1, p. 74 では，さまざまな定義を見ることができる．Lewes（1864）pp. 228–31 は初期の定義であり，またアリストテレスの定義に対して注釈をつけている．アリストテレスは *DA* 412a14 で，自分なりに生命の定義をしている．

LIV

霊魂の初期の概念 ── Patroclus の運命は *Iliad* XVI で描かれている．アリストテレスは *HA* 551a14 で蝶を *psȳchē* と呼ぶ．Davies and Kathirithamby（1986）pp. 99–108 を見よ．プラトンの霊魂の概念とその不死の主張は，*Phaedo* 78B–95D, *Phaedrus* 245C–257B, *Rep* 609C–611C で見ることができる．初期の霊魂論の説明については Lorenz（Summer 2009）を見よ．霊魂について，アリストテレスの初期の概念は *Eudemus* FR F37R^3–F39（R^3）と *Protrepticus* FR F55（R^3), F59（R^3), F60（R^3), F61（R^3）にある．一般的には，霊魂に関するアリストテレスの概念は，彼の一生を通じて根本的に変化したと考えられている．例えば Lawson-Tancred（1986）pp. 51–2 など．だが，Bos（2003）はこれに反対の意見を示している．King（2007）を見よ．アリストテレスは *DA* 402a1 で，霊魂に関する知識は非常に重要だと言う．そして *DA* I で先人たちの意見を考察する．アリストテレスは *DA* 412b4,（*DA* 412a19 参照），*DA* 412b4，*DA* 414a15 で，霊魂を身体の第一の現実態だと定義する．そして *DA* 412b27 で，霊魂を吹き込まれた物体としての種子について語る．King（2001）pp. 41–8 を見よ．霊魂は質料の中にある形相だとするアリストテレスの教説は，彼の「質料形相論」── 本質（*ousia*）は質料と形相の複合物と考えられている ── の特殊なケースだ．アリストテレスは *DA* 412b6 で，この理論を霊魂に適用する．この考え方はときに，形相と質料が偶然に結びつくとする，一般的な質料形相論と相容れないものと考えられている（Ackrill［1972/1973］）．アリストテレスは *DA* I, 3, *DA* 415b21 で変化は霊魂のせいで起きるとしている．ここではアリストテレスの *kinēsis*（pl. *kinēseis*）を，私は「プロセス」と訳す ── これによって私は一連の時間依存性状態を表現したい ── が，「運動」と訳す方がより一般的だ．アリストテレスは *DA* II, 4 で，霊魂を目的として目指されるものとして，*DA* 412b10（*DA* 415b8 参照），*PA* 640b34，*Meteor* 390b31 ではそれを実体として語っている．さらに *DA* 415b8 では，彼の「原因」と霊魂の関係について述べる．アリストテレスは *HA* 491b28, *HA* 533a1，*DA* 425a10 で，モグラの目について述べている．

LV

霊魂の超自然的解釈 ──「機械の中の幽霊」は Ryle（1949）ch. 1. による．Lawson-Tancred（1986）p. 24 はアリストテレスの霊魂論を，デカルト的な心身二元論のレンズを通して見ているようだ．だが，Frede（1992）はとくに，アリストテレスの理論をデカルト的なものではないと示した．アリストテレスは *DA* 408b19 と *DA* III, 5 で，ミステリアスな能動的知性について語る．アリストテレスは *DA* 408b11 と *DA* 408b25 で，霊魂が作用因子ではないと言い，*DA* I, 4 ではそれを，さらに一般的な形で語っている．アリストテレスの霊魂の概念，心的状況，それと現代の心の理論との関連性などについては，Nussbaum and Rorty（1992）と Durrant（1993）のエッセイのコレクションを見よ．Kant（1793）§ 75 は目的論的プロセスを説明することに絶望する．Kant の生

物学については，Gren and Depew（2004）ch.4 を見よ．Lenoir（1982）が指摘しているように，目的論者のすべてが公然たる生気論者ではない．その中には「目的論的機械論者」もいた．だが，目的論の魅力が高じてしばしば生気論となる．Driesch（1914）は利己的な生気論の歴史を展開する．Conklin（1929）p. 30 と Schrödinger（1944/1967）は Driesch の生気論に反対する．Sander（1993a）と Sander（1993b）はそれに共感している．Kullmann（1998）pp. 308–10 も見よ．Driesch（1914）p. 1 と Needham（1934）pp. 30 ff. はアリストテレスの生物学に，明確な生気論的解釈を施している．今日，この意見に同意する学者はほとんどいない．だが，アリストテレスの *pneuma* 理論に対する Freudenthal（1995）の説明は，しばしば生気論者のもののように見える．King（2001）*n*. p. 141 を見よ．アリストテレスは生気論者でもなく，Democritus 風の唯物論者でもないという意見に同意する者の中には，Nussbaum（1978), Cooper（1987), Balme（1987c), Gotthelf（2012）ch. 1, King（2001）ch. 3, Kullmann（1998）ch. IV, Quarantotto（2010）などがいる．私がアリストテレスに付けた「情報を持った唯物論者」というラベルは，彼の質料形相論の修正再表示にすぎない．アリストテレスは *DA* 412b6 と *DA* 414b20 で霊魂を形相と特定し，*DA* 415b21 では生命の運動原理としている．

LVI

霊魂の能力 ── 霊魂の階層的な能力については *DA* 414a2 を見よ．栄養的霊魂の能力については *DA* 415a22, *DA* 416b3, *DA* 432b7 を見よ．生物は栄養的霊魂の所有によって定義される（*DA* 416b20)．あらゆる生物には霊魂があると言われる（*DA* 414a29 と *DA* 434a22)．栄養的霊魂は個体発生において最初に現われる（*GA* 735a12)．LXV も見よ．霊魂は生物をまとめる（*DA* 411b5 と *DA* 415a6)．Quarantotto（2010）を見よ．アリストテレスは *DA* 416a33 で新陳代謝について語り，*GC* 321b24,（*GC* 322a22 参照）で成長を川の流れにたとえる．これは現代の成長モデルに似ている（例えば Bertalanffy［1968)］p. 180)．アリストテレスはまた身体の維持のために使われる栄養と，成長のために使われる栄養を区別している（例えば *GA* 744b33)．*n*. Peck（1943）p. 232 を見よ．アリストテレスは *DA* 416a21 で化学変化について語る．LVII を見よ．有血動物における消化と同化の説明は *PA* III にある．現代のエネルギー収支の実例については Ware（1982）を見よ．

LVII

等質部分の化学 ── 元素の比率が等質部分を規定する，実際，それは等質部分を定義しはじめる（*PA* 642a18 と *Metaph* 993a17)．Empedocles の骨の成分については *DK* 31B96 と Furth（1987）pp. 30–3 を見よ．Solmsen（1960）p. 375 と King（2001）p. 168, *n*. 12 は，アリストテレスが合成物を比率によって表わしていることには懐疑的だ．だが，右に挙げた文に加えてアリストテレスは他の箇所でも，さまざまな等質部分の組成について考察していて，その数値的比率の考え方が含意されている．例えば血液について（*PA* II, 4)，脳について（*PA* 653a20)，昆虫の外骨格について（*PA* 654a29)，爪について（*GA* 743a14)．アリストテレスはときに等質部分を，「熱い物質」から組成されるものと呼んでいる．例えば *GA* 743a14 で．彼は *pneuma* のことを言おうとしているのかもしれない ── LIX と LXV を見よ．アリストテレスは *GC* 334a27 で，Empedocles の混合物説を非難している．混合物と合成物の差異については Bogaard（1979）を見よ．アリストテレスの合成物に関する総論は *Meteor* IV, 8, *GC* I, 10, *GC* II, 7–8 で見ることができる．私はここでは，等質部分を元素の比率で変化するものとして話す．だが，アリストテレスはしばしば，等質部分の組成を議論するのに，対立しあう「基本的力」（熱い／冷たい，乾いた／湿った）で表現している．そして，実際にこのような力がより根源的なものだと言う（例えば *PA* 646a12)．この力は四大元素と同一ではない．というのも，それぞれの元素がこうした力の組み合わせに他ならないからだ．LXXX を見よ．しかし実際は，元素とこのような力について，彼はしばしば区別することなく語っている．

（例えば GA 743a14）．Waterlow（1982）pp. 83–6, Sorabi（1988）p. 70, King（2001）pp. 74–80 and Scalitas（2009）を見よ．

「熱い」と「冷たい」の意味 —— アリストテレスは PA II, 2 で，「熱い」と「冷たい」のさまざまな意味を考察している．彼が熱について書いたものを読む際に，混乱を招きかねないものが少なくとも 3 つある．（i）彼は「料理」と「燃焼」における熱の役割を，つまり吸熱反応と発熱反応を明確に区別していない．PA 648b35 を見よ．（ii）何か「熱い」ものと言うとき，彼は必ずしも，それが周囲のものに比べて温度が高いことを言おうとしているわけではなく，それはしばしば，加熱によって容易に変化しうることを意味している．別の言葉で言うと，その何かは簡単に燃焼し，溶解し，調理しうるものということだ（PA 648b16 参照）．つまり，彼は相対的な熱力学的安定性に似たものについて語っている．したがって，この意味で言うと脂肪は「熱い」（実際にそれはまた，高い温度があるのかもしれないが）．（iii）最後にそこには「生命の熱」（vital heat）という問題がある．それは生物の中にたまたま存在する普通の熱というよりも，むしろひどく風変わりな「生気を与える熱」のようなものだと Freudenthal（1995）は言う．彼はそれを *pneuma* と結びつけている．これについては LIX を見よ．「生命の熱」は従来考えられている火と同じではないが，これは不必要なまでに生命力にあふれていて，はたして *pneuma* はそれほどまでに重要なものなのかと思うかもしれない．というのも，それは *JSVM* の中でアリストテレスが書いている成人の栄養生理学では，まったく姿を見せないからだ．姿を見せるのは彼の発生学や感覚生理学などにおいてで，そこではせいぜい，霊魂が遠くで活動するときに必要な乗り物のように見える．この議論については King（2001）を見よ．

栄養的霊魂の働きにおいて熱の果たす役割 —— *JSVM* 469b8 で動物の内部には熱源があると書かれている（*PA* 682a24 参照）．アリストテレスは *JSVM* 470a3 で火を川にたとえる．しかし，*GA* 736b33 では，しばしば内部の「火」について語っているが，生命を与える火は従来の火ではないと言う．変化をもたらすほど十分な熱については，例えば *Meteor* 390b2 を見よ．調合物や変化については *Meteor* IV, 2–3, DA 416b28 を見よ．熱がさまざまな等質部分をどのようにして作るのか，それをアリストテレスが説明するとき，彼の論述は非常に混乱を招きがちだ（例えば *GA* 743a5）．これは彼の言葉がその時々によって異なるためだ．等質部分のあるものは加熱によって作られるが，あるものは冷却によって作られる．ときには（魚のように）加熱と冷却の両方によるものもある．結論はこんなことになるのだろうか．つまり血液は熱せられる．その結果それはより熱い構成要素と，より冷たい構成要素に分かれる．冷たい構成要素は凝固して，肉や骨やその他の固い等質部分になる（*Meteor* IV, 7–8 参照）．*DA* 416a9 では，火が栄養や成長の主要な原因とはならないと言っている．アリストテレスは *JSVM* 469b10 と 474b10 で，内部の火が制御されていることの必然性を強調する．

LVIII

霊魂の居場所 —— アリストテレスは *JSVM* 468b9, 479a3 でカメ，*HA* 503b23（*PA* 692a20 参照）でカメレオン，*DA* 411b19, *JSVM* 468a23, 471b20, 479a3, *PA* 682a2 で昆虫と植物の生体解剖について語る．Lloyd（1991）ch. 10 を見よ．アリストテレスは *JSVM* 1, 3 で魂の居場所としての心臓について話す．心臓における調合物と内部の火については *JSVM* 469b10 で，その煮沸作用は *JSVM* 479b28 で述べられる．彼は *PA* 670a25 で心臓が身体の砦だと言い，*JSVM* 469a5 でそれは至上の制御だと言う．心臓に関するアリストテレスの概説は *PA* III, 4 にある．アリストテレスの心臓中心主義については King（2001）pp. 64–73 を見よ．彼は *PA* 665a28 で，（有血動物では）血液を持つ器官は内臓だけだと言う．中央に集中した霊魂と分配された霊魂という，彼の対比は *JSVM* 468b9, cf. *PA* 682a2, 682b30, 666a13 で展開される．Cosans（1998）はヌマガメを「生体解剖」した．

LIX

感覚的霊魂の構造——CIOM モデルの出典は Gregoric and Corcilius（2013）だが，彼らはシステム全体を感覚的霊魂とは呼んでいない．この解釈上の差異は，アリストテレスの著作群に行きわたっている葛藤から生じる．それは霊魂に対する心臓中心主義的説明と，質料形相論的説明との間の葛藤だ．形相の伝達としての知覚は *DA* 435a4 に，Empedocles とプラトンの視覚論は *DA* II, 7 と *Sens* 2 にある．アリストテレスは他にも解剖学上の反対論を述べているが，それを読み取ることは難しい．彼の目に関する解剖学はあまりにぼんやりとしているからだ．Lloyd（1991）ch. 10 を見よ．アリストテレスの光と視覚の理論は *DA* II, 7 と *DA* 434b24 にある．眼球で起こる変化の正確な性質は論争の的になっている．それが物質的な変化だと言う学者もいれば，それを否定する者もいる．どちらかと言えば私は，それが物質的変化だと信じたい．というのも，非物質的変化が，それに続く物理的変化にどのように影響を及ぼすのか，それを理解することは難しいからだ．それにこのモデルは，接触知覚で起きる明らかな物質的変化と一致している．この議論については Johansen（1997）を見よ．アリストテレスは *PA* 657a28 と *JSVM* 467b27 で心臓を感覚中枢と特定している．そして *JSVM* 469a10, *JSVM* 469a20, *PA* 656a15 で脳をそれとする説に反対する．感覚器官と心臓との連絡に関するアリストテレスの説明は *Sens* 2 にある．Lloyd（1991）ch. 10 と Frampton（1991）を見よ．Gregoric and Corcilius（2013）p. 63 は感覚的霊魂のホメオスタティックな（自己均衡的な）役割を論じている．*DA* 431a8 を見よ．喉が渇いたという欲求については *MA* 701a32 を，*phantasia* については Nussbaum（1978）Essay 5 と Caston（2009）を見よ．アリストテレスは *DA* 424b16 で，嗅覚に含まれている一段高位の認識プロセスについてほのめかす．喜びや苦しみの欲求は *MA* 701b35 で議論されている．

プネウマ——アリストテレスが *pneuma* を厳密な意味で何だと考えているのか，それを知ることは難しい．理論自体がしっかりと練上げられたものでないと思われるからだ．問題はアリストテレスがはじめに *GA* 736a1 で，*pneuma* はただ単に「熱い空気」にすぎないと言い，すぐその数十行あとで，この世の基本的な要素と言うより，それは何か「神聖な」ものだと言っている点にある．実際，それは星々がそれで作られている元素の *aithēr* に似ているようだ．*GA* 736b33（*DC* I, 3）を見よ．この世の元素と一風変わった天上の元素と，どちらを選ぶか，その選択をめぐって学者の間で多くの議論があった．Peck（1943）Appendix B, Balme and Gotthelf（1992）pp. 158–65, Freudenthal（1995）ch. 3 と King（2001）ch. 4 を見よ．動物の運動における *pneuma* の役割については *MA* 10 を見よ．Frampton（1991）と Gregoric and Corcilius（2013）は，身体における *pneuma* の配分についてやや異なった説明をしている．そのために連続性の程度という問題についてもそれはやや異なる．Nussbaum（1978）Essay 3 も見よ．心臓と運動肢間の伝達，それに自動からくり人形のたとえは *MA* 701b2 にある．だが，私は「little carts」やその他の機械的な比喩への言及を省略した．Preus（1975）p. 291 と Loeck（1991）は，こうした装置でアリストテレスが何を意味していたかについて論じる．ギリシア人と筋肉については Osborne（2011）pp. 39–40 を見よ．舵の機械的な増幅と都市のたとえは *MA* 701b27 と *MA* 702a21 で見られる．CIOM モデルは *MA* 703b27 で図といっしょにされている．アリストテレスは *DA* III, 3–4 でヒトの知的能力について検討する．だが，私はそれに関してはさらに考察していない．

LX

サイバネティックな霊魂——体温調節に関するアリストテレスの説明は，そのほとんどが昔から *de Respiratione* として知られている本の中で見ることができる．King（2001）pp. 38–40 の説に従って，私はそれを *JSVM* の中に入れている．アリストテレスは冷却の必要性については *JSVM 5* で，心臓ー肺サイクルについては *JSVM* 480a16（King［2001］pp. 127–9 を見よ）で論じている．彼は

JSVM 471b20, *JSVM* 474b25, *JSVM* 475a29 で昆虫の呼吸について，*JSVM* 480b19 で魚について説明する．アリストテレスの霊魂論を，サイバネティクス的にはじめて解釈したのは Nussbaum（1978）pp. 70–4 だった．それをさまざまな形で採用したものを，数ある中から以下に挙げる．Frede（1992），Whiting（1992），King（2001），Shields（2008），Quarantotto（2010），Miller and Miller（2010）など．ホメオスタシス，サイバネティクス，システム生物学などの歴史については Bernard（1878），Cannon（1932），Rosenblueth *et al.*（1943），Wiener（1948）── 彼は p. 19 で governor/kybernetes/cybernetics の語源について語っている ── Adolph（1961），Cooper（2008）を見よ．フィードバック制御装置の歴史については Mayr（1971）を，より一般的にギリシアの技術については Berryman（2009）を見よ．目的論と目的探索行動の関係は Ayala（1968）と Ruse（1989）で考察されている．「しばしば生気論的，あるいは……」は Bertalanffy（1968）p. 141 からの引用．システムの一般的性質については Simon（1996）を見よ．「構成要素は現われては……」は Palsson（2006）p. 13 からの引用．アリストテレスは操舵手の比喩を，*DA* 413a8 や *DA* 416b26 などの他の文脈で使っている．彼は *Pol* 1252a17 で方法論的還元主義について語る．*DA* 410b10, *DA* 411b6, *DA* 415a6 には，霊魂が生物をまとめると書かれている．さらなる言及と議論を求める向きは Quarantotto（2010）を見よ．

LXI

成長の目的 ── アリストテレスは *PA* 640a20 で，脊柱について Empedocles を攻撃する．彼は *HA* 583b14 で自然に流産した胎児について述べている．少なくともこの前後の文章にある情報は Hippocratic のものだ．引用文もまたそうかもしれない．

LXII

交尾 ── 有血動物の交尾に関するアリストテレスの情報は *HA* VI, 18–37 にある．*HA* 571b9 で動物は欲望によって興奮すると書く．アリストテレスは *HA* 536a11 で交尾時の鳴き声，*HA* 560b25 でハトの求愛，*HA* 572a9 と *HA* 540a9 でそれぞれ雌ウマとネコの浮気，*HA* 540a4（*HA* 578b5 参照）で交尾に気の進まない雌シカについて述べる．彼は *HA* 571b11 で雄同士の争いを描く．*GA* 716a14 ではじめて雄が定義される．アリストテレスがはじめてした雌雄の定義は，解剖学的で機能的なものだった．のちに彼は *GA* 765b13 で，それを生理学によってさらに展開している．Mayhew（2004）と Nielsen（2008）を見よ．有血動物の交尾の方法については *HA* V, 2–6, *GA* I, 4 を見よ．ハリネズミの交尾は *GA* 717b26 を，魚の交尾は *GA* 756a32 を見よ．

生殖液 ── アリストテレスは *PA* 651b15 と *GA* 725a21 で *sperma* の出所について述べる．通常，私は *sperma* を「種子」と訳している ── これは雄と雌いずれの生殖残留物でもありうる ── が，ときにアリストテレスは明らかに，それをより限定して「精液」つまり雄の残留物の意味で使う．私は状況に応じて適切に訳す．アリストテレスは *GA* 738a10ff や他の所で，月経液の形成について考察している．*HA* VI, 18–19, *HA* 582a34, *GA* 738a5 でおりものについて述べる．Preus（1975），pp. 54–7, *n.* pp. 286–7 を見よ．彼は *GA* 728b12 で月経の排出物（月経液）と発情期の排出物（精液）をまとめて語っている．*GA* 727b12 と *GA* 739a26 で，彼の月経液モデルの例外について考察．*GA* 750b3 では，「風卵」（無精卵）と魚卵が鳥類と魚類における月経液の等価物だと主張している．月経の頻度や機能に関する現代の見方については Strassmann（1996）を見よ．

LXIII

生殖器の構造 ── アリストテレスは *HA* 500a33, *HA* III, 1, *HA* V, 5, *HA* 566a2, *GA* I, 3–8 で，有血動物の外性器について述べる．卵生動物の排泄腔については *GA* 719b29 で．カモ科のペニスについては Brennan *et al.*（2007）を見よ．ペニスの構造全般については Kelley（2002）を見よ．アリス

トテレスは *GA* I, 4–7 と *GA* 787b20 で睾丸の機能について説明している．彼はまた *GA* I, 4 –7 で魚やヘビには睾丸とペニスがないこと，そして他にも雄の生殖の解剖的構造の差異について述べている．ここでアリストテレスは，もし動物の仕事が生殖することだとしたら，なぜ彼らは精液の生産を制限しようとするのかという問題に取り組む．ループ状の精管に関する現代の説明については Williams（1996）pp. 141–3 を見よ．有血動物の雄の生殖器の構造は *HA* 510a13 で，雌のそれは *HA* 510b7 と *GA* I, 3, 8–17 で描かれている．ここでアリストテレスは，子宮がそれぞれの種で，なぜさまざまに配列されているのかを説明する．

LXIV

女性の性的欲望 —— アリストテレスは *HA* 581b12 と *GA* 773b25 で女子の性欲について考察．*HA* 583a11, *GA* 727b7, *GA* 728a31, *GA* 739a29 では，性交時に女性が感じる喜びの役割，その妊娠との関係，月経液の生産，膣の潤滑液の生産などについて述べる．彼は *HA* 493a25 で陰茎亀頭に名前を付けている．*HA* X は通常 *HA* から除外されている．それは因果関係をテーマにしているからだ．それはときにアリストテレスの手になったものではない，とさえ考えられているほどだ．Balme（1991), Introduction, p. 26 と Nielsen（2008）を見よ．*HA* X と *GA* における生殖の仕組みの説明はよく似ている．しかし，次の 2 つの点で異なる．第一点．*HA* X でアリストテレスは，性交が女性の種子（月経液）を子宮の前面で分泌させ，そこで月経液は男性の精液と混じり合うと主張する．だが，*GA* 739b16 では，彼はそれを否定している．第二点．*HA* X でアリストテレスは，女性のオルガスムは月経液と精液が混じり合ったものを，子宮に逆流させ吸い込ませるためにも必要だと言う．だが，*GA* ではそれは明らかに不要とされている．2 つの説明の比較については Balme（1991), *n.* pp. 487–9 を見よ．女性のオルガスムの機能に関する —— もしそれがいくらかでもあればの話だが —— 現代の意見は Judson（2005）対 Lloyd（2006）の形で見ることができる．Montaigne のあやまった内容の引用は *Essays* III, 5．783 にある．

LXV

受精 —— *GA* のテーマである生命の始動因については *GA* 715a12 を見よ．生殖に対する雄と雌の貢献を分けて考える，アリストテレスの性の二分法（ダイコトミー）は，彼の「質料形相論」として知られている．Henry（2006b）を見よ．雄は形相を雌は質料を提供するという彼の主張を，典型的に表わしている文章をいくつか挙げる．*GA* 729a9, 730a27, 732a1, 737a29, 738b9, 740b20 など．だが，発生の理論は明らかに，彼のメカニックな説明が持つ多くの異なった側面と衝突する．私は以下でより詳細に，この衝突をいくつか考えてみることにする．このような衝突がもし解決されるとしたら，どのようにして解決されるのか，その文献への入口については Henry（2006b）を見よ．
風卵 —— アリストテレスが繰り返し立ち戻ってくるのは風卵のテーマだ．鳥類の風卵の概説は *HA* 539a31, *HA* 560a5, *GA* 730a32, *GA* 737a30, *GA* 741a16, *GA* III, 1 にある．ヤマウズラの風卵については *HA* 560b10, *GA* 751a14 を見よ．そして原文の改竄のようにも見えるが *HA* 541a27 も．私に風卵のことを教えてくれた Mississippi State University の Chris McDaniel, University of Oxford の Tommaso Pizzari，Pheasants UK の Nick Willcox に感謝する．アリストテレスはもしかすると，*HA* 538a18, *HA* 539a27, *HA* 567a26, *GA* 741a32, *GA* 757b22 , *GA* 760a8 で，単為生殖の魚について考察していたのかもしれない．ハタ科の雌雄同体現象については Cavolini（1787）と Smith（1965）を見よ．興味深いことにアリストテレスは，このような魚の二重の生殖腺を見落としているだけではない．彼はまた機能的な雌雄同体は存在できないと主張している．*GA* 727a25 を見よ．
霊魂の伝達 —— アリストテレスは *GA* 736a31 で月経液に含まれている霊魂の可能態について語る．そして *GA* 726b15［trans. PECK（1943)］では，精子が潜在的に動物であることについても．ここで「可能態」と訳した用語は繰り返しになるが *dynamis* だ．アリストテレスは可能態／現実態の区

分について，*GA* II, 1（Peck［1943］pp. xiix–lv を見よ）で大いに論じている．アリストテレスは *GA* 730b6 で大工の比喩を精子の働きに適用する．彼は *GA* 729a34，*GA* 736a24（*GA* 721a13 参照）で，精子の質料の物理的伝達に反対して，動物学上の議論を展開する．このような文章に加えて，バッタの交尾について *HA* 555b18 で述べている．Davies and Kathirithamby（1986）p. 81 を見よ．生殖におけるプネウマ――精子にある *pneuma* については *GA* 736b33 を見よ．受精における *pneuma* の働きについては *GA* 737a7, *GA* 741b5 を見よ．アリストテレスは *GA* 736a19 で *Aphros*/Aphrodite の同音異義をほのめかしている．泡としての精子はかなり早い時期からある考え方だ．それは Hippocratic corpus, *Littré* VII, *On Generation*, 1（Lonie［1981］を見よ）や Apollonia の *Diogenes* の断片中，それに *DK* 64B6 に現われる．紀元前 5 世紀の生殖モデルに関する議論については Coles（1995）を見よ．

LXVI

記述的発生学――Hippocrates の発生学については *Littré* VII, *On Generation*, 29；Lonie（1981）and Needham（1934）p. 17 を見よ．アリストテレスは *HA* 561a6（*GA* II, 4–6 参照）と *GA* III, 1–2 Thompson（1910）*n*. で，ニワトリの胚形成について述べる．*HA* 561a6 では，アリストテレスが見ているものについて説明がされる．そして，Peck（1943）p. 396 はさまざまな膜組織について解説する．アリストテレスは *HA* 564b24 で硬骨類の――Oppenheimer（1936）を見よ――，また *GA* 745b23 と *GA* 771b15 では哺乳類の胚研究について述べている．彼はハツカネズミ，コウモリ，野ウサギもまた胎盤分葉の「子宮」を持つと考える（HA771b15）．だが，こうした動物の胎盤は今では円盤状として分類されている．彼は *HA* 550b22, *GA* 732a25, *GA* 758a30 で昆虫の個体発生について考察し（Davies and Kathirithamby（1986）p. 102 を見よ），*GA* 753b31 では胎生の胚と卵生の胚を比較する．*GA* 732a25（*HA* 489b7）と *GA* II, 1 で，胚の相対的な完成状態について述べる．少なくとも有血動物では，胚の完成度は親が持つ熱と湿度の程度に関連している（冷たい／渇いている＝はもっとも完成度が低く，熱い／湿っている＝はもっとも完成度が高い）．これは動物を段階でランク付けして配列する（一種の「自然の階梯」[scala naturae]）ための一翼を担うことになるだろう．それはまた彼の分類システムに直交するものでもある．LXXXVII と XCVII を見よ．von Baer の第一法則（Baer［1828］）の先取りは *GA* 736b2 で見ることができる．Needham（1934）p. 31 と Peck（1943）*n*. p. 166 を見よ．発生砂時計モデルについては Kalinka *et al.*（2010）を見よ．

LXVII

発生機構学――アリストテレスは *GA* 737a11 と *GA* 739b21［trans. Platt（1910）］（*HA* 516a4, *GA* 729a11, *GA* 771b23, *GA* 772a22 参照）で，精液が月経液に及ぼす影響と，レンネット（凝乳剤）やイチジクの汁が，乳にもたらす効果を比較している．アリストテレスはまた，*GA* 775a17 で胚の成長と酵母（イースト）の成長を比べる．Preus（1975）pp. 56 及び 77 を見よ．Needham（1934）p. 34 は彼が酵素について語っている事実に注目し，チーズ作りの比喩（例えば「ヨブ記」）の結末をたどる．アリストテレスは *HA* 561b10, *PA* III, 4, JSVM 468b28, *GA* 734a11, *GA* 735a23, *GA* 738b15, *GA* 740b2, *GA* 741b15 and *GA* 742a16 で，心臓がまずはじめに成長すると言う．*GA* III, 2 では栄養素の供給元として卵黄を，*GA* 739b33 では根としての血管を語る．陶器の比喩は *GA* 743a10 に，灌漑用水路の比喩は *GA* 746a18 にある．

後成説と前成説――アリストテレスは *GA* I, 17 で，ソクラテス以前の前成説論者たちに異議を申し立てる．Preus（1975）p. 285 は Aeschylus や Euripides の悲劇やプラトンの *Symposium* などには，広い意味で前成説と見なしうる文句があると言う．だが，その発生学はあまりに簡略に書かれており，いかようにも読めるしろものだ．それに比べてよりいっそう説得力のあるケースは，

Anaxagoras（*DK* 59B10）や Empedocles（Barnes［1982］pp. 332, 436–42）で見ることができる．アリストテレス自身の後成説の説明は，2つの比喩に富んだ一節に現われている．*GA* 743b20 で彼は胚を画家に，*GA* 734a11 ではそれを網にたとえる．彼は *GA* 724b21 で精液の均質性を主張．母親の生の材料中にある，各器官や等質部分のもとについては *GA* 734a25 を見よ．彼の *automaton* 因果論は *GA* 734b9（*GA* 741b8 参照）にある．運動におけるからくり人形の役割については CIX を見よ．胚形成の *Automaton* 因果論は，それが母親に胚形成に関する役割をかなり与えているかぎり，生殖におけるアリストテレスの質料形相論と衝突してしまうように見える．Peck（1943）p. xiii は母親の質料が「高度に情報を持っている」ことを簡単に受け入れている．だが，Balme（1987c）pp. 281–2（Balme［1987d］p. 292）は，*automaton* が言及しているのは精液の運動で，胚ではないと主張することで，この衝突を解決している．*kordylos* が出てくるのは *HA* 589b22（*HA* 490a4, JSVM 476a5, *PA* 695b24）．Thompson（1910）と Peck（1965）はこの動物がイモリの幼体だと言う．Ogle（1882）p. 248 はそれがオタマジャクシだとして，「アリストテレスはオタマジャクシが，カエルやイモリの幼生形だということをまったく知らなかった．それは奇妙だが，私にはまぎれもない真実だと思われる」と言う．ミステリアスな *kordylos* については Kullmann（2007）pp. 741–2 を見よ．

LXVIII

アリストテレス以後の発生学 ── 発生学の古典的な歴史書 Needham（1934）は，Harvey のアリストテレス主義（p.118）と同じように，ルネサンスの「macroiconographers」を評価している．Harvey のアリストテレス主義については Lennox（2006）も見よ．胚やその部分が，両親の未受精の材料 ── それが精子であろうと卵であろうと ── の中に存在することを前提とした理論は，伝統的にすべて前成説と呼ばれてきた（Needham［1934］）．そして，私がこの用語を使うのもその意味だ．だが，さまざまな理論上の系譜の中には微妙な差異があるが，それについては Bowler（1971）and Pyle（2006）を見よ．Needham（1934）pp. 29–30 が言っているのは，アリストテレスの *automaton* 因果論の説明は，他の胚形成に対する説明が，多かれ少なかれ生気論的なものであるのに，その中では例外的なものだということだ．しかし，実を言うとそれこそがアリストテレスの胚形成の中心をなしている ── *kordylos* や性決定が示しているように（LXXIII）．Peck（1943）p. 577 も見よ．精液の役割の解明については Pinto-Correia（1997）and Cobb（2006）を見よ．19 世紀ドイツの顕微鏡使用者の仕事については Mayr（1982）ch. 15 を見よ．

参考文献リスト

Ackrill, J. L. 1972/1973. Aristotle's definitions of *'psuche'*. *Proceedings of the Aristotelian Society*, New Series 73:119–33.

Ackrill, J. L. 1981. *Aristotle the philosopher*. Oxford University Press, Oxford.

Adolph, E. F. 1961. Early concepts of physiological regulations. Physiological Reviews 41:737–70.

Agassiz, L. 1857. Quarterly meeting report. *Proceedings of the American Academy of Arts and Sciences* 3:325–84.

Amigues, S. 1988–2006. *Théophraste: recherches sur les plantes* (5 vols). Les Belles Lettres, Paris.

Amigues, S. 2012. *Théophraste: les causes des phénomènes végétaux -Tome 1: livres 1 et II*. Les Belles Lettres, Paris.

Anagnostopoulos, G. 2009a. Aristotle's life *in* G. Anagnostopoulos, ed. *A companion to Aristotle*. e-book edn. Blackwell, Oxford.

Anagnostopoulos, G. 2009b. Aristotle's works and the development of his thought *in* G. Anagnostopoulos, ed. e-book edn. *A companion to Aristotle*. Blackwell, Oxford.

Anagnostopoulos, G. 2009c. Aristotle's methods *in* G. Anagnostopoulos, ed. *A companion to Aristotle*. e-book edn. Blackwell, Oxford.

Andrews, P. 1952. Aristotle, Politics IV. 11. 1296a38–40. *Classical Review*, New Series 2:141–4.

Appel, T. A. 1987. *The Cuvier-Geoffroy debate: French biology in the decades before Darwin*. Oxford University Press, New York, NY.

Arnott, W. G. 2007. *Birds in the ancient world from A to Z*. Routledge, London.

Atran, S. 1993. *Cognitive foundations of natural history: towards an anthropology of science*. Cambridge University Press, Cambridge.

Ayala, F. 1968. Biology as an autonomous science. *American Scientist* 56:207–21.

Baer, K. E. von. 1828. *Über die Entwicklungsgeschichte der Thiere. Bornträger*, Königsberg.

Balme, D. M. 1939. Greek science and mechanism I. Aristotle on nature and chance. *Classical Quarterly* 33:129–38.

Balme, D. M. 1962a. *Genos* and *eidos* in Aristotle's biology. *Classical Quarterly*, New Series 12:81–98.

Balme, D. M. 1962b. Development of biology in Aristotle and Theophrastus: theory of spontaneous generation. *Phronesis* 7:91–104.

Balme, D. M. 1987a. The place of biology in Aristotle's philosophy. pp. 9–20 *in* A. Gotthelf and J. G. Lennox, eds. *Philosophical issues in Aristotle's biology*. Cambridge University Press, Cambridge.

Balme, D. M. 1987b. Aristotle's use of division and differentiae. pp. 69–89 *in* A. Gotthelf and J. G. Lennox, eds. *Philosophical issues in Aristotle's biology*. Cambridge University Press, Cambridge.

Balme, D. M. 1987c. Teleology and necessity. pp. 275–85 *in* A. Gotthelf and J. G. Lennox, eds. *Philosophical issues in Aristotle's biology*. Cambridge University Press, Cambridge.

Balme, D. M. 1987d. Aristotle's biology was not essentialist. pp. 291–312 *in* A. Gotthelf and J. G. Lennox, eds. *Philosophical issues in Aristotle's biology*. Cambridge University Press, Cambridge.

Balme, D. M. 1991. *History of animals: books VII-X*. Harvard University Press, Cambridge, MA.

Balme, D. M. and A. Gotthelf. 1992. *Aristotle's De partibus animalium I and De generatione animalium I (with passages from II. 1–3)*. Clarendon Press, Oxford.

Balme, D. M. and A. Gotthelf. 2002. *Historia animalium*. Cambridge University Press, Cambridge.

Barnes, J. 1982. *The Presocratic philosophers*. Routledge, London.

Barnes, J. 1987. *Early Greek philosophy*. Penguin Books, Harmondsworth.

Barnes, J. 1993. *Aristotle's Posterior Analytics*. Clarendon Press, Oxford.

Barnes, J. 1995a. Life and work. pp. 1–26 *in* J. Barnes, ed. *The Cambridge companion toAristotle*. Cambridge University Press, Cambridge.

Barnes, J. 1995b. Metaphysics. pp. 66–108 *in* J. Barnes, ed. *The Cambridge companion to Aristotle*. Cambridge University Press, Cambridge.

Barnes, J. 1996. *Aristotle*. Oxford University Press, Oxford.

Barnstone, W. 1972. *Greek lyric poetry*. Schocken, New York, NY.

Bazos, I. and A. Yannitsaros. 2000. The history of botanical investigations in Lesvos island (East Aegean, Greece). *Biologia Gallo-Hellenica*, Supplementum 26:55–68.

Beckner, M. 1959. *The biological way of thought*. Columbia University Press, New York, NY.

Bernard, C. 1878. *Leçons sur les phénomènes de la vie communs aux animaux et aux végétaux*. Baillière, Paris.

Berryman, S. 2007. Teleology without tears: Aristotle and the role of mechanistic conceptions of organisms. *Canadian Journal of Philosophy* 37:357–70.

Berryman, S. 2009. *The mechanical hypothesis in ancient Greek natural philosophy*. Cambridge University Press, Cambridge.

Bertalanffy, L. von. 1968. *General system theory: foundations, development, applications*. Penguin Books, Harmondsworth.

Bertin, L. 1956. *Eels: a biological study*. Cleaver-Hume Press, London.

Beullens, P. and A. Gotthelf. 2007. Theodore Gaza's translation of Aristotle's *De Animalibus*: content, influence, and date. *Greek, Roman and Byzantine Studies* 47:469–513.

Biel, B. 2002. Contributions to the flora of the Aegean islands of Lesvos and Limnos, Greece. *Willdenowia* 32:209–19.

Bielby, J. *et al*. 2007. The fast-slow continuum in mammalian life history: an empirical reevaluation. *American Naturalist* 169:748–57.

Bigwood, J. M. 1993. Aristotle and the elephant again. *American Journal of Philology* 114:537–55.

Bodnár, I. 2005. Teleology across natures. *Rhizai* 2:9–29.

Bodnár, I. Spring 2012. Aristotle's natural philosophy *in* E. N. Zalta, ed. *The Stanford encyclopedia of philosophy*. (http://plato.stanford.edu/entries/aristotle-natphil/)

Bodson, L. 1983. Aristotle's statement on the reproduction of sharks. *Journal of the History of Biology* 16:391–407.

Bogaard, P. A. 1979. Aristotle's explanation of compound bodies. *Isis* 70:11–29.

Bojanus, L. V. 1819–21. *Anatome testudinis Europaeae*. Josephi Zawadzki, Vilnius.

Bolton, R. 1987. Definition and scientific method in Aristotle's *Posterior Analytics* and *Generation of Animals*. pp. 120–66 *in* A. Gotthelf and J. G. Lennox, eds. *Philosophical issues in Aristotle's biology*. Cambridge University Press, Cambridge.

Borges, J. L. 1999. *Collected fictions*. Penguin, Harmondsworth [『伝奇集』鼓直訳, 岩波書店, 1993].

Borges, J. L. 2000. *Selected non-fictions*. ed. E. Weinberger. Penguin Books, NewYork, NY.

Borghi, C. 2002. Eye reduction in subterranean mammals and eye protective behaviour in *Ctenomys*. *Journal of Neotropical Mammology* 9:123–34.

Bos, A. P. 2003. *The soul and its instrumental body: a reinterpretation of Aristotle's philosophy of living nature*. E. J. Brill, Leiden.

Bosch, T. C. G. 2009. Hydra and the evolution of stem cells. *Bioessays* 31:478–86.

Bourgey, L. 1955. *Observation et expérience chez Aristote*. Paris.

Bowler, P. J. 1971. Preformation and pre-existence in the seventeenth century: a brief analysis. *Journal of the History of Biology-X* 4:221–44.

Brennan, P. L. R. *et al*. 2007. Coevolution of male and female genital morphologyin waterfowl. PLoS ONE 2:e418.

Brown, T. S. 1949. Callisthenes and Alexander. *American Journal of Philology* 70.

Burkhardt, J. 1872/1999. *The Greeks and Greek civilization*. St Martin's Griffin, NewYork, NY.

Burnyeat, M. F. 2005. *eikōs mythos*. Rhizai 2:143–65.

Butterfield, H. 1957. *The origins of modern science*, 1300–1800. The Free Press, New York, NY [『近代科学の歩み』菅井準一訳, 岩波書店, 1956].

Byrne, P. H. 1997. *Analysis and science in Aristotle*. State University of New York Press, Albany, NY.

Campbell, G. 2000. Zoogony and evolution in *Timaeus*, the Presocratics, Lucretius and Darwin. pp. 145–80 *in* M. R. Wright, ed. *Reason and necessity: essays on Plato's Timaeus*. Classical Press of Wales, Swansea.

Campbell, G. 2003. *Lucretius on creation and evolution: a commentary on De Rerum Natura book five, lines 772–1104*. Oxford University Press, Oxford.

Candargy, C. A. 1899. *La végétation de l'île de Lesbos*. A. Diggelmann, Uster, Zurich.

Cannon, W. B. 1932. *The wisdom of the body*. W. W. Norton, New York, NY [『からだの知恵 この不思議なはたらき』舘隣訳, 講談社, 1981].

Caston, V. 2009. *Phantasia* and thought *in* G. Anagnostopoulos, ed. e-book edn. *A companion to Aristotle*. Blackwell, Oxford.

Cavolini, F. 1787. *Memoria sulla generazione dei pesci e dei granchi*. Naples.

Chan, Y. F. *et al*. 2010. Adaptive evolution of pelvic

reduction in sticklebacks by recurrent deletion of a Pitx1 enhancer. Science 327:302–5.

Clarke, J. T. *et al.* 1882. *Report on the investigations at Assos, 1881*. A. Williams, Boston.

Cobb, M. 2006. *The egg and sperm race: the seventeenth-century scientists who unravelled the secrets of sex, life and growth*. Pocket Books, London.

Cohen, S. M. 1996. *Aristotle on nature and incomplete substance*. Cambridge University Press, Cambridge.

Cole, F. J. 1944. *A history of comparative anatomy, from Aristotle to the eighteenth century*. Macmillan, London.

Coles, A. 1995. Biomedical models of reproduction in the fifth century BC and Aristotle's *Generation of animals*. *Phronesis* 40:48–88.

Conklin, E. G. 1929. Problems of development. *American Naturalist* 63:5–36.

Cooper, J. 1987. Hypothetical necessity and natural teleology in pp. 243–74 in A. Gotthelf and J. G. Lennox, eds. *Philosophical issues in Aristotle's biology*. CambridgeUniversity Press, Cambridge.

Cooper, S. J. 2008. From Claude Bernard to Walter Cannon: emergence of theconcept of homeostasis. *Appetite* 51:419–27.

Cornford, F. M. 1997. *Plato's cosmology: the Timaeus of Plato*. Hackett, Indianapolis.

Cosans, C. E. 1998. Aristotle's anatomical philosophy of nature. *Biology and Philosophy* 13:311–39.

Coward, K. *et al.* 2002. Gamete physiology, fertilization and egg activation in teleost fish. *Reviews in Fish Biology and Fisheries* 12:33–58.

Cresswell, R. and J. G. Schneider. 1862. *Aristotle's History of animals in ten books*. H. G.Bohn, London.

Crick, F. 1967. *Of molecules and men*. University of Washington Press, Seattle.

Crook, A. C. *et al.* 1999. Comparative study of the covering reaction of the purplesea urchin, *Paracentrotus lividus*, under laboratory and field conditions. *Journal ofthe Marine Biological Association of the UK* 79:1117–21.

Cuvier, G. 1834. *Recherches sur les ossemens fossiles, où l'on rétablit les caractères de plusieurs animaux dont les révolutions du globe ont détruit les espèces*. Editions d'Ocagne, Paris.

Cuvier, G. 1841. *Histoire des sciences naturelles depuis leur origine jusqu'à nos jours*. FortinMasson, Paris.

Cuvier, G. and P. A. Latreille. 1817. *Le règne animal distribué d'après son organisation, pour servir de base à l'histoire naturelle des animaux et d'introduction à l'anatomie comparée*. Deterville, Paris.

Cuvier, G. and A. Valenciennes. 1828–49. *Histoire naturelle des poissons*. F. G. Levrault, Paris.

Dakyns, H. G. 1890. *The works of Xenophon*. *Macmillan*, London.

Darwin, C. R. 1837–8/2002–. Transmutation Notebook, B in J. van Wyhe, ed. *The complete work of Charles Darwin online (http://darwin-online.org.uk/)*, Cambridge.

Darwin, C. R. 1838/2002–. Transmutation Notebook, C in J. van Wyhe, ed. *The complete work of Charles Darwin online (http://darwin-online.org.uk/)*, Cambridge.

Darwin, C. R. 1838–9/2002–. Transmutation Notebook, E in J. van Wyhe, ed. *The complete work of Charles Darwin online (http://darwin-online.org.uk/)*, Cambridge.

Darwin, C. R. 1845. *Journal of researches into the natural history and geology of the countries visited during the voyage of H.M.S. Beagle round the world*. 2nd edn. John Murray, London［『ビーグル号航海記』上下, 荒俣宏訳, 平凡社, 2013］.

Darwin, C. R. 1859. *On the origin of species by means of natural selection, or, the preservation of favoured races in the struggle for life*. 1st edn. John Murray, London［『種の起源』上下, 渡辺政隆訳, 光文社, 2009］.

Darwin, C. R. 1868. *The variation of animals and plants under domestication*. 1st edn. John Murray, London.

Darwin, C. R. 1875. *The variation of animals and plants under domestication*. 2nd edn. John Murray, London.

Davidson, J. N. 1998. *Courtesans & fishcakes: the consuming passions of classical Athens*. St Martin's Press, New York, NY.

Davies, M. and J. Kathirithamby. 1986. *Greek insects*. Duckworth, London.

Dawkins, R. 1986. *The blind watchmaker*. W. W. Norton, New York, NY［『盲目の時計職人』日高敏隆監修・中島康裕他訳, 早川書房, 2004］.

Del Rio-Tsonis, K. and P. A. Tsonis. 2003. Eye regeneration at the molecular age. *Developmental Dynamics* 226:211–24.

Delbrück, M. 1971. Aristotle-totle-totle. pp. 50–5 in J. Monod and E. Borek, eds. *Of microbes and life: festschrift for André Lwoff*. Columbia University Press, New York, NY.

Depew, D. J. 1995. Humans and other political animals in Aristotle's *History of Animals*. *Phronesis* 40:156–81.

Depew, D. J. 2008. Consequence etiology and biological teleology in Aristotle and Darwin. *Studies in History and Philosophy of Science Part C: Studies in History and Philosophy of Biological and Biomedical Sciences* 39:379–90.

Dermitzakis, M. D., ed. 1999. *Natural history collection of Vrisa-Lesvos Island*. National and Kapodistrian University of Athens, Athens.

Derrickson, E. M. 1992. Comparative reproductive strategies of altricial and precocial Eutherian mammals. *Functional Ecology* 6:57–65.

Dewsbury, D. A. 1999. The proximate and the ultimate: past, present, and future. *Behavioural Processes* 46:189–99.

Diamond, J. M. 1966. Zoological classification system of a primitive people. *Science* 151:1102–4.

Dobzhansky, T. 1973. Nothing in biology makes sense except in the light of evolution. *American Biology Teacher* 35:125–9.

Driesch, H. 1914. *The history and theory of vitalism*. Macmillan, London [『生気論の歴史と理論』米本昌平訳, 書籍工房早山, 2007].

Drossart Lulofs, H. J. 1957. Aristotle's *Peri phyton*. Journal of Hellenic Studies 57:75–80.

Dudley, S. 2009. *A birdwatching guide to Lesvos*. Subbuteo Natural History Books, Shrewsbury.

Düring, I. 1957. *Aristotle in the ancient biographical tradition*. Almqvist & Wiksell, Göteborg.

Durrant, M. 1993. *Aristotle's De anima in focus*. Routledge, London.

Egerton, F. N. 1968. Ancient sources for animal demography. *Isis* 59:175–89.

Egerton, F. N. 2001a. A history of the ecological sciences: early Greek origins. *Bulletin of the Ecological Society of America* 82:93–7.

Egerton, F. N. 2001b. A history of the ecological sciences: Aristotle and Theophrastos. *Bulletin of the Ecological Society of America* 82:149–52.

Einarson, B. and G. K. K. Link. 1976–90. *Theophrastus: De causis plantarum*. 2 vols. Harvard University Press, Cambridge, MA.

Ekberg, O. and S. V. Sigurjonsson. 1982. Movement of the epiglottis during de-glutition - a cineradiographic study. *Gastrointestinal Radiology* 7:101–7.

Ellis, J. 1765. On the nature and formation of sponges: in a letter from John Ellis, Esquire, F.R.S. to Dr. Solander, F.R.S. *Philosophical Transactions of the Royal Society* 55:280–9.

Estes, R. 1991. *The behavior guide to African mammals: including hoofed mammals, carnivores, primates*. University of California Press, Berkeley, CA.

Falcon, A. 2005. *Aristotle and the science of nature: unity without uniformity*. Cambridge University Press, Cambridge.

Farley, J. 1977. *The spontaneous generation controversy from Descartes to Oparin*. Johns Hopkins University Press, Baltimore, MD.

Farquharson, A. S. L. 1912. *De incessu animalium*. W. D. Ross and J. A. Smith, The works of Aristotle translated into English. Clarendon Press, Oxford.

Farrington, B. 1944–9. *Greek science, its meaning for us*. 2 vols. Penguin Books, Harmondsworth.

Finch, C. 2007. *The biology of human longevity: inflammation, nutrition, and aging in the evolu- tion of lifespans*. Academic Press, New York, NY.

Fischer, H. 1894. Note sur le bras hectocotylisé de l'*Octopus vulgaris*, Lamarck. *Journal de Conchyliologie* 42:13–19.

Fishburn. 2004. 'Natura non facit saltum' in Alfred Marshall (and Charles Darwin). *History of Economics Review* 40:59–68.

Frampton, M. F. 1991. Aristotle's cardiocentric model of animal locomotion. *Journal of the History of Biology-X* 24:291–330.

Frede, M. 1992. On Aristotle's conception of soul. pp. 93–107 *in* M. C. Nussbaum and A. Rorty, eds. *Essays on Aristotle's De anima*. Clarendon Press, Oxford.

French, R. K. 1994. *Ancient natural history: histories of nature*. Routledge, London. Freudenthal, G. 1995. *Aristotle's theory of material substance: heat and pneuma, form and soul*. Clarendon Press, Oxford.

Funk, H. 2012. R. J. Gordon's discovery of the spotted hyena's extraordinary genitalia in 1777. *Journal of the History of Biology* 45:301–28.

Furth, M. 1987. Aristotle's biological universe: an overview. pp. 21–52 in A. Gotthelf and J. G. Lennox, eds. *Philosophical issues in Aristotle's biology*. Cambridge University Press, Cambridge.

Furth, M. 1988. *Substance, form, and psyche: an Aristotelean metaphysics*. Cambridge University Press, Cambridge.

Gaeth, A. P. *et al*. 1999. The developing renal, reproductive, and respiratory systems of the African elephant suggest an aquatic ancestry. *Proceedings of the National Academy of Sciences*, USA 96.

Garber, D. 2000. Defending Aristotle/defending society in early 17th century Paris. pp. 135–60 in W. Detel and C. Zittel, eds. *Wissensideale und Wissenskulturen in der frühen Neuzeit/Ideals and cultures of knowledge in early modern Europe*. Akademie Verlag, Berlin.

Gardener, A. and A. Grafen. 2009. Capturing the superorganism: a formal theory of group adaptation. *Journal of Evolutionary Biology* 22:1–13.

Gardner, A. and J. P. Conlon. 2013. Cosmological natural selection and the purpose of the universe. *Complexity* 18:48–56.

Garman, S. 1890. *Silurus (Parasilurus) aristotelis. Bulletin of the Essex Institute* 22:56–9.

Gaukroger, S. 2001. *Francis Bacon and the transformation of early-modern philosophy*. Cambridge University Press, Cambridge.

Gaukroger, S. 2007. *The emergence of a scientific culture: science and the shaping of modernity 1201–*

1685. Oxford University Press, Oxford.
Gaza, T. 1476. *De animalibus*. Johannes de Colonia and Johannes Manthen, Venice.
Gelber, J. 2010. Form and inheritance in Aristotle's embryology. *Oxford Studies in Ancient Philosophy* 39:183–212.
Gems, D. and L. Partridge. 2013. Genetics of longevity in model organisms: debates and paradigm shifts. *Annual Review of Physiology* 75:621–44.
Gill, M. J. 1989. *Aristotle on substance: the paradox of unity*. Princeton University Press, Princeton, NJ.
Gill, T. 1906. Parental care in fishes. *Annual report of the Smithsonian Institution, Washington for the year ending June 30*, 1905:403–531.
Gill, T. 1907. The remarkable story of a Greek fish. *Washington University Bulletin* 5:5–15.
Glass, B. 1947. Maupertuis and the beginnings of genetics. *Quarterly Review of Biology* 22:196–210.
Gotthelf, A. 2012. *Teleology, first principles and scientific method in Aristotle's biology*. Oxford University Press, Oxford.
Gotthelf, A. and J. G. Lennox, eds. 1987. *Philosophical issues in Aristotle's biology*. Cambridge University Press, Cambridge.
Grafen, A. 2007. The formal Darwinism project: a mid-term report. *Journal of Evolutionary Biology* 20:1243–54.
Graham, D. W. 1999. *Aristotle: Physics, book VIII: translated with a commentary*. Clarendon Press, Oxford.
Granger, H. 1985. Continuity of kinds. *Phronesis* 30:181–200.
Granger, H. 1987. Deformed kinds and the fixity of species. *Classical Quarterly*, New Series 37:110–16.
Green, P. 1982. Longus, Antiphon, and the Topography of Lesbos. *Journal of Hellenic Studies* 102:210–14.
Green, P. 1989. *Classical bearings: interpreting ancient history*. University of California Press, Berkeley, CA.
Gregoric, P. and K. Corcilius. 2013. Aristotle's model of animal motion. *Phronesis* 58:52–97.
Gregory, A. 2000. *Plato's philosophy of science*. Duckworth, London.
Grene, M. 1998. *A portrait of Aristotle*. Thoemmes Press, Bristol.
Grene, M. and D. J. Depew. 2004. *The philosophy of biology: an episodic history*. Cambridge University Press, Cambridge.
Guidetti, P. and M. Mori. 2005. Morpho-functional defences of Mediterranean sea urchins, *Paracentrotus lividus* and *Arbacia lixula*, against fish predators. *Marine Biology* 797–802.
Guthrie, W. K. C. 1939. *Aristotle on the heavens*. Harvard University Press, Cambridge, MA.
Guthrie, W. K. C. 1981. *Aristotle: an encounter*. Cambridge University Press.
Guyader, H. le. 2004. *Étienne Geoffroy Saint-Hilaire, 1772–1844: a visionary naturalist*. University of Chicago Press, Chicago, IL.
Haeckel, E. 1866. *Generelle Morphologie der Organismen. Allgemeine Grundzüge der organis- chen Formen-Wissenschaft, mechanisch begründet durch die von Charles Darwin reformirte Descendenz-Theorie*. Reimer, Berlin.
Haldane, J. B. S. 1955. Aristotle's account of bees' 'dances'. *Journal of Hellenic Studies* 75:24–5.
Hall, B. K. 2003. Descent with modification: the unity underlying homology and homoplasy as seen through an analysis of development and evolution. *Biological Reviews* 78:409–33.
Hankinson, J. 1995. Philosophy of science. pp. 109–39 in J. Barnes, ed. *The Cambridge companion to Aristotle*. Cambridge University Press, Cambridge.
Hannaford, I. 1996. *Race: the history of an idea in the west*. Johns Hopkins University Press, Baltimore, MD.
Harbour, J. W. *et al*. 2010. Frequent mutation of BAP1 in metastasizing uveal mela- nomas. Science 330:1410–13.
Harris, C. R. S. 1973. *The heart and the vascular system in ancient Greek medicine, from Alcmaeon to Galen*. Clarendon Press, Oxford.
Hawking, S. 1988. *A brief history of time: from big bang to black holes*. Bantam, New York, NY［『ホーキング、宇宙を語る──ビッグバンからブラックホールまで』林一訳, 早川書房, 1995］.
Heath, M. 2008. Aristotle on natural slavery. *Phronesis* 53:243–70.
Heller, J. L. and J. M. Penhallurick. 2007. *The index of books and authors cited in the zoological works of Linnaeus*. Ray Society, London.
Henry, D. 2006a. Aristotle on the mechanism of inheritance. *Journal of the History of Biology* 39:425–55.
Henry, D. 2006b. Understanding Aristotle's reproductive hylomorphism. *Apeiron* 39:257–87.
Henry, D. 2007. How sexist is Aristotle's developmental biology? *Phronesis* 52:251–69.
Henry, D. 2008. Organismal natures. *Apeiron* 41:47–74.
Hett, W. S. 1936. *On the soul*. Harvard University Press, Cambridge, MA.
Hicks, R. D. 1925. *Diogenes Laertius: lives of eminent philosophers*. Harvard University Press, Cambridge, MA.
Hort, A. F. 1916. *Theophrastus: Enquiry into Plants*. 3

vols. Harvard University Press, Cambridge, MA.

Houghton, R. W. 1873. On the silurus and glanis of the ancient Greeks and Romans. *Annals and Magazine of Natural History* 11:199–206.

Houghton, S. 1863. On the form of the cells made by various wasps and by the honey bee; with an appendix on the origin of species. *Annals and Magazine of Natural*

Huxley, J. 1942. *Evolution, the modern synthesis*. Allen & Unwin, London.

Huxley, T. H. 1879. On certain errors respecting the structure of the heart attributed to Aristotle. *Nature* 21:1–5.

Jaeger, W. 1948. *Aristotle: fundamentals of the history of his development*. Clarendon Press, Oxford.

Jardine, L. 1974. *Francis Bacon: discovery and the art of discourse*. Cambridge University Press, Cambridge.

Johansen, T. K. 1997. *Aristotle on the sense organs*. Cambridge University Press, Cambridge.

Johansen, T. K. 2004. *Plato's natural philosophy: a study of the Timaeus-Critias*. Cambridge University Press, Cambridge.

Johnson, D. L. 1980. Problems in the land vertebrate zoogeography of certain islands and the swimming powers of elephants. *Journal of Biogeography* 7:383–98.

Johnson, M. R. 2005. *Aristotle on teleology*. Clarendon Press, Oxford.

Johnson, M. R. in press. Aristotelian mechanistic explanation *in* J. Rocca, ed. *Teleology in the ancient world: the dispensation of nature*. Cambridge University Press, Cambridge.

Johnston, G. 1838. *A history of the British zoophytes*. Lizars, Edinburgh.

Jones, K. E. *et al.* 2009. PanTHERIA: a species-level database of life history, ecology, and geography of extant and recently extinct mammals. *Ecology* 90: 2648

Jones, W. H. S. *et al.* 1923–2012. *Hippocrates*. 11 vols. Harvard University Press, Cambridge, MA.

Judson, O. P. 2005. The case of the female orgasm: bias in the science of evolution. *Nature* 436:916–17.

Kalinka, A. T. *et al.* 2010. Gene expression divergence recapitulates the developmental hourglass model. *Nature* 468:811–14.

Kant, E. 1793. *Kritik der Urteilskraft*. 2nd edn［『判断力批判』熊野純彦訳, 作品社, 2015］.

Keaveney, A. 1982. *Sulla, the last republican*. Croom Helm, London.

Kell, D. B. and S. G. Oliver. 2004. Here is the evidence, now what is the hypothesis? The complementary roles of inductive and hypothesis-driven science in the post-genomic era. *Bioessays* 26:99–105.

Kelley, D. A. 2002. The functional morphology of penile erection: tissue designs for increasing and maintaining stiffness. *Integrative and Comparative Biology* 42:216–21.

King, R. A. H. 2001. *Aristotle on life and death*. Duckworth, London.

King, R. A. H. 2007. Review of *The soul and its instrumental body: a reinterpretation of Aristotle's philosophy of living nature* by A. P. Bos. *Classical Review*, New Series 57:322–3.

King, R. A. H. 2010. The concept of life and the life-cycle in *De juventute*. pp. 171–87 *in* S. Föllinger, ed. *Was ist 'Leben'? Aristoteles' Anschauungen zur Entstehung und Funktionsweise von Leben*. Franz Steiner Verlag, Stuttgart.

Kirk, G. S. *et al.* 1983. *The presocratic philosophers: a critical history with a selection of texts*. Cambridge University Press, Cambridge.

Kitchell, K. F. 2014. *Animals in the ancient world from A-Z*. Routledge, London. Kjellberg, F. *et al.* 1987. The stability of the symbiosis between dioecious figs and their pollinators - a study of *Ficus caria* L. and *Blastophaga psenes L. Evolution* 41:693–704.

Koutsogiannopoulos, D. 2010. *Ta psara tis Hellas* [Fishes of Greece]. Athens.

Kullmann, W. 1979. *Die Teleologie in der aristotelischen Biologie: Aristoteles als Zoologe, Embryologe und Genetiker*. Winter, Heidelberg.

Kullmann, W. 1991. Man as a political animal in D. Keyt and F. D. Mill, eds. *A companion to Aristotle's Politics*. Blackwell, Oxford.

Kullmann, W. 1998. *Aristoteles und die moderne Wissenschaft*. Franz Steiner Verlag, Stuttgart.

Kullmann, W. 2007. *Aristoteles: Über die Teile der Lebewesen*. Akademie Verlag, Berlin.

Kullmann, W. 2008. Evolutionsbiologie vorstellungen bei Aristoteles. pp. 70–80 *in* K.-M. Hingst and M. Liatisi, eds. *Pragmata: Festscrhift für Klaus Ohler zum 80.*

Geburtstag. Gunter Narr Verlag, Tübingen.

Lane-Fox, R. 1973. *Alexander the Great*. Allen Lane, London［『アレクサンドロス大王』上下, 森夏樹訳, 青土社, 2001］.

Lawson-Tancred, H. 1986. *De anima (On the soul)*. Penguin Books, Harmondsworth.

Lear, J. 1988. *Aristotle: the desire to understand*. Cambridge University Press, Cambridge.

Lee, H. D. P. 1948. Place-names and dates of Aristotle's biological works. *Classical Quarterly* 42:61–7.

Lee, H. D. P. 1985. The fishes of Lesbos again in A. Gotthelf, ed. *Aristotle on nature and living things: philosophical and historical studies presented to David M. Balme on his seventieth birthday*. Mathesis

Publications, Pittsburgh, PA.

Leeuwenhoek, A. 1931–99. *Alle de brieven van Antoni van Leeuwenhoek*. Swets & Zeitlinger, Amsterdam.

Lelong, B. M. 1891. *California fig industry with a chapter on fig caprification*. California State Office, Sacramento, CA.

Lennox, J. G. 1984. Aristotle's lantern. *Journal of Hellenic Studies* 103:147–51.

Lennox, J. G. 2001a. *Aristotle on the Parts of Animals I-IV*. Clarendon Press, Oxford.

Lennox, J. G. 2001b. *Aristotle's philosophy of biology: studies in the origin of biology*. Cambridge University Press, Cambridge.

Lennox, J. G. 2006. The comparative study of animal development: from Aristotle to William Harvey's Aristotelianism. pp. 21–46 *in* J. E. H. Smith, ed. *The problem of animal generation in early modern philosophy*. Cambridge University Press, Cambridge.

Lennox , J. G. 2010. *Bios, praxis* and the unity of life. pp. 239–59 *in* S. Föllinger, ed. *Was ist 'Leben'? Aristoteles' Anschauungen zur Entstehung und Funktionsweise von Leben*. Franz Steiner Verlag, Stuttgart.

Lennox, J. G. 2011. Aristotle on norms of inquiry. HOPOS: *The Journal of the International Society for the History of Philosophy of Science* 1:23–46.

Lennox, J. G. Fall 2011. Aristotle's biology *in* E. N. Zalta, ed. *The Stanford encyclopedia of philosophy*. (http://plato.stanford.edu/entries/aristotle-biology/)

Lenoir, T. 1982. *The strategy of life: teleology and mechanics in nineteenth century German biology*. Reidel, Dordrecht.

Leroi, A. M. 2001. Molecular signals versus the loi de balancement. *Trends in Ecology and Evolution* 16:24–9.

Leroi, A. M. 2003. *Mutants: on the forms, varieties and errors of the human body*. HarperCollins, London [『ヒトの変異 ── 人体の遺伝的多様性について』上野直人監修・築地誠子訳, みすず書房, 2006.]

Leroi, A. M. 2010. Function and constraint in Aristotle and evolutionary theory. pp. 261–84 *in* S. Föllinger, ed. *Was ist 'Leben'? Aristoteles' Anschauungen zur Entstehung und Funktionsweise von Leben*. Franz Steiner Verlag, Stuttgart.

Leroi, A. M. *et al*. 1994. What does the comparative method reveal about adapta- tion? *American Naturalist* 143:381–402.

Leroi, A. M. *et al*. 2003. Cancer selection. *Nature Reviews Cancer* 3:226–31.

Leunissen, M. 2007. The structure of teleological explanations in Aristotle: theory and practice. *Oxford Studies in Ancient Philosophy* 33:145–78.

Leunissen, M. 2010a. *Explanation and teleology in Aristotle's science of nature*. Cambridge University Press, Cambridge.

Leunissen, M. 2010b. Aristotle's syllogistic model of knowledge and the biological sciences: demonstrating natural processes. *Apeiron* 43:31–60.

Leunissen, M. 2013. Biology and teleology in Aristotle's account of the city *in* J. Rocca, ed. *Teleology in the ancient world: the dispensation of nature*. e-book edn. Cambridge University Press, Cambridge.

Lewes, G. H. 1864. *Aristotle: a chapter from the history of science, including analyses of Aristotle's scientific writings*. Smith, Elder, London.

Lind, L. R. 1963. *Aldrovandi on chickens: the ornithology of Ulisse Aldrovandi*, vol. II, book XIV. University of Oklahoma Press, Norman, OK.

Linnaeus, C. 1735. *Systema naturæ, sive regna tria naturæ systematice proposita per classes, ordines, genera, & species*. 1st edn. Joannis Wilhelmi de Groot, Leiden.

Linnaeus, C. and J. F. Gmelin. 1788–93. *Systema naturae per regna tria naturae: secundum classes, ordines, genera, species, cum characteribus, differentiis, synonymis, locis*. 13th edn. Georg Emanuel Beer, Leipzig.

Littré, E. 1839–61. *Hippocrate: oeuvres complètes*. 10 vols. Baillière, Paris.

Lloyd, E. A. 2006. *The case of the female orgasm: bias in the science of evolution*. Harvard University Press, Cambridge, MA.

Lloyd, G. E. R. 1970. *Early Greek science: Thales to Aristotle*. Chatto & Windus, London [『初期ギリシア科学 ── タレスからアリストテレスまで』山野耕二他訳 法政大学出版局, 1994].

Lloyd, G. E. R. 1973. *Greek science after Aristotle*. Chatto & Windus, London [『後期ギリシア科学 ── アリストテレス以後』山野耕二他訳 法政大学出版局, 2000].

Lloyd, G. E. R. 1975. A Note on Erasistratus of Ceos. *Journal of Hellenic Studies* 95:172–5.

Lloyd, G. E. R. 1979. *Magic, reason, and experience: studies in the origin and development of Greek science*. Cambridge University Press, Cambridge.

Lloyd, G. E. R. 1983. *Science, folklore, and ideology: studies in the life sciences in ancient Greece*. Cambridge University Press, Cambridge.

Lloyd, G. E. R. 1987. Empirical research in Aristotle's biology. pp. 53–63 *in* A. Gotthelf and J. G. Lennox, eds. *Philosophical issues in Aristotle's biology*. Cambridge University Press, Cambridge.

Lloyd, G. E. R. 1991. *Methods and problems in Greek science*. Cambridge University Press, Cambridge.
Lloyd, G.E.R 1996.Aristotelianexplorations. CambridgeUniversityPress,Cambridge.

Lloyd, G. E. R. 2006. *Principles and practices in ancient Greek and Chinese science*. Ashgate, Aldershot [『古代世界 現代の省察 ギリシアおよび中国の科学・文化への哲学的視座』金山弥平他訳, 岩波書店, 2009].

Loeb, J. 1906. *The dynamics of living matter*. Columbia University Press, New York, NY.

Loeck, G. 1991. Aristotle's technical simulation and its logic of causal relations. *History and Philosophy of the Life Sciences* 13:3–32.

Lones, T. E. 1912. *Aristotle's researches in natural science*. West, Newman, London.

Long, A. A. and D. N. Sedley. 1987. *The Hellenistic philosophers: vol. 1. translations of principal sources, with philosophical commentary*. Cambridge University Press, Cambridge.

Lonie, I. M. 1981. *The Hippocratic treatises 'On generation', 'On the nature of the child', 'Diseases IV': a commentary*. Walter de Gruyter, Berlin.

Lorenz, H. Summer 2009. Ancient theories of the soul *in* E. N. Zalta, ed. *The Stanford encyclopedia of philosophy*. (http://plato.stanford.edu/entries/ancient-soul/)

Lovejoy, A. O. 1936. *The great chain of being: a study of the history of an idea*. Harvard University Press, Cambridge, MA.

Lygouri-Tolia, E. 2002. Excavating an ancient palaestra in Athens. pp. 203–12 in M. Stamatopoulou and M. Yeroulanou, eds. *Excavating Classical Culture*. Oxford University Press, Oxford.

Lynch, J. 1972. *Aristotle's school: a study of a Greek educational institution*. University of California Press, Berkeley, CA.

Maderspacher, F. 2007. All the queen's men. *Current Biology* 17:R191–R195.

Mason, H. J. 1979. Longus and the topography of Lesbos. *Transactions of the American Philological Association* 59:149–63.

Matthen, M. 2009. Teleology in living things in G. Anagnostopoulos, ed. e-book edn. *A companion to Aristotle*. Blackwell, Oxford.

Mayhew, R. 2004. *The female in Aristotle's biology: reason or rationalization*. University of Chicago Press, Chicago, IL.

Mayor, A. 2000. *The first fossil hunters: paleontology in Greek and Roman times*. PrincetonUniversity Press, Princeton, NJ.

Mayr, E. 1961. Cause and effect in biology. *Science* 134:1501–6.

Mayr, E. 1982. *The growth of biological thought: diversity, evolution, and inheritance*. Belknap Press, Cambridge, MA.

Mayr, O. 1971. *Origins of feedback control*. MIT Press, Cambridge, MA.

Mebius, R. E. and G. Kraal. 2005. Structure and function of the spleen. *Nature Reviews Immunology* 5:606–16.

Medawar, P. B. 1951/1981. *The uniqueness of the individual*. Dover, New York, NY.

Medawar, P. B. 1984. *Pluto's Republic*. Oxford University Press, Oxford.

Medawar, P. B. and J. S. Medawar. 1985. *Aristotle to zoos: a philosophical dictionary of biology*. Harvard University Press, Cambridge, MA.

Meyer, J. B. 1855. *Aristoteles Tierkunde: ein Beitrag zur Geschichte der Zoologie, Physiologie und alten Philosophie*. Reimer, Berlin.

Millar, J. S. and R. M. Zammuto. 1983. Life histories of mammals: an analysis of life tables. *Ecology* 64:631–5.

Miller, M. G. and A. E. Miller. 2010. Aristotle's dynamic conception of the psuchê as being alive. pp. 55–88 *in* S. Föllinger, ed. Was ist 'Leben'? Aristoteles' Anschauungen zur Entstehung und Funktionsweise von Leben. Franz Steiner Verlag, Stuttgart.

Morsink, J. 1982. *Aristotle on The generation of animals: a philosophical study*. University of America Press, Washington, DC.

Moureaux, C. and P. Dubois. 2012. Plasticity of biometrical and mechanical prop- erties of *Echinocardium cordatum* spines according to environment. *Marine Biology* 159:471–9.

Müller, J. 1842. *Über den glatten Hai des Aristoteles und über die Verschiedenheiten unter den Haifischen und Rochen in der Entwicklung des Eies*. Königlichen Akademie des Wissenschafte, Berlin.

Müller-Wille, S. and V. Orel. 2007. From Linnaean *species to Mendelian factors: elements of hybridism, 1751–1870*. Annals of Science 64:171–215.

Murray, A. T. 1919. *The Odyssey: books 1–12*. Harvard University Press, Cambridge, MA.

Natali, C. 2013. *Aristotle: his life and school*. Princeton University Press, Princeton, NJ.

Needham, J. 1934. *A history of embryology*. Cambridge University Press, Cambridge.

Negbi, M. 1995. Male and female in Theophrastus' botanical works. *Journal of the History of Biology* 28:317–32.

Nickel, M. 2004. Kinetics and rhythm of body contractions in the sponge Tethya *wilhelma* (Porifera: Demospongiae). *Journal of Experimental Biology* 207:4515–24.

Nielsen, K. M. 2008. The private parts of animals: Aristotle on the teleology of sexual difference. *Phronesis* 53:373–405.

Nussbaum, M. C. 1978. *Aristotle's De motu animalium: text with translation, commentary, and interpretive essays*. Princeton University Press, Princeton, NJ.

Nussbaum, M. C. 1982. Saving Aristotle's appearances. pp. 267–94 *in* M. Schofield and M. Nussbaum, eds. *Language and Logos*. Cambridge University Press, Cambridge.

Nussbaum, M. C. and A. Rorty. 1992. *Essays on Aristotle's De anima*. Clarendon Press, Oxford.

Ogle, W. 1882. *Aristotle on the Parts of Animals*. K. Paul, French, London.

Onuki, A. and H. Somiya. 2004. Two types of sounds and additional spinal nerve innervation to the sonic muscle in John Dory, Zeus faber (Zeiformes: Teleostei). *Journal of the Marine Biological Association of the United Kingdom* 84:843–50.

Oppenheimer, J. M. 1936. Historical introduction to the study of teleostean development. *Osiris* 2:124–48.

Osborne, R. 2011. *The history written on the classical Greek body*. Cambridge University Press, Cambridge.

Oser-Grote, C. 2004. *Aristoteles und das Corpus Hippocraticum*. Franz Steiner Verlag, Stuttgart.

Outram, D. 1986. Uncertain legislator: Georges Cuvier's laws of nature in their intellectual context. *Journal of the History of Biology* 19:323–68.

Owen, G. E. L. 1961/1986. *Tithenai ta phainomena* in *M. Nussbaum*, ed. *Logic, science and dialectic: collected papers in Greek philosophy*. Cornell University Press, Ithaca, NY.

Owen, R. 1843. *Lectures on the comparative anatomy and physiology of the invertebrate animals, delivered at the Royal College of Surgeons, in 1843*. Longman, Brown, London.

Owen, R. 1855. *Lectures on the comparative anatomy and physiology of the invertebrate animals: delivered at the Royal College of Surgeons. Longman, Brown, Green & Longmans*, London.

Owen, R. 1866. *On the anatomy of vertebrates*. Longmans, Green, London.

Owen, R. 1868. *Derivative hypothesis of life and species. Longmans, Green, London. Paley, W. 1809/2006. Natural theology*. Oxford University Press, Oxford.

Palsson, B. Ø. 2006. *Systems biology: properties of reconstructed networks*. Cambridge University Press, Cambridge.

Pease, A. S. 1942. Fossil fishes again. *Isis* 33:689–90.

Peck, A. L. 1943. *The generation of animals*. Harvard University Press, Cambridge, MA.

Peck, A. L. 1965. *Historia animalium: books I-III*. Harvard University Press, Cambridge, MA.

Peck, A. L. 1970. *Historia animalium: books IV-VI*. Harvard University Press, Cambridge, MA.

Pellegrin, P. 1986. *Aristotle's classification of animals: biology and the conceptual unity of the Aristotelian corpus*. University of California Press, Berkeley, CA.

Perfetti, S. 2000. *Aristotle's zoology and its Renaissance commentators, 1521–1601*. Leuven University Press, Leuven.

Phillips, P. C. 2008. Epistasis - the essential role of gene interactions in the structure and evolution of genetic systems. *Nature Reviews Genetics* 9:855–67.

Pimm, S. L. 1991. *The balance of nature? Ecological issues in the conservation of species and communities*. University of Chicago Press, Chicago, IL.

Pinto-Correia, C. 1997. *The ovary of Eve: egg and sperm and preformation*. University of Chicago Press, Chicago, IL.

Platt, A. 1910. *De generatione animalium*. J. A. Smith and W. D. Ross, eds. *The works of Aristotle translated into English*. Vol. 5. Clarendon Press, Oxford.

Popper, K. R. 1945/1962. *The open society and its enemies*. Harper Torchbooks, New York, NY［『自由社会の哲学とその論敵』武田弘道訳, 世界思想社, 1980］.

Preus, A. 1975. *Science and philosophy in Aristotle's biological works*. G. Olms, New York, NY.

Proman, J. M. and J. D. Reynolds. 2000. Differences in head shape of the European eel, *Anguilla anguilla*. *Fisheries Management and Ecology* 7:349–54

Pyle, A. J. 2006. Malebranche on animal generation: pre-existence and the microscope. pp. 194–214 *in* J. E. H. Smith, ed. *The problem of animal generation in early modern philosophy*. Cambridge University Press, Cambridge.

Quarantotto, D. 2005. *Causa finale, sostanza, essenza in Aristotele: saggio sulla struttura dei processi teleologici naturali e sulla funzione del telos*. Bibliopolis, Naples.

Quarantotto, D. 2010. Aristotle on the soul as a principle of unity. pp. 35–53 *in* S. Föllinger, ed. *Was ist 'Leben'? Aristoteles' Anschauungen zur Entstehung und Funktionsweise von Leben*. Franz Steiner Verlag, Stuttgart.

Rackham, H. *et al*. 1938–62. *Pliny: natural history*. 10 vols. Harvard University Press, Cambridge, MA.

Radner, K. 2007. The winged snakes of Arabia and the fossil site of Makhtesh Ramon in the Negev. pp. 353–65 *in* M. Köhbach, S. Procházka, G. J. Selz, and L. Rüdiger, eds. *Festschrift für Hermann Hunger zum 65. Geburtstag*. Institut für Orientalistik, Vienna.

Rawlinson, G. *et al*. 1858–60/1997. *Herodotus: the histories*. Everyman, New York, NY.

Rees, M. 1999. *Just six numbers: the deep forces that shape the universe*. HarperCollins, London［『宇宙

を支配する6つの数』林一訳, 草思社, 2001].
Reiss, J. 2009. *Retiring Darwin's watchmaker*. University of California Press, Berkeley, CA.
Ren, L. et al. 2008. The movements of limb segments and joints during locomotion in African and Asian elephants. *Journal of Experimental Biology* 211:2735–51.
Rodríguez Pérez, D. 2011. Contextualizing symbols: 'the eagle and the snake' in the ancient Greek world. *Boreas: Münstersche Beiträge zur Archäologie* 33:1–18.
Roff, D. A. 2002. *Life history evolution*. Sinauer Associates Sunderland, MA.
Roger, J. 1997. *The life sciences in eighteenth-century French thought*. Stanford University Press, Redwood City, CA.
Romm, J. S. 1989. Aristotle's elephant and the myth of Alexander's scientific patronage. *American Journal of Philology* 110:566–75.
Rose, M. R. 1991. *Evolutionary biology of aging*. Oxford University Press, New York, NY.
Rosenblueth, A. *et al*. 1943. Behavior, purpose and teleology. *Philosophy of Science* 10:8–24.
Ross, W. D. 1915. Metaphysica. J. A. Smith and W. D. Ross, *The works of Aristotle translated into English*. Vol. VIII. Clarendon Press, Oxford.
Ross, W. D. 1995. *Aristotle*. Routledge, London.
Rudwick, M. J. S. 1997. *Georges Cuvier, fossil bones, and geological catastrophes: new ranslations & interpretations of the primary texts*. University of Chicago Press, Chicago, IL.
Ruestow, E. G. 1984. Leeuwenhoek and the campaign against spontaneous generation. *Journal of the History of Biology* 17:225–48.
Ruse, M. 1980. Charles Darwin and group selection. *Annals of Science* 37:615–30.
Ruse, M. 1989. Do organisms exist? *American Zoologist* 29:1061–6.
Russell, E. S. 1916. *Form and function: a contribution to the history of animal morphology*. John Murray, London.
Ryle, G. 1949. *The concept of mind*. Hutchinson, London [『心の概念』 坂本百大他訳, みすず書房, 1987].
Sander, K. 1993a. Hans Driesch's 'philosophy really ab ovo', or, why to be a vitalist. *Roux's Archives of Developmental Biology* 202:1–3.
Sander, K. 1993b. Entelechy and the ontogenetic machine: work and views of Hans Driesch from 1895–1910. *Roux's Archives of Developmental Biology* 202:67–9.
Scalitas, R. 2009. Mixing the elements *in* G. Anagnostopoulos, ed. e-book edn. A *companion to Aristotle*. Blackwell, Oxford.
Scharfenberg, L. N. 2001. *Die Cephalopoden des Aristoteles im Lichte der modernen Biologie*. Wissenschaftlicher Verlag, Trier.
Schaus, G. P. and N. Spencer. 1994. Notes on the Topography of Eresos. *American Journal of Archaeology* 98:411–30.
Schmidtt, C. B. 1965. Aristotle as a cuttlefish: the origin and development of a Renaissance image. *Studies in the Renaissance* 12:60–72.
Schnitzler, A. R. 2011. Past and present distribution of the North African-Asian lion subgroup: a review. *Mammal Review* 41:220–43.
Schrödinger, E. 1944/1967. *What is life?* Cambridge University Press, Cambridge [『生命とは何か——物理的にみた生細胞』 岡小天他訳, 岩波書店, 2008].
Schrödinger, E. 1954/1996. *Nature and the Greeks and science and humanism*. Cambridge University Press, Cambridge [『自然とギリシア人・科学と人間性』 水谷淳訳, 筑摩書房, 2014].
Sedley, D. 2007. *Creationism and its critics in antiquity*. University of California Press, Berkeley, CA.
Sedley, D. N. 1991. Is Aristotle's teleology anthropocentric? *Phronesis* 36:179–96.
Shapiro, M. D. *et al*. 2004. Genetic and developmental basis of evolutionary pelvic reduction in threespine sticklebacks. *Nature* 428:717–23.
Sharples, R. W. 1995. *Theophrastus of Eresus: sources for his life, writings, thought and influence: commentary. Vol. 5: Sources on biology (human physiology, living creatures, botany: texts 328–435)*. E. J. Brill, Leiden.
Shields, C. 2008. Substance and life in Aristotle. *Apeiron* 41:129–51.
Simon, H. A. 1996. *The sciences of the artificial*. 3rd edn. MIT Press, Cambridge, MA.
Simpson, R. L. P 1998. *A philosophical commentary on the Politics of Aristotle*. University of North Carolina Press, Chapel Hill, NC.
Sisson, S. 1914. *The anatomy of the domestic animals*. W. B. Saunders, Philadelphia.
Smith, C. L. 1965. The patterns of sexuality and the classification of serranid fishes. *American Museum Novitates* 2207:1–20.
Solmsen, F. 1955. Antecedents of Aristotle's psychology and scale of beings. *American Journal of Philology* 76:148–64.
Solmsen, F. 1960. *Aristotle's system of the physical world: a comparison with his predecessors*. Cornell University Press, Ithaca, NY.
Solmsen, F. 1978. The fishes of Lesvos and their alleged significance for the development of Aristotle. *Hermes* 106:467–84.
Solounias, N. and A. Mayor. 2004. Ancient references to the fossils from the land of Pythagoras. *Earth Science History* 23:283–96.

Someren, E. J. W. von. 2007. Thermoregulation and aging. *American Journal of Physiology - Regulatory, Integrative and Comparative Physiology* 292:R99–R102.

Sorabji, R. 1988. *Matter, space and motion: theories in antiquity and their sequel*. Duckworth, London.

Spencer, H. 1864. *Principles of biology*. Williams & Norgate, London.

Starck, J. M. and R. E. Ricklefs. 1998. Patterns of development: the altricial-precocial spectrum. pp. 3–30 *in* J. M. Starck and R. E. Ricklefs, eds. *Avian growth and development: evolution within the altricial-precocial spectrum*. Academic Press, New York.

Stauffer, R. C. 1957. Haeckel, Darwin, and ecology. *Quarterly Review of Biology* 32:138–44.

Stearn, W. T. 1981. *The Natural History Museum at South Kensington*. Natural History Museum Publishing, London.

Steenstrup, J. 1857. Hectocotylus formation in *Argonauta and Tremoctopus* explained by observations on similar formations in the Cephalopoda in general. *Annals and Magazine of Natural History* 20:81–114.

Stott, R. 2012. *Darwin's ghosts: the secret history of evolution*. London, Bloomsbury.

Strassmann, B. I. 1996. The evolution of endometrial cycles and menstruation. *Quarterly Review of Biology* 71:181–220.

Sundevall, C. J. 1835. *Ornithologiskt System*. Kongliga Svenska Vetenskap Akademie, Stockholm.

Swire, J. and A. M. Leroi. 2010. Planet Cameron: return to Pandora. *Trends in Ecology and Evolution* 25:432–3.

Tegmark, M. 2007. The multiverse hierarchy. pp. 99–125 *in* B. Carr, ed. *Universe or multiverse?* Cambridge University Press, Cambridge.

Tennant, J. E. 1867. *The wild elephant and the method of capturing it in Ceylon*. Longmans, Green, London.

Thomas, H. *et al*. 2011. Evolution, physiology and phytochemistry of the psycho- toxic arable mimic weed Darnel (*Lolium temulentum L.*). *Progress in Botany* 72:72–103.

Thompson, D. 1998. *The people of the sea: a journey in search of the seal legend*. Canongate, Edinburgh.

Thompson, D. W. 1895. *A glossary of Greek birds*. Oxford University Press, London.

Thompson, D. W. 1910. *Historia animalium*. W. D. Ross and J. A. Smith, *The works of Aristotle translated into English*. Vol. 4. Clarendon Press, Oxford.

Thompson, D. W. 1913. *On Aristotle as a biologist with a prooemion on Herbert Spencer*. Clarendon Press, Oxford.

Thompson, D. W. 1928. How to catch cuttlefish. *Classical Review* 42:14–18.

Thompson, D. W. 1932. *Ktilos*. *Classical Review* 46:53–4.

Thompson, D. W. 1940. *Science and the classics*. Oxford, Oxford University Press.

Thompson, D. W. 1947. *A glossary of Greek fishes*. Oxford University Press, Oxford.

Thompson, R. D. A. 1958. *D'Arcy Wentworth Thompson, the scholar-naturalist, 1860–1948*. Oxford University Press, Oxford.

Tinbergen, N. 1963. On the aims and methods of ethology. *Zeitschrift für Tierpschyologie* 20:410–33.

Tipton, J. A. 2002. Division and combination in Aristotle's biological writings. *Journal of Bioeconomics* 3:51–5.

Tipton, J. A. 2006. Aristotle's study of the animal world: the case of the kobios and phucis. *Perspectives in Biology and Medicine* 49:369–83.

Tóth, L. F. 1964. What the bees know and what they do not know. *Bulletin of the American Mathematical Society* 70:468–81.

Voultsiadou, E. 2007. Sponges: an historical survey of their knowledge in Greek antiquity. *Journal of the Marine Biological Association of the United Kingdom* 87:1757–63.

Voultsiadou, E. and C. Chintriroglou. 2008. Aristotle's lantern in echinoderms: an ancient riddle. *Cahiers de Biologie Marine* 49:299–302.

Voultsiadou, E. and D. Vafidis. 2007. Marine invertebrate diversity in Aristotle's zoology. *Contributions to Zoology* 76:103–20.

Wang, J. L. *et al*. 2000. Anatomical subdivisions of the stomach of the Bactrian camel (*Camelus bactrianus*). *Journal of Morphology* 245:161–7.

Ware, D. M. 1982. Power and evolutionary fitness of teleosts. *Canadian Journal of Fisheries and Aquatic Sciences* 39:3–13.

Warren, J. 2007. *Presocratics: natural philosophers before Socrates*. University of California Press, Berkeley, CA.

Waterlow, S. 1982. *Nature, change, and agency in Aristotle's physics*. Clarendon Press, Oxford.

Watson, M. 1877. On the female generative organs of *Hyaena crocuta*. *Proceedings of the Zoological Society of London* 369–79.

Weiblen, G. D. 2002. How to be a fig wasp. *Annual Review of Entomology* 47:299–330.

Weismann, A. 1889. *Essays upon heredity and kindred biological problems*. Clarendon Press, Oxford.

West, J. B. *et al*. 2003. Fetal lung development in the elephant reflects the adapta- tions required for snorkeling in adult life. *Respiratory Physiology and Neurobiology* 138:325–33.

Whewell, W. 1840. *The philosophy of the inductive sciences, founded upon their history*. J. W. Parker, London.

Whiting, J. 1992. Living bodies. pp. 75–91 *in* M. C. Nussbaum and A. Rorty, eds. *Essays on Aristotle's De anima*. Clarendon Press, Oxford.

Wiener, N. 1948. *Cybernetics, or, control and communication in the animal and the machine*. John Wiley, New York, NY［『サイバネティックス――動物と機械における制御と通信』池原止戈夫他訳, 岩波書店, 2011］.

Wilkins, J. *et al*. 2011. *Archestratus: fragments from the life of luxury*. Prospect Books, Totnes.

Wilkins, J. S. 2009. *Species: a history of the idea*. University of California Press, Berkeley, CA.

Williams, G. C. 1957. Pleiotropy, natural selection and the evolution of senescence. *Evolution* 11:398–411.

Williams, G. C. 1966. Natural selection, the costs of reproduction and a refine- ment of Lack's principle. *American Naturalist* 100:687–90.

Williams, G. C. 1996. *Plan and purpose in nature*. Trafalgar Square, North Pomfret, VT.

Wilson, J. B. 1999. Guilds, functional types and ecological groups. *Oikos* 86:507–22.

Wilson, M. 1997. Speusippus on knowledge and division. pp. 13–25 *in* W. Kullmann and S. Föllinger, eds. *Aristotelische Biologie: Intentionen, Methoden, Ergebnisse*. Franz Steiner Verlag, Stuttgart.

Wilson, M. 2013. *Structure and method in Aristotle's Meteorologica: a more disorderly nature*. Cambridge University Press, Cambridge.

Winemiller, K. G. and K. A. Rose. 1993. Why do most fish produce so many tiny offspring? *American Naturalist* 142:585–603.

Winsor, M. P. 1969. Barnacle larvae in the nineteenth century: a case study in taxonomic theory. *Journal of the History of Medicine and Allied Sciences* 24:294–309.

Winsor, M. P. 1976. *Starfish, jellyfish and the order of life: issues in nineteeth-century science*. Yale University Press, New Haven, CT.

Witt, C. 1998. Form and normativity in Aristotle: a feminist perspective. pp. 118–37 *in* C. Freeland, ed. *Re-reading the canon: feminist essays on Aristotle*. Penn State University Press, University Park, PA.

Witt, C. 2013. Aristotle on deformed animal kinds. *Oxford Studies in Ancient Philosophy* 43:83–106.

Wittkower, R. 1939. Eagle and serpent: a study in the migration of symbols. *Journal of the Warburg Institute* 2:293–325.

Ziswiler, V. and D. S. Farner. 1972 Digestion and the digestive system. pp. 343–430 *in* D. S. Farner, J. R. King and K. C. Parkes, eds. *Avian Biology*. Academic Press, New York, NY.

Zouros, N. *et al*. 2008. *Guide to the Plaka and Sigri petrified forest parks*. Natural History Museum of the Lesvos Petrified Forest, Ministry of Culture, Lesvos.

Zwier, K. in prep. *Aristotle on Spontaneous Generation*.